KNAUR

Über die Autorin:
Lisa Jackson ist eine Nr.-1-*New York Times-* und *SPIEGEL*-Bestsellerautorin und hat bereits über 95 Romane geschrieben, unter anderem die Thriller-Reihen um die Detectives Bentz & Montoya sowie Alvarez & Pescoli. Mit ihrer Schwester, *New York Times-* und *USA Today*-Bestsellerautorin Nancy Bush, hat sie mehrere Bücher gemeinsam verfasst, darunter *Last Girl Standing* und (zusammen mit Rosalind Noonan) die Thriller *Greed – Tödliche Gier* und *Diabolic – Fatales Vergehen*. Ihre weltweite Gesamtauflage beträgt über 30 Millionen, und ihre Werke wurden in 20 Sprachen übersetzt. Mit ihrer Familie und ihren geliebten Hunden lebt Lisa Jackson im Pazifischen Nordwesten der USA. Mehr Infos finden Leser*innen online auf lisajackson.com und auf Facebook.

LISA JACKSON

Pray

Meine Rache findet euch

THRILLER

Aus dem amerikanischen Englisch
von Kristina Lake-Zapp

KNAUR

Die amerikanische Originalausgabe erschien 2023 unter dem Titel
»The Last Sinner« bei Kensington Publishing Corp., New York.

Besuchen Sie uns im Internet:
www.knaur.de

MIX
Papier | Fördert gute Waldnutzung
FSC® C083411

Eigenlizenz Juli 2024

Published by Arrangement with KENSINGTON PUBLISHING CORP.,
New York, NY 10018 USA
Redaktion: lüra – Klemt & Mues GbR, Wuppertal
Covergestaltung: ZERO Werbeagentur, München
Coverabbildung: Collage von ZERO Werbeagentur unter Verwendung
verschiedener Motive von Pia Keller und Shutterstock.com
Satz und Layout: Adobe InDesign im Verlag
Druck und Bindung: CPI books GmbH, Leck
ISBN 978-3-426-52653-8

2 4 5 3 1

Kapitel eins

New Orleans, Louisiana

Schneller!

Ich renne, bewege die Beine, so schnell ich kann.

Renne durch den prasselnden Regen.

Durch die Straßen und Gassen der Stadt.

Verborgen in den nächtlichen Schatten.

Schneller!

Mein Herz hämmert, das Blut pumpt durch meine Venen. Pfützenwasser spritzt auf, ich blinzle gegen den in Bindfäden fallenden Regen an.

Der allgegenwärtige, erdige Geruch des Mississippi steigt mir in die Nase.

Dumpfig. Vertraut.

Mit wehendem Regencape stürme ich durch die Straßen und Gassen des French Quarter. Immer wieder trete ich mit meinen Stiefeln in tiefe Pfützen.

Schneller!

Das Licht der Straßenlaternen spiegelt sich verwaschen in den Motorhauben einiger in der Nähe des Jackson Square parkender Fahrzeuge, Regenwasser gurgelt in den Gullys, überspült die Straßen, sammelt sich in den Schlaglöchern.

Diese Stadt ist mein Zuhause. Immer schon gewesen.

Und ich liebte diese Stadt.

Bis ich sie nicht mehr liebte.

Ihretwegen.

Ich laufe durch die fast menschenleeren Straßen auf die St. Louis Cathedral zu. Wie ein Leuchtfeuer erhebt sich die Kathedrale vor mir, ihre weiß getünchten Wände sind in helles Licht getaucht, die drei vertrauten Türme ragen in den finsteren, aufgewühlten Himmel. Aus Gewohnheit bekreuzige ich mich, als ich, ohne stehen zu bleiben, einen Blick auf den höchsten Turm werfe, den in der Mitte, mit dem Kreuz darauf. Aus dem Augenwinkel sehe ich die schmiedeeisernen Zäune, die den Jackson Square umgeben.

An der Rückseite der Kathedrale schlüpfe ich in die Pirate's Alley, eine enge Gasse mit Geschäften. Einige Schaufenster sind erleuchtet, aber die Straße an sich ist leer, alle Fußgänger sind in den Gebäuden und warten darauf, dass das Unwetter vorüberzieht.

Das ist okay, rede ich mir ein. Nein, nein, es ist sogar gut, denn sie wird kommen, trotz des schlechten Wetters.

Ich kenne ihren Tagesablauf in- und auswendig. Außerdem habe ich mich doppelt versichert, dass sie heute Abend nicht davon abweichen wird, dass ihr Wagen dort steht, wo sie ihn drei Mal pro Woche um dieselbe Uhrzeit parkt. Heute ist es so weit. Jetzt, da der Regen, ein nasses Leichentuch, so viel verbirgt, habe ich mehr Zeit, außerdem sind die Chancen, beobachtet – oder, schlimmer noch, erwischt – zu werden, weitaus geringer.

Mein Herz hämmert, meine Brust wird eng vor atemloser Erwartung, als ich das Ende der Gasse nahe der Place de Henriette Delille erreiche. Hier, beim Park, die Kathedrale im Rücken, warte ich, zusammengekauert unter meinem schwarzen Cape, und versuche, wieder zu Atem zu kommen. Ich wische mir die Regentropfen von der Stirn und aus den Augen und starre zur Royal Street hinüber, in der es für gewöhnlich von Fußgängern nur so wimmelt, aber heute Abend sind glücklicherweise nur ein paar vereinzelte Seelen unterwegs, die sich tapfer durch das Unwetter kämpfen, darauf bedacht, so schnell wie möglich aus dem Wolkenbruch raus und ins Trockene zu gelangen. Niemand bemerkt mich oder wirft auch nur einen Blick in meine Richtung. Der sintflutartige Regen schimmert im dunstigen, gelben Licht der Straßenlaternen wie ein Perlenvorhang. Schön. Unheimlich.

Ich schaue auf meine Armbanduhr und vergewissere mich, dass ich pünktlich bin. Als ich den Arm hebe, rinnt Wasser an meinem Cape hinab auf das Kopfsteinpflaster. Meine Skimaske bedeckt Nase und Kinn, die Kapuze umschließt eng mein Gesicht, doch auch das dürfte bei diesem Wetter niemandem auffallen, nur die dunkle Sonnenbrille wirkt etwas fehl am Platz. Aber wir sind in New Orleans, hier gibt es nichts, was wirklich auffallen würde. Hier ist alles erlaubt.

Noch einmal bekreuzige ich mich, dann atme ich langsam aus, um mein wild pochendes Herz zu beruhigen.

Unter dem Regenumhang tastet meine rechte Hand nach dem Griff des Messers, eine scharfe Waffe mit einer dicken, breiten Klinge, die mühelos durch die Haut eines Alligators gleiten und Muskeln und Sehnen durchtrennen könnte.

Ich habe so verdammt lange auf diesen Abend gewartet.

Jetzt, da die Zeit gekommen ist, koste ich ihn aus, den ach-so-süßen Geschmack der Rache. Ich lecke mir die Lippen und richte die Augen auf das Gebäude mit der roten Tür in einer schwach beleuchteten, gewölbten Maueröffnung. Darüber flattert eine gestreifte Markise im stürmischen Wind. Ich warte. Ein Mann mit Aktentasche, den Kopf gebeugt gegen die heftigen Sturmböen, geht an mir vorbei. Eilig ziehe ich mich weiter in die Dunkelheit zurück. Der Mann, darauf bedacht, so schnell wie möglich ins Trockene zu gelangen, wirft nicht mal einen Blick in meine Richtung.

In der Ferne höre ich eine Sirene und erstarre für einen kurzen Moment, doch dann sehe ich einen Rettungswagen vorbeirasen. Das Heulen wird leiser. Bei einem Unwetter wie diesem herrscht nicht viel Verkehr.

Ungeduldig starre ich auf die rote Tür.

»Komm schon, komm schon«, wispere ich.

Aber sie kommt nicht.

Inzwischen nervös, blicke ich wieder einmal auf die Uhr.

Sie ist spät dran.

Zu spät.

Ganze fünf Minuten!

Verdammt!

Komm schon. Jetzt komm endlich raus!

Ich fange an zu schwitzen. Mein Herzschlag dröhnt in den Ohren.

Mein Atem geht viel zu schnell.

Beruhige dich!

Hab Geduld!

Aber meine Nerven sind bis zum Zerreißen gespannt, die Muskeln in Nacken und Schultern schmerzhaft verkrampft. Meine Finger umschließen fest den Griff des Messers.

Ich weiß, dass sie da drinnen ist.

Ich bin an ihrem Auto vorbeigegangen, einem kleinen Subaru, der auf demselben Parkplatz steht wie immer, wenn sie ins Fitnessstudio geht.

Jetzt höre ich ein Geräusch.

Aus dem Augenwinkel nehme ich eine Bewegung wahr. Ein Pärchen eilt hektisch durch das Unwetter. Ich drehe mich zum Park um, nur für den Fall, dass die beiden in meine Richtung blicken und meine Sonnenbrille bemerken. Aber sie schauen nicht zu mir, als sie lachend und mit wehenden Mänteln, eng zusammengerückt unter einem flatternden Regenschirm, an mir vorbeihasten.

Meine Nervosität steigt. Ich schaue auf die Uhr. Schon wieder.

Sieben Minuten.

Sieben Minuten zu spät!

Mein Puls schießt in die Stratosphäre. Meine Pläne drohen zu scheitern. Warum ändert sie ausgerechnet heute Abend ihre Routine? Sie ist immer pünktlich. Ich habe sie beobachtet, bei vielen verschiedenen Gelegenheiten. Zuverlässig wie ein Uhrwerk kommt sie sonst aus der Tür heraus, höchstens um ein, zwei Minuten verspätet.

Plötzlich gerate ich in Panik. Spüre, wie Unsicherheit in mir aufsteigt. Ob sie das Fitnessstudio durch eine andere Tür verlassen hat? Vielleicht wegen des Unwetters? Ist sie womöglich *gewarnt* worden? Aber nein. Das ist unmöglich. Niemand weiß, was ich vorhabe. *Niemand.*

Ich überquere die Pirate's Alley, um das Gebäude aus einer anderen Perspektive im Auge behalten zu können, doch das ändert nichts an der Tatsache, dass sie nicht aus der roten Tür kommt. Ich nehme die Sonnenbrille ab, kneife die Lider gegen den Wolkenbruch zusammen und schaue zu dem Fenster im ersten Stock hinauf. In dem dahinterliegenden Raum findet ihr Yogakurs statt. Die Lichter brennen noch.

Und dann öffnet sich die rote Tür. Endlich.

Sie tritt aus dem Schutz der gewölbten Maueröffnung unter die Markise.

Wenn überhaupt möglich, beschleunigt mein Puls noch mehr. Das

Blut rauscht in meinen Ohren und übertönt die Geräusche des Unwetters, die Geräusche der Stadt. Alles, was ich höre, sind dieses Rauschen und das Pochen meines Herzens.

Sie wirft einen prüfenden Blick in den pechschwarzen Himmel, öffnet ihren Schirm, überquert die Royal Street und biegt in die Pirate's Alley ein. Unter ihren Füßen spritzt das Wasser auf, der Wind reißt den Schirm nach vorn.

Sie kommt direkt auf mich zu!

Ich sende ein Stoßgebet zum Himmel, ziehe das Messer unter meinem Umhang hervor und spanne die Beinmuskeln an, bereit zum Sprung.

Plötzlich hält sie inne und weicht zur Seite aus.

Was? Nein!

Hat sie mich etwa gesehen? Meine Pläne vorausgeahnt?

Nein. Eine magere, klatschnasse schwarze Katze überquert vor ihr die Straße und sucht unter einem geparkten Fahrzeug Schutz vor dem prasselnden Regen.

Fluchend setzt sie sich wieder in Bewegung, ihren Schirm wie einen Schutzschild vor sich haltend.

Keine wirksame Waffe, denke ich. Nein. Damit wird sie keinen Kampf gewinnen. Sie ist kaum drei Meter von mir entfernt, als ich am Eingang zur Gasse eine Gestalt bemerke, die durch den Regen hinter ihr hereilt.

Das darf doch nicht wahr sein!

Jetzt ist sie fast bei mir.

Ich krümme mich zum Sprung zusammen.

»Kristi!«, ruft die Gestalt hinter ihr, und sie dreht sich halb um.

Beim Klang der Stimme zucke ich zusammen, verliere die Konzentration.

Wer ist das? Jemand, der sie kennt? Ich kann keine Zeugen gebrauchen!

Nein, nein, nein!

Ich drücke mich in eine Nische.

Sie geht an mir vorbei.

Das wird ja immer schlimmer!

Die Gestalt ist noch ein gutes Stück entfernt, daher nehme ich die Verfolgung auf.

Fange an zu laufen. Schneller und schneller.

Die Zeit ist gekommen. Heute Abend.

Es darf jetzt nicht schiefgehen. Ich habe so lange auf diesen Moment gewartet.

Und ich werde ihn nicht vermasseln.

Ich bin nur noch einen Schritt hinter ihr, auf Höhe der Kathedrale.

Auf einmal wirbelt sie herum. Völlig überraschend. Sieht mich an.

Mein Herz setzt einen Schlag aus.

»Wer sind Sie?«, fragt sie mit fester Stimme. »Folgen Sie mir etwa?«

Verdammt!

Für eine Antwort ist jetzt keine Zeit.

Das Überraschungsmoment ist vorüber.

Ich stürze nach vorn, das Messer in der Hand, hole aus und schlitze das Dach ihres Regenschirms auf.

Im selben Augenblick stößt sie mir die Schirmspitze entgegen, zielt direkt auf meine Augen.

Ich ducke mich und kann gerade noch ausweichen.

Trotzdem streift die Spitze meine Wange. Ich gerate ins Stolpern. Blut spritzt auf die weiße Wand der Kathedrale, als ich hart auf den nassen Kopfsteinen aufpralle.

Sie sticht erneut mit ihrer improvisierten Waffe zu, legt ihr ganzes Gewicht in den Angriff.

Gerade noch rechtzeitig rolle ich zur Seite, dann komme ich auf die Füße und stürze mich erneut auf sie.

Treffe mit dem Messer ihre Schulter.

Sie heult auf vor Schmerz und taumelt zurück, den kaputten Schirm vor sich haltend. Ich stoße ein weiteres Mal zu, so tief die Klinge reicht, drehe das Messer in der Wunde. Sie schreit.

»Kristi!«, ruft eine tiefe Männerstimme. »Kris?«

Verflucht! Ich habe zu lange gewartet, der Mann, der ihr gefolgt ist, hat zu uns aufgeschlossen.

»Lauf, Kristi!«, brüllt er aus voller Lunge. »Lauf weg!«

Ich muss das hier zu Ende bringen.

Ich reiße das Messer aus ihrer Schulter, das sich mit einem schmatzenden Geräusch löst, und ramme es mir unglücklicherweise selbst in die Hand.

Verdammt! Verdammt! Verdammt!

Das war nicht so geplant, ganz und gar nicht! Eigentlich wollte ich ihr mit einem Streich die Halsader durchtrennen oder ihr das Messer ins Herz stoßen. Sie sollte in meinen Armen sterben, und ich wollte meine Rache genießen, während sie mir in die Augen sieht und in ihren letzten Minuten begreift, wer ihr das Leben nimmt und warum.

»Laaauuuf!«, schreit der Mann erneut.

Ich schlage den Schirm weg, den sie auf mich gerichtet hat, und drücke sie mit dem Gewicht meines Körpers gegen die Mauer der St. Louis Cathedral. Blut fließt über den weißen Putz. Diesmal *ihr* Blut.

»Du verfluchter Scheißkerl …« Sie reißt das Bein hoch, tritt mit aller Kraft nach mir und trifft mit ihrem Stiefelabsatz meinen Solarplexus. Schlagartig weicht sämtliche Luft aus meinen Lungen. Das Messer in der Hand, schlage ich wie besessen um mich. Die Klinge schneidet durch die Luft, dann gehe ich zu Boden.

Halt das Messer fest! Du darfst das verfluchte Messer nicht loslassen!

Keine Chance, es rutscht mir aus den Fingern.

Sie macht sich bereit für einen weiteren Tritt, aber ich komme ihr zuvor und reiße ihren Fuß weg.

Sie stürzt gegen die Mauer, schlägt mit dem Hinterkopf dagegen und rutscht langsam zu Boden, wobei sie eine rote Spur auf dem weißen Putz hinterlässt.

»Nein!«, brüllt der Mann und lässt die Blumen fallen, die er in der Hand hält. Rosen und Einwickelpapier wehen von dannen.

Gerade, als ich das Messer aus einer Pfütze fische, packt mich Kristis Retter und legt seine starken Finger um meinen Hals.

Ich bäume mich auf, hole aus und steche zu.

Die Klinge gleitet in seine Brust, durch Fleisch und Knochen bis ins Mark.

»Aaahhh!«, schreit er.

Ich spüre seinen Atem, vermischt mit Speichel und Blut.

Jetzt drehe ich die Klinge. So fest ich kann. Dann reiße ich sie nach oben.

Er lässt meinen Hals los.

Ich zerre das Messer aus seinem Oberkörper, um erneut zuzustechen.

Er blinzelt. Wut tritt an die Stelle von Entsetzen. Er rammt mir die Faust ins Gesicht.

Der Schmerz lässt meine Beine weich werden. Ich sacke auf die Knie.

Er umrundet mich. Unsicher. Seine Beine scheinen ebenfalls zu zittern.

Erneut saust seine Faust auf mich zu, aber es gelingt mir, auszuweichen. Ich reiße das Messer hoch und steche es in den Schenkel des Angreifers. Werfe mich mit ganzem Gewicht dagegen.

Er flucht.

Ich ziehe die Klinge zur Seite.

Blut spritzt.

Schreie. Schritte, die sich eilig entfernen.

Kurz darauf Sirenengeheul in der Ferne.

Offenbar hat jemand beobachtet, was hier passiert, und den Notruf gewählt.

Mir bleibt nicht mehr viel Zeit.

Ich stoße den nach Luft schnappenden Mann von mir und richte mich auf. Aus dem Augenwinkel sehe ich, dass Kristi blinzelt. Ihr Gesicht ist aschfahl. »O Gott!«, ruft sie entsetzt und kriecht auf den sterbenden Mann zu. »Jay!« Sie zieht seinen Kopf in ihren Schoß. »Nein. Nein. O Gott. Nein, bitte nicht! Nein!«

Die roten, blauen und weißen Lichter mehrerer Einsatzwagen zucken über die Mauern der Kathedrale mit den blutbeschmierten Wänden und tauchen das verwundete Liebespaar und die verstreuten Rosen in ein gespenstisches Licht.

Ohne nachzudenken, hebe ich eine der langstieligen Rosen auf, dann besinne ich mich und fange an zu laufen. Weg von den Streifenwagen und Rettungsfahrzeugen.

Ich nehme die Route, die ich mir seit Monaten zurechtgelegt habe, sorgfältig den zuvor georteten Überwachungskameras ausweichend, den Kopf gesenkt, verhüllt von der Dunkelheit, dem dichten Schleier des Regens und meinem Cape.

»Jay!«, höre ich Kristi immer noch panisch schreien.

Ich bleibe nicht stehen, laufe weiter, durch Straßen und Gassen. Zwei Mal rutsche ich aus, doch ich fange mich gerade noch rechtzeitig. Aus einem Gestrüpp am Straßenrand folgen mir die leuchtend grünen Augen derselben Katze, die vorhin Kristis Weg gequert hat.

Schwarze Katzen von links nach rechts bringen Unglück, denke ich.

Kristi Bentz ist noch am Leben.

Ich habe versagt.

Für dieses Mal.

Aber das werde ich ändern.

Bald.

Lauf weiter. Lauf einfach weiter.

Keine Panik. Du darfst nicht in Panik ausbrechen.

Beim nächsten Mal, denke ich, *wirst du nicht so viel Glück haben, Kristi Bentz.*

Ich stolpere durch Wind und Regen. Das Messer unter dem Regenumhang in der einen Hand, stecke ich die andere in die Hosentasche und betaste die Perlen eines abgegriffenen Rosenkranzes. Betend haste ich vorwärts, immer weiter vorwärts. Mein Herz hämmert, mein Kiefer schmerzt, aber der wunderbare Adrenalinschub treibt mich an, mich so weit wie möglich von der St. Louis Cathedral zu entfernen.

Ich senke den Kopf, damit ich nicht doch von einer der zahlreichen Überwachungskameras erfasst werde, und flüstere im Laufen: »Ich glaube an Gott, den Vater, den Schöpfer des Himmels und der Erde. Und an Jesus Christus, seinen eingeborenen Sohn, unseren Herrn, empfangen durch den Heiligen Geist, geboren von der Jungfrau Maria …«

Und dann verschwinde ich in der Dunkelheit.

Kapitel zwei

Jay«, schluchzte Kristi. »Nein, nein, nein …« Jemand riss sie von ihrem Ehemann weg. Aber sie musste mit ihm reden! Ihm erklären, dass sie einen fürchterlichen Fehler begangen hatte. Ihn wissen lassen, dass sie ihn liebte. Dass sie ihn immer geliebt hatte …

Verzeih mir, Jay. Bitte, bitte, verzeih mir!

Aber sie brachte die Worte nicht über die Lippen.

Konnte sich nicht konzentrieren.

Ertrank im strömenden Regen.

»Bringt sie in einen Rettungswagen!«, hörte sie über das Gurgeln des Regenwassers in den Abflussrohren der Kathedrale und in den Gullys hinweg.

Mühsam kroch sie das kleine Stück zurück zur Mauer, brachte sich in eine sitzende Position und lehnte sich mit dem Rücken an. Sie war nass bis auf die Knochen, ihr Kopf schmerzte. Es kostete sie große Anstrengung, bei Bewusstsein zu bleiben. Wie gern hätte sie sich der segensreichen Schwärze der Ohnmacht hingegeben, hätte diese grauenvolle Nacht einfach ausgeblendet! Alles verzehrende Traurigkeit stieg in ihr auf. »Ich muss bei ihm sein«, wisperte sie mit versagender Stimme. »Bitte, lieber Gott …« Nun hörte sie nur noch vage die Anweisungen, die die eingetroffenen Polizisten blafften. Sie spürte, wie sie auf eine Bahre gehoben und abtransportiert wurde, hörte das Jaulen einer Sirene, das immer schwächer wurde.

»Wir verlieren sie«, sagte eine gedämpfte Stimme.

War sie in einem Rettungswagen?

»Mrs McKnight? Ms Bentz? Können Sie mich hören? Bleiben Sie bei mir, Kristi! Kristi?«

Jemand sprach mit ihr, doch es war, als triebe sie durch ein anderes Universum. Und dann ließ sie los, ergab sich der süßen Bewusstlosigkeit, umhüllt von tröstlicher Schwärze.

Kristi Bentz-McKnight war jetzt Witwe.

Ihr Vater hatte den Arm fest um ihre Schulter gelegt, doch das merkte sie kaum. Sie hätte Schmerzen empfinden müssen wegen ihrer Verletzungen, doch das tat sie nicht. Bebend stand sie auf dem trostlosen Friedhof, konnte nichts fühlen, konnte nicht denken, konnte nur auf die Grabstätte starren, wo ihr Ehemann zur letzten Ruhe gebettet wurde. Taub gegen das Oktoberwetter, taub gegen den Wind und die vom Pfarrer der Gemeinde feierlich angestimmten Gebete, wartete sie und empfand nichts. Freunde und Familie hatten sich versammelt, alle in Schwarz, alle mit Trauermienen, alle bekundeten ihr Mitgefühl und Beileid, aber diese Familien waren noch intakt. Sie erkannte es an der Art und Weise, wie sich die Paare anblickten, die Finger verschränkten und sich so gegenseitig versicherten, dass sie noch zusammen waren. Dass sie noch am Leben waren. Dass sie noch eine gemeinsame Zukunft hatten.

Kristi hasste sie für ihre Normalität. Für ihre Gewissheit. Für ihre Erleichterung, dass Kristis Tragödie nicht ihre war. Sie blinzelte, um die Tränen der Trauer und des Zorns, ja, die Tränen des Zorns zurückzudrängen, denn genau das waren sie: zornige Tränen.

Warum Jay?

Warum ich?

Warum wir?

Lieber Gott, warum? Warum, warum?

Für eine Sekunde schloss sie die Augen, um sich zu erden. Über den Wind hinweg, der durch die Zweige der Steineichen entlang der Friedhofsmauern fuhr, hörte sie die Gebete des Geistlichen, spürte den Luftzug auf ihrer Haut und wünschte sich, all das wäre niemals passiert.

Es war ihre Schuld, dass Jay tot war.

Sie sollte in diesem Sarg liegen, nicht er.

Seit dem Überfall waren fast zwei Wochen vergangen, elf Tage, um genau zu sein, und in diesen elf Tagen hatte sie sich das Leben schöngeredet. Zwei Tage hatte sie im Krankenhaus bleiben müssen, wo sie an der Schulter operiert und ihr Schädel wegen des Aufpralls an der Mauer der Kathedrale auf mögliche Verletzungen untersucht wurde. Sie war glimpflich davongekommen, hatte der Arzt ihr mitgeteilt: Das

Messer hatte weder eine Arterie noch eine Vene, noch wichtige Nerven durchtrennt, es würde nur eine Narbe zurückbleiben. Er hatte sie an eine Physiotherapeutin überwiesen, die ihr Übungen zeigte, um dem Muskelabbau vorzubeugen. Wenn sie diese fleißig durchführte, wäre sie »bald wieder ganz die Alte«.

Was sie nicht glaubte.

Jay hatte nicht so viel Glück gehabt wie sie.

Er hatte sein Leben für sie geopfert, hatte sich auf den Angreifer gestürzt und war in ihren Armen verblutet, während der Mörder in die Nacht floh. Die Wunde an Jays Oberschenkelarterie war tödlich gewesen, und kein noch so hoher Berg an Schuldgefühlen, keine Gebete konnten ihn zurückbringen, genauso wenig wie ihre absolute Verzweiflung.

Und jetzt wurde er hier beigesetzt.

Opfer eines äußerst brutalen Mörders.

Selbst die Tatsache, dass das Krankenhaus ihre Schwangerschaft bestätigt hatte, konnte ihre Verzweiflung nicht mildern.

Der Wind wehte ihr die Haare von den Schultern, und sie hob den Kopf, blickte vom Sarg auf die weite Fläche voller verwitternder Grabstätten und Mausoleen unter dem düsteren, wolkenverhangenen Himmel, der ein weiteres Unwetter über die Stadt brachte.

Sie war kaum in der Lage zu funktionieren, aber sie hatte Glück gehabt.

Zumindest behaupteten das die anderen.

Immer wieder.

Doch das war Unsinn.

Sie mochte nichts essen und konnte nachts nicht schlafen, und wenn sie doch einmal eindämmerte, träumte sie von den grauenvollen Momenten in der Pirate's Alley bei der St. Louis Cathedral, ein prachtvolles Gebäude, das ihr einst Trost gespendet hatte, ein Wahrzeichen, das ihr bei ihrem Kampf mit ihrem Glauben geholfen hatte, ein Symbol Gottes auf Erden.

Jetzt mied sie die Kathedrale, hasste das riesige weiße Schiff mit den drei in den Himmel ragenden Türmen, die aussahen, als wären sie riesige Finger, die auf Gott zeigten.

Doch Gott hatte Jay nicht beigestanden.

Jede Nacht kehrte der Albtraum zurück: Sie sah sich in der schmalen, schicksalhaften Gasse, wo sie um ihr Leben kämpfte, sah den namenlosen Angreifer vor sich, der im strömenden Regen brutal mit seinem Messer auf sie einstach. Und dann sah sie Jay, der sich auf die Gestalt stürzte, um sie zu retten. Sie sah, wie er zu Boden ging, und sie sah sich selbst, wie sie zu ihrem Ehemann krabbelte, seinen Kopf in ihrem Schoß barg und ihm mit blutverschmierten Fingern die Haare zurückstrich, sah, wie sein Gesicht grau wurde, wie das Leben aus ihm wich, hörte sich schreien. *Nein! Nein! Nein!* Nicht Jay. Nicht ihr Ehemann. Doch sie wusste, dass seine Seele diese Welt verließ, war schon so oft Zeugin geworden, wie ein Mensch starb, und nun sah sie ihm beim Sterben zu.

Ein Horrorfilm in Endlosschleife.

Es war so falsch. Ganz und gar falsch. *Ihre* Seele hätte an jenem Abend die Erde verlassen müssen, nicht seine. Nicht Jays Seele.

Denk an das Baby. Du musst leben. Für das Baby.

Gott steh mir bei! Wenn schon nicht wegen Jay, dann wegen des Ungeborenen!

Sie hatte ihm ihre Liebe geschworen, als er in ihren Armen verblutet war, hatte ihn angefleht, bei ihr zu bleiben, hatte ihm versichert, dass ihr Leben noch vor ihnen lag. Ihr gemeinsames Leben. Ob er ihre Worte gehört hatte? Hatte Jay gewusst, wie sehr sie ihn geliebt hatte? Immer? Trotz der ständigen Aufs und Abs in ihrer Beziehung, der Leidenschaft und dem Schmerz? Sie wusste, dass es oft Zweifel gegeben hatte, eine Vergangenheit voller Trennungen und Versöhnungen, aber tief im Innern hatte sie ihn immer geliebt. Das musste er gewusst haben.

Oder?

Bestimmt hatte er vor seinem Tod gehört, wie sie ihm ihre Liebe versicherte. O Gott, sie hoffte es so sehr.

Sie nahm an, dass er sie nach dem Yogakurs mit Blumen überraschen wollte, dass die verstreuten roten Rosen seine Art waren, sich nach dem letzten Streit bei ihr zu entschuldigen.

Bei diesem Gedanken bildete sich ein Kloß in ihrer Kehle. Erneut blinzelte sie gegen die Tränen an.

Als die ersten Regentropfen fielen, drückte ihr Vater vorsichtig ihre

Schulter, und sie drehte ihm das Gesicht zu. Er stand kerzengerade da, die Haare mittlerweile eher Salz als Pfeffer, das Kinn noch immer kantig und markant. Ein Netz feiner Fältchen umspann Mund und Augen, die sie voller Sorge anblickten. Genauso gerade stand Olivia neben ihm, seine Frau, eine umwerfende Blondine mit Lockenpracht in einem langen schwarzen Mantel, ihre Tochter auf der Hüfte eng an sich gedrückt. Die kleine Ginny, mit blonden Locken wie ihre Mutter, war Kristis Halbschwester. Sie war noch viel zu jung, um hier zu sein, dachte Kristi. Zu jung, um das Ausmaß all dessen zu begreifen, was hier vor sich ging.

Kristi kämpfte gegen die Tränen an, vergeblich. Unerwünschte, große Tropfen füllten ihre Augen und rollten über ihre Wangen. Ihre Beziehung mit Jay war zwar nicht perfekt gewesen, aber sie waren gemeinsam durch dick und dünn gegangen, und sie vermisste ihn.

Der Kloß in ihrer Kehle wurde noch größer, als sie an die schroffen Worte dachte, die bei ihrer letzten Auseinandersetzung gefallen waren. Bei der Erinnerung daran wurden ihre Knie weich, nur der starke Arm ihres Vaters hielt sie aufrecht.

Jetzt sprachen sie das Schlussgebet. Kurz darauf spürte Kristi die Hand des Geistlichen auf ihrer Schulter. Leise sprach er ihr sein Beileid aus und rief ihr vor Augen, dass Jay nun bei Gott war. Sie sah, wie sich die Gruppe der Trauernden auflöste, erleichtert, diesen letzten Abschied hinter sich gebracht, die Verpflichtung gegenüber dem Verstorbenen und dessen Hinterbliebenen erfüllt zu haben. Nun konnten sie ihr Leben weiterführen wie zuvor. Bald wäre Halloween, und sie würden das Fest gut gelaunt im Kreis ihrer Freunde und Familien verbringen.

Kristi spürte, wie Neid in ihr aufstieg.

Sie lauschte den hastig gemurmelten Beileidsbekundungen, dann sah sie zu, wie die Trauergäste zu ihren Fahrzeugen gingen. Motoren wurden angelassen, Reifen surrten über den Asphalt, und die Trauergemeinde war verschwunden. Nicht verschwunden aber waren der grauenvolle Schmerz und die finstere Leere in ihrem Herzen.

Sie warf einen Blick auf Reuben Montoya und seine Frau Abby, die ihr Kind zu Hause gelassen hatten. Montoya war der langjährige Partner ihres Vaters, sehr viel jünger als Bentz, mit pechschwarzem Haar, einem gepflegten Kinnbart und durchdringenden tief liegenden Augen. Die roten Haare seiner Frau lugten unter einem schwarzen Schal hervor, den sie sich um den Kopf geschlungen hatte. Montoya bekreuzigte sich, dann nahm er die Hand seiner Frau und trat von der Grabstätte zurück.

»Zeit, zu gehen«, flüsterte Kristis Vater ihr ein paar Minuten später ins Ohr, als nur noch sie und ihre kleine Familie auf dem Friedhof standen. Die Totengräber hatten sich, einige Schritte von ihnen entfernt, vor dem oberirdischen Mausoleum einer anderen Familie postiert und warteten darauf, Jays Sarg in die Grabstätte schieben zu können, um sie danach zu verschließen. Sie rauchten und wichen ihrem Blick aus, als sie am Arm ihres Dads an ihnen vorbeiging.

Heiße Tränen brannten in ihren Augen.

»Komm, Liebling.« Die Stimme ihres Vaters war sanft. Verständnisvoll.

Lass mich in Ruhe. Lasst mich einfach alle in Ruhe!

Niemand konnte ihre Qualen nachvollziehen, die physische Pein des Herzschmerzes, die seelische Pein des Bewusstseins, dass sie in dem Sarg liegen sollte, nicht Jay. Er war tot. Sie war am Leben.

Allein.

Vor ihr lag ein Leben voller Plattitüden, Gebete und Trauer.

Ein Leben ohne Zukunft.

Kristi blieb stehen.

»Komm, Liebes«, drängte ihr Dad erneut. »Wir können nicht ewig …«

»Lass mich. Lass mich bitte in Ruhe.« Sie wischte sich mit dem Handrücken die Tränen von den Wangen. »Ich möchte – ich *brauche* – etwas Zeit, allein mit meinem Ehemann.«

»Aber …«

»Schon gut, Rick.« Olivia warf ihrem Mann einen Blick zu. Ihre Augen waren die einer Frau, die schon viel zu viel gesehen hatte, weit mehr, als einem einzelnen Menschen im Leben zugemutet werden sollte. »Gib ihr die Zeit, die sie benötigt.«

Ihr Vater öffnete den Mund, um zu protestieren, dann schien er zu verstehen und klappte ihn wieder zu. Er ließ Kristis Arm los. »Wir warten im Wagen auf dich«, sagte er mit rauer Stimme und gab ihr einen Kuss auf die Wange.

Kristi unterdrückte ein Schluchzen und drehte sich wieder zum Sarg um.

Stellte sich vor, ihr einst so lebendiger Ehemann könnte sie hören.

»Ich kriege ihn«, schwor sie ihm. »Ich werde ihn kriegen. Und er wird dafür bezahlen.« Sie biss sich so fest auf die Unterlippe, dass sie blutete, dann bückte sie sich und küsste das glatte Holz von Jay McKnights Sarg. »Für das, was er dir angetan hat.« Sie richtete sich wieder auf. »Und unserem ungeborenen Kind.«

Sie hätte ihm von dem Baby erzählen sollen, und zwar rechtzeitig, dachte Kristi, als sie jetzt zusammengerollt auf der Couch in ihrem Wohnzimmer lag. Jay hätte wissen sollen, dass sie im kommenden Sommer Eltern wurden. Doch sie hatte das Geheimnis für sich behalten. Worauf hatte sie gewartet?

Auf den »richtigen« Moment?

Um ihn zu überraschen?

Wie albern sie gewesen war. Sie berührte ihren Bauch, der noch immer flach wie ein Brett war, das winzige Leben in ihr äußerlich noch unsichtbar, acht Wochen nach der Zeugung. Sie hatte es gerade erst erfahren, und dann …

O Gott. Und dann war es zum Streit gekommen. Sie hatten einander angeschrien, und Kristi hatte das Haus verlassen und war zu ihrem Yoga-Kurs gefahren, am Abend des Überfalls.

Wie immer waren sie wegen ihrer Arbeit aneinandergeraten – die ewig gleiche Leier. Sie hatte ihm von dem Baby erzählen wollen, doch dann hatte sie den Mund gehalten, denn ihre Schwangerschaft hätte ihm nur in die Hände gespielt bei seinen Argumenten, warum sie ihren Job an den Nagel hängen sollte.

Sie schrieb Bücher über wahre Verbrechen – True Crime.

Er hielt das für gefährlich, vor allem ihre Recherchen, und warnte sie immer wieder, dass ein verurteilter Mörder vorzeitig entlassen werden, Freigang haben oder entkommen könnte. Vielleicht hatte er auch Freunde, und Kristi malte sich mit jedem Buch eine immer größere Zielscheibe auf den Rücken.

»Diese Leute ticken nicht rational«, hatte Jay ihr mehr als einmal erklärt, die Lippen vor Sorge zu einer schmalen Linie zusammengepresst. »Man kann ihnen nicht trauen, ganz gleich, wie ›vorbildlich‹ sie sich während der Haft verhalten.« Wenn Kristi daraufhin trotzig das Kinn vorreckte, wie sie es in solchen Momenten immer tat, hatte er sich umgedreht und sich einen doppelten Scotch eingeschenkt. Pur. Sein Lieblingsdrink.

»Und sie haben immer Freunde«, fügte er auch am Abend ihres letzten Streits mit erhobenem Zeigefinger hinzu und nahm einen großen Schluck aus dem Tumbler. »Familienmitglieder. Menschen, die gierig darauf warten, sich an jedem zu rächen, der versucht, aus ihren Geschichten Kapital zu schlagen. Du verdienst dein Geld mit ihren Fehlern, dem Schmerz derjenigen, die sie lieben. Diese Leute sind verrückt. Und sie haben Waffen.«

»Ich schlage kein Kapital aus ihren Geschichten. Sie sind Mörder!«

»In ihren Augen beutest du sie aus.«

»Ach Jay, hör auf damit.« Das konnte er doch nicht ernst meinen! Sie würde Mörder ausbeuten? Was für ein Unsinn.

Kristi hätte selbst gern etwas getrunken. Keinen Whisky. Ein Glas Rotwein wäre schön gewesen, wie immer, wenn sie gestresst war, doch weil sie wusste, dass sie Mutter wurde, riss sie die Augen von der Flasche los und schenkte sich ein Glas Wasser ein.

»Das ist mein Job, Jay«, erwiderte sie ruhig. »Er ist nicht gefährlich.«

»Das kannst du nicht wissen.«

»Du aber auch nicht. Du bist bloß paranoid.«

»Tatsächlich?« Er wurde immer aufgebrachter. Kippte seinen Drink. »Was ist mit Roy Calhoun, der über den Würger von Chicago geschrieben hat? Er wurde in seinem Arbeitszimmer an einem Seil aufgeknüpft, wo er über seinem Buch baumelte, aus dem der Mörder sämtliche Seiten gerissen hatte.«

»Ein einziger Fall«, sagte Kristi abschätzig.

»Was ist mit Anne DeVille?«

»Das war ein Unfall«, hielt sie dagegen. Das Verlangen nach einem Glas Wein wurde immer stärker.

»Sie war beim Kanufahren, allein. Ihr Boot ist umgekippt, und sie ist ertrunken. Ihre Rettungsweste fehlte.«

»Sie war einfach zu sorglos.«

»Wie du?«, fragte er. »Du hast schon genug Bücher veröffentlicht, du musst nicht noch mehr schreiben. Mit jedem Buch holst du irgendwelche Leichen aus dem Keller, profitierst von der Tragödie, drängst die Betroffenen und ihre Familien ins Rampenlicht.«

»Ich dachte, Mörder lieben das Rampenlicht. Für gewöhnlich törnt es sie an, ihre Gräueltaten im Geiste noch einmal zu erleben. Sie lieben es, sich an den Qualen ihrer Opfer zu ergötzen, es geilt sie auf, Katz-und-Maus-Spielchen mit der Polizei zu treiben.«

»Das trifft bestimmt auf einige zu, und gerade deshalb ist deine Arbeit so gefährlich. Diese Leute sind zu allem fähig.«

»Ich weiß.«

»Trotzdem machst du sie berühmt.«

»Ich erzähle ihre Geschichten, Jay. Was wirfst du mir also vor?«, fragte sie streitlustig. »Dass ich sie glorifiziere? Mörder und Vergewaltiger?«

»Ich sage nur, dass sie dich ins Visier nehmen könnten, weil du Profit aus ihren Geschichten schlägst.«

»Du kapierst es nicht, oder?«, schnauzte sie ihn an. »Das ist für mich nicht nur ein Job, das ist mein Leben! Das, was ich mit meinem Leben anfangen möchte!«

»Such dir etwas anderes, weniger Gefährliches.«

»Ja, klar. Selbstverständlich. Wieso kann ich mir eigentlich nicht vorstellen, wie *du* reagieren würdest, wenn ich dir vorschreiben würde, dir einen neuen Beruf zu suchen?«

»Ich würde dir zuhören und über deine Argumente nachdenken«, gab er zurück und leerte sein Glas.

»Und dann würdest du trotzdem tun, was du willst. Hör dir doch nur mal selbst zu!« Sie schnappte sich ihren Rucksack und die Yogamatte und stürmte zur Tür. »Und jetzt mache ich das, was ich will!«

»Nein, Kristi!«

»Was ›nein‹? Soll ich nicht gehen, oder soll ich nicht weiter an meinen Geschichten arbeiten? Nicht länger der Mensch sein, der ich bin?« Sie spürte, dass sie kurz davorstand, zu explodieren. »Soll ich Kristi Bentz aufgeben und mich damit zufriedengeben, nur noch Mrs Jay McKnight zu sein?«

»Nur noch?«, wiederholte er.

»Jetzt tu doch nicht so, als wäre das eine Wahnsinnsehre!« Und dann hatte sie es getan. Sie hatte die Worte ausgesprochen, die ihr in ihrer Wut durch den Kopf schossen. Hatte nach dem Türknauf gegriffen, sich zu ihm umgedreht und mit zornig funkelnden Augen hervorgestoßen: »Ich weiß nicht, warum ich dich überhaupt geheiratet habe!«

Damit war sie zur Tür hinaus in die Dunkelheit gestürmt.

Keine zwei Stunden später hatte Jay McKnight, der Mann, dem sie diese hasserfüllten Worte entgegengeschleudert hatte, die Liebe ihres Lebens, sterbend in ihrem Schoß gelegen. Sie fragte sich, ob er ihr je wirklich geglaubt hatte, dass sie ihn von ganzem Herzen liebte.

Sie hatte ihm ihre Liebe geschworen, als sie ihn in den Armen hielt, während er langsam verblutete, hatte ihn angefleht, durchzuhalten, hatte von ihrer gemeinsamen Zukunft gesprochen, von dem Baby. Ihrem *gemeinsamen* Baby. Hatte er ihre Worte gehört? Hatte er begriffen, dass er Vater werden würde?

Herrgott, was war sie für eine verbohrte Närrin! Was für ein alberner Streit! Immer wieder waren ihr Beruf und Jays Sorge um sie der Auslöser für Auseinandersetzungen gewesen, und immer öfter hatte sie Trost im Alkohol gesucht. Sie hatten sich gestritten, sich versöhnt, miteinander geschlafen, und für gewöhnlich hatte sie in diesen Situationen viel zu viel getrunken.

Tränen traten ihr in die Augen. Seit dem Überfall konnte sie kaum noch aufhören zu weinen. Sie stützte sich auf den Ellbogen und sah von der Couch aus zu Jays Jacke hinüber, die über der Rückenlehne eines der Küchenstühle hing, dort, wo er sie immer abgelegt hatte. Blinzelnd stand sie auf, brachte die Jacke ins Schlafzimmer und nahm einen Kleiderbügel aus dem Schrank. Doch anstatt Jays Jacke zu verstauen, verharrte sie. Ihre Finger schwebten über der Stange mit der Kleidung ihres Ehemanns. Diese Jacke war zuvor nicht in der Küche gewesen.

Da war sie sich ganz sicher.

Oder nicht?

Ihr geplagtes Hirn spulte zurück zum Abend ihrer letzten Auseinandersetzung. Dem Abend, an dem ihr Mann einem grausamen Mörder zum Opfer gefallen war. Hatte die Jacke dort gehangen? Sie war zu einem so alltäglichen Anblick geworden, dass Kristi sie längst nicht mehr bewusst wahrnahm. Dennoch … Sie hatte zwischendurch aufgeräumt, die Wohnung geputzt, einfach um sich abzulenken, allerdings war sie dabei weder sonderlich konzentriert noch gründlich vorgegangen. Dennoch meinte sie, die Jacke in den Schlafzimmerschrank gehängt zu haben. Sicher war sie sich allerdings nicht.

Vor lauter Unbehagen stellten sich die feinen Härchen in ihrem Nacken auf. Es schien, als wäre die Temperatur im Raum um mindestens fünf Grad gefallen.

Hatte jemand unbemerkt das Haus betreten?

Unmöglich.

Sie sperrte doch immer sorgfältig ab, sogar wenn sie da war!

Langsam drehte sie sich um, ließ die Augen durchs Schlafzimmer schweifen. Sie blieben an Jays Nachttisch hängen. War jemand an seinen Sachen gewesen? Seine Uhr lag nicht dort, wo sie sonst immer lag, aber die hatte er an jenem schicksalhaften Abend getragen. Sein Handy hing nicht wie normalerweise am Ladekabel, denn auch das hatte er bei sich gehabt; es war noch bei der Polizei, genau wie seine Hausschlüssel, die früher meist auf dem Beistelltisch neben der Lampe im Flur gelegen hatten. Die Fernbedienung für den Fernseher hatte sie auf ihren Nachttisch gelegt. Ja, alles sah aus wie immer, bis auf …

Ihr Herz setzte einen Schlag aus.

Die Stelle, wo stets ein kleines, gerahmtes Foto von Kristi und Jay an ihrem Hochzeitstag gestanden hatte, war leer. Auf dem Bild lachten sie, Kristi in weißem Brautkleid mit zurückgeworfenem Schleier, er im Smoking, die Fliege gelöst, unbefangen und glücklich. Es war Jays Lieblingsaufnahme gewesen.

Und jetzt war das Bild weg. Verschwunden.

Ungläubig schritt sie das Schlafzimmer ab, den Blick auf den Fußboden geheftet, ohne die Staubmäuse zu beachten, die sich dort tummelten.

Nichts.

Ach du lieber Himmel!

Mit zitternden Fingern öffnete sie die einzelne Schublade.

Der Rahmen lag mit dem Foto nach unten auf seinem E-Reader, neben einigen Kugelschreibern, Notizblöcken und Kopfhörern. Das

Holz hatte eine Macke, das Glas war an einer Ecke gesprungen, als wäre der Rahmen auf den Boden gefallen.

Oder geworfen worden.

Sie dachte an ihren letzten Streit.

Ihre zornigen, hässlichen Worte mussten eine tiefe Wunde geschlagen haben.

War Jay so sauer auf sie gewesen, dass er das Bild gegen die Wand geschleudert hatte? Oder hatte er es umgeworfen – und dann was? Er würde es doch wohl kaum in die Schublade gelegt haben, nachdem er sich wieder abgeregt hatte.

Hatte sie es womöglich beim Putzen verräumt, unfähig, einen klaren Gedanken zu fassen? Oder war sie mittlerweile unfähig, sich an ihre Handlungen in der ersten Zeit nach seinem Tod zu erinnern?

Bei der letzten gedanklichen Möglichkeit – dass tatsächlich jemand in ihrem Haus, in ihrem Schlafzimmer gewesen war – lief ihr ein eisiger Schauder den Rücken hinunter. Noch einmal drehte sie sich langsam um sich selbst, wie eine Ballerina auf einem Schmuckkästchen, der langsam der Saft ausging. Zentimeter für Zentimeter schweiften ihre Augen durchs Zimmer. Ihre Nerven waren bis zum Zerreißen gespannt. Sie fühlte sich verletzt, verängstigt und wütend. Sehr, sehr wütend.

Wer würde es wagen, in ihr Haus einzudringen? Sich an Jays Sachen zu vergreifen?

Beruhige dich, Kristi. Denk nach. Noch kannst du nicht beweisen, dass jemand hier war. Also gib dir Mühe und such nach Anhaltspunkten, die deinen Verdacht erhärten!

»Verdammt noch mal, das tue ich doch!«, sagte sie laut.

Beim Klang ihrer Stimme zuckte sie zusammen. Ihr Blick fiel auf ihr Konterfei in dem großen Ganzkörperspiegel in einer Ecke des Schlafzimmers. Erschrocken schnappte sie nach Luft. Sie war blass, hatte sichtlich abgenommen und wirkte alles andere als lebendig. Ihre Haare standen zerzaust vom Kopf ab – sie konnte sich nicht erinnern, wann sie sie zum letzten Mal gebürstet hatte. In der Hand hielt sie immer noch den Kleiderbügel mit Jays Jacke, so fest, dass die Fingerknöchel weiß hervortraten.

Reiß dich zusammen, Kris. Du musst dich konzentrieren. Du schaffst das.

Es gelang ihr, die Finger zu entkrampfen und die Jacke aufs Bett zu legen, dann straffte sie die Schultern und begab sich auf einen Kontrollgang durchs Haus. Nahm jeden einzelnen Raum unter die Lupe und überprüfte zudem, ob Türen und Fenster geschlossen waren.

Alles in Ordnung.

Alles war an Ort und Stelle.

Sie kehrte ins Schlafzimmer zurück, hängte die Jacke in den Schrank, schloss die Rollläden und zog zusätzlich die Vorhänge zu, dann ging sie ins Wohnzimmer und ließ sich erneut auf die große Couch sinken. Ihre Schulter schmerzte. Vorsichtig strich sie über die verletzte Stelle. Der Arzt hatte ihr versichert, dass die Wunde gut heilte, dann hatte auch ihr Vater behauptet, sie habe »großes Glück« gehabt. Glück, das Jay nicht zuteilgeworden war.

»Ja, du bist wahrhaftig ein Glückspilz«, murmelte sie, hob den Arm über den Kopf und ließ ihn kreisen. Der Schmerz war längst nicht mehr so schlimm wie am Anfang.

Nach einer Weile griff sie zur Fernbedienung und schaltete die Lokalnachrichten ein. Der Mord an Jay war kein Thema mehr – Ereignisse, die länger als ein paar Tage zurücklagen, waren der Berichterstattung nicht wert. Leicht benommen stand sie auf und ging in die Küche, wo eine ungeöffnete Flasche Merlot auf sie wartete.

Seit dem Abend ihrer letzten Auseinandersetzung, dem Abend, an dem sie ihm eigentlich von dem Baby hatte berichten wollen, bevor er wieder mit ihrem Beruf angefangen hatte, stand die Flasche nun dort.

Sie verspürte das überwältigende Verlangen nach einem Glas Wein – gern auch zwei –, sehnte sich nach dem warmen, behaglichen Gefühl, das der Alkohol in ihr hervorrief.

Es war nicht nur das heranwachsende Leben in ihr, das sie zögern ließ, sondern auch der ewige Kampf mit der Abhängigkeit, den ihr Dad führte. Dabei war Rick Bentz gar nicht Kristis leiblicher Vater.

»Trotzdem ist er dein Dad«, murmelte sie. An die finstere Geschichte ihrer Zeugung wollte sie lieber nicht denken. Unweigerlich glitt ihre Hand zu ihrem noch flachen Bauch. Das Kind würde seinen Vater niemals kennenlernen, und diese Tatsache machte Kristi unsagbar traurig.

Sie öffnete eine Schublade, nahm den Korkenzieher heraus und öffnete den Merlot, dann atmete sie tief das Aroma ihres Lieblingsweins ein. Wie oft hatte sie abends mit Jay zusammengesessen und sich eine Flasche mit ihm geteilt?

Und jetzt war sie Witwe.

Eine schwangere Witwe.

Sie hob die Flasche an die Nase, um den Duft voll auskosten zu können, dann trat sie ans Spülbecken und schüttete die blutrote Flüssigkeit in den Ausguss. Sie dachte an all das Blut in jener Nacht. Ihr Blut. Jays Blut.

Sie dachte an Jays Warnung und erstarrte. *Diese Leute sind zu allem fähig.* Bislang hatte sie den brutalen Übergriff für einen Zufall gehalten, hatte gedacht, sie wäre einfach nur zur falschen Zeit am falschen Ort gewesen, jemand hätte sie ausrauben oder vergewaltigen wollen, weil sie während des Unwetters mutterseelenallein durch die Gegend geschlendert war.

Doch vielleicht täuschte sie sich.

Vielleicht hatte der Angreifer sie bewusst ausgewählt.

Die Polizei wollte diese Möglichkeit nicht ausschließen, und vermutlich sollte sie das auch nicht tun.

Im Grunde war es gleich. Wer auch immer Jay mit dem Messer den tödlichen Stich verpasst hatte, würde nicht ungestraft davonkommen. So oder so: Sie würde den Bastard schnappen und ans Kreuz nageln.

Würde dafür sorgen, dass Jay Gerechtigkeit widerfuhr.

Kristi Bentz-McKnight war fest entschlossen, ihren ermordeten Ehemann zu rächen.

Kapitel drei

Es dauert nur eine Sekunde«, versicherte Detective Reuben Montoya seinem Partner und zwängte seinen Mustang in eine enge Lücke. Die Oktobersonne spähte durch den tief hängenden Wolkenschleier, schwache Strahlen trafen auf die mit Insekten übersäte Windschutzscheibe und wärmten den Fahrzeuginnenraum.

Bentz deutete auf ein Schild. »Du parkst in einer Ladezone.«

»Es gibt keinen anderen Parkplatz«, stellte Montoya fest und verzog die Lippen zu einem schiefen Grinsen, wobei er eine Reihe strahlend weißer Zähne entblößte. »Das geht schon klar, Bentz. Wir sind Cops, hast du das etwa vergessen?«

Bentz erwiderte nichts.

»Sollte es Ärger geben, mach einen auf Dirty Harry und zeig deine verdammte Dienstmarke. Du trainierst doch noch, oder? Schlägst ein paarmal die Woche auf den Boxsack ein?«

»Ja.« Bentz rieb seine Schulter. Sie schmerzte ein wenig, so zornig hatte er heute Morgen den Punchingball malträtiert.

»Na dann. Bin gleich wieder da!« Damit stieg er aus und eilte im Laufschritt zu einer Bäckerei, in deren Auslage alle möglichen Gebäcksorten zu sehen waren.

Bentz beobachtete, wie Montoya die Tür öffnete, kurz zögerte und sie dann für eine Frau aufhielt, die einen Kinderwagen mit zwei Mädchen hinausschob. Zwillinge, beide in Rosa gekleidet, beide mit lockigen schwarzen Zöpfen.

Sobald sie draußen war, ging Montoya hinein.

Wonach gelüstete es ihn denn diesmal? Donuts? Beignets? Kuchen?

Was zur Hölle dachte er sich eigentlich dabei? Bentz warf einen Blick auf seine Armbanduhr. Elf Uhr fünfzehn. Etwas zu spät für eine Kaffeepause und etwas zu früh fürs Mittagessen. Bentz trommelte ungeduldig mit den Fingern auf die Kante des Beifahrerfensters. Er war sich bewusst, wie schnell die Zeit verstrich, ihnen durch die Finger glitt, Minute für Minute. Und in ebendiesen Minuten saß er tatenlos herum und wartete darauf, dass Montoya seine Zuckergelüste befriedigte, während der Mörder seines Schwiegersohns irgendwo weiterhin ungestraft sein Unwesen trieb.

Was kam als Nächstes?

Plante er einen weiteren Angriff auf seine Tochter?

Oder hatte er schon jemand anderes ins Visier genommen?

War die tödliche Attacke zufällig erfolgt, oder waren Kristi oder Jay bewusst ausgewählt worden?

Wenn ja, warum? Diese Frage kreiste in Endlosschleife in seinem Kopf. Warum? Warum? Warum?

Sein Magen brannte, seine Augen ebenfalls.

Er hatte seit Tagen nicht mehr richtig geschlafen. Wenn er ehrlich war, nicht mehr seit dem brutalen Mord an Jay. Laut Kristi hatte ihr Mann ihr das Leben gerettet, indem er auf den Angreifer losgegangen war und sich dabei den tödlichen Stich eingefangen hatte. Die erste Stichwunde in der Brust hätte er wahrscheinlich überlebt, da die kurze Klinge die Lunge verschont hatte. Der Schnitt am Oberschenkel dagegen hatte die Femoralarterie durchtrennt und ihn so das Leben gekostet. Der Tatort, das viele Blut, das sich mit dem Regenwasser vermischte, sprach Bände und bestätigte Kristis Schilderung des schrecklichen Angriffs.

Nachdenklich rieb Bentz sich den verspannten Nacken. War sie wirklich zur falschen Zeit am falschen Ort gewesen, oder hatte der Mörder sie bewusst ausgewählt? Sie gestalkt? Verfolgt? Auf sie gewartet?

Er war so tief in Gedanken versunken, dass er Montoya erst bemerkte, als dieser die Tür des Mustangs aufriss und hinters Steuer glitt, wobei er Bentz einen To-go-Pappbecher hinhielt. »Hier.« Der Duft nach frisch gebrühtem Kaffee füllte das Wageninnere.

Bentz hielt sich den Becher unter die Nase und atmete tief ein.

»Ein dreifacher Espresso.« Montoya stellte eine weiße Papiertüte aufs Armaturenbrett. »Genau das, was du jetzt brauchst. Du siehst echt scheiße aus.«

»Danke.«

»Im Ernst, Partner.« Er legte den Gang ein, warf einen Blick in den

Rückspiegel und gab Gas, um sich in den Verkehr einzureihen. »Wann hast du das letzte Mal durchgeschlafen?«

»Ist schon eine Weile her.«

»Geht's etwas genauer? Wie lang ist bei dir ›eine Weile‹?«

»Ein paar Stunden Schlaf kriege ich nachts auf jeden Fall.«

Montoya warf ihm einen ungläubigen Blick zu. »Dann frage ich mich, warum du hier rumhängst wie ein nasser Sack.« Bentz öffnete den Mund, um zu widersprechen, aber sein Partner schüttelte den Kopf. »Lass gut sein. Ich hab keine Lust auf Ausreden. Ich weiß schließlich, dass deine Tochter um ein Haar ermordet worden wäre. Ich weiß, dass dein Schwiegersohn es nicht geschafft hat, und ich weiß, dass es dir um etwas Persönliches geht. Du bist besessen davon, den Typen zu schnappen, bevor er erneut zuschlagen kann. Dir kreist die ganze Zeit über das ›Was wäre, wenn?‹ durch den Kopf. Was, wenn Jay nicht im entscheidenden Augenblick dazugekommen wäre? Was, wenn Kristi den Yogakurs ein paar Minuten früher verlassen hätte? Du treibst dich selbst in den Wahnsinn, weil du nicht aufhören kannst zu überlegen, wer diese brutale Tat begangen hat und warum. Das verstehe ich. Ich habe selbst ein Kind. Ich denke, ich würde das Gleiche tun. Aber ich sage dir, Partner: Du kannst im Augenblick nicht klar denken.«

»Ist das alles, Mom?«, fragte Bentz mit mehr als nur einem Anflug von Sarkasmus.

»Ach herrje.« Montoya raste über eine gelbe Ampel. »Nein, das ist nicht alles. Du hast es zwar bis jetzt nicht laut ausgesprochen, aber ich weiß, dass du davon ausgehst, dass Vater John hinter alldem steckt.«

Bentz schaute aus dem Seitenfenster und ertappte sich dabei, dass er so fest mit den Zähnen knirschte, dass sein Kiefer schmerzte. Montoya hatte den Nagel auf den Kopf getroffen. »Vater John« war das Pseudonym für einen Serienmörder, der vor Jahren die Straßen von New Orleans unsicher gemacht hatte, ein Killer, der auch »der Rosenkranzmörder« genannt wurde, weil er seine Opfer mit den scharf geschliffenen Perlen eines Rosenkranzes erwürgt hatte. Bentz hatte gehofft, den Bastard bei seiner Flucht in die Sümpfe abgeknallt zu haben, aber ganz sicher war er sich nie gewesen, denn man hatte bis heute keine Leiche gefunden. Was die Kollegen, die Presse und meist auch er selbst dem Umstand zuschrieben, dass es in den Sümpfen rund um New Orleans von Alligatoren nur so wimmelte.

Aber offenbar hatten sie sich getäuscht.

Offenbar hatte *er* sich getäuscht.

Offenbar war der falsche Priester wieder aufgetaucht und versetzte erneut die Stadt in Angst und Schrecken. Vor nicht allzu langer Zeit hatten sie eine tote Prostituierte gefunden, Teri Marie Gaines alias Tiffany Elite. Das bedauernswerte Mädchen war scheinbar in Vater Johns Netz geraten, was sie das Leben gekostet hatte: ermordet, genauer gesagt, erwürgt, aller Wahrscheinlichkeit nach mit einem Rosenkranz, wie der psychopathische Pseudo-Priester ihn benutzte. Dieselben Male, einzigartige Male, Hämatome am Hals, dazu ein Muster feiner Schnitte, die nur von den Perlen des todbringenden Rosenkranzes stammen konnten. Genau wie bei den früheren Opfern. Außerdem hatte eine Hundert-Dollar-Note mit Benjamin Franklins Gesicht, die Augen geschwärzt, im Apartment der ermordeten Prostituierten gelegen.

Vater Johns Handschrift.

Eine ausgeklügelte Inszenierung, die dazu diente, Bentz zu verspotten und zur Jagd herauszufordern. Eine Inszenierung, die Bentz nicht zur Ruhe kommen ließ. Er wusste instinktiv, dass das Kapitel »Vater John« noch längst nicht abgeschlossen war.

Genauso instinktiv wusste er, nein, fürchtete er, dass der Übergriff auf Kristi und die Ermordung seines Schwiegersohns auf das Konto des Rosenkranzmörders gingen. Vater John war ein Phantom, Detective Rick Bentz' ganz persönlicher weißer Wal.

Doch was, wenn sein Instinkt ihn täuschte? Was, wenn ein Trittbrettfahrer auf den Plan getreten war, der den Mord an Tiffany Elite genauso inszeniert hatte wie sein Vorbild und Mentor Vater John?

Aber warum? Um von sich selbst abzulenken und die Polizei auf eine falsche Fährte zu locken? Um die Taten des falschen Priesters zu würdigen? Wer wusste schon, was in solchen Hirnen vor sich ging.

Und noch ein Gedanke wollte ihm einfach nicht aus dem Kopf gehen: Hatte der Killer tatsächlich beschlossen, dass Bentz' Tochter das nächste Opfer sein würde?

Selbst wenn sie nicht gestorben war, hatte Kristi Wunden davongetragen, die niemals heilen würden. Nicht körperlich, aber ganz bestimmt seelisch.

»Herr im Himmel.« Frustriert fuhr er sich mit den Fingern durch die Haare.

Jedes Mal, wenn er Kristi seit Jays Tod besuchte, zog sich sein Herz schmerzhaft zusammen. Oh, sie setzte immer ein tapferes Gesicht auf, aber er kannte sie gut genug, um die Fassade zu durchschauen. Selbst tonnenweise Make-up konnte die Trauer und Erschöpfung nicht übertünchen, ihren blassen Teint, die dunklen Ringe unter ihren Augen, ihre blutleeren Lippen.

Als Kind war sie ein echter Wildfang gewesen, ungestüm, nicht zu bremsen. Sie war zu einer willensstarken, mutigen, mitunter etwas leichtsinnigen, draufgängerischen jungen Frau herangewachsen, doch nun erkannte er seine Tochter kaum wieder. Sie kam ihm vor wie die leere Hülle des Menschen, der sie einst gewesen war.

Obwohl sie das Gegenteil behauptete, ging er davon aus, dass sie an dem sogenannten Überlebenden-Syndrom litt, den Schuldgefühlen desjenigen, der dem Tod von der Schippe hatte springen können, während ein anderer dafür mit dem Leben bezahlen musste. Bentz kannte dieses beklemmende Gefühl nur zu gut. Jahrelang hatte er sich schuldig gefühlt, wann immer er an Jennifer, seine erste Frau, dachte, Kristis Mutter. Er verengte leicht die Augen und sah Jennifer vor sich. So schön. So selbstverliebt. So falsch. Ihre Lügen ... Er schüttelte unwillkürlich den Kopf, als könnte er so die Gedanken an sie daraus vertreiben. Nein, diesen finsteren, verschlungenen Pfad der Erinnerung würde er nicht einschlagen, nicht jetzt, wo er sich voll und ganz auf die Gegenwart und die simple Tatsache konzentrieren musste, dass jemand Kristi zur Witwe gemacht hatte und ihr mit ziemlich hoher Wahrscheinlichkeit nach dem Leben trachtete.

Er ballte die Hände zu Fäusten.

Dafür würde der kranke Hurensohn bezahlen.

Dafür würde er, Rick Bentz, sorgen.

Eine neuerliche Woge des Zorns brandete in ihm auf. Zorn, der mit einem Gefühl der Hilflosigkeit einherging, einem Gefühl der Ohnmacht, das seinen inneren Aufruhr nur noch steigerte.

»In der Tüte sind Beignets«, riss ihn Montoya aus seinen Gedanken.

»Ohne Füllung, zwei mit Apfel und ein paar mit Schokolade. Bedien dich. Ein kleiner Zuckerrausch kann dir nicht schaden.«

Bentz nahm einen Schluck heißen Espresso und wünschte sich insgeheim, es wäre Bourbon. Die weiße Tüte rührte er nicht an. Der starke Kaffee brachte seinen brennenden Magen auch ohne fettgebackenes Zuckerzeug auf Hochtouren, und noch mehr Säureblocker konnte er wohl kaum einwerfen. »Danke«, sagte er daher.

»Keine Ursache.« Montoya trat auf die Bremse, als ein Radfahrer unerwartet ausscherte und nur Zentimeter vor der Kühlerhaube seines Mustangs in eine Seitenstraße abbog. »Idiot!« Montoya schlug mit den Handflächen aufs Lenkrad. »Ich sollte ihn verhaften!«

Bentz glaubte schon, er würde das Gaspedal durchtreten und die Verfolgung aufnehmen, doch ausnahmsweise atmete sein Partner tief durch und fuhr in gemäßigtem Tempo weiter. Montoya war nach wie vor ein Hitzkopf, befeuert von Adrenalin und Testosteron, aber es bekam ihm gut, Vater zu sein, denn er war in vielen Situationen definitiv gelassener geworden, abgeklärter. Jetzt schloss er die Finger fest ums Lenkrad und wandte Bentz das Gesicht zu.

»Ich will bloß, dass du auf dich achtgibst, okay? Nur dann kannst du dich voll und ganz auf den Fall konzentrieren«, stimmte er die alte Leier wieder an.

Er hat recht, musste Bentz widerwillig zugeben. Die schlaflosen Nächte machten ihn fahrig und nervös, und auch wenn ihm rational klar war, dass der mörderische Übergriff nicht seine Schuld war, so fühlte er sich doch dafür verantwortlich. Und wenn auch nur deshalb, weil er nicht für die Sicherheit seiner Familie hatte sorgen können.

Er trank einen weiteren Schluck Espresso. »Botschaft angekommen.«

»Meinst du das ernst?«, fragte Montoya ungläubig. »Du nimmst meinen Rat an?« Seine Lippen verzogen sich zu einem schiefen Grinsen, seine dunklen Augen blitzten überrascht, als er die Spur wechselte und zum Überholen ansetzte.

»Vielleicht.«

»Vielleicht auch nicht, schon klar.« Montoyas Diamantohrstecker blinkte im fahlen Sonnenlicht, das durch die Windschutzscheibe ins Wageninnere fiel. »Warum glaubst du nicht an einen Zufallsangriff?«

»Weil mir das ein bisschen zu viel Zufall ist«, erwiderte Bentz. »Die Tochter eines Polizisten, deren Ehemann ebenfalls bei der Polizei arbeitet.« Er schüttelte den Kopf. »Das kann kein Zufall sein.«

»Dann beweis es. Aber vorher solltest du dir unbedingt 'ne Mütze voll Schlaf holen.«

Montoya warf einen Tennisball über den Rasen seines langen, schmalen Gartens hinter dem Shotgun-Haus, in dem er mit seiner Frau und seinem Sohn Ben lebte. Abby redete schon länger davon, den etwas beengten Bau, dessen schmale, an eine Schrotflinte erinnernde Form typisch war für diese Gegend im Süden der Vereinigten Staaten, gegen ein geräumigeres Haus auszutauschen. Sie wünschte sich ein weiteres Kind. »Ich hätte so gern eine Tochter«, hatte sie ihm noch heute Morgen im Bett zugeflüstert. »Oder einen zweiten Sohn. Ein Geschwisterchen würde Benjamin guttun.«

Montoya war nicht überzeugt. Zumindest noch nicht.

Ihm gefiel es hier, zu dritt. Außerdem war die Welt, in der sie lebten, in letzter Zeit noch rauer geworden als sonst.

Überall kam es zu Unruhen und Kriegen. Die Folgen des Klimawandels ließen sich nicht länger leugnen. Die gesellschaftliche Schere klaffte immer weiter auseinander. Die Gefahr von weiteren Epidemien oder gar Pandemien stieg, was nicht zuletzt mit dem Problem der stetig wachsenden Überbevölkerung zusammenhing.

Wäre es klug, ein weiteres Kind in diese Welt zu setzen?

Hershey, ihr schokobrauner Labrador, der langsam in die Jahre kam, jagte dem Ball nach und verschwand im Gebüsch. Seine Schnauze wurde immer grauer, und in letzter Zeit verbrachte er viel Zeit damit, auf der Veranda in der Sonne zu liegen und zu dösen.

»Such!«, rief Montoya. »Du findest die Beute!« Von hier aus konnte er sehen, dass der gelbe Tennisball zwischen einer Kreppmyrte und Benjamins Rutschauto eingeklemmt war. »Na siehst du, klappt doch. Bring den Ball!« Die »Beute« im Maul, galoppierte Hershey zu seinem Herrchen zurück. »Braver Junge.« Montoya kraulte den Labrador hinter den Ohren, dann ging er ins Haus, in dem noch der Geruch des Abendessens hing: Schinken, Zwiebeln und Tomatensoße.

Vor dem Badezimmer wäre er beinahe mit Abby zusammengeprallt, die mit Ben, den sie in ein großes Badetuch gewickelt hatte, herauskam.

»He, mein Großer!«, sagte er und zauste seinem Sohn die nassen Haare. Ben grinste ihn an, und Montoya spürte, wie er dahinschmolz. »Und, bist du heute fleißig Auto gefahren? Wenn du so weitermachst, können wir dich bald zur Formel 1 anmelden!«

»Träum weiter.« Abby lachte, und wieder einmal stellte Montoya fest, wie sehr er ihr Lachen liebte. »Na schön, Daddy, wie wär's, wenn du ihn in seinen Schlafanzug und ins Bett steckst? Dann kann ich unterdessen das Bad trockenlegen, das Hurrikan Ben überschwemmt hat.«

»Kein Problem.« Er zwinkerte seiner Frau zu, dann schob er seinen Sohn ins Kinderzimmer, einen Raum neben dem Schlafzimmer, der definitiv zu klein für ein zweites Bett war.

»Du süßer Windewurm«, neckte er seinen Sohn, als es ihm endlich gelang, Ben das Pyjamaoberteil anzuziehen und seine Ärmchen durch die Ärmel zu fädeln.

Ben kicherte.

Montoya bückte sich, nahm das feuchte Handtuch hoch und hängte es an den Haken an der Kinderzimmertür. Im selben Augenblick vibrierte das Handy in seiner Hosentasche.

Kurz überlegte er, einfach nicht dranzugehen, doch dann hob er die Bettdecke an, damit Ben darunterkrabbeln konnte, deckte den Jungen zu und zog das Telefon hervor.

Auf dem Display erschien eine unbekannte Nummer.

»Hallo?«, meldete er sich und reichte Ben ein Bilderbuch.

»Bro?«

»Cruz?«, fragte Montoya überrascht, als er die Stimme erkannte, die er seit mindestens einem Jahr nicht mehr gehört hatte.

»Ja«, flüsterte sein Bruder. Er atmete schwer, als würde er laufen.

»Cruz, wo zur Hölle steckst du?« Montoya konnte sich nicht erinnern, wann genau er das letzte Mal mit Cruz gesprochen hatte. Der Bruder war schon immer ein Einzelgänger gewesen, ein Hallodri, das schwarze Schaf der Familie.

»Ist doch egal«, keuchte Cruz gedämpft, als fürchte er, jemand anderes als Montoya könnte ihn hören. »Ich stecke in der Scheiße, Reuben, und zwar bis zum Hals.«

Montoyas Nackenmuskeln spannten sich an. »Was ist los?«

»Das kann ich dir jetzt nicht erklären. Aber ich bin auf dem Weg zu dir.«

»Warum?« Das klang gar nicht gut.

»Weil ich deine Hilfe brauche. Zu keinem ein Wort, klar? Niemand aus der Familie muss davon erfahren, auch nicht Abby oder dein Partner. Hast du mich verstanden?«

Ach du heiliger Strohsack. »Das meinst du doch nicht ernst, oder, Cruz?«

»Nicht ernst? Klinge ich so, als würde ich lachen? Herrgott, Reuben, ich … hab Schiss, dass man mich einbuchtet! Wegen Mordes.«

»Was?« Montoya konnte es nicht fassen. Sicher, Cruz hatte sich mehr als einmal in Schwierigkeiten gebracht, aber Mord? Niemals. Dazu war sein Bruder nicht fähig. »Wegen Mordes?«, wiederholte er daher ungläubig. »Wovon redest du? Wer ist umgebracht worden?«

Seine Frage blieb unbeantwortet.

Die Leitung war bereits tot.

Kapitel vier

Bentz betrachtete den zunehmenden Mond, noch nicht ganz voll, der hoch über der Stadt stand. Nach einer Weile schloss er die Jalousien und warf einen Blick auf seine Armbanduhr. Schon nach Mitternacht. Er ließ den Kopf kreisen, schaute von den Unterlagen, die sich auf seinem Schreibtisch türmten, auf den leuchtenden Computermonitor und wieder zurück, dann ging er zur Tür und den kurzen Flur entlang ins Schlafzimmer. Olivia hatte die Leselampe auf ihrem Nachttisch bereits gelöscht und sich auf die Seite gedreht. Er dachte, sie würde schon schlafen, doch da hörte er sie plötzlich leise sagen: »Lass es gut sein, Rick. Du musst heute Nacht kein Superheld sein. Komm ins Bett.«

Wenn das mal so einfach gewesen wäre. »Nur noch ein paar Minuten.«

Er zog die Tür hinter sich zu, bis nur noch ein Spalt offen stand. Olivia seufzte leise. Darauf bedacht, ja kein Geräusch zu machen, schlich er zum Kinderzimmer und spähte auch dort hinein.

Mondlicht fiel durch die Jalousien, was den gemütlichen kleinen Raum gestreift aussehen ließ. Unvermittelt fühlte sich Bentz an die Gitterstäbe in einer Gefängniszelle erinnert, doch er schob den Gedanken eilig beiseite.

Seine Tochter lag zusammengerollt in ihrem Bettchen, die blonden Ringellöckchen auf dem Kissen ausgebreitet. Auf leisen Sohlen tappte er zu ihr, wobei er mehreren auf dem Fußboden verstreuten Puppen, Malbüchern und Buntstiften auswich, beugte sich zu ihr hinunter und küsste sie auf die weiche, glatte Stirn. Ginnys kleine Lippen zuckten, sie blinzelte, ihre langen Wimpern flatterten, dann seufzte sie, genau wie ihre Mutter, und er zog sich vorsichtig zurück.

»Ich liebe dich, Kleines«, flüsterte er und sah zu, wie sie sich zusammenrollte. »Schlaf schön, Süße.« Sein Herz schmerzte beinahe vor Liebe, als er ihr unschuldiges Gesichtchen betrachtete.

Das Leben nahm manchmal unergründliche Wege.

Er presste die Kiefer zusammen, als er an seine ältere Tochter dachte, eine erwachsene Frau, die den Kampfsport beherrschte wie nichts anderes. Sie hatte von Kindesbeinen an Taekwondo gemacht, und er hatte dafür gesorgt, dass sie ausgezeichnet schießen konnte, denn er hatte geahnt, dass er sie nicht würde zähmen können. Kristi war ein furchtloser, draufgängerischer Mensch, mutig bis zur Leichtsinnigkeit. Trotzdem war sie nicht gegen das Messer eines Psychopathen angekommen. Vielleicht hätte sie nicht durch die schmale Gasse gehen sollen …

Bentz' Blick ruhte nachdenklich auf Ginny. Endlich riss er sich los, trat ans Fenster und schloss die Jalousien. Bis auf das kleine Feen-Nachtlicht neben dem Kleiderschrank war es nun dunkel im Zimmer. Er ließ die Tür ein Stück weit auf und kehrte zu seinem Arbeitszimmer zurück. Dabei machte er einen kurzen Abstecher in die Küche im Erdgeschoss, doch natürlich fand er kein Bier im Kühlschrank.

Gut so, dachte er, stieg die Treppe wieder hinauf und ließ sich in seinen Schreibtischstuhl fallen, der unter seinem Gewicht ächzte.

Er rieb sich die Augen und ging noch einmal seine Notizen zu dem Mord an Jay McKnight durch, doch er kam einfach nicht weiter. Sein Schwiegersohn war von einer scharfen, kurzen Klinge in der Brust und anschließend im Oberschenkel getroffen worden, das Messer hatte die Femoralarterie durchtrennt. Jay war verblutet. Eine Überwachungskamera an der Kathedrale hatte den Angreifer gefilmt. Es handelte sich aller Wahrscheinlichkeit nach um einen Mann, allerdings war es nicht hundertprozentig ausgeschlossen, dass sie es mit einer Frau zu tun hatten. Der Mörder trug einen dunklen Regenumhang und eine Skimaske, dazu eine dunkle Brille. Eine Sonnenbrille mit verspiegelten Gläsern, und das am Abend bei strömendem Regen.

Bentz kniff die Augen zusammen und gab sich alle Mühe, mehr zu erkennen.

Auf keiner der Aufnahmen konnte er einen Priesterkragen ausmachen, und die beiden Zeuginnen – Frauen, die die Polizei gerufen hatten und davongelaufen waren – hatten nur gesagt, sie hätten eine dunkel gekleidete Gestalt auf zwei Personen einstechen sehen, mehr nicht.

Bentz vergrößerte ein Standbild, aufgenommen von einer Kamera an einem Pfandhaus nicht weit vom Ort des Überfalls entfernt. Darauf war der Mann im Umhang am besten zu erkennen, allerdings war auch diese Aufnahme grobkörnig und leider nur schwarz-weiß. Der dichte Regenvorhang ließ die Umrisse zusätzlich verschwimmen.

Bentz lehnte sich zurück, streckte sich und hörte seine Wirbelsäule knacken.

Kristi beharrte darauf, dass der Angriff aus heiterem Himmel erfolgt war, die Zufallstat eines Irren, doch die Bedenken, die er schon Montoya gegenüber geäußert hatte, ließen ihn nicht los. Hatte der Psycho seine Tochter bewusst ausgewählt? Sie hatte angegeben, dass der Besuch des Yogakurses zu ihrer wöchentlichen Routine gehörte. Oder hatte der Angriff in Wirklichkeit Jay gegolten? Jay, der Kristi hatte abholen wollen. Warum genau, wusste Kristi nicht, allerdings hatten sie sich vorher gestritten, und das Dutzend roter Rosen, das am Tatort verstreut war, ließ darauf schließen, dass er sich mit ihr versöhnen wollte.

Jay wäre also eigentlich nicht dort gewesen.

Ergo, so die einzig mögliche Schlussfolgerung, hatte die Attacke tatsächlich Kristi gegolten.

Bentz gefror das Blut in den Adern.

Wer sollte seiner Tochter Schaden zufügen wollen und warum?

Vielleicht einer der durchgeknallten Scheißkerle, dessen Geschichte sie in einem ihrer Bücher erzählt hatte. Sie hatte sich von jeher für True Crime begeistert und schließlich ihre Leidenschaft zum Beruf gemacht. Sie konnte sich stundenlang, tagelang, wochen- und monate-, ja sogar jahrelang in ihre Recherchen verbeißen, um die inneren Qualen der Killer und ihrer Opfer nachzuvollziehen. War es möglich, dass sie einem Psychopathen zu nahe getreten war, jemandem, dem es nicht gefiel, wie sie ihn darstellte?

Er machte sich im Geiste die Notiz, eine Liste ihrer Feinde aufzustellen, angefangen mit den verurteilten Mördern, über die sie in ihren Büchern schrieb. Und nicht nur sie, sondern auch ihre Familien würde er auf diese Liste setzen, denn Eltern, Geschwistern oder Kindern gefiel es oft gar nicht, wenn ihr Leben unter die Lupe genommen wurde. Er warf einen Blick auf das Bücherregal neben dem Fenster, in dem er die signierten Exemplare ihrer True-Crime-Veröffentlichungen aufbewahrte. Er war stolz auf Kristi. Obwohl er sich Sorgen machte, dass sie bei ihrer Arbeit überführten Schwerverbrechern so nahekam, freute er sich über ihren Erfolg. Sein Blick schweifte über die Buchrücken, und währenddessen zogen vor Bentz' innerem Auge die Verrückten vorbei, die seinetwegen ins Gefängnis gewandert waren und deren Geschichten Kristi dem Lesepublikum zugänglich gemacht hatte. »Der Erwählte«, der den katholischen Heiligenkalender für seine Ritualmorde als Vorbild nahm, oder Hamilton Cooke, ein Arzt, der seine Frau ermordet hatte. Bentz hatte Cooke verhaftet, und der Bastard war verurteilt worden. Kristi hatte über beide Fälle geschrieben. Vor Kurzem war der Schuldspruch aufgehoben worden, was sehr an Bentz nagte. Der Chirurg war ein eiskalter Killer. Bentz wusste das, und er hatte es bewiesen.

Es gab noch andere, zum Beispiel Ned Zavala, den *Bayou-Schlachter,* oder Mandel Jarvis, einen ehemaligen Profi-Footballspieler, der »versehentlich« seine Ehefrau getötet hatte und Bentz die Schuld für seine Verurteilung in die Schuhe schob.

Und das war nur die Spitze des Eisbergs.

Um ehrlich zu sein, kamen noch mindestens ein Dutzend andere Mörder infrage, die Bentz hinter Gitter gebracht hatte und die inzwischen wieder auf freiem Fuß waren.

Es sei denn, es ging um etwas Persönlicheres.

Er kaute auf der Innenseite seiner Lippe.

Dachte angestrengt nach.

Vielleicht war er auf dem falschen Dampfer.

Was – ein weit hergeholtes Was? –, wenn Vater John tatsächlich zurück war? Bentz starrte auf Kristis Buch, das den Titel *Der Rosenkranzmörder* trug, und spürte, wie sich sein Magen zusammenzog.

Nach einer ganzen Weile riss er sich los, nahm einen Kugelschreiber zur Hand und sein Notizbuch. Sie würde sich nicht nur verurteilte Verbrecher zum Feind gemacht haben, deshalb musste er unbedingt auch die Menschen in ihrem sozialen Umfeld unter die Lupe nehmen. Doch wen konnte seine Tochter so verärgert haben, dass er ihr auf derart brutale Art und Weise nach dem Leben trachtete?

Er schrieb »Kristi« auf eine freie Seite, dann legte er eine zweite

Spalte an, über die der Name ihres Ehemanns kam. Soweit sich Bentz erinnerte, hatte Jay die Herzen gleich mehrerer Frauen gebrochen und sogar einer Verlobten den Laufpass gegeben. Das lag mittlerweile Jahre zurück, aber wie lautete noch das alte Sprichwort? *Rache wird am besten kalt serviert.*

Doch das musste natürlich nicht stimmen.

Sein Blick glitt erneut über Kristis Bücher. Einige davon hatte man sogar fürs Fernsehen verfilmt, und oft waren ihre Recherchen und seine Ermittlungen Hand in Hand gegangen, wodurch auch sie mehr als nur einmal in Lebensgefahr geraten war.

Bentz spürte, wie sein Magen erneut zu brennen anfing, wenn er daran dachte, dass er sie schon mehrmals um ein Haar verloren hatte. Zu oft war sie dem Tod bereits von der Schippe gesprungen.

Aber der Sensenmann würde auf eine neue Gelegenheit warten. Entschlossen. Geduldig. Denn am Ende holte er sie alle.

Ich betrachte die Verletzung im Spiegel.

Ein hellroter Strich zieht sich von meinem Auge bis zum Kinn, dank Kristi Bentz. Die Haut an den Rändern ist wulstig und noch nicht ganz vernarbt, aber sie wird heilen. Zum Glück hat das Auge keinen ernsthaften Schaden genommen. Ich weiß, wie man Wunden versorgt, weiß, wie man den Heilungsprozess unterstützt und Narben vorbeugt. Auch wenn Eitelkeit eine Sünde ist, erfreue ich mich doch an meinem Aussehen – ja, ich weiß, eine weitere Sünde auf der langen Liste. Um die Wahrheit zu sagen: Ich verbringe für gewöhnlich mehr Zeit damit, meinen Körper in Bestform zu bringen, als mit Beten.

Das muss sich ändern, denke ich, als ich nach meiner Lieblingswaffe greife, nach meinem perfekten kleinen Messer, das ich am Schleifstein schärfe. *Skritttsch!* Die Klinge sirrt über die harte Oberfläche. *Skritttsch! Skritttsch!* Schneller und schneller, bis sie scharf wie ein Rasiermesser ist. *Skritttsch!*

Perfekt.

Ich denke an den Abend, an dem ich diese todbringende Waffe das letzte Mal benutzt habe.

Bei Jay McKnight.

Es gab Zeugen, die die Polizei gerufen haben, aber zum Glück konnte ich fliehen. Der Polizei mit ihren Überwachungskameras, der technischen Ausrüstung, ihren Pistolen, Fahrzeugen, Helikoptern und Hunden ist es nicht gelungen, mich zu schnappen.

Bislang konnte ich entkommen.

Ich habe es nicht riskiert, eine Klinik aufzusuchen, um die Wunde nähen zu lassen. Um Notaufnahmen, Krankenhäuser, selbst um Tierarztpraxen mache ich für gewöhnlich einen großen Bogen. Ich weiß, was zu tun ist. Das habe ich der US-Regierung zu verdanken. Ich war Sanitäter bei der Armee. Ich habe gelernt. Geübt. Erfahrung gesammelt. Deshalb konnte ich die Verletzung, die mir Kristi Bentz-McKnight mit der Spitze ihres Regenschirms zugefügt hatte, mit etwas Hautkleber und chirurgischem Plastikband selbst verarzten. Vor ein paar Tagen habe ich damit begonnen, die Haut rund um die Wunde sanft zu massieren und Vitamin E aufzutragen, wie bei der Nachbehandlung einer plastischen Operation. Ich habe mich zurückgezogen, so wie ich es geplant hatte, habe denen, die Fragen stellen könnten, schon im Vorfeld weisgemacht, dass ich eine Weile außerhalb der Stadt zu tun hätte. Dabei habe ich New Orleans gar nicht verlassen. Stattdessen bin ich im Haus geblieben, habe das Sonnenlicht gemieden und mich erholt, habe sogar auf mein tägliches Trainingsprogramm verzichtet.

Und ich habe gebetet.

Oh, und wie ich gebetet habe! Wieder und wieder, während die Wunde an meiner Wange langsam heilte.

Ich habe den Herrn um Hilfe gebeten.

Um ein Zeichen gefleht.

Auf Sühne gehofft.

Nicht zum ersten Mal an diesem Tag bekreuzige ich mich und flüstere: »Im Namen des Vaters und des Sohnes und des Heiligen Geistes. Amen.«

Seit ich Jay McKnights Leben ausgelöscht habe, bin ich die Szene vor der St. Louis Cathedral im Geiste Hunderte, wenn nicht gar Tausende Male durchgegangen. McKnights Tod gehörte nicht zu meinem Plan. Noch nie hatte er oder jemand anderes das Miststück nach dem Yoga-Kurs abgeholt, den sie drei Mal die Woche besucht. Ich weiß das. Ich bin ihr wochenlang gefolgt, um mich zu vergewissern, dass sie unumstößlich an ihrer Routine festhält.

Wieso musste McKnight ausgerechnet an jenem Abend auftauchen? Er konnte doch unmöglich etwas geahnt haben!

Es war einfach nur Pech, beschließe ich, während ich etwas Salbe auf die Narbe tupfe. Anschließend wische ich mir die Finger ab und verlasse das Badezimmer, um den Wohnbereich meines kleinen Refugiums zu betreten – ein umgebautes Nebengebäude am Ende eines großen, von einer hohen Mauer umgebenen Grundstücks, dessen Zufahrt nur von einer einzigen Nachbarin einsehbar ist, einer gebrechlichen alten Dame. Und das auch nur, weil die Mauer an dieser Stelle von einer dicken Hecke unterbrochen wird – eine gartengestalterische Raffinesse. Es gibt ein paar Löcher im Grün, und ab und an habe ich gesehen, dass sie hindurchspäht, wenn sie leichte Gartenarbeiten verrichtet. Was sie in der nächsten Zeit sicher nicht tun wird. Praktischerweise hat sie einen weiteren Schlaganfall erlitten und muss die kommenden Wochen im Pflegeheim verbringen. Hoffentlich wird sie nicht so schnell entlassen. Am besten gar nicht mehr, denn Bessie Cawthorne wurde für meinen Geschmack ein bisschen zu neugierig.

Manchmal, wenn sie sich in ihrem Garten aufhielt und ein wenig Unkraut zupfte oder welke Blüten abpflückte, erkundigte sie sich durch die Hecke nach meinem Befinden, und ich antwortete stets: »Gut«, oder: »Momentan bin ich ziemlich beschäftigt« oder sonst was.

Manchmal, vor allem, wenn ich das Nebengebäude spätabends verließ, meinte ich, sie im ersten Stock ihres Hauses hinter den Jalousien stehen und mich beobachten zu sehen.

Zum Glück wird sie auf unabsehbare Zeit kein Problem mehr darstellen.

Außer der alten Dame gibt es nicht allzu viele, derentwegen ich mir Gedanken machen müsste. Verschiedene Gärtner eines Rasen-Service-Anbieters mähen in ihrem Garten und säubern den Grünstreifen an unserer gemeinsamen Zufahrt. Dabei tragen sie Lärmschutzkopfhörer, und weil sie darum bemüht sind, möglichst schnell fertig zu werden, werfen sie so gut wie nie einen Blick in Richtung meines persönlichen Rückzugsorts.

Meine größte Sorge galt ohnehin Bessies kleinem, struppigem Köter – irgendein Terrier –, der jede meiner Bewegungen genau im Blick behielt. Jedes Mal, wenn ich das Tor öffnete, tauchte er auf der Küchenfensterbank auf und stemmte die Pfoten gegen die Scheibe. Manchmal bellte er – ein schrilles, nervtötendes Gekläff –, sodass die alte Schachtel immer genau wusste, wann ich kam und ging. Was gar nicht gut war.

Aber wie gesagt, das Problem hat sich erledigt. Zumindest vorübergehend. Bessie ist im Pflegeheim, und irgendein pflichtbewusster Verwandter hat den nervigen Kläffer zu sich genommen.

Allerdings ist ein neues Problem aufgetaucht: die traurige Tatsache, dass Kristi Bentz noch immer am Leben ist.

Ein großes Problem.

Ich versuche, mir einzureden, dass alles okay ist, dass ich den Augenblick genießen sollte. Ich werde sie schon noch erledigen, und ist es nicht gut, dass sie bis dahin trauert, dass sie leidet, weil sie ihren Ehemann verloren hat?

Auf jeden Fall, rede ich mir ein, als ich in die Küche gehe und eine Flasche Cranberry-Saft aus dem Kühlschrank nehme – nicht das Zuckerzeug, nicht den Cranberry-Cocktail, der im Fernsehen beworben wird, sondern reinen, leicht säuerlichen Cranberry-Saft. Ich schenke mir ein halbes Glas ein, verdünne den Saft mit gefiltertem Wasser und nehme ihn mit an den hohen Tisch. Dort liegen mehrere Zeitungen, aufgeschlagen auf den Seiten, auf denen über den Mord in der Pirate's Alley berichtet wird. Ich gehe die Artikel noch einmal durch, aber ich kann nichts Neues entdecken. Gott sei Dank. Zufrieden falte ich die Zeitungen zusammen, dann fahre ich meinen Laptop hoch und scrolle durch die Nachrichten, nicht nur für New Orleans, sondern auf nationaler Ebene. Nur für alle Fälle.

Hier, in diesem so wohnlich hergerichteten Nebengebäude, habe ich unter einem falschen Namen sicheres WLAN angemeldet – hier läuft *alles* unter einem falschen Namen. Bei diesem Gedanken muss ich unwillkürlich grinsen. Niemand wird mir auf die Schliche kommen. Ich habe derartige Anstrengungen unternommen, unter dem Radar zu bleiben, dass kein Mensch irgendwelche Vermutungen anstellen wird. Ich trinke die Saftschorle und stelle fest, dass der Mord an Jay McKnight online schon aus der nationalen Berichterstattung verschwunden ist. Kein Artikel, der sich mit seinem Tod beschäftigt. Auch in den sozialen Medien lässt das Interesse nach.

Gut.

Ihr Schmerz – das ist es, was zählt.

Vielleicht habe ich ja doch nicht versagt. Vielleicht habe ich ihre Qualen gesteigert.

Was perfekt ist.

»Auf mich«, sage ich laut und wünschte, ich könnte mir einen Schuss Wodka ins Glas schütten, »und auf alles, was kommen wird.«

Ich kann es kaum erwarten.

Und dann mache ich den Fehler und stelle den Fernseher an. Ich sehe mich mit einem Ausschnitt aus den Filmen konfrontiert, deren Drehbücher auf den von Kristi Bentz geschilderten True-Crime-Fällen basieren.

»Nein!«, stoße ich aufgebracht hervor und schleudere das Glas auf den Fußboden. »Nein! Nein! Nein!« Meine gute Laune ist dahin, zerschmettert wie das Saftglas. Die Wände um mich herum kommen auf mich zu, werden immer enger, bedrängen mich. Drücken auf mein Gehirn. Ich schließe die Augen und lege die Hände um den Kopf, um die Pein zu beenden. Zorn rauscht durch mein Blut, pocht in meinen Ohren.

Ich falle auf die Knie, spüre, wie die Saftpfütze mein Hosenbein durchweicht, und flüstere: »Vater unser im Himmel, geheiligt werde dein Name. Dein Reich komme. Dein Wille geschehe, wie im Himmel so auf Erden …«

Bentz schaute auf die Uhr. Fast zwei. Er gähnte und streckte sich an seinem Schreibtisch, dann rieb er sich das Kinn und spürte die Bartstoppeln, die er … wann? In fünf Stunden? … rasieren müsste. Er musste dringend ins Bett.

Und genau dahin würde er gleich gehen.

In zehn Minuten.

Doch zuvor wollte er sich noch einmal die Fotos der Trauernden bei Jays Bestattung vornehmen. Zum dritten Mal in dieser Nacht. Einer der Kollegen hatte während der Zeremonie aus einiger Entfernung diskret Handyfotos gemacht. Bentz studierte eingehend jeden einzelnen Trauergast, genau wie am Tag der Bestattung. Der Mörder würde doch nicht so leichtsinnig sein, sich unter die Leute zu mischen! Oder doch?

Würde seine Faszination für das Böse oder was immer ihn dazu getrieben hatte, Kristi anzugreifen und ihren Ehemann zu töten, so weit gehen, dem Bestattungsritus beiwohnen zu wollen? Keiner der Anwesenden wirkte irgendwie fehl am Platz. Bentz hatte die Personen am Grab identifiziert, doch es gab keine Aufnahmen von den Trauernden in der Kirche. Allerdings hatte der Kollege Dutzende Fotos gemacht, als diese durchs Portal ins Freie traten. Manche kannte er nicht, aber die meisten konnte er zuordnen, Angehörige, Freunde, Kollegen von Jay und einige, die Kristi Beistand leisten wollten.

Todmüde griff er nach seiner Aktentasche unter dem Schreibtisch, öffnete sie und nahm den kleinen Flachmann heraus, den er in einem Innenfach aufbewahrte. »Ausnahmsweise«, redete er sich ein und trank einen großen Schluck.

Jahrelang war er trocken gewesen, hatte keinen Tropfen angerührt, doch dann war er rückfällig geworden: Während er den sogenannten Einundzwanziger-Killer jagte, einen eiskalten Serienmörder, der seine Opfer auf grausige Art und Weise an deren einundzwanzigstem Geburtstag tötete, hatte er dann und wann ein, zwei Bier getrunken. Sobald der Fall gelöst war, so hatte er sich eingeredet, würde er wieder damit aufhören.

Doch das hatte er nicht getan.

Bislang hatte er nicht über die Stränge geschlagen, aber er musste dringend aufhören. Und das würde er auch.

Bald.

Aber nicht heute Nacht.

Nicht, wenn er befürchtete, dass Vater John zurückgekehrt war, um New Orleans heimzusuchen.

Ach, hör auf mit dem Scheiß, Bentz. Der Kerl ist tot! Ein Hirngespinst. Du glaubst doch nicht im Ernst an seine ominöse Auferstehung!

Doch wenn nicht der blutrünstige Pseudo-Priester dahintersteckte, wer dann?

Er scrollte durch die Tatortfotos im Fall Teri Marie Gaines. Beim Anblick der halb nackten Leiche, den starren Augen, den Hämatomen und den kleinen Schnitten an ihrem Hals verknotete sich sein Magen.

So gefielen Vater John seine Opfer. Das war seine Handschrift.

Warum also der brutale Angriff auf der Straße? Möglicherweise bestand tatsächlich kein Zusammenhang zwischen dem perversen Psycho, dem Mord an der jungen Prostituierten und dem Überfall auf Kristi und ihren Ehemann. Bentz hob den Kopf und betrachtete noch einmal die Bücher im Regal. Da war es, Kristis Buch über den Rosenkranzmörder.

War es möglich, dass er nach Strohhalmen griff?

Oder könnte Kristis Arbeit mit der detaillierten, scharfsichtigen Analyse von Vater John einem Trittbrettfahrer als Vorlage für eigene Verbrechen dienen?

Vielleicht musste er ganz anders ansetzen.

Wieder einmal dachte er an das Versprechen, das er seiner Frau und nicht zuletzt sich selbst gegeben hatte: Er würde seine Dienstmarke abgeben und in den Ruhestand gehen. Sie hatten ausgiebig darüber diskutiert, und er hatte bereits mit Montoya darüber gesprochen. Allerdings schien bislang nie der passende Zeitpunkt für einen Rückzug zu sein, und jetzt … jetzt war es gerade völlig unmöglich. Er konnte sich doch nicht ausgerechnet dann zur Ruhe setzen, wenn ein Psycho um ein Haar seine Tochter abgeschlachtet hätte! Nein, er würde den Scheißkerl, der Kristi zur Witwe gemacht hatte, erst hinter Gitter bringen, vorher war an Ruhestand gar nicht zu denken.

Frustriert fuhr er sich mit den Fingern durch die Haare, stieß einen tiefen Seufzer aus und nahm noch einen Schluck aus dem Flachmann. Er kam einfach nicht weiter.

Auf einmal hörte er ein leises Weinen aus Ginnys Zimmer. Manchmal hatte die Kleine nachts Albträume. Eilig schob er den Stuhl zurück, stand auf und schaute nach seiner Tochter. Sie lag noch genauso da wie zuvor. Zusammengerollt in Embryonalstellung. »Schlaf schön weiter, mein Mädchen«, flüsterte er und betrachtete sie. Ihre Lippen bewegten sich im Schlaf, ihr Atem ging ruhig und gleichmäßig. Am liebsten hätte er ihr über die blonden Löckchen gestrichen, aber er widerstand und kehrte ins Arbeitszimmer zurück. Dort nahm er einen letzten Schluck, spürte, wie der Alkohol ihn von innen wärmte, dann schraubte er den Deckel zu und schob den Flachmann wieder ins Innenfach seiner Aktentasche. Anschließend putzte er sich im Bad die Zähne, danach schlüpfte er lautlos ins Bett, in der Hoffnung, bald einschlafen zu können.

Doch diese Hoffnung sollte sich nicht erfüllen.

Kapitel fünf

Sie standen im Regen.

Jay berührte sie.

Liebkoste sie.

Küsste sie, aber sie lief vor ihm davon und forderte ihn heraus, ihr nachzujagen.

Lachend rannten sie durch die dicken Tropfen, die vom Himmel prasselten. Sie drehte sich um, lächelnd, sah seine dunkle Gestalt, die sich ihr hinter dem dichten Regenvorhang näherte.

»Fang mich doch!«, rief sie über die Schulter, bog um die Ecke der Kathedrale und lief in eine dunkle Seitenstraße, die immer enger zu werden schien.

Jays Stimme hallte hinter ihr her. »Lauf, Kristi, lauf!«

Plötzlich fühlten sich ihre Beine an, als wären sie aus Blei. Die Regentropfen verwandelten sich in Rosenkranzperlen, die gegen die weißen Wände der Kathedrale prasselten und sie blutrot färbten. Blutige Rinnsale liefen daran hinab aufs Kopfsteinpflaster, strudelten um ihre Füße. Sie versuchte, Jay zu warnen, aber sie brachte keinen Laut über die Lippen.

Wie in Zeitlupe drehte sie sich um und suchte ihn inmitten des Unwetters, doch die Gestalt, die ihr nachgejagt war, war nicht Jay. Sie trug ein schwarzes Cape und hatte die Arme ausgebreitet, sodass es aussah, als hätte sie Flügel. Dann schlug die Gestalt zu, ihre Finger wurden zu Klauen, messerscharf und blitzend …

Kristi erwachte, bevor der Killer sie erwischte.

Ihr Herz raste, Schweiß sammelte sich an ihren Haarwurzeln.

Sie streckte den Arm aus, doch die andere Hälfte des breiten Doppelbetts war leer.

Kalt.

Tränen traten ihr in die Augen. Sie schniefte laut und wischte sich mit dem Handrücken die Nase ab. Sie durfte jetzt nicht zusammenbrechen. Es war ein Albtraum. Derselbe Albtraum, der sie seit Jays Tod jede Nacht aus dem Schlaf schrecken ließ. Es gab die ein oder andere Abweichung, aber im Grunde war der Ablauf immer gleich.

Sie warf einen Blick auf den Digitalwecker auf ihrem Nachttisch.

Vier Uhr siebenundvierzig.

»Zu früh«, sagte sie zu sich selbst. Trotzdem stand sie auf, ging ins Bad und lauschte auf das Ächzen und Stöhnen des Cottages, das fast so klang, als würde das Haus ebenfalls trauern.

»So ein Quatsch. Du benimmst dich wirklich idiotisch.«

Trotz ihres plötzlichen Tapferkeitsanfalls fragte sie sich, ob sie jemals wieder richtig schlafen, ob sich dieses gemütliche kleine Haus jemals wieder wie ein Zuhause anfühlen würde. Sie hatte es so geliebt, und jetzt ... O Gott, was jetzt?

Sie sah Jays Aftershave auf dem Regal links neben dem Spiegel stehen, griff nach der Flasche und öffnete sie, dann atmete sie tief ein.

Was keine gute Idee war.

Alle möglichen Bilder kamen ihr in den Sinn. Alle von ihm. Rasch schraubte sie die Flasche wieder zu und überlegte schon, sie wegzuwerfen, doch dann stellte sie sie zurück an ihren Platz im Regal, wohin sie gehörte.

Die Vorstellung, sich von dem zu trennen, was ihm gehört hatte, war ihr unerträglich. Sie war noch nicht bereit dazu, brachte es einfach nicht über sich, irgendetwas wegzuwerfen. Noch nicht. Ihre Kehle wurde eng, und sie wünschte sich voller Wehmut, sie könnte noch einmal, nur einmal noch, seine Hand an ihrer Wange spüren.

Sie dachte an das Baby, das Kind, das er nie kennenlernen würde, und krümmte sich vor Schmerz zusammen. Ihre Hände umklammerten das Waschbecken. Nach einem kurzen Moment zwang sie sich, sich aufzurichten. Das Loch in ihrem Herzen war groß. Riesig.

Zitternd holte sie Luft, drückte das Rückgrat durch, dann bückte sie sich und spritzte sich kaltes Wasser ins Gesicht. Ihr Blick fiel auf ihr Spiegelbild. Sie war blass, ihre Augen lagen tief in den Höhlen, die Haare standen wirr vom Kopf ab. »Reiß dich zusammen«, sagte sie zu der Frau, die ihr entgegenblickte, dann ging sie in die Küche, leerte ein ganzes Glas Wasser und beäugte die Kaffeemaschine.

»Zu früh«, befand sie erneut.

Sie sollte ins Bett zurückkehren und versuchen, noch einmal einzuschlafen. Schlaf nachzuholen. Allerdings wusste sie, dass das ein sinnloses Unterfangen war.

Vor fünf Uhr morgens aufzuwachen, voller Angst und absolut verzweifelt, war zu ihrer neuen, unerwünschten Routine geworden.

»Du schaffst das, Kristi. Du stehst das durch. Du musst nur weitermachen.«

Sie hörte Jays Stimme so deutlich, als stände er neben ihr in der Küche, wie er es immer getan hatte. Morgen für Morgen hatte er seine Taschen abgeklopft, um sich zu vergewissern, dass er sein Handy und die Schlüssel eingesteckt hatte, bevor er zur Arbeit fuhr. »Bis später, Schönheit!«, rief er zwinkernd, drückte ihr einen Kuss auf die Wange und stürmte zur Haustür hinaus.

Kristi ging ins Wohnzimmer. Sie betrachtete die Vasen mit den welken Blumen und die Karten, die sich auf dem Couchtisch stapelten, und fühlte sich völlig leer. Der Raum erinnerte sie mehr und mehr an ein Mausoleum. Doch auch damit konnte sie sich jetzt nicht befassen. Noch nicht. Noch war es zu früh. Sie wäre gern wieder zum Yoga und zum Taekwondo gegangen, auch die morgendliche Laufrunde fehlte ihr, aber sie war noch nicht so weit, ihren Alltag wieder aufzunehmen, dazu fehlte ihr die Kraft. Was nicht zuletzt an ihrer Schwangerschaft liegen mochte. Sie musste sich ohnehin erst bei der Gynäkologin erkundigen, ob Kampfsport dem Ungeborenen bekommen würde.

Im Haus bleiben konnte sie aber auch nicht. Überall sah sie Jay, hörte seine Stimme. Vielleicht wäre es besser, zur Abwechslung mal etwas anderes zu sehen als die eigenen vier Wände.

Entschlossen nahm sie ihre Schlüssel und das Handy, zog einen Mantel über den Schlafanzug und ging zum Wagen, um durch die Stadt zu fahren. Bei einem Drive-through kaufte sie sich einen Becher entkoffeinierten Kaffee, dann kurvte sie durch das vertraute, zu dieser frühen Stunde noch stille French Quarter. Langsam rollte sie die Decatur Street entlang und blickte durch den Park auf die hell angestrahlte St. Louis Cathedral mit ihren drei spitzen, weißen Türmen. Dort drüben war die dunkle, schmale Seitenstraße.

Dort.

Dort ist er gestorben.

Das ist der Ort, an dem dein Leben endete.

»Nein, Kristi«, hörte sie Jay sagen, als säße er auf dem Beifahrersitz. *»Das ist der Ort, an dem es beginnt. Dein neues Leben und das unseres ungeborenen Kindes.«*

»Tatsächlich?«, fragte sie den Geist neben ihr. »Woher weißt du von dem Baby? Ich hab es dir doch erst ganz am Schluss erzählt, und ich dachte, du hättest es gar nicht mehr gehört …«

Sie blickte zum Beifahrersitz hinüber. Er war leer. Natürlich. Sie hatte doch nicht wirklich erwartet, das gespenstische Abbild ihres Ehemanns dort sitzen zu sehen? Kopfschüttelnd fuhr sie weiter, machte einen großen Bogen durch die Stadt und kehrte schließlich zurück in den French Market District, wo mittlerweile einige wenige Menschen auf den Straßen zu sehen waren. In manchen Restaurants brannten bereits die Lichter. Das Personal bereitete sich auf den neuen Tag vor.

»Hast du einen Rat für mich?«, fragte sie, in der Hoffnung, noch einmal mit dem Geist ihres verstorbenen Mannes reden zu können, aber er antwortete nicht. »Herrje, du bist ja völlig daneben«, sagte sie zu sich selbst und steuerte die Straße an, die zu ihrem kleinen Cottage führte. »Du musst nach vorn blicken. Denk an dich. Denk an das Kind.« Ihren Kaffee hatte sie nicht einmal angerührt.

Wieder zu Hause, warf sie sich in ihre Laufsachen und fasste das Desaster im Wohnzimmer ins Auge. Ihr Blick blieb erneut an den Kondolenzkarten mit all den aufmunternden Worten hängen. Alle schienen fest davon überzeugt, dass eine lohnenswerte, wenn nicht gar wundervolle Zukunft vor ihr lag. Was für ein Bullshit.

Inzwischen war es hell, also verließ sie das Haus und schlug ihre übliche Joggingstrecke durch die Nachbarschaft ein. Ihr Cottage stand im Garden District, ein ruhiges Viertel im sonst so trubeligen New Orleans. Sie lief durch wenig befahrene, von Eichen gesäumte Straßen, dann folgte sie über mehrere Blocks der St. Charles Streetcar Line, einer historischen Straßenbahnlinie, der ältesten, noch betriebenen Strecke der Welt, bevor sie den Fluss überquerte. Als sie auf der anderen Seite des Mississippi ankam, ging ihr Atem stoßweise, und sie war am ganzen Körper schweißgebadet. Die Sonne stieg höher und vertrieb die hellen Nebelschwaden, die über dem Wasser hingen. Mit ihnen verschwanden auch die Dämonen, die Kristi in ihren Albträumen heimsuchten, und sie spürte, dass mit diesem Morgen tatsächlich ein neuer Anfang heraufzog, für sie und ihr Kind.

»Mein tapferes Mädchen.«

Beinahe wäre sie gestolpert, als sie Jays Stimme hörte. Sie wirbelte herum, erwartete fast, ihn auf sie zulaufen zu sehen, aber natürlich war er nicht da. »Reiß dich zusammen«, knurrte sie, die Kiefer fest aufeinandergepresst, und setzte sich wieder in Bewegung. Sie lauschte dem Rhythmus ihrer Schritte auf dem Gehsteig und fluchte innerlich, weil sie die Kopfhörer zu Hause gelassen hatte. Normalerweise hörte sie beim Laufen Musik oder einen Podcast, doch momentan stand sie derart neben der Spur, dass sie diese schlichtweg vergessen hatte. Auch ihr Handy musste irgendwo im Cottage liegen.

Sie beendete die Runde, bog in ihre Straße ein und rannte auf das kleine Cottage zu, das Jay und sie gemeinsam gekauft hatten.

Es hatte drei kleine Schlafzimmer, ein Bad, Wohnzimmer und Küche und eine breite Veranda vor dem Haus. Dahinter erstreckte sich ein großer Garten mit einem hohen Zaun und noch höheren Sträuchern. Er machte etwas Arbeit, aber er wäre großartig für die Kinder, die sie sich wünschten. Vor allem aber hatte das Haus einen ausgebauten Dachboden, den sie als Arbeitszimmer nutzen konnte und in dem sie Stunden mit Recherchieren und Schreiben verbrachte. Das Cottage war perfekt für sie gewesen.

Ihre Hand glitt zu ihrem Bauch. Sie würde es auch ohne Jay schaffen, würde dafür sorgen, dass das Kind unbeschwert aufwuchs, ohne Vater.

Kristi selbst war in einer Familie groß geworden, die alles andere als konventionell war, und sie hatte es auch geschafft. Und dieses kleine Wesen hatte eine Chance verdient. Sie würde es nach besten Kräften unterstützen.

Jays Geist hatte recht: Es war Zeit, nach vorn zu blicken.

Aber eins nach dem anderen. Sie nahm die Post aus dem Briefkasten, die sich dort angesammelt hatte, und brachte sie ins Haus, wo sie sie zu den anderen ungeöffneten Umschlägen auf den Couchtisch legte. Anschließend warf sie die verwelkten Blumen weg und schüttete das Wasser, das noch in den Vasen stand, in den Ausguss. Als Nächstes goss sie die Zimmerpflanzen und warf dann einen Blick auf ihr Handy. Sie musste unbedingt ihre Freunde anrufen oder ihnen wenigstens eine Textnachricht schicken. Doch zunächst ging sie unter die Dusche, spülte Schweiß und Tränen ab und mit ihnen einen Teil ihrer Traurigkeit, einen Teil ihres Schmerzes, zumindest hoffte sie das.

Sie trocknete sich ab, ging ins Schlafzimmer und zog sich an, dann redete sie sich gut zu und nahm sich Jays Kleidung vor. Einige Stücke würde sie behalten, das Flanellhemd, das sie manchmal trug, seine Lieblingskrawatte … Die Trauer überwältigte sie wieder mit aller Wucht, also schlug sie die Schranktür zu und lief in die Küche.

»Du schaffst das«, murmelte sie, schnappte sich die Fernbedienung, die auf der Anrichte lag, und schlenderte hinüber ins Wohnzimmer. Geistesabwesend griff sie nach dem vollen Pappbecher, den sie nach ihrer frühmorgendlichen Stadtrundfahrt mit ins Haus genommen hatte, und trank einen Schluck. Angewidert stürmte sie in die Küche und spuckte den kalten Kaffee ins Spülbecken. Ein Smoothie würde ihr guttun, dachte sie und öffnete die Kühlschranktür. In den Fächern stapelten sich Teller und Töpfe mit Gerichten und Desserts, die Freunde und Nachbarn vorbeigebracht hatten, aber das war nicht das, was sie jetzt brauchte. Sie warf die letzte Kiwi, ein paar Blaubeeren und Spinatblätter in den elektrischen Mixer, dazu eine überreife Banane und einen Joghurt, der das Verfallsdatum überschritten hatte. Das laute Surren der rotierenden Mixerblätter wirkte definitiv tröstlich.

Sie goss die zähe Masse in ein großes Glas, nahm es mit an den Couchtisch und sortierte ihre Post. Rechnungen, Werbung, weitere Karten. Freunde von der Highschool oder vom College, die ihr Beileid aussprachen. Sie las die lieb gemeinten, berührenden Worte von Menschen, die ihr einst nahegestanden hatten, auch wenn sich der Kontakt im Laufe der Jahre auf die üblichen Weihnachts- und Geburtstagskarten, auf Facebook oder Instagram reduziert hatte.

Sie las eine Karte nach der anderen, bis sie nach ungefähr der Hälfte auf einen Umschlag ohne Absender stieß. Das wäre ihr nicht weiter aufgefallen, doch es klebte auch keine Briefmarke darauf, als wäre die Karte persönlich in den Briefkasten gesteckt worden.

Seltsam, dachte sie, schlitzte den schlichten, weißen Umschlag mit einem schmalen Küchenmesser auf und zog eine Karte aus Büttenpapier heraus, die aussah wie die Einladung zu einer Hochzeit. Oder einer Beerdigung. Eine einzelne schwarze Rose war mit Tinte auf die Vorderseite gemalt, sonst nichts.

Sie klappte die Karte auf.

Drinnen stand in sorgfältiger Schönschrift ein Bibelvers.

Denn der Tod ist der Sünde Sold.

Römer 6,23

»Was zur Hölle?«

Kristi erstarrte.

Wer würde eine so finstere, vernichtende Botschaft schicken?

Ihre Haut kribbelte, als sie Karte und Umschlag genauestens ins Auge fasste, doch sie konnte keinen Hinweis darauf entdecken, wer sie geschickt haben könnte. Nein. Nicht geschickt. Wer sie in ihren Briefkasten gesteckt haben könnte.

Vielleicht handelte es sich ja bloß um einen üblen Scherz. Es wäre ja nicht das erste Mal, dachte sie, trotzdem war der hier besonders fies. Böse.

Nein, dachte sie, diese Karte diente nicht dazu, ihr zu kondolieren. Sie war als Drohung gedacht.

Kristi zog scharf die Luft ein. Obwohl sie versuchte, sich vom Gegenteil zu überzeugen, hatte sie genügend abgedrehte True-Crime-Fälle recherchiert, um zu wissen, dass sie mit ihrer Vermutung richtiglag. Sie betrachtete die schwarze Rose auf dem dicken, weißen Papier und stellte sich der erschreckenden Wahrheit: Der Angriff auf sie war nicht zufällig erfolgt.

Irgendwer wollte sich an ihr rächen.

Und ihr heldenhafter Ehemann war ihm in die Quere gekommen.

Ihre Traurigkeit verwandelte sich in Wut. Wer zum Teufel mochte es auf sie abgesehen haben? Und warum? Wen konnte sie derart gegen sich aufgebracht haben, dass Jay ihretwegen sterben musste?

Aufgebracht stürmte sie die Treppen hinauf in ihr Arbeitszimmer unter den Dachschrägen, fuhr den Computer hoch und rief die App für die Überwachungskameras auf, die Jay rund ums Haus installiert hatte. Es dauerte nicht lange, bis sie fand, wonach sie suchte. Außer dem Postboten, mehreren Lieferanten und Floristen war eine schwarz gekleidete Gestalt zu sehen, die eine Skimaske und einen Regenumhang trug. Eine dunkle Sonnenbrille vervollständigte die Tarnung. Der Mann – aufgrund der Größe und der Statur nahm sie an, dass es sich um einen Mann handelte, auch wenn sie das wegen des Capes natürlich nicht genau sagen konnte – schien den Kameras auszuweichen, als wüsste er, wo sie sich befanden, und schob mit gesenktem Kopf den weißen Umschlag in den Postkasten.

Sie fror das Bild ein, doch sie entdeckte nichts, woran sie ihn hätte identifizieren können. Die Kameras hatten kein parkendes Fahrzeug gefilmt. Jetzt jedoch wusste sie, zu welcher Zeit er an ihrem Haus gewesen war, und konnte eine Kopie des Filmmaterials zusammen mit der Karte an ihren Vater schicken, der Himmel und Hölle in Bewegung setzen würde, um den Killer im schwarzen Umhang dingfest zu machen.

»Wir kriegen dich«, schwor sie dem grauen Bild. »Und dann wirst du in der Hölle schmoren, so wahr ich Kristi Bentz-McKnight heiße.«

Kapitel sechs

Montoya kam hereingestürmt.

Wortlos zog er die Lederjacke aus und ließ sich auf seinen Schreibtischstuhl fallen. Seit Neuestem teilte er sich das Büro mit Bentz, was den dringend anstehenden Renovierungsmaßnahmen geschuldet war, auf die sie jahrelang gewartet hatten. Sie hatten ihre Schreibtische zusammengeschoben – für Privatsphäre blieb dabei nicht viel Platz.

Bentz lehnte sich auf seinem Stuhl zurück. »Was ist los?«

Montoyas dunkle Augen blitzten. »Was Persönliches.«

»Aha.« Bentz zählte nicht zur neugierigen Sorte Mensch, und er bohrte nur selten nach. Seiner Erfahrung nach rückten die meisten Leute um einiges schneller mit der Sprache heraus, wenn man sie nicht bedrängte.

»Hast du 'ne Zigarette für mich?«

»Ich hab aufgehört«, erinnerte Bentz seinen Partner.

»Ich weiß, aber …«

»Du hast ebenfalls damit Schluss gemacht.«

»Was definitiv eine schlechte Entscheidung war. Ich könnte jetzt wirklich eine Marlboro gebrauchen.« Die Stirn in tiefe Falten gelegt, rollte Montoya seinen Stuhl dichter an den Schreibtisch heran und konzentrierte sich auf seinen Computer. »Was haben wir inzwischen?«

»Meinst du den Mord an Jay? Da gibt es nichts Neues.«

»Verdammt.« Montoyas Kinnbart zuckte, als er gereizt die Lippen aufeinanderpresste.

Bentz wartete und fing an, durch seine E-Mails zu scrollen. Irgendwann würde Montoya mit dem herausplatzen, was ihm auf der Seele brannte. Das tat er immer. Manchmal früher, manchmal später.

Diesmal dauerte es nicht lange.

»Na schön!«, stieß er so heftig hervor, als würde er kurz vor dem Explodieren stehen. Er schob seinen Stuhl zurück und sprang auf, eine Ader pochte an seiner Stirn. »Es geht um Cruz, okay?«

»Um deinen Bruder?« Jetzt runzelte auch Bentz die Stirn.

»Um wen sonst? Wie viele andere Cruz kennst du?« Montoya strich sich mit der Hand über die kurz geschnittenen, rabenschwarzen Haare. »Herrgott, kann der Kerl nicht endlich mal erwachsen werden? Sich verhalten wie ein ganz normaler Mann? Ich schwöre dir …« Und das tat er. Er ratterte ein paar Schwüre auf Spanisch herunter, die eher klangen wie Flüche, auch wenn Bentz nur wenige Worte verstand. Aber mehr musste er auch gar nicht verstehen. Er hatte die Botschaft kapiert.

Schritte hallten durch den Flur und kündigten Brinkman an, einen korpulenten, behäbigen Detective, der eine echte Nervensäge war. »Probleme?«, rief er munter, als würde Montoyas Gemütsverfassung seine Laune heben. Er trug eine Jeans, die schon bessere Zeiten gesehen hatte, ein Polohemd und eine zerknitterte Jacke, die ein, zwei Größen zu klein war.

Montoya funkelte ihn aufgebracht an. »Ich dachte, du wärst längst in Rente!«

»Dauert nicht mehr lange«, gab Brinkman fröhlich zurück.

»Es dauert *zu* lange«, knurrte Montoya, dann schnupperte er und fragte etwas freundlicher: »Hast du eine Zigarette?«

»Für dich?« Brinkman lachte. Seine Lungen rasselten. »Ich dachte, du hast aufgehört.«

»Hab ich auch.«

»Gut. Dann verpiss dich.«

»Du bist in *meinem* Büro«, erinnerte ihn Montoya. »Verpiss du dich doch.«

Brinkman schürzte seine wulstigen Lippen und hielt abwehrend seine ebenso wulstigen Finger in die Höhe. »Oh-oh, sind wir heute ein bisschen empfindlich?«

»Nicht nur heute.«

Brinkman lachte erneut, was wie so oft in einem Hustenanfall endete, dann verließ er den Raum. Montoya blieb wutschnaubend zurück.

»Geh'n wir«, schlug Bentz vor und rollte seinen Stuhl zurück.

»Wohin?«

»Egal. Du musst mal etwas runterkommen.«

»Ach, Sch… Na gut.« Montoya rammte die Arme in die Ärmel seiner Lederjacke.

Als sie in Bentz' Jeep saßen, setzte er die Sonnenbrille auf und lehnte sich auf dem Beifahrersitz zurück. »Schieß los«, sagte er dann. »Wohin fahren wir?«

»Wir statten Dr. Sam einen Besuch ab. Ich habe ihr eine Textnachricht geschickt. Sie erwartet uns.«

»Haben wir nicht schon mit ihr gesprochen?«, fragte er, aber das war eine hypothetische Frage.

Die Antwort kannten sie beide. Nachdem man Teri Marie Gaines' Leiche entdeckt hatte, hatte Bentz, begleitet von seinem Partner, Dr. Samantha Leeds-Wheeler kontaktiert, eine Radiopsychologin, die unter dem Namen Dr. Sam nachts in ihrer Sendung *Midnight Confessions* Ratsuchende beriet.

Beim letzten Gespräch hatte sie ihnen versichert, dass sie keine Anrufe von dem mörderischen Priester erhalten hatte, der vor so vielen Jahren damit begonnen hatte, ihr nach dem Leben zu trachten. Dr. Sam war ins Visier des »Rosenkranzmörders« geraten, und Bentz ging davon aus, dass sich daran nichts geändert hatte. Dabei sollte der Rosenkranzmörder längst tot sein. Von Bentz erschossen. Oder auch nicht.

»Die Sicherheitsvorkehrungen beim Sender sind hoch, alle Anrufer werden überprüft, außerdem hätte ich seine Stimme erkannt, da bin ich mir ganz sicher.« Bentz war nicht entgangen, dass Dr. Sam bei diesen Worten schauderte. »Diese Stimme werde ich nie vergessen.«

»Vater John ist tot«, sagte Montoya jetzt auch prompt.

Bentz schwieg und setzte den Blinker.

Montoya warf ihm einen Seitenblick zu. »Warum sollte er nach all den Jahren aus seinem morastigen Grab im *bayou* wiederauferstanden sein?«

Bentz erwiderte immer noch nichts.

»Klar.« Montoya nickte. »Der Mord an McKnight. Ich weiß, dass du gewisse Zusammenhänge herstellst, aber ich sage dir, es war nicht der Rosenkranzmörder, der deinen Schwiegersohn auf dem Gewissen hat. Das ist Bullshit.«

Bentz warf ihm einen skeptischen Blick zu und bog an einer Kreuzung ab. »Und du gehst davon aus, dass wir es mit einem anderen Killer zu tun haben.«

»Das ist durchaus möglich. Du musst zugeben, der Modus Operandi ist nicht derselbe. Wir haben zum einen diesen Kerl, der sich als Priester verkleidet und zu einer Prostituierten geht, aber bevor sie zur Sache kommen, erwürgt er sie mit einem Rosenkranz – einem *Rosenkranz,* Bentz, das muss man sich mal vorstellen. So ein Ding ist heilig, zumindest in meiner Welt. Anschließend schwärzt er auf einer Hundert-Dollar-Note dem guten alten Ben Franklin die Augen und lässt den Geldschein am Tatort zurück. Wie abgedreht ist das denn?« Er schüttelte fassungslos den Kopf.

»Und?«

»Und dann haben wir es mit einem willkürlichen Angriff auf der Straße zu tun. Zufällig. Ja, der Kerl war schwarz gekleidet, ja, er hat in der Nähe der Kathedrale zugeschlagen, trotzdem sollten wir keine voreiligen Schlüsse ziehen.«

»Vielleicht hat er seine Vorgehensweise geändert, vielleicht ermordet er immer noch Prostituierte, vielleicht verkleidet er sich immer noch als Priester, und vielleicht geht es ihm inzwischen in erster Linie darum, sich an mir zu rächen.«

»Wenn du meinst.«

»Indem er meine Tochter umbringen will.«

»Das ist ziemlich weit hergeholt.« Montoya schüttelte erneut den Kopf und strich über seinen Kinnbart. »Oh, fahr mal kurz rechts ran.« Er deutete auf einen Mini-Markt an der Ecke, und noch bevor Bentz in eine freie Parklücke setzen konnte, hatte er sich schon abgeschnallt. Er stieß die Tür auf und sprintete in den Laden. Binnen Minuten kam er wieder heraus, eine Zigarette zwischen die Lippen geklemmt. Er hielt ein Feuerzeug an die Spitze, nahm einen tiefen Zug und blies den Rauch aus. Bevor er die Tür des Jeeps öffnete, inhalierte er noch einmal, dann warf er die Zigarette auf den Gehsteig und trat sie mit dem Absatz aus.

»Geht's dir jetzt besser?«, fragte Bentz, als sein Partner sich wieder auf den Beifahrersitz fallen ließ.

»Ja. Etwas.« Er griff in seine Jackentasche, zog einen Schokoriegel hervor, wickelte ihn aus und biss herzhaft hinein. »Jetzt geht's noch besser«, nuschelte er mit vollem Mund.

Bentz gab Gas, dann bremste er ab und bog um eine Ecke. Eine Gruppe von Musikern überquerte die Straße. Als sie in die Lakeview District Area gelangten, warf er Montoya einen Seitenblick zu. »Du wolltest mir von Cruz erzählen.«

»Richtig.« Montoya kaute und schluckte. »Der Kerl gerät ständig in Schwierigkeiten, fast so, als würde er die Probleme auf magische Weise anziehen. Du weißt, wovon ich rede. Du hast ihn ja kennengelernt.«

Bentz nickte und dachte an Montoyas Bruder. Cruz war größer als Reuben und muskulöser. Mit Augen, dunkel wie die Nacht, und einer Nase, die aussah, als wäre sie mehr als einmal gebrochen, war er auf seinem Motorrad nach New Orleans und in Montoyas Leben gerauscht, nur um kurz darauf wieder zu verschwinden. Soweit Bentz wusste, hatte Montoya seitdem nichts mehr von ihm gehört.

»Er hat mich angerufen. Gestern Abend.« Ein Muskel an Montoyas Kinn zuckte.

»Und?«

»Was denkst du denn? Natürlich steckt er schon wieder in der Scheiße, und zwar bis zum Hals. Seine Worte, nicht meine. Warum, wollte er mir nicht sagen. Angeblich war er auf dem Weg zu mir. Er ist aber nicht angekommen. Ich habe versucht, ihn zurückzurufen, aber er ist nicht drangegangen, also habe ich meine anderen Brüder kontaktiert.« Montoya zerknüllte das silberne Einwickelpapier und stopfte es in seine Jackentasche. »Keiner aus der Familie hat etwas von ihm gehört, die meisten schon seit Jahren nicht mehr.« Er biss ein weiteres Mal in den quietschsüßen Riegel, kaute angespannt und schluckte. »Das ist so typisch für ihn!«

»Hat er gesagt, dass er deine Hilfe braucht?«

Montoya nickte. »Er hat mich gebeten, niemandem von seinem Anruf zu erzählen, auch nicht dir oder der Familie.«

»Genau das tust du doch gerade.«

»Ich erzähle es dir, aber nicht meinen Brüdern. Verdammt, was sollte ich denen auch sagen? Sie würden mich nur mit Fragen bombardieren, auf die ich keine Antworten habe.«

»Wo ist Cruz jetzt?«

»Sag ich doch: keine Ahnung!«

»Und wann wollte er bei dir sein?«

»Ich weiß es nicht. Mehr hat er nicht gesagt.« Damit wandte Montoya den Blick zum Seitenfenster und starrte hinaus auf die vorbeiziehenden Wohn- und Geschäftshäuser.

Keuchend joggte Samantha Wheeler neben Rambo her, ihrem gut vierzig Kilo schweren Mischling, den sie zu sich genommen hatte, damit sie sich sicherer fühlte. Ein zotteliges, schwarzes Energiebündel, das viel von einem Schäferhund hatte. Sie »gingen spazieren«, am Ufer des Lake Pontchartrain, doch wie üblich zerrte Rambo an der Leine, und Samantha fing an zu laufen, um mit ihm Schritt halten zu können.

Ihr Herz pochte, ihre Beine spürten die Anstrengung, als sie über die weite Wasseroberfläche blickte. Sie liebte es, am See zu wohnen, und atmete tief den leicht brackigen Geruch ein, während sie eine Schar Gänse beobachtete, die in V-Formation über den Himmel zog.

Das Handy in ihrer Tasche summte. Ohne stehen zu bleiben, zog sie es hervor, in der Erwartung, eine Textnachricht von einem ihrer Söhne vorzufinden, der sich über die Hausaufgaben beschwerte oder über das Mittagessen. Als sie sah, dass die Nachricht von Detective Rick Bentz vom New Orleans Police Department stammte, wäre sie beinahe gestolpert. Sein Partner und er waren auf dem Weg zu ihr nach Hause.

Sie fing an zu zittern.

Das konnte nur eines bedeuten: Man hatte ein weiteres Opfer des Rosenkranzmörders entdeckt. *Bitte nicht! Nicht schon wieder!*

Als er sie damals ins Visier genommen und wieder und wieder in ihrer Radiosendung angerufen hatte, war sie völlig verängstigt gewesen – eine alleinstehende Frau, gestalkt von einem sadistischen Mörder –, doch in der Zwischenzeit hatte sie geheiratet, Kinder bekommen und führte ein relativ ruhiges Leben, was sie genoss. Zumal der falsche Priester vermutlich tot war. Wenngleich man seine Leiche nie gefunden hatte.

Jetzt war die Angst von früher wieder da. Bentz hatte sie vor einer Weile angerufen und sich erkundigt, ob sich der Killer wieder gemeldet hatte. Auch er war nicht überzeugt, dass er den mörderischen Bastard damals wirklich getötet hatte. Erleichtert hatte sie verneint, denn sie wünschte sich nichts lieber, als den grausamen Psychopathen zu vergessen. Die Vorstellung, er könnte wieder aufgetaucht sein, brachte sie schier um den Verstand.

»Na dann, gehen wir nach Hause«, sagte sie zu dem Hund, kürzte die übliche Strecke ab und joggte durch die von Bäumen gesäumten Straßen mit den großen Privatgrundstücken und den beeindruckenden Häusern, bis sie in eine Seitenstraße einbog, in der ihr Haus stand – ein historisches, dreigeschossiges Gebäude mit einer rundum verlaufenden Veranda. Auch im ersten Stock gab es eine Veranda – oder vielmehr mehrere überdachte Balkone –, im Stockwerk darüber ragten Rundbogenfenster aus dem Mansardendach hervor.

Ty liebte die Gegend, weil es hier so sicher war. Das Grundstück war von einem schmiedeeisernen Zaun und hohen Hecken umgeben, Haus und Tore hatten Überwachungskameras und ein hochmodernes Alarmsystem. Sam bezeichnete das Anwesen scherzhaft als »Festung«, was Ty gar nicht lustig fand. Schade, dachte sie, denn der Name passte und war irgendwie hängen geblieben. Ihre beiden Söhne sprachen ebenfalls von der »Wheeler'schen Familienfestung«, und sie hatte sogar ein kleines Schild gravieren lassen und es Ty zu Weihnachten geschenkt.

Allerdings musste sie zugeben, dass die auf den ersten Blick übertriebenen Sicherheitsvorkehrungen exakt das waren, was sie brauchte. Noch war sie zwar nicht überzeugt davon, dass das Monster, das sich »Vater John« nannte, nach all den Jahren aus der Versenkung aufgetaucht war, doch warum sonst sollte Bentz bei ihr zu Hause vorbeikommen? Sein Partner Montoya und er hatten bereits mit ihr gesprochen, nachdem vor ein paar Monaten Teri Marie Gaines, eine Prostituierte, ermordet worden war – alles am Tatort hatte darauf hingedeutet, dass der Rosenkranzmörder wieder aktiv war. Es hatte Gerüchte gegeben, dass auch eine Nonne dem falschen Priester zum Opfer gefallen war, was jedoch nicht zu Vater Johns Modus Operandi zu passen schien.

Doch woher sollte sie wissen, wie ein Serienkiller tickte?

Sie schauderte bei der Vorstellung, dass der Terror nun womöglich von vorn losging.

Kopfschüttelnd verbannte sie diesen Gedanken und dachte an ihre Mutter, die stets behauptet hatte, es gäbe keinen Grund, Ärger heraufzubeschwören, denn der würde von ganz allein kommen.

Allerdings musste Samantha zugeben, dass sie in letzter Zeit öfter das Gefühl hatte, verfolgt und von unsichtbaren Augen beobachtet zu werden. Sie hatte sich eingeredet, paranoid zu sein – kein Wunder, nach all dem, was sie durchgemacht hatte. Die Welt um sie herum wurde auch nicht gerade besser, deshalb war diese Reaktion ihres Unterbewusstseins vermutlich völlig normal. Sie atmete tief durch und nahm sich vor, im Augenblick zu leben und dieses Leben weder von den Schrecken der Vergangenheit noch von denen, die die Zukunft womöglich für sie bereithielt, beeinträchtigen zu lassen. Es war viel zu schön, als dass sie irgendeinem Scheißkerl die Macht einräumen würde, es zu zerstören.

Vor dem Grundstück angekommen, gab sie den Zahlencode ein, und das Tor öffnete sich. Das Gleiche wiederholte sie am Haus. Als sie drinnen war, ließ sie Rambo von der Leine, der in die Küche raste und geräuschvoll Wasser aus seiner Schüssel schlabberte. Anschließend legte sie den Sicherheitsriegel vor und wartete.

Durch das schmale Fenster neben der Tür sah sie einen schwarzen Jeep vor dem Tor anhalten. Auf dem kleinen Monitor im Eingangsbereich erkannte sie Detective Bentz. Er saß am Steuer, neben ihm auf dem Beifahrersitz sah sie seinen Partner, Detective Montoya. Sie drückte auf den automatischen Öffner. Das Tor schwang auf, die beiden Cops fuhren die kurze Auffahrt entlang, dann stellte Bentz den Motor ab, und sie stiegen aus und eilten auf die Haustür zu.

Samantha öffnete und hörte, wie Rambo aus der Küche gestürmt kam. Seine Krallen klackerten laut auf dem Fliesenboden.

»Stopp«, befahl sie dem Hund. »Sitz.«

Rambo hielt schlitternd an und wartete brav, während die Männer die Stufen zur Veranda heraufstiegen. Samantha öffnete die Tür, bat die beiden herein und führte sie durchs Foyer und über eine Treppe zur Rückseite des Hauses, wo eine offene Küche an ein gemütliches Wohnzimmer grenzte. Eine große, zweiflügelige Glastür führte hinaus in den umzäunten Garten. Ein Eichhörnchen saß keckernd auf einem tief hängenden Ast der Magnolie. Sofort verlor Rambo das Interesse an den beiden Besuchern und stürmte zur Tür. Samantha ließ ihn in den Garten, wo er sich laut bellend, die Nase in die Luft gereckt, dem Eichhörnchen widmete.

Sie forderte Bentz und Montoya auf, auf den Barhockern an der Kücheninsel Platz zu nehmen, und bot ihnen Kaffee, Wasser und Eistee an, doch die zwei lehnten ab. Also setzte sie sich ihnen gegenüber und schenkte sich eine Tasse Kaffee ein.

Bentz kam sofort zur Sache. »Haben Sie etwas von Vater John gehört? Hat er in der Sendung angerufen oder Ihnen irgendetwas geschickt?«

Sie schüttelte den Kopf. »Das hatten wir doch schon«, sagte sie und dachte an den schrecklichen Augenblick, in dem die Cops bei ihr vor der Tür gestanden und ihr die Nachricht überbracht hatten, dass eine weitere Frau getötet worden war, auf dieselbe Weise, wie einst Vater John seine Opfer ermordet hatte. »Ich dachte, er wäre tot. Im Sumpf gestorben. Sie haben ihn doch erschossen!«

»Sein Leichnam wurde nie gefunden«, stellte Montoya klar. »In Anbetracht der jüngsten Ereignisse müssen wir davon ausgehen, dass er womöglich noch am Leben ist.«

Sie sah, dass Bentz leicht zusammenzuckte. »Er hat mich nicht kontaktiert«, sagte sie mit fester Stimme.

»Sicher?«, fragte er mit hochgezogener Augenbraue.

»Ja … nun, natürlich nicht zu hundert Prozent, aber ich denke nicht.« Ihre Ratgeber-Sendung, *Midnight Confessions,* über die Vater John das erste Mal mit ihr Kontakt aufgenommen hatte, war mittlerweile ganz anders aufgestellt als früher: Die Sicherheitsvorkehrungen waren drastisch erhöht worden, jeder Anruf, jede E-Mail, jede Textnachricht und jeder sonstige Kommunikationsversuch wurden gründlich geprüft, bevor man sie an sie weiterleitete. »Was ist passiert?«, fragte sie, wenngleich sie mit tödlicher Gewissheit wusste, dass jemand umgebracht worden war, wahrscheinlich eine weitere Prostituierte, stranguliert mit einem manipulierten Rosenkranz. Sie spürte, wie sich ihr Herzschlag beschleunigte. Warum konnte er nicht einfach tot sein! Sie wünschte sich inständig, Bentz' Kugel hätte das Monster im *bayou* getroffen. Vor Anspannung wich die Luft aus ihren Lungen, und sie umklammerte ihre Kaffeetasse so fest, dass ihre Finger schmerzten. »Gibt es ein weiteres Opfer?« Sie stellte die Tasse auf die Kücheninsel.

Montoya nickte. »Ja, aber wir wissen nicht mit Bestimmtheit, ob es auf das Konto des Rosenkranzmörders geht.«

Ihr entging nicht, wie fest Bentz die Kiefer aufeinanderpresste, als Montoya von dem tödlichen Übergriff in der Pirate's Alley berichtete.

»Ich habe davon gelesen«, sagte sie und fügte, an Bentz gewandt, hinzu: »Mein Beileid. So etwas ist hart. Geht es Ihrer Tochter den Umständen entsprechend gut?« Was für eine dämliche Frage. Sie konnte Bentz die Antwort an den Augen ablesen, wenn nicht gar seine Gedanken hören: *Nein, natürlich nicht. Wer weiß, ob es ihr jemals wieder »den Umständen entsprechend« gut geht. Sie hat ihren Ehemann verloren und hätte die brutale Attacke um ein Haar nicht überlebt. Also nein: Es geht ihr definitiv nicht gut.*

»Sie muss das Ganze erst einmal verarbeiten«, sagte er stattdessen.

»Sie hat schon genug traumatische Erlebnisse hinter sich«, stellte Samantha fest und fügte im Stillen hinzu: *Genau wie Sie, Bentz. Genau wie Sie.* »Es wäre gut, wenn sie eine professionelle Trauerbegleitung in Anspruch nehmen würde. Ich kann da jemanden empfehlen.«

»Ich werde es ihr ausrichten«, versprach Bentz.

Der Hund kratzte an der Glastür, und Samantha stand auf und ließ ihn herein. Rambo, der Verräter, quetschte sich zwischen die Barhocker der beiden Cops und reckte schnüffelnd die Nase in die Luft, in der Hoffnung, sie würden etwas essen und vielleicht ein Bröckchen auf den Boden fallen lassen.

»Sind Sie allein im Haus?«, fragte Bentz.

»Die Kinder sind in der Schule, und Ty hat außerhalb der Stadt zu tun.« Sie erzählte, dass ihr Ehemann, ein freiberuflicher Journalist, momentan sehr viel unterwegs war, manchmal auf der anderen Seite des Landes, manchmal auf der anderen Seite der Welt. Zurzeit hielt er sich in Kanada auf, doch sie erwartete ihn nächste Woche zurück. »Im Augenblick ist also nur Rambo bei mir.« Sie warf dem Schäferhund-Mischling einen liebevollen Blick zu. »Wie Sie sehen, ist er ein großartiger Gesellschafter, doch leider kein Wachhund.«

Als er seinen Namen hörte, spitzte Rambo die Ohren.

»Aber um auf Ihre Frage zurückzukommen: Vater John hat nicht beim Sender angerufen, und das dürfte ihm in Zukunft auch recht schwerfallen.«

»Inwiefern?«, fragte Montoya.

»Der Sender WSLJ wurde verkauft. Der Vertrag war monatelang in Arbeit und wurde erst vor zwei Wochen unterschrieben, aber es soll sich alles ändern. Alles soll vorab aufgezeichnet werden – eine ganz neue Welt. *Midnight Confessions,* wie wir es kennen, wird es dann nicht mehr geben.«

»Und was bedeutet das genau?«, wollte Bentz wissen.

»Dass ich die Sendung einstellen und stattdessen Podcasts machen werde. Von den interessantesten Fällen, die ich je bearbeitet habe.«

»Einschließlich Vater John?« Bentz verengte nachdenklich die Augen.

»Selbstverständlich. Mit ihm fange ich gleich im ersten Podcast an.«

»Das ist womöglich keine gute Idee …«

»Der Podcast ist schon fertig.«

»Ach?« Montoya sah sie interessiert an.

»Ja. Er soll in der ersten Novemberwoche ausgestrahlt werden.« Schon als sie die Worte aussprach, spürte sie, dass sie gar nicht gut klangen …

Kapitel sieben

Es ist doch noch ganz frisch«, sagte Bella, die Kristi an dem kleinen Bistrotisch in dem Café gegenübersaß. Die beiden jungen Frauen hatten sich auf einen Kaffee beziehungsweise einen Eistee getroffen. »Irgendwann wird es besser, du wirst schon sehen.« Doch der Ausdruck auf Bellas elfenhaftem Gesicht strafte ihre Worte Lügen. »Du hast schon Schlimmeres durchgemacht … na ja, nicht unbedingt Schlimmeres, aber viel.« Sie lächelte und griff an ihren Hinterkopf, um das Haargummi zu richten, das ihren schwarzen, lockigen Pferdeschwanz zusammenhielt.

»Das ist etwas anderes.« Kristi tauchte den Strohhalm in ihren Eistee und schaute durch das große Fenster auf die Straße, wo sich die Passanten mit ihren Regenschirmen an den leeren Sitzplätzen draußen vorbeidrängten.

»Ich weiß. Natürlich ist es etwas anderes.« Bella nickte, bemüht, sie aufzumuntern, aber Kristi wollte nicht aufgemuntert werden. Ganz offensichtlich war sie zu früh unter die Leute gegangen, denn Bellas für gewöhnlich so ansteckender Optimismus schaffte es nicht, die Mauer von Kristis Traurigkeit zu durchdringen. »He …« Bella legte die Hand auf Kristis Handgelenk. »Was hältst du von einer Mani-Pedi?« Als Kristi nicht reagierte, schlug sie vor: »Oder lass uns eine lange Radtour machen! Wir könnten auch wandern gehen – was immer du möchtest.«

»Lieber nicht.«

»Vielleicht nicht heute, aber wie wär's nächste Woche? Jay hätte nicht gewollt, dass du so um ihn trauerst.«

Kristis Kopf fuhr ruckartig in die Höhe. »Woher weißt du das?«, fragte sie. »Das kannst du doch gar nicht wissen. Niemand kann das.«

»Autsch.« Bella zuckte zurück. »He, ich bin deine Freundin. Ich versuche nur zu helfen, und ja, du hast recht, niemand kann mit Bestimmtheit wissen, was Jay gewollt hätte und was nicht, aber ich wette, er hätte sich gewünscht, dass du nach vorn blickst. Versuchst, wieder glücklich zu werden.« Sie brachte ein Lächeln zustande, das ihre Augen nicht erreichte. »Mensch, Kristi. Vergiss nicht: Jay McKnight war dein ganz persönlicher Ritter.«

»Ach, Bella. Ich weiß, dass du nur helfen möchtest, aber es gibt etwas, was mir ganz besonders zu schaffen macht.«

»Was denn?«, erkundigte sich Bella besorgt.

»Jay und ich hatten … Probleme. Im Grunde nichts wirklich Ernstes, aber an dem Abend, als er ermordet wurde, hatten wir einen üblen Streit, und ich habe ein paar unschöne Dinge gesagt, die ich nun nicht mehr zurücknehmen kann.« Ihr Herz zog sich schmerzhaft zusammen. »Nie mehr«, fügte sie flüsternd hinzu.

»Alle Ehen sind schwierig, Kristi, es gibt immer Höhen und Tiefen …«

»Verstehst du denn nicht?«, fiel Kristi ihr schroff ins Wort. »Ich kann die schlimmen Worte, die ich ihm entgegengeschleudert habe, nie mehr zurücknehmen!« *Ich weiß nicht, warum ich dich überhaupt geheiratet habe.* Sie schob ihr Glas von sich und stand auf. »Ich muss los.«

»Nein, nein, geh nicht.« Die aufgesetzte Munterkeit wich aus Bellas Blick, ihre Augen wurden ernst. »Alle streiten sich mal. Jede Ehe bedeutet Arbeit, und zwar ohne Unterlass. Wenn man jemanden liebt, wirklich und wahrhaftig und voller Leidenschaft, ist man ehrlich … und oftmals anderer Meinung. Manchmal kann das ziemlich hässlich werden, und es tut weh. Aber so ist das Leben.«

»In diesem Fall ist es der Tod«, entgegnete Kristi. »Da gibt es nichts zu beschönigen, Bella.«

»Okay. Aber meiner Meinung nach solltest du dich nicht auch noch selbst bestrafen.«

»Nicht? Ich habe ihn verletzt, und das kann ich nicht rückgängig machen!«

»Vielleicht solltest du professionelle Hilfe in Anspruch nehmen. Soweit ich weiß, gibt es spezielle Gruppen …«

»Noch nicht«, lehnte Kristi ab. Sie kannte sich mit psychologisch betreuten Trauergruppen aus, war sie doch bei ihren Recherchen zum Einundzwanziger-Killer darauf gestoßen – ein abscheulicher Mörder,

der vor gar nicht langer Zeit die Straßen von New Orleans unsicher gemacht hatte. Eine Psychologin namens Brianna Hayward, die eine Gruppe für Zwillinge leitete, die den Verlust ihres Zwillings verarbeiten wollten, war damals an das NOPD herangetreten, damit ihr Dad den längst gelöst geglaubten Fall wieder aufrollte.

Doch Bella war ganz in ihrem Element. »Ich kann dir eine Therapeutin empfehlen: Dawn Aguillard. Sie soll großartig sein. Ich bin zu ihr gegangen, als ich Probleme mit Sean hatte. Erinnerst du dich?«

Bella und Sean hätten sich um ein Haar wegen ihrer finanziellen Schieflage getrennt, in die sie aufgrund seiner Affäre mit einer Mitarbeiterin geraten waren, doch irgendwie war es ihnen gelungen, ihre Ehe zu retten. Bella behauptete immer wieder, dass die Therapeutin ihr geholfen habe, über ihren Zorn hinwegzukommen und eine Möglichkeit zu finden, ihrem Ehemann zu verzeihen – und ihn zurückzunehmen.

»Das ist doch etwas völlig anderes«, gab Kristi zu bedenken.

»Tatsächlich? Trauer ist Trauer. Ich habe um meine Ehe getrauert, und sie, Dr. Aguillard – ich durfte sie Dawn nennen –, hat mir durch diese schwere Zeit hindurchgeholfen. Sie ist einfach die Beste. Die Allerbeste! Ich schicke dir ihre Kontaktdaten.«

»Das musst du nicht.«

»Ich weiß, Kristi, aber ich möchte es.« Sie zog ihr Handy aus der Tasche, tippte etwas ein und schaute auf. Jetzt lächelte sie wieder. »Ruf sie an. Es gibt keinen Grund, warum du diese Tortur allein durchstehen solltest, und wenn du nicht mit mir, anderen Freundinnen oder deinem Dad darüber reden möchtest, ruf sie an und sprich mit ihr.«

Kristis Handy pingte und verkündete ihr, dass Bellas Nachricht eingegangen war.

»Ich weiß jetzt schon, dass ich das nicht tun werde.«

»Okay, okay, ich hab's kapiert. Du brauchst mehr Zeit. Klar. Allerdings kapiere ich auch, dass du dich selbst bestrafen möchtest, indem du alles meidest, was gut für dich ist. Indem du das Leben meidest.«

»Ach, hör doch auf mit dem Unsinn! Das tue ich nicht.«

Ihre Freundin schaute sie besorgt an. »Na schön, dann sage ich dir eben ganz unverblümt, dass ich mir Sorgen um dich mache. Genau wie Sarah und Jess.«

»Ich komme schon klar.«

»Wirklich?«

»Herrgott noch mal: Ja!« Kristi stand abrupt auf. »Lass uns bezahlen und gehen.«

»Warum?«, wollte Bella wissen. »Weil du noch eine Million Dinge erledigen musst?«

»In der Tat«, log sie. »Ich muss zum Beispiel eine Deadline einhalten.«

»Die kann warten.«

»Ich muss den Hund rauslassen.«

Bella zog die Augenbrauen zusammen. »Ach? Ich dachte … Ist dein Hund nicht … Verdammt, Kristi, hör auf zu lügen!«

»Ich wollte nicht …« Kristi verstummte. Sie hatte momentan keinen Hund. Alle Haustiere, die Jay und sie zu sich genommen hatten, waren tot. »Tut mir leid.«

Bella sah sie kopfschüttelnd an. »Wenn du dir nicht helfen lassen willst, kann ich echt nichts für dich tun, Kristi. Selbst wenn ich deine beste Freundin bin. Also gut, dann geh. Geh in Gottes Namen nach Hause und igele dich ein, wenn es das ist, was du möchtest.«

Kristi nickte. »Das ist genau das, was ich möchte.«

»Schade, Kristi. Ich weiß, dass du Unvorstellbares durchgemacht hast, aber ich weiß auch, dass es noch so vieles gibt, wofür es sich lohnt zu leben.«

Kristis Augen fingen an zu brennen. Sie dachte an das ungeborene Leben in ihrem Bauch. Ihr Baby. Jays Kind. »Ich werde leben«, versprach sie ihrer Freundin. »Ich muss noch ein paar Dinge klären und einiges mit mir selbst ausmachen, aber … ich werde nach vorn blicken. Ganz bestimmt.« Sie war kurz davor, Bella von ihrer Schwangerschaft zu erzählen, aber sie schwieg. Es kam ihr vor wie ein Verrat, dass Bella Lyons Bescheid wusste, während Jay ihre Worte womöglich nicht mehr gehört hatte.

Natürlich würde sie Bella irgendwann einweihen, dachte sie und zog ihre Kreditkarte aus dem Portemonnaie, aber nicht heute.

Definitiv nicht.

»Jess, Sarah und ich haben uns überlegt, wieder joggen zu gehen. Mindestens einmal die Woche, vielleicht öfter. Du läufst doch auch regelmäßig, oder? Es wäre toll, wenn du mitkommst.«

»Ich denke darüber nach«, log Kristi. Im Augenblick kam ihr nichts schlimmer vor, als sich mit ihren Freundinnen zu treffen, und sei es auch nur zum Joggen, um über das Leben, Ehemänner, Kinder oder das, was sie als Nächstes vorhatten, zu reden.

»Wenn du mal wieder eine Lesung machen möchtest, zum Beispiel um dein neues Buch zu promoten, gib Bescheid. Der Produzent von unserer Morgenshow hat sich nach dir erkundigt. Er ist sehr daran interessiert, dich für einen Auftritt zu gewinnen.« Bella sah sie hoffnungsvoll an. Obwohl sie eigentlich Werbezeiten verkaufte, schien sie es für ihre persönliche Mission zu halten, Gäste für Lokal-Talkshows aufzutreiben. Es war nicht das erste Mal, dass Bella Kristi vorgeschlagen hatte, dem Fernsehsender ein Interview zu geben.

»Möchte ich momentan nicht«, lehnte Kristi ab. »Aber sollte ich meine Meinung ändern, wirst du es als Erste erfahren.«

»Cool«, murmelte Bella.

Sie teilten sich die Rechnung und umarmten einander zum Abschied, doch anders als zuvor war die Umarmung steif. »Pass auf dich auf, ja?«, bat Bella, als sie Kristi wieder losließ. »Und ruf mich an oder schreib mir, wenn du etwas brauchst. Egal, was.«

»Klar, mache ich.« Eine weitere Lüge.

Sie verließen das Café, und Kristi zog ihre Jacke fest um sich, da sich ein heftiger Wind zu dem Regen gesellt hatte. Sie winkte Bella nach, dann hastete sie zu ihrem Wagen, den sie ein kleines Stück außerhalb des French Quarter geparkt hatte. Als sie an den Läden und Galerien vorbeikam, blieb ihr Blick an dem Neonschild eines Mediums hängen: leuchtend gelbe Buchstaben über einem blauen Halbmond.

Sie blieb stehen, zögerte und überlegte, ob sie wirklich einen Termin bei einer Hellseherin vereinbaren sollte.

»Wovor hast du Angst? Dass du etwas herausfindest, was du nicht wissen willst?«, hörte sie Jays Stimme.

»Unsinn«, widersprach sie laut. Ein älterer Mann mit Hut und wasserfestem Mantel, der in die Gegenrichtung ging, warf ihr einen misstrauischen Blick zu. Sie senkte die Stimme. »Dieser ganze Psycho-Quatsch ist Unsinn, das weißt du, zum Glück bist du Wissenschaftler.« Jay hatte einen Abschluss in Kriminologie, einen weiteren in Klinische Laborwissenschaften, einen Master in Forensik, und er hatte für das Kriminaltechnische Labor in New Orleans gearbeitet. »Ja, du bist Wissenschaftler«, sagte sie noch einmal, dann hörte sie sich selbst und fügte eilig hinzu: »Aber du bist nicht real.« Sie überlegte, ob sie ihn bitten sollte, sie in Ruhe zu lassen, doch sie war sich nicht sicher, ob sie das wirklich wollte. Ihr war klar, dass dieses Gespräch nur in ihrem Kopf stattfand, dass ihr Ehemann nicht neben ihr stand – das musste genügen.

Jay war nicht real. Oder doch?

Gedankenverloren setzte Kristi ihren Weg fort, ihr Mantel flatterte im Wind. Sie redete sich ein, dass sie nicht mehr an Hellseher oder paranormale Phänomene glaubte, von denen sie während ihrer College-Zeit so fasziniert gewesen war. Sie dachte daran, dass sie die unheimliche Fähigkeit besessen hatte zu sehen, wie ein Mensch, der kurz davorstand zu sterben, die Farbe verlor und grau wurde.

»Du bist doch völlig verrückt«, murmelte sie, als sie bei ihrem Subaru ankam und auf die Fernbedienung drückte, um die Zentralverriegelung zu öffnen. Diesmal hörte sie zum Glück niemand.

Außer Jay, der sagte: *»Du solltest deine Freundinnen lieber nicht verärgern, Kris. Du wirst sie bestimmt noch brauchen.«*

»Ach ja? Und woher willst du das wissen?«

»Weil ich dich kenne, Kris. Besser als jeder andere Mensch.«

»Dann hilf mir, Jay. Zeig mir, dass du nicht real bist, dass ich mir dich nur einbilde, unser Gespräch, dass du lediglich eine Manifestation meiner Schuld bist oder meiner Trauer oder was auch immer.«

»Wenn du meinst.«

Sie stieg ein, ließ den Motor an und gab Gas. Hinter ihr dröhnte eine laute, aggressive Hupe. Ein Pick-up zischte an ihr vorbei.

Kristi fuhr zusammen.

Die Reifen des Silverado durchpflügten eine tiefe Pfütze. Ein Wasserschwall prasselte auf ihre Windschutzscheibe.

Sie presste die Kiefer aufeinander und warf einen Blick in den Rückspiegel, dann reihte sie sich in den Verkehr ein.

Jay war nicht bei ihr. Sie bildete sich nur ein, dass er mit ihr sprach. Sie wurde nicht verrückt.

Doch wenn sie ehrlich war, traute sie sich selbst nicht.

»Ich habe nichts von ihm gehört«, sagte Luis zu Montoya, der am anderen Ende der drahtlosen Verbindung zwischen Haus und Straße hin und her tigerte, die Finger fest ums Handy geschlossen, als wollte er so die Antworten herausquetschen, nach denen er dringend suchte. »Schon seit Jahren nicht mehr. Wir waren auf der Highschool befreundet, aber … na ja, das Leben geht weiter. Du bist das beste Beispiel dafür: ein Detective. *¿Quién lo hubiera pensado?*«

»Ja, wer hätte das gedacht?«, wiederholte Montoya und musste unwillkürlich grinsen.

»Ja, Mann, du warst ein knallharter Bursche. *Un gran alborotador!*«

Das konnte Montoya nicht leugnen. Er *war* ein Unruhestifter gewesen. Wahrscheinlich der schlimmste in der ganzen Familie. Abgesehen von Cruz.

»Und jetzt bist du ein Cop. *¡Increíble! Es un maldito milagro.*«

»Wieso ist das unglaublich? Das ist kein verdammtes Wunder!« Montoya lachte, dann wurde er ernst. »Gib mir einfach Bescheid, wenn er bei dir auftaucht oder dich sonst wie kontaktiert. Per Telefon, Textnachricht, ganz gleich, wie.«

»Mach ich. Du kannst auf mich zählen.« Luis legte auf, und Montoya schloss frustriert die Augen. Vielleicht sollte er auf Bentz hören und die Sache auf sich beruhen lassen. Cruz würde schon aufkreuzen, wenn er es für wichtig hielt. Doch warum rief er panisch bei ihm an, teilte ihm mit, er sei auf dem Weg nach New Orleans und fürchte, wegen Mordes verhaftet zu werden, nur um sich dann nicht mehr zu melden und sich stattdessen in Luft aufzulösen, als wäre er ein gottverdammtes Gespenst?

Cruz war schon immer ein egozentrischer Mistkerl gewesen.

Als Jugendlicher.

Beim Militär.

Im College.

Überall.

Warum sollte er sich verändert haben?

Die Antwort war simpel: Er hatte sich nicht verändert.

Cruz Montoya spielte nach seinen eigenen Regeln, und sein Bruder wusste aus eigener Erfahrung, dass es nichts brachte, sich ihm entgegenzustellen.

Das hatte noch nie funktioniert.

»Im Ernst, Dad. Mir geht's gut. Danke für das Angebot.«

»Vielleicht morgen?«, schlug ihr Vater vor, nachdem Kristi seine Einladung zum Abendessen abgelehnt hatte. »Ginny würde dich sehr gern sehen.« Die Besorgnis in seiner Stimme schmerzte sie.

»Vielleicht«, lenkte sie daher ein und dachte an ihre Halbschwester, den süßen Racker. Sie liebte die Kleine. Auch wenn ihr nicht danach zumute war, zwang sich Kristi zu einem Lächeln. Hinter ihren Augen zogen Kopfschmerzen auf. Sie lehnte sich an ihren Schreibtisch und ließ den Blick über einen Stapel Notizbücher gleiten, in denen sie ihre Gedanken und Recherchen für ihr nächstes Buch festgehalten hatte: die Geschichte des Einundzwanziger-Killers. »Drück Ginny ganz fest von mir. Ich weiß nicht, ob ich es morgen schaffe. Vielleicht nächste Woche. Ich habe tonnenweise Arbeit zu erledigen.«

»Aber du musst doch irgendwann etwas essen, und Olivia macht ein fantastisches Jambalaya.«

Er wusste, dass sie dieses für Louisiana typische Gericht, bestehend aus Reis, Gemüse, Schinken und Meeresfrüchten, liebte. Dennoch verspürte sie keinen Appetit. »Ich gebe dir Bescheid. Versprochen.« Sie blickte aus dem Fenster ihres gemütlichen Arbeitszimmers unter dem Dach in den dunkel werdenden Himmel, dann beendete sie das Telefonat und fühlte sich einsam und leer. Vielleicht hätte sie die Einladung ihres Vaters doch nicht ausschlagen sollen. Und wenn auch nur deshalb, um etwas zu tun zu haben. Aus dem Haus zu gehen. Im Grunde war sie nicht zu ihm gefahren, weil sie nicht jedes Mal, wenn ihr Leben aus den Fugen geriet, zu Daddy laufen wollte. Sie war eine erwachsene Frau. Eine *schwangere* erwachsene Frau, rief sie sich ins Gedächtnis.

Sie schaltete die Lichter im Arbeitszimmer aus und ging die Treppe hinunter ins Schlafzimmer.

An der Tür blieb sie stehen und spürte, wie ein weiterer Schwall der Einsamkeit über sie hinwegschwappte. Sie konnte immer noch nicht fassen, dass Jay nicht mehr bei ihr war. Ungläubig starrte sie im dämmrigen Licht auf das Bett, das völlig zerwühlt war, weil sie es schon seit Tagen nicht mehr gemacht hatte. Die Decke lag halb auf dem Boden.

O Gott. Sie lehnte sich gegen den Türrahmen und nahm ihre ganze Kraft zusammen, um nicht zusammenzubrechen. Nach einer Weile gelang es ihr, das Rückgrat durchzudrücken, sich vom Türrahmen abzustoßen und das Schlafzimmer zu betreten.

Sie knipste die Nachttischlampe an und kämpfte wieder einmal gegen die Tränen an.

»Schluss damit«, sagte sie entschlossen, auch wenn ihre Stimme zitterte.

Zögernd öffnete sie seinen Kleiderschrank und betrachtete die ordentlich aufgehängten Jacken und Hemden, die noch genauso da hingen, wie er sie eingeräumt hatte. Ihr Blick schweifte weiter zu den Jeans auf dem obersten Brett, dann zu seinen Schuhen und Stiefeln, die er ganz unten aufbewahrt hatte, unter den Anzughemden. In ihrem Kleiderschrank dagegen herrschte Chaos. Kleider und Blusen waren mehr als nachlässig auf die Bügel gehängt, Hüte, Mützen und Handtaschen in die Regalfächer gestopft.

Sie nahm eins von Jays Hemden vom Bügel, ein hellblaues Leinenhemd, das er zuletzt zwei Tage vor seinem Tod getragen hatte, und vergrub ihr Gesicht in dem weichen Stoff. Für eine kurze Weile verlor sie sich in seinem Duft, atmete den Geruch seines Rasierwassers ein, der noch immer am Kragen haftete.

»Komm schon, Kris, reiß dich zusammen.« Seine Stimme war so deutlich, so nah, dass sie fast damit rechnete, seine Finger auf ihrer Schulter zu spüren, die Wärme seines Atems in ihrem Nacken. Doch da war nichts. Sie streifte ihren Pulli ab und zog sein Hemd an, dann krempelte sie die Ärmel auf, ging ins Wohnzimmer und schaltete den Fernseher ein. Während sie auf den Bildschirm starrte, schweiften ihre Gedanken immer wieder ab, wie so häufig in letzter Zeit. Gegen dreiundzwanzig Uhr hielt sie es nicht länger aus und ging ins Schlafzimmer. Sie zog ihre Jeans aus, nicht aber Jays Hemd, und legte sich ins Bett, wo sie versuchte, ein Buch zu lesen. Schlafen würde sie ohnehin nicht können, und wenn sie doch irgendwann eindämmerte, kämen garantiert die grauenhaften Albträume zurück, die sie Nacht für Nacht heimsuchten.

Sie konnte sich nicht auf das Buch konzentrieren. Ihre Augenlider wurden schwer. Was keine Überraschung war, hatte sie doch seit einer Ewigkeit nicht mehr durchgeschlafen. Sie legte den Roman beiseite, machte das Licht aus und starrte an die Decke. Irgendwann fiel sie in einen tiefen, traumlosen Schlaf.

Knaaarz!

Die Bodendielen knarrten, als würde jemand darauf treten.

»Jay?«, murmelte Kristi und öffnete verschlafen die Augen. Warum schlich er mitten in der Nacht durchs Haus? Sie warf einen Blick auf den Digitalwecker auf ihrem Nachttisch. Schon nach drei.

Knaaarz!

Mit einem Schlag war sie hellwach.

Ihr Herz stolperte vor Schreck.

Jay lebte nicht mehr. Er war es nicht, der über diese Dielen schlich, jemand anderes oder etwas anderes musste im Haus sein.

Starr vor Entsetzen lag sie im Bett und lauschte.

War das ein Schritt?

Oder bildete sie es sich nur ein?

Da – ein Keuchen!

Der Wind, der vor dem Fenster durch die Äste des Magnolienbaums strich?

Es gab nur einen Weg, das herauszufinden.

Lautlos rollte sie sich aus dem Bett und stellte die nackten Füße auf den Teppich.

Im Zimmer war es kalt. Fröstelnd nahm sie einen Luftzug wahr. Irgendetwas war anders als sonst.

Ihr Mund wurde staubtrocken, als sich ihre Augen an die Dunkelheit gewöhnt hatten und eine Bewegung am Fenster ausmachten. Die Jalousien bewegten sich im Wind, das trübe Licht einer Straßenlaterne fiel in ungleichmäßigen Streifen auf ihre zerknautschte Bettdecke.

Wie war das möglich? Sie hatte das Fenster geschlossen, da war sie sich ganz sicher.

Sie schaute sich im Zimmer um.

Alles schien an Ort und Stelle zu sein.

Trotzdem stellten sich ihr die feinen Haare im Nacken auf.

Sie dachte an den Bilderrahmen mit dem gesprungenen Glas vor ihrem Hochzeitsfoto. Ihr Magen schnürte sich vor Angst zusammen. Wieder lauschte sie angestrengt, aber sie hörte nichts. Auf leisen Sohlen tappte sie zur Kommode, auf der Jay in einer Schale seine Schlüssel und etwas Kleingeld aufbewahrte. Eine dünne Staubschicht hatte sich darauf angesammelt, aber alles wirkte unverändert.

Trotzdem.

Irgendetwas war anders als sonst.

»Nun drehst du vollends durch«, wisperte sie, als sie langsam die Schubladen aufzog. Erst die von Jay – Unterwäsche, Socken, T-Shirts, Shorts. Alles lag ordentlich zusammengefaltet und gestapelt an seinem Platz. Alle drei Schubladen wirkten unberührt.

Dann wandte sie sich ihrer Hälfte der Kommode zu. Pullis, Schals, Jeans, T-Shirts, alles achtlos hineingestopft. So wie immer.

Sie stieß die Luft aus, die sie unwillkürlich angehalten hatte.

Jetzt war die Schublade mit ihrer Unterwäsche an der Reihe. BHs, Höschen, Socken, kunterbunt durcheinander, ebenfalls wie immer. Sie konnte nicht sagen, ob jemand darin herumgewühlt hatte oder nicht.

Dennoch wollte das ungute Gefühl, das sie beim Aufwachen beschlichen hatte, nicht weichen.

Sei nicht albern. Es gibt keinen Grund, auszuflippen.

Kristi schob die Schublade zu. Sie klemmte. Auch das war nicht ungewöhnlich, überfüllt, wie sie war.

Kristi versuchte es erneut, dann schob sie die Hände hinein, um das Kleidungsstück zu ertasten, das die Lade blockierte.

Sie bekam etwas Dünnes, Hartes zu fassen.

Pappe?

»Was zur Hölle …«

Mit plötzlich zitternden Fingern zog sie einen weißen Umschlag hervor, der sich am Rand der Schublade verkantet hatte.

Ohne Absender.

Genau wie der letzte.

Kristi knipste die Nachttischlampe an.

Zog die Karte aus dem Umschlag. Auf das dicke weiße Büttenpapier war eine schwarze Rose gemalt.

Ihr Inneres gefror zu Eis, als sie die Karte aufklappte und die Botschaft darin las.

Denn ich habe einen Tag der Rache mir vorgenommen;
das Jahr, die Meinen zu erlösen, ist gekommen.

Jesaja 63,4

Kristi ließ die Karte fallen, als hätte sie sich daran verbrannt. Entsetzt beobachtete sie, wie sie zu Boden flatterte.

Er war in ihrem Haus gewesen.

Hatte ihre Unterwäscheschublade durchwühlt.

Hatte ihr diese perverse Nachricht hinterlassen …

Hastig knipste sie das Licht wieder aus.

Allmächtiger. Was, wenn er noch hier war?

Kapitel acht

Kristi erstarrte.
Rührte keinen Muskel.

Die Nerven bis zum Zerreißen gespannt, lauschte sie ins schummrige Halbdunkel des Zimmers.

Nichts.

Auf Zehenspitzen schlich sie zur Tür, öffnete sie einen Spaltbreit und spähte hinaus.

Wieder nichts.

Kein Geräusch. Nicht einmal ein Atmen.

Nichts bewegte sich.

Nicht dass sie ohne Licht viel gesehen hätte.

Befand sich derjenige, der ihr die Karte hinterlassen hatte, noch im Haus?

Nein, eher nicht, das hätte sie sicher gespürt.

Ihre Gedanken kehrten zurück zum vergangenen Tag, zu ihrem Treffen mit Bella, den Besorgungen, die sie gemacht hatte – ein paar Lebensmitteleinkäufe, tanken, die Kündigung von Jays Mitgliedschaft im Sportstudio. Anschließend war sie wieder nach Hause gefahren und hatte sich in ihrem Arbeitszimmer verkrochen, wo sie den Großteil des Nachmittags verbracht hatte.

Im Haus gab es einige Zimmer, die sie seit jener schicksalhaften Nacht noch nicht wieder betreten hatte – den zusätzlichen Schlafraum etwa, in dem Jay und sie ein Kinderzimmer hatten einrichten wollen, oder die kleine Kammer, in der Jay sein Büro untergebracht hatte.

Sie hätte gern dort nachgesehen, aber sie traute sich nicht aus dem Schlafzimmer. Was, wenn doch jemand hier war und sie in diesem Moment beobachtete? Durch einen Türspalt oder zwischen den langen, vorgezogenen Vorhängen vor dem Fenster im Flur hindurch? *Nein,* schalt sie sich. *Sei nicht so ein Hasenfuß.* Entschlossen verließ sie den Raum.

Nichts.

Sie öffnete die Tür zu Jays kleinem Büro. Eine Woge der Traurigkeit schnürte ihr die Kehle zu, und sie musste sich an seinem Schreibtisch abstützen, damit ihr nicht die Knie wegbrachen.

Klick.

Kristi fuhr zusammen. Was war das für ein Geräusch?

Klick.

Da war es wieder. Leiser diesmal.

Was zur Hölle …?

Sie hielt die Luft an und versuchte, das Geräusch über das Presslufthämmern ihres Herzens hinweg zu orten. Woher kam das merkwürdige Klicken?

Kristi nahm all ihren Mut zusammen, verließ Jays Büro und huschte ins Wohnzimmer. Leer. Genau wie die angrenzende Küche.

Irgendetwas stimmte trotzdem nicht.

Sie schluckte gegen den Kloß in ihrer Kehle an und nahm ein großes Küchenmesser von dem Magnethalter über dem Ofen. Die scharf geschliffene Waffe in der Hand, trat sie ans Fenster und spähte hinaus in den Garten.

Draußen war es stockdunkel. Jetzt schien der Mond durch eine Wolkenlücke, und sie sah Äste, die sich im Wind wiegten, und tanzende Blätter. Keinen finsteren Schatten, der sich am Zaun herumdrückte, keine weißen Augäpfel, die unheilvoll in der Nacht aufleuchteten.

Du hast dir das Klicken bestimmt nur eingebildet. Vielleicht war es ein Ast, der gegen eines der Fenster geschlagen hat …

Ihr Blick fiel auf die Tür zur Garage. Sie war nicht verriegelt und schwang ein Stück in ihre Richtung auf. Auf sie zu. *Verdammt!* Sie hob das Messer. Die Tür schwang ganz auf. Niemand stand im Türrahmen. Kristi blickte in die tiefschwarze Garage.

Sie wartete. Lauschte.

Nichts.

Langsam trat sie näher.

Hörte ein Rascheln.

Spürte die Kälte, die ihr aus der Garage entgegenschlug. Mit der linken Hand tastete sie nach dem Lichtschalter, das Messer in der Rechten noch immer kampfbereit erhoben.

Das Licht ging an.

Ein dunkler Schatten flitzte hinter ihren Subaru.

Kristi unterdrückte einen Schrei.

Das war kein Mensch. Dafür war der Schatten viel zu klein.

Plötzlich fiel ihr Blick auf ein Paar leuchtend grüner Augen unter der Hinterachse ihres Wagens, die sie, ohne zu blinzeln, anstarrten.

Eine Katze?

Nein – ein Kätzchen!

Schwarz und flauschig, spindeldürr und offenbar genauso verängstigt wie sie. »Ach du liebe Güte«, wisperte sie und stieß erleichtert die Luft aus. »Was machst du denn hier drinnen?« Sie ging zu ihrem Subaru und bückte sich, um das Kätzchen auf den Arm zu nehmen, doch es entwischte ihr und versteckte sich zwischen den Reifen neben einer eingetrockneten Ölpfütze auf dem Betonboden. »Komm«, lockte sie das dünne kleine Tier, doch die verängstigte Katze rührte sich nicht vom Fleck. »Wie bist du denn hier reingekommen?«, fragte sie und ließ den Blick über die groben Sperrholzplatten schweifen. Ihre Augen blieben am Garagentor hängen.

Es stand einen Spalt offen.

So war das Kätzchen also in die Garage gelangt.

Für gewöhnlich war das Tor verschlossen, und Kristi war fest davon überzeugt, dass sie auch nach ihrer Heimkehr auf die Fernbedienung gedrückt hatte, damit es wieder herunterfuhr.

Warum war das Tor nicht zu?

An der Seitenwand der Garage standen die Mülleimer, aber sie hatte den Müll schon eine ganze Weile nicht mehr herausgebracht.

Sie straffte die Schultern, ging um ihren Subaru Outback herum und öffnete die Tür, dann griff sie ins Wageninnere und drückte auf die Fernbedienung.

Das Tor fuhr herunter.

Es war zu gewesen, dessen war sie sich ganz sicher.

Ihre Finger schlossen sich fester um den Messergriff.

War etwa jemand durch die Garage ins Haus eingedrungen? Beziehungsweise: Hatte jemand ihr Haus durch die Garage verlassen?

Wahrscheinlich die Person, die die ominöse Karte in ihrer Unterwäscheschublade versteckt hatte.

Wieder fing ihre Haut an zu kribbeln. Hoffentlich hatte der Eindringling keine Dessous mitgehen lassen! Schaudernd kehrte sie in die Küche zurück, wo sie die Tür zur Garage ein kleines Stück offen ließ, damit das Kätzchen ins Haus konnte. Sie blieb auf der Schwelle stehen, bückte sich und spähte unter den Wagen, dann lockte sie mit leiser Stimme: »Komm, Kätzchen, komm. Du hast doch bestimmt Hunger, Kleine.«

Zwei grüne Augen starrten sie an.

»Hm, vielleicht finde ich ja etwas für dich, was du magst.« Kristi richtete sich auf, ging zum Küchenschrank und nahm zwei Schälchen heraus. Eines füllte sie mit Wasser, das andere mit Milch, dann stellte sie beide direkt neben der Tür ab, gleich bei ihren Stiefeln, unter dem Haken, an dem ihre Jacke hing.

Nur um sicherzugehen, drehte sie eine weitere Runde durchs Haus, doch sie konnte nichts und niemand Ungewöhnliches entdecken. Zum Schluss ging sie hinauf in ihr Arbeitszimmer und sah sich noch einmal die Aufnahmen der Überwachungskamera an. Als sie die erste Karte erhalten hatte, hatte sie das Filmmaterial genauestens überprüft, doch sie hatte keine finstere Gestalt entdecken können, die den Umschlag in den Briefkasten steckte. Die Aufnahmen wurden aber nach achtundvierzig Stunden automatisch überspielt, es war daher durchaus möglich, dass die Person vorher gefilmt und wieder gelöscht worden war.

Definitiv ein Fehler.

Total altmodisch.

Sie brauchte eine neue Überwachungsanlage.

Kristi scrollte durch die beiden letzten Tage, aber sie konnte beim besten Willen nichts entdecken, wahrscheinlich war der unheimliche Kartenüberbringer durch das offene Fenster im Schlafzimmer eingedrungen. Dieser dämliche kaputte Riegel! Nun, das käme definitiv nicht wieder vor.

Ihr war klar, dass es Ewigkeiten dauern würde, bis sie einen Handwerkertermin bekam, also rief sie ein YouTube-Video mit einem entsprechenden Tutorial auf – viel zu kompliziert. Außerdem verfügte sie nicht über die nötigen Ersatzteile. Sie würde wohl eine neue Fensterverriegelung besorgen müssen.

Entschlossen kehrte sie in die Garage zurück, nahm vier große Nägel aus dem Werkzeugkasten und den Hammer von der Leiste an der Wand. Als sie die Küche durchquerte, sah sie das Kätzchen unter einem der Stühle sitzen. Sie schloss die Tür zur Garage, sperrte sorgfältig ab und ging ins Schlafzimmer, wo sie sich an die Arbeit machte. Sie hämmerte die Nägel seitlich in den Rahmen, sodass dieser nicht mehr hochgeschoben werden konnte. Anschließend versuchte sie, das Fenster zu öffnen.

Es bewegte sich keinen Millimeter.

Gut.

Es hielt selbst dann, als sie sich mit aller Kraft dagegenstemmte.

Noch besser.

Eine vorübergehende Lösung, aber effektiv. Jays Pistole fiel ihr ein, eine Kleinkaliberwaffe, die er in einem Safe im Kleiderschrank aufbewahrte. Sie würde ebenfalls zu ihrem Schutz beitragen. Ihr Vater hatte sie von klein auf im Umgang mit Schusswaffen unterwiesen, aber sie mochte sie nicht. Es gab andere Möglichkeiten, schwierige Situationen zu lösen.

»Mein tapferes Mädchen.« Sie hörte Jays Stimme glasklar, und sie bat ihn nicht, sie in Ruhe zu lassen, weil er ja doch nur ein Produkt ihrer Einbildung war. »Okay, Jay, was soll ich jetzt machen?«, fragte sie in den leeren Raum hinein. »Bitte sag mir, was du an meiner Stelle tun würdest.«

Schnapp dir diesen Hurensohn und schleif ihn vor Gericht!

Das war nicht Jays Stimme. Das war ihr eigener Plan.

Sie überlegte, ob sie in die Garage zurückkehren und den Hammer wieder an seinen Platz an der Wand hängen sollte, aber sie entschied sich dagegen. Stattdessen fuhr sie mit dem Finger von der stumpfen bis zur spitzen Kante, dann öffnete sie ihre Nachttischschublade und legte den Hammer hinein.

Nur für alle Fälle.

Rote Seide oder lieber Leopardenmuster?

Sie stand in dem Erker, der ihr als Ankleide- und Schminknische diente, hielt die knappen Kleidchen auf den Kleiderbügeln vor ihren Körper und betrachtete sich in dem großen Spiegel neben dem Schminktisch.

Spielte das eine Rolle? Ihrem Kunden wäre es gleich, was sie trug, das Kleid würde ohnehin mitsamt Unterwäsche auf dem Boden landen, es sei denn, er wollte, dass sie für ihn strippte – dann würde sie dafür sorgen, dass die Kleidung am Ende ordentlich auf irgendeiner Oberfläche lag, einem Stuhl oder einer Kommode. Was, wenn er grob war und ihr die Sachen vom Leib reißen wollte?

Nun, dann würde er sie eben bezahlen müssen. Sie und die Klamotten, dafür würde sie sorgen. Sie würde den Freier bluten lassen, und zwar im wahrsten Sinne des Wortes. Das tat sie immer. Ihre Kleider waren nicht billig.

Sie kaufte nur in den besten Warenhäusern der Stadt ein und bestellte außerdem secondhand online – kaum getragen, in erstklassigem Zustand, manche mit Designer-Labels –, selbstverständlich unter einem falschen Namen. Die Designer-Kleider hob sie sich allerdings für ihre Stammkunden auf.

Jetzt legte sie den Kopf schief und überlegte, in welche Rolle sie heute Nacht schlüpfen sollte. Sie entschied sich für das Rote, schwenkte den Kleiderbügel im sanften Licht hin und her und bewunderte den verführerisch schimmernden Stoff. Anschließend ging sie unter die Dusche, trocknete sich ab, setzte eine Perückenhaube auf und nahm an ihrem Schminktisch Platz, der mit unzähligen teuren Make-up-Produkten ausgestattet war. Geschickt brachte sie ihre Gesichtsprothesen an – dünne, wohlgeformte Silikonteile, die ihre Wangen, das Kinn und die Nase in Form brachten. Es war ein langwieriger Prozess, der große Sorgfalt erforderte, vor allem, wenn es darum ging, die Übergänge so zu verblenden, dass sie mit dem bloßen Auge nicht zu erkennen waren. Als Nächstes waren die Aufsteck-Veneers für ihre Zähne sowie die dunklen Kontaktlinsen an der Reihe, dann trug sie Make-up und einen roten, zum Kleid passenden Lippenstift mit einer dünnen Schicht Gloss auf. Dazu Smokey Eyes in Anthrazit mit langen, dichten, schwarzen Wimpern. Endlich sah ihr Gesicht so aus, wie sie es sich vorgestellt hatte. Niemand würde sie erkennen. Sie kleidete sich sorgfältig an, Strapse, Push-up und das rote Kleid, das ihr von der Schulter rutschte und tief ins Dekolleté blicken ließ. Dann kam die schwarze Perücke – volles, toupiertes Haar mit kleinen, weichen Löckchen, die sich sanft um ihr Gesicht ringelten.

Zufrieden mit sich selbst, stieg sie in ihre Stilettos mit den fünfzehn Zentimeter hohen Absätzen.

Zum Schluss beäugte sie ihren Schmuck – das meiste davon billige Klunker, doch ein paar Stücke waren recht teuer gewesen. Sie entschied sich für ein Silberarmband und einen Reifen für den Oberarm. Selbstverständlich würde sie ihre Apple Watch mit dem Glitzerarmband am anderen Handgelenk tragen, außerdem riesige Creolen und – um dem Ganzen die gewisse Würze zu verleihen – eine Silberkette mit einem Kreuz daran, das verführerisch in ihrer Brustspalte lag.

Als sie fertig war, warf sie einen letzten Blick in den Spiegel und lächelte. Perfekt!

»Hallo, Helen of Joy«, flüsterte sie mit rauchiger Stimme und genoss die Verwandlung in ihr Alter Ego. Dies war ihr Auftritt, nicht, als wäre sie auf einer Bühne, sondern ein Ausdruck ihrer ganz persönlichen Rebellion, und es fühlte sich gut an. Verdammt gut. Sie war vorsichtig, selbstverständlich. Das musste sie auch sein. Noch einmal musterte sie ihr Spiegelbild. Ihr gefiel, was sie sah.

Bei dem, was sie machte, ging es ihr schließlich nicht um Geld.

Was den Sex betraf, der war okay – manchmal sogar aufregend.

Aber auch Sex war zweitrangig.

Sie tat es wegen des Kicks, sich in Helen of Joy, ihr Alter Ego, zu verwandeln, ohne dass ihr irgendjemand auf die Schliche kam. Sie liebte den Kitzel, den Adrenalinschub, das Herzklopfen, das in ihrem »realen« Leben nicht vorkam.

Klopf! Klopf!

Sie hörte das Pochen an der Tür und setzte ein sinnliches Lächeln auf, dann warf sie einen letzten Blick in den Spiegel, um sich zu vergewissern, dass jedes Detail stimmte. Anschließend zog sie den Vorhang vor dem kleinen Erker zu und hauchte: »Showtime.«

In dem kurzen Gang blieb sie stehen und holte tief Luft. Anschließend öffnete sie die Tür einen Spaltbreit und spähte in den nur spärlich erhellten Flur hinaus.

Ein großer Mann in einem Regenumhang wartete davor. »Ich möchte zu Helen«, sagte er mit tiefer Stimme, die ihr einen kleinen Schauder den Rücken hinabjagte.

»Du hast sie gefunden.« Sie öffnete die Tür ganz und trat zur Seite, um ihn einzulassen.

In derselben Sekunde spürte sie, dass etwas nicht stimmte. Dieser Mann war nicht der typische Freier, den sie erwartet hatte. Der hier trug eine dunkle Sonnenbrille, und unter seinem Cape ragte ein Priesterkragen hervor. Ein Geistlicher? Oder war das bloß eine Verkleidung, so wie ihr Äußeres bloße Maskerade war? Sie meinte zu erkennen, dass er ebenfalls Make-up trug, dick aufgetragen – eine Art Concealer, als wollte er Akne oder einen anderen Makel verbergen, womöglich ein Tattoo? Aber warum? Um der Eitelkeit willen? Oder weil er nicht erkannt werden wollte? In ihrem Kopf schrillten die Alarmglocken.

Sie hatte in der Zeitung von einem Killer gelesen, der sich als Mann der Kirche verkleidet und Frauen mit einem Rosenkranz stranguliert hatte.

Aber das war nicht möglich, oder? Der Kerl war doch nicht etwa der sogenannte Rosenkranzmörder?

Nein.

So viel Pech würde sie nicht haben.

»Es tut mir leid, Vater«, sagte sie, bemüht, ihre Nervosität zu verbergen, die sich noch steigerte, als sie sah, wie er die Tür schloss und langsam den Sicherheitsriegel vorschob. »Ich erwarte jemanden.« Warum steckte der die Hand in die Tasche? Hatte er eine Pistole bei sich? Ein Messer? Einen gottverdammten Rosenkranz mit scharf geschliffenen Perlen? »Kann ich etwas für Sie tun?«

»Ja.« Seine Stimme klang leicht rauchig. Beinahe sexy.

Trotzdem war die Stimmung dahin.

»Ich glaube, hier liegt ein Irrtum vor«, sagte sie. »Ich gehe keine geschäftlichen Beziehungen mit einem …« Sie deutete mit der Hand auf den gestärkten weißen Priesterkragen. »Mit einem Mann Gottes ein.« Das überschritt selbst in ihren Augen eine gewisse Grenze.

»Warum nicht?« Er näherte sich ihr langsam und zog die Hand aus dem Regenumhang.

Darin kam eine nagelneue Hundert-Dollar-Note zum Vorschein. Als würden hundert Dollar reichen! Was dachte sich der Kerl bloß dabei? Plötzlich fiel ihr auf, dass der Geldschein beschädigt war. Benjamin Franklins Augen waren geschwärzt, wahrscheinlich mit einem Textmarker.

O. Mein. Gott.

Er legte die Hundert-Dollar-Note auf den kleinen Tisch im Gang, dann griff er erneut in die Tasche. Als er die Hand wieder hervorzog, blitzten die dunkelroten Perlen eines Rosenkranzes im Schein der Deckenlampe auf.

Ihr Herz setzte für eine Sekunde aus. »Nicht mit mir«, sagte sie und machte ein paar Schritte zurück. »Nehmen Sie Ihr Geld und verschwinden Sie. Noch ist nichts passiert, Vater.«

»Wir haben eine Verabredung«, erinnerte er sie.

»Richtig. Aber ich habe meine Meinung geändert und …«

»Das ist nicht möglich. Wir hatten eine Vereinbarung.«

Noch hatte das Geld nicht den Besitzer gewechselt, doch ihr war klar, dass er dieses Argument nicht gelten lassen würde. »Hören Sie«, drängte sie mit fester Stimme. »Sie müssen jetzt gehen. Bitte gehen Sie einfach.«

»Warum?«

»Das sagte ich bereits. Ich bediene keine Geistlichen.« Auch keine Spinner mit Priesterkragen. »Raus.« Sie deutete zur Tür und sah, wie ein Lächeln auf sein Gesicht kroch. Ein böses, entschlossenes Zähneblecken, das ihr das Blut zu Eis gefrieren ließ.

Zeit, das Ganze zu beenden.

Und zwar sofort.

Sie drückte einen Knopf an ihrer Uhr, der sie direkt mit der Notrufzentrale der Polizei verband.

Zu spät!

Er machte einen Satz auf sie zu und schlang ihr den Rosenkranz um den Hals. Sie schlug um sich, trat nach ihm. Das durfte doch nicht wahr sein!

Sie spürte, wie der Rosenkranz enger wurde. Die Perlen schnitten in ihr Fleisch. *Nein. Nein. Nein!* Es gelang ihr, die Hand nach dem Vorhang vor dem Erker auszustrecken. Sie bekam den Stoff zu fassen, riss ihn zurück und tastete hektisch nach etwas, was sie als Waffe gegen den Angreifer einsetzen konnte – vergeblich. Lippenstifte und Nagellackfläschchen fielen zu Boden.

Verzweifelt schnappte sie nach Luft, doch der Pseudo-Priester drängte sie unerbittlich gegen die Wand und schob sie Schritt für Schritt weiter.

Ihr wurde schwindelig, ihre Lungen brannten.

Die Perlen schnitten tiefer und tiefer in das weiche Fleisch an ihrem Hals.

Warum? Warum tut er mir das an?

Jetzt drückte er sie mit dem Hintern gegen die Kante des Schminktisches. Tuben und andere Behälter mit Make-up, Puder und Concealer rollten über die Kante und gesellten sich zu Lippenstiften und Nagellackfläschchen, eine Puderwolke stäubte im Erker auf.

Kämpf! Du musst kämpfen!

Ihre Lungen fühlten sich an, als würden sie jeden Moment bersten.

Ihr Blick blieb an der Deckenlampe hängen, der Lichtkegel verschwamm vor ihren Augen.

Verzweifelt versuchte sie, die Finger unter den Rosenkranz zu schieben, um sich Luft zu verschaffen, Blut lief über ihre Hände, aber die Schnur gab keinen Millimeter nach.

Er wird dich umbringen. Du musst kämpfen, Helene, du musst ihm entkommen!

Noch schlug und trat sie um sich, aber ihre Bewegungen wurden langsamer. Er war so stark … so verdammt stark.

Er zog noch fester.

Hilfe! Warum hilft mir denn niemand?

Jetzt drückte er sie nach hinten, über den Schminktisch. Nie hätte sie gedacht, dass sie derart ins Hohlkreuz gehen könnte.

Die Welt um sie herum wurde unscharf.

Löste sich auf.

Ihre Hände fielen schlaff an den Seiten herab und blieben auf dem Schminktisch liegen.

Sie sah ihr Spiegelbild in den Gläsern seiner Sonnenbrille.

Ihre Fingerspitze berührte etwas Raues, Scharfes, Spitzes, etwas aus Metall. Ihre Nagelfeile.

Mit letzter Kraft schloss sie die Finger darum.

Sein Gesicht kam näher und näher, sie spürte seinen heißen Atem auf ihrer Haut.

Sie holte aus, stieß zu und versenkte die Nagelfeile tief in seiner Wange.

Er heulte auf vor Schmerz. Die Perlenschnur um ihren Hals ruckte. Und nur eine Nanosekunde, nachdem sie ihn mit der Feile verletzt hatte, wurde die Welt um sie herum schwarz, und sie fühlte nichts mehr.

Kapitel neun

Bentz starrte auf die beiden Karten, die auf seinem Esszimmertisch lagen. Jede steckte in einem separaten, transparenten Zipper-Beutel. Bei beiden prangte auf dem weißen Büttenpapier eine schwarze Tintenrose. Er hatte die Nachrichten, ebenfalls in schwarzer Tinte auf der Innenseite der Karte, gelesen. Versteckte Drohungen, verpackt in Bibelverse. In Empfang genommen von seiner Tochter.

Ein mehr als nur mulmiges Gefühl stieg in ihm auf.

»Eine war in der Post?«, vergewisserte er sich und deutete auf die erste Karte, die Kristi entdeckt hatte. »Und die andere lag in deiner *Unterwäscheschublade?* Er war in deinem Haus und hat sie in deiner Kommode hinterlegt?«

Herr im Himmel! Der Psycho war in ihrem Haus gewesen! Bentz gab sich alle Mühe, die aufsteigende Panik zu unterdrücken. Der ganze Morgen hatte holprig begonnen. Die Kleine hatte die Nacht über mit einer laufenden Nase zu kämpfen gehabt, und Olivia hatte sie mit zu ihnen ins Bett genommen. Nach mehreren schlaflosen Stunden war Bentz aufgestanden, unter die Dusche gegangen und hatte gerade den Kaffee aufgesetzt, als er eine Textnachricht von Kristi bekam. Sie teilte ihm mit, dass sie draußen stehe und gern mit ihm reden würde. Und jetzt saßen sie hier, im Esszimmer, zwei unberührte Tassen Kaffee und die verdammten Karten vor sich auf dem Tisch.

Kristi nickte und vergrub die Hände in den Taschen ihrer Jacke, die sie nicht einmal ausgezogen hatte. »Richtig. Er war in meinem Haus.«

Bentz versuchte, ruhig zu bleiben. Was unmöglich war. »Warum hast du mir nicht früher davon erzählt?«

»Die erste Karte lag in einem Stapel ungeöffneter Post«, antwortete sie und begegnete seinem Blick. »Keine Ahnung, wie lange schon. Vielleicht eine Woche oder länger.« Sie zuckte die Achseln.

Ihm war bewusst, dass sie nach Jays Tod jegliches Zeitgefühl verloren hatte, umwabert vom Nebel der Trauer.

»Die Botschaft hat mir ganz schön Angst eingejagt, aber ich wollte nicht gleich zu Daddy laufen.« Sie deutete ein Lächeln an. »Ich bin doch schon ein großes Mädchen.«

»Das vor nicht mal drei Wochen beinahe ermordet worden wäre.«

Kristi lehnte sich auf ihrem Stuhl zurück, ohne den Blickkontakt zu unterbrechen. »Na ja, das ist schon richtig.«

»Was ist mit der anderen Karte?« Bentz deutete darauf. »Die hier war also in deinem Schlafzimmer, in der Kommode mit deiner …«

»Zwischen meiner Unterwäsche.« Sie schnitt eine Grimasse. »Perverses Schwein.«

»Kristi …«

»Nein, Dad, frag nicht«, unterbrach sie ihn, noch bevor er ihr zum wiederholten Male den Vorschlag unterbreiten konnte, wieder bei ihm einzuziehen. »Ich weiß, dass ich vorsichtig sein und auf mich aufpassen soll, und genau das werde ich tun, aber ich ziehe nicht zu dir und Olivia, okay?« Sie erzählte ihm, dass sie das Fenster vernagelt hatte und die Verriegelung erneuern lassen wollte. Sie erzählte ihm auch, dass sie vorhatte, die Schlösser auszutauschen und ihre alte Alarmanlage mit modernen Überwachungskameras »aufzupimpen«. Außerdem hatte sie bereits beim örtlichen Tierheim angerufen, weil sie überlegte, sich einen Hund zuzulegen, der mit Katzen zurechtkam, da sie gerade erst eine kleine Streunerin bei sich aufgenommen hatte.

Bentz ließ sich nicht beirren. War krank vor Sorge. »Du hättest mir ruhig Bescheid geben können, als du die erste Karte gelesen hast.«

»Ich weiß. Allerdings dachte ich, es handele sich um einen bösen Streich oder um ein Versehen«, redete sie sich heraus. »Ich meine, es ist schließlich nicht das erste Mal, dass ich merkwürdige Briefe erhalte.«

»Aber nie unfrankiert in deinem Briefkasten, von der Unterwäscheschublade ganz zu schweigen. Diese … diese … *wahnsinnige* Person weiß, wo du wohnst.« Und das jagte ihm eine Heidenangst ein.

Kristi warf einen Blick auf die Uhr. »Ich muss los, Dad. Wirklich. Bella möchte, dass ich an drei Tagen die Woche mit ihr zum Joggen gehe. Dummerweise habe ich Ja gesagt. Na ja, genau genommen hab ich gar nichts gesagt, und sie hat das als Ja aufgefasst.« Sie schob ihren Stuhl zurück. »Außerdem warte ich auf den Anruf von der Firma, die sich um meine Alarmanlage kümmern soll. Einer ihrer Leute will sich melden, um einen Termin auszumachen, und arbeiten muss ich schließlich auch irgendwann.«

»Du bist Autorin. Dein Zeitplan ist ziemlich flexibel.«

»Das stimmt«, räumte sie etwas unwillig ein, »aber ich versuche, wieder damit anzufangen. Es ist … nicht leicht.«

Er nickte. »Davon gehe ich aus.«

»Trotzdem dachte ich, ich bringe dir diese Karten vorbei, und zwar so schnell wie möglich.«

Er nickte. Wollte nicht, dass sie schon wieder ging. Fühlte sich machtlos. Allerdings konnte er sie nicht aufhalten. Sie war genauso stur wie er, das hatte sie bei mehr als einer Gelegenheit bewiesen. Wenn sie sich etwas in den Kopf gesetzt hatte, zog sie es eisern durch. »Okay«, lenkte er deshalb ein, »aber solltest du jemals vorübergehend hier …«

Sie hob die Hand und stand auf. »Ja, Dad. Deine Tür steht mir immer offen.«

Er nickte.

»Und ich weiß das zu schätzen. Wirklich. Aber …« Sie seufzte. Für eine Sekunde sah es so aus, als würde sie einknicken, doch dann straffte sie die Schultern und räusperte sich. »Ich komme schon klar. Glaub mir.«

Er glaubte ihr keine Sekunde, doch in diesem Augenblick erschien Olivia im Esszimmer. Die blonden Haare lockten sich schlafzerzaust um ihr Gesicht. Gähnend schloss sie den Gürtel ihres Morgenmantels über dem Nachthemd.

»Kaffee«, sagte sie. »Gott, was für eine Nacht.« Ihr Blick fiel auf Kristi. »Hab ich doch richtig gehört.« Ein Lächeln trat auf ihre Lippen, und obwohl sie sich noch nicht zurechtgemacht hatte, vielleicht auch gerade deswegen, war sie die schönste Frau, der Bentz je begegnet war – zumindest in seinen Augen. Und das, obwohl auch Jennifer, Kristis Mutter, eine umwerfende Schönheit gewesen war. »Machst du Frühstück?«, fragte sie, an ihren Ehemann gewandt.

»Für mich nicht«, lehnte Kristi ab, die Autoschlüssel in der Hand. »Ich hab Dad gerade gesagt, dass ich unbedingt losmuss.«

Mit den Jahren waren Olivia und sie Verbündete geworden, obwohl Kristi die Frau, die später ihre Stiefmutter werden sollte, anfangs nicht akzeptiert hatte. Eine Weile war es für alle schwierig gewesen, dachte Bentz und betrachtete die beiden Frauen, aber irgendwann hatte Olivia seine dickköpfige Tochter für sich gewonnen, und die rauen Kanten ihrer Beziehung hatten sich geglättet.

»Ich würde aber gern bald zum Frühstück kommen.« Sie sah ihren Vater an. »Vielleicht am nächsten Wochenende?«

Und damit war sie zur Tür hinaus.

Olivia drehte sich zu Bentz um. Ihr Blick streifte die Karten, die noch auf dem Esstisch lagen. »Was ist das?«, fragte sie verwirrt.

Bentz berichtete ihr alles, was Kristi ihm mitgeteilt hatte. Olivia nahm die Zipper-Beutel mit den Karten nacheinander in die Hand und betrachtete sie durch das durchsichtige Plastik hindurch. »Aber sie lügt«, schloss er seinen Bericht ab.

»Sie lügt?« Olivia sah ihn mit zusammengezogenen Augenbrauen an. »Wieso sollte sie lügen? Was meinst du?«

»Keine Ahnung. Vielleicht steht es schlimmer, als sie zugibt, auf alle Fälle hält sie mit irgendetwas hinterm Berg.«

»Bist du dir sicher?«

»Ja.« Er war sich sicher. »Ich kenne meine Tochter. Wenn sie lügt, zwingt sie sich, einen direkt anzublicken, damit man ihr die Lüge nicht anmerkt, verstehst du? Als wollte sie einen über den Augenkontakt überzeugen, dass sie die Wahrheit sagt – du weißt schon: Nur Lügner wenden den Blick ab und so. Das macht sie schon, seit sie vierzehn ist. Damals hat sie sich gern heimlich aus dem Haus geschlichen, um sich mit einem Jungen zu treffen oder sich sonst wie in Schwierigkeiten zu bringen. Sie dachte, sie müsste nur unschuldig und ernst genug dreinschauen, um einen an der Nase herumführen zu können.«

»Aber du warst natürlich zu clever für sie.« Olivias Augenbrauen wanderten in die Höhe.

»Ja.« Er nickte, wenngleich ihm ihr Sarkasmus nicht entging. »Selbstverständlich.«

»Nun, ich weiß nicht … Kristi ist verdammt klug.« Olivia las die Bibelverse und schaute auf. Der neckende Ausdruck auf ihrem Gesicht war schlagartig verschwunden. In ihren Augen spiegelte sich tiefe Besorgnis. »Das wirkt ziemlich ernst auf mich, Rick.«

»Was du nicht sagst.« In diesem Moment stieß Ginny im Schlafzimmer einen lauten Schrei aus.

»Ups. Die Pflicht ruft. Ich hole sie, und du schenkst mir eine Tasse Kaffee ein.«

»Planänderung«, wandte Bentz ein. »*Du* schenkst dir eine Tasse Kaffee ein«, er schob bereits seinen Stuhl zurück, »und ich sehe nach unserer Tochter.«

Aus einem Grund, den er nicht näher benennen mochte, verspürte Bentz das dringende Bedürfnis, die Kleine in die Arme zu schließen, seine Nase an ihre weiche Wange zu drücken und ihren kindlichen Geruch einzuatmen. Am liebsten für immer. Aber das war das Problem mit Kindern. Irgendwann gingen sie ihrer eigenen Wege. Er dachte an das erste Mal, als er Kristi nach der Geburt in den Armen gehalten hatte.

Noch nie zuvor hatte er eine solche Freude verspürt.

Noch nie zuvor eine so große Verletzlichkeit.

Beide Gefühle waren bis heute geblieben. Und jetzt ertrank Kristi in ihrer Trauer, ob sie es zugab oder nicht. Er wusste, dass es eine Weile dauern würde, bis sie ihren Schmerz verarbeitet hatte. Heilung brauchte Zeit. Hatte er das nicht selbst erfahren müssen? Dennoch … Er hasste es, sie so verwundet zu sehen, und er war krank vor Sorge um ihre Sicherheit.

Als er das Schlafzimmer betrat, kam Ginny zur Bettseite gekrabbelt, ihre zerfranste rosa Kuscheldecke hinter sich herziehend. »Hallo, Sonnenschein«, begrüßte er sie, nahm sie auf den Arm und drückte sie an sich. Die rosa Decke baumelte aus ihrem Fäustchen herab. »Wer ist Daddys großes Mädchen?«

Die Kleine juchzte begeistert.

»Richtig, Süße, das bist du.«

Diese Tochter konnte er beschützen, dachte er, als er sie ins Wohnzimmer trug. Noch. Doch was war mit der anderen?

Er hoffte bei Gott, dass er auch Kristi beschützen konnte.

Er würde eine Möglichkeit finden müssen, dachte er und spürte, wie sich seine Arme fester um die Kleine schlossen.

Er *musste* eine Möglichkeit finden.

Sie hatte ihren Vater belogen.

Wieder einmal.

Herrje, würde sie jemals dazulernen?, fragte sich Kristi auf dem Nachhauseweg. Ja, sie hatte eine Sicherheitsfirma mit der Umrüstung ihrer Alarmanlage beauftragt, aber sie hatte nicht vor, mit Bella oder sonst wem joggen zu gehen. Noch nicht.

Ihr Magen grummelte, und auch wenn sie wusste, dass ihre Übelkeit von der Schwangerschaft herrührte, schob sie offiziell einen Infekt vor.

Bald würde sie ihre Gynäkologin aufsuchen, sozusagen zur Bestätigung der Bestätigung, die sie im Krankenhaus bekommen hatte. Erst dann würde sie ihrem Vater die freudige Nachricht überbringen. Noch war sie nicht bereit dazu. Es kam ihr falsch vor, beinahe wie Betrug, ihrer Familie und den Freunden von dem Baby zu erzählen, obwohl sie noch nicht einmal wusste, ob sie zu ihrem sterbenden Ehemann durchgedrungen war, als sie die Schwangerschaft in den letzten Sekunden seines Lebens erwähnte.

»Denk nicht daran«, sagte sie zu sich selbst.

Sie kehrte in ein leeres Haus zurück. Als sie und Jay zusammengekommen waren, hatten sie beide Haustiere gehabt, aber die Tiere waren alt geworden und irgendwann gestorben. Dann hatten sie sich getrennt, und als sie sich nach der Trennung erneut zusammentaten, war Jays halb blinder Hund Bruno ein treuer Begleiter gewesen, und sie hatte den wundervollen Houdini, einen schwarzen Kater, der stets ein wenig geheimnisvoll gewirkt hatte, und außerdem Hairy S., einen struppigen Terrier-Mischling.

Sie fehlten ihr, dachte sie traurig.

Genau wie Jay.

Aber sie hatte jetzt ein neues Kätzchen und hoffentlich bald einen Hund.

Mit neuerlicher Entschlossenheit schüttelte sie ihre Melancholie ab und parkte den Wagen vor dem Haus, dann schloss sie die Eingangstür auf, trat ein und blieb zögernd im Flur stehen. Zum Glück hatte sie den Eindruck, dass niemand da gewesen war. Der Techniker würde erst in ein paar Stunden kommen, also beschloss sie, Bellas Rat anzunehmen und eine Runde zu laufen. Kurz überlegte sie, ob sie ihre

Freundin doch noch anrufen sollte, doch dann entschied sie sich dagegen. Sie war noch nicht bereit für regelmäßige Gesellschaft, aber das würde sich sicher bald ändern. Sie würde ihre Freundinnen brauchen, und sie müsste nur all die glücklichen Geschichten aus ihrem Leben über sich ergehen lassen – Geschichten über die Schwächen ihrer Ehemänner, die Errungenschaften ihrer Kinder, die ständigen Reibereien mit Kollegen und Vorgesetzten und die urkomischen Eskapaden ihrer Haustiere. Es war Zeit, dem Strudel des Selbstmitleids zu entrinnen und ihr Leben weiterzuleben. Ja, dieses Leben würde ein zurückgezogenes sein und ein wenig einsam, aber das lag nun mal in der Natur ihres Berufs: Seinen Lebensunterhalt als True-Crime-Autorin zu bestreiten, die sich Tag für Tag mit Gewaltverbrechen beschäftigte, machte einsam und konnte einen durchaus runterziehen, aber sie würde sich alle Mühe geben, dass das nicht passierte.

Sie ging durch die Räume, um sich zu vergewissern, dass sie wirklich allein im Haus war, und entdeckte das Kätzchen, das sich auf ihrem Bett zusammengerollt hatte – ein flauschiges, schwarzes Fellknäuel mit großen runden Augen, das sich bereits in ihr Herz gestohlen hatte. Ein Katzenmädchen, das sie Lenore getauft hatte, zu Ehren eines ihrer Lieblingsgedichte von Poe.

Sie streichelte das kleine, schnurrende Bündel eine Weile, dann stand sie auf und suchte ihre Nikes. Sie fand sie neben der Hintertür in der Küche, achtlos abgestreift und liegen gelassen. Eilig schlüpfte sie hinein und brach zu ihrer üblichen Runde durch die Nachbarschaft auf. Ihr fiel auf, dass viele Veranden mit geschnitzten Kürbisköpfen verziert waren – ja, es dauerte nicht mehr lange, dann war Halloween.

In ihrem Tempo lag eine neu gefundene Stärke, in ihrem Schritt Entschlossenheit – Entschlossenheit, sich selbst wiederzufinden. Und nicht nur das, dachte sie, als sie die Straßenbahnschienen überquerte und im Schutz des Blätterdachs der riesigen Lebenseichen weiterlief, vorbei an den prächtigen alten Anwesen im Garden District. Sie würde aufhören, Trübsal zu blasen, und stattdessen den Hurensohn aufspüren, der für den Tod ihres Ehemanns verantwortlich war, den Scheißkerl, der ihr ungeborenes Baby seines Vaters beraubt hatte.

An der Ecke Washington und Fourth Street hatte sie für einen Moment das Gefühl, verfolgt zu werden, aber ein schneller Blick über die

Schulter sagte ihr, dass sie sich das nur einbildete. Das war das Problem. Nach dem Überfall hatte sie ständig den Eindruck, beobachtet zu werden, und sie war entsprechend nervös. Paranoid.

Dass sie nun hatte feststellen müssen, dass tatsächlich jemand an ihrem Briefkasten gewesen und dann auch noch in ihr Haus eingedrungen war, um ihr die verstörenden Karten zu hinterlassen, hatte ihre Nervosität nur noch gesteigert.

Sie rannte am Lafayette Cemetery vorbei, dem wunderschönen alten Friedhof mit seinen ergrauenden Marmorgrabstätten und dem schmiedeeisernen Zaun, dann kehrte sie zu ihrem Haus zurück, wo sie duschte und sich anzog.

Was jetzt?

Jetzt würde sie zum Tierheim fahren und Ausschau nach einem großen, gefährlich aussehenden Hund halten, einem Hund, der sie beim Joggen begleiten und mit ihr kuscheln würde. Ein Hund – und das war ihr das Wichtigste von allem –, der jeden Einbrecher davon abbringen würde, noch einmal in ihr Haus einzudringen.

Wieder dachte sie an die Nacht der brutalen Attacke, an die Nachrichten, die sie erhalten hatte. Persönliche Nachrichten, an sie gerichtet. Nicht an Jay. Er war lediglich zur falschen Zeit am falschen Ort aufgetaucht, ein Kollateralschaden. *Sie* war in jener Nacht das Ziel gewesen. Ihre Gedanken wanderten zurück zu ihrem Yogakurs. Sie war länger geblieben, weil sie mit der Kursleiterin ein Problem mit der Rechnung besprechen musste. Als sie endlich hinaus auf die Straße getreten war, hatte es wie aus Eimern geschüttet. Sie hatte ihren Schirm aufgespannt, die Straße überquert und war in die schmale Gasse eingebogen. Dort, da war sie sich mittlerweile sicher, hatte der Angreifer auf sie gewartet. Nicht auf ein zufälliges Opfer. Nein. Auf sie. Sonst hätte sie nicht die Karten bekommen.

Wer immer Jay getötet hatte, hatte es eigentlich auf sie abgesehen.

Doch warum hatte er ihr Haus wieder verlassen, nachdem er ihr die Nachricht in ihrer Schublade hinterlegt hatte? Warum hatte er sich nicht versteckt, auf sie gewartet und ihr dann den Garaus gemacht? Wozu dieses Katz-und-Maus-Spiel, wenn er ohnehin vorhatte, sie zu töten? Warum dieser plötzliche Wandel vom entschlossenen Killer zum Spieler?

Jays Stimme in ihrem Kopf gab ihr die Antwort. »*Weil das sein mieses kleines Psychospielchen ist. Er will dich terrorisieren. Jetzt, wo er sein Ziel verfehlt und mich getötet hat, will er dich quälen. Er spielt mit dir, Kris.*«

Ergab das Sinn?

»*Was soll die Frage? Natürlich ergibt das Sinn. Er spielt mit dir, geilt sich auf an seiner Macht.*«

»Perverses Schwein«, sagte sie laut, dann ging sie nach oben in ihr Arbeitszimmer. Von unten hörte sie ein leises Maunzen. »Oh, Lenore.« Sie war so tief in Gedanken versunken gewesen, dass sie das Kätzchen beinahe vergessen hätte. Eilig sprang sie die Stufen wieder hinunter und sah, dass das schwarze Fellknäuel sich anschickte, die Treppe zu erklimmen – mit mäßigem Erfolg. »Das schaffst du schon noch«, versicherte Kristi der Kleinen, »und zwar ganz bald.« Sie nahm das Kätzchen hoch und trug es nach oben.

In ihrem Büro blieb sie vor dem eingebauten Bücherregal stehen und ließ den Blick über die Buchrücken ihrer True-Crime-Ausgaben schweifen. Während sie die kleine Katze streichelte, las sie die Titel und dachte an die Fälle zurück. Mehrere der Mörder, über die sie geschrieben hatte, waren bereits tot, daher konnte sie sie ausschließen. Möglich war allerdings, dass jemand, der einen von ihnen geliebt hatte, ein Familienmitglied etwa oder ein enger Freund, Rache nehmen wollte, doch diese Personengruppe gehörte nicht zu ihren Hauptverdächtigen.

»Wer, wer, wer?«, flüsterte sie und drückte dem Kätzchen einen Kuss auf den Kopf, während sie weiterhin die Bücher betrachtete. Ihr Blick fiel auf das Buch über Ned Zavala, *Der Schlachter aus dem Bayou*, überführt und angeklagt unter anderem wegen Mordes an einem Familienmitglied. Er hatte seine Schwester zerstückelt und ihre Körperteile tiefgefroren, bevor er sie zur Alligatorenjagd verwendet hatte. Und vermutlich nicht nur sie. Wie so viele überführte Killer hatte Zavala seine Unschuld geschworen. Jahre später hatte seine Mutter ihre Zeugenaussage widerrufen und unter Eid angegeben, ihr verstorbener Mann, Ned Zavalas Stiefvater, habe die Verbrechen begangen. Sie schwor, dass er für den Tod mehrerer anderer Frauen verantwortlich war, die im *bayou* verschwunden waren, doch aus Angst vor ihrem

Mann habe sie Stillschweigen bewahrt. Bis Corrin Hebert einem Herzinfarkt zum Opfer gefallen war.

Ned Zavala hatte zu diesem Zeitpunkt bereits einen großen Teil seiner Strafe verbüßt und kam wegen guter Führung auf freien Fuß, wenn auch nur auf Bewährung.

Kristi setzte sich auf ihren Schreibtischstuhl, fuhr den Laptop hoch und startete eine schnelle Internet-Recherche. Der Ex-Häftling lebte in der Gegend, unter derselben Adresse wie seine Mutter, in einer Kleinstadt südwestlich von New Orleans, ganz in der Nähe der großen Sümpfe. Zavala hatte stets Rick Bentz für seine Haftstrafe verantwortlich gemacht, und er war außer sich gewesen, als er erfuhr, dass Kristi ein Buch über den Fall schrieb und den Namen als Titel gewählt hatte, der ihm von der Presse aufgedrückt worden war. Er hatte Briefe an ihren Verleger geschickt und darauf bestanden, dass er unschuldig war, empört darüber, dass jemand aus seiner persönlichen Tragödie Profit schlagen wollte. Seit etwa drei Jahren schrieb er keine Briefe mehr. Ungefähr zu der Zeit war er aus dem Gefängnis entlassen worden.

Sie nahm sich einen neuen Notizblock von dem Stapel, den sie in einer Schublade verwahrte, und fing an, eine Liste mit potenziellen Verdächtigen anzufertigen. Ganz oben stand Ned Zavalas Name. Sie fügte seine Adresse und seine Arbeitsstelle hinzu. Alle Informationen ließen sich leicht zusammentragen, da sie eine Internet-Detektei beschäftigte. Neds berufliche Laufbahn wies Lücken auf: Er hatte bei einer Zeitarbeitsfirma gearbeitet, die ihn an Eisenwaren- und Sportgeschäfte vermittelte, außerdem war er in einer Austernverarbeitungsfabrik angestellt gewesen und für eine Baufirma Gabelstapler gefahren.

Kristi wunderte sich, dass niemand, nicht einmal ihr Vater, hatte nachweisen können, dass Corrin Hebert, Zavalas Stiefvater, der wahre Killer gewesen war. Möglich war das durchaus, denn Hebert war ein Bär von einem Mann gewesen, berühmt-berüchtigt für sein unberechenbares Temperament. Er hatte Alligatoren gejagt und alles andere, was in den Sümpfen von Louisiana kreuchte und fleuchte. Auch er hatte zu den Verdächtigen gezählt, aber alles hatte auf Zavala hingedeutet, der kein Alibi hatte und das Blut seiner toten Schwester an der Jeans. Er hatte geschworen, jemand habe es dort hingeschmiert, um den Verdacht auf ihn zu lenken. Nach Heberts Tod hatte seine Mutter diese Behauptung mit ihrer Aussage bestätigt. Er habe Blut, das er der toten Frau abgenommen habe, aus einem Injektionsfläschchen auf die Hose geträufelt und seiner Ehefrau gedroht, sie und den Rest ihrer Brut umzubringen, sollte sie es wagen, auch nur ein Wort zu verraten. Sie hatte ihm geglaubt und eisern geschwiegen.

Jetzt kümmerte sich Ned um seine Mutter, die mittlerweile ein Pflegefall und ans Haus gefesselt war – obwohl ihr Schweigen ihn für Jahre seines Lebens hinter Gitter befördert hatte. Die gute alte Mom.

Eine seltsame Wende des Schicksals, dachte Kristi, biss sich auf die Unterlippe und streichelte abwesend die kleine Katze.

Vielleicht, überlegte sie dann, hatte es der Staat Louisiana mit seinen Strafverfolgungsbehörden doch richtig gemacht. Vielleicht war Ned Zavala tatsächlich der *Bayou-Schlachter* gewesen. Vielleicht war er auch nur stinkwütend, dass er jahrelang unschuldig im Knast verbracht hatte, verurteilt für ein Verbrechen, das er nicht begangen hatte. Und das hatte er Rick Bentz zu verdanken. Seinetwegen war er im Gefängnis gelandet. Und Kristi Bentz, seine Tochter, hatte obendrein Profit daraus geschlagen.

Kristi lehnte sich auf ihrem Schreibtischstuhl zurück. Es gab noch andere, die einen Grund hatten, auf sie sauer zu sein. Ihr Blick schweifte über Bücher und suchte gezielt nach Storys, bei denen verurteilte Täter mittlerweile wieder auf freiem Fuß waren. *Gottkomplex und Mord* erzählte die Geschichte von Hamilton Cooke, einem brillanten Chirurgen mit dem IQ eines Genies, den man des brutalen Mordes an seiner Ehefrau überführt hatte. Allerdings waren die Beweise dünn und beruhten hauptsächlich auf Indizien. Sein neuer Anwalt war in Berufung gegangen und hatte dafür gesorgt, dass das Urteil aufgehoben wurde. Dr. Cooke arbeitete daran, seine Approbation als Arzt wiederzuerlangen.

Er sah gut aus, war arrogant und eiskalt, und Kristi war bis heute davon überzeugt, dass er seine Frau wegen ihrer saftigen Lebensversicherung umgebracht hatte – über eine Million Dollar. Natürlich hatte er seine Unschuld beteuert, und er hatte gedroht, Rick Bentz und das gesamte Police Department von New Orleans für ihre Fehlentscheidung vor Gericht zu zerren. Auch Kristi Bentz hatte er verklagen wollen, weil sie diesen »unfassbaren Justizfehler« ausschlachtete.

Kristi hatte ihm weder geglaubt noch sich von seinen Drohungen beeindrucken lassen.

Hamilton Cooke war gerissen und hielt bis heute an seiner öffentlich zur Schau getragenen Empörung fest. Sobald die Medien das Interesse an seiner Geschichte verloren, befeuerte er es wieder, indem er Fernsehinterviews gab oder mit Zeitungsjournalisten redete, außerdem bediente er zahlreiche Social-Media-Plattformen, wo er seine Schande in Ruhm verwandelte.

Gerade als sie das nächste Buch betrachtete – wieder ein Fall aus der Gegend, ein Profi-Footballspieler, der angeklagt und überführt worden war, seine Frau, ein Model, ermordet zu haben –, klingelte ihr Handy. Sie warf einen Blick aufs Display und sah den Namen ihrer Agentin, Zera Stern, aufblinken. Zera war jung und ambitioniert und noch nicht lange für Kristi zuständig. Sie redete stets wie ein Wasserfall.

Noch bevor Kristi Hallo sagen konnte, hörte sie schon Zeras Stimme, die sich beinahe überschlug, so schnell feuerte sie Fragen auf Kristi ab. »Stimmt das? Ist der Rosenkranzmörder tatsächlich noch am Leben? O mein Gott, Kristi, hat er dich attackiert? Glaubst du, *er* hat Jay auf dem Gewissen?« Zera klang aufgeregt und ungläubig. »Ich dachte … ich dachte wirklich, er wäre tot! Vater John, meine ich. Im Sumpf umgekommen oder so ähnlich. Stimmt das denn nicht? Ich meine, dein Vater hat ihn doch erschossen! Oder warte, nein, die Alligatoren haben ihn gefressen!«

»Ja, aber …«

»Kein ›Aber‹. Jetzt haben wir eine Fortsetzung. Ich meine, ich hasse es, dass ausgerechnet ich als Agentin diejenige sein muss, die bei jeder Tragödie Dollarzeichen in den Augen hat, aber das hier … O mein Gott, niemand kann diese Geschichte so erzählen wie du. Mir ist bewusst, dass du aufgewühlt bist und verletzt. Und … o mein Gott … du hast dich sicher nicht einmal selbst richtig von dem Angriff erholt, aber trotzdem, gerade eine Tragödie dieses Ausmaßes … und ja, ja, wirklich, was für eine grauenvolle Wendung der Ereignisse. Ich weiß, dass dein Leben kopfsteht, und ich mag mir gar nicht ausmalen, was du durchmachst. Deine Trauer … o mein Gott, o mein Gott. Unvorstellbar. Einfach unvorstellbar. Ich hoffe, du verstehst mich richtig,

Kristi? Du kannst aus Limonade Limonen machen, um nicht zu sagen, ein Stück Dreck in Gold verwandeln, deshalb: Geh dieser schrecklichen Sache auf den Grund und versuche, zumindest etwas Gutes daraus zu ziehen.«

»Oh … ich weiß nicht. Keine Ahnung, wie ich etwas Gutes aus der Tatsache ziehen soll, dass mein Ehemann tot ist. Außerdem ist es doch gar nicht sicher, dass es sich bei dem Mann, der Jay getötet hat, tatsächlich um den Rosenkranzmörder handelt. Die Ermittlungen dauern noch an.«

»Aber er ist zurück, richtig? Es gab weitere Morde, die genau seinem Modus Operandi entsprechen, und die Polizei schließt nicht aus, dass Vater John von den Toten auferstanden ist. Diese Story wird sich praktisch von allein schreiben, weil du, ja, du, Kristi Bentz, dabei im Mittelpunkt stehst. Das ist etwas anderes als das geplante Buch über den Einundzwanziger-Killer, auch wenn das selbstverständlich ebenfalls mega spannend ist.«

Kristi runzelte die Stirn. Das ging alles etwas zu schnell. »Noch ist doch gar nichts sicher«, wandte sie zögernd ein.

»Noch nicht, aber bald schon, darauf kannst du dich verlassen. Ich sehe bereits die Schlagzeilen vor mir: ›Der Rosenkranzmörder schlägt wieder zu‹. Du darfst ruhig ein bisschen zuversichtlich sein.« Sie schwieg für den Bruchteil einer Sekunde, dann fügte sie mit geschäftsmäßiger Stimme hinzu: »Versprich mir einfach nur, dass du darüber nachdenkst. Du musst mir nicht gleich eine Antwort geben, aber ich würde die Idee gern weiterspinnen, bevor noch jemand anderes darauf kommt, und das wird passieren, das weißt du genau. Drake Dennison würde sich diesen Fall liebend gern unter den Nagel reißen.«

»Ich weiß.« Drake Dennison war ein weiterer True-Crime-Autor, der mehr als ein Minimum an Erfolg vorzuweisen hatte, ein äußerst zurückgezogen lebender Mann, der ein Experte in Sachen Serienmord war. Als Kristi sich ihre Karriere aufbaute, hatte er etwas von seinem Glanz verloren. Als Tochter eines Detectives der Mordkommission, die selbst den Fängen gleich mehrerer Psychopathen entkommen war, war sie gefragter als er, und obwohl sie Dennison nie persönlich kennengelernt hatte, war ihr zugetragen worden, dass er ihr ihren Erfolg verübelte.

»Das könnte eine echt große Sache werden. Ich habe schon mit deinem Verleger gesprochen, und ob du's glaubst oder nicht: Er hat bereits überlegt, den *Rosenkranzmörder* neu aufzulegen, du weißt schon, wegen dieser Fernsehfilme, die nach manchen deiner Bücher gedreht wurden. Die werden auch wieder ausgestrahlt, und zwar alle in diesem Monat! Erinnerst du dich noch daran?«

»Selbstverständlich.« Wie sollte sie das je vergessen? Die Vorschau zu den jeweiligen Sendungen war wochenlang rund um die Uhr gelaufen. Außerdem wurden vier der Verfilmungen Jahr für Jahr in der Woche vor Halloween ins Programm genommen, als Teil des »Mordmonats«, wie der Sender den Oktober aus Publicity-Gründen nannte. Sie hatte bereits die Vorschau für *Gottkomplex und Mord, Amerikanische Ikone/Amerikanischer Killer, Der Schlachter aus dem Bayou* und natürlich vom *Rosenkranzmörder* gesehen.

Zera plapperte noch immer mit atemberaubender Geschwindigkeit. »Das ist ein Kinderspiel, Kristi, ein Selbstläufer, und genau das sagt dein Verleger auch. Ehrlich, Kristi, du bist die Einzige, die die Story so erzählen kann, wie sie erzählt werden muss. Du hast den ersten Band geschrieben, da musst du auch die Fortsetzung schreiben, zumal du persönlich involviert bist. O mein Gott!«

»Das ist noch viel zu früh.«

»Ich weiß, ich weiß. Doch, ja, ich weiß es wirklich, und ich empfinde mit dir. Dennoch oder gerade deswegen solltest du dir diese Gelegenheit nicht entgehen lassen.«

Kristi biss sich auf die Lippe. »Es kommt mir falsch vor.«

»Natürlich, natürlich. Du bist jetzt Witwe, und das ist traurig …«

Witwe. Das Wort ließ sie zusammenzucken.

»Überleg dir einfach, was das Beste für dich ist.«

Und für das Baby.

Ihre Hand legte sich wie von allein in einer beschützenden Geste auf ihren Bauch, ihre Gedanken wanderten zu dem Kind, das in ihr heranwuchs. Sie blinzelte, überrascht, dass ihr allein die Vorstellung an das Ungeborene, das seinen Daddy nie kennenlernen würde, Tränen in die Augen trieb.

»Ich werde darüber nachdenken«, versprach sie.

»Gut. Sehr gut. Halt mich auf dem Laufenden, okay? Und bitte lass mich wissen, wie es dir geht und wie die Ermittlungen vorankommen.«

»Das mache ich«, versicherte Kristi und wischte das Gespräch weg. Dann starrte sie gedankenversunken auf das Handy in ihrer Hand. Ihre Agentin hatte natürlich recht, aber es kam ihr alles so surreal vor. Sie hörte wieder Jays Stimme, diesmal teilte er ihr mit, dass sie die Geschichte unbedingt zu Papier bringen sollte.

Sie hoffte nur, dass sie herausfinden würde, wo sich der Killer versteckte, damit die Polizei ihn dingfest machte, bevor er weiteren Schaden anrichten konnte.

Erst dann würde sie eine Fortsetzung ihres Bestsellers *Der Rosenkranzmörder* schreiben.

Kapitel zehn

Bentz' Magen grummelte.

Wie immer, wenn er einen Ort betrat, an dem ein Mord geschehen war.

Ganz egal, wie viele Jahre verstrichen, ganz egal, wie viele grauenhafte Tatorte er während seiner Karriere gesehen hatte, seine Reaktion war immer die gleiche, und meist musste er sich draußen auf der Straße übergeben. Wenn es so weit kam, zeigte sich Montoya stets besorgt, Brinkman dagegen wirkte eher belustigt, und nicht selten verspottete er Bentz gnadenlos. Brinkman zählte zu den Typen, die völlig ungerührt selbst ein in Kleinteile zerlegtes Opfer betrachteten und sich dabei eine Zigarette anzündeten, als wäre nichts geschehen.

Auch an diesem Tatort bot sich ihnen kein schöner Anblick.

»Wer hat den Mord gemeldet?«, fragte Bentz seinen Partner, als sie das kleine Apartment im French Quarter betraten. Das Opfer, eine weiße Frau zwischen Mitte zwanzig und Mitte dreißig mit übertriebenem Make-up und kurzem Kleid, lag mit dem Gesicht nach oben auf dem Fußboden.

»Die Mitbewohnerin, mit der sie sich die Wohnung hier teilte«, antwortete Montoya und trat vorsichtig um den Leichnam herum.

»Wer von unseren Leuten war als Erster am Tatort?«

»Ich«, meldete sich ein junger Streifenpolizist in einer tadellosen Uniform. »Ray Connors.« Er stand in der Eingangstür und konnte nicht älter als fünfundzwanzig sein, ein engagierter Schwarzer mit rasiertem Kopf und durchtrainiertem Körper. »Ich habe den Funkspruch gehört, bin hergefahren und habe mit der Mitbewohnerin gesprochen. Sie hat die Neun-eins-eins gewählt.«

»Die Mitbewohnerin hat das Opfer gefunden?«, vergewisserte sich Bentz.

Connors nickte und warf einen Blick auf seinen Notizblock. »Sherilynn Gordon«, beantwortete er Bentz' nächste Frage, noch bevor dieser sie gestellt hatte. »Sie sitzt draußen im Streifenwagen. Ich dachte, Sie würden mit ihr reden wollen.«

»Sehr gut, genau das werden wir tun.« Bentz wäre am liebsten gleich hinausgegangen, aber er zwang sich, sich zunächst im Apartment umzusehen. Als der Anruf eingegangen war, hatten sie sich sofort auf den Weg zu der entsprechenden Adresse gemacht. Sie hatten sich in das Tatortprotokoll eingeschrieben, damit anschließend belegt werden konnte, welcher Ermittler wann wo gewesen war, dann hatten sie sich Plastiküberzieher über die Schuhe gestreift und die Wohnung vorsichtig betreten, um nur ja kein Beweismaterial zu zerstören. Die Spurensicherung war bereits unterwegs, ein Mitarbeiter aus der Gerichtsmedizin ebenfalls. Bentz betrat das kleine Wohn-Schlafzimmer und ließ den Blick über die kunterbunt zusammengewürfelten Möbelstücke schweifen, darunter ein breites Bett, ein Stuhl und – hinter einem zurückgezogenen Vorhang in einer Art Erker – ein Tisch mit beleuchtetem Spiegel und jeder Menge Make-up-Produkte, Nagellackfläschchen, Bürsten. Das meiste lag auf dem Boden verstreut neben dem Opfer. Anscheinend hatte ein Kampf stattgefunden.

»Sie trägt eine Perücke«, sagte Montoya, der aufmerksam das Gesicht der Toten betrachtete. »Herrgott, ich glaube, ich kenne sie.« Er beugte sich kopfschüttelnd vor, um noch besser sehen zu können.

»Wie bitte?« Auch Bentz ging etwas in die Knie, um einen Blick auf den Hals des Opfers zu werfen. Tatsächlich, da waren die verräterischen Spuren: tiefe Eindrücke und Schnitte, dazu Quetschungen in einem bestimmten Muster, die, davon war er überzeugt, von den Perlen eines Rosenkranzes herrührten. »Er hat wieder zugeschlagen«, sagte er tonlos, während er sich aufrichtete. »Vater John.« Derselbe perverse Psychopath, der schon früher ein heiliges, religiöses Artefakt zum Töten benutzt hatte.

Bentz kehrte in den kurzen Gang zurück und sah sofort das, was er vermutet hatte. Warum war es ihm nicht gleich aufgefallen? Auf einem Tischchen neben der Eingangstür lag eine Hundert-Dollar-Note. Benjamin Franklins Augen waren geschwärzt. »Verfluchte Scheiße.« Er stützte die Hände auf die Knie und kämpfte gegen den immer stärker werdenden Brechreiz an. Er hatte gewusst, dass der Bastard wieder da war, hatte die Beweise dafür schon am letzten Tatort richtig gedeutet, als Teri Marie Gaines alias Tiffany Elite ermordet worden war. »Du kanntest sie?«, fragte er seinen Partner jetzt.

Montoya schüttelte immer noch den Kopf. »Nein, ›kennen‹ ist zu viel gesagt, aber ich glaube, ich habe sie schon einmal gesehen.« Er zog die Augenbrauen zusammen und schürzte die Lippen. »Vielleicht ist sie ein Promi oder so …« Er überlegte. »Wart mal … Sie trägt Kontaktlinsen, eine ist verrutscht. Ihre Augen sind also gar nicht braun, sondern blau. Und sieh mal hier …« Er deutete auf eine Stelle neben der Nase der toten Frau. »Ihre Haut schält sich ab … Nein, das ist keine Haut. Sieht aus wie eine kosmetische Prothese.«

»Bist du dir sicher?«

»Nö. Keine Ahnung.«

»Dann denkst du also, die Frau ist berühmt und gibt vor, jemand anderes zu sein?« Die Tote war ganz offensichtlich eine stinknormale Prostituierte gewesen.

»Ich weiß es nicht.« Montoya betrachtete immer noch das Gesicht der Ermordeten. Man sah ihm an, dass er sich förmlich das Hirn zermarterte, warum sie ihm bekannt vorkam. »Ich habe sie schon mal gesehen«, murmelte er. »Da bin ich mir absolut sicher.«

»Haben Sie einen Ausweis gefunden?« Bentz sah Connors fragend an, der inzwischen an der Wohnzimmertür Stellung bezogen hatte.

»Ja, in ihrer Handtasche in dem eingebauten Kleiderschrank dort drüben.« Er deutete auf eine Tür neben dem Bett. »Ihre Brieftasche ist in einer der Handtaschen. Ich habe nachgesehen. Der Name auf dem Führerschein, den Kredit- und Krankenversicherungskarten lautet Helene Laroche. Das Foto auf dem Führerschein stimmt nicht mit dem Gesicht des Opfers überein. Erst dachte ich, sie hätte die Brieftasche gestohlen, doch die Mitbewohnerin hat mir bestätigt, dass es sich tatsächlich um Helene Laroche handelt.«

Bentz fühlte sich, als hätte er einen Schlag in die Magengrube bekommen.

Montoya stieß einen langen, leisen Pfiff aus. »Ich wusste es. Deshalb kommt sie mir so bekannt vor.«

Bentz hatte sie nicht erkannt. Ihre Verkleidung war einfach zu perfekt. Aber er kannte den Namen. Helene Laroche war in der Gegend so etwas wie eine Legende. Helene Sands war bitterarm aufgewachsen und schon als Kind und als Teenager ständig mit dem Gesetz in Konflikt geraten. Trotz eines gigantischen IQs war sie von der Highschool geflogen, hatte zweimal geheiratet und sich wieder scheiden lassen, dann hatte sie Hugo Laroche kennengelernt. Er war alt genug, um ihr Großvater zu sein, und reich genug, um als einer der größten Kunstmäzene der Stadt und großzügiger Spender für alle möglichen wohltätigen Zwecke und Universitäten die Brieftasche zu öffnen. Seine erwachsenen Kinder waren empört über die Affäre, und die ganze Stadt geriet in hellen Aufruhr, als Hugo vor zwei Jahren seine fast fünfzigjährige Ehefrau verließ, um den jungen Pornostar zu heiraten.

Der Gerichtsmediziner traf ein, gefolgt von den Technikern der Spurensicherung, und Bentz und Montoya traten hinaus in den schwülen Oktobernachmittag. Der Himmel war grau, die Hitze drückend für diese Jahreszeit, die Luft noch feuchter als sonst.

Bentz spürte, wie ihm Schweißtropfen den Nacken hinabrannen und in seinen plötzlich zu engen Hemdkragen flossen.

Connors begleitete sie zum Streifenwagen, vor dem eine hochgewachsene, langbeinige Frau mit kurzen, fransigen roten Haaren, Sonnenbrille und glänzenden, beinahe farblosen Lippen stand und an einer E-Zigarette zog. Ein weiblicher Officer, klein und stämmig, stand neben ihr.

»Sie wollte nicht im Wagen sitzen«, sagte die Polizistin, als Bentz sich ihr und Sherilynn Gordon, Helene Laroches Mitbewohnerin, vorstellte.

»Da drinnen ist es wie in der Sauna«, beschwerte sich Sherilynn und deutete anklagend auf den Streifenwagen.

»Entschuldigen Sie, Ma'am, ich dachte, wir wären längst auf dem Weg in die Innenstadt.« Connors warf der jungen Frau einen freundlichen Blick zu.

»Und genau dahin fahren wir jetzt auch«, ließ Bentz sich vernehmen. Es hatte sich bereits eine kleine Gruppe von Schaulustigen versammelt, fast alle hielten Handys hoch und filmten oder fotografierten die Polizisten. »Brechen Sie ruhig schon auf, wir kommen gleich nach ins Department«, schlug er daher vor.

»Wie bitte? Ins Department? Nein!« Sherilynn schüttelte den Kopf. Um ihren Mund herum bildeten sich feine Sorgenfältchen. »Ich flippe aus, wenn ich ein Polizeigebäude betreten muss. Da kriege ich voll die Panik! Außerdem habe ich Ihnen nichts weiter zu sagen. Ich bin nach Hause gekommen, habe sie gefunden und die Neun-eins-eins angerufen.« Sie zog an ihrer Zigarette und hätte sich fast verschluckt, als im selben Augenblick ein Van von einem Lokalsender um die Ecke bog. »Ach du Scheiße, das Fernsehen ist da!«

Der Van hielt an, das Team stieg aus. Bentz meinte, eine Reporterin zu sehen, die er kannte. An ihrer Seite war eine Kamerafrau, die Ausrüstung filmbereit auf der Schulter. Der Mord an Helene Laroche würde es auf alle Fälle in die Nachmittagsnachrichten schaffen, und bis dahin wäre das Internet voll mit Amateurvideos. Die Menge der Schaulustigen wurde immer größer.

»Es ist besser, wenn wir uns im Department unterhalten«, sagte Bentz.

Sherilynn nickte. »Okay, das sehe ich tatsächlich auch so. Allerdings weiß ich wirklich nicht, was ich Ihnen noch sagen soll. Ich habe nichts Unrechtmäßiges getan.«

»Wir brauchen nur Ihre offizielle Aussage«, versicherte Montoya Helene Laroches Mitbewohnerin. »Es wird nicht lange dauern.«

Sie musterte ihn abschätzig: Kinnbart, trotz der Wärme Lederjacke, Diamantohrstecker, dazu die für Montoya typische Großspurigkeit.

»Sind Sie auch ein Cop?«, fragte sie beinahe ungläubig, obwohl er ihr seine Marke gezeigt hatte.

»Mordkommission.«

»Hm.« Etwas umgänglicher fragte sie: »Könnten Sie meine Aussage nicht hier aufnehmen? Jetzt gleich?«

Der SUV des Gerichtsmediziners traf ein, gefolgt von einem weiteren Nachrichten-Van.

»Oh, verdammt. Noch mehr Fernsehen. Was für ein Zirkus!«

»Genau deshalb sollten wir an einem ruhigeren Ort reden«, sagte Montoya.

Sherilynn rückte ihre Sonnenbrille zurecht, zog ein letztes Mal an ihrer E-Zigarette und blies den Rauch aus. »Na dann: Fahren wir. Ich hoffe, es dauert nicht lange.«

Es dauerte lange.

Über zwei Stunden saßen Bentz und Montoya mit Sherilynn Gordon im Vernehmungsraum und bombardierten sie mit Fragen.

Ihre Story war einfach: Sie und Helene kannten sich seit der Highschool. Sie hatten sich auf Jungs, Drogen und jede Menge Ärger eingelassen, nicht zwingend in dieser Reihenfolge. Die umwerfend attraktive Helene hatte laut Sherilynn gleich mehrere »gute Partien« gemacht. Ehemann Nummer eins war ein erfolgreicher Elektriker gewesen, Ehemann Nummer zwei hatte eine eigene Versicherungsgesellschaft besessen. Mit Ehemann Nummer drei, Hugo Laroche, machte sie dann einen »ausgezeichneten Fang«. Laroche hatte vor ein paar Jahren seine Software-Firma für über fünfzig Millionen Dollar verkauft. »Zumindest hat er das behauptet«, ergänzte Sherilynn mit einem höhnischen Grinsen, das nahelegte, dass sie ihm nicht glaubte.

»Sie denken, er lügt?«

»Ich denke nur, dass er die Wahrheit etwas großzügiger auslegt, damit er besser dasteht, wenn Sie wissen, was ich meine. Er ist ein ziemlicher Angeber.«

»Sie mögen ihn nicht.«

»Ich habe ihn nie kennengelernt.« Sie beäugte Montoya über den Tisch hinweg. »Was hat das mit dem Mord an Helene zu tun?«

Bentz ignorierte ihre Frage. »Hatten Hugo und Helene Laroche ein harmonisches Verhältnis?«

»Keine Ahnung.« Sie legte den Kopf schräg. »Offensichtlich war nicht alles eitel Sonnenschein, sonst …« Sie zuckte die Achseln.

»Sonst was?«

»Sonst wäre sie doch kaum in ihr altes Gewerbe zurückgekehrt, oder? Ich nehme an, dass schwarze Wolken über dem Paradies hingen.«

»Könnten Sie diese ›schwarzen Wolken‹ etwas näher beschreiben?«, fragte Bentz.

»Sie kennen doch die Geschichte von dem Vogel im goldenen Käfig, oder?« Sie sah Bentz an, als wäre er der begriffsstutzigste Mann auf dem ganzen Planeten. »Sie war fünfundzwanzig! Er ist über siebzig. Sagen Sie mir, was da wohl den Sonnenschein trüben mochte.«

Sie stellten ein paar weitere Fragen und erfuhren, dass Helene nicht mit den erwachsenen Kindern ihres Ehemanns zurechtkam, seine Enkel hasste und seine Ex-Frau verabscheute. Ganz so zugetan, wie es zunächst den Anschein erweckt haben mochte, war sie ihrem Ehemann wohl auch nicht, doch laut Sherilynn war sie allein wegen des Nervenkitzels anschaffen gegangen.

»Das Geld brauchte sie bestimmt nicht. Sie hat die Wohnung für uns gemietet und alles bezahlt. Ich musste den Mietvertrag nur auf meinen Namen laufen lassen, damit der Alte nichts davon mitbekam. Helene war wählerisch. Hat nicht jeden Freier angenommen. Sie mussten sie schon ›neugierig machen‹ – ihre Worte, nicht meine.« Sherilynn legte die Stirn in Falten. »Nein, um Geld ging es ihr dabei definitiv nicht. Um Sex auch nicht, den hätte sie überall bekommen können. Ich denke, sie fand es einfach spannend, dass sie damit durchkam. Helen of Joy zu sein, meine ich. Sie hat mir mal erzählt, dass sie sich nie freier fühlte als in den Momenten, in denen sie ihren Körper verkaufte, wenn sie mit ihren Freiern schlief anstatt mit ihrem Ehemann. Schlappschwanz. So hat sie den guten alten Hugo genannt.« Ihr Blick blieb an Bentz hängen. Ein kleines Lächeln umspielte ihre Lippen. »Können Sie damit etwas anfangen?«

Ohne auf die Anspielung auf sein eigenes Alter einzugehen – schließlich war Bentz noch einige Jährchen von der Siebzig entfernt –, fragte er: »Wie sind die Freier mit ihr in Kontakt getreten? Ich kann mir nicht vorstellen, dass sie irgendwo am Straßenrand gestanden hat.«

»Sie hat – ich meine, sie hatte – eine Website.« Als Bentz und Montoya nicht reagierten, fügte sie hinzu: »Helen of Joy. Googeln Sie's.«

Montoya nahm bereits sein Smartphone zur Hand. Als die Website auf dem Display erschien, schossen seine Augenbrauen in die Höhe.

»Sie haben die Seite anscheinend gefunden«, bemerkte Sherilynn.

»Wissen Sie, mit wem sie sich gestern Nacht getroffen hat?«, wollte Bentz wissen.

»Das sagte ich doch bereits: keine Ahnung. Wir sind uns beruflich nicht in die Quere gekommen und haben auch nicht die Nase in Angelegenheiten gesteckt, die uns nichts angehen. Helene wollte das so. Sie war ziemlich geheimnistuerisch, denn sie wollte auf alle Fälle vermeiden, dass der Alte Wind von der Sache bekam. Er wäre definitiv an die Decke gegangen, und wenn er keinen Herzinfarkt bekommen hätte, hätte er Helene mit Sicherheit umgebracht.«

»Meinen Sie das wörtlich?«, fragte Montoya.

Sherilynn schüttelte den Kopf. »Er hätte ihr den Geldhahn zugedreht, und das hätte sie in der Tat gekillt. Sosehr sie den Alten verabscheute, so sehr liebte sie den Luxus, den er ihr bieten konnte.«

»Dann haben Sie also nicht die leiseste Ahnung, wer gestern Nacht ihr Freier war.«

»Wie oft soll ich Ihnen das denn noch sagen? Nein! Wir wohnen nicht zusammen. Das Apartment nutzen wir nur, um Kunden zu empfangen. Wir haben einen festen Zeitplan, damit wir uns nicht in die Quere kommen.«

»Aber Sie werden sie doch ab und zu getroffen haben.«

»Gelegentlich. Wir haben einen Kaffee oder einen Drink zusammen getrunken, aber wirklich nicht oft. Wir hatten jede unser eigenes Leben.«

»Hat Helene jemals einen Priester erwähnt?«, fragte Bentz.

»Wie bitte? Einen Priester?« Sherilynn lachte. »Wovon zum Teufel reden Sie? Oh …« Sie verstummte und schnippte mit den Fingern. Ihre langen Nägel glänzten. »Ich habe davon erfahren. Im Internet. Ein falscher Mann Gottes. Von *dem* reden Sie. Ein Kerl, der früher schon Morde an Prostituierten begangen hat, richtig? Ach du lieber Himmel!« Entsetzt wanderte ihr Blick von Bentz zu Montoya und wieder zurück. »Sie glauben, dass *er* Helene getötet hat, richtig?«

»Wir wissen es nicht«, antwortete Bentz wahrheitsgemäß.

»Heilige Mutter Gottes.« Sie wurde kreideweiß.

»Sie verstehen sicher, dass jedes noch so kleine Detail für uns wichtig ist«, sagte Montoya.

»Aber ich weiß nichts! Warum kapieren Sie das nicht? Ich habe keine Ahnung, wer ihre Freier waren. Wir hatten einen Deal, Helene und ich: keine Zuhälter und niemals über Geschäftliches sprechen.« Sie schwieg für einen Moment, dann fügte sie mit weit aufgerissenen Augen hinzu: »Der Rosenkranzmörder … Wie konnte es passieren, dass sie ausgerechnet dem in die Arme gelaufen ist?« Ihre Stimme klang verängstigt.

Bentz glaubte ihr, dass sie nichts weiter wusste. Er warf Montoya einen Blick zu. Auch er wirkte beunruhigt. Anscheinend hatte er endlich begriffen, dass Vater John New Orleans erneut heimsuchte.

Und zwar mit der Gewalt eines Hurrikans.

So viel Mühe sie sich auch gab, Kristi konnte sich einfach nicht auf die Fortsetzung ihres Buchs über Vater John freuen, genauso wenig wie sie sich aufs Schreiben konzentrieren konnte, und das nicht nur, weil Lenore unter dem Schreibtisch mit den Pfötchen nach ihren nackten Zehen schlug. Nein. Der Vorschlag ihrer Agentin, alles andere stehen und liegen zu lassen und sich Hals über Kopf in das neue Projekt zu stürzen, erschien ihr unter den gegebenen Umständen als nahezu absurd. Vor allem, da die Ermittlungen noch ganz am Anfang standen.

Außerdem war sie zu sehr mit ihren eigenen Problemen beschäftigt, in erster Linie damit, dass sie mit ihrem neuen Leben als Witwe klarkommen musste. Ein Leben, in dem sie mit einem Hammer unter dem Kopfkissen schlief und einem Kätzchen unter der Bettdecke. In den letzten Tagen hatte sie bei den Nachbarn sowie mehreren Tierärzten und Tierschutzvereinen nachgefragt, außerdem einen Post online gestellt, dass ihr das Katzenmädchen zugelaufen war. Niemand hatte bislang Anspruch auf die Kleine erhoben, und mit jedem Tag, der verstrich, hoffte Kristi, dass das auch so bleiben würde. Sie war wie geplant im Tierheim gewesen, aber einen passenden Hund hatte sie noch nicht gefunden. Es gab in der Gegend einige Einrichtungen für herrenlose Streuner und aus verschiedenen Gründen nicht länger erwünschte vierbeinige Mitbewohner, deshalb hatte sie beschlossen, sich mit der Suche Zeit zu lassen. Der richtige Hund würde schon zu ihr finden, davon war sie überzeugt.

Sie beäugte ihren Schreibtisch, auf dem Notizen, Bücher, Zeitungsausschnitte und Artikel aus unterschiedlichen Zeitschriften wild durcheinanderlagen. Noch befand sie sich in der Recherchephase für ihr Buch über die jüngste Mordserie in New Orleans. Sie hatte mehrere Wochen lang Informationen über den Einundzwanziger-Killer gesammelt und war vor Jays Ermordung damit beschäftigt gewesen, sie zu ordnen und eine Zusammenfassung zu schreiben über diesen grotesken Serienmörder, der seine Opfer – Zwillinge – in einer grauenvollen Zeremonie an deren einundzwanzigstem Geburtstag tötete.

Der Terror des Einundzwanziger-Killers war Gott sei Dank vorbei, und Kristis Verleger interessierte sich für die Story. Kristi hatte angebissen, doch nun saß sie hier, versuchte, sich in die Psyche des Mörders hineinzuversetzen und zu ergründen, warum er es ausgerechnet auf Zwillingspärchen abgesehen hatte, und stellte fest, dass ihre Gedanken immer wieder abschweiften. Irgendwann gab sie auf, hob das Kätzchen hoch und ging die Treppe hinunter in die Küche, wo sie sich ein Glas Wasser einschenkte.

Sie warf einen Blick auf ihre Armbanduhr. Vierzehn Uhr siebenundvierzig.

Der Techniker, der ihre Alarmanlage aufrüsten sollte, hatte den Termin verschoben, weil bei der eingetroffenen Lieferung ein wichtiges Teil fehlte, aber nun war es da und er angeblich auf dem Weg zu ihr.

Er brauchte verdammt lange. Gerade als sie überlegte, in der Firma anzurufen, ging eine Textnachricht von einer anonymen Nummer ein, in der stand, dass »Lance« gegen fünfzehn Uhr bei ihr eintreffen werde.

Gut.

Vielleicht würde sie besser schlafen, wenn die neuen Digitalkameras eingebaut waren.

»Das glaubst du doch selbst nicht«, sagte sie laut und schaltete die Lokalnachrichten ein, die live vor Ort von der »Rückkehr des Rosenkranzmörders« berichteten. Ein Blick in die sozialen Medien zeigte ihr, dass die Story viral ging. Viele Leute, ihr Vater eingeschlossen, hatten befürchtet, dass Vater John im *bayou* überlebt hatte und eines Tages nach New Orleans zurückkehren würde, um fürchterliches Unheil in der Stadt anzurichten.

Und genau dieser Fall schien eingetreten zu sein.

»Als hätten wir nicht schon genug Probleme«, sagte Kristi.

Schlimmer noch, es gingen Gerüchte, der Killer habe sich an Rick Bentz gerächt, indem er seinen Schwiegersohn getötet hatte, weil Bentz ihn entlarvt und um ein Haar erschossen hätte. Selbstverständlich fanden sich in den sozialen Medien hordenweise Leute, die sich an bizarren Morden ergötzten und damit alles nur noch schlimmer machten.

»Gib acht, was du sagst, Kristi, das sind genau die Leute, die deine Bücher kaufen«, hallte ihr Jays Stimme durch den Kopf.

»Ich weiß«, flüsterte sie, dann warf sie einen Blick in ihren E-Mail-Eingang. Zera hatte ihr eine kurze Mail geschickt:

> Gute Nachrichten! *Der Rosenkranzmörder* wird definitiv neu aufgelegt. Schon im nächsten Sommer. Der Verleger rührt bereits die Werbetrommel. Lass uns reden!

Kristi runzelte die Stirn.

Nicht jetzt.

Sie spürte, wie sich Kopfschmerzen zusammenbrauten.

Im Augenblick wurde ihr alles zu viel, also beschloss sie, das Gespräch auf den nächsten Tag zu verschieben, genau wie alles andere auch.

Die Story konnte warten, redete sie sich ein. Jeden Tag fühlte sie sich ein wenig stärker, ein bisschen mehr wie die alte Kristi. Sie hatte sich sogar bereit erklärt, sich in ein paar Tagen mit ihren Freundinnen auf einen Kaffee zu treffen, nachdem sie einen Abend mit Drinks und Karaoke abgesagt hatte, was in ihren Ohren einfach grässlich klang. Abgesehen davon, trank sie wegen der Schwangerschaft keinen Alkohol, aber das durfte erstens niemand wissen, und zweitens gab es kaum etwas, wonach sie sich mehr sehnte: nach einem ordentlichen Drink, um ihre Trauer zu betäuben. Und die Schuldgefühle.

Es klingelte, und sie eilte die Stufen hinunter, doch anders, als die Tür wie sonst aufzureißen, spähte sie zunächst durch das schmale Seitenfenster. Der Techniker von der Sicherheitsfirma stand davor, seine graue Uniform spannte sich über dem Bauch. Ungefähr eins achtzig groß, mit dicker Brille, zotteligem schwarzem Haar, in das sich erste graue Strähnen mischten, hielt er den Blick ebenfalls auf das Fenster gerichtet. Ihre Augen begegneten sich. Auf seinem Kinn wucherte ein Drei-bis-vier-Tage-Bart, ein Schild an seiner Uniform wies ihn als Lance von der Firma Eastside Security and Alarms aus.

Kristi öffnete die Tür einen Spaltbreit. Draußen war es diesig.

»Ich bin Lance von der Firma Eastside Security«, stellte er sich vor. »Ich habe Ihnen eine Textnachricht geschickt.«

»Ja.« Sie nickte, doch sie gab die Tür nicht frei, obwohl auch auf dem Van, den er fuhr, das Logo, der Name und die Telefonnummer der von ihr beauftragten Sicherheitsfirma standen.

»Tut mir leid wegen der Verzögerung.« Lance zuckte die Achseln. Er schien ein wenig überfordert zu sein, wusste nicht, was sie von ihm erwartete, da sie ihn nicht ins Haus bat. »Sie wissen schon, die Lieferung mit den fehlenden Teilen. Ist nicht leicht, alte Alarmsysteme aufzurüsten … unterbrochene Lieferketten und so. Am besten, man kauft gleich eine komplett neue Anlage.« Er schaute zu Boden. »Oh, was ist denn das?«

»Was denn?« Sie sah, wie er einen Schritt zur Seite machte, sich bückte und eine Vase mit Blumen hochnahm – Rosen mit Schleierkraut –, die jemand an der Hauswand abgestellt hatte, gerade so, dass sie sie weder aus dem Seitenfenster noch durch den Türspalt hatte sehen können.

»Ich denke, die sind für Sie«, sagte er und reichte ihr die Vase mit dem Strauß.

Kristi war nicht überrascht. Seit Jays Tod wurde sie mit Blumen nahezu überschüttet – wunderschöne Bouquets genau wie Topfpflanzen –, doch in der letzten Woche waren die Lieferungen weniger geworden. Dies war der erste Strauß seit vier Tagen.

Lance von Eastside Security trat unbeholfen von einem Fuß auf den anderen. »Ich bin gleich wieder da«, sagte er dann und kehrte zu seinem Van zurück.

Kristi folgte ihm mit den Augen und sah zu, wie er Equipment und Werkzeug aus dem Laderaum nahm. Sie ließ die Tür offen und brachte die Blumen ins Haus. Im selben Moment klingelte ihr Handy. Eilig stellte sie die Vase auf dem Flurtisch ab und nahm das Gespräch an, ohne den Blick von dem Techniker zu wenden. Obwohl es keinen Grund dazu gab, misstrauisch zu sein, spürte sie, wie sie nervös wurde bei der Vorstellung, einen Fremden ins Haus zu lassen.

Der Anruf war von Bella. »He, ich wollte dir nur Bescheid geben, dass wir's echt durchziehen. Morgen früh um sechs, kaum zu fassen, oder? Sarah muss um Viertel vor acht bei der Arbeit sein.«

»Was ziehen wir durch?«

»Na, wir gehen laufen, was sonst? Wir treffen uns um sechs am Crescent Park. Dann macht der Park auf, und ich habe gehört, dass er echt schöne Joggingstrecken und Spazierwege hat.«

Das stimmte. Kristi war ein paarmal dort gewesen, die Wege waren wirklich wunderschön, und von den Brücken aus hatte man einen großartigen Ausblick auf die Stadt. »Um sechs?«, wiederholte sie und sah ein wenig ungläubig zu, wie viele Kartons der Techniker auf ihrer Veranda stapelte. Plötzlich schaute er auf und sah sie an, als wartete er darauf, mit ihr reden zu können. »Um sechs Uhr schaffe ich nicht. Zumindest nicht morgen. Vielleicht ein andermal? Ich muss jetzt auflegen. Bei mir ist jemand von einer Firma ...«

»Warte!«, fiel Bella ihr ins Wort. »Ich muss dich noch etwas fragen. Von dem Produzenten der Morgenshow beim Sender.«

»Schieß los«, forderte Kristi sie auf und hielt einen Zeigefinger in die Höhe, um Lance zu bedeuten, dass sie gleich Zeit für ihn hatte.

»Renee-Claire, die Moderatorin, würde dich liebend gern in ihre Sendung einladen, so bald wie möglich. Es ist fast Halloween, und wir bringen jede Menge gruseliges Zeugs, auch bei *Bonjour, New Orleans!* Und weil du hier lebst und über Serienkiller schreibst und weil ich dich noch dazu kenne, dachten sie, ich könnte dich überreden, bei der Show mitzumachen.«

»O Gott, darüber kann ich jetzt gerade nicht nachdenken«, erwiderte Kristi ablehnend.

»Ja, ich weiß schon, schlechtes Timing, aber sie wollen wirklich, dass du kommst! *Wirklich!* Ich glaube, sie haben sogar schon mit deinem Verleger oder deiner Agentin oder sonst wem gesprochen.«

»Was? Ähm ...«

Lance sah sie noch immer wartend an.

»Ich ... ich kann jetzt nicht ... Ich rufe dich zurück«, stotterte Kristi und legte auf.

»Tut mir leid«, entschuldigte sich der Techniker von Eastside Security, dann fügte er hinzu: »Sie haben ein recht altes Alarmsystem – fast schon antik, um ehrlich zu sein. Sind Sie sicher, dass Sie es nur ein bisschen upgraden wollen? Eine moderne Anlage würde sicher nicht schaden ...«

»Doch, doch, ich würde gern umstellen.« Kristi versuchte, sich auf das aktuelle Problem zu konzentrieren. »Allerdings teilte man mir mit, dass das nicht sofort möglich wäre. Deshalb diese vorübergehende Lösung.«

»Okay«, sagte er bedächtig und kratzte sich am Hinterkopf.

»Ich brauche ein System, das *jetzt* funktioniert – selbst wenn es nicht das modernste ist.«

»Okay«, wiederholte Lance und nickte. »Ich müsste Zugang zu Ihrem WLAN bekommen. Befindet sich der Sicherungskasten in der Garage?«

Sie führte ihn durchs Haus und redete sich ein, dass er es mit seinen Ratschlägen nur gut meinte und sie nicht unbedingt eine Alarmanlage wie in Fort Knox benötigte. Zumindest im Augenblick nicht. Seine Worte verunsicherten sie, machten sie nervös, und dazu kam, dass sie sich nicht wohl dabei fühlte, mit ihm von einem Zimmer ins nächste zu gehen, die Kameras und den Alarmton zu überprüfen und die Bewegungsmelder zu checken.

Er macht doch nur seinen Job. Genau dafür bezahlst du ihn, rief sie sich vor Augen, doch das ungute Gefühl blieb.

Sie redete sich ein, dass sie überreagierte, dass sie hypersensibel war wegen des kürzlich erlittenen Traumas, doch als er die Nägel sah, die sie in den Fensterrahmen im Schlafzimmer geschlagen hatte, und perplex: »Wow, das ist nicht nur Dinosaurier-Zeitalter, das ist tödlich, wenn ein Feuer ausbricht«, hervorstieß, fing er an, ihr auf die Nerven zu gehen.

Endlich hatten sie ihren Rundgang beendet, und Lance machte sich an die eigentliche Arbeit und baute die Zusatzteile, die sich in den Kartons auf der Veranda befanden, eines nach dem anderen ein. Zwei Stunden später war er fertig. Er riet ihr, jedes Jahr die Batterien zu erneuern und regelmäßig eine Routineüberprüfung durchzuführen, dann nahm er sich die Zeit, ihr zu erklären, wie sie einzelne Bereiche im Haus abschalten konnte, wenn sie z. B. Gäste hatte. Zum Schluss reichte er ihr ein dünnes Handbuch für die neu eingebauten Teile und wiederholte seinen Rat, sich ein modernes System anzuschaffen, auch wenn das alte jetzt wieder »einigermaßen funktionieren müsste«.

Kristi nickte. »Ich werde mich darum kümmern«, versicherte sie ihm und hielt ihm die Haustür auf.

Erleichtert beobachtete sie durch das schmale Seitenfenster, wie er in seinen Van stieg, wo er etwa fünfzehn Minuten sitzen blieb, Papierkram erledigte und telefonierte. Endlich ließ er den Motor an, wendete und verschwand die Straße hinunter. Inzwischen war es fast dunkel. Als seine Rücklichter nicht mehr zu sehen waren, änderte sie den Sicherheitscode und testete die App auf ihrem Handy, die sie mit dem System verband.

Alles schien zu funktionieren.

»Gott sei Dank«, sagte sie laut. Ihr Vater würde sich freuen.

Ihr Handy summte, und sie erkannte die Nummer vom Tierheim. Sie wischte über den grünen Hörer.

»Hallo?«, fragte eine Stimme, noch bevor sie sich melden konnte. »Spreche ich mit Kristi Bentz?«

»Ja«, bestätigte Kristi.

»Hi, hier ist Heather vom Tierheim. Ich glaube, wir haben den perfekten Hund für Sie gefunden.«

»Doch so schnell?«, fragte Kristi ungläubig.

»Ja, ich habe ein bisschen herumtelefoniert und bin auf Dave gestoßen. Er ist aus einem der anderen Tierheime, die mit uns zusammenarbeiten. Dave ist ein etwa zwei Jahre alter Rüde, kräftig und ein herzensguter Kerl. Ein Staffordshire Terrier mit einem Schuss Labrador oder Boxer oder auch beidem, da sind wir uns nicht ganz sicher. Wenn Sie es genau wissen möchten, müssten wir einen DNA-Test machen lassen.«

Ein Mischling durch und durch. Gut. Kristi hatte nichts dagegen.

»Dave war in Quarantäne und wurde bereits von einem Tierarzt durchgecheckt«, fuhr Heather fort. »Er ist gesund und kastriert. Sollten Sie Interesse haben, könnten Sie ihn gleich morgen kennenlernen.«

Kristi zögerte nicht. Sie bot an, die nötigen Unterlagen vorab online auszufüllen und morgen früh ins Tierheim zu kommen, dann legte sie auf. In weniger als einer Minute erschien ein Foto von Dave auf ihrem Handy, und sie verliebte sich augenblicklich in den schlappohrigen, karamellfarbenen Hund mit der schwarzen Schnauze und der rosa Zunge, die ihm seitlich aus dem Maul hing. Furchterregend sah er nicht gerade aus, dachte sie, aber das war okay. Dieser Hund würde sie bewachen – wichtig war allerdings, dass er mit ihrem Kätzchen und mit Kindern klarkommen würde.

Gedankenverloren legte sie die Hand auf ihren Bauch.

Sie würde ein Baby bekommen, und sie würde es beschützen.

Kapitel elf

Stoisch stand Hugo Laroche, ein großer, grobknochiger Mann mit breiten Schultern und schneeweißen Haaren, in der Tür seiner dreigeschossigen, in einem pastelligen Rosa gestrichenen Villa und betrachtete die beiden Detectives, die ihm ihre Dienstmarken entgegenstreckten.

»Ermordet?«, wiederholte er, als Bentz und Montoya ihm den Grund für ihren Besuch mitteilten. Mit vorgerecktem Kinn, trockenen Augen und gestrafften Schultern versuchte er, die Nachricht vom Tod seiner jungen Ehefrau zu verdauen. »Sie sagen, Helene wurde *ermordet?*« An seinem Kinn zuckte ein Muskel.

»Ja«, bestätigte Bentz, ohne ins Detail zu gehen. Auch seinen Verdacht, Vater John betreffend, behielt er für sich.

»Das ist … unmöglich. Ich meine, wer sollte …?« Er seufzte laut und wischte sich mit der Hand über die Stirn.

»Genau das versuchen wir herauszufinden. Wir würden Ihnen gern ein paar Fragen stellen.«

»Ja … ja, selbstverständlich.« Völlig perplex führte er Bentz und Montoya ins Haus und durch eine große Eingangshalle zu einer Tür unter einer geschwungenen Prachttreppe. »Hier drinnen können wir ungestört reden«, sagte er.

Sie betraten ein geräumiges Zimmer mit einem riesigen Flachbildschirm, der beinahe eine ganze Wand einnahm – augenscheinlich Hugo Laroches privates Arbeitszimmer. Auf der gegenüberliegenden Seite führten hohe Glastüren zu einem Pool hinaus, der von einer Steinmauer umgeben war. Palmen beschatteten mehrere Tische und Lounge-Sessel, ein großer Wasserfall ergoss sich in den Pool.

Laroche bedeutete Bentz und Montoya, in den Ledersesseln gegenüber dem Fernseher Platz zu nehmen, in dem ein Sender mit Finanznachrichten lief. Er nahm die Fernbedienung, schaltete den Ton leiser und fragte: »Darf ich Ihnen etwas anbieten? Eistee, Soda oder etwas

Stärkeres?« Er ging zu einer Bar zwischen zwei Massivholzregalen. An einer Seite des Raumes befand sich ein Kamin, in der Ecke stand ein breiter Schreibtisch mit Blick auf den an den Pool angrenzenden Garten.

Bentz und Montoya lehnten dankend ab. Laroche schenkte sich einen Tumbler Scotch ein und gab zwei Eiswürfel dazu, dann zog er den Chefsessel hinter dem Schreibtisch hervor und ließ sich schwer darauf sinken. Nachdem er einen großen Schluck Whisky genommen hatte, forderte er die beiden Detectives auf, ihm Näheres über den Mord an seiner Frau mitzuteilen. »Wo und wann ist das passiert?«, wollte er wissen, dann hob er die Hand und fügte hinzu: »Und vor allem: *Was* genau ist um Himmels willen geschehen? Sie hat mir gesagt, dass sie bei ihrer Schwester in Baton Rouge übernachtet. Die beiden wollten shoppen und ins Day-Spa gehen – Maniküre, Pediküre, Kosmetik und Massagen – und anschließend noch ein paar Drinks nehmen. Ich dachte, das wäre der Grund dafür, dass sie erst heute Nachmittag nach Hause kommen wollte, auf alle Fälle rechtzeitig zum Abendessen.« Er warf einen Blick auf die Uhr, stellte fest, dass es fast vier war, und zog die Augenbrauen zusammen. »Ich habe mir nicht einmal Sorgen gemacht. Du lieber Gott, das ist doch nicht möglich! Kann ich … darf ich sie sehen?«

Er wirkte eher neugierig als traurig, dachte Bentz verdutzt. Es hatte nicht den Anschein, dass Hugo Laroche ihnen etwas vormachte, der Tod seiner Frau schien ihn wirklich nicht allzu sehr zu treffen.

Als hätte er Bentz' Gedanken gelesen, sagte er: »Es ist schrecklich. Einfach entsetzlich, aber …« Er nahm einen weiteren Schluck von seinem Drink und drehte sich auf seinem Stuhl ein kleines Stück zu ihnen um. »Ich bin nicht überrascht«, brachte er seinen Satz anschließend zu Ende.

»Nicht?«, fragte Montoya.

»Sie war ausgesprochen risikofreudig. Testete ständig ihre Grenzen aus, wenn Sie wissen, was ich meine.«

»Nein, das weiß ich nicht.« Montoya beugte sich auf seinem Stuhl vor.

»Ich habe sie in einem Striplokal kennengelernt. Keine große Sache. Meine Frau und ich hatten Probleme, und ich fing an, nun …« Er zögerte, suchte nach dem richtigen Wort. »Nun, ich fing an, nach Abwechslung zu suchen.«

Bentz bemühte sich um einen neutralen Gesichtsausdruck.

»Ich habe Helene tanzen sehen und mich ihr vorstellen lassen.« Sein Blick schweifte in eine Ferne. »Sie nannte sich Helen.«

Bentz nickte.

»Das war, bevor sie dieses abscheuliche ›of Joy‹ an ihren Namen anhängte.« Er schüttelte angewidert den Kopf. »Wie dem auch sei – wir sind ein paarmal ausgegangen, und sie wollte alles ausprobieren, immer ins Extreme gehen, immer bis zum Maximum. Ich rede hier nicht nur von Sex, auch wenn Sie sich sicher vorstellen können, dass er fantastisch war. Helene begeisterte sich für Paragliding und Freeclimbing, Fallschirmspringen und Helikopter-Skifahren. Ganz gleich, was, Hauptsache, es war gefährlich.« Er verlor sich in seinen Gedanken und ließ die bernsteinfarbene Flüssigkeit in seinem Glas kreisen. »Sie war eine aufregende Frau, nicht nur draußen, sondern auch im Bett. Rollenspiele und … nun ja, Dinge, von denen ich bislang nur geträumt hatte, wenn Sie verstehen, was ich meine. Sie hatte immer Lust, sich verwöhnen zu lassen, und sie mochte es, den Dingen eine gewisse Würze zu verleihen, manchmal auch mit mehreren Partnern. Sie hat mich zu so einigen Orgien mitgenommen.« Seine Augenbrauen schossen in die Höhe. »Wild, einfach nur wild.« Er leerte sein Glas und schenkte sich nach, dann ließ er sich wieder in seinen Chefsessel fallen. Die Eiswürfel klackerten im Glas. »Sie war wie eine Droge, und ich war süchtig nach ihr. Konnte sie einfach nicht aus dem Kopf bekommen. Sie wollte, dass ich sie heirate, und ich hielt das für eine gute Idee. Ich kann die Raubkatze bändigen, dachte ich, oder sie zumindest für mich allein haben.« Er zuckte die Achseln. »Den Rest kennen Sie vermutlich. Ich habe mich von Beverly scheiden lassen, was mich ein Vermögen gekostet hat, das können Sie mir glauben. Vincent und Marianne, meine Kinder, haben sich von mir distanziert, zumindest anfangs, aber das war mir gleich – ich hatte ja Helene.« Er nickte, wie um sich selbst zu bestätigen, dann schüttelte er den Kopf. »Hatte ich natürlich nicht.« Er nahm einen Schluck Scotch. »Das ist das Problem, wenn man eine Raubkatze zähmen will: Sie sucht immer nach einer Möglichkeit, zu entkommen und in die Wildnis zurückzukehren.«

Eine Raubkatze? Meinte er das ernst?, fragte sich Bentz. »Dann wussten Sie also, dass sie sich mit anderen Männern traf?«

Hugo Laroche schnaubte. »Ich hatte es vermutet, aber ich wollte es nicht glauben. Irgendwann hat mir mein Sohn einen Link zu ihrer Website gezeigt. Helen of Joy.«

Wieder verlor sich sein Blick in einer unbestimmten Ferne. Seine Miene wurde traurig. »Ich habe sie zur Rede gestellt, und sie hat nichts geleugnet. Im Gegenteil, sie meinte, damit müsse ich wohl ›klarkommen‹. Genau das waren ihre Worte: ›Komm damit klar, sonst lasse ich mich von dir scheiden.‹ Ich könne mich auch von ihr scheiden lassen, das sei ihr egal. Ihr gefiel das Leben, das ich ihr bieten konnte – wem würde das nicht gefallen? –, aber sie war bereit, es aufzugeben. Wahrscheinlich ging sie davon aus, dass ich ihr eine hohe Summe bezahlen würde, damit die Scheidung sauber vonstattenging. Sie hätte jede Menge Storys über mich verbreiten können – man denke nur an die Orgien –, und sie war nicht der Typ, der davor zurückschreckte, sich an die Presse zu wenden.« Er räusperte sich. Blickte mit gefurchten Brauen in sein fast leeres Glas und stand auf, um sich ein weiteres Mal nachzuschenken.

»Da ist doch noch mehr«, hakte Montoya nach, und auch Bentz spürte, dass der Alte mit etwas hinterm Berg hielt.

Laroche nahm wieder Platz, den aufgefüllten Tumbler in der Hand. Seine Schultern sackten nach vorn. Er stieß einen leisen Fluch aus, dann sagte er: »O ja, verflucht noch mal, da ist noch mehr.« Der Muskel in seinem Kinn zuckte heftig. Er stand auf und ging im Zimmer auf und ab, bis er schließlich neben dem kalten Kamin stehen blieb. »Sie hat … ähm … hatte Fotos. Videos. Wenn die Aufnahmen an die Öffentlichkeit gelangen, bin ich ruiniert. Ich bin Schirmherr mehrerer Wohltätigkeitsvereine und sitze nach wie vor im Vorstand von Laroche Software, der Firma, die ich verkauft habe. Herrgott, die Firma trägt sogar noch meinen Namen! Ich weiß, wir sind hier in New Orleans, wo die Leute denken, alles sei möglich, aber nein, manches geht eben nicht. Ein paar dieser Videos …« Er schüttelte den Kopf.

»Wo sind diese Aufnahmen jetzt?«, wollte Montoya wissen.

»Sie hat sie versteckt.«

»Weiß irgendwer davon? Oder wo sie sie versteckt hat?«

»Keine Ahnung.« Ein weiterer großer Schluck Whisky.

Montoya machte sich Notizen. »Wussten Sie von dem Apartment, Mr Laroche?«

»Sie meinen das Studio, das sie sich mit der anderen Hure geteilt hat?« Er lehnte sich mit einer Schulter gegen den Kaminsims und nickte. »Selbstverständlich. Ich hatte einen Privatdetektiv auf sie angesetzt.«

»Wir würden gern seine Berichte lesen.«

Sie hörten, wie die Haustür aufging, gefolgt von eiligen Schritten, die durch die Eingangshalle auf Hugo Laroches Arbeitszimmer zukamen. Eine Frau um die vierzig in Shorts und einem lockeren T-Shirt, die schwarzen Haare zu einem lässigen Dutt zusammengefasst, kam herein. Sie musste Marianne sein, Hugos Tochter. Als sie Bentz und Montoya erblickte, blieb sie wie angewurzelt mitten im Raum stehen. Die Ähnlichkeit mit ihrem Vater war unverkennbar – durchdringende blaue Augen, ausgeprägtes Kinn, breite Schultern und schmale Hüften, der Körper einer Schwimmerin. »Dad?«, fragte sie. »Was geht hier vor?«

»Die beiden Herren sind von der Polizei«, teilte er ihr mit. »Sie sind her…« Er unterbrach sich und schluckte. »Das ist meine Tochter Marianne«, fügte er dann, an die beiden Detectives gewandt, hinzu.

»Es geht um Helene, richtig?«, platzte sie heraus. »Helene wurde ermordet!«

»Ja … ja, das habe ich auch gerade erfahren. Woher weißt du …«

»Du redest mit der Polizei? Ohne Anwalt?« Ihre Augen schleuderten blaue Blitze. »Herrgott, Dad, für einen cleveren Mann verhältst du dich mitunter ziemlich dämlich!«

»Ich habe nichts zu verbergen.«

»Ach nein? Das meinst du doch nicht ernst!«

»Woher weißt du von Helenes Tod, Marianne?«

»O Mann, die Lokalnachrichten berichten von nichts anderem!« Sie sah Bentz und Montoya an. »Die Befragung ist vorbei. Jetzt. Wenn Sie mit Dad oder einem anderen Familienmitglied reden möchten, dann nur in Gegenwart unseres Anwalts.« An ihren Vater gewandt, fuhr sie fort: »Ruf Alan an. Sag ihm, was los ist, auch wenn er vermutlich schon Bescheid weiß. Ich bin überrascht, dass er sich noch nicht bei dir gemeldet hat.«

»Noch einmal, Marianne: Ich habe nichts zu verbergen.«

Seine Tochter ignorierte die Bemerkung. »Das wird hässlich. Richtig hässlich. Nun fliegt endgültig auf, dass Helene eine Hure ist. Helen of Joy – eine Prostituierte, Stripperin, Pornostar! Gott bewahre!« Sie verdrehte die Augen und schnaubte angewidert. »Und Sie«, wandte sie sich mit herrischer Stimme an Bentz und Montoya, »Sie gehen jetzt, und zwar sofort.«

Bentz zog eine Karte vom Department hervor und reichte sie ihr. »Wir möchten mit sämtlichen Mitgliedern von Helenes Familie sprechen …«

»Wir sind *nicht* ihre Familie«, fiel Marianne ihm ins Wort. »Wir sind nicht verwandt, und ich würde sie ganz sicher nicht als meine Stiefmutter bezeichnen, und das nicht nur deshalb, weil sie über zehn Jahre jünger ist als ich.« Sie warf ihrem Vater einen verdrossenen Blick zu. »Ach, Dad. Wie konntest du nur?« Für einen Moment wirkte sie verletzlich, dann fing sie sich wieder. Ihr Blick schweifte weiter zu Bentz. »Wir kommen ins Präsidium«, teilte sie ihm mit. »Alan Thayer, unser Anwalt, wird einen Termin vereinbaren.«

»Okay. Gut. Wir haben noch einige weitere Fragen an Ihren Vater, Ihren Bruder und Sie, Ms Laroche.«

»Mrs Petrocci«, korrigierte sie. »Ich mache gern eine Aussage, allerdings ebenfalls nur in Gegenwart meines Anwalts.« Sie zog die Augen schmal. »Ist es möglich, dass wir die Leiche sehen? Um sie zu identifizieren?«

Der Kopf ihres Vaters wirbelte herum. »Warum fragst du das?«

»Woher wissen wir, dass es sich tatsächlich um Helene handelt? Es wäre schließlich nicht das erste Mal, dass sie aus ihrem goldenen Käfig ausbricht und wir uns Sorgen um sie machen. Oh, was könnte ihr bloß Schlimmes zugestoßen sein? Und dann, puff, ist sie wieder da, und alles war nur ein Missverständnis. Sie musste nur mal wieder raus, irgendetwas Verrücktes machen, sich eine Auszeit nehmen, ›um den Kopf freizubekommen‹.« Marianne malte Anführungszeichen in die Luft. »Ständig tauchte sie in irgendeiner seltsamen Verkleidung auf, veränderte dauernd ihr Äußeres, damit man sie nicht erkannte, als wäre sie ein berühmter Filmstar. Was für ein Wahnsinn!« Sie stieß die Luft aus, und als ihr Vater etwas sagen wollte, fügte sie eilig hinzu:

»Weißt du noch, als sie von Miami aus eine Privatjacht gechartert hat, weil sie das Bermuda-Dreieck erkunden wollte? Hm? Genau dann, als eine verdammte Hurrikan-Warnung herausgegeben wurde? Jedes Mal ist sie abgehauen, ohne ein Wort zu sagen, um irgendetwas völlig Durchgeknalltes anzustellen, irgendetwas, nur um Aufmerksamkeit zu bekommen. Verdammt noch mal, keiner von uns wusste, ob sie lebt oder tot ist. Ich hatte ihre Psychospielchen so satt, denn genau darum ging es: Psychospielchen, und das ständig!«

Hugo besaß den Anstand, ein betroffenes Gesicht aufzusetzen. »Helene ist … war … nun mal ein Freigeist.«

»Ein Freigeist!« Marianne lachte angewidert auf. »Eine Irre, das war sie!« An die Detectives gewandt, wiederholte sie: »Ich möchte die Leiche sehen! Ich möchte mich mit eigenen Augen davon überzeugen, dass sie wirklich und wahrhaftig tot ist. Es würde mich nicht überraschen, wenn es sich bei der bedauernswerten jungen Frau um ein Bodydouble handelt und sie in zwei, drei Tagen, wenn der Medienhype abflaut, wieder antanzt und schwört, sie habe lediglich eine lebensverändernde Selbstfindungsreise unternommen, zu Fuß Australien durchquert oder irgendeinen großartigen Schamanen in Indien kennengelernt – ganz gleich, was für einen Bullshit sie erfindet, Hauptsache, er rückt sie wieder in den Fokus des öffentlichen Interesses.« Sie verschränkte die Arme vor der Brust. »Verstehen Sie jetzt, warum ich sie sehen möchte?«

Bentz nickte. »Wir kümmern uns darum.«

»Gut. Und wenn es tatsächlich Helene ist«, Marianne funkelte ihren Vater aufgebracht an, »dann hoffe ich, dass sie nicht in Frieden ruht!«

»Mannomann, die war ja noch ein halbes Kind«, sagte Montoya, als sie in der Leichenhalle standen und einen Blick auf den Edelstahltisch warfen, auf dem die nackte Helene Laroche lag.

Hugo Laroche und Marianne waren bereits da gewesen. Der Assistent des Gerichtsmediziners hatte den Rollwagen mit der abgedeckten Leiche in den Besichtigungsraum geschoben und das Tuch von ihrem Gesicht gezogen. Bentz und Montoya waren ebenfalls zugegen gewesen, um die Reaktion von Vater und Tochter mitzuverfolgen.

»Ja, ja, das ist Helene«, hatte Hugo mit leicht zitternder Stimme hervorgestoßen, und obwohl seine Augen trocken geblieben waren, hatte er heftig geblinzelt.

Marianne hatte ihren Vater untergehakt, was in Bentz' Augen eine Geste des Trostes sein sollte. Mit zusammengekniffenen Lippen und bleichem Gesicht hatte sie genickt. »Ja, das dürfte Helene sein. Ich hätte trotzdem gern einen DNA-Abgleich.«

»Marianne!«, hatte Hugo bestürzt gerufen. »Siehst du denn nicht ...«

»Ich weiß nicht, wen oder was ich sehe«, hatte sie mit misstrauisch verengten Augen hervorgestoßen. »Ich weiß, das ist etwas übertrieben, aber wir reden hier von Helene, Dad. Da ist alles möglich.« Sie sah Montoya an. »Sie werden doch sicher eine Obduktion veranlassen. Soweit ich weiß, gehört das bei einem Mordfall zur Routine, nicht wahr? Schon allein deshalb, um die DNA des Täters von der des Opfers zu separieren.«

»Du schaust einfach zu viel fern, *CSI*, *Law & Order* und wie diese Serien alle heißen«, hatte ihr Vater mit vorwurfsvoller Stimme eingewandt.

Montoya hatte beschwichtigend die Hand gehoben. »Wir kümmern uns darum«, hatte er den beiden versichert und sie hinausbegleitet.

Vater und Tochter hatten einen schnellen Schritt angeschlagen, verständlicherweise konnten sie es kaum erwarten, den Besichtigungsraum mit der Leiche auf dem Edelstahlrollwagen zu verlassen. Als sie weg waren, schob der Assistent Helene Sands-Laroche zurück in die Leichenhalle, wo die beiden Detectives jetzt standen. Montoya hatte recht, dachte Bentz: Ohne Make-up, Perücke und die kosmetischen Prothesen sah sie jünger aus als fünfundzwanzig.

»Ja.« Bentz starrte kopfschüttelnd die Leiche an. Der Psychopath, der schon so viele Frauen auf dem Gewissen hatte, war wieder aktiv, so viel stand fest. Bentz' Kugel, die er in jener nebligen Nacht im *bayou* auf ihn abgefeuert hatte, musste ihn um Millimeter verfehlt haben oder war zumindest nicht tödlich gewesen. Wie sehr hatte Bentz gehofft, den Alligatoren mit dem Rosenkranzmörder ein Festmahl bereitet zu haben. Aber nein. Vater John war zurück. »Das war kein Trittbrettfahrer.«

»Aller Wahrscheinlichkeit nach nicht.«

»Lass uns abhauen. Hier können wir ohnehin nichts ausrichten.«

Die Leichenhalle war kalt und steril mit ihren gefliesten Wänden und den glänzenden, unheimlichen Werkzeugen – Sägen und Waagen, Zangen und Skalpelle, Scheren und Hämmer –, alles aus Edelstahl. Grausiges Obduktionszubehör.

So wie es aussah, war Helene Laroche erstickt, allem Anschein nach stranguliert mit einer Drahtschlinge voller gleichmäßig aufgereihter scharfer Gegenstände – Klavierdraht und die geschliffenen Glasperlen eines Rosenkranzes.

So etwas hatte er schon öfter gesehen.

Damals und vor nicht allzu langer Zeit bei einer Prostituierten, die sich Tiffany Elite nannte.

Schweigend verließen sie die Leichenhalle und traten in den grauen, drückenden Tag hinaus. Es war um einiges wärmer als sonst im Oktober, doch es wehte ein stürmischer Wind. Die Meteorologen schlossen einen Hurrikan nicht aus. Eine beängstigende Vorstellung: Trotz sämtlicher in letzter Zeit getroffenen Vorkehrungen gegen die Auswirkungen der gefährlichen Wirbelstürme war jeder Hurrikan Anlass zu ernster Sorge und brachte die städtischen Behörden, einschließlich der Polizei, an die Grenzen der Belastbarkeit.

Sie erreichten Montoyas Mustang, und Bentz setzte sich auf den Beifahrersitz. »Na schön«, räumte Montoya ein und startete den Motor, der dröhnend zum Leben erwachte. »Jetzt bin ich ebenfalls überzeugt. Der Rosenkranzmörder ist wieder da.« Er setzte aus der Parklücke und reihte sich in den Verkehr ein.

Das war keine gute Nachricht, aber zumindest waren Montoya und Bentz einer Meinung.

»Ich bin mir allerdings nicht sicher, dass er hinter dem Mord an McKnight steckt.«

»Nicht?« Die Wahrheit war, dass Bentz ebenfalls nicht ganz überzeugt war.

»Der MO ist einfach zu verschieden.«

»Wie hoch stehen die Chancen, dass wir es mit zwei als Priester verkleideten Tätern zu tun haben?«

»Gering, würde ich sagen.« Montoya wechselte über mehrere Spuren und bog scharf links ab.

»He!«, rief Bentz, als hinter ihnen eine wütende Hupe ertönte. In all den Jahren, die er nun schon mit Montoya zusammenarbeitete, hatte er sich nie an dessen aggressive Fahrweise gewöhnt.

»Was ist denn? Da war doch jede Menge Platz!«, verteidigte sich Montoya.

»Sag das dem Typen in dem BMW, der dir gerade den Stinkefinger zeigt.« Bentz deutete auf den silbernen Wagen, der jetzt an ihnen vorbeiraste. Tatsächlich reckte der Fahrer, ein etwa siebzigjähriger Mann, den Mittelfinger in die Höhe und warf Montoya einen aufgebrachten Blick zu.

»Arschloch«, knurrte Montoya gereizt.

»Genau das denkt er offenbar von dir.«

»Aber ich bin ein Cop, und er nicht.«

»Und woher soll er das wissen?«

»Ich hatte leider keine Zeit, ihn davon in Kenntnis zu setzen«, blaffte Montoya.

»Wow. Hast du ein Problem?«

»Nicht nur eins.« Montoya starrte durch die mit Insektenleichen übersäte Windschutzscheibe, dann lenkte er den Mustang in eine Parklücke am Straßenrand vor ihrem Lieblingsrestaurant, wo sie sich oft etwas zum Mitnehmen holten. Der Laden war berühmt für seine gegrillten Shrimps, Po'boy-Sandwiches und rote Bohnen mit Reis. »Aber lass uns erst mal was essen.«

»Musst du nicht nach Hause?« Bentz warf einen Blick auf die Uhr und stellte fest, dass es schon nach fünf war. Offiziell hatten sie Feierabend.

»Ich habe Abby schon angerufen.« Er stellte den Motor aus. »Was ist mit dir?«

»Ich glaube, meine Frau erwartet mich, aber ich rufe sie an und sage ihr, dass ich heute länger arbeiten muss.«

»Tu das. Ist ein Po'boy okay?«

»Ja. Mit Shrimps.«

»Was dazu?«

»Pommes frites und … eine Cola.« Er hätte lieber ein Bier getrunken, doch er entschied sich dagegen.

»Wir sehen uns drinnen.« Montoya stieg aus und überquerte im Eilschritt die Straße.

Bentz zog sein Handy aus der Tasche und folgte ihm. Unter der rotweiß gestreiften Markise blieb er stehen und rief Olivia an, um ihr zu sagen, dass sie nicht mit dem Abendessen auf ihn warten solle. Er fragte sie, ob er ihr etwas mitbringen könne, doch sie verneinte.

»Es sind noch einige Reste von gestern da, und ich habe genug im Kühlschrank. Mach dir um mich keine Gedanken.«

»Ich brauche noch etwa eine Stunde, vielleicht ein bisschen länger. Montoya scheint etwas auf der Seele zu liegen. Frag mich nicht, was, ich tappe völlig im Dunkeln.« Das entsprach nicht ganz der Wahrheit, denn Bentz ging stark davon aus, dass Montoyas merkwürdige Stimmung mit seinem Bruder Cruz zusammenhing, allerdings war er sich nicht sicher. »Wenn es länger dauert, schicke ich dir eine Textnachricht, Livvie«, versprach er.

»Okay, dann bis nachher.« Olivia klang nicht sauer, eher ein bisschen erschöpft. Im Hintergrund hörte er Ginny plappern, was ihm einen Stich versetzte. Er sollte nach Hause fahren und Zeit mit seiner Frau und seinem kleinen Mädchen verbringen, aber er musste dafür sorgen, dass seine große Tochter in Sicherheit war. Hin- und hergerissen, schob er sein Handy in die Tasche zurück. Wenn das hier vorbei war, wenn er Vater John endgültig festgenagelt hatte und sicher sein konnte, dass Kristi außer Gefahr war, würde er in den Ruhestand gehen.

Das war er Olivia und Ginny schuldig.

Es war an der Zeit.

Im Grunde längst überfällig, dachte er und folgte seinem Partner ins Restaurant.

Drinnen sah er Montoya in einer Ecknische im hinteren Teil des langen, schmalen Gastraums sitzen und zum Eingang blicken.

Bentz schlängelte sich zwischen den Tischen hindurch, vorbei an der langen Reihe von Nischen, und warf einen Blick auf die offene Hintertür, durch die Zigarettenrauch hereinwehte. Die Abendgäste trafen ein, die Hälfte der Tische war bereits besetzt, die Luft schwirrte von Gesprächen, Gelächter, dem Klingeln von Gläsern und dem Klappern von Geschirr.

Und über alldem lag der durchdringende, verführerische Duft nach Alkohol.

Er blendete ihn aus.

Nahm sich vor, standhaft zu bleiben.

Es lag nur am Stress, dass er so empfänglich dafür war.

Neulich Abend hatte er sich geschworen, dass er zum letzten Mal der Versuchung erlegen war.

Ach, und wie oft hast du deinen Schwur schon gebrochen?

Gereizt schob er diesen Gedanken beiseite. »Also, was ist los?«, fragte er und rutschte auf die Bank, seinem Partner gegenüber. »Hast du etwas von deinem Bruder gehört?«

»Cruz?« Montoya schüttelte genervt den Kopf. »Nein. Keiner hat etwas von ihm gehört. Fast könnte man meinen, der Anruf wäre nur ein schlechter Scherz gewesen.« Er legte die Stirn in Falten, seine dunklen Augen blickten besorgt drein. »Aber seine Stimme, Bentz. Er klang nicht so, als würde er scherzen.« Er räusperte sich. »Doch das ist es nicht«, sagte er.

»Okay. Was ist dir dann über die Leber gelaufen, Partner?«

»Du.«

»Ich? Was ist mit mir?«

»Ja, du. Du nimmst diesen Fall zu ernst.«

»Moment, Moment.« Bentz hob die Hände, die Handflächen Montoya entgegengestreckt. »Du findest, dass ich den Mord an meinem Schwiegersohn und den Übergriff auf meine Tochter zu ernst nehme? Machst du Witze? Wir reden hier von *meinem Kind!*«

»Ich weiß. Und du verlierst das große Ganze aus dem Blick.«

»Wie bitte?«

Montoya nickte. »Ja. Du konzentrierst dich allein auf Vater John, aber an der Sache ist offensichtlich mehr dran«, fügte er hinzu. »Wie gesagt: Du bist so fokussiert auf den Rosenkranzmörder, dass dir das Gesamtbild entgeht.«

»O bitte, versuchst du etwa schon wieder, mich davon zu überzeugen, dass wir es mit zwei Mördern zu tun haben? Das hatten wir doch schon.« Er spürte, wie sich ihm die Nackenhaare aufstellten, doch noch bevor er etwas hinzufügen konnte, kam der Kellner, ein dürrer Bursche um die achtzehn mit grauenhafter Akne, nahm den Plastikaufsteller mit ihrer Tischnummer und stellte zwei große Gläser mit Cola und Eis sowie zwei rote Plastikkörbe mit ihren Po'boys und einem Riesenberg dampfender Pommes frites vor sie hin.

Montoya schlug die Zähne in sein Sandwich, während Bentz, missmutig vor sich hin köchelnd, nach einer Flasche Ketchup griff, die er kräftig schüttelte, bevor er einen dicken Strahl auf die Pommes drückte. Wer war Montoya, dass er ihm vorschreiben wollte, wie er eine Ermittlung zu führen hatte? Vor allem, wenn es um einen Fall ging, der seine eigene Tochter betraf? Schweigend aß er die Hälfte der in Ketchup ertränkten Pommes, dann biss er in seinen Po'boy.

Als man sie zum Team zusammengespannt hatte, war Montoya noch grün hinter den Ohren gewesen. Ein Heißsporn, ein angeberischer Draufgänger mit wenig Erfahrung, viel zu großer Klappe und noch mehr Testosteron, auch wenn Bentz widerstrebend zugeben musste, dass sein Partner über ausgezeichnete Cop-Instinkte verfügte, die er mit den Jahren verfeinert hatte.

Wenn einer von ihnen beiden aus dem Ruder gelaufen war, dann stets Montoya, der sich mehr von seinen Gefühlen als von seinem Verstand leiten ließ. Bentz dagegen bewies einen kühleren Kopf, und bislang war es ihm immer gelungen, seinen Partner wieder in die Spur zu bringen.

Doch damit war es anscheinend vorbei.

Wie hatte es dazu kommen können, und vor allem, *wann* war es dazu gekommen?

Als dieser Bastard deinen Schwiegersohn ermordet und versucht hat, deiner Tochter die Kehle durchzuschneiden, beantwortete er sich seine Frage selbst.

Nachdenklich nahm er einen Schluck Cola. »Was schlägst du vor?«

»Ich bin lediglich der Ansicht, dass es klug wäre, wenn wir den Fall aufteilen«, sagte Montoya und schluckte einen großen Bissen Po'boy hinunter. »Wenn wir davon ausgehen, dass es sich tatsächlich um zwei verschiedene Fälle handelt, schlage ich vor, dass du dich um Vater John kümmerst, weil wir wissen, dass er oder ein Nachahmer Teri Marie Gaines und Helene Laroche umgebracht hat.«

»Und du? Du willst dich auf den Mord an Jay konzentrieren?«

»Exakt.« Montoya sah ihn durchdringend an. »Du bist zu nah dran, und das weißt du.«

Ja, das wusste Bentz. Auch wenn er das nur ungern zugab. Seine Sehnsucht nach einem kühlen Bier wurde stärker.

»Komm schon, Partner, du bist dadurch nicht raus, du hältst dich nur etwas zurück, okay?« Montoya ließ nicht locker. »Wir tauschen uns über unsere Ermittlungsergebnisse aus, auch wenn wir die Fälle separat betrachten. Fürs Erste. So lange, bis wir einen definitiven Zusammenhang entdecken.« Er aß den letzten Bissen von seinem Sandwich und wischte sich die Finger an einer Serviette ab.

Bentz gefiel der Vorschlag nicht. Ganz und gar nicht. Der bloße Gedanke daran, die Ermittlungen, die Attacke auf Jay und Kristi betreffend, aus der Hand zu geben, machte ihn nervös.

»Wenn es nicht um etwas Persönliches ginge, würdest du denselben Vorschlag machen. Verdammt, würden wir von meiner Familie reden, würdest du dafür sorgen, dass man mich ›um meiner selbst willen‹ von dem Fall abzieht, damit ich die Ermittlungen nicht durch ›persönliche Voreingenommenheit‹ gefährde!« Er lehnte sich zurück und begegnete Bentz' Blick. »Richtig?«

Bentz zögerte.

»Richtig?«

»Möglich.« Auch wenn er es nur äußerst ungern zugab – Montoya hatte recht. Er war zu nah an dem Fall dran, das wusste er. Doch das hielt ihn nicht davon ab, Jay McKnights Mörder fassen zu wollen.

Entgegen aller Logik war er überzeugt davon, dass Vater John Jay getötet hatte – das spürte er in den Knochen.

Und entgegen aller Vorschriften würde er diesmal eine Grenze überschreiten. Dazu war er fest entschlossen.

Montoya konnte ihn mal.

Bentz' Instinkt sagte ihm, dass seine Tochter ins Visier dieses abgefeimten Mörders geraten und ihr Leben ernsthaft in Gefahr war.

Er würde alles tun, um sie zu retten.

Genau wie Montoya alles für *seine* Angehörigen tun würde.

Also noch einmal: Scheiß auf Montoya.

Kapitel zwölf

Kristi lernte Dave kennen.

Und verliebte sich tatsächlich.

Der große Mischling mit den Schlappohren tat so, als hätte er sein Leben lang auf sie gewartet. Sein kurzes Leben lang, denn er war gerade erst zwei Jahre alt. Wie ein Verrückter drehte er Kreise um ihre Beine, als sie zu ihm in den Auslauf des Tierheims gelassen wurde, dann hüpfte er über den spärlichen Rasen.

»Wie verhält er sich Katzen und Kindern gegenüber?«, wollte sie von Heather, der zuständigen Tierpflegerin, wissen, als er eine weitere Runde durch den Auslauf drehte. Er wirbelte mit seinen dicken Pfoten jede Menge Staub auf. Fünf Runden später kam er zu ihnen, setzte sich vor Kristi hin und wedelte mit dem Schwanz. Seine braunen Augen blickten sie erwartungsvoll an.

Kristi streckte die Hand aus und kraulte ihn hinter den Ohren.

»Oh, da müssen Sie sich keine Gedanken machen«, antwortete Heather, eine patente Frau um die sechzig. Tätowierte Efeuranken krochen ihre sehnigen Arme hinauf, ihr silbergraues Haar war an einer Seite rasiert. Strahlend sah sie den hechelnden Hund an. »Wir haben ihn Albert, unserem Tierheimkater, vorgestellt, und die beiden sind gut miteinander ausgekommen, nicht wahr, mein Süßer?« Sie tätschelte seinen kräftigen Nacken und fügte hinzu: »Im Grunde hat er Albert gar nicht beachtet. Kinder mag er gern. Ein Paar mit einem Kleinkind wollte ihn zu sich nehmen, und er hat sich benommen wie ein Gentleman. Das Kind hatte Angst vor ihm, weil er so groß ist, deshalb haben sie sich für einen kleineren Hund entschieden – einen Beagle, aber das war ja nicht Daves Schuld. Er ist wirklich ein ganz Braver.« Sie strich dem Staffordshire-Mix über den Kopf, dann nahm sie eine Leine von einem Haken am Zaun.

»Großartig.« Das waren gute Nachrichten, fand Kristi. »Ein Wachhund ist er nicht zufällig?«

»Großer Gott, nein! Nicht unser Dave!« Heather lachte und entblößte eine kleine Lücke zwischen den Vorderzähnen. »Aufgrund seiner Größe wirkt er ziemlich einschüchternd, aber er ist durch und durch gutmütig. Wenn er einen mag, legt er sich gern auf den Rücken und möchte, dass man ihm den Bauch krault.« Sie sah Kristi mit leicht gerunzelter Stirn an und befestigte die Leine an Daves Halsband. »Ist das ein Problem?«

»Nein, nein, bestimmt nicht.« Kristi schüttelte den Kopf. Lieber ein Hund, der Furcht einflößend aussah, als einer, der wirklich böse war. »Wann kann ich ihn abholen?«

»Morgen früh gegen zehn? Wie ich am Telefon sagte: Er war bereits beim Tierarzt, ist kastriert und vollständig geimpft und im Grunde aufbruchbereit. Sobald wir die von Ihnen ausgefüllten Unterlagen geprüft haben, fahre ich kurz bei Ihnen vorbei, vergewissere mich, dass der Garten eingezäunt ist und er ein gutes Zuhause bekommt, dann bezahlen Sie die Gebühr, und er gehört Ihnen.«

»Prima.«

Heather lächelte. »Er ist wirklich ein großartiger Hund.«

Und bald wird er mein *Hund sein,* dachte Kristi, streichelte den hellbraunen Mischling zum Abschied und verließ den Auslauf. Dave mochte zwar nicht unbedingt unerwünschte Eindringlinge verscheuchen, dachte sie auf dem Weg durch das Tierheimgebäude, aber er wäre eine willkommene Gesellschaft und würde helfen, die gewaltige Lücke, die Jays Tod in ihrem Herzen hinterlassen hatte, ein klein wenig auszufüllen.

Sie drückte auf die Fernbedienung ihres SUVs und stieg ins aufgeheizte Wageninnere.

Der Hund würde Jay nicht ersetzen – das konnte niemand, weder Mensch noch Tier –, aber vielleicht würde es ihr mit ihm an ihrer Seite ein klein wenig besser gehen. Sie nahm ihre Sonnenbrille aus dem Handschuhfach, setzte sie auf und sagte laut: »Und, Jay, was denkst du?«

Zum ersten Mal seit fast drei Wochen antwortete er nicht.

»Kommst du ins Bett?«, fragte Olivia von der Tür aus.

Bentz schaute von seinem Computer im Arbeitszimmer auf. Es war dunkel im Raum, nur der Bildschirm spendete etwas Licht. Er hatte sich noch einmal die Fotos der Trauergäste angesehen, die an Jay McKnights Beerdigung teilgenommen hatten. Es waren einige neue dazugekommen, aufgenommen von Kristis Freunden. Noch immer hoffte er, etwas zu entdecken, was er bisher übersehen hatte. Drückte sich irgendwer unbemerkt auf dem Friedhof herum, lungerte vor oder nach dem Gottesdienst in der Kathedrale? Wäre der Killer wirklich so kaltblütig gewesen, dort aufzutauchen, und hätte er sich unter die Trauernden gemischt oder eher Distanz gewahrt? Der alte Friedhof mit seinen überirdischen Grabstätten und den zahlreichen Skulpturen bot jede Menge Möglichkeiten, sich zu verstecken. Bentz hob den Blick und schenkte seiner Frau ein gezwungenes Lächeln. »Ich komme gleich.«

Sie zog skeptisch eine Augenbraue in die Höhe. »Wirklich?«

»Ja. Wirklich.« Er nickte und sah, wie sie die Arme unter den Brüsten verschränkte.

»Warum habe ich das Gefühl, dass du mich nur beschwichtigen willst?«, fragte sie. »Ich bin nicht so dumm, darauf hereinzufallen, und ich kenne dich, Rick Bentz.«

Sie war nicht sauer auf ihn, genauso wenig, wie sie sauer gewesen war, dass er kürzlich nach der Arbeit erst spät nach Hause gekommen war, weil er noch mit Montoya gegessen – und geredet – hatte. Allerdings spürte er, dass sie ein wenig genervt war. Ihre Augen blitzten, und sie reckte herausfordernd das Kinn nach vorn. Sie hatten Ginny schon vor Stunden ins Bett gebracht, fiel ihm auf, als er einen Blick auf die Uhr auf dem Monitor warf. Mittlerweile war es nach Mitternacht, schon fast halb eins.

»Ich dachte, du wolltest in den Ruhestand gehen«, sagte sie leise.

Oh-oh. Er lehnte sich auf seinem Schreibtischstuhl zurück. *Daher weht der Wind.* Sie führten diese Diskussion schon seit einer gefühlten Ewigkeit.

»Will ich doch auch. Werde ich, wollte ich sagen.«

Sie betrat das Zimmer, die Arme noch immer verschränkt, und lehnte sich mit der Hüfte gegen seinen Schreibtisch. »Wann?«

Er lauschte auf die nächtlichen Geräusche im Haus, das Summen des Kühlschranks in der Küche, das Ticken der alten Standuhr im Flur, das gelegentliche Surren von Reifen auf dem Asphalt, wenn draußen auf der Straße ein Fahrzeug vorbeifuhr. Durch den dünnen Morgenmantel sah er ihre Silhouette, vom Flurlicht hinter ihr beschienen, und spürte, wie sich in ihm ein männliches Verlangen regte, das sie immer in ihm auslöste, ganz gleich, wie viele Jahre sie schon zusammen waren. Er betrachtete den Schwung ihrer Hüfte, die Rundung ihrer Brüste.

»Bald, das schwöre ich dir.« Dieses Thema war in den letzten Jahren immer wieder zwischen ihnen aufgekommen. Bentz war schon so lange im Dienst, dass er das Department jederzeit verlassen und in den Ruhestand gehen konnte. Was ihm mehr Zeit zu Hause bescheren würde. Und wenn ihm das trotz eines quirligen Kleinkinds zu langweilig würde, könnte er Polizeischüler unterrichten. Seminare an Schulen und Hochschulen geben. Beratertätigkeiten übernehmen. Aber … Geradeheraus gesagt: Er liebte seinen Job.

»Bald? Wie lange sagst du das jetzt schon? Fünf Jahre? Sechs?« Das Lächeln verschwand aus ihren Augen. »Du wirst das NOPD nicht verlassen, es sei denn, man zwingt dich dazu, oder …«, sie holte tief Luft, »… du wirst im Dienst getötet. Das wissen wir beide.«

»Du weißt, dass ich jetzt nicht einfach gehen kann, Livvie. Nicht nachdem Jay ermordet wurde, Herrgott noch mal. Denk doch nur an Kristi!« Er schob den Schreibtischstuhl zurück und stand auf. Seine Wirbelsäule knackte.

»Darum bitte ich dich doch gar nicht«, sagte sie, als er um den Schreibtisch herum auf sie zuging.

»Gut.« Er schloss sie in die Arme und zog sie an sich.

»Aber wenn dieser Fall abgeschlossen ist, wenn du weißt, dass Kristi in Sicherheit und Jays Mörder entweder tot oder hinter Schloss und Riegel ist, dann hörst du auf zu arbeiten, ist das klar?«

»Ja«, sagte er automatisch und blendete den nagenden Zweifel aus, der sich wieder einmal in ihm meldete. »Das mache ich.« Er drückte seine Stirn gegen ihre und versuchte, sie zu küssen, aber sie legte ihm einen Finger auf die Lippen und hielt ihn zurück.

»Versprochen?«

»Ja. Versprochen.« Sie duftete so gut nach Seife und einem Hauch des Parfüms, das er untrennbar mit ihr verband und das ihn immer noch erregte.

»Ich werde dich beim Wort nehmen.«

Ihr Blick hielt seinen fest. Sie hatte große, intelligente Augen, in einem dunklen, warmen Grau, die sich tief in seine Seele gruben und denen keine Lüge verborgen blieb.

»Ich weiß.«

»Du hast jetzt Ginny. Sie entwickelt sich so schnell, übt fleißig sprechen und laufen, und du verpasst so viel davon.« Sie seufzte. »Und du hast mich. Und Kristi, deine Große, und sie ist wichtig, Rick, das ist sie ganz bestimmt, doch bitte verlier uns bei deinen Bemühungen, sie zu beschützen, nicht ganz aus den Augen.«

»Das würde ich doch niemals tun«, erwiderte er mit rauer Stimme, und es war die Wahrheit.

Sie schien ihm zu glauben, schien zu verstehen, denn sie ließ den Zeigefinger sinken und küsste ihn. Ihre Lippen waren warm und weich, und sie öffnete sie verführerisch.

Und er war verloren.

Er nahm sie hoch, trug sie ins Schlafzimmer und trat die Tür zu. Zusammen ließen sie sich aufs Bett fallen, und während der nächsten Stunden vergaß er Vater John, Jay McKnight, Helene Laroche und Teri Marie Gaines, verlor sich völlig in den Gefühlen für Olivia. Für den Moment vergaß er sogar die Sorge um seine erwachsene Tochter. Seine Große.

Anschließend schlief Rick Bentz zum ersten Mal seit fast einem Monat tief und fest, an den warmen Körper seiner Frau geschmiegt.

Das Handy vibrierte auf dem Nachttisch.

Verschlafen öffnete Montoya die Augen und warf einen Blick aufs Display. Es war ein Uhr morgens. Er nahm das Telefon von der Ladestation und hoffte, dass seine Frau nicht aufgewacht war, doch dann hörte er sie etwas Unverständliches ins Kissen murmeln.

»Schlaf weiter«, flüsterte er. Auf dem Display blinkte eine unbekannte Nummer auf.

Beinahe hätte er das Gespräch abgelehnt.

Dann, mit einem Instinkt, der allein Geschwistern vorbehalten war, stieg er aus dem Bett und huschte in den Flur. Der Hund bellte leise. Montoya streichelte ihn beruhigend, dann trat er durch die Hintertür hinaus auf die Veranda und blickte in den Garten. Die Nacht war klar, am Himmel über der hellen Lichtglocke der Stadt blinkten ein paar Sterne. »Hallo?«

»Bruderherz.«

»Ich wusste es!«, sagte Montoya seufzend. »Wo zur Hölle bist du, Cruz?«

»Unterwegs.«

»Es ist ein Uhr morgens!«

»Hier nicht.«

»Und wo ist ›hier‹?«

»Mojave.«

»In der Wüste?«, wiederholte Montoya, benommen vom Schlaf. »Vegas? Du bist in Las Vegas?«

»Nein. Inzwischen nicht mehr.«

»Was zum Teufel ist los, Cruz? Das letzte Mal, als du mich angerufen hast, hast du behauptet, du würdest wegen Mordes gesucht!«

»Ich habe sie nicht umgebracht! Ich habe nichts mit ihrem Tod zu tun.«

»Wessen Tod?«, wollte Montoya wissen. Sein Herz schaltete schlagartig in den höchsten Gang, an seinem inneren Auge zogen blutüberströmte Frauen vorbei. »Wovon redest du?«

»Es war ein Unfall.«

Er erstarrte. Cruz klang immer mehr wie ein Verdächtiger, der die Schuld am Tod eines anderen Menschen von sich weisen wollte. »Was war ein Unfall?«

»Das erzähle ich dir, wenn ich es nach New Orleans geschafft habe. In zwei bis drei Tagen müsste ich da sein, vielleicht früher.«

»So lange dauert die Fahrt von Vegas nach New Orleans nun wirklich nicht.«

»Ich muss vorsichtig sein. Nur Nebenstrecken, keine Highways.«

»Und was erwartest du von mir?«, fragte Montoya. »Du weißt, dass ich dir nahelegen muss, dich zu stellen, wenn du von der Polizei gesucht wirst.« Um Himmels willen, das konnte Cruz doch nicht ernst meinen! Als Detective beim NOPD würde er, Reuben Montoya, doch niemals einen Fall kompromittieren!

»Ich werde nicht gesucht. Zumindest noch nicht.«

»Was für eine Erleichterung.«

Es sei denn, Cruz log.

Montoya hatte ein ganz ungutes Gefühl, so ungut, dass er sich nach einer Zigarette sehnte, irgendetwas, um seine blank liegenden Nerven zu beruhigen. »Wer ist tot?«, hakte er nach. »Wo ist es passiert, und was zum Teufel hast du damit zu tun?«

»Gar nichts! Zumindest nicht mit ihrem Tod.«

»Mit wessen Tod? Hat sie auch einen Namen?«

»Je weniger du weißt, desto besser.«

»Warum rufst du mich an, wenn du mir nichts sagen willst?« Montoyas Stimme wurde lauter, und er merkte, wie ihm langsam der Kragen platzte. Cruz steckte ständig in Schwierigkeiten, und das war schon immer so gewesen.

»Ich will nur nicht, dass du ausflippst, wenn ich unangemeldet bei dir auftauche.«

»Ich flippe jetzt schon aus!«

»Ich wollte dich bloß vorwarnen, Bro. Dachte, du würdest dir vielleicht Sorgen machen, nach meinem letzten Anruf ...«

»Die ganze Familie macht sich Sorgen um dich, Cruz! Was zur Hölle stimmt nicht mit dir?«

»Sag du's mir!«, blaffte Cruz. »Du weißt doch sonst immer alles. Ich bin bald da, dann erklär ich es dir.«

»Du solltest lieber ...«

Doch die Verbindung war bereits unterbrochen und Montoya nicht schlauer als vor dem Anruf. Wer war tot? Eine Frau ohne Namen. Mit der Cruz vermutlich etwas gehabt hatte. Eine Frau, die ermordet worden war. Irgendwo im Westen.

Da er wusste, dass er sowieso nicht wieder einschlafen konnte, holte er seinen Laptop aus dem Haus und setzte sich damit in die Hollywoodschaukel auf der Veranda. Er hörte, wie auf der Straße ein Truck vorbeirollte, etwas weiter entfernt nahm ein Zug Geschwindigkeit auf. Gelegentlich vernahm er eine Stimme und sah durch die Zaunlatten, dass der alte Mann von nebenan noch vor dem Fernseher saß, der rund um die Uhr zu laufen schien.

Er googelte »Morde an Frauen in den westlichen Bundesstaaten« und tippte das Datum von Cruz' erstem Anruf und der Woche davor ein. Anschließend ging er die Nachrichten durch und suchte nach dem Namen seines Bruders, ohne Ergebnis. Eins allerdings stand fest: In diesem Land wurden viel zu viele Menschen ermordet.

Montoya blickte auf, schaukelte sanft vor und zurück und dachte über das Gespräch mit Cruz nach. Warum war er im Westen? Was hatte er dort verloren? Die letzte Begegnung mit seinem Bruder lag schon eine ganze Weile zurück. Er war einer Frau verfallen, die er schon ewig kannte, und sie hatte sein Motorrad gestohlen und ihn hier, in New Orleans, zurückgelassen.

Doch er hatte sich nicht abhängen lassen und war Lucia Costa gefolgt, einem Mädchen, mit dem er vor einer gefühlten Ewigkeit zur Schule gegangen war und das anschließend in St. Marguerite als Nonne gelebt hatte.

Als Montoya ihren Namen eingab und im entsprechenden Zeitraum nach weiblichen Mordopfern suchte, stieß er auf folgende Überschrift:

FRAU AM TRASK RIVER ERSCHLAGEN AUFGEFUNDEN
FREUND ALS WICHTIGER ZEUGE GESUCHT

Freund?

Montoya überflog den Artikel. Tatsächlich, der Leichnam von Lucia Costa war am Ufer des Trask River in einem entlegenen Teil Oregons aufgefunden worden. Offenbar war sie einem Mord zum Opfer gefallen, und Cruz Montoya galt als Person von besonderem polizeilichem Interesse.

Der Artikel war Ende letzter Woche erschienen, ein anderer ein paar Tage davor, aber Cruz' Anruf lag noch länger zurück. Er hatte also von Lucias Tod gewusst.

Und er hing irgendwie in der Sache mit drin.

So tief, dass er auf der Flucht war.

Verdammt!

Montoya hörte auf zu schaukeln und spürte, wie sich sein Magen verknotete. Mit Sicherheit würde die Polizei Cruz' Familie überprüfen, jeden, der irgendwie mit ihm zu tun hatte, und sie würde auch vor seinem Bruder, einem Cop beim New Orleans Police Department, nicht haltmachen.

Großartig. Einfach nur großartig.

Die Sache würde ein böses Ende nehmen, davon war Montoya überzeugt.

Das genügt nicht, denke ich, als ich in den Vorraum der alten Kirche schlüpfe. Die Tür quietscht in den rostigen Angeln, bevor sie sich hinter mir mit einem dumpfen Geräusch schließt. Der Schmerz, den Kristi Bentz empfindet, ist definitiv nicht groß genug.

Ich betrete den Innenraum und bleibe stehen, um durch das Mittelschiff zum Altar zu blicken, der jetzt im Dunkeln liegt. Meine Gedanken wandern zu Jay McKnights Beerdigung, an der selbstverständlich auch ich teilgenommen habe. Ich habe die Trauernden von meinem Posten aus beobachtet, die Augen auf Kristi Bentz geheftet. Ich habe ihre Tränen gesehen, ihr zitterndes Kinn, habe gesehen, wie sie darum gekämpft hat, sich aufrecht zu halten, nur um sich schließlich doch an ihren starken, beschützenden Vater zu lehnen.

Bei dem Gedanken an Rick Bentz dreht sich mir der Magen um, und ich muss all meine Kraft zusammennehmen, um mein brennendes Verlangen nach Rache zu unterdrücken.

Auf dem Friedhof war ich ein Geist. Ich habe mich hinter den Grabstätten und Skulpturen versteckt und den Trauerzug aus der Ferne beobachtet, um nur ja auch den letzten Tropfen Zufriedenheit aus dem Schmerz zu ziehen, den Kristis bleiches Gesicht spiegelte, aus dem versteinerten Ausdruck ihres Vaters, der die Lippen fest zusammenpresste, das Kinn vorreckte und frustriert die Hände zu Fäusten ballte.

Was für ein befriedigender Augenblick!

Ein Augenblick, der viel zu schnell vorbei war.

Ich genieße ihre Nervosität, genieße, dass sie sich Sorgen macht, meinetwegen. Ein aufregendes Gefühl. Ich spüre, wie mein Körper Adrenalin freisetzt, als ich an diesen Schwachkopf von der Sicherheitsfirma denke, der ihre Alarmanlage aufgerüstet hat.

Als würde das Ding ihr Schutz bieten können.

Als würde ihr irgendetwas Schutz bieten können.

Ich werde ein bisschen vorsichtiger sein müssen, aber das ist kein Problem.

Ich muss zugeben, es war mehr als nur ein bisschen aufregend, in Anwesenheit der versammelten Trauergäste zwischen den Gräbern hindurchzuschleichen, aber ich habe es so genossen, Kristi Bentz leiden zu sehen, und genau dieses Gefühl möchte ich wieder verspüren.

Nein, ihr Schmerz genügt nicht.

Als ich durch das Mittelschiff zum Altar schreite, vorbei an den leeren Kirchenbänken, denke ich an die Qualen, die ich ihr zugefügt habe und die doch nicht einmal ansatzweise an jene herankommen, die sie mir bereitet hat. Die Waagschalen sind noch lange nicht ausgewogen. Ja, es tut gut zu sehen, wie sie leidet, denke ich, und wie immer will ich mehr.

Vor dem Altar knie ich nieder und bete.

An diesem heiligen Ort, so nah bei Gott, fühle ich mich geerdet, gefestigt.

Ich erhebe mich, zünde eine Kerze an und beobachte, wie die kleine Flamme in der Dunkelheit flackert und tanzt.

Diese Kerze und meine Gebete gelten nicht Jay McKnights Seelenheil.

Sie gelten auch keinem anderen Menschen, weder tot noch lebendig.

Nein, dieses winzige Licht steht für Klarheit und göttlichen Segen.

Und für Stärke. Meine Stärke. Damit es mir gelingt, mein Vorhaben zu verwirklichen.

Ich starre in die Flamme und wispere: »Im Namen des Vaters, des Sohnes und des Heiligen Geistes. Amen.«

Kapitel dreizehn

Dave wartete schon auf sie. Sein Schwanz wischte in unbändiger Vorfreude über den Fußboden, als er Kristi erblickte, die sämtliche Adoptionspapiere unterschrieben, die Kosten beglichen und sich vergewissert hatte, dass er einen implantierten Mikrochip am Hals trug.

»Sieh mal, wer da ist«, sagte Heather zu dem Hund und legte ihm die Leine an. Dave umtänzelte Kristi begeistert.

Kristi schob ihn ins Auto und fuhr mit ihm nach Hause. Er beanspruchte den Beifahrersitz für sich, und sie öffnete das Fenster einen Spaltbreit. In Zukunft würde sie ihn anschnallen müssen, aber sie musste erst eine entsprechende Vorrichtung besorgen.

Zu Hause angekommen, legte sie ihm das neue Halsband mit der Hundemarke an und ging mit ihm durch die Räume. Anschließend füllte sie eine Schüssel mit Wasser und stellte sie neben die Hintertür, dann ließ sie ihn raus in den Garten, wo er mehrere Kreise am Zaun entlang zog. Ein Eichhörnchen beobachtete ihn schimpfend von der Lebenseiche aus, zwei Spatzen flatterten erschrocken aus dem Vogelbad auf und brachten sich laut tschilpend in den Zweigen einer Kiefer in Sicherheit.

Nachdem er sich ein wenig ausgepowert hatte, ließ sie ihn wieder ins Haus und ging ins Schlafzimmer, um Lenore zu holen. Das Kätzchen war bereits in Habacht-Stellung, die Muskeln angespannt, die Augen ängstlich aufgerissen. Dave bekundete sein Interesse an der Kleinen und schnupperte an ihr. Lenore, auf Kristis Arm, fauchte und zeigte ihre kleinen, nadelspitzen Zähnchen.

»Sie braucht noch ein bisschen«, teilte Kristi dem Hund mit, der sie schwanzwedelnd ansah. Als Lenore erneut fauchte, verstand er die Botschaft, zog sich zurück und winselte. »Braver Junge«, tröstete Kristi ihn und beschloss, die Tiere eine Zeit lang zu trennen. »Gib ihr Zeit. Wenn sie sich erst einmal an dich gewöhnt hat, wird sie sich bestimmt in dich verlieben.« Was vermutlich geflunkert war, aber Kristi wusste, dass in diesem Fall Geduld der Schlüssel zum Erfolg war, und obwohl Geduld nicht gerade zu ihren größten Stärken zählte, hatte sie momentan alle Zeit der Welt.

Momentan, wohlgemerkt.

In sechs oder sieben Monaten würde ein neuer kleiner Mensch in diesem Haus leben. Der Besuch bei ihrer Gynäkologin stand noch immer aus, aber sie hatte bereits einen Termin vereinbart. Sie hoffte inständig, dass die Schwangerschaft ohne Komplikationen verlief, und freute sich jetzt schon auf das Gesicht ihres Dads, wenn sie ihm verkündete, dass er bald Großvater werden würde. Er würde sich freuen, davon war sie überzeugt, dennoch würde die Neuigkeit seine Sorge um ihre Sicherheit in die Stratosphäre katapultieren, wenn er erfuhr, dass sie nun auch noch allein ein Kind großziehen musste.

»Damit musst du wohl klarkommen«, sagte sie laut, und Dave, der sie nicht aus den Augen ließ, wedelte mit dem Schwanz. »Du«, wandte sie sich an ihr Kätzchen, »bleibst erst einmal im Schlafzimmer, während ich mit diesem Burschen hier«, sie deutete mit dem Daumen auf Dave, »einen Spaziergang mache.«

Woraus eine Joggingrunde wurde.

Dave war so aufgeregt, dass er sich einfach austoben musste, also liefen sie durch die Straßen ihrer Wohngegend, anstatt gemütlich zu schlendern. Nun, dachte Kristi, gerade eben hatte sie die perfekte Jogging-Begleitung gefunden. Wer brauchte schon Bella, Sarah und Jess? Mit dem hellbraunen Mischling, der mit wehenden Ohren und weit heraushängender Zunge unermüdlich neben ihr hergaloppierte, konnten sie ohnehin nicht mithalten.

Zum ersten Mal seit Jays Tod fühlte sie, wie sich ihre Stimmung ein wenig hob, und wenn sie in die Zukunft blickte, erschien ihr diese gar nicht mehr so finster. Ja, sie hatte ihren Ehemann verloren, und dieser Schmerz würde sie für den Rest ihres Lebens begleiten, aber er würde erträglicher werden, denn sie hätte ihren neuen Hund, das Kätzchen und in einigen Monaten ein wundervolles Baby.

Die Sohlen ihrer Laufschuhe klatschten rhythmisch auf den Gehsteig, ihre Oberschenkelmuskeln fingen an zu brennen. Langsam kam sie aus der Puste, daher wählte sie die Abkürzung durch den Park und schlug in etwas langsamerem Tempo den Rückweg nach Hause ein. Als sie die Hintertür aufsperrte, ging ihr Atem schon wieder gleichmäßig. Dave steckte die Schnauze in die Wasserschüssel und trank gierig, wobei er das Wasser in einem großen Radius um sich herum verteilte. Sie kraulte den Staffordshire-Mischling hinter den Ohren, dann holte sie ein Küchentuch und wischte den Boden trocken.

Anschließend leerte sie selbst ein Glas Wasser, schenkte sich nach und nahm das volle Glas mit ins Bad, wo sie unter die Dusche ging und danach, eingewickelt in ein großes Badetuch, vor den beschlagenen Spiegel trat. Die Lüftung funktionierte nicht. Jay hatte sie schon lange reparieren wollen, sein Vorhaben aber immer wieder aufgeschoben, genau wie all die anderen Aufgaben auf seiner ständig wachsenden To-do-Liste. Jetzt würde sie sich darum kümmern müssen. Sie schob das Fenster einen Spalt auf, um die Feuchtigkeit abziehen zu lassen. Sofort ging der Alarm los.

Der Hund fing lautstark zu bellen an.

»Richtig, das neue Alarmsystem. Mist.« Sie stellte den Alarm aus, ließ das Fenster wieder herunter und verriegelte es. Im selben Moment bemerkte sie aus dem Augenwinkel eine Bewegung, einen Schatten, der am Zaun entlanghuschte.

Sämtliche Muskeln in ihrem Körper spannten sich an.

Eine Sekunde später war der Schatten verschwunden.

Was zum Teufel …?

Sie ließ das Handtuch fallen, nahm ihren Morgenmantel von einem Haken an der Badezimmertür und zog ihn hastig über, dann rannte sie durchs Schlafzimmer und durch den kurzen Flur ins Wohnzimmer, wo Dave vor der Schiebetür stand und förmlich ausrastete. Laut bellend sprang er gegen die Scheibe, die Nackenhaare aufgestellt. Sie schaute nach draußen, aber der Garten schien leer zu sein. Hatte sie sich den schwarzen Schatten nur eingebildet? Er hatte ausgesehen wie eine Gestalt in einem dunklen Mantel mit wehenden Schößen, einem Cape … einem Regenumhang?

O. Mein. Gott.

Sie öffnete die Schiebetür, und Dave schoss hinaus, flog über die Steinplatten der Terrasse und flitzte um die Ecke zur Seite des Hauses. Kristi rannte ihm barfuß nach und beeilte sich, den Gürtel ihres Morgenmantels zusammenzuziehen. Das Gartentor stand offen. Von Dave keine Spur.

Hatte sie das Tor offen gelassen? Nein, ganz sicher nicht. Sie achtete immer darauf, dass es ins Schloss einrastete, und nach dem tödlichen Übergriff erst recht.

»Dave!«, schrie sie und rannte zum Tor hinaus auf die Straße. Der große Mischling war schon ein ganzes Stück vom Haus entfernt. »Dave! Komm zurück!« Sie lief ihm nach. Spitze Steinchen stachen in ihre nackten Sohlen. »Dave!«

Jetzt hatte er die Kreuzung erreicht. Ihr Herz schlug einen Trommelwirbel, als er sich in den Verkehr stürzte.

Nein! Nein! Nein!

Bremsen quietschten.

Vor ihrem inneren Auge sah sie ihn vor sich: tot. Vom Auto überrollt.

Eine Hupe gellte.

Menschen riefen wild durcheinander.

Kristi näherte sich der Kreuzung.

Eine Frau auf einem Fahrrad wich Dave schlingernd aus und wäre um ein Haar gestürzt.

»Dave! Komm her! Bei Fuß!«, schrie sie panisch, als sie sah, dass der Hund die andere Seite der Kreuzung erreichte. Ohne die Verkehrszeichen zu beachten, hielt sie die Hand hoch, damit die Fahrzeuge stehen blieben, und schlängelte sich zwischen Limousinen, Vans und Pickups hindurch.

»Hat die sie noch alle?«, hörte sie jemanden rufen, als sie völlig außer Atem den Park erreichte. Ihr Herz hämmerte. Ihre Gedanken wirbelten wild durcheinander. Wo zum Teufel steckte der Hund? »Dave!«, schrie sie wieder. »Dave, bei Fuß!«

Aber Dave war verschwunden.

Sie fragte einen Jogger und eine Mutter mit einem Zwillingskinderwagen, ob sie den Hund gesehen hatten, doch beide verneinten. Der Jogger lief eilig weiter, die Mutter zog ihr Handy aus der Tasche und beäugte Kristi argwöhnisch. Was Kristi ihr nicht zum Vorwurf machen konnte. Unter dem Morgenmantel war sie nackt, ihre Füße waren aufgeschürft und schmutzig, ihre Haare nass und ungekämmt.

Ziellos eilte sie über die Wege, die durch die Sträucher und an einer Fontäne vorbeiführten, noch immer Daves Namen rufend. Der Hund konnte überall sein, nicht einmal die Richtung ließ sich grob bestimmen. Er war doch gerade erst zu ihr gekommen und kannte sich nicht aus, wie sollte er da zurückfinden?

Sie hatte ihr Handy nicht mitgenommen, trug nicht mal ihre Armbanduhr, konnte niemanden anrufen und um Hilfe bitten. Sollte es ihr nicht gelingen, ihn zu finden, würde sie zum Haus zurückkehren und ihren Wagen holen, um die Gegend nach ihm abzufahren. Und wenn auch das nichts brachte, würde sie wohl oder übel die Tierheime und Veterinäre anrufen müssen.

Tief bekümmert drehte sie eine letzte große Runde durch den Park.

Nichts.

Sie versuchte, ihre im Sturzflug sinkende Stimmung aufzuhalten, indem sie sich vor Augen rief, dass Dave eine Marke mit ihrem Namen und ihrer Telefonnummer trug und außerdem einen Chip unter der Haut hatte, den jeder Tierarzt auslesen konnte. Vielleicht rief gerade in diesem Augenblick jemand bei ihr an, ein guter Samariter, der ihn ihr zurückbringen wollte, doch sie war nicht erreichbar. Der- oder diejenige würde doch bestimmt eine Nachricht hinterlassen, oder nicht?

Vor einer Wiese blieb Kristi stehen und sah sich um. Eine Frau zog eilig ein Kleinkind zurück, als wollte sie es davon abhalten, zu der ominösen Gestalt in dem schmutzigen Morgenmantel zu watscheln. Erschöpft schloss Kristi die Augen und gab auf. Sie würde nach Hause zurückkehren und ihr Handy checken, dann würde sie sich anziehen und ihre Suche mit dem Auto fortsetzen.

Irgendwer würde Dave schon finden. Irgendwer würde ihn zurückbringen. Sie musste nur darauf vertrauen. Plötzlich kam ihr ein Gedanke. Ihr Herz gefror zu Eis. Was, wenn der Hund den Eindringling eingeholt hatte? Dass es sich bei dem schwarzen Schatten am Zaun, den sie gesehen hatte, um eine optische Täuschung handelte, glaubte sie nicht mehr, denn dann wäre Dave niemals so ausgeflippt. Was, wenn es sich um dieselbe Person handelte, die ihr die Karten mit den Tintenrosen hinterlassen hatte? Um den brutalen Psychopathen in dem schwarzen Regencape, der sie angegriffen und Jay getötet hatte?

Wehende Mantelschöße, ein flatternder Umhang ... »Daran darfst du jetzt nicht denken«, sagte sie laut.

»He!«, rief eine Männerstimme hinter ihr. »Ist das Ihr Hund?«

Kristi wirbelte herum und erblickte einen hochgewachsenen Mann mit einem Gürtel in der Hand, den er Dave als behelfsmäßige Leine ans Halsband geknotet hatte. Der Hund machte Anstalten, auf sie zuzustürmen.

»Sieht ganz danach aus«, sagte der Mann und kam näher. Dave war jetzt kaum noch zu halten vor Freude über das Wiedersehen mit seinem neuen Frauchen.

»Ja, ja!«, stieß sie erleichtert hervor. »O Gott, vielen, vielen Dank!«

»Gern geschehen.«

»Wo haben Sie ihn entdeckt?«

»Er kam direkt auf mich zu. Einen Moment lang hatte ich ganz schön Angst. Ist ja ein ziemlich kräftiger Kerl.« Er reichte ihr den Gürtel.

Kristi bückte sich und schlang die Arme um Dave. »Wieso ist er zu Ihnen gelaufen?«, fragte sie dann. *Wer zur Hölle ist dieser Kerl? Sei bloß vorsichtig, Kristi!*

»Keine Ahnung. Er kam aus dem kleinen Eichenwäldchen dort hinten und rannte schnurstracks auf mich zu.«

»Und dann ist er einfach stehen geblieben?«

»Ja. Ich dachte kurz, er würde mich angreifen«, er zuckte mit den breiten Schultern, »aber das hat er nicht getan.«

»Nein.« Sie stand auf und betrachtete den Mann genauer. Sie schätzte ihn auf etwas über dreißig, sein tiefschwarzes Haar stieß auf den Kragen seiner kurzen Jacke, seine Augen waren hinter einer verspiegelten Sonnenbrille verborgen. Von Dreitagebart konnte man nicht mehr sprechen, er schien sich seit mindestens fünf Tagen nicht mehr rasiert zu haben. Unter seiner Lederjacke trug er ein verwaschenes schwarzes T-Shirt, dazu eine zerrissene Jeans. Und er wirkte angespannt. Sehr angespannt. Kein Lächeln trat auf seine markanten Gesichtszüge, als er mit ihr sprach, in seinen Augen war kein freundliches Funkeln zu entdecken. Er verströmte Härte, Durchsetzungskraft, wovon auch die mindestens einmal gebrochene Nase und eine kleine Narbe neben dem linken Auge zeugten.

Ich kenne dich, schoss es ihr durch den Kopf, aber sie konnte den Mann nicht zuordnen.

»Du bist Kristi Bentz«, sagte der in diesem Augenblick. Keine Frage. Eine Feststellung. Für einen kurzen Moment dachte sie, er hätte sie aus der Zeitung erkannt – sie war oft in der Presse gewesen, nicht zuletzt wegen ihrer Bücher – oder von einem der True-Crime-Cover, doch dann wurde ihr bewusst, dass ihr Name auf Daves Marke stand.

»Richtig. Und Sie sind …«

»Das tut nichts zur Sache.« Einer seiner Mundwinkel zuckte leicht in die Höhe. Strahlend weiße Zähne blitzten auf, dann verschwanden sie wieder hinter seinen schmalen, wohlgeformten Lippen. »Nur der Typ, der Ihren Hund gefunden hat.« Sie meinte, ihn zwinkern zu sehen, doch wegen der Spiegelbrille konnte sie es nicht genau sagen. »So, Familienzusammenführung gelungen – und jetzt muss ich weiter.«

»Warten Sie!«, rief sie, doch er hatte bereits kehrtgemacht und überquerte im Laufschritt den Weg. »Ihr Gürtel!«

»Ich hab noch einen!«, rief er über die Schulter zurück und verschwand hinter ein paar Sträuchern.

Kristi blieb mit Dave zurück, den Gürtel des Fremden in der Hand. »Seltsam«, sagte sie verwirrt und stellte im selben Moment fest, dass eine Frau in Joggingkleidung einen großen Bogen um sie machte. Sie konnte es der Joggerin nicht verübeln: Sie sah aus, als wäre sie frisch aus der Psychiatrie ausgebrochen, und der große Hund an der behelfsmäßigen Leine machte es nicht besser.

»Gehen wir«, sagte sie zu Dave und ruckte am Gürtel. Dave trottete glücklich neben ihr her nach Hause, wobei sich Kristi alle Mühe geben musste, die neugierigen Blicke der Passanten zu ignorieren. Mehr als einmal hörte sie die Hupe eines vorbeifahrenden Autos und sah, wie die Insassen eine Scheibenwischergeste machten.

Jetzt regt euch nicht auf! Das hier ist New Orleans. Hier gibt es nichts Seltsames, hier geht alles!

Dennoch war sie froh, als sie endlich zu Hause ankam. Das Gartentor stand immer noch offen, die Schiebetür vermutlich ebenfalls. »Lenore«, flüsterte sie entsetzt und spürte, wie sich ihr Herz vor Sorge zusammenzog. Hoffentlich war das Kätzchen nicht ebenfalls entwischt! Sie hastete in den Garten, schloss das Tor hinter sich und achtete darauf, den Riegel von innen vorzuschieben, dann lief sie über den Rasen und zur Schiebetür ins Wohnzimmer. Sie würde es nicht ertragen, jetzt auch noch die kleine Katze zu verlieren!

Die Tür war zu.

Kristi blieb wie angewurzelt stehen.

Hatte sie sie nicht offen gelassen?

Sie hatte die Alarmanlage abgestellt, als der Alarm im Bad losgegangen war, dann war sie dem Hund nachgerannt, ohne die Tür zu schließen.

Da war es wieder, das mulmige Gefühl.

Auf ihren Armen bildete sich Gänsehaut.

Wer hatte die Tür zugemacht?

War derjenige noch im Haus?

Sie wünschte sich inständig, sie hätte ihr Handy eingesteckt und könnte ihren Vater anrufen. Kurz überlegte sie, ob sie sich an die Nachbarn wenden sollte, doch dann blickte sie an sich hinab, über ihren schmutzigen Bademantel auf ihre noch schmutzigeren, blut- und erdverkrusteten nackten Füße, und trat auf die Tür zu. Mit angehaltenem Atem schob sie sie auf. Sie war unverschlossen. »Bleib«, befahl sie dem Hund, der Anstalten machte, sich an ihr vorbei ins Haus zu drängen. »Gleich darfst du auch rein.« Lautlos schlich sie durchs Wohnzimmer in die Küche. Ihr Blick fiel auf den Magnetstreifen mit den Küchenmessern über dem Herd. Ihre Hand schloss sich um das große Fleischmesser. Für eine Weile blieb sie reglos stehen und lauschte. Sie wagte kaum zu atmen. Vorsichtig schlich sie in den Flur und warf einen Blick in die angrenzenden Räume.

Nichts.

Alles sah genau so aus, wie sie es zurückgelassen hatte.

Im Haus war es still.

Totenstill.

Dave saß noch immer vor der Schiebetür, bereit, hineinzustürmen. Vermutlich wäre es das Beste. Der Hund würde doch sofort riechen, wenn sich jemand reingeschlichen hätte …

Sie zögerte und überlegte, was sie an der Stille im Haus störte. Irgendwie war es ihr zu ruhig. Ein paar Häuser entfernt surrte ein Rasenmäher, noch weiter entfernt war Baulärm zu hören. Nur hier drinnen konnte sie kein einziges Geräusch ausmachen.

Nicht einmal der Kühlschrank brummte.

Sie ging zu Dave und hob seine improvisierte Leine von den Steinplatten der Terrasse auf. Gemeinsam durchquerten sie Wohnzimmer, Essbereich, Flur und Jays kleines Arbeitszimmer. Kristi hielt den Gürtel des Fremden fest in der einen Hand, mit der anderen umklammerte sie nach wie vor das Messer.

Die Schlafzimmertür stand ein kleines Stück auf. Sie überlegte, ob das vorhin auch schon so gewesen war. Als sie die Tür öffnete und eintrat, fing Dave an zu bellen. Etwas Weiches streifte Kristis Knöchel. Sie fuhr zusammen, ihr Puls schnellte in die Höhe, dann fiel ihr Blick auf das Kätzchen, das sich fauchend in eine Zimmerecke drückte.

»O Gott, hast du mich erschreckt!«, stieß Kristi atemlos hervor, löste den Gürtel von Daves Halsband und legte ihn auf einen Stuhl neben dem Bett, dann nahm sie mit der freien Hand ihr Smartphone von der Ladestation und schob es in ihre Bademanteltasche. Anschließend hob sie das schwarze Fellknäuel hoch, ohne das Fleischmesser aus der anderen Hand zu legen. »Beruhige dich, Kleine«, flüsterte sie Lenore zu, wobei sie das Gefühl hatte, dass die Worte im Grunde eher ihr selbst galten als dem Kätzchen. Das Haus war leer. Definitiv. Niemand war hier gewesen. Die Katze, der Hund und sie waren in Sicherheit.

»Und warum war dann die Schiebetür zu?«, hörte sie Jays Stimme laut und deutlich fragen.

»Keine Ahnung«, antwortete sie und runzelte die Stirn. »Nicht jetzt, Jay.« Sie musste sich zusammennehmen, durfte nicht schon wieder mit ihrem toten Ehemann reden. Sie drehte ja völlig durch! »Reiß dich zusammen«, murmelte sie.

Die Katze in einer Hand, das Messer in der anderen, betrat Kristi nacheinander die beiden Bäder und riss im großen Bad den Duschvorhang zur Seite. Anschließend stieg sie die Treppe hinauf ins Arbeitszimmer, doch auch dort wirkte alles unverändert.

Warum also war die verdammte Schiebetür zu gewesen?

Hatte womöglich einer der Nachbarn das offene Gartentor erblickt, den Garten betreten und die weit aufgeschobene Glastür zum Wohnzimmer bemerkt?

Das Wohnzimmer mit der Terrasse ging nach hinten auf den Garten und war von der Straße her nicht einsehbar, nur von einer kleinen Gasse aus, die ihr Grundstück von dem ihres unmittelbaren Nachbarn trennte. Doch warum sollte der herübergekommen sein, anstatt einfach das Gartentor zu schließen? Oder war ihr Vater hier gewesen? Freunde? Nein, die hätten doch sicher gewartet oder angerufen. Eine Textnachricht geschickt.

Sie scrollte durch ihren Maileingang.

Nichts, abgesehen von ein paar weiteren Anfragen verschiedener Reporter.

»Vergesst es, ich gebe keine Interviews«, sagte sie, vergewisserte sich, dass die Türen und Fenster geschlossen waren, und rief die App für das neue Sicherheitssystem auf. Wenn wirklich jemand im Haus gewesen war, würde sie hier den Beweis dafür finden. Die Kamera über der Hintertür hätte ihn oder sie erfassen müssen, wenn die Person durch den Garten gekommen war.

Die App schien nicht zu funktionieren.

Sämtliche Nerven in ihrem Körper spannten sich an. Sie probierte es erneut, versuchte, die Kamerabilder aufzurufen, aber es tat sich nichts. »Was zur Hölle …?« Und auf einmal wusste sie, was ihr vorhin so merkwürdig erschienen war. Die Stille im Haus war nicht normal. Warum brummte der Kühlschrank nicht? Warum leuchteten die roten Ziffern der Digitaluhr am Herd nicht?

Sie drückte auf den Lichtschalter.

Nichts passierte.

Eine durchgebrannte Birne?

Die Mikrowelle …

Sie schaltete sie ein, und wieder passierte nichts.

Sie kehrte in das große Badezimmer zurück, setzte die Katze unterwegs auf dem Bett ab und drückte auf den Lichtschalter für die Duschkabine.

Die Kabine blieb dunkel.

Das mulmige Gefühl in Kristis Magengrube wurde stärker.

Sie probierte es im Schlafzimmer. Die Deckenleuchte funktionierte ebenfalls nicht, genauso wenig wie der Fernseher, obwohl sie die Fernbedienung fast direkt davorhielt.

Es gab definitiv keinen Strom.

»Verdammter Mist.«

Was war passiert, als sie weg gewesen war? Hatte jemand in ihrer Abwesenheit die Sicherungen rausgedreht? Eine Stromleitung gekappt? Wenn ja, wer?

Nervös ging sie, gefolgt von Dave, durch die Küche in die Garage, öffnete den Sicherungskasten und stellte fest, dass die Hauptsicherung auf Off gestellt war.

Sie schnappte nach Luft, als hätte sie einen Schlag in die Magengrube bekommen.

Hatte jemand das Haus mit Absicht vom Strom genommen?

Aber warum?

Um ihr Angst einzujagen?

Nun, wenn das der Fall war, hatte derjenige seine Mission gründlich erfüllt.

Wer mochte dahinterstecken?

Sie legte den Schalter um und hörte, wie es überall im Haus klickte, als die elektronischen Geräte ansprangen und summend zum Leben erwachten. Erleichtert kehrte sie in die Küche zurück, schloss die Garagentür und stellte fest, dass das kleine Licht an der Kaffeemaschine wieder leuchtete. Die Uhren an Herd und Mikrowelle blinkten, und im Wohnzimmer brannte Licht. Sie nahm ihre Handtasche, die sie achtlos auf die Couch geworfen hatte, nachdem sie mit Dave aus dem Tierheim zurückgekehrt war, und kontrollierte ihr Portemonnaie. Kreditkarten und Bargeld waren noch da, nichts fehlte.

Unruhig brach sie zu einer weiteren Runde durchs Haus auf. Aus dem Augenwinkel sah sie die Vase mit dem Blumenstrauß, die sie auf den Flurtisch gestellt hatte. Rote Rosen mit Schleierkraut. Irgendetwas stimmte damit nicht. Sie betrachtete den Strauß genauer und stellte fest, dass das Schleierkraut fehlte. Stattdessen stand eine einzelne schwarze Rose zwischen den roten Blütenköpfen.

O Gott. Was hatte das zu bedeuten?

Ihr drehte sich der Magen um.

Und dann entdeckte sie die Karte, die zwischen den dornigen Stielen steckte. Mit hämmerndem Herzen trat sie näher und zog die Karte aus dem Rosenstrauß.

Darauf war eine einzelne schwarze Rose gezeichnet.

Das Blut rauschte in ihren Ohren, als sie das Büttenpapier aufklappte und die mit schwarzer Tinte geschriebenen Worte las:

Jauchzet über sie um und um! Sie muss sich ergeben, ihre Grundfesten sind zerfallen, ihre Mauern sind abgebrochen; denn das ist des Herrn Rache. Rächet euch an ihr, tut ihr, wie sie getan hat.

Jeremias 50,15

Kristi würgte, rannte ins Bad und übergab sich ins Waschbecken. Tränen brannten in ihren Augen, als sie sich anschließend schwer auf den Waschtisch stützte. Sie betrachtete ihr Spiegelbild: aschfahle Haut, das kastanienbraune Haar wirr und verknotet, die Augen weit aufgerissen vor Furcht.

Es war also tatsächlich jemand im Haus gewesen, und das einzig und allein aus der perversen Freude heraus, sie in Angst und Schrecken zu versetzen.

Was ihm leider vortrefflich gelungen war.

Kapitel vierzehn

Montoya war gerade vom Parkplatz des Departments gefahren und auf dem Weg zum Kriminaltechnischen Labor, wo Jay McKnight gearbeitet hatte, als sein Handy summte. Ein rascher Blick aufs Display zeigte ihm, dass Bentz am anderen Ende war. Er nahm das Gespräch an, doch bevor er sich melden konnte, stieß sein Partner hervor: »Ich habe gerade einen Anruf von Kristi bekommen! Jemand ist in ihr Haus eingebrochen. Ich bin im *bayou* und befrage die Einheimischen, ob sie irgendwen bemerkt haben, der neu in der Gegend ist.« Montoya wusste, warum. Vater John hatte einst selbst im Sumpfland gelebt, gut versteckt vor den Augen des Gesetzes. »Ich brauche noch mindestens eine halbe Stunde, wenn nicht länger. Fährst du zu Kristi, oder schickst du jemanden?«

»Ich fahre selbst hin. Bin in zehn Minuten da.«

»Gut.« Bentz legte auf.

Montoya, der in seinem Mustang unterwegs war, schaltete die Signallichter ein und raste über zwei gelbe Ampeln. Kaum fünf Minuten später hielt er vor Kristi Bentz' Haus an.

Er klopfte an. Sie öffnete die Tür einen Spaltbreit.

»Oh, ich hatte meinen Dad erwartet«, sagte Kristi, als sie sah, wer vor ihr stand, und öffnete die Haustür ganz. »Ich hatte ihn angerufen.«

»Ja, er wird auch gleich eintreffen.« Montoya warf einen Blick auf die Uhr. »Er wusste, dass ich ganz in deiner Nähe bin, deshalb hat er mir Bescheid gegeben.« Er verzog die Lippen zu einem Lächeln, das sie nicht erwiderte. Sie sah schrecklich aus, dachte Montoya, ihre Haare waren nass und verknotet, T-Shirt und Jeans hingen so lose an ihrem Körper, als wäre sie geschrumpft. »Erzähl mir von dem Einbruch, Kristi«, bat er.

»Es war nicht wirklich ein Einbruch. Ich habe die Terrassentür offen gelassen«, gab sie zu und zuckte zusammen, als würde diese Tatsache sie körperlich schmerzen. »Ein Fehler.« Sie machte einen Schritt zur Seite, um Montoya eintreten zu lassen, und er wäre beinahe über einen großen Hund mit kurzem hellbraunem Fell, übergroßen Ohren und glänzenden braunen Augen gestolpert, der ihn skeptisch musterte. »Schon okay, Dave.« Sie tätschelte beschwichtigend seinen breiten Kopf, als er leise knurrte, dann wandte sie sich Montoya zu. »Er ist lammfromm«, teilte sie ihm mit, »und er ist der Grund dafür, dass ich die Tür offen gelassen habe. Weit offen, fürchte ich.«

»Vielleicht hättest du dir lieber einen Wachhund anschaffen sollen …«

Sie schüttelte den Kopf. »Ich kann mir keinen gefährlichen Hund zulegen. In der Nachbarschaft wohnen viele kleine Kinder.«

Seit wann interessierte sie sich für ihre Nachbarn? Soweit Montoya wusste, war Kristi gern für sich, und obwohl sie ihre Freundinnen hatte und mit Jay verheiratet gewesen war, legte sie großen Wert auf ihre Privatsphäre. Eine Einzelgängerin.

»Lass uns in der Küche reden«, schlug sie vor und schloss die Tür hinter ihm. »Möchtest du etwas trinken? Einen Kaffee oder etwas anderes?«

»Nein, danke, ich brauche im Augenblick nichts. Erzähl mir einfach, was passiert ist, und sei nicht sauer, wenn du es wiederholen musst, sobald dein Vater eintrifft.«

»Schon gut, das kenne ich zur Genüge.«

Er nahm am Küchentisch Platz und sah zu, wie sie sich ein Glas Wasser einschenkte.

Dann lehnte sie sich gegen die Anrichte und erzählte ihm, wie sie den Hund aus dem Tierheim geholt hatte und dieser durch das offene Gartentor ausgebüxt und in den Park gelaufen war, vermutlich, um einem Eindringling nachzustellen, der in ihrem Garten gewesen war. Dort hatte ihn ein Fremder gefunden und ihr an einer improvisierten Leine übergeben. Als sie wieder zu Hause waren, hatte sie festgestellt, dass eine weitere Nachricht und eine schwarze Rose in dem Strauß steckten, der vor ihrer Haustür gestanden hatte. »Ich habe die Karte geöffnet, Türen und Fenster überprüft und meinen Dad angerufen.«

Sie reichte ihm eine Karte in einem Sandwich-Beutel aus Plastik, und er sah die Rose, in schwarzer Tinte auf weißem Büttenpapier. Als er die Karte aufklappte, kam ein weiterer Bibelvers zum Vorschein, ein anderer als bisher, doch wieder ging es um Rache.

»Hast du irgendeine Idee, wer dir die Karte geschickt haben könnte?«, wollte er wissen.

»Nein.«

»Keine Feinde?«

»Feinde? Du meinst, jemanden, der auf mich losgeht, meinen Ehemann tötet und mich anschließend terrorisiert?«, fragte sie kopfschüttelnd. »Nicht, dass ich wüsste.«

»Irgendwelche übel gesinnten Familienmitglieder?«

»Wie bitte?« Sie verdrehte die Augen. »Machst du Witze? Meine Familie hat Jay vergöttert!«

»Ich meinte auch nicht deine Familie. Was ist mit seiner?«

»Jays Familie war total stolz auf ihn«, erwiderte sie, doch Montoya bemerkte ein Zögern in ihrer Stimme, ihre Augen umwölkten sich.

»Dir fällt also doch jemand ein?«, hakte er nach.

»Nein …« Sie überlegte einen Moment. »Nun, da gibt es einen Cousin, der ihn aus irgendeinem Grund gehasst hat. Ich habe nie verstanden, warum. Er heißt Greg.«

»Greg McKnight?«

»Ja. Soweit ich weiß, lebt er in Alabama. In einem Wohnwagen, er könnte also auch hier irgendwo sein. Allerdings hatte Jay schon länger nichts mehr von ihm gehört, und das, was auch immer zwischen ihnen vorgefallen ist, liegt Ewigkeiten zurück. Soweit ich weiß, haben sie sich schon in der Highschool entzweit. Ich glaube, Jay hat ihn in die Pfanne gehauen – keine Ahnung, was er angestellt hatte –, woraufhin er von der Schule flog und im Jugendknast landete. Jay war schon immer eine ehrliche Haut, Greg wohl eher weniger.«

»Hast du diesen Greg je kennengelernt?«

»Kennengelernt nicht gerade, aber ich bin ihm ein paarmal begegnet, das letzte Mal bei einer Hochzeit vor etwa drei Jahren.«

»Und Jay? Hat er ihn danach noch mal gesehen?«

»Nein, ich glaube nicht. Wie ich schon sagte: Ihre Wege haben sich wohl schon auf der Highschool getrennt.«

»Ist bei der Hochzeit irgendetwas vorgefallen?«

Kristi schüttelte den Kopf. »Nein. Nichts. Sie haben nicht mal miteinander geredet.«

Montoya nahm sich vor, diesen Greg zu überprüfen. Das Department hatte bereits eine Liste mit sämtlichen Familienmitgliedern und Menschen aus Jays und Kristis Umfeld erstellt, so wie es bei einem Mordfall üblich war, und Montoya wollte auf Nummer sicher gehen. Es klang für ihn zwar weit hergeholt, aber man wusste nie, wie tief der Hass saß oder wann alte Wunden, die lange Jahre geschwärt hatten, wieder aufbrachen.

»Wer könnte denn einen Groll auf *dich* hegen?«, fragte er Kristi.

Sie nahm einen Schluck Wasser. »Nun, da gibt es schon so einige, wie wir ja bereits festgestellt haben. Hauptsächlich Menschen, über die ich geschrieben oder die ich interviewt habe. Mörder, die sich über meine Bücher aufregen, aber die meisten von ihnen sind entweder tot oder hinter Schloss und Riegel. Dad und ich haben auch schon darüber gesprochen, und mein Job war ständig Anlass für Reibereien zwischen Jay und mir, aber das ist nun mal mein Beruf.« Sie begegnete seinem Blick. »Unter Kollegen kann ich mir keine Feinde gemacht haben, denn ich habe keine. Ich arbeite allein. Hier. Im Pyjama oder Jogginganzug, je nach Stimmung.«

Montoya machte sich eine Notiz, die Fälle, über die sie geschrieben hatte, noch einmal durchzugehen, um herauszufinden, wer einen Groll gegen sie hegen könnte. »Was ist mit der Konkurrenz? True Crime ist ja sehr beliebt, vielleicht ärgert sich jemand über deinen Erfolg?«

»Nein, bestimmt nicht.« Sie schüttelte den Kopf.

»War irgendwer neidisch auf deine Ehe mit Jay, ein heimlicher Verehrer oder eine heimliche Verehrerin, die wütend war, dass er sich für dich entschieden hatte?«

Neuerliches Kopfschütteln.

»Du glaubst also nicht an ein persönliches Motiv?«

»Nein, das sagte ich doch schon!« Sie legte nachdenklich die Stirn in Falten. »Ja, ich bin einigen Leuten auf die Zehen getreten. In der Highschool gab es ein paar Mädchen, die mich gehasst haben, genau wie im College, und eine Zeit lang war Jays Familie nicht gerade begeistert darüber, dass er mit mir zusammen war. Du weißt ja, dass ich mich von ihm getrennt hatte und wir erst nach einer ganzen Weile wieder zusammenkamen, aber deshalb würde doch keiner von ihnen auf die Idee kommen, mich oder ihn umzubringen. Soweit ich weiß, ist keiner von denen durchgeknallt, alle führen ein ganz normales Leben. Nein, das Ganze ergibt einfach keinen Sinn!«

»Dann ist also wirklich niemand eifersüchtig auf dich oder will dir etwas Böses, weder privat noch beruflich?«, ließ Montoya nicht locker.

»Wie ich schon sagte: Ich arbeite allein. Neider gibt es allerdings immer.« Sie kratzte sich seufzend den Nacken. »Mir fällt aber nur einer ein, der vielleicht neidisch auf meinen Erfolg sein könnte, und das ist Drake Dennison. Doch deshalb zu solchen Mitteln zu greifen …« Sie schüttelte wieder den Kopf.

»Dieser Dennison … Ist er ebenfalls True-Crime-Autor?«

»Ja. Ich bin ihm nie begegnet, aber ich weiß, dass der Verleger nach dem Buch über den Rosenkranzmörder und ein, zwei weiteren Exposés Dennison fallen lassen hat.« Montoya sah sie interessiert an. Eilig fügte Kristi hinzu: »Er war aber nicht der Einzige. Die Verlagsbranche machte eine schwere Zeit durch, sodass viele Autoren plötzlich ohne Vertrag dastanden.«

»Du nicht«, warf Montoya ein.

»Richtig. Ich war selbst Opfer, mein Dad Detective bei der Mordkommission, also ging man davon aus, dass mir das gewisse Vorteile verschaffen und ich mehr Geld einbringen würde als er. Allerdings habe ich in einer Autoren-Chatgruppe gelesen, dass er einen Vertrag bei einem neuen Verleger unterzeichnet hat.«

»Ist Dennison religiös?«

»Keine Ahnung.« Sie biss sich auf die Lippe. »Ich glaube, ein, zwei seiner Bücher hatten durchaus einen religiösen Beigeschmack.« Sie nahm einen weiteren Schluck Wasser, dann fuhr sie fort: »Warte … Da fällt mir etwas ein. Er wollte ein Buch über den Erwählten schreiben, und er war sauer, dass nicht *er* den Zuschlag bekommen hat, sondern ich, weil der Verleger wusste, dass ich involviert war.«

Der »Erwählte«. Montoya erinnerte sich noch sehr gut an den Fall. Der Mörder hatte sich von den Märtyrerinnen des katholischen Heiligenkalenders zu seinen grausamen Morden an jungen Frauen inspirieren lassen. Eine abstoßende, ekelerregende Story, die das Lesepublikum verschlungen hatte.

»Lebt er in der Gegend?«

»Nein. Also, ich glaube nicht. Augenblick, ich bin gleich wieder da.« Gefolgt von dem großen Hund, der aussah wie ein Staffordshire mit einer Prise Retriever, Boxer oder sonst einer großen, kräftigen Hunderasse, verließ sie eilig die Küche und rannte die Treppe hinauf. In weniger als zwei Minuten war sie wieder da, ein Buch in der Hand, das sie Montoya reichte.

»*Zu spät,* von Drake Dennison«, las er laut und blätterte durch die vergilbten Seiten. Der Einband war leicht eingerissen.

»Das ist das Buch, das Dennison zuletzt veröffentlicht hat, vor vier oder fünf Jahren, glaube ich«, erklärte Kristi.

Montoya drehte es um und betrachtete ein Schwarz-Weiß-Foto des Autors. Dennison war Anfang dreißig, hatte volles, dunkles Haar, einen starken Bartwuchs und trug eine getönte Brille. Er hatte die Lippen zu einem schmalen, geheimnisvollen Lächeln verzogen. Das Foto wirkte gestellt. Die Vita darunter war kurz: Er hatte Kriminologie an der Louisiana State University studiert, als Privatermittler gearbeitet und sich schließlich in Atlanta niedergelassen, wo er an einem weiteren Buch schrieb.

»Hier steht, dass er mit einem weiteren Projekt befasst ist.«

»Kann sein.«

»Und wenn nicht?«

»Keine Ahnung.« Sie zuckte die Achseln. »Schriftsteller schreiben nun mal, ganz gleich, ob sie Verträge bei Verlagshäusern haben oder nicht. Außerdem gehen immer mehr Autoren zu Selfpublishing über, oder sie machen Podcasts, da tun sich immer mehr Möglichkeiten auf. Aber wie gesagt: Ich kenne ihn nicht persönlich, daher weiß ich nichts. Er lebt sehr zurückgezogen. Anscheinend war das Teil des Deals – damit er geheimnisvoller wirkt.«

»Weißt du, ob das immer noch der Fall ist?«

»Noch einmal: keine Ahnung.«

Montoya würde auch das überprüfen. »Fällt dir sonst noch jemand ein?«

»Jemand, der mir meine Karriere neidet? Klar, aber von denen würde mich bestimmt keiner terrorisieren. Und ganz bestimmt nicht meinen Ehemann umbringen!« Sie stieß frustriert die Luft aus.

»Wie sieht's online aus?«, erkundigte sich Montoya. »Du bist doch bestimmt bei Twitter, Facebook, Instagram und so aktiv.«

»Selbstverständlich.«

»Gibt es dort jemanden, der es auf dich abgesehen hat?«

Kristi zuckte die Achseln. »Du weißt doch, wie das heutzutage läuft. Es wird immer irgendwelche Hater geben, aber wenn du fragst, ob irgendwer unangemessenes Zeug postet …« Sie überlegte kurz, dann schüttelte sie den Kopf. »Nicht wirklich. Nichts, was heraussticht.«

»Ich werde mir das mal ansehen«, sagte Montoya und blickte wieder auf die Karte in seinen Händen. Bibelverse. Was sollte das alles? Hatte Bentz womöglich recht, und Vater John – oder wer immer ihn kopierte – wich von seinem Modus Operandi ab, mit dem Ziel, Kristi zu töten? Hatte sich die Obsession des grausamen Psychopathen, der Prostituierte mit einem Rosenkranz strangulierte, über die Jahre von der Radiopsychologin Dr. Sam auf Kristi verlagert?

Dass der Scheißkerl so tat, als wäre er ein Geistlicher, machte Montoya wütend. Er war katholisch erzogen worden, religiöse Symbole und Artefakte waren ihm heilig. Zugegeben, er hatte die Messe schon lange nicht mehr besucht, aber er hatte seinen Sohn kirchlich taufen lassen, und er hatte sich seinen katholischen Glauben bewahrt. Und das sollte auch so bleiben. Bei dem Gedanken, dass jemand ein Priestergewand als Verkleidung missbrauchte, fing sein Blut an zu kochen.

War es wirklich möglich, dass der Psycho seine Aufmerksamkeit von Dr. Sam abgewandt und sich auf Kristi Bentz fokussiert hatte? Kristi Bentz, die nicht nur über ihn geschrieben hatte, sondern noch dazu die Tochter von Rick Bentz war, dem Detective, der ihn vor Jahren im Sumpf beinahe abgeknallt hatte?

Montoya nahm sich vor, für alle Möglichkeiten offen zu bleiben.

Kristis Handy klingelte und schlitterte über die Kücheninsel. Im selben Moment hüpfte ein schwarzes Kätzchen auf einen Stuhl, dann auf die Tischplatte. »Nein«, sagte Kristi, während sie die Telefonnummer betrachtete, die auf dem Display aufleuchtete, und scheuchte die Katze vom Tisch. »Du darfst nicht hier hoch«, sagte sie zu der Kleinen, dann sah sie Montoya an und erklärte, mit dem Daumen auf ihr Handy deutend: »Das ist meine Agentin. Schon wieder. Ich werde sie zurückrufen.« Sie musste seinen fragenden Blick bemerkt haben, denn sie fügte hinzu: »Zera – so heißt meine Agentin – will, dass ich ein weiteres Buch schreibe, eine Fortsetzung vom *Rosenkranzmörder.* Sie ist fest davon überzeugt, dass er zurückgekehrt ist, und weil ich über Insider-Wissen verfüge, will sie mich natürlich an Bord haben. Aber …« Kristi schüttelte den Kopf so heftig, dass die Haare über ihre Schultern fielen, »ich bin der Meinung, dass ich zu dicht dran bin. Außerdem bin ich einfach noch nicht so weit.«

»Hast du irgendwelche doppelten Exemplare von deinen Büchern, die du mir leihen könntest?«, fragte Montoya. »Vielleicht wäre es gut, wenn ich sie mal lese.«

»Klar. Tonnenweise Belegexemplare. Sie sind oben«, erwiderte sie und lief erneut die Treppe hinauf, noch bevor er sie zurückhalten konnte. Wieder rannte Dave ihr nach. Kurz darauf kehrten die beiden in die Küche zurück. Kristi legte einen Stapel Bücher vor ihn hin. »Nimm sie mit«, sagte sie.

»Danke.« Er beäugte die Titel, dann fragte er: »Welches soll ich zuerst lesen? Ich meine«, er tippte auf das oberste Buch, »in welchem kommt jemand vor – ein Täter, Verdächtiger, ein Familienmitglied oder Freund, was auch immer –, der dich bedroht oder dir irgendwie Angst gemacht hat?«

»Oje, das sind viel zu viele, um sie alle aufzuzählen«, antwortete sie. »Ich bin bei den Mördern nicht gerade beliebt.«

»Okay – aber wenn du deine eigenen Bücher lesen müsstest, in welcher Reihenfolge würdest du vorgehen?«

Sie beäugte die Buchrücken und zog eins heraus. »Also, ich würde tatsächlich damit anfangen. *Der Rosenkranzmörder.* Wenn der Killer doch noch am Leben ist, wird er vermutlich stinksauer sein. Aber«, sie schüttelte den Kopf, »wir gehen mal davon aus, dass er tot ist.« Sie legte das Buch beiseite und zog ein weiteres aus dem Stapel. »Das hier ist *Der Schlachter aus dem Bayou,* über Ned Zavala. Seine Familie hat sich schrecklich über das Buch aufgeregt, und ja, er hat damit gedroht, mich zu verklagen und ›fertigzumachen‹.« Sie malte Anführungszeichen in die Luft. »Netter Kerl.« Sie legte auch dieses Buch beiseite, dann glitten ihre Augen über die anderen Titel. »Oh, hier ist eins, das war echt der Hammer. *Gottkomplex und Mord.* Es geht um Hamilton

Cooke, einen angesehenen Chirurgen, um nicht zu sagen, eine echte Koryphäe, der des Mordes an seiner ersten Ehefrau überführt wurde.« Sie überlegte kurz, dann fügte sie hinzu: »Er hat ihre Lebensversicherung kassiert und seine Anwältin geheiratet, Reggie Lucerno.«

»Lucerno? Ach, richtig. Damals war sie noch mit jemand anderem verheiratet.« Montoya nickte.

»Aldo Lucerno, ein bekannter Geschäftsmann. Hat eine Firma geerbt, die auf das Verpacken von Austern spezialisiert ist. Auch bekannt als der ›Austernkönig‹. Er ist gegen die Scheidung angegangen, hat aber verloren. Anscheinend ist Reggie eine sehr gute Anwältin.« Sie legte *Gottkomplex und Mord* zu den beiden anderen Titeln, die Montoya zuerst lesen sollte. »Ach, hier ist noch eins.« Sie zog *Amerikanische Ikone/Amerikanischer Killer* hervor. »Die Geschichte von Mandel Jarvis.«

»Du meinst den Footballspieler, der zum Prediger wurde?«

»Ich meine den Footballspieler, der zum Mörder und dann zum Prediger wurde.« *Amerikanische Ikone/Amerikanischer Killer* wanderte auf die drei anderen Bücher. Vier Titel waren noch übrig. »Hm. Ich würde die vier lesen. Die anderen Fälle beschränken sich nicht auf New Orleans und Umgebung, sondern finden landesweit an verschiedenen Orten statt.«

Montoya nickte. »Okay. Und jetzt erzähl mir von dem Typen, der deinen Hund gefunden hat.«

»Wieso?«

»Er war hier am Haus, oder?«

»Nein, er war im Park.«

»Könnte er dir gefolgt sein?«

Kristi überlegte. »Möglich, aber das glaube ich nicht.«

»Hat er dir seinen Namen genannt?«

»Nein.«

»Warum nicht?«

»Keine Ahnung.«

Montoya runzelte die Stirn. »Der einzige Grund, der mir einfällt, ist, dass er etwas zu verbergen hat. Aber warum hat er den Hund an die provisorische Leine gelegt und nach dir Ausschau gehalten?« Montoya zog die Augen schmal. »Das passt doch nicht zusammen.« Er kam nicht dazu, seine Überlegungen weiter auszuführen, denn in dem Moment hörten sie Reifen quietschen, ein Motor wurde abgestellt, ein paar Sekunden später klopfte es laut an der Haustür. Montoya sah Kristi an. »Ich denke, dein Dad ist da.«

Er hatte recht. Als er Kristi in den Flur folgte und aus dem Seitenfenster neben der Haustür blickte, sah er Bentz, der vor dem Eingang auf und ab marschierte und sich mit einer Hand nervös durch die Haare fuhr.

»Na dann«, murmelte Kristi, »bringen wir's hinter uns.« Sie warf Montoya einen Blick zu und öffnete die Tür.

Bentz stürmte ins Haus, packte seine Tochter und drückte sie fest an sich. »Das reicht jetzt«, stieß er hervor, als sie sich aus seiner Umarmung befreite. »Du kommst mit mir nach Hause. Du kannst bei Olivia, Ginny und mir wohnen, bis wir diesen Schlamassel geklärt haben.«

Kristi schüttelte den Kopf. »Nein, Dad, das funktioniert nicht. Ich möchte hierbleiben, in *meinem* Zuhause.«

»Aber hier ist es nicht sicher!« Bentz gab sich keine Mühe, seine Besorgnis zu verbergen. Sein Blick zuckte unruhig durch den Flur und blieb an dem Hund hängen, der an der Tür zur Küche saß und fröhlich mit dem Schwanz wedelte. »Jetzt sag bitte nicht, dass das dein Wachhund ist!«

Kristi kehrte in die Küche zurück, Bentz und Montoya folgten ihr.

»Setz dich, Dad«, forderte sie ihn auf. Als Bentz neben Montoya am Esstisch Platz genommen hatte, füllte sie zwei Gläser mit Wasser und stellte sie vor die beiden Detectives, ohne dass diese darum gebeten hätten. Anschließend setzte sie sich ebenfalls und erzählte die ganze Geschichte von dem vermeintlichen Eindringling, dem ausgebüxten Hund, dem Fremden mit der improvisierten Leine, dem abgeschalteten Strom, dem Blumenstrauß mit der schwarzen Rose und der Karte darin noch einmal. Während sie redete, wurden Bentz' Augen immer dunkler, seine Lippen schmaler, die Falten auf seiner Stirn tiefer. Er wartete, bis sie fertig war, dann bombardierte er seine Tochter mit Fragen.

»Warum hast du die Terrassentür aufgelassen?«, »Weißt du, ob du das Gartentor geschlossen hattest?«, »Wer hat die Blumen gebracht?«,

»Bist du dir sicher, dass nichts fehlt?«, »Warum zum Teufel hast du nicht darauf bestanden, dass dieser Kerl, der deinen Hund ›gefunden‹ hat, dir seinen Namen nennt?«, »Bist du sicher, dass der Techniker, der das Alarmsystem auf Vordermann gebracht hat, vertrauenswürdig ist?«, »Könnte er die Blumen vor die Tür gestellt haben?«, »Steht auf der Vase, von welchem Lieferdienst der Strauß stammt?«, »Hast du irgendwelche seltsamen Anrufe bekommen?«, »Was ist auf der App für die Überwachungskameras zu sehen?«

Und so weiter und so fort.

Eins musste man Kristi lassen, dachte Montoya: Sie ließ die Fragerei ihres Vaters mit einer Engelsgeduld über sich ergehen. An ihrer Stelle wäre er längst ausgeflippt.

»Was hast du dir bloß dabei gedacht, die Terrassentür sperrangelweit offen zu lassen?«, lamentierte Bentz.

»Ich habe mir gar nichts dabei gedacht«, erwiderte Kristi. »Sondern mir Sorgen um den Hund gemacht. Ich habe ihn gerade erst zu mir geholt. Er kennt sich noch nicht aus. Mein Fehler. Es wird nicht wieder vorkommen.«

»Du kannst doch nicht einfach …«

»Ich weiß, Dad.«

»Da draußen hat es jemand auf dich abgesehen! Denk nur daran, was Jay …« Bentz brach ab.

»Was Jay zugestoßen ist? Er ist tot. Ermordet. Ich habe es kapiert, auch wenn ich es immer noch nicht fassen kann. Ich bin jeden einzelnen Scheißtag damit konfrontiert, Dad. Jeden Tag, ob ich es will oder nicht. Normalerweise bin ich vorsichtig, aber jetzt bin ich halt ausgeflippt. Okay?« Sie atmete tief durch. »Und es geht mir gar nicht gut deswegen.«

Bentz' Gesicht wurde weicher. »Ach Liebes, es geht hier nicht um Schuldzuweisungen. Ich mache mir nur …«

»Ach, geht es nicht? So kommt es mir aber vor.« Sie beugte sich über die Tischplatte zu ihm, so dicht, dass sich ihre Nasen beinahe berührten. »Dad, ich weiß, dass du dir furchtbare Sorgen machst. Ich weiß, dass du denkst, der Rosenkranzmörder würde hinter alldem stecken, ich hab's kapiert.« Sie nickte, als wollte sie sich selbst beipflichten. »Du hast allen Grund zu der Annahme, und ich weiß, dass du

Schuldgefühle hast, weil du mich deiner Ansicht nach nicht beschützen konntest. Wir hatten alle gehofft, Vater John wäre tot, aber das ist er anscheinend nicht. Was nicht deine Schuld ist. Du bist mir ein hervorragender Vater, und du hast mich immer beschützt, ich ... ich habe mich bloß noch nie dafür bedankt. Also, auch wenn ich es nie gesagt habe: Danke, Dad, ich weiß das zu schätzen.« Sie hielt den Blick ihres Vaters fest, und Bentz holte tief Luft. »Aber jetzt bin ich erwachsen. Und ich werde klarkommen. Hier. Mit ... Dave. Ach, und mit Lenore.«

»Lenore? Wer ist denn Lenore?«, wollte Bentz wissen.

»Sie versteckt sich unter der Ottomane.«

Er stand auf, ging ins angrenzende Wohnzimmer, bückte sich und sah nach.

Montoya ebenfalls.

Zwei grüne Augen starrten ihnen entgegen.

»Du hast dir auch eine Katze zugelegt?«, fragte Bentz.

»Nun, es war eher andersherum.« Kristi war den beiden Männern ins Wohnzimmer gefolgt, ging auf die Knie und zog das kleine schwarze Kätzchen aus seinem Versteck. »Sie ist mir zugelaufen.« Sie richtete sich auf, drückte das Fellknäuel an sich und erzählte, dass sie die Katze in der Garage entdeckt hatte.

»Na, dann bist du ja in bester Gesellschaft«, sagte Montoya augenzwinkernd. Er deutete auf die Karte in dem Plastikbeutel. »Die würden wir gern mitnehmen. Außerdem brauchen wir die Aufnahmen der Überwachungskamera und eine Beschreibung von dem Mann, der den Hund gefunden hat. Der Polizeizeichner soll ein Phantombild anfertigen.«

»Ich glaube nicht, dass er etwas damit zu tun hat«, protestierte Kristi.

»Egal«, sagte Bentz nachdenklich. »Jeder noch so kleine Hinweis kann nützlich sein. Wir schicken ein Team, das das Haus auf Fingerabdrücke untersucht, wenngleich ich bezweifle, dass der ominöse Eindringling welche hinterlassen hat. Allerdings macht jeder mal einen Fehler, das passiert selbst den Besten.« Er musterte seine Tochter durchdringend.

Kristi errötete, wusste sie doch zu gut, dass ihr Vater auf die offene

Terrassentür anspielte. Sie wusste jedoch auch, dass er ihr mit dieser Bemerkung einen Olivenzweig entgegenstreckte.

In dem Moment klingelte ihr Handy. Stirnrunzelnd blickte sie aufs Display.

»Probleme?«, fragte Bentz und schaltete augenblicklich wieder in den Cop-Modus.

»Nein.« Sie schüttelte den Kopf. »Ich kenne die Nummer. Ein Reporter.«

Bentz strich sich mit der Hand über den Bartschatten auf seinem Kinn. Es sah so aus, als wollte er noch einmal den Vorschlag unterbreiten, dass seine Tochter zu ihm ziehen sollte, zumindest vorübergehend, aber Kristis vorgerecktes Kinn und ihre verschränkten Arme hielten ihn davon ab. »Du kannst mich jederzeit anrufen, ich komme sofort. Bitte kümmere dich darum, dass das Alarmsystem richtig hochfährt, es dürfte an der Hauptsicherung hängen.«

»Schon erledigt.«

»Außerdem will ich mit dem Techniker reden, der das System installiert hat. Was für ein Schwachkopf! Wer hängt ein Alarmsystem an die Hauptsicherung? Genau die sabotiert jeder Amateureinbrecher als Erstes!« Er zog seinen Block aus der Tasche und griff nach einem Kugelschreiber, der zwischen zwei Schalen auf der Kücheninsel lag, und reichte beides seiner Tochter. »Schreibst du mir den Namen von dem Typen und der Firma auf? Ich werde ein Wörtchen mit denen reden!«

»Schluss damit, Dad! Das mache ich selbst. Ich bin nämlich schon erwachsen.«

Aber Bentz war nicht zu bremsen. Er nahm den Hund ins Visier, der zu ihm geschlendert war und sich zu seinen Füßen niedergelassen hatte. »Besteht die Möglichkeit, dass du ihn umtauschst? Gegen einen Rottweiler oder Dobermann? Auch ein Pitbull wäre nicht schlecht …«

»Ich mag Dave so, wie er ist. Er ist ein wirklich liebenswerter Kerl.«

Ein Muskel zuckte an Bentz' Kinn. »Er wirkt aber nicht gefährlich … Herrgott!« Er deutete auf den Hund, der sich auf den Rücken gedreht hatte und ihm den Bauch entgegenstreckte, in der Hoffnung, dort gekrault zu werden. Seine Zunge hing seitlich aus dem Maul, und sein Schwanz wedelte eifrig über den Fußboden. »Siehst du, was ich meine?«

Zum ersten Mal, seit Montoya gekommen war, lachte Kristi. »Ja, das sehe ich, aber … Ach Dad, lass gut sein.« Dann wurde ihr Gesichtsausdruck wieder ernst. »Ich passe auf mich auf. Das schwöre ich.«

Bentz betrachtete den Hund mit finsterem Blick, doch schließlich beugte er sich zu ihm hinab und tätschelte seinen Bauch. Das Wedeln wurde noch eifriger. »Na schön, aber ich werde dafür sorgen, dass die Kollegen hier verstärkt Streife fahren. Sollte dir irgendetwas auffallen, rufst du sofort im Department an, hast du mich verstanden?«

»Ja, Dad.«

Montoya griff nach der Karte. »Holst du noch den Gürtel, Kristi? Den, den der Typ als Leine benutzt hat? Ich würde ihn gern auf Fingerabdrücke checken lassen. Wer weiß, vielleicht ist der gute Samariter im System.«

»Meine Fingerabdrücke sind ebenfalls darauf«, sagte sie, aber sie holte den Gürtel und reichte ihn ihm.

Montoya betrachtete das abgewetzte Leder.

Der Gürtel kam ihm irgendwie bekannt vor. Aber wieso? Er drehte ihn hin und her. Das Leder war verfärbt und teilweise rissig, was darauf hindeutete, dass es alt war. In der Nähe der Schließe entdeckte er etwas, was aussah wie Initialen: AM.

Er erstarrte.

Alejandro Montoya.

Sein Urgroßvater. »Das ist der Gürtel?«, vergewisserte er sich mit enger Kehle, denn er kannte die Antwort bereits.

»Ja.« Kristi nickte. »Warum fragst du?«

»Ist was?«, erkundigte sich nun auch Bentz, der spürte, dass etwas nicht stimmte.

Montoya konnte es nicht glauben. »Ich denke, der war von meinem Urgroßvater.« Er erinnerte sich, Fotos von dem alten Mann gesehen zu haben, der ebendiesen Gürtel trug, als er vor etwa siebzig Jahren über die Heufelder ritt. »Das bedeutet, dass es sich bei der Person, die den Hund gefunden und zurückgebracht hat, vermutlich um meinen Bruder Cruz handelt, denn der hatte den Gürtel geerbt.« Er presste die Kiefer so fest aufeinander, dass sie schmerzten. Sein Bruder hatte ihn belogen. Cruz war nicht in der Nähe der Mojave-Wüste gewesen, als er ihn anrief. Er war längst zurück in New Orleans. »Sieht so aus, als wäre er wieder hier.«

»Die Frage lautet also: Was hat er in der Gegend um Kristis Haus zu suchen?«, stellte Bentz mit ernstem Gesicht fest.

Montoya nickte. »Das ist eine von vielen Fragen. Die erste und die wichtigste aber, die wir uns stellen sollten, ist: Warum hat er mir nicht gesagt, dass er wieder hier ist?« Das war gelogen. Die wichtigste Frage, die Montoya seinem Bruder insgeheim stellte, war sehr viel düsterer: *Hast du Lucia Costa umgebracht?*

Cruz hatte ihm geschworen, dass er niemanden getötet hatte, er hatte – wie nicht anders zu erwarten – seine Unschuld beteuert. Deshalb, so spann Montoya seinen finsteren Gedankengang weiter, stellte sich die zweite Frage, die ihn wie eine Faust in die Magengrube traf: *Warum zur Hölle bist du dann davongelaufen?*

Kapitel fünfzehn

Kristi betrachtete das Chaos, das die Techniker der Spurensicherung in ihrem Haus hinterlassen hatten. Mehrere Kollegen waren gekommen, um mögliche Fingerabdrücke sicherzustellen. Sie hatten Fotos gemacht, die Elektronik überprüft, den Garten nach Fußspuren abgesucht und waren die Aufnahmen der neuen Überwachungskamera durchgegangen. Als der Strom ausgegangen war, hatte die Alarmanlage schlappgemacht, allerdings hatten die Kameras den Eindringling zuvor gefilmt. Er war komplett schwarz gekleidet, trug einen Umhang, der seine Figur verhüllte, eine Skimaske und eine Sonnenbrille, außerdem hatte er einen Bartschatten. Er schien zu wissen, wo sich die Kameras befanden, denn es war ihm gelungen, sein Gesicht abzuwenden, bevor es aufgenommen werden konnte.

»Er muss doch an irgendetwas zu erkennen sein«, hatte ihr Vater beharrt, aber sosehr sie sich auch bemühten, sie konnten den Mann nicht identifizieren.

»Glaubst du wirklich, er ist Vater John?«, hatte Kristi gefragt, als sie skeptisch die körnigen Aufzeichnungen auf ihrer App betrachtete.

»Der Modus Operandi ist derselbe«, erwiderte Bentz mit gefurchten Brauen.

»Vermutlich ein Trittbrettfahrer«, ließ Montoya sich vernehmen.

»Das Ganze ist doch schon so lange her«, überlegte Kristi laut. »Warum kehrt er ausgerechnet jetzt zurück?«

Bentz warf eine Hand in die Luft, als wäre die Antwort offensichtlich: »Weil er ein Psycho ist. Er braucht keinen Grund.«

Kristi war anderer Meinung, aber sie hielt den Mund. Ihr Dad war einfach zu aufgewühlt, machte sich zu große Sorgen um sie.

Endlich waren alle weg, auch ihr Vater und sein Partner, und Kristi schloss die Tür hinter ihnen ab.

Was für ein verrückter Tag, dachte sie, als sie ins Wohnzimmer zurückging und sich aufs Sofa sinken ließ. Cruz Montoya hatte den

Hund aufgehalten? Montoyas Bruder? Sie erinnerte sich daran, von ihm gehört zu haben, aber das lag schon eine Weile zurück. Als sie sich den Mann im Park jetzt vor Augen rief, erkannte sie die Ähnlichkeit mit Reuben. Cruz war größer, schlanker und wirkte um einiges verwegener als sein Bruder. Beide Männer waren eindrucksvolle Erscheinungen, aber Cruz wirkte verhaltener als Montoya, weniger großspurig, wenngleich er eine knisternde Energie versprühte.

Sie fragte sich, wieso ausgerechnet er den Hund hatte festhalten können. Was er in dem Park in der Nähe ihres Hauses zu suchen hatte.

»Er ist Privatdetektiv, erinnerst du dich? Vielleicht hat er nach dir gesucht. Er kommt mit Sicherheit leicht an deine Adresse«, hörte sie Jays Stimme so laut und deutlich, als säße er neben ihr auf dem Sofa.

Während die Polizei im Haus gewesen war, hatte Kristi ihr Handy nicht beachtet, doch jetzt scrollte sie durch die eingegangenen Textnachrichten. Bella hatte geschrieben und wollte wissen, ob sie Lust hatte, sich mit ihr zum Abendessen zu treffen.

Lass uns zu Rico gehen. Dinner und Drinks und Mädels-Talk.

An dieser Stelle hatte Bella ein Weinglas-Emoji eingefügt.

Wir könnten alle etwas Zeit zum Entspannen gebrauchen. Sarah ist dabei, aber Jess schafft es leider nicht. Wieder mal die Arbeit. Ihr Chef ist echt der Schlimmste!

Es folgte ein stirnrunzelnder Smiley, aber Kristi fragte sich, ob Jess die Arbeit bloß vorschob, weil sie nicht über die On-Off-Beziehung reden wollte, die sie mit ihrem Boss führte, ganz gleich, ob er »der Schlimmste« war oder nicht.

Apropos Chefs: Meiner wüsste es sehr zu schätzen, wenn du dich bereit erklären würdest, uns ein Interview zu geben. Er will dir einige Fragen stellen zu den Verfilmungen deiner Bücher, der Neuauflage des RKM und der Möglichkeit, dass VJ nach New Orleans zurückgekehrt ist.

Ein Smiley mit ängstlichem Blick und bittende Hände, als wollte Bella Kristi anflehen, sich die Interview-Anfrage durch den Kopf gehen zu lassen.

Das tat sie, dennoch lehnte sie ab. Sie wollte nicht über »VJ«, Vater John, spekulieren. Woher sollte sie auch wissen, ob der »RKM«, der Rosenkranzmörder, die Stadt und insbesondere sie tatsächlich wieder im Visier hatte? Und erst recht nicht wollte sie Bella etwas von dem Eindringling erzählen. Wenn Bella von den kryptischen Drohungen, verpackt in Bibelverse, erfuhr, würde sie Kristi so lange nicht in Frieden lassen, bis sie das Interview bekam.

Außerdem sollten ihre Freundinnen nicht merken, dass sie auf Alkohol verzichtete. Noch immer wusste niemand von dem Baby, und das sollte vorerst auch so bleiben, also schrieb sie zurück:

Danke. Tut mir leid, heute Abend kann ich nicht. Ich habe einen neuen Hund, Dave, der mir entwischt ist, kaum dass wir zu Hause waren. Er muss sich erst an die neue Umgebung gewöhnen. Vielleicht ein andermal?

Sie machte ein Foto von Dave, der sie erwartungsvoll anblickte, und schickte es hinterher, fast so, als müsste sie Bella beweisen, dass sie keine faule Ausrede vorschob.

Obwohl sie genau das tat.

Egal. Dann war das im Augenblick halt so.

Sie würde sicher bald wieder etwas mit ihren Freundinnen unternehmen, aber im Augenblick hatte sie Wichtigeres zu tun. Sie verspürte den Wunsch, herauszufinden, wer ihr Leben ruiniert hatte, indem er ihr ihren Ehemann wegnahm – vor allem aber die Kraft, diesen Wunsch in die Tat umzusetzen.

Ein Schritt nach dem anderen, dachte sie, warf einen Blick auf ihre Armbanduhr und stellte fest, dass sie sich beeilen musste, wenn sich nicht zu spät zu ihrem Termin bei der Gynäkologin kommen wollte.

Es war schon später Nachmittag, als Kristi auf den Parkplatz vor der Tagesklinik einbog, ein dreigeschossiges Gebäude aus den Siebzigern, den sich die Klinik mit dem St. Ada Hospital teilte. Das St. Ada war ein bedrohlich wirkender Bau, errichtet um die Zeit der vorletzten Jahrhundertwende. Ein überdachter Gang verband das Krankenhaus mit der gleichnamigen Kirche, deren gelber Putz stellenweise grau geworden war. Der Kirchturm ragte steil in die Höhe, als wollte er die düsteren, tief hängenden Wolken durchstoßen.

Kristi eilte in die Klinik, wo Dr. Vale als Gynäkologin und Geburtshelferin arbeitete, und füllte den notwendigen Papierkram aus. Als sie damit fertig war, wartete sie. Endlich kam eine Schwester zu ihr, die ihre Vitalwerte überprüfte und Blut abnahm. Kurz darauf wurde sie zu Dr. Vale geführt, eine korpulente Frau mit intelligenten, fast schwarzen Augen und dunkler Haut, die ergrauenden Haare mit Clips aus dem Gesicht gehalten. Sie trug einen neonpinken Arztkittel und eine randlose Brille und verströmte eine Munterkeit, die in krassem Gegensatz zu dem trüben Wetter stand.

»Alles läuft genau nach Plan«, verkündete sie nach der Untersuchung. »Es sieht so aus, als würde das Baby zwischen Ende April und Anfang Mai auf die Welt kommen.« Mit einem strahlenden Lächeln auf den Lippen stellte sie Kristi ein Rezept über pränatale Vitamine aus. »Wir sehen uns in vier Wochen«, sagte sie und reichte Kristi die Hand.

Als Kristi die Tagesklinik verließ, fühlte sie sich zum ersten Mal seit einer gefühlten Ewigkeit etwas leichter, beschwingter, trotz der dicken Regentropfen, die jetzt vom Himmel fielen. Der Gedanke, dass das Baby, das in ihr heranwuchs, gesund war, dass sie und Jay dieses ganz spezielle kleine Wunder geschaffen hatten, hob ihre Laune, mochte der Tag auch noch so grau sein.

An ihrem Auto angekommen, entdeckte sie einen Flyer unter einem der Scheibenwischer. Ein Blick auf die um sie herum abgestellten Wagen zeigte ihr, dass alle mit einem gelben Zettel versehen waren. Sie zog das durchweichte Papier von der Windschutzscheibe und wollte es gerade zusammenknüllen, um es in den nächstbesten Mülleimer zu werfen, als sie feststellte, dass es sich um eine Einladung zu einer Kirchenveranstaltung handelte. Der Prediger war niemand anderer als Mandel Jarvis, der Ex-Football-Star, der wegen des Mordes an seiner Frau verurteilt worden war. Kristi hatte seine Geschichte in *Amerikanische Ikone/Amerikanischer Killer* zu Papier gebracht. Die Erinnerung daran stieß ihr bitter auf, denn die Veröffentlichung ihres Buches hatte ihn nur noch mehr in den Fokus der Öffentlichkeit gerückt, ihn noch bekannter gemacht. Sie las, was auf dem Flyer stand. Der Gottesdienst für »Neuankömmlinge« sollte am Freitag um neunzehn Uhr in der New Faith and Glory Church of Praise stattfinden, die am Highway Richtung Flughafen lag, kurz vor der Stadtgrenze von Kenner.

Sie stieg ein, ließ den Motor an und schaltete die Scheibenwischer ein.

Mandel Jarvis' Gemeinde war groß. Er war in den sozialen Medien ausgesprochen präsent, außerdem hatte er eine eigene Fernsehshow, daher kam es ihr seltsam vor, dass er Flyer hinter Scheibenwischer klemmen ließ. Warum sollte er sich die Mühe machen, Menschen wie sie für sich gewinnen zu wollen, die solche Zettel doch nur wegwarfen? Das Geld wäre in Online-Werbung sicher besser investiert gewesen …

Bevor sie losfuhr, ließ sie den Blick noch einmal über den Parkplatz schweifen und beobachtete die Leute, die zu ihren Fahrzeugen hasteten, nach vorn gebeugt, die Köpfe eingezogen, um sich vor dem stärker werdenden Regen zu schützen. Ein Mann um die achtzig humpelte, auf einen Stock gestützt, zu einem älteren Pick-up. Er sah den Flyer, entfernte ihn und warf ihn genervt zu Boden. Eine Frau um die sechzig, die Strickjacke über die Haare gezogen, stieg in eine weiße Limousine, dann ließ sie das Fenster herunter, streckte den Arm aus und entfernte den Zettel. Kristi sah, wie sie ihn glatt strich, bevor sie ihn vor dem Beifahrersitz aufs Armaturenbrett legte, nachdem sie einen Blick darauf geworfen hatte.

Aha, dachte Kristi. Vielleicht hatte sich die Mühe ja doch gelohnt und Mandel Jarvis soeben einen weiteren »Neuankömmling« gefunden. Sie sah auf das nasse Papier auf dem Beifahrersitz. Mandel blickte ihr von einem Foto entgegen, unter dem eine Website-Adresse sowie die Symbole mehrerer Internetplattformen abgedruckt waren. Die »amerikanische Ikone« ließ wirklich keine Gelegenheit aus, seine Anhängerschaft zu vergrößern.

Als sie wieder aufschaute, blieben ihre Augen an der Kirche hängen, die mit dem Krankenhaus verbunden war. St. Ada. Katholisch. Traditionsverhaftet. Keine Erweckungsbewegung oder wiedergeborenen Christen wie die Gemeindemitglieder der New Faith and Glory Church of Praise. Ihre Recherchen hatten ergeben, dass Mandel die Gemeinde während seiner Haftzeit ins Leben gerufen hatte, eine kleine Zahl von Mitinsassen, verurteilten Verbrechern, die nach und nach immer größer geworden war. Angezogen von seinem Ruhm und Charisma, kamen mehr und mehr Menschen an Bord. Nach seiner Entlassung aus dem Gefängnis hatte Mandel bereits an die tausend Anhänger – »Follower«, wie Kristi sie insgeheim nannte –, manche inhaftiert, viele freie Bürger, die sein Wort verbreiteten. Die Medien taten ihr Übriges dazu, dass diese Zahl nahezu explodierte.

Eine rothaarige Frau stieg aus einem schicken, schwarzen Audi, der Fahrer sprang ebenfalls heraus und hielt ihr die Tür auf. Kristi zuckte zusammen, als sie Reggie Cooke erkannte, die schöne Rechtsanwältin in Stiefeln mit hohen Absätzen und Kamelhaarmantel. Der Mann, der jetzt die Tür losließ und ihren Ellbogen fasste, während er schützend einen Regenschirm über sie hielt, war Hamilton Cooke, ihr Ehemann. Reggie schüttelte seine Hand ab und überquerte mit großen Schritten den Parkplatz, dann verschwand sie durch die automatischen Schiebetüren im Krankenhausinnern. Cooke blieb unter dem Vordach stehen und klappte mit gefurchter Stirn den Regenschirm zusammen, bevor er seiner Frau folgte.

Kristi sah ihnen nach, dann legte sie den Rückwärtsgang ein und wollte gerade aus der Parklücke setzen, als sie eine weitere Person entdeckte, die sie kannte: Aldo Lucerno – wenn er es denn wirklich war –, in Sakko und dunkler Baumwollhose, schlüpfte ebenfalls durch die breiten Glastüren.

Folgte er etwa seiner Ex-Frau und deren neuem Ehemann?

Waren sie verabredet?

Oder handelte es sich um einen Zufall?

Vielleicht hatte sie sich auch getäuscht, und der hochgewachsene Mann mit dem blauschwarzen Haar und der dunklen Haut war gar nicht Lucerno? Wie kam sie auf die Idee, dass er sich hier herumdrückte? Sie hatte ihn nie gemocht, und als sie wegen ihrer Story über Hamilton Cooke recherchierte, hatte sie sich nicht nur von Cooke, sondern auch von Lucerno abgestoßen gefühlt.

»Merkwürdig«, überlegte sie laut, dann warf sie einen Blick in den Rückspiegel. Eine alte Frau in einem zartlila Hosenanzug schob ihren Rollator im Schneckentempo hinter Kristis Subaru vorbei.

Ungeduldig wartete sie, bis der Weg frei war, dann gab sie Gas und rollte aus der Lücke und vom Parkplatz. Auf dem Heimweg musste sie sich alle Mühe geben, sich auf den Verkehr zu konzentrieren. Immer wieder schweiften ihre Gedanken zu ihrem ungeborenen Baby, zu Mandel Jarvis, dessen Flyer langsam zu trocknen begann, und zu Hamilton Cooke, der seine erste Ehefrau beseitigt hatte, zu seiner jetzigen Frau und Aldo Lucerno. Der Regen trommelte inzwischen aufs Dach, die Scheibenwischer kämpften mit den Wassermassen, die Sicht wurde immer schlechter. »Reiß dich zusammen«, schalt sie sich, als sie eine Kurve etwas zu eng nahm, und ging vom Gas.

Wieder fiel ihr Blick auf den gelben Zettel. Vielleicht sollte sie an der Veranstaltung teilnehmen.

Sie hatte schon viel zu lange nichts mehr unternommen, und Müßiggang bekam ihr nicht. Wenn sie nichts zu tun hatte, wurde sie nervös. Ihre Agentin hatte recht, dachte Kristi widerstrebend: Sie musste wieder arbeiten. Jetzt, da ihre körperlichen Wunden verheilten und hoffentlich auch die seelischen bald ein bisschen weniger schmerzten, war es an der Zeit, nach vorn zu blicken. Aktiv zu werden.

Mandel Jarvis war ihr ein Rätsel. Sie traute ihm nicht.

Hatte er tatsächlich zu Gott gefunden?

Glaubte er wirklich an die Lehren von Jesus Christus?

War er ein bekehrter Sünder?

Oder bloß ein gerissener Betrüger?

Wenn sie wetten würde – und sie wettete gern und oft –, hätte sie ihr ganzes Geld auf Letzteres gesetzt.

»… deshalb komme ich später nach Hause«, sagte Montoya, das Handy zwischen Schulter und Kiefer geklemmt, und setzte sich an seinen Schreibtisch im Department.

»Wie spät?«, wollte Abby wissen.

»Keine Ahnung. Muss noch ein paar Hinweisen nachgehen, aber ich gebe mir alle Mühe, da zu sein, bevor der Kleine ins Bett geht.«

»Gut.«

Er hörte, dass sie verärgert war. Im Hintergrund weinte Ben.

»Er braucht einen Vater, Reuben.«

»Er hat einen Vater.« Es fiel ihm schwer, sich seine eigene Gereiztheit nicht anmerken zu lassen. »Ich werde rechtzeitig da sein.«

»Ich nehme dich beim Wort«, sagte sie und legte auf, ohne wie sonst »Ich liebe dich« hinzuzufügen.

»Ich liebe dich auch«, sagte er aus Gewohnheit, dann konzentrierte er sich wieder auf den Bildschirm und seine Notizen. Nachdem er bei Kristi gewesen war, hatte er den Großteil des Tages damit verbracht, noch einmal gründlich die Alibis von Familienmitgliedern und Freunden von Kristi und Jay für den Zeitraum von Jays Ermordung zu überprüfen. Alle waren wasserdicht. Sogar Jays Cousin, Greg McKnight, der in Alabama lebte, konnte seinen Aufenthaltsort von ein paar Freunden bestätigen lassen, die mit ihm in einer Bar am Stadtrand von Mobile abgehangen hatten. Greg war nicht bei Jays Beerdigung gewesen und verlor kein freundliches Wort über »dieses Arschloch von einem Cousin«. Montoya wusste von seinem Vorstrafenregister, das neben Bagatellen auch eine Strafe wegen Körperverletzung enthielt. Anscheinend war Greg bei einer Auseinandersetzung mit seinem Nachbarn handgreiflich geworden. Es ging wohl um einen Baum, der über die Grundstücksgrenze hinausgewachsen war. Greg hatte den Ast kurzerhand abgesägt, und als der Nachbar Einspruch erhoben hatte, war er ihm mit der Kettensäge nachgerannt. Bei der anschließenden Rangelei hatte er sich selbst mit der Säge verletzt und mit fünfzehn Stichen am Oberschenkel genäht werden müssen, während der Nachbar sprichwörtlich mit einem blauen Auge davonkam – und mit einer geplatzten Lippe.

Greg hatte sechs Monate abgesessen und war anschließend umgezogen.

Montoya klopfte mit seinem Bleistift auf den Schreibtisch und betrachtete die erkennungsdienstlichen Aufnahmen und das Führerscheinfoto von Greg McKnight. Jays Cousin hatte ein langes Gesicht, zottelige blonde Haare und ein schiefes Grinsen – nichts davon machte ihn zu einem Schuldigen. Obwohl Montoya ihn als Täter nicht vollends ausschloss, musste er zugeben, dass die Unterstellung, Greg McKnight wäre von Alabama nach New Orleans gefahren, habe Kristi aufgelauert und überfallen und anschließend ihren Ehemann – seinen Cousin – getötet, ganz schön weit hergeholt war. Zumal Jay an jenem Abend normalerweise gar nicht dort aufgetaucht wäre.

Montoya hatte Kristis und Jays Leben bis ins kleinste Detail durchleuchtet, war ihre Anruflisten durchgegangen, die Kontakte und Gespräche bei sämtlichen Social Media Accounts, hatte nach negativen Posts oder Tweets gesucht, nach irgendwem, der sich aufgrund seiner Kommentare verdächtig machte – ohne Erfolg.

Während Bentz im Grunde längst davon überzeugt war, dass sie es mit Vater John zu tun hatten, der die Kugel im Sumpf überlebt und nach jahrelangem Versteckspiel in die Stadt zurückgekehrt war, war sich Montoya immer noch nicht sicher. Der Modus Operandi war einfach zu verschieden. Der Rosenkranzmörder war kein messerschwingender Psychopath. Er hatte seine »Arbeit« stets wohlüberlegt und ausgesprochen präzise durchgeführt – Ritualmorde, die einer verqueren Religionsauffassung entsprangen. Der psychopathische Pseudo-Geistliche war intelligent und organisiert, aber keineswegs der Typ, der finstere Drohkarten mit Bibelsprüchen verschickte.

Wo war der Rosenkranz? Wo die Hundert-Dollar-Note mit den geschwärzten Augen von Benjamin Franklin? Sollte tatsächlich ein Zusammenhang bestehen, würde die kriminaltechnische Untersuchung ergeben, dass es sich bei der schwarzen Tinte auf den Karten um dieselbe Farbe wie auf den Geldscheinen handelte. Aber ob das der Fall war?

Anschließend wandte er sich wieder den Karten zu.

Ja, die Bibelverse waren in der Tat als ominöse Drohungen zu verstehen.

Nein, Montoya glaubte nicht, dass der Übergriff auf Kristi und Jay Vater John zuzuschreiben war.

Aber wem dann?

Wem? Wem? Wem?

Das war das Problem. Am naheliegendsten war in seinen Augen, dass sich einer der Verbrecher aus Kristis True-Crime-Fällen an ihr rächen wollte – Killer, die ihr Vater hinter Gitter gebracht hatte. Sie alle hassten den Mann, der sie unermüdlich gejagt hatte. Allerdings saßen die meisten davon noch ein.

Es gab jedoch auch einige, die aus Montoya unverständlichen Gründen wieder auf freiem Fuß waren.

Der Erste, der ihm einfiel, war Ned Zavala, ein polizeibekannter Gewalttäter, der angeblich seine Schwester den Alligatoren zum Fraß vorgeworfen hatte. Seine Mutter hatte ihn nach dem Tod seines Stiefvaters aus dem Gefängnis geholt, indem sie Stein und Bein schwor, dass nicht ihr Sohn, sondern ihr zweiter Ehemann, Corrin Hebert, ihre Tochter umgebracht hatte. Da Zavala hinter Gittern lediglich durch gute Führung aufgefallen war, hatten die Richter den Rest seiner Strafe zur Bewährung ausgesetzt, bis der Fall neu aufgerollt und endgültig geklärt war.

Montoyas Blick schweifte über den kleinen Stapel Bücher, den Kristi ihm gegeben hatte. Er zog das Exemplar mit dem Titel *Der Schlachter aus dem Bayou* heraus, in dem es um Ned Zavala ging. Montoya war bei dem Fall dabei gewesen, aber Bentz war damals der leitende Ermittler, und es war sein Verdienst, dass sie den Mörder zur Strecke hatten bringen können.

Montoya hatte während seiner beruflichen Laufbahn schon viel Schreckliches gesehen, Menschen, die zu unfassbarer Grausamkeit fähig waren, und Zavala zählte in seinen Augen dazu. Er hatte als Metzger gearbeitet, und die Leichen, die sie in seiner Gefriertruhe entdeckt hatten, waren fachgerecht zerteilt und in Fleischpapier eingewickelt gewesen, manche Stücke sogar filetiert.

Die Sache ging ihm auch jetzt noch, nach so langer Zeit, unter die Haut. Er hatte Zavalas Mutter die Story nie abgekauft, dass Corrin Hebert die Taten begangen und das Blut von Neds Schwester auf Neds Jeans verteilt hatte.

Zavala hatte geschworen, sich an Rick Bentz zu rächen. Nach seiner Entlassung aus dem Gefängnis musste er feststellen, dass seine Frau ihn verlassen und mit den gemeinsamen Kindern nach Alaska geflüchtet war – nicht zuletzt, weil Kristis Buch dafür gesorgt hatte, dass die Leute in ihm für immer den *Bayou-Schlachter* sehen würden.

Jetzt kümmerte sich der ehemalige Metzger um seine sterbende Mutter, die noch in New Orleans lebte.

War es möglich, dass er sich nach all der Zeit an Kristi rächen wollte? Dass ihn irgendwas getriggert hatte?

Montoya strich sich nachdenklich über seinen Kinnbart und nickte. Ja, das war durchaus möglich. Jay war überraschend aufgetaucht und hatte dafür mit dem Leben bezahlen müssen.

Vielleicht war es so gewesen … vielleicht auch nicht.

Er lehnte sich auf seinem Schreibtischstuhl zurück, rieb sich den Nacken und versuchte, das Gefühl zu verdrängen, dass er auf dem falschen Dampfer war. Bentz mit seiner verfluchten Rosenkranzmörder-Theorie lag wahrscheinlich nicht so weit daneben wie er.

Und was zur Hölle hatte Cruz mit alldem zu tun? Warum war sein Bruder ausgerechnet in dem Park in der Nähe von Kristi Bentz' Haus aufgetaucht? Er fand einfach keine Antwort auf diese Fragen, und er machte sich Sorgen. Cruz hatte am Telefon behauptet, er wäre auf dem Weg nach New Orleans und würde sich bei ihm melden, sobald er angekommen war – und dann fing er Kristis entlaufenen Hund mithilfe des Gürtels ihres Urgroßvaters ein?

Wie seltsam war das denn?

Der Gürtel lag auf einer Ecke seiner Schreibtischplatte, die eingeprägten Initialen waren deutlich zu erkennen.

Montoya hatte überlegt, die Behörden in Oregon anzurufen. Es würde ihm ohnehin kaum eine andere Wahl bleiben, als den Kollegen mitzuteilen, dass Cruz ihn kontaktiert hatte, wollte er keine Schwierigkeiten bekommen.

»Scheiße«, murmelte er und beschloss, seinem Bruder noch bis morgen früh Zeit zu geben, ehe er sich mit dem jüngsten Chaos befasste, das dieser angerichtet hatte. Diesmal ging es um Mord. An einer Frau, die er länger als die Hälfte seines Lebens gekannt hatte.

Montoya warf einen Blick auf die Uhr und zwang sich, die Gedanken an seinen Bruder beiseitezuschieben. Jetzt musste er sich erst einmal der eigentlichen Arbeit widmen.

Die Tür zu dem Büro, das er sich mit Bentz teilte, stand einen Spaltbreit offen, aus dem Flur drangen Geräusche herein. Schichtwechsel. Die Cops von der Tagschicht machten sich bereit, das Department zu verlassen, andere kamen, um zu übernehmen. Schritte hallten vom Linoleumboden wider, lachende, plaudernde Kollegen gingen an seiner Tür vorbei. Handys klingelten, ab und zu brauste irgendwer laut auf, meist jemand, der gegen seine Verhaftung protestierte, oder ein entrüstetes Familienmitglied. All das wurde übertönt von dem Kreischen von Sägen und dumpfem Knallen von Nageltackern, da die Bauarbeiten scheinbar rund um die Uhr fortgesetzt wurden.

Genug, um seinen Schädel zum Pochen zu bringen.

Chaos, ja, das war es, was hier herrschte.

Pures Chaos.

Kapitel sechzehn

Montoyas Rücken schmerzte. Er wurde das Gefühl nicht los, dass er auf der Stelle trat, und zwar schon den ganzen verdammten Tag lang.

»Und ich sage dir, es ist der Rosenkranzmörder«, bemerkte Bentz, als er ins Büro zurückkehrte und feststellte, wie frustriert sein Partner war.

»Hast du irgendeinen Beweis dafür?«, wollte Montoya wissen.

»Nein. Noch nicht. Aber das ist nur eine Frage der Zeit.«

»Möglich.« Zum jetzigen Zeitpunkt würde Montoya nicht darauf bauen.

Bentz verbrachte weniger als fünfzehn Minuten an seinem Schreibtisch, er fuhr den Computer hoch und überprüfte seine Nachrichten, dann war er auch schon wieder auf dem Sprung. »Ich treffe mich noch mit einem Typen, der alte Hütten im *bayou* vermietet und womöglich Vater John begegnet ist.«

»Und das weißt du woher?«

»Ich habe einen anonymen Tipp bekommen. Willst du mitfahren?«

»Klar.« Montoya nahm seine Lederjacke, die Schlüssel und steckte die Pistole ins Holster. Zusammen gingen sie durch die Flure, nickten den Kollegen zu und machten einen Bogen um die Baustelle, die mit dicken, halb transparenten Plastikplanen abgehängt war. Die Arbeiter dahinter schienen ihre Sachen zusammenzupacken und entgegen aller Erwartungen für heute Feierabend zu machen.

Draußen war es noch hell. Ein träger Abendwind wehte ihnen entgegen, als sie zu Bentz' Jeep gingen. »Wie weit ist es ungefähr?«, fragte Montoya, als er ins aufgewärmte Wageninnere stieg und Bentz auf den Fahrersitz rutschte.

»Die Fahrt dauert über eine Stunde«, gab sein Partner zur Antwort und setzte eine Sonnenbrille auf. »Ist das okay für dich, oder willst du lieber nach Hause?«

Montoya schüttelte den Kopf. »Kein Problem.« Was nicht stimmte.

Es war ein Problem. Er würde Abby anrufen und ihr mitteilen müssen, dass er es nicht schaffen würde, Ben ins Bett zu bringen. Wieder einmal. Doch so war sein Job eben.

In New Orleans herrschte um diese Tageszeit dichter Verkehr, aber Bentz beschleunigte, sobald sie die Stadtgrenze hinter sich gelassen hatten. Die Sonne stand tief am Himmel, die Ladenzeilen und Industriegebiete wichen frei stehenden Häusern, Feldern und kleineren Farmen. Nachdem er fast durchgehend geschwiegen hatte, teilte Bentz Montoya nun mit, dass sie sich mit einem gewissen Cyrus Unger trafen, der im *bayou* rund ein Dutzend Hütten besaß.

»Der Tipp war zwar anonym, aber ich konnte die Nummer rückverfolgen lassen. Zu Unger. Er sagte, ein Geistlicher habe nach einer Hütte gefragt, aber er wollte nicht ins Department kommen, um mit mir zu reden. Daher dachte ich, es wäre eine gute Idee, wenn wir zu ihm fahren und uns mal umsehen. Unger ist nicht glücklich darüber, dass wir kommen, aber immerhin hat er eingewilligt.« Bentz warf Montoya einen Blick zu. »Ich denke, Unger hat ein, zwei nicht ganz legale Nebeneinkünfte – Wilderei oder Drogen, irgendetwas, was ihn nervös macht, wenn Cops in der Nähe sind.«

»Immerhin hat er angerufen.«

»Mord ist eine andere Nummer als das unerlaubte Töten eines Alligators oder das Jagen von Bären außerhalb der Saison. Auch das Dealen mit Meth kommt da nicht dran.« Die Straße beschrieb einen weiten Bogen durch geflutete Reisfelder. Krebsreusen schauten aus dem Wasser.

Nach einer Weile ließen sie auch die letzten Farmen hinter sich und fuhren in den *bayou,* wo noch vereinzelte Strahlen der untergehenden Sonne auf den Sumpfgewässern glitzerten. Bleiche Zypressen, die Zweige moosbehangen, ragten drohend aus dem dunklen Wasser, auf dem Wasserlinsen und Schönhäutchen trieben.

Bentz schaltete sein Navi an und bog von der Hauptstraße in einen schmalen, unbefestigten Kiesweg ein, der sich durch die Bäume wand und über eine alte Holzbrücke führte, die kaum breit genug war für einen SUV, dann folgte er dem Weg etwa eine Meile in den Sumpf.

»Glaubst du wirklich, dass Vater John so weit entfernt von der Stadt lebt?«

»Keine Ahnung, ich weiß nur, dass er sich im Sumpf wohlfühlt.« Das stimmte: Das ursprüngliche Versteck, eine rustikale Holzhütte, hatte tief im *bayou* gelegen. Wäre er bloß dort krepiert, dachte Montoya jetzt, als die Scheinwerfer des Jeeps auf eine lang gezogene, flache Hütte fielen, die irgendwann einmal weiß gewesen sein musste, auch wenn sie jetzt so grau war wie die Sumpfzypressen.

»Da sind wir.« Bentz blieb stehen und stellte den Motor aus. Durch die Windschutzscheibe blickten sie auf eine marode wirkende Veranda. Neben der Eingangstür hing ein verblasstes rotes Schild mit der Aufschrift *Büro*.

Am Geländer waren weitere Schilder befestigt, und als Montoya ausgestiegen war, las er die Bürozeiten und dass man hier Lebendköder und kaltes Bier kaufen konnte.

Er bemerkte auch, dass das Neonschild, das die verfügbaren Kapazitäten der Hütten anzeigte, flackerte und leise brummte. Die Moskitos waren in Angriffslaune, trotz einer elektrischen Insektenfalle, in dem das jüngste Opfer zischend verglühte.

Bevor Bentz und Montoya die klapprige Stufe zur Veranda hinaufstiegen, schwang die Tür auf, und ein kahl werdender Mann mit rötlichem Teint, Knollennase und Sommersprossen winkte sie herein. »Ich bin Cyrus«, sagte er, nachdem sie sich vorgestellt und ihre Dienstmarken gezeigt hatten, die er skeptisch beäugte. »Aber alle nennen mich nur CU – wie in *See you* –, meine Initialen.« Er schnaubte. »Das hat schon in der Grundschule angefangen. Die anderen Kids fanden es lustig, und irgendwie ist es hängen geblieben. Mir soll's gleich sein.« Er trug ein orangefarbenes T-Shirt, eine abgewetzte Jeans und Hosenträger, die sich über seinen vorgewölbten Bauch spannten. Sein Bart war grau und dünn, seine Füße steckten in Mokassins, die eine Nummer zu groß aussahen.

Sie betraten das Büro, und er schloss eilig die Tür hinter ihnen, ließ eine Jalousie herunter und stellte das Neonschild aus. »Damit wir unter uns bleiben«, erklärte er. »Manche meiner Gäste könnten vielleicht ein wenig nervös werden, wenn sie mitbekommen, dass ich mit der Polizei rede. Sie verstehen, was ich meine?«

Montoya nickte.

Das Büro war klein und roch nach Tabak, Fisch und Staub. Ein

Tresen erstreckte sich über eine ganze Wand, der Kühlschrank gegenüber war gesteckt voll mit Kaltgetränken – Limo, Bier, Wasser –, außerdem gab es kalte Snacks mit Schmelzkäse und Würstchen. Und Köder. Neben dem Getränkefach stand eine Tiefkühltruhe mit gefrorenen Waffeln, Pizza, Maiskolben, Eiscreme-Sandwiches und weiteren Ködern.

An der Kasse konnte man Nüsse, Brezeln, M&Ms, Zigaretten und Kautabak erwerben, dahinter befand sich eine vom Boden bis zur Decke reichende abschließbare Plexiglasvitrine mit Hochprozentigem und Munition. An einer Pinnwand hingen Geschäftskarten, vergilbt und zerknittert, außerdem Fotos von Jägern mit toten Alligatoren oder Rotwild, Fischern mit ihrem Fang und ein Abreißblatt, auf dem CU seine Hütten anbot, mit seinem Namen und seiner Telefonnummer. Vier oder fünf Abschnitte fehlten bereits. Nicht gerade Hightech, sondern eher die Art Werbung, wie man sie in kleinen lokalen Lebensmittelläden fand.

»Kommen Sie mit nach hinten«, schlug Cyrus vor. »Wir können uns ins Wohnzimmer setzen.«

Sie folgten ihm durch einen kurzen Flur, der gleichzeitig als Lager diente und so vollgestellt war, dass sie kaum in den rustikalen Wohnbereich vordringen konnten. Als sie es geschafft hatten, standen sie in einer Art Ein-Zimmer-Apartment: Ein Bett war an die Wand geschoben, Couch und Sessel standen an der Wand gegenüber, dazwischen befand sich ein Fernseher auf einem Drehständer, damit man sowohl vom Bett als auch vom Sessel aus fernsehen konnte. In einem Erker war die Küche untergebracht: Mikrowelle, Minikühlschrank, Kochplatte. Der Geruch nach kürzlich gebratenem Fisch hing noch in der Luft.

Eine Schiebetür öffnete sich auf einen großen Balkon über dem Wasser, dekoriert mit Windlichtern und weiteren Insektenfallen.

»Erzählen Sie uns von dem Priester«, begann Bentz mit der Befragung, nachdem er CU darüber informiert hatte, dass er das Gespräch aufzeichnen würde.

»Ich bin mir nicht sicher, ob er ein Priester war.« CU machte es sich in seinem Sessel bequem und schaute durch die offene Schiebetür in den Sumpf, über den sich erstaunlich schnell die Dunkelheit herabsenkte.

»Warum haben Sie den Mann für einen Geistlichen gehalten?«, wollte Montoya wissen.

»Er war komplett schwarz gekleidet, aber er trug keinen Priesterkragen – nur eine schwarze Hose und ein schwarzes Hemd, was ja heutzutage nichts Ungewöhnliches ist. Allerdings hatte er irgendetwas an sich, das mich auf die Idee gebracht hat …« Seine Stimme verklang. Er schwieg einen Moment, dann fuhr er fort: »Es war wirklich seltsam. Er stand plötzlich im Büro und erkundigte sich, ob eine Hütte frei sei. Das ist natürlich nicht ungewöhnlich, genauso wenig wie seine Behauptung, er habe vom Freund eines Freundes gehört, dass ich vermiete. Namen nannte er keine. Trotzdem … Irgendwas kam mir seltsam vor. Ich habe einen ziemlich guten inneren Bullshit-Detektor, und bei diesem Kerl läuteten sämtliche Alarmglocken. Ich nehme an, er hatte etwas zu verbergen – aber hey, das geht mich nichts an. Wie dem auch sei – ich schalte keine Werbung, weder im Internet noch sonst wo. Es gefällt mir, unter dem Radar zu bleiben, wenn Sie verstehen, was ich meine. Die Ladenbesitzer in der Gegend wissen von meinen Hütten, und manchmal lasse ich ihnen ein paar Flyer mit meiner Telefonnummer da, damit man mich anrufen kann, aber das ist auch schon alles. Er hat aber nicht angerufen. Stattdessen ist er zu Fuß hier aufgekreuzt. Kein Fahrzeug. *Das* ist allerdings ungewöhnlich.« CU starrte weiter durch die Schiebetür auf das dunkle Wasser. »Er sagte, ein Kumpel habe ihn hergefahren«, erinnerte er sich, »was eine plausible Erklärung ist, allerdings war dieser Kumpel nirgendwo zu sehen. Das hat mich misstrauisch gemacht, aber ich habe mir nichts anmerken lassen. Er fragte nach einer freien Hütte, und zwar explizit nach einer abgeschiedenen, die man nur per Boot erreichen kann. Ich habe tatsächlich so eine, aber die ist vermietet. Für ein ganzes Jahr. Der Mieter zahlt pünktlich. Ich habe nicht vor, ihn rauszusetzen.« CU kratzte seinen grauen Bart. »Ich habe dem Kerl gezeigt, was frei ist – die Hütten sind im ganzen *bayou* verstreut, aber er war nicht daran interessiert. Angeblich sind alle ›zu nah an der Zivilisation‹.« Er kaute nachdenklich auf seiner Unterlippe, bevor er hinzufügte: »Die meisten Hütten sind so einsam gelegen, dass man im Umkreis von einer Viertelmeile keiner Menschenseele begegnet, aber er meinte, er suche einen Ort, an dem er völlig allein sein könnte, um zu meditieren – nur er und Gott.«

»Ach, deshalb haben Sie ihn für einen Geistlichen gehalten?«

»Nein, nicht deshalb. Man muss nicht unbedingt dem Klerus angehören, um mit dem Big Boss im Himmel kommunizieren zu wollen.«

»Warum dann?«

»Wegen seiner Art, zu reden. So schulmeisterlich, erhaben, wenn Sie verstehen, was ich meine. Er hat versucht, freundlich zu sein, dennoch wirkte er irgendwie unnahbar.«

Bentz schüttelte den Kopf. »Ich verstehe leider nicht, was Sie meinen.«

»Es war fast so, als wollte er mir weismachen, dass er zu den Klerikalen gehört, aber er kriegte es nicht hundertprozentig hin. Er kam mir suspekt vor, weil dieses religiöse Getue wie ein Fake wirkte. Er hat sich in meiner Gegenwart sogar bekreuzigt«, CU schlug das Kreuzzeichen vor seiner breiten Brust, »aber seine Bewegungen waren nicht natürlich, nicht fließend. Als wollte er mich täuschen.«

»Warum?«

»Das müssen Sie mir sagen. Er hatte dieses betuliche, feine Lächeln auf den Lippen, und auch das kam mir nicht echt vor. Ich konnte nicht erkennen, was er wirklich dachte, denn er trug eine große, verspiegelte Sonnenbrille, was irgendwie unpassend für einen Priester ist. Als ich ihm nicht weiterhelfen konnte, ist er gegangen, zu Fuß. Angeblich wollte er seinen Kumpel von unterwegs aus anrufen. Er war ungefähr fünf Minuten weg, als ich hörte, wie ein Motor angelassen wurde.«

»Sein Kumpel hat also auf ihn gewartet«, schlussfolgerte Montoya.

»Nein. Es war sein Wagen.«

»Und woher wissen Sie das?«

Zum ersten Mal, seit sie in seinem Wohnzimmer saßen, grinste CU. »Weil ich es auf Band habe.«

»Auf Band?«

Er beugte sich vor und stützte die Hände auf die Knie. »Hier draußen bekommen wir es öfter mit ausgesprochen unangenehmen Typen zu tun, wenn Sie verstehen, was ich meine. Manche denken, sie könnten sich alles erlauben, weil kaum Menschen in der Gegend leben. Dass sie einen einfach abzocken können, weil es ja doch keiner mitbekommt. Das ist mir selbst ein paarmal passiert. Bevor ich die Kameras installiert habe.«

Montoya konnte es kaum glauben.

»Sie haben den Kerl *gefilmt?*«, fragte Bentz fassungslos.

»Noch besser«, sagte CU, dessen Grinsen immer breiter wurde und eine Lücke zwischen seinen tabakfleckigen Schneidezähnen enthüllte. »Ich habe auch seinen Wagen aufgenommen.«

Kapitel siebzehn

»Ich sage nur, dass du mir irgendetwas an die Hand geben sollst«, beharrte Zera, während Kristi, das Smartphone ans Ohr gedrückt, aus dem Fenster ihres Arbeitszimmers starrte.

»Und ich habe gesagt, dass ich es versuche.«

»Ich weiß, ich weiß. Ich will dich ja nicht drängen, aber es ist wichtig – alles kommt auf das richtige Timing an.«

Kristi wirbelte auf ihrem Drehstuhl herum und starrte zu der Wand, an der ein großer Flachbildfernseher über einem Regal mit ihren WLAN-Anschlüssen, Aufnahmegeräten und einem alten DVD-Player hing. Oben auf der Ablage standen mehrere gerahmte Fotos, ihre Lieblingsbilder.

Sie betrachtete einen Schnappschuss von Jay, den sie während einer Reise zum Grand Canyon gemacht hatte. Jays Haare waren windzerzaust, sein Kinn mit einem Bartschatten überzogen. Lächelnd blickte er in die untergehende Sonne. Ihr Herz zog sich schmerzhaft zusammen. Plötzlich fiel ihr auf, dass Zera immer noch redete.

»… wird nicht lange dauern. Ich bitte dich doch nur um ein paar Seiten. Mehr brauche ich gar nicht. Sollte das Ganze konkreter werden, können wir uns immer noch damit befassen. Jetzt ist es erst mal wichtig, dass wir mit aufspringen. Anders formuliert: dass wir das Eisen schmieden, solange es noch heiß ist.«

Hinter Kristis Augen machten sich Kopfschmerzen bemerkbar.

Zera würde offenbar nicht eher lockerlassen, bis sie Kristi die Zusage herausgeleiert hatte, eine Fortsetzung von ihrem Buch über den Rosenkranzmörder zu schreiben.

Sie drehte den Stuhl so, dass sie auf den Schreibtisch blicken konnte, auf dem ein chaotisches Durcheinander herrschte.

»Hör mal«, bohrte Zera weiter. »Mehrere Verlage haben angefragt, und mir ist zu Ohren gekommen, dass auch andere Autoren Interesse an dem Stoff bekunden.«

»Lass mich raten«, sagte Kristi wenig begeistert. »Drake Dennison ist ebenfalls darunter.«

»Richtig. Der Name ist gefallen. Dennison ist übrigens in New Orleans.«

»Das wusste ich gar nicht.« Kristi war überrascht. »Ich dachte, er wohnt irgendwo in Atlanta.«

»Das dachte ich auch. Allerdings kann man sich bei ihm nie sicher sein – unser lieber Dennison steckt voller Geheimnisse. Ich glaube, er ist letztes Jahr umgezogen, ein Kollege, der mit Dennisons Agentin befreundet ist, hat so etwas erwähnt. Sie lässt nicht viel über ihn nach außen dringen, offenbar gehört das zu seiner ›mysteriösen Aura‹«, fügte Zera sarkastisch hinzu. Kristi sah bildlich vor sich, wie sie mit den Fingern Anführungszeichen in die Luft malte.

»Hör mir bloß auf damit.« Kristi verdrehte die Augen. »Das mag vielleicht vor Jahren gezogen haben, aber in Zeiten von Facebook – oh, pardon, Meta –, Instagram, Twitter, Online-Literaturkreisen, Mystery-Blogs, Podcasts und weiß Gott, was sonst noch, ist das doch nichts als Bullshit!«

»Sage ich ja.« Zera schnaubte. »Allerdings ist Dennison nicht der Einzige, der ein neues Buch über den Rosenkranzmörder in Planung hat. Es geht sogar das Gerücht, dass es eine Fernsehserie dazu geben soll.«

Kristi hätte begeistert sein sollen, doch das war sie nicht. »Das Buch wurde doch schon verfilmt, das alte Zeug läuft jedes Jahr vor Halloween …«

Zera schnaubte erneut. »Nein, das nicht. Nicht so billig. Die neue Serie wird eine ganz andere Nummer.«

»Wenn du meinst.«

»Ich sage dir, Kristi, die Aasgeier kreisen bereits. Wenn du nicht willst, stürzen sich ein halbes Dutzend andere Autoren darauf, also schick mir etwas, verdammt noch mal!«

»Okay.« Das war gelogen. Kristi legte auf. Zera würde sauer auf sie sein, aber Kristi ging davon aus, dass sie ihrer Agentin eine völlig andere Story liefern könnte, hätte sie erst einmal herausgefunden, wer hinter dem Mord an Jay steckte – ja, vielleicht tatsächlich Vater John, aber eben nicht zwingend.

Wenn sie die Puzzleteile doch nur zusammensetzen könnte!

Am besten, ohne dabei verletzt oder getötet zu werden.

Abwesend rieb Kristi über ihre Schulter, wo der Angreifer sie mit dem Messer erwischt hatte, bevor er sich auf Jay stürzte. »Ich kriege dich, du verfluchter Bastard«, murmelte sie. »Und wenn es das Letzte ist, was ich tue.«

»Nein, Kris. Nicht das Letzte.« Jays Stimme war klar und deutlich zu vernehmen. Sie klang tadelnd.

»Warum nicht?«, stieß sie ärgerlich hervor. Warum zum Teufel spukte er in ihrem Kopf herum, anstatt bei ihr zu sein? Warum hatte all das passieren müssen?

»Wegen des Babys. Du musst zuerst an unser Kind denken.«

O Gott. Kristi stieß verzweifelt die Luft aus und streichelte Lenore, die auf ihren übervollen Schreibtisch gesprungen war. Jay hatte recht, natürlich. Sie durfte sich nicht in Gefahr bringen, nicht jetzt. Es ging nicht nur um sie, es ging um das ungeborene Leben.

Frustriert schleuderte sie ihren Bleistift auf die Schreibtischplatte. Das Kätzchen zuckte zusammen und fauchte, wobei es die kleinen, nadelspitzen Zähne zeigte. »Oh, tut mir leid.« Kristi streckte die Hand nach Lenore aus, doch die verschwand eilig hinter dem Stapel Bücher, die Kristi aus dem Regal genommen hatte, als Montoya bei ihr gewesen war.

Die Hälfte davon hatte sie ihm mitgegeben, die andere Hälfte lag noch genauso da wie zuvor.

Kristi betrachtete die Buchrücken.

Hatte Montoya recht? War der Mörder wirklich einer der Killer, über die sie im Laufe der Jahre geschrieben hatte? Wie hoch standen die Chancen, dass der Partner ihres Dads mit seiner Vermutung richtiglag?

Nicht exorbitant hoch, aber durchaus im Bereich des Möglichen. Zumindest erschien ihr diese Theorie plausibler als die Vorstellung, dass sich irgendein »Freund« oder Familienmitglied an jenem schicksalhaften Abend in den Schatten der St. Louis Cathedral herumgedrückt und ihnen aufgelauert hatte.

Sie strich mit dem Zeigefinger über die Bücher.

Wer von euch hasst mich so sehr, dass er mich gern tot sehen würde?, fragte sie sich zum wohl tausendsten Male.

»Nicht nur dich, Kris. Es könnte genauso gut sein, dass dein Dad das eigentliche Ziel ist«, hörte sie wieder Jays Stimme. *»Er hat sich im Laufe seiner Karriere unzählige Feinde gemacht, und wie kann man ihn tiefer treffen als damit, dir zu schaden? Du solltest recherchieren, und zwar gründlich. Einen kühlen Kopf bewahren. Wenn du der Sache wirklich auf den Grund gehen willst – und dessen bin ich mir sicher –, dann tu es. Richtig.«*

»Ach, halt die Klappe«, sagte sie und spürte, wie ihre Mundwinkel in die Höhe zuckten, als sie daran dachte, wie oft sie ihren Mann mit diesem Spruch geneckt hatte, wenn sie mal wieder unterschiedlicher Meinung waren und ihr klar wurde, dass er recht hatte.

Seufzend drehte sie den Ehering an ihrem Finger. »Ich vermisse dich«, gab sie zu und spürte, wie sich ihre Kehle zusammenschnürte. Wieder einmal. Sie wollte nicht in Tränen ausbrechen, daher blinzelte sie angestrengt, dann nahm sie das oberste Buch vom Stapel und las den Titel. *Gottkomplex und Mord.* »Die Geschichte von Hamilton Cooke«, sagte sie ins leere Arbeitszimmer hinein und sah, wie Dave den Kopf hob und sie fragend anschaute. Sie hatte ihm ein Hundebett vor eines der Fenster geschoben. Lächelnd rollte sie mit ihrem Stuhl zu ihm und kraulte ihn hinter den Ohren. »Irgendwann erzähle ich dir davon«, versprach sie, und Dave wedelte mit dem Schwanz.

Kristi dachte daran zurück, wie sie Cooke befragt hatte – ein brillanter Chirurg und ein narzisstischer Egomane. Cooke nutzte seinen fragwürdigen Ruhm zu seinem Vorteil, schuf eine alternative Persönlichkeit und war darauf bedacht, den Menschen ständig neue Rätsel aufzugeben. Andauernd war er in den Nachrichten, in den sozialen Medien, im Fernsehen. Er gab Radio-Interviews und sorgte für jede Menge Spekulationen – während seiner Zeit im Gefängnis und vor allem danach. Durch sein Verbrechen war er zu einer Berühmtheit geworden, und er schien die Aufmerksamkeit zu genießen.

»Dr. Ego«, murmelte sie.

Kristi hatte ihn nicht nur einmal interviewt. Sie hatte sich mehrere Male mit ihm getroffen, während sie an dem Buch über ihn arbeitete. In ihren Augen war er aalglatt und in erster Linie darauf bedacht, alle anderen wissen zu lassen, wie schlau er doch war, ein wahres Genie.

Hamilton Cooke, ein brutaler Mörder.

Er war so arrogant gewesen zu glauben, er könnte Kristi von seiner Unschuld überzeugen, aber damit hatte er bloß das Gegenteil erreicht. Nur weil sein IQ irgendwo in der Stratosphäre angesiedelt war, sollte er nicht denken, er könnte alle anderen hinters Licht führen.

Kristi hatte ihn durchschaut. Mühelos. Sie hatte ihn in dem Glauben gelassen, er würde sie manipulieren, auch wenn das nicht der Fall gewesen war. Seine wohl einstudierte Story war bei ihr auf taube Ohren gestoßen, doch das hatte sie sich nicht anmerken lassen. Sein ebenso wohl einstudierter Charme war an ihr abgeprallt, dennoch hatte sie so getan, als würde sie ihn nicht nur für unglaublich intelligent halten, sondern als würde sie sich zudem ungemein zu ihm hingezogen fühlen.

Bei einem ihrer Besuche im Gefängnis hatte sie aufmerksam zugehört, ihn verträumt angelächelt und ihn andächtig angesehen, nahezu angehimmelt, und er hatte sich nicht bremsen können und sich immer mehr entlocken lassen. Zudem hatte er ihr entgegen dem ausdrücklichen Rat seiner Anwältin gestattet, das Gespräch in Bild und Ton aufzunehmen. Sein Pech.

Sie durchsuchte ihre gespeicherten Dateien und fand das entsprechende Interview. Ein Klick auf Abspielen, und da war er: Dr. Hamilton Cooke, in Gefängnisuniform. Lässig zurückgelehnt auf einem Plastikstuhl, sprach er direkt in die Kamera. Sie erinnerte sich noch genau, wie sie auf der anderen Seite des schmalen Besuchertisches gesessen und ihm Fragen gestellt hatte.

Cooke hatte ein ebenmäßiges Gesicht mit einer spitzen, beinahe aristokratischen Nase. Sein schwarzes Haar war durchsetzt mit Silber, ein Lächeln lag auf seinem glatt rasierten Gesicht mit dem markanten Kinn. Ein Fächer winziger Krähenfüße umgab seine durchdringenden blauen Augen.

Während des gesamten Gesprächs wich er kein einziges Mal von seiner Story ab.

Cooke hatte geschworen, dass seine Ehefrau Beth in der Dusche ausgerutscht und gestürzt war. Dabei hatte sie sich den Kopf an den Fliesen angeschlagen und war gestorben, bevor Hilfe eintreffen konnte. Seine Tochter hatte sie gefunden. Hamilton selbst war angeblich draußen im Garten beim Pool-Haus gewesen und ins Haus gerannt, als er seine Tochter schreien hörte. Er behauptete steif und fest, er habe sein Bestes gegeben, Beth zu retten, während die Tochter panisch mit der Neun-eins-eins telefonierte.

Aber alles war vergebens.

Jede Hilfe kam zu spät.

Vermutlich zum zwanzigsten Mal schaute sich Kristi an, wie Hamilton Cooke mit gerunzelter Stirn und verkniffenen Lippen erklärte: »Leider war sie schon tot, als die Rettungssanitäter eintrafen.« Er blickte direkt in die Kamera. »Ein unglückseliger Unfall. Das ist alles.« Er zuckte die Achseln. »Die Polizei hat etwas ganz anderes daraus gemacht, aber das stimmt einfach nicht – ich wollte Beth nicht umbringen, ich wollte ihr helfen!«

»Die Polizei« – das war Kristis Vater.

Das Problem an der Geschichte war, dass der Gerichtsmediziner zu einem anderen Ergebnis kam: Seiner Meinung nach stammten Beth Cookes Verletzungen nicht von dem Sturz, sondern waren Resultat einer stumpfen Gewalteinwirkung – vermutlich von einem Hammer, der jedoch nie gefunden wurde.

Cooke war verurteilt worden. Hauptsächlich, weil er darauf bestanden hatte, auszusagen. Offenbar war er davon ausgegangen, die Jury von seiner Unschuld überzeugen zu können. Das war ihm jedoch nicht gelungen, und als Kristi später mit ihm sprach, hatte er gerade Berufung eingelegt. Anscheinend dachte er, Kristis Buch würde ihm dabei helfen.

»Ich bin so froh, dass wir miteinander reden«, sagte er in die Kamera und lächelte traurig, wodurch ein kleines Grübchen in seinem Kinn sichtbar wurde. »So können wir das Ganze richtigstellen. Mein erster Anwalt hat den Fall ja leider verpfuscht.« Er spuckte den Satz förmlich aus, als würde er widerlich schmecken. »Eine schlechte Wahl.« Ein leichter Schatten huschte über die blauen Augen, dann verlor sich sein Blick in einer Ferne, die nur er sehen konnte. »Aber das ist vorbei. Ich habe jetzt eine neue Anwältin, und die Frau hängt sich richtig rein.« Er reckte das Kinn vor. »Sie wird dafür sorgen, dass die Gerechtigkeit siegt.«

Besagte Anwältin, Reggie Lucerno, war keine zehn Minuten später in das Interview geplatzt. Eine umwerfend attraktive, hochgewachsene Frau mit zurückgekämmten roten Haaren, hohen Wangenknochen und großen grünen Augen, die vor Intelligenz sprühten. Ihre High Heels klackerten im Stakkato über das Linoleum, als sie das kleine Befragungszimmer betrat, die Schöße ihres langen Kamelhaarmantels flatterten. Sie explodierte beinahe, als sie Kristi und ihren Mandanten im Gespräch sah. »Ich glaube es nicht! Ich habe Ihnen doch gesagt: Keine Interviews!« Sie verdrehte die Augen, dann fuhr sie fort: »Manchmal frage ich mich, warum ich mir so etwas überhaupt antue.«

»Reggie …«, versuchte er, sich zu verteidigen, doch sie fiel ihm ins Wort.

»Das hier …«, sie machte eine den kleinen Raum umfassende Handbewegung, deutete dann erst auf die Kamera und anschließend auf Kristi, »… ist hiermit beendet. Jetzt. Sie dürfen weder mit der Presse noch mit sonst wem reden.« Sie wandte sich an Kristi. »Was sind Sie? Romanautorin?«

»True Crime«, korrigierte Kristi, stand auf und streckte die Hand aus, um sich vorzustellen. »Kristi Bentz.«

»Bentz?«, wiederholte Reggie fassungslos, als ihr dämmerte, wer da vor ihr stand. Sie ignorierte Kristis Hand und funkelte stattdessen ihren Mandanten an. »Ist Rick Bentz nicht der Detective, der Sie in diese Situation gebracht hat? Um Himmels willen, Hamilton!« Ihr wutentbrannter Blick schweifte weiter zu Kristi. »Wie ich schon sagte: Wir sind hier fertig. Wenn Sie bitte gehen würden.« Sie drehte den Kopf zur Tür und rief: »Wache!« Dann, an Kristi gewandt: »Das ist eine bodenlose Unverschämtheit.« Sie stöckelte aus dem Bild, sodass jetzt nur noch Cookes Gesicht zu sehen war, das eine tiefrote Farbe angenommen hatte.

»Eine Un-ver-schämt-heit«, wiederholte Reggie aus dem Off. Ihre Stimme war kaum mehr als ein empörtes Zischen, aber dennoch deutlich zu hören.

Kristi erinnerte sich nur zu gut, wie aufgebracht die Anwältin gewesen war, die Lippen zusammengepresst, die Stirn in Falten gelegt. Über dem linken Auge machte sich ein leichter Tic bemerkbar. Nichts davon war auf den Aufnahmen zu sehen, doch plötzlich hatte sich Reggie in dem kleinen Besuchsraum über den Tisch gebeugt und war von der Kamera wieder eingefangen worden. »Wir werden Sie verklagen«, hatte sie eisig hervorgestoßen.

»Tun Sie das.« Kristi hatte gespürt, dass sie selbst sauer wurde. Was bildete sich diese Frau ein? Dann hatte sie sich Hamilton zugewandt und ihm versichert: »Ich würde gern später mit Ihnen weiterreden.«

»Nein. Ganz sicher nicht.« Reggie hatte ihrem Mandanten einen strengen Blick zugeworfen, der ihm bedeutete, unter allen Umständen den Mund zu halten. Im selben Moment betrat ein stämmiger Wachmann im Eilschritt den Raum, eine Hand auf dem Elektroschocker an seinem Gürtel. »Gibt's Probleme?«, wollte er wissen und sah fragend von einem zum anderen.

»Nein«, versicherte Kristi ihm, nahm die Kamera und ihre Handtasche und sagte, ohne die Anwältin eines weiteren Blickes zu würdigen: »Wenn Sie Ihre Meinung ändern sollten, Hamilton, geben Sie mir gern Bescheid.«

Reggie lachte bitter. »Träumen Sie weiter. Er wird ganz sicher nicht mehr mit Ihnen reden.« Sie sah den Wachmann an. »Wir sind hier fertig. Mein Mandant wird keine weiteren Interviews geben. Bitte begleiten Sie Ms Bentz hinaus.«

Und das war's dann.

Kristi hatte es versucht und war gescheitert.

Reggie Lucerno wurde ihrem Ruf gerecht. Sie hängte sich wirklich rein. Knallhart.

Tatsächlich war es ihr gelungen, Cookes Fall im Berufungsverfahren neu aufzurollen und die Verurteilung aufzuheben.

Während der zweiten Verhandlung, die von den Medien ausführlich begleitet wurde, kamen Gerüchte auf, Hamilton und Reggie führten nicht nur eine berufliche, sondern auch eine romantische Beziehung, trotz der Tatsache, dass Reggie mit Aldo Lucerno verheiratet war, einem Self-made-Millionär, dem »Austernkönig« von New Orleans.

Die beiden bestritten die Gerüchte selbstverständlich, doch sie hielten sich hartnäckig, und die Bluthunde der Presse waren ihnen rund um die Uhr auf den Fersen, vor allem dann, als die Anwältin sich von ihrem Mann scheiden ließ. Der Medienaufruhr war groß und sorgte dafür, dass Hamilton Cooke im landesweiten Rampenlicht blieb, obwohl er nach dem Gespräch mit Kristi tatsächlich kein einziges Interview mehr gegeben hatte.

Cookes Verurteilung wurde also aufgehoben, und der gut aussehende, arrogante Chirurg war ein freier Mann, auch wenn die Frage »Hat er seine Frau nun ermordet oder nicht?« weiterhin wie eine dunkle Wolke über ihm schwebte. Erst nach seiner Entlassung aus dem Gefängnis machten Reggie und er ihre Beziehung öffentlich, und binnen drei Monaten heiratete das Paar in einer privaten Zeremonie am Strand von Florida, beide gebräunt und barfuß, sie in einem hauchdünnen weißen Kleid, er im Smoking, das Hemd offen, die Fliege lose an der Seite baumelnd. Die Hochzeit fand unter hohen Palmen statt, auf in der Sonne glitzerndem weißem Sand vor der atemberaubenden Kulisse des türkisblauen Ozeans.

Die Medien waren nicht eingeladen, doch in der Nähe drückten sich scharenweise Paparazzi herum. Einem glatzköpfigen Fotografen waren einige intime Schnappschüsse gelungen, bevor er schroff von den Sicherheitsleuten zurückgedrängt wurde. Zu spät. Bald darauf wimmelte es in den Boulevardblättern und Unterhaltungs-Shows im Fernsehen nur so von Fotos des glücklichen Paars bei seiner »privaten« Hochzeit.

Unterstützt von seiner neuen Anwältin-Ehefrau, konzentrierte sich Cooke darauf, seine Approbation zurückzuerhalten, und rief Charity-Veranstaltungen für Menschen, die zu Unrecht im Gefängnis gesessen hatten, ins Leben. Mit Reggies Hilfe war es ihm schließlich gelungen, die Summe aus der Lebensversicherung seiner ersten Frau, ganze zwei Millionen Dollar, einzuheimsen – das Geld stellte übrigens ein erstklassiges Mordmotiv dar, zumal Cooke in seiner ersten Ehe anscheinend nicht glücklich gewesen war, eine Scheidung jedoch den finanziellen Ruin bedeutet hätte. Kurz vor Beths Tod hatte Hamilton die Versicherungssumme erhöht, was ihn zusätzlich verdächtig machte.

Reggie hatte ihren Mandanten-Ehemann mit Zähnen und Klauen verteidigt und als Seniorpartnerin einer kleinen Kanzlei jeden verklagt, der den Namen ihres neuen Gatten – der nun auch ihr Name war – in den Schmutz zu ziehen versuchte. Auch Aldo hatte sich bei der Scheidung von Reggie lautstark zu Wort gemeldet und aus persönlichen, religiösen und geschäftlichen Gründen gegen die Auflösung der Ehe angekämpft, ja, er hatte sogar behauptet, die Scheidung würde ihn nicht nur finanziell ruinieren, sondern ihn noch dazu öffentlich bloßstellen. In Wahrheit hatte Aldo von der Sache profitiert, denn durch die plötzliche landesweite Aufmerksamkeit schnellte der Umsatz mit seinen Austern in Dosen exorbitant in die Höhe. Inzwischen war sein Unternehmen laut Kristis Recherchen mehr als zehn Mal so viel wert wie vor der schmutzigen Scheidungsschlacht.

Nichtsdestotrotz war er, genau wie seine Ex-Frau und ihr neuer Mann, empört gewesen über die Vorstellung, dass Kristi Bentz ein Buch schrieb, das ihn und seine Ex in ein schlechtes Licht rückte. Der Skandal wegen Reggies Untreue war schon brutal genug, auch ohne dass Kristi zusätzlich Öl ins Feuer goss. Aldo, dessen Vorfahren vor über zwei Jahrhunderten nach New Orleans eingewandert waren, versicherte der Öffentlichkeit, dass niemand, wirklich niemand den Namen »Lucerno« in den Dreck ziehen dürfe. »Wagen Sie es bloß nicht«, hatte er Kristi gewarnt, als sie ihn um ein Interview bei ihm zu Hause bat – ein riesiges, historisches Plantagenhaus auf einem weitläufigen gepflegten Anwesen mit mehreren Nebengebäuden hinter einer hohen Mauer samt Tor, das sich nur elektronisch öffnen ließ. Sie war gezwungen gewesen, davor in ihrem Wagen sitzen zu bleiben, als Aldo, ein etwa eins fünfundsiebzig großer Mann mit kurz geschnittenen dunklen Haaren, aus dem Haus kam und mit langen Schritten über die gepflasterte Zufahrt auf das schmiedeeiserne Tor zustrebte. »Wenn Sie irgendetwas über meine Familie schreiben«, hatte er gedroht, »dann sorge ich dafür, dass meine Anwälte die Veröffentlichung Ihres Buches verhindern.«

Kristi hatte sich nicht einschüchtern lassen. »Das werden wir ja sehen.« Nach einem kurzen Wortwechsel war sie davongefahren und hatte das niedergeschrieben, was sie als gesicherte Fakten ansah. Und tatsächlich war es nie zu der angedrohten Klageflut gekommen. Das Buch war erschienen und ein Bestseller geworden.

Reggie war nach ihrer Hochzeit mit Hamilton in ein dreigeschossiges Gebäude gezogen, das ein berühmter Architekt in den 1880ern entworfen hatte. Komplett renoviert, mit fünf Schlafzimmern und ebenso vielen Bädern, hatte es doch seinen ursprünglichen Charme erhalten, sodass man es immer wieder in Architektur- und Kulturmagazinen fand, inklusive der beiden glücklichen Turteltäubchen, die darin wohnten. Auch der großzügige eingefriedete Garten mit Pool war nicht zu verachten.

Das Haus lag nur wenige Blocks von Kristis Cottage entfernt im Garden District, allerdings in einer weitaus hochpreisigeren Gegend.

Sie riss sich von dem Anblick des Buchcovers los und konzentrierte sich wieder auf die Personen, die ein Motiv haben könnten, ihr oder ihrem Dad Schaden zuzufügen.

Was war mit Hamilton Cookes Tochter? Lindsay war noch ein Kind gewesen, kurz vor dem Teenager-Alter, als sie ihre Mutter leblos im Badezimmer fand.

Kristi durchforstete das Internet auf der Suche nach ihr. Nach dem Berufungsverfahren war Lindsay Cooke kaum in den Medien aufgetaucht. Heute war sie anscheinend an einem kleinen College im Mittleren Westen eingeschrieben, und sie mied das Rampenlicht noch immer genauso, wie ihr Vater es liebte.

Die nächsten Stunden verbrachte Kristi damit, Artikel über Hamilton und Reggie Cooke aufzurufen und einen nach dem anderen zu lesen. Sie checkte auch Hamilton Cookes Social Media Accounts und klickte die Website von Reggie Lucerno-Cookes Anwaltskanzlei an. Jede Menge Fotos und Videoclips tauchten auf, allesamt aalglatt und aufpoliert. Sie wirkten professionell und dienten ganz offensichtlich dazu, Reggie und Hamilton in ein perfektes Licht zu setzen. Es waren auch ältere Aufnahmen zu finden, die einen ernst dreinblickenden Dr. Hamilton Cooke in OP-Kleidung zeigten, oft mit einem jungen Patienten. Auf den neueren Bildern war er stets lässig gekleidet, trug die grau melierten Haare länger und hatte immer ein Lächeln auf den Lippen und ein Zwinkern in den leuchtend blauen Augen.

Kristi lehnte sich auf ihrem Schreibtischstuhl zurück und drehte einen Kugelschreiber zwischen den Zeigefingern, während sie über Cooke nachdachte. Bis heute war sie überzeugt davon, dass sich hinter der höflich-freundlichen Fassade ein kaltblütiger Killer verbarg, ein Mann, der sich für klüger als alle anderen hielt und alles dafür tat, um genau das zu beweisen. Cooke war in ihren Augen ein finsterer Psychopath, nicht mehr und nicht weniger.

Während ihrer Recherchen zu *Gottkomplex und Mord* hatte Kristi herausgefunden, dass Cookes erste Ehefrau die Scheidung hatte einreichen wollen. Nur zwei Wochen vor ihrem tragischen Unfall hatte sie dies ihrer Schwester anvertraut. Sie hatte sogar schon einen Termin bei einem renommierten Scheidungsanwalt in New Orleans ausgemacht, doch drei Tage vorher war sie plötzlich tot.

Was kein Zufall sein konnte. Kristi konzentrierte sich wieder auf den Monitor und rief das neueste Bild von Cooke auf – abermals eine professionelle Aufnahme, die ihn an seinem Schreibtisch zeigte, lässig auf dem Stuhl zurückgelehnt, ein feines Lächeln auf den Lippen, der Hemdkragen geöffnet, die Ärmel hochgekrempelt. Hinter ihm an der holzvertäfelten Wand hingen gerahmte Diplome und Auszeichnungen.

Während sie das Foto der Chirurgie-Koryphäe betrachtete, verspürte Kristi denselben eisigen Hauch des Misstrauens, den sie während ihres Gesprächs hinter den Gefängnismauern verspürt hatte.

Sie wusste, dass Hamilton Cooke sie hasste, und er hatte sich nicht die geringste Mühe gegeben, seinen Zorn zu verbergen. Für ihn stand fest, dass sie ihn in ihrem Buch falsch dargestellt hatte, und er fühlte sich betrogen, weil sie nicht nur mit ihm, sondern auch mit seiner Tochter und ehemaligen Freunden gesprochen hatte, außerdem mit Freundinnen und Vertrauten von Beth und ihrer Schwester.

Als der Verlag ihm einen Vorabdruck von Kristis Buch zugestellt hatte, war Cooke geradezu an die Decke gegangen. Auch Reggie hatte gedroht, Kristi zu verklagen, genau wie ihr Ex-Mann, aber die Anwälte des Verlags hatten die Klage abschmettern können. Doch würde Cooke sie deswegen ermorden wollen? Und wenn ja, warum jetzt?

Sie drehte weiter den Kugelschreiber zwischen den Fingern.

Ja, sie traute Hamilton Cooke zu, einen, wenn nicht gar mehrere Morde zu begehen. Er fiel definitiv in die Kategorien Egomane, kaltblütiger Mörder, Psychopath.

Aber warum Jay?

Dass Hamilton seine erste Ehefrau aus dem Weg geschafft hatte, um dem finanziellen Ruin zu entgehen, passte zu ihm.

Doch ein Angriff auf einen Fremden an einem verregneten Abend in New Orleans, noch dazu in aller Öffentlichkeit?

Es war etwas ganz anderes, die Ehefrau im eigenen Zuhause zu töten, als jemandem vor einer Kathedrale mit einem Messer aufzulauern. Diese Vorgehensweise passte einfach nicht zu einem Saubermann wie Dr. Hamilton Cooke.

»Du solltest alle Möglichkeiten in Betracht ziehen, Kristi. Du weißt nicht, wozu er tatsächlich fähig ist«, hörte sie Jays Stimme.

»Ach, was weißt du schon«, sagte sie. »Du bist tot, richtig? Ein Hirngespinst.«

Sie konnte ihn beinahe entrüstet lachen hören.

Beinahe.

Aber nicht wirklich.

Kopfschüttelnd stand sie auf und streckte sich.

Das Kätzchen, das zusammengerollt auf einem Kissen auf der Fensterbank gelegen hatte, öffnete ein Auge.

Kristi nahm das kleine schwarze Fellknäuel auf den Arm, und Lenore fing an zu schnurren. Sie drückte ihre Lippen auf den weichen Kopf und spürte eine feuchte Nase an ihrem Bein.

»Oh-oh«, sagte sie und blickte auf Dave, der schwanzwedelnd vor ihr stand. »Brauchst du auch Aufmerksamkeit?« Sie legte Lenore zurück auf das Kissen und kraulte Dave hinter den Ohren. »Na ja, ich denke, jetzt bist du an der Reihe. Sollen wir einen Spaziergang machen?«

Als hätte der Hund ihre Frage verstanden, stürmte er die Treppe hinunter zur Haustür und drehte kleine, aufgeregte Kreise.

Kristis Blick fiel auf das schmale Seitenfenster. Draußen war es bereits stockdunkel.

»Na prima«, murmelte sie, doch dann riss sie sich zusammen und griff nach Daves Leine. Sie hatte nicht vor, den Rest ihres Lebens in Angst zu verbringen.

Auf gar keinen Fall.

Kapitel achtzehn

Montoya wusste, dass Abby sauer war.
Was er ihr nicht zum Vorwurf machen konnte.

Jetzt saß er neben Bentz, der vom *bayou* zurück in die Stadt fuhr, und legte sich zurecht, was er ihr sagen wollte. Man musste ihnen zugutehalten, dass sie bei den Ermittlungen endlich vorangekommen waren. Cyrus Unger – CU – hatte sie auf eine heiße Spur gebracht. Hoffentlich würde Abby das verstehen und Nachsicht zeigen.

Auch Bentz war aufgekratzt und ausgepowert zugleich. Gott sei Dank fuhr er schneller als sonst, nicht wie ein alter Mann, dachte Montoya und warf seinem Partner einen Seitenblick zu, bevor er wieder durch die Windschutzscheibe blickte. Jetzt kamen die Lichter von New Orleans in Sicht.

Sie hatten bereits das Nummernschild des Wagens – ein schwarzer Chevrolet Impala Baujahr 2005 – durchgegeben, den CUs Kamera erfasst hatte, außerdem hatten sie Kopien der Aufnahmen bei sich, um sie später in Ruhe auszuwerten.

Als sie am Department ankamen, eilte Bentz im Laufschritt zu ihrem gemeinsamen Büro. Montoya folgte ihm. »Jetzt wird ein Schuh daraus«, sagte Bentz mehr zu sich selbst als zu seinem Partner, ließ sich auf seinen Schreibtischstuhl fallen und fuhr den Computer hoch. Gleichzeitig telefonierte er schon mit den Kollegen, um in Erfahrung zu bringen, was bei der Halteranfrage für den Fahrer des schwarzen Impala herausgekommen war.

Eine erste Überprüfung hatte ergeben, dass in Florida kein Wagen mit entsprechendem Nummernschild zugelassen war. Bei genauerem Hinsehen hatte sich gezeigt, dass die Plaketten seit einem Monat abgelaufen waren. Was darauf hindeutete, dass die Nummernschilder gestohlen und aller Wahrscheinlichkeit nach an einem ebenfalls gestohlenen Fahrzeug befestigt worden waren. Obwohl längst Feierabend war, bekam er jemanden von der Kraftfahrzeugbehörde ans

Telefon. Es war ein kurzer Anruf. »Nichts Neues«, murmelte Bentz anschließend frustriert und wandte sich wieder seinem Computerbildschirm zu. »Der Kerl klaut einen Wagen in Florida, tauscht die Nummernschilder aus und fährt nach New Orleans.« Er kratzte sich am Kinn, auf dem silbergraue Bartstoppeln zu sehen waren. »Sein eigenes Fahrzeug hat er vermutlich dort gelassen.«

»Wenn er denn eins hatte.«

»Vielleicht hat er die Nummernschilder auch nach Louisiana mitgebracht und das Auto hier gestohlen«, überlegte Bentz laut.

Montoya vergrößerte noch einmal das Bild mit den Nummernschildern. »Vielleicht sind wir aber auch auf dem Holzweg«, gab er zu bedenken. Bentz stand auf und ging um den Schreibtisch herum, um auf Montoyas Monitor zu blicken. Montoya deutete auf den Bildschirm. »Könnte eine dieser Achten in Wirklichkeit eine Drei sein? Ich meine, mit ein bisschen Farbe lässt sich so etwas doch leicht hinkriegen …«

Bentz zog die Augen schmal und presste die Lippen zu einer rasiermesserscharfen Linie zusammen. »Genau das sollten wir herausfinden.«

Montoya griff bereits nach dem Telefonhörer.

Tatsächlich, binnen einer Stunde landeten sie einen Treffer.

»Bingo!«, rief Montoya. »Sieht so aus, als hätten wir eine Gewinnerin, eine gewisse Opal Guidry. Der Wagen gehörte ihrem Ehemann Harold. Allerdings kein Chevy Impala.«

»Sondern?«

»Ein Oldsmobile Alero, Baujahr 2004.«

Opal Guidry entpuppte sich als fünfundsiebzigjährige Dame, die ursprünglich aus Tallahassee stammte.

Bentz griff nach dem Festnetztelefon und hatte Mrs Guidry kurz darauf an der Strippe. Sie wusste, dass das Nummernschild ihres Wagens fehlte und vermutete, es wäre bei ihrem Umzug nach New Orleans vor ein paar Monaten gestohlen worden. Oder vor der Kirche, denn sie war nicht nur eine fleißige Gottesdienstbesucherin, sondern arbeitete als Ehrenamtliche für die Kirchengemeinde.

Als sie die Kirche erwähnte, horchte Bentz auf, dann versprach er Mrs Guidry, sich wieder zu melden, sobald sie etwas über die verschwundenen Nummernschilder in Erfahrung gebracht hatten, und legte auf.

»Bei der Kirche handelt es sich um Our Lady of the Grove«, teilte er Montoya mit. Seine Augen verengten sich. »Nur ein paar Blocks vom Lake Pontchartrain und Dr. Sams Haus entfernt.«

»Dann glaubst du also, dass Vater John sich dort versteckt?« Montoya schien Bentz diese Theorie nicht abzukaufen. »Der Kerl ist doch nicht mal ein echter Priester!«

»Ich weiß. Aber einem Mann in Priesterkleidung auf dem Parkplatz einer Kirche schenkt niemand Beachtung. Eine ausgezeichnete Tarnung.«

»Da magst du recht haben«, stimmte Montoya ihm widerwillig zu. »Aber was, wenn die Gemeindemitglieder ihn nicht kennen? Würde er dann nicht ebenfalls Aufmerksamkeit erregen? Was ist mit den echten Priestern oder den Laien, der Gemeindesekretärin?«

»Vater John ist meist erst am Abend, oft auch nur nachts unterwegs, und er gibt sich Mühe, weder gesehen noch von Kameras eingefangen zu werden.« Bentz nickte, als wollte er sich selbst bestätigen. Ein entschlossenes Lächeln trat auf seine Lippen. »Wir sind dran, das spüre ich.«

»Hoffen wir's«, sagte Montoya, obwohl er nach wie vor bezweifelte, dass Bentz' Erzfeind auferstanden war und die Bürger von New Orleans erneut in Angst und Schrecken versetzte. Für Montoya taugte diese Vorstellung nicht mal als Arbeitstheorie.

Aber vielleicht würde sich das ja noch ändern.

Er suchte seine Sachen zusammen und machte sich bereit, auszusteigen. Wieder einmal hatte er Bens Schlafenszeit verpasst, hatte seinen Sohn nicht ins Bett gebracht. Aber er würde da sein, wenn sein Sohn mitten in der Nacht aufwachte, weil er schlecht geträumt hatte, und er würde bleiben, bis der Kleine am nächsten Morgen munter war.

»Dr. Sams letzte Sendung ist kurz vor Halloween. Also noch ungefähr zwei Wochen«, überlegte Bentz laut, während Montoya seine Taschen abklopfte, um sich zu vergewissern, dass er seine Schlüssel, Brieftasche, Dienstmarke und Handy bei sich hatte. »Am Wochenende darauf, Anfang November, soll ihr erster Podcast erscheinen.«

»Glaubst du, Vater John ruft bei ihr an, bevor WSLJ die Sendung einstellt?« Montoya ging bereits auf die Haustür zu.

Ohne zu zögern, nickte Bentz. Grimmig. Entschlossen. »O ja«, knurrte er. »Darauf verwette ich meine Dienstmarke.«

Es war vermutlich keine gute Idee, in der Dunkelheit durch die Straßen von New Orleans zu spazieren, aber der Hund war außer sich vor Begeisterung, und Kristi müsste sich dringend die Beine vertreten, um einen klaren Kopf zu bekommen. Außerdem war es ja noch gar nicht spät, beruhigte sie sich mit einem Blick auf die Uhr. Gerade erst sieben, doch die Sonne ging mittlerweile immer früher unter, und immer früher senkte sich die Dunkelheit auf die Stadt herab.

»Wir bleiben aber nicht allzu lange draußen«, sagte sie zu Dave und öffnete die Haustür. »Und wenn wir wieder da sind, gibt es Abendessen für uns alle.«

O Gott, sie musste unbedingt aufhören, mit ihren Haustieren zu reden.

Genauso wie sie damit aufhören musste, so zu tun, als würde sie sich tatsächlich mit Jay unterhalten.

Auch wenn sie es nur ungern zugab: Bella hatte womöglich recht. Sie sollte wirklich wieder ausgehen, sich mit lebendigen Menschen treffen und echte Gespräche führen.

»Viel Spaß«, wünschte ihr Jay, doch sie ignorierte ihn.

Sie zog die Haustür zu, schaltete die Alarmanlage ein, klopfte ihre Taschen ab und ertastete die Schlüssel, das Handy und eine kleine Taschenlampe, die so grell war, dass sie gleichzeitig als Blendwaffe dienen konnte.

Dann liefen Dave und sie los.

Die Luft war klar und roch leicht nach feuchter Erde, auf den Gehsteigen lagen nasse Blätter. Sie kamen an den Nachbarhäusern vorbei, aus deren Fenstern warmes Licht fiel und sich mit dem Schein der Straßenlaternen vermischte. Autos fuhren an ihnen vorüber, weiße und rote Scheinwerferstreifen. Wehmut stieg in ihr auf.

Jay und sie waren abends häufig durch diese Straßen gejoggt, manchmal hatten sie an ihrer Lieblingsbar angehalten und einen Absacker getrunken, manchmal hatten sie ein Wettrennen zum Fluss gemacht, und obwohl sie fit und durchtrainiert war und sich stets alle Mühe gab, hatte Kristi jedes Mal verloren. »Beim nächsten Mal gewinne ich, Jay McKnight, das schwöre ich dir!« Er hatte nur gelacht und sie dann in seine Arme gezogen, um sie voller Leidenschaft zu küssen, bevor sie sich auf den Rückweg machten. Dann hatte er sie gewinnen lassen, was sie nur noch saurer gemacht hatte. Zu Hause angekommen, hatten sie ihre leidenschaftlichen Küsse vertieft und einander auf dem Weg ins Schlafzimmer die Kleidung vom Leib gerissen, bevor sie ins Bett gesunken waren, wo sie sich bis zur Erschöpfung geliebt hatten. Kristis Herz hämmerte bei der Erinnerung, und sie spürte, wie sie eine Wolke der Traurigkeit umhüllte.

So wird es nie wieder sein, dachte sie und schluckte gegen den Kloß in ihrer Kehle an.

»Kopf hoch, Kris«, hörte sie ihn sagen. *»Es wird besser, ganz bestimmt. Behalte mich in Erinnerung, aber lass mich los.«*

»Das kann ich nicht«, flüsterte sie. »Wir bekommen ein Baby, Jay.«

»Ich weiß. Und du wirst eine großartige Mutter sein.«

Würde sie das? Am liebsten hätte sie ihm widersprochen, doch dann riss sie sich zusammen. Er war nicht hier. Würde nie mehr hier sein, auch wenn sie immer noch seine Stimme hörte. Er hatte recht: Sie musste ihn loslassen.

Dave an der Leine, ging sie mit großen Schritten an den schmiedeeisernen Toren des Lafayette Cemetery vorbei und blickte in die Bäume, die sich über den grau werdenden Grabstätten erhoben. Ein Schauder lief ihr über den Rücken. Sie fröstelte, so kalt fuhr ihr der Wind plötzlich in den Nacken. Jetzt sei nicht albern, dachte sie, doch sie beschleunigte ihre Schritte noch mehr, als sie die Prytania Street überquerte und einen neuen Weg einschlug, den sie noch nie zuvor genommen hatte. Er führte direkt zu dem großen Haus, das Hamilton Cooke gehörte. Als sie daran vorbeikam und die gelben Lichtrechtecke sah, die durch die hohen Fenster fielen, verlangsamte sie das Tempo und blieb sogar kurz stehen, um das prachtvolle Gebäude zu betrachten, schwer atmend, die Hände auf die Knie gestützt.

Im oberen Stockwerk bewegten sich leicht die Gardinen, und sie sah jemanden auf einem Balkon stehen, eine Zigarettenspitze glühte rot in der Dunkelheit auf. War es ein Mann oder eine große Frau? Sie konnte es nicht sagen, doch sie hatte das Gefühl, derjenige oder diejenige hätte sie gesehen.

Dave winselte und zog an der Leine, und Kristi setzte sich wieder in Bewegung. Bald schon stellte sie fest, dass die Entfernung zu ihrem eigenen Haus wirklich nicht groß war, auch wenn Cooke mit seiner Anwältin acht oder sogar zehn Blocks von ihr entfernt wohnte.

Na und?

Spielte das eine Rolle?

Erst als sie ihre Straßenecke erreicht hatte, wurde sie langsamer und verschnaufte, während Dave interessiert an den Büschen auf einem der Nachbargrundstücke schnüffelte. »Na komm«, sagte sie zu ihm. »Gehen wir nach Hause.«

Ihr gemütliches Cottage kam in Sicht, und ihr Herz zog sich erneut schmerzhaft zusammen. Sie erinnerte sich noch genau an den Tag, an dem Jay und sie das kleine Haus besichtigt hatten, als sie planten, aus ihrer Wohnung auszuziehen. »Es ist perfekt«, hatte sie zu ihm gesagt, während sie gemeinsam durch die Räume geschlendert waren.

»Findest du? Ist es nicht ein bisschen klein?«

»Was? Nein! Sieh mal, du könntest dir hier ein Arbeitszimmer einrichten und ein Schreibzimmer für mich, unter dem Dach! Doch, ja, es ist wirklich perfekt.«

»Was ist mit Kinderzimmern?«, hatte er gefragt.

»Für Kinder ist immer irgendwie Platz. Ach, komm schon, Jay, wir suchen doch schon seit Ewigkeiten. Das ist unser neues Haus!«

Er hatte gelacht und seine Finger in die Haare geschoben. »Wenn du dir sicher bist …«

»Ja, das bin ich! Ich liebe dieses Haus!«

»Dann geben wir ein Angebot ab«, hatte er vorgeschlagen, die Arme um sie geschlungen und sie durchs Wohnzimmer gewirbelt.

Sie hatte nicht gelogen. Sie hatte das Haus geliebt. Der Kloß in ihrer Kehle wurde immer dicker. Sie hatte das Cottage geliebt, weil sie darin gewohnt hatten. Zusammen.

»Es ist Zeit, dass du nach vorn siehst, Kris. Du weißt, was du zu tun hast.«

Sie legte die letzten Meter im Schritttempo zurück. Der Rasen war voller Blätter und abgebrochener Zweige vom letzten Sturm. So schwer es auch sein mochte, sie musste sich zusammenreißen, um des Babys willen. Musste die Erinnerung an Jay für das Kind bewahren, aber auch mit ihrem Leben weitermachen. Und das bedeutete, dass sie ausziehen und sich nach einem neuen Zuhause umsehen musste. Das Baby und sie brauchten einen Neuanfang, einen Ort, an dem sie neue Erinnerungen schaffen konnten, einen Ort, an dem sie nicht von den Geistern der Vergangenheit eingeholt wurden. Sie würde sich ein Haus oder eine Wohnung suchen, in der sie nicht ständig daran denken musste, dass womöglich der Mörder ihres Mannes hier sein Unwesen getrieben hatte.

Noch wichtiger aber war, dass sie diesen Psychopathen zur Strecke brachte, damit sie nicht länger ständig über die Schulter blickte und sich vergewisserte, dass ihr Leben oder das ihres Kindes nicht in Gefahr war.

»Ich schaffe das«, sagte sie laut. »Das schwöre ich. Ich werde den Bastard hinter Gitter bringen.«

»Das ist die richtige Einstellung«, hörte sie Jay sagen, doch seine Stimme war leise und schwach. Ein Wispern. Als würde auch er loslassen.

Sie drehte den Kopf, um zu antworten, so, als stünde er direkt neben ihr, aber da war niemand. Natürlich nicht.

Plötzlich verspürte sie einen Ruck an der Leine.

Dave stemmte alle vier Pfoten fest auf den Asphalt und rührte sich nicht vom Fleck.

Stattdessen gab er ein tiefes, drohendes Knurren von sich.

Seine Nackenhaare sträubten sich. Mit gefletschten Zähnen blickte er in die kleine Gasse, die ihr Grundstück von dem ihres Nachbarn trennte.

Kristi schauderte.

Sie kniff die Augen zusammen und spähte angestrengt in die Dunkelheit, doch sie konnte nichts erkennen.

»Da ist nichts«, sagte sie mehr zu sich selbst als zu dem Hund. »Komm weiter.«

Er regte sich nicht.

»Dave!«, sagte sie, schärfer jetzt. »Komm!«

Moment mal …

Was war das für ein Geräusch? Eine Art Sirren …

Ihr Herz fing an zu rasen, dann sah sie einen Fahrradfahrer um die Ecke biegen. Die Reflektoren leuchteten im Schein der Straßenlaterne auf, das Vorderlicht flackerte wie das Auge eines Dämons. Sie stieß die Luft aus. Das Fahrrad rollte vorbei, der Lichtschein erhellte kurz die schmale Gasse und fiel auf eine dunkle Gestalt, die blitzschnell wieder verschwunden war.

Was war das?

Hatte sie gerade wirklich jemanden gesehen, eine Person in einem langen, schwarzen Umhang?

Einem Priestergewand?

Kristi blieb das Herz stehen.

Entsetzt machte sie einen Schritt zurück.

Blinzelte.

Holte ihre Taschenlampe hervor und leuchtete in die Gasse.

Der Schein fiel auf die Mülltonnen neben der Garage.

Nichts.

Die Gestalt war verschwunden.

Wenn sie überhaupt dort gewesen war.

Kristi schluckte.

Horchte.

Alles war still. Totenstill. Kein Rascheln, keine Schritte, nur der Wind, der durch die Zweige der umstehenden Bäume und Sträucher wehte, und das Rauschen des Verkehrs in der Ferne.

Sie strich mit der Hand über ihren Arm und stellte fest, dass sie eine Gänsehaut hatte. »Komm«, flüsterte sie mit gepresster Stimme. Dave folgte ihr widerstrebend.

Im Haus legte sie den Riegel vor und schaltete die Alarmanlage in den Anwesenheitsmodus. Sie würde sie warnen, sollte jemand versuchen, ins Haus einzudringen.

»Da war niemand«, redete sie sich ein. »Du hast dir das nur eingebildet.« Trotzdem drehte sie eine Runde durchs Haus und vergewisserte sich, dass sämtliche Fenster, Türen und Schränke verschlossen waren. Sie schaute sogar unter dem Bett nach.

Sich selbst hätte sie vielleicht überzeugen können, nicht jedoch den Hund. Dave war noch immer nervös, rannte durch die Räume und blieb schließlich im Wohnzimmer vor der Terrassentür stehen, um die Nase zwischen die Lamellen der schräg gestellten Jalousie zu stecken. Kristi machte die Jalousie ganz zu, dann ging sie in die Küche und goss sich ein Glas Wasser ein.

Da war niemand!

Als sie Daves Leine an den Haken neben der Hintertür hängte, fühlte sie sich plötzlich sehr allein.

»Was für ein Mist«, sagte sie mit brechender Stimme.

Durch die offene Tür sah sie, wie das Kätzchen vorsichtig hinter dem Sofa hervorlugte. »Da bist du.« Kristi nahm Lenore auf den Arm und trug sie hinüber ins Schlafzimmer, wo sie die Kleine absetzte, sich aufs Bett fallen ließ und nach der Fernbedienung griff. Der Bildschirm erwachte zum Leben, und Kristi öffnete die Nachttischschublade und zog den Hammer heraus.

Sie schloss fest die Finger um den Stiel, dann schob sie ihn unters Kopfkissen.

Nur für alle Fälle.

Der Hund ist ein Problem.

Während ich durch die dunklen Straßen haste, wird mir klar, dass ich den Hund aus dem Weg hätte räumen müssen, als ich die Chance dazu hatte. Aber er war zu schnell, ist mir entwischt, und ich musste mich um andere Dinge kümmern. Ich dachte, er wäre vielleicht abgehauen, hätte sich verlaufen, als er wie ein Pfeil davongezischt war. Ich konnte ihm nicht nachjagen, denn ich musste so schnell wie möglich ins Haus und tun, was getan werden musste.

Jetzt ärgere ich mich darüber.

Jetzt hat der verfluchte Köter mich gewittert, hat sie gewarnt.

Was für ein dämlicher Fehler.

Ich hätte erwischt werden können, und dann wären all die Jahre des intensiven Planens, die Nächte, die ich mir um die Ohren geschlagen habe, damit ja nichts dem Zufall überlassen blieb, umsonst gewesen – ein Fehlschlag, genau wie der Angriff bei der St. Louis Cathedral.

Ich nehme mir Zeit, meine Soutane auszuziehen und sorgfältig in der mitgebrachten Tasche zu verstauen. Dann stoße ich langsam die Luft aus.

Ich schwitze noch immer, mein Atem geht stoßweise, doch als ich die St. Charles Avenue überquere, verlangsame ich mein Tempo, versuche, zur Besinnung zu kommen, und bekreuzige mich.

Mein Herz hämmert immer noch wie verrückt.

Ich kann mir nicht leisten, das hier zu vermasseln.

Zu viel steht auf dem Spiel.

Ich bin zu weit gegangen.

Dass ich Hals über Kopf fliehen musste, ist gar nicht gut, zumal nicht ausgeschlossen ist, dass mich das Paar, das am Ende der schmalen Gasse eng umschlungen in einer Limousine saß, gesehen hat – trotz der beschlagenen Scheiben.

Vielleicht haben die zwei mich nicht bemerkt, versuche ich mir einzureden, um mich zu beruhigen. Und selbst wenn, könnten sie mich bestimmt nicht identifizieren.

Ich biege in eine belebtere Straße ein. Scheinwerfer blenden mich, auch um diese Uhrzeit sind noch viele Menschen unterwegs. Ich senke den Kopf, schließlich bin ich eine Person des öffentlichen Lebens. Wegen meiner Geschichte ist mein Gesicht in New Orleans bekannt.

Daran muss ich in Zukunft denken.

Ein Mann mit einem Hund kommt mir entgegen, eine riesige Bestie mit gelben Zähnen, Teenager und junge Paare schlendern lachend an mir vorbei. Ich darf mir nichts anmerken lassen. Darf keine Aufmerksamkeit erwecken. Muss cool bleiben.

Verschmilz mit der Menge.

Atme.

Ich sehe nicht ungewöhnlich aus. Wir sind hier in New Orleans, hier geht alles. Alle Leute tragen irgendwelche Taschen, Pakete, Aktenkoffer mit sich herum. Was ich bei mir trage, weiß niemand.

Noch nicht.

Aber sie werden es erfahren. O ja, das werden sie.

Bald.

Kapitel neunzehn

Cruz Montoya schaute die Straße auf und ab, doch er konnte nichts Außergewöhnliches bemerken. Auf dem Parkplatz des in der Nähe gelegenen Mini-Markts stand kein Streifenwagen, Polizisten in Zivil, die das Motel beobachteten, konnte er auch nicht entdecken. Für den Moment glaubte er sich hier in Sicherheit, deshalb rannte er bei Rot über die Straße, die um diese Zeit nur spärlich befahren war, dann eilte er über den schlaglöchrigen Parkplatz des billigen Motels am Stadtrand.

Drei zerbeulte Pick-ups und ein alter Volvo Kombi aus den 1970er-Jahren parkten direkt vor der Absteige, die er in den letzten vierundzwanzig Stunden zu seinem Zuhause gemacht hatte. Ein Stück weiter entfernt standen zwei schmutzige, zerbeulte Limousinen, eine davon mit einem kaputten Rücklicht. Das schlichte, L-förmige Gebäude war irgendwann im letzten Jahrhundert erbaut worden, als Betonschalsteine, Betonvorbauten und Flachdächer der letzte Schrei gewesen waren. Die einst türkis gestrichene Fassade war schmutzig und verblasst. Wer hierher kam, wollte unter dem Radar bleiben, genau wie er selbst. Er hatte die Außenmauern überprüft und herausgefunden, wo man die beiden Überwachungskameras montiert hatte, wenngleich er bezweifelte, dass sie tatsächlich in Betrieb waren.

Cruz war bereits Zeuge eines Drogendeals hinter dem Gebäude geworden, außerdem hatte er zwei Prostituierte mit ihren Freiern in dem Motelzimmer ganz hinten bemerkt. Eine junge Blondine und eine ältere, verlebt aussehende Rothaarige. Die Frauen hatten ihn angesprochen, die Blonde eher schüchtern, die Rothaarige ausgesprochen geschäftstüchtig.

Er hatte in beiden Fällen abgelehnt.

Je weniger Leute ihn sahen, desto besser, dachte er, als er mit den Augen den Parkplatz absuchte, und genau dieser Ansicht schienen auch die anderen Gäste zu sein. Obwohl jede Wohneinheit ein großes

Fenster hatte, war kein einziger Vorhang zurückgezogen. Bis auf die Parkplatzlaternen war alles dunkel, nur im Büro an der Ecke des L war Licht. An der Wand neben dem Eingang prangte ein Neonschild, das mit grellen Buchstaben »Zimmer frei« verkündete.

Cruz sperrte die Tür zu seinem Raum auf und trat ein, dann ging er um seine Harley herum und warf sich aufs Bett. Er hatte sein Motorrad ins Zimmer geschoben, weil er nicht wollte, dass man es von der Straße aus sehen konnte. Er glaubte zwar nicht, dass man ihn hier vermutete oder gar nach ihm suchte, aber ausgeschlossen war es nicht, und bis er sich überlegt hatte, was er als Nächstes tun wollte, würde er lieber auf Nummer sicher gehen.

Nicht dass er noch etwas bereute.

Er bereute nämlich schon genug.

Seine Gedanken schweiften zu Lucia.

Er hatte sie unwiderstehlich gefunden, schön, unbeschwert. Sie war streng religiös gewesen und nichtsdestotrotz ein ungezogenes Mädchen. Der Gedanke an sie ließ die Wunde in seinem Herzen wieder aufreißen. Er wollte nicht an sie denken. Nicht jetzt. Nie mehr. Was geschehen war, war geschehen. Welche Rolle er auch immer bei ihrem Tod gespielt hatte, würde ihn für den Rest seines Lebens verfolgen.

Dieses Kreuz würde er tragen müssen.

Doch zuerst musste er herausfinden, wer sie umgebracht hatte, welcher kranke Hurensohn ihm einen Mord in die Schuhe schieben wollte.

Er packte das Pulled-Pork-Sandwich aus, das er bei einem Takeaway-Barbecue ein Stück die Straße hinunter gekauft hatte, und schlug die Zähne hinein. Es schmeckte köstlich, die pikante Soße hatte genau die richtige Schärfe. Dabei hätte er im Grunde alles gegessen, er wollte nach der langen Fahrt einfach nur etwas in den Magen bekommen und sich dann auf dem Bett ausstrecken. Das ganz schön durchhing. Seine Muskeln schmerzten, sein Rücken war verspannt von den endlosen Stunden auf dem Motorrad. Meile um Meile hatte er auf der glatten, geraden Interstate zurückgelegt, aber er war auch über holprige, teils unbefestigte Seitenstraßen Richtung New Orleans gefahren, damit ihn ja kein Cop bemerkte.

So weit, so gut.

Allerdings, und davon war er überzeugt, würde sein Glück nicht ewig andauern. Er öffnete eine Flasche Cola und trank einen großen Schluck.

Sein eigentliches Motorrad hatte er in Nordkalifornien verkauft und anschließend diese kleinere, ältere Harley erstanden.

Damit hatte er es bis New Orleans geschafft.

Und dann war alles schiefgegangen.

Wie hoch standen die Chancen, dass er in dieser großen Stadt ausgerechnet auf den Hund von Rick Bentz' Tochter treffen würde? Er hatte in der Nähe eines Imbissstands angehalten, um sich ein Chili-Hotdog und ein Bier zu kaufen. Gerade als er sich wieder auf die Harley hatte schwingen wollen, war ein großer Mischling aus einem Park gestürmt und mitten in den Verkehr gelaufen.

Er hatte ihn einfangen können, bevor er einen Unfall verursachte, und dann war er Kristi Bentz begegnet oder wie sie jetzt hieß. Sie hatte einen Ring am Finger getragen, also ging er davon aus, dass sie inzwischen verheiratet war. Er hatte ihr nicht seinen Namen genannt, aber sie hatte ihn intensiv gemustert, und die Ähnlichkeit zwischen den Montoya-Brüdern war kaum zu übersehen. Und dann war da noch der Gürtel. Ein Familienerbstück. Er hätte ihn ihr nicht überlassen sollen, zumal die Initialen seines Urgroßvaters eingraviert waren.

Was für ein dummer Fehler!

Er versuchte, sich nicht allzu sehr darüber aufzuregen, genau wie er die Tatsache zu verdrängen versuchte, dass Kristi Bentz mit ihren geröteten Wangen, den nassen, zerzausten Haaren und dem Bademantel höllisch sexy ausgesehen hatte.

Nicht dass das im Augenblick zählte.

Viel wichtiger war, dass sein Bruder wegen dieser zufälligen Begegnung garantiert erfahren hatte, dass er bereits in der Stadt war, und das würde Reuben sicher sehr interessieren. Früher oder später würde er ihm reinen Wein einschenken müssen, denn um herauszufinden, dass Cruz ihn belogen hatte, musste Reuben nur zwei und zwei zusammenzählen.

Reuben war schon immer verdammt clever gewesen.

»Verflucht«, murmelte er. Warum musste sein Bruder auch ausgerechnet bei der Polizei sein?

Es hatte eine Zeit gegeben, in der Reuben noch eher bereit gewesen war, das Gesetz zu brechen als Cruz, doch das war längst vorbei.

Irgendwie musste es Cruz gelingen, ihn auf seine Seite zu bringen.

Er aß sein Sandwich auf, dann knüllte er das Papier zusammen und schleuderte es in den Papierkorb.

Konnte er sich darauf verlassen, dass sein Bruder ihm half, anstatt ihn zu verhaften?

Nun, das würde sich zeigen.

Das Abendessen bestand aus Tiefkühl-Chicken-Nuggets, die sie in die Heißluft-Fritteuse gab, einem halben Apfel und einer Flasche Vitaminwasser. Nicht gerade eine Gourmet-Mahlzeit, befand Kristi, sah Dave zu, der eine Portion Trockenfutter verschlang, und warf ihm zwei von ihren Nuggets zu. Die kleine Katze verspeiste ein Döschen »Thunfisch deluxe«. Kristi war froh, dass sich die beiden miteinander arrangiert hatten. Sie waren in der kurzen Zeit zwar nicht unbedingt Freunde geworden, aber sie respektierten einander, und was nicht war, konnte ja noch kommen.

Nach dem Essen stellte sie ihren Teller in die Spüle und ging ins Bad. Als sie aus der Dusche kam, sich abtrocknete und in ihren Schlafanzug schlüpfte, war sie etwas ruhiger als zuvor. Im Wohnzimmer betrachtete sie die verwelkten Blumen, warf sie in den Müll und spülte die Vasen aus, dann legte sie sich mit ihrem Handy auf die Couch.

Endlich kam sie dazu, ihre Nachrichten abzurufen. Sie sah, dass eine Voicemail von einer Nummer eingegangen war, die sie nicht kannte. Der Produzent eines lokalen Nachrichtensenders lud sie als Gast in die Morgen-Talkshow ein, wo sie über ihre Arbeit an dem neuen Buch über den Rosenkranzmörder sprechen sollte. »Brenda hält es für eine großartige Gelegenheit, ein bisschen Werbung zu machen – das sollten Sie sich auf keinen Fall entgehen lassen.« Brenda Convoy war Reporterin bei WKAM, die sich zur Moderatorin der Morgen-Show hochgearbeitet hatte.

»O doch«, sagte Kristi. »Diese Gelegenheit werde ich mir sogar definitiv entgehen lassen.« Sie hatte keine Lust darauf, sich ein Lächeln ins Gesicht zu kleben und über einen Mörder zu reden, der hoffentlich tot und von den Alligatoren gefressen war. Brendas Fragen würden zweifelsohne persönlich werden – sie würde wohl kaum darauf verzichten, auf die brutale Attacke vor der Kathedrale und Jays Tod zu sprechen zu kommen. Nein – dazu war sie nicht bereit. Schon gar nicht jetzt, wo sich ihre Trauer in finsteren, schwelenden Zorn verwandelte.

Sie dachte an den Angriff der schwarz gekleideten Gestalt.

An die Karten mit den bedrohlich klingenden Bibelversen.

Daran, dass jemand in ihr Haus eingedrungen war.

Jemand, der Jay ermordet hatte.

Ihre Finger umschlossen das Handy so fest, dass die Knöchel weiß hervortraten. Ihre Hand schmerzte.

»Du krankes Stück …« Sie blinzelte die Tränen der Wut weg, entschlossen, etwas zu tun.

Irgendetwas.

Zorn bringt dich jetzt nicht weiter. Du musst einen kühlen Kopf bewahren.

Gedankenverloren stand sie auf und ging nach oben.

Denk nach, Kristi. Du musst deine Emotionen ausblenden und nachdenken.

Was natürlich unmöglich war. Trotzdem biss sie die Zähne zusammen und beschloss, nicht länger in der Opferrolle zu verharren. Sie würde den Stier bei den Hörnern packen und sich wehren. Seit sie auf dieser Welt war, war sie noch nie einem Konflikt aus dem Weg gegangen, und sie hatte genügend Narben, um das zu beweisen.

»Ich werde nicht kampflos untergehen«, murmelte sie, schaltete die Deckenbeleuchtung ein und setzte sich an ihren Schreibtisch, wo sie ihren Laptop aufklappte.

Ihr Vater war davon überzeugt, dass der Rosenkranzmörder für Jays Tod verantwortlich war, seiner Meinung nach hatte *er* ihr die Karten mit den verqueren Botschaften geschickt.

Kristi schüttelte den Kopf. So einfach war das sicher nicht.

Warum sollte Vater John, falls er doch noch lebte, zurückgekehrt sein? Warum sollte er *sie* ins Visier nehmen und nicht Dr. Sam, die sein eigentliches und ultimatives Ziel gewesen war? War die Kugel, die Bentz im *bayou* auf ihn abgefeuert hatte, der Grund dafür, dass nun sie anstelle der rothaarigen Radiopsychologin sterben sollte? Wo hatte er sich all die Jahre versteckt gehalten? So lange Zeit? Oder war er im Gefängnis gewesen, verurteilt für ein anderes Verbrechen? Nein, das war ausgeschlossen, ihr Vater hätte hundertprozentig davon erfahren. Ganz gleich, in welchen Zuständigkeitsbereich ein solcher Prozess gefallen wäre – man hätte sich mit dem New Orleans PD in Verbindung gesetzt, und auch das FBI hätte davon erfahren. Immerhin war Vater John ein über die Grenzen von Louisiana hinaus bekannter Serienmörder.

Die Fragen kreisten in ihrem Kopf, doch sie fand einfach keine Antwort darauf.

Nichts ergab irgendeinen Sinn, weder die Theorie ihres Vaters noch Montoyas Überlegung, einer der Killer, über die sie geschrieben hatte, hätte es auf sie abgesehen.

Fast alle hatten ihr gedroht – mit einer Klage wie Hamilton Cooke, oder mit roher Gewalt, wie Ned Zavala, der *Bayou-Schlachter*. Allerdings war der Ned Zavala, den sie in Erinnerung hatte, ein muskulöser, vierschrötiger Kerl mit dicker Wampe gewesen, der Angreifer bei der Kathedrale dagegen hatte schlank gewirkt, obwohl sie das wegen des schwarzen Regenumhangs natürlich nicht mit Sicherheit sagen konnte.

Vielleicht hat er abgenommen. Er könnte dir einen seiner Freunde auf den Hals gehetzt haben. Vergiss nicht, dass er dir auch damit gedroht hat.

Aber warum jetzt?

Plötzlich kam ihr ein absurder Gedanke. Weil es kurz vor Halloween war und der Fernsehsender, der den Oktober zum »Mördermonat« erklärt hatte, in diesem Jahr nicht nur die stets für solide Einschaltquoten sorgende Verfilmung von Kristis Buch über den Rosenkranzmörder, sondern auch *Der Schlachter aus dem Bayou* erneut ausstrahlte?

Normalerweise beruhigte ihn das Sumpfland.

Das stehende Gewässer, der Geruch nach Erde und Fäulnis, das Summen der Insekten, die Fische, die gelegentlich aus dem Wasser sprangen, waren Balsam für seine strapazierten Nerven.

Doch nicht heute Abend, stellte er fest, während er liebevoll die Perlen seines ganz speziellen Rosenkranzes polierte. Die Steine glitzerten blutrot im Kerzenschein, die Kanten waren rasiermesserscharf.

Perfekt.

Was sonst?

Er hatte im Radio einen Klassiksender eingestellt, aber bald würde er zu WSLJ wechseln. Bald würde er ihre Stimme hören, klar und sanft, verführerisch wie die Stimme Isebels. Eine Stimme, die ihn lockte wie Sirenengesang.

Das letzte Mal, als er ernsthaft mit ihr in Kontakt getreten war – mit der Frau, die seine Schwester ermordet hatte –, lag Jahre zurück. Er hatte schon früher versucht, ihrem Leben ein Ende zu bereiten, doch das war übel ausgegangen, um ein Haar wäre er selbst dabei umgekommen. Ohne das Wohlwollen eines Mannes, der Alligatoren wilderte, um seinen Lebensunterhalt zu bestreiten, und ohne die Heilkünste von dessen Frau hätte er vielleicht nicht überlebt. Das Paar, das stets in Konflikt mit dem Gesetz stand, hatte darauf verzichtet, ihn in ein Krankenhaus zu bringen, und es hatte keine Fragen wegen der Schusswunde gestellt. Auch an ihren Körpern fanden sich so einige Narben, die sie den lokalen Behörden zu verdanken hatten. Die Frau, Maizie, hatte ihn wegen seiner Soutane für einen echten Priester gehalten.

Ihre Hütte, tief versteckt im Sumpf, ein gutes Stück flussabwärts von der Stelle, wo Bentz auf ihn geschossen hatte, war perfekt, um unterzutauchen – ein Unterschlupf, wo ihn niemand aufgestöbert hatte. Der Mann hatte gewisse Verbindungen, und er hatte ihm eine neue Identität zugesichert, wenn er im Gegenzug die gewilderten Alligatoren zu Schlachtern, Kürschnern und Gerbern schmuggelte. Die Häute der Biester verkauften sich ausgezeichnet. Maizie hatte ihn in Heilkunde unterwiesen, und von Willard hatte er gelernt, wie man im Untergrund Handel trieb, wie man das System aus dem Verborgenen heraus untergrub – Fertigkeiten, die ihm helfen würden, sein ultimatives Ziel zu erreichen.

Den illegalen Handel mit Alligatoren hatte er hinter sich gelassen, mehrere Decknamen angenommen und war durch den Süden Amerikas gestreift – von Tampa über Jacksonville nach Richmond und weiter nördlich, jahrelang, doch irgendwann war er, angelockt vom Gesang der Sirene, nach New Orleans und natürlich auch zu Willard und Maizie zurückgekehrt, um ihnen einen Besuch abzustatten. Jetzt wohnte er hier, in einer Hütte, die an ein Baumhaus von Kindern erinnerte, gebaut auf dicken, knorrigen Ästen, die über das Wasser ragten. Der Fußboden war uneben, Bretter waren mit dicken Nägeln in die Äste genagelt, vor den beiden Fenstern hing ein Moskitonetz. Das war nicht sein einziger Wohnort, aber der einzige auf der Welt, an dem er sich vollkommen frei und uneingeschränkt fühlte, der Ort, an dem er nicht ständig auf der Hut sein musste. Der Ort, an dem er er selbst sein konnte.

Er betrachtete eine der Holzwände, an der ein Haken mit seiner aktuellen Verkleidung befestigt war: die graue Perücke, der braune Bart, ein Altherrenanzug. Darunter lehnte ein zusammengeklappter Rollator. Er hatte noch viele andere Verkleidungen, damit er sich unbemerkt in der Öffentlichkeit bewegen konnte.

Jetzt warf er einen Blick auf die Uhr. Noch ein paar Stunden, bis sie wieder auf Sendung ging und Menschen, die verzweifelt Hilfe suchten, mit billigem Psychogeplapper und falschen Ratschlägen abspeiste. Tiefgehende Probleme, die Einfluss auf ein ganzes Leben nahmen – gelöst in weniger als fünf Minuten, unterbrochen von Werbespots.

Verlogen.

Geheuchelt.

Nichts als Show, allein für Geld.

Das war böse.

Sie musste zum Schweigen gebracht werden.

Für immer.

Er würde nicht zulassen, dass sie ihre Radiosendung gegen eine zeitgemäßere Podcast-Reihe eintauschte und noch mehr unschuldige Ratsuchende erreichte. Nein. Niemals.

Er würde sein Werk vollenden, dachte er, hauchte eine der scharfen Perlen an und polierte sie, bis sie im Kerzenschein glitzerte und funkelte. Gleichzeitig wäre dies die perfekte Rache an Rick Bentz, diesem dreckigen Bastard von Cop. Vater John wusste alles über Bentz' schmutzige Vergangenheit, wusste, welche Sünden er in L. A. begangen hatte, dass der Tod eines Kindes auf sein Konto ging, bevor er zum New Orleans Police Department kam. Der Junge hatte eine Spielzeugpistole auf ihn gerichtet. Bentz hatte sie für eine echte Waffe gehalten und abgedrückt. Welcher Detective machte denn so was?

Bentz hatte Vater John einmal ausgebremst, aber das würde ihm kein zweites Mal gelingen.

Er presste die Kiefer so fest aufeinander, dass sie schmerzten. Beinahe schmeckte er schon das süße Aroma der Genugtuung, die sich einstellen würde, wenn Dr. Sam und der Scheiß-Cop tot waren. Er sah sich in seinem kleinen, von Kerzen beleuchteten Unterschlupf um, lauschte auf die Geräusche des Wassers mit seinen Fischen, Alligatoren und allerlei anderem Getier. Die Moskitos summten. Ansonsten war alles still. Stumm betete er um Geduld. Er würde sie hierherbringen, um sie zu opfern.

Zu Hause bei ihr wäre dies zu gefährlich.

Endlich, nach all den Jahren, würde sie für ihre Sünden bezahlen.

Er rollte sich auf die Fersen.

Als Erstes würde er ein kleines Psychospielchen mit ihr spielen.

Vielleicht schon heute Nacht?

Er hatte lange darauf gewartet, sie zu töten, und jetzt durfte er auf keinen Fall riskieren, dass sie ihre Sünden nicht erkannte, dass sie nicht begriff, warum sie sterben musste. Doch langsam, aber sicher war er mit seiner Geduld am Ende.

Vater im Himmel, lass mich geduldig sein, betete er. Er würde im Verborgenen lauern, auf die letzte Sendung warten, dann würde er zuschlagen.

Und alle eiskalt erwischen.

Nicht nur Samantha, sondern auch den dreckigen Cop.

Und die Frau, die von seiner Story profitiert hatte – die Tochter des dreckigen Cops.

Sie hätte ohnehin längst tot sein sollen.

Er hatte keine Ahnung, warum sie so viel Glück gehabt hatte. Ihr Ehemann war tot, er hatte weniger Glück gehabt.

Irgendwann war jede Glückssträhne zu Ende.

Kristi Bentz würde bekommen, was sie verdient hatte.

Genau wie ihr verfluchter Vater.

Ein Lächeln trat auf seine Lippen. Rache war süß. Er stand auf und spähte über den dunklen *bayou.*

Die Rache wäre sein.

Und sie war längst überfällig.

Kapitel zwanzig

Es war schon spät in der Nacht, aber Kristi Bentz saß immer noch in ihrem Arbeitszimmer unter dem Dach und überlegte, welche der Protagonisten aus ihren True-Crime-Storys noch immer oder wieder in New Orleans lebten. Es waren nur wenige. Nicht mehr als eine Handvoll. Darunter auch die »Amerikanische Ikone«, die zum »Amerikanischen Killer« geworden war: Ex-Football-Star Mandel Jarvis – verurteilt wegen Mordes an seiner Ehefrau, jetzt ein berühmter Prediger.

Sie nahm das Buch aus dem Regal, blätterte durch die Seiten und dachte an den Fall zurück. Mandel war ein cleverer, charismatischer Junge gewesen, aufgewachsen in ärmlichen Verhältnissen, der hart für seinen Erfolg gearbeitet hatte. Er war der Älteste von fünf Brüdern, und sein schier unglaubliches Talent als Defensive End im Football hatte ihm ein Vier-Jahres-Stipendium an der Louisiana State University eingebracht. Anschließend hatte er einen Drei-Jahres-Vertrag bei der amerikanischen Profiliga NFL unterzeichnet. Kurz darauf erlitt er eine Knieverletzung, die weder eine OP mit anschließender Reha noch Schmerzmittel heilen konnten. Seine Karriere, die doch gerade erst begonnen hatte, war damit beendet.

In der kurzen Zeit als aktiver Spieler hatte er eine gewisse Berühmtheit erlangt, die nun noch größer wurde: Man lud Mandel in Talkshows ein, und als attraktiver, durchtrainierter Sportler wurde er für die Fernsehwerbung entdeckt und modelte sogar eine Zeit lang. Schließlich bekam er ein Rollenangebot und spielte in einer Serie mit, die dem gut aussehenden, sexy Badboy eine ganze Legion neuer Fans bescherte – Mandel wurde einer der meistgeklickten Männer auf den verschiedenen Social-Media-Plattformen, und seine Berühmtheit nahm Ausmaße an, wie sie als Football-Star kaum denkbar gewesen wäre.

Seine Romanze mit dem umwerfenden serbischen Laufsteg-Model

Filipa Petrovic sorgte in den internationalen Medien für Sprengstoff und rückte ihn weltweit in den Fokus des Interesses. Die Tatsache, dass Filipa verheiratet war, als sie Mandel kennenlernte, verschaffte dem Ganzen zusätzliche Aufmerksamkeit, die durch die Decke ging, als es hieß, dass Filipa ein Baby erwartete – ob von ihrem Ehemann oder von Mandel, war nicht bekannt. Die Gerüchteküche brodelte, die Verkaufszahlen der Boulevardzeitungen vervielfachten sich, und wann immer das Paar in irgendeiner Fernsehsendung auftauchte, schnellten die Einschaltquoten in die Höhe, und die Klicks im Internet schossen in die Stratosphäre. Filipa und Mandel waren allgegenwärtig, zumindest hatte Kristi damals diesen Eindruck gewonnen.

Filipa hatte sich so schnell wie möglich scheiden lassen und Mandel in einer publikumswirksamen Zeremonie auf einer griechischen Insel geheiratet. Ein Baby kam jedoch nicht zur Welt, auch von einer Fehlgeburt war nie die Rede, weshalb Kristi davon ausging, dass das Rätselraten um Filipas Schwangerschaft – »Ist sie nun schwanger oder nicht? Ist das Kind von ihrem Mann oder Mandel?« – Teil einer groß angelegten PR-Kampagne gewesen war.

Die Ehe der beiden war von Anfang an turbulent gewesen, es gab Gerüchte, die Braut habe kalte Füße bekommen und am Morgen der Hochzeit die Flucht ergreifen wollen. Ob das nur Gerede oder ebenfalls eine sorgfältig lancierte PR-Aktion von Mandels Agent war, ließ sich nicht aufklären. Mandel und Filipa legten auf der griechischen Insel in einer von tausend Kerzen erhellten alten Kirche ihr Ehegelübde ab. Filipa sah umwerfend aus in ihrem Designerkleid aus aufwendig gearbeiteter Spitze, die fast ihren gesamten Rücken durchscheinen ließ. Ihre hellblonden Haare waren teils geflochten und fielen ihr in lockeren Wellen über die Schultern. Mandel, kerzengerade, in einem maßgeschneiderten schwarzen Smoking, der seine breiten Schultern und die schmale Mitte betonte, lächelte geheimnisvoll. Unter dem Bartschatten an seinem Kinn zeigte sich ein kleines Grübchen.

Nach der Hochzeit war das temperamentvolle Paar ständig auf dem roten Teppich zu sehen, die Medien berichteten über eine stürmische On-off-Beziehung und streuten Gerüchte, um das öffentliche Interesse zu befeuern. Vier Jahre lang wurde permanent über Affären, Drogen, Spielschulden und Orgien berichtet.

Das Ganze eskalierte eines frühen Sonntagmorgens kurz vor Weihnachten. Die beiden stritten wieder einmal, doch diesmal so lautstark, dass die Nachbarn die Polizei riefen. Noch bevor diese jedoch eintraf, traf Filipa eine Pistolenkugel mitten ins Herz.

Mandel gab zu, seine Frau versehentlich in einem Akt der Selbstverteidigung getötet zu haben. Er schwor, dass sie um die Waffe gekämpft hatten, die dabei losgegangen war. Die Pistole, eine Glock, war auf Filipa zugelassen. Sie hatte sie ein Jahr vor ihrem Tod gekauft, doch wie es dazu gekommen war, dass sich der tödliche Schuss gelöst hatte, ließ sich nicht rekonstruieren. Der Sachverständige der Staatsanwaltschaft bestand darauf, dass die ballistische Untersuchung, die Blutspritzer und die Schmauchspuren Mandels Darstellung widersprachen, während die Verteidigung ihren eigenen prominenten Sachverständigen hatte, der ein völlig anderes Szenario entwarf und das Gegenteil behauptete.

Als Kristi die Gerichtsakten gelesen und die Beweismittel ausgewertet hatte, war sie zu dem Schluss gekommen, dass Mandel Jarvis seine Ehefrau aller Wahrscheinlichkeit nach nicht vorsätzlich hatte töten wollen, sondern im Affekt gehandelt hatte – bei der hitzigen Auseinandersetzung, die scheinbar völlig aus dem Ruder gelaufen war.

Sie hatte sogar den Tatort aufgesucht, um sich ein Bild zu machen – ein historisches Gebäude im French Quarter.

Rick Bentz war der leitende Detective gewesen, der Jarvis verhaftet und der Staatsanwaltschaft die für die Anklage nötigen Beweismittel vorgelegt hatte. Bis zu seiner Verurteilung hatte Jarvis geschworen, es Bentz und allen anderen heimzuzahlen, die für diese »unrechtmäßige Festnahme«, gefolgt von einer ebenso »unrechtmäßigen Verurteilung« verantwortlich waren.

Kristi hatte ein True-Crime-Buch über seine Geschichte geschrieben, und Mandel hatte gedroht, Kristi, ihre Agentin und den Verleger – einfach alle, die etwas mit der Veröffentlichung von *Amerikanische Ikone/Amerikanischer Killer* zu tun hatten – zu verklagen, doch er hatte seine Drohung nie in die Tat umgesetzt.

Jarvis war des Totschlags für schuldig befunden worden und hatte vier Jahre seiner zehnjährigen Haftstrafe abgesessen, bevor er wegen guter Führung entlassen wurde. Im Gefängnis hatte er angeblich zu

Gott gefunden, eine eigene Gemeinde gegründet und war Prediger geworden. Mithilfe seines PR-Agenten war es ihm gelungen, das Wort Gottes auch außerhalb der Gefängnismauern zu verkünden. Als er wieder auf freien Fuß kam, hatte er bereits eine riesige Gemeinde von über zwanzigtausend Gläubigen. Inzwischen dürften es dank seiner zahlreichen Fernseh- und Internetauftritte weit über hunderttausend sein. Gospel, ein gutes Leben und Erlösung schienen auf breite Zustimmung beim Publikum zu stoßen.

Kristi schlug das Buch in der Mitte auf, wo Fotos von Mandel Jarvis abgedruckt waren – Jarvis als Baby, während seiner Kindheit mit seinen Brüdern, in College-Uniform, als NFL-Spieler, immer mit seinem entwaffnend charmanten Lächeln. Es folgten Bilder von Filipa und von der Hochzeit auf der griechischen Insel, Fotos von Prominenten, ein paar ungestellte Aufnahmen des Paars und zum Schluss Polizeifotos vom Tatort in dem Haus der beiden im French Quarter.

Sie klappte das Buch zu.

Fünf Jahre waren seit seiner Entlassung vergangen, und Mandel war wieder ganz obenauf. Er hatte erneut geheiratet, eine Schauspielerin – einen B-Promi –, mit der er angeblich schon während seiner Ehe mit Filipa ein Verhältnis hatte. Trotz seines zweifelhaften Rufs – oder vielleicht gerade deswegen – galt Mandel Jarvis nach wie vor als attraktiv und »cool«, und noch immer beteuerte er, dass er zu Unrecht verurteilt worden war, behauptete, die Cops hätten ihn »irgendwie drangehängt«. Heute galt er als »Stützpfeiler« der Gesellschaft, der über Gott und die Brutalität der Polizei redete und das Rechtssystem als »korrupt« anprangerte. Obwohl er zu Gott gefunden hatte, schien er noch immer voller Hass auf die Polizei und vor allem auf Rick Bentz zu sein.

Als *Amerikanische Ikone/Amerikanischer Killer* herauskam, war er gerade aus dem Gefängnis entlassen worden. Das Buch wurde ein Bestseller und hatte ihm noch mehr Aufmerksamkeit gebracht, die er zu seinem Vorteil verwendet hatte. Er nutzte seinen zweifelhaften Ruhm, um gegen Sünde, Korruption und das amerikanische Rechtssystem zu predigen, und wurde immer bekannter und beliebter.

Warum also sollte er einen so tiefen Groll auf sie hegen, dass er sie umbringen wollte, wenn er dadurch alles aufs Spiel setzte – Millionen von Dollars, seine Frau und seinen Sohn, nur um sich zu rächen?

Oder glaubte er, er könnte einen weiteren Mord zu seinem Vorteil nutzen? War es möglich, dass er ihr vor der Kathedrale aufgelauert und Jay getötet hatte? Kristi überlegte angestrengt. Sie hatte das Gesicht des Angreifers nicht erkennen können, aber Größe und Statur schienen auch bei Mandel Jarvis nicht zu passen.

Was ist mit einem seiner zahllosen Fans?, fragte sie sich. Einem treuen Gläubigen, religiösen Fanatiker oder durchgeknallten Irren, der meinte, seinen Glauben unter Beweis zu stellen, indem er sie attackierte? Die Leute wurden immer extremer, waren besessen von irgendwelchen Prominenten und mitunter krankhaft loyal. Sie dachten sich nichts dabei, Waffen zu benutzen – von Messern bis hin zu Sturmgewehren –, alles im Namen einer ganz bestimmten Sache.

Es war abartig.

Es war pervers.

Es war definitiv eine Option.

Sie klappte ihren Laptop auf und klickte ein YouTube-Video an. Reverend Mandel stand darin auf einer Art Kanzel, ein gut aussehender Mann in einem hellblauen Anzug, mit dunklem Hemd und Krawatte. Nach einer kurzen Predigt, gefolgt von einem gemeinsamen Gebet, stieg er die Stufen hinab und betrat eine große Bühne, auf der sich bereits eine Gruppe von Musikern sowie ein Chor in purpurfarbenen Gewändern mit silbernen Stolen befanden, die im Scheinwerferlicht glitzerten.

Musik ertönte, Mandel predigte, der Chor sang, die Gemeindemitglieder wiegten sich im Takt, während sie den Herrn priesen. Es war eine inspirierende Show, fand Kristi, die es durchaus für möglich hielt, dass sich unter diesen enthusiastischen Gläubigen ein fanatischer Eiferer mit einer mörderischen Ader befand.

Immer wieder hatte Mandel in seinen Predigten die Polizei, insbesondere Rick Bentz, unter Beschuss genommen, und er wurde bis heute nicht müde zu beteuern, dass Kristis Buch nichts als eine Ansammlung von Lügen war, aus denen sie Profit schlagen wollte. Er war sogar so weit gegangen, es als »Werk Satans« zu bezeichnen.

Nachdenklich blickte sie auf den Bildschirm.

Mandel oder einer seiner Anhänger … War das möglich?

Sie ging hinunter ins Wohnzimmer und blickte aus dem Fenster auf die schmale Gasse, wo sie die dunkle Gestalt gesehen hatte. Jetzt war niemand mehr da. Wegen des aufgepeppten Alarmsystems konnte auch niemand mehr unbemerkt ins Haus eindringen oder Rosen vor die Tür stellen.

Sie dachte an den Strauß und an die schwarze Rose, die zurzeit im Kriminaltechnischen Labor untersucht wurden.

Wer zur Hölle hatte sie ihr gebracht?

Bislang hatten die Techniker keine Fingerabdrücke finden können, aber Kristi wusste, wie sehr ihr Vater darauf hoffte, dass die Untersuchung der Karten etwas bringen würde.

Was Kristi bezweifelte.

Wer immer dahintersteckte, wusste, was er tat. Wie er unter dem Radar bleiben konnte.

Bis er zuschlagen würde.

Endgültig.

Kapitel einundzwanzig

Die breiten Flügeltüren der Our Lady of the Grove Church standen offen, als Bentz auf den nahe gelegenen Parkplatz einbog. Die kleine Kirche, deren spitz zulaufender Glockenturm steil in den morgenblauen Himmel ragte, war von eng stehenden Lebenseichen umgeben. Der gekieste Parkplatz davor war fast leer, aber in der Nähe des Portals entdeckte er eine ältere Limousine der Marke Oldsmobile Alero.

Opal Guidrys Wagen.

Doch er war nicht das einzige Auto hier.

Ganz am Ende des Parkplatzes, neben dem Tor zu einem kleinen Friedhof, stand ein schmutziger schwarzer Dodge Ram Pick-up mit einem weißen Kotflügel. Der Pick-up war in die Jahre gekommen, die Ladeklappe zerbeult, die Karosserie schmutzig.

Bentz hielt neben dem Oldsmobile an, stellte den Motor ab, nahm sein iPad und stieg aus dem Jeep, dann eilte er die Betonstufen hinauf und betrat die Kirche. Drinnen blieb er stehen, bekreuzigte sich und ging weiter bis ins Mittelschiff.

Eine kleine Frau war damit beschäftigt, die Kirchenbänke zu putzen. Sie kehrte Bentz dabei den Rücken zu. Der Duft nach Kiefern stieg ihm in die Nase.

»Mrs Guidry«, sagte er, und sie zuckte zusammen, ließ den Lappen in den Eimer mit Putzwasser fallen und drehte sich zu ihm um, die Hand erschrocken aufs Herz gelegt. Mit ihren weit aufgerissenen Augen hinter den dicken Brillengläsern erinnerte sie ihn an eine Eule. »Bitte entschuldigen Sie, ich wollte Sie nicht erschrecken.«

»Nun, das haben Sie aber.«

»Das tut mir leid. Ich bin Detective Bentz«, stellte er sich vor und zeigte ihr seine Dienstmarke. »Wir haben vorhin telefoniert.«

»Oh, ja, ja, natürlich.« Sie nahm die Hand wieder herunter und stieß die Luft aus. »Ich habe Sie nicht gehört. Bitte nennen Sie mich

Opal.« Sie strich sich mit der Hand über die weißen Haare, die nicht ganz die Hörgeräte hinter ihren Ohren verdeckten. Ein kleines Kreuz baumelte von einer feinen Goldkette, die sie um den Hals trug. »Sie sind wegen des Wagens hier, wegen der Nummernschilder. Der *gestohlenen* Nummernschilder«, vermutete sie und kräuselte missbilligend die Lippen. »Wer stiehlt denn Nummernschilder auf dem Parkplatz einer Kirche? Dem Haus Gottes!«

»Wissen Sie mit Sicherheit, dass die Nummernschilder hier entwendet wurden?«, fragte Bentz.

»Nein.« Die alte Dame schüttelte den Kopf. »Ich gehe aber davon aus, denn dies ist der einzige Ort, an dem ich den Wagen für längere Zeit unbeaufsichtigt abstelle. Manchmal bin ich auch am Abend hier.« Ihre Augenbrauen schossen über den oberen Rand ihrer Brille hinaus. »Dennoch – wer tut so etwas?« Sie schnalzte ungehalten mit der Zunge. »Was ist das nur für eine verrückte Welt?« Seufzend fuhr sie mit der Hand, die in einem gelben Gummihandschuh steckte, über das Gesangbuch in der dafür vorgesehenen Halterung an der Rückseite der Kirchenbank. »Lassen Sie uns draußen weiterreden«, schlug sie mit einem Blick in Richtung Altar vor. »Nicht hier, im Haus des Herrn.« Noch bevor Bentz etwas erwidern konnte, zog sie die Gummihandschuhe aus und hängte sie über den Rand des Eimers, den sie in eines der Seitenschiffe trug.

Bentz folgte ihr, vorbei an den Maßwerk-Buntglasfenstern und aus einer Seitentür, die auf den Friedhof hinausging. Auf einem Rasenfleck zwischen den Bäumen standen zwei graue Betonbänke, dazwischen sah Bentz einen abgestellten Springbrunnen.

»Hier können wir reden«, sagte Opal Guidry, wischte ein paar trockene Blätter von der Sitzfläche und nahm auf der schattigen Seite der Bank Platz. »Das ist die Bank von meinem Ehemann«, erklärte sie Bentz.

Aus dem Augenwinkel erblickte Bentz einen mittelalten Mann in Jeans, Flanellshirt und roter Baseballkappe, der in dem an den Friedhof angrenzenden Park Blätter zusammenrechte.

»Harold, mein Mann, liegt hier begraben, möge er in Frieden ruhen«, fügte sie hinzu und lächelte zaghaft, während sie mit dem Ärmel eine Plakette polierte, auf der stand, dass diese Bank dem Gedenken an Harold Guidry gewidmet war. »Ich komme manchmal hierher, um mit ihm zu reden. Ich weiß, das klingt albern, aber … wir waren sechsundfünfzig Jahre verheiratet, bevor der Herr ihn zu sich gerufen hat.« Wieder seufzte sie, und ihr Gesicht nahm einen wehmütigen Ausdruck an. Einen kurzen Augenblick gab sie sich ihrer Trauer hin, dann straffte sie die Schultern und richtete ihre Hörgeräte. »So, Detective«, sagte sie und sah ihn erwartungsvoll an. »Wie kann ich Ihnen helfen?«

Bentz setzte sich neben sie. »Haben Sie diesen Mann schon einmal gesehen?«, wollte er wissen und holte mehrere Fotos von Vater John hervor. »Ganz gleich, wo. Vielleicht hier oder bei Ihnen in der Nachbarschaft. Beim Einkaufen?« Er reichte ihr die Aufnahmen, die allerdings alle vor weit über zehn Jahren gemacht worden waren. Das Führerscheinfoto des falschen Priesters war sogar noch älter.

Opal Guidry betrachtete die Bilder konzentriert, dann schüttelte sie langsam den Kopf. »Nein, ich glaube nicht.«

»Werfen Sie bitte auch einen Blick auf das hier«, sagte er und reichte ihr sein iPad. Auf dem Display war ein Foto von Vater John zu sehen, bearbeitet mit einer Alterungs-Software. Bentz zeigte der alten Dame mehrere Aufnahmen von Vater Johns Gesicht, mit grauen, dünneren Haaren und tieferen Falten um Augen und Mund, außerdem hatte er die Kollegen um Varianten mit stärkerem Bartwuchs, Vollbart, Schnäuzer und Kinnbart gebeten.

Opal wischte durch die Fotos und betrachtete eins nach dem anderen aufmerksam. »Ich weiß es nicht«, sagte sie nach einer ganzen Weile und sah ihn nachdenklich an. »Ich glaube nicht, dass ich diesem Mann je begegnet bin, aber …«– sie biss sich auf die Lippe und rief noch einmal die Aufnahme von Vater John mit Vollbart auf – »es ist nicht ausgeschlossen.« Sie reichte Bentz das iPad zurück. »Tut mir leid. Ich wünschte, ich könnte Ihnen weiterhelfen.«

Das hatte er erwartet. »Würde es Ihnen etwas ausmachen, wenn ich jemanden schicke, der sich mal Ihren Wagen ansieht? Vielleicht findet er Fingerabdrücke oder sonst einen Hinweis …«

»Das ist kein Problem. Ich helfe wirklich gern.«

»Wir müssten dann allerdings auch Ihre Fingerabdrücke nehmen, damit wir diese ausschließen können.«

»Das ist mir bewusst, und auch das dürfte kein Problem sein. Meine Fingerabdrücke sind schon im System – ich war zweiunddreißig Jahre lang Lehrerin.«

»Haben Sie jemals eine Person in der Nähe Ihres Wagens bemerkt, die sich irgendwie auffällig verhalten hat?«

Sie schüttelte den Kopf.

Bentz nickte. Sein Blick schweifte zu der Bank auf der anderen Seite des trockenen Springbrunnens und blieb an der angelaufenen Messingplakette hängen. Er ging hin, um die Inschrift zu lesen, dann kehrte er zu Opal Guidry zurück. Die Bank war Marjorie Laroche gewidmet, einer »geliebten Mutter«.

»Wissen Sie etwas über die Bank dort drüben?«, fragte Bentz, als er wieder Platz genommen hatte.

»O ja. Natürlich. Sie gehört der Familie Laroche.« Opal zog die Augenbrauen zusammen. »Beverly Laroche hat sie gekauft, als sie noch mit Hugo verheiratet war. Soweit ich weiß, wurde das gesamte Areal der Kirche, der Erzdiözese, geschenkt« – sie machte eine ausholende Geste mit dem Arm, die auch den an den Friedhof angrenzenden Park umfasste –, »aber sie verfügte ausdrücklich, dass dieses Stück Land der Our Lady of the Grove Church zugerechnet wird.«

»Wer hat die Schenkung vorgenommen? Beverly?«

»Nein, nein. Nicht Beverly, sondern Marjorie, Beverlys Schwiegermutter. Sie war Witwe.« Die alte Dame schürzte die Lippen. »Natürlich war das, bevor Hugo Laroche sich von Beverly hat scheiden lassen, um Helene, diese kleine Schlampe, zu heiraten … Oh, Verzeihung.« Sie verstummte abrupt, als wäre ihr plötzlich klar geworden, dass sie anfing zu tratschen. Eilig bekreuzigte sie sich. »Ja. Sie sind wahrscheinlich auch wegen Helenes Tod hier. Das arme Ding.« Opal räusperte sich. »Helene war kein aktives Gemeindemitglied, und auch Hugo hat schon seit Jahren keine Messe mehr besucht, aber …« Sie hob abwehrend die Hände und wedelte damit, als wollte sie ihre Worte von vorhin vertreiben. »Ich … ich kannte Helene nicht, und was ihr zugestoßen ist, ist einfach schrecklich.«

»Aber die Familie ist nach wie vor Teil dieser Gemeinde?«, erkundigte sich Bentz.

»Das weiß ich nicht. Ich habe schon lange niemanden von den Laroches gesehen, aber ich bin ja nicht rund um die Uhr hier. Und jetzt sollte ich mich wirklich wieder an die Arbeit machen.« Sie stand auf.

Bentz wusste, dass das Gespräch beendet war, deshalb reichte er Opal seine Karte und bat sie, ihn anzurufen, sollte ihr noch etwas einfallen, was womöglich für ihn von Interesse sein konnte.

»Aber sicher, das mache ich«, versprach sie, dann strich sie mit der Hand liebevoll über die Bank und fügte hinzu: »Ich muss wirklich wieder rein, die Kirchenbänke reinigen sich nicht von allein, und ich habe Vater Anthony versprochen, dass ich heute damit fertig werde.«

Bentz sah noch einmal zu dem Gärtner im Park, und als dieser einen Blick über die Schulter in ihre Richtung warf, fiel es Bentz wie Schuppen von den Augen: Der Mann in dem Flanellhemd war niemand anderer als Ned Zavala. Älter, als er ihn in Erinnerung hatte, aber definitiv der Mann, dem die Medien den Namen *Bayou-Schlachter* verpasst hatten. Er sah, dass auch Mrs Guidry den Mann mit dem Rechen bemerkt hatte.

»Kennen Sie ihn?«, fragte er.

»Den Gärtner? Ned?« Sie schüttelte den Kopf. »Nein, nicht wirklich. Seine Mutter ist Mitglied unserer Gemeinde, ich glaube, sie hat ihm den Job besorgt.« Sie schürzte leicht die Lippen. »Bevor Sie fragen: Ich weiß, was man ihm vor Jahren vorgeworfen hat.« Sie schauderte. »Aber man sollte die Vergangenheit ruhen lassen, und außerdem konnte er seine Unschuld beweisen, nicht wahr?«

»Seine Mutter hat ihre Aussage widerrufen.«

»Ja, ich weiß.« Opal räusperte sich. »Was immer Mr Zavala getan hat, was immer geschehen ist – Gott wird sein eigenes Urteil fällen.« Sie bekreuzigte sich.

»Sie kennen Neds Mutter?«, fragte Bentz, als sie bereits einen Schritt auf die Kirche zu machte.

»Ich sehe sie ab und zu. Nein, das stimmt nicht. Ich habe sie früher ab und zu gesehen, wenn sie die Messe besucht hat. Allerdings ist sie inzwischen bettlägerig – Krebs, glaube ich.« Opal Guidry bekreuzigte sich erneut und warf einen verstohlenen Blick über die Schulter.

»Wie lange arbeitet Ned hier schon?«

»Ähm … ungefähr sechs Monate, vielleicht etwas länger. Ich bin mir nicht sicher. Da müssen Sie Vater Anthony fragen.«

»Dann hat Vater Anthony Ned Zavala eingestellt?«

»Ja, ich denke schon.«

»Und wie lange kennen Sie Vater Anthony?«, wollte Bentz wissen, obwohl er das bereits festgestellt hatte. Der Priester war vor knapp sechs Jahren in die Kirchengemeinde Our Lady of the Grove gekommen, nachdem er rund fünf Jahre in Dallas, Texas, tätig gewesen war.

»Seit er hier ist. Als Vater Lucas verstarb, hatten wir jemanden für den Übergang, aber er ist nur ein paar Monate geblieben. Vater Anthony ist seit ungefähr fünf Jahren bei uns. Warten Sie …« Sie legte den Finger an die Nasenspitze und dachte nach. »Im Februar werden es sechs Jahre, jetzt erinnere ich mich. Ich weiß das, weil er kurz vor dem Tod von meinem Harold zu uns kam. Er hat ihm die Letzte Ölung erteilt.« Ihr Blick schweifte an Bentz vorbei in eine Ferne, die nur sie sehen konnte.

»Ich dachte, Sie leben in Florida.«

»Oh.« Sie kehrte in die Gegenwart zurück. »Eine Zeit lang waren wir häufiger in Florida als in New Orleans, wir hatten dort ein Ferienhaus.«

»Und der Alero, Ihr Wagen, war dort zugelassen?«, hakte Bentz nach und sah zu Ned Zavala hinüber, der jetzt den Friedhof betrat, um dort weiterzurechen.

»Ja, wir haben ihn in einem Autohaus in Tallahassee gekauft – erst ein Jahr alt, ein Vorführwagen. Harold – Gott hab ihn selig – war so stolz darauf!« Sie bekreuzigte sich.

»Und jetzt leben Sie wieder fest in New Orleans?«

»Ja. Ich konnte mir den Zweitwohnsitz nicht länger leisten.« Sie seufzte. »Es war schwer, das Haus nach Harolds Tod aufzugeben. Er hat das Leben dort so geliebt, vor allem das Angeln. Aber Vater Anthony hat mich ermutigt, zu verkaufen.« Sie strahlte bei der Erwähnung des Priesters. »Er hat mir durch eine sehr schwere Zeit geholfen. Vater Anthony ist ein ausgesprochen hilfsbereiter, anständiger Mann.«

Bentz hielt sich mit einem Urteil zurück, bis er den Gemeindepriester ein paar Minuten später in dessen Büro aufsuchte.

Vater Anthony Creswell saß an seinem Schreibtisch vor dem Computer, eine Lesebrille auf der Nase, Kopfhörer in den Ohren. Sein braunes Haar fiel ihm in die hohe Stirn. Als Bentz in der offenen Tür erschien, schaute er auf, setzte die Brille ab, nahm die Hörer aus den Ohren und legte alles vor sich auf die Schreibtischplatte. »Oh. Ich hatte niemanden erwartet. Kann ich Ihnen helfen?« Er klappte mit einer fließenden Bewegung den Laptop zu und stand auf, ein hochgewachsener, schlaksiger Mann in zerrissener Jeans und verblasstem T-Shirt, der nicht unbedingt wie ein Geistlicher aussah.

»Das hoffe ich.« Bentz stellte sich vor und setzte sich auf den Stuhl, den Vater Anthony für ihn frei machte.

»Es tut mir leid. Ich habe heute niemanden erwartet«, sagte der Priester noch einmal, als er seinen Rucksack und mehrere Bücher wegräumte. Sein Büro war vollgestellt und wirkte leicht chaotisch, auf seinem Schreibtisch, hinter dem ein großes Kruzifix an der Wand hing, stapelten sich Bücher und Papiere. Ein großes Fenster ging auf den Park hinaus. An einer Wand stand ein Bücherregal, an der anderen ein Kleiderschrank mit offener Tür, sodass Bentz eine lange, schwarze Soutane und einen weißen Priesterkragen darin hängen sehen konnte.

»So, Detective«, sagte Vater Anthony, als er ebenfalls wieder Platz genommen hatte, »was kann ich für Sie tun?«

Bentz wusste, dass er die volle Aufmerksamkeit des Priesters hatte. Vater Anthony sah ihn an, vorgebeugt, die Ellbogen auf den Schreibtisch gestützt, die Hände verschränkt, der Gesichtsausdruck ernst.

Bentz stellte ihm dieselben Fragen, die er Opal Guidry gestellt hatte, dann zeigte er dem Priester die Fotos von Vater John, der diese eingehend betrachtete.

»Den Kerl habe ich noch nie gesehen.« Vater Anthony klang um einiges entschiedener als Mrs Guidry. Er reichte Bentz das iPad und die Fotos zurück. »Tut mir leid.«

»Sind Sie sich sicher?«

»Ich kenne jedes einzelne Gemeindemitglied, jeden Reiseprediger, und für gewöhnlich entgeht es mir nicht, wenn ein Neuankömmling die Kirche besucht.«

»Wenn ich es richtig sehe, haben Sie hier keine Kameras installiert«, sagte Bentz. »Weder auf dem Parkplatz noch über dem Portal, nirgendwo.« Er machte eine ausladende Handbewegung, die das gesamte Kirchenareal umfassen sollte.

»Das ist richtig.« Vater Anthony lächelte bescheiden. »Wir sind keine reiche Gemeinde, deshalb geben wir nicht viel Geld für irgendwelchen Schnickschnack aus. Außerdem ist das hier ein Haus Gottes, hier ist jeder willkommen, niemand wird kritisch beäugt. Die Kirche ist ein friedlicher Ort. Wir brauchen keine Kameras oder Alarmanlagen.«

Bentz war sich da nicht so sicher, aber er wechselte das Thema und kam auf Hugo Laroche zu sprechen. »Seine Familie gehört zu dieser Gemeinde.«

Zum ersten Mal, seit er das Büro betreten hatte, bemerkte Bentz, dass Vater Anthony leicht zusammenzuckte. »Es tut mir leid, Detective«, sagte er, »aber über Gemeindemitglieder spreche ich nicht.« Er lächelte. »Alles, was sie mir mitteilen, wird von mir streng vertraulich behandelt.«

»Ich habe eine Bank gesehen, die von der Familie Laroche gestiftet wurde.«

»Das war vor meiner Zeit.«

»Kannten Sie Helene Laroche?«

»Selbstverständlich.« Er nickte. Seine Augen wurden wachsam.

»Sie wissen, dass sie sich nebenbei auch mit anderen Männern … getroffen hat?«

Vater Anthonys Lächeln verblasste. »Wie ich schon sagte, das ist vertraulich, Detective. Ich bin mir sicher, Sie kennen das Beichtgeheimnis: Nur Gott und ich hören zu.«

Bentz entging nicht, dass der Geistliche mit einem Brieföffner auf seinem Schreibtisch spielte – ein scharfes Messer mit kurzem Griff. Als Vater Anthony es bemerkte, legte er das Messer zurück auf einen Stapel ungeöffneter Post neben dem breiten Kirchenstempel. Bentz beugte sich vor. »Sie sind ein junger Mann, Vater, und Sie sehen gut aus.«

Das Lächeln kehrte zurück, doch es erstarrte, als Vater Anthony bewusst wurde, was nun kam.

»Hat Helene Laroche je versucht, sich Ihnen zu nähern?«

»Wie bitte?« Er wirkte schockiert, doch eine verräterische Röte kroch seinen Nacken hinauf bis in die Wangen.

»Sie wissen, was ich meine. Träumen nicht viele katholische Mädchen davon, sich einen jungen, gut aussehenden Priester zu angeln?«

Ein Muskel zuckte an Anthonys Kinn. »Ich habe keine Ahnung,

worauf Sie hinauswollen. Wenn Sie mich fragen, ob Helene Laroche mit mir geflirtet hat – vielleicht. Wahrscheinlich. So etwas kommt vor.« Er zuckte mit der Schulter, als wäre das keine große Sache, aber seine blauen Augen wurden stahlhart. »Falls Sie wissen möchten, ob irgendetwas Unangemessenes, sexuell oder emotional, zwischen Helene und mir gelaufen ist, versichere ich Ihnen, dass diese Linie niemals überschritten wurde. Nie. Ich nehme mein Gelübde sehr ernst.«

»Helene offenbar nicht«, gab Bentz zu bedenken und stellte fest, dass er einen Nerv getroffen hatte.

Vater Anthony schob seinen Stuhl zurück. »Ich habe jetzt einen Termin bei einem kranken Kind im St. Ada Hospital.«

»Was ist mit Teri Marie Gaines?«

»Mit wem?«

Bentz zog ein Foto aus der Tasche und reichte es dem Geistlichen.

Der Priester betrachtete das Foto und schüttelte den Kopf. »Nein, diese Frau kenne ich nicht.« Er reichte Bentz den Schnappschuss zurück. »Sollte ich?«

»Sie wurde vor Kurzem ermordet. Auf dieselbe Art und Weise wie Helene Laroche.«

»Ach ja ... ich erinnere mich ... Ich habe darüber gelesen, aber wir sind uns nie begegnet. Nicht, dass ich wüsste. Aber jetzt muss ich wirklich los.« Der Priester stand abrupt auf und streckte Bentz die Hand entgegen.

Bentz nahm sie und schüttelte sie. Ihm war klar, dass er gegen eine Mauer anrannte, trotzdem hatte er noch eine weitere Frage. »Sie haben Ned Zavala eingestellt?«

»Ja«, bestätigte Vater Anthony und schob ein paar Bücher in seinen Rucksack.

»Sie wissen, dass er ein ehemaliger Häftling ist?«

Der Geistliche zog den Reißverschluss seines Rucksacks zu. »Ja, Detective, aber noch einmal: Im Haus des Herrn wird niemand ablehnend behandelt oder verurteilt.«

»Seine Mutter hat Sie gebeten, ihm den Job zu geben, ist das korrekt?«

Creswell zögerte, dann stieß er die Luft aus und antwortete: »Eileen hat mich angesprochen, als Del Olsen, der alte Gärtner, die Arbeit nicht länger bewerkstelligen konnte.« Er zwang sich zu einem weiteren aufgesetzten Lächeln. »Es hat sich herausgestellt, dass Ned nicht nur ein exzellenter Gärtner, sondern auch ein hervorragender Hausmeister ist. Wenn es darum geht, Dinge zu reparieren, habe ich nämlich zwei linke Hände. Für meinen Vater, der jeden tropfenden Wasserhahn und jede ausgeschlagene Tür reparieren konnte, war ich in der Hinsicht eine große Enttäuschung.« Noch immer erreichte sein Lächeln nicht die Augen. »Wir haben großes Glück mit Ned. Wenn Sie mich jetzt bitte entschuldigen würden … ich muss wirklich los.« Er verließ das Büro und blieb auf der Schwelle stehen. Sobald auch Bentz hinausgegangen war, schloss er die Tür und sperrte hinter ihnen ab.

Bentz schlenderte auf den kleinen Friedhof. Zuerst sah er Zavala nicht, doch als er zwischen den einst weißen, jetzt grauen Marmorgrabstätten, Krypten, Engelsfiguren und Madonnen hindurchschlenderte und sogar eine Jesus-Statue erblickte, hörte er über das leise Seufzen des Windes hinweg das Scharren von Metall auf Stein.

Er bog um die Ecke einer großen Krypta und entdeckte Zavala neben einem Springbrunnen mit einem Engel, der mit weit ausgebreiteten Flügeln gen Himmel schaute. Auch bei diesem Brunnen war das Wasser abgestellt, aber dunkle Flecken unter den Augen des Engels erweckten den Anschein, als würde er weinen.

»He.« Zavala hielt in der Bewegung inne und sah Bentz an. »Was machen Sie hier? Ich habe nichts Falsches getan.«

»Ich habe Sie arbeiten sehen und dachte, ich könnte Ihnen ein paar Fragen stellen.«

»Ich habe Ihnen nichts zu sagen«, erwiderte Zavala misstrauisch. Er war ein Berg von einem Mann, über eins neunzig groß und gute hundertfünfzig Kilo schwer. Sein Gesicht war wettergegerbt und durchzogen von tiefen Falten. Die schmalen Augen lagen tief in den Höhlen, das Kinn war mit blonden Bartstoppeln bedeckt, die dieselbe Farbe hatten wie seine strähnigen Haare unter der roten Kappe. Unter dem karierten Flanellhemd trug er ein verwaschenes graues T-Shirt.

»Kannten Sie Helene Laroche?«, fragte Bentz.

Zavala fing wieder an zu rechen. »Nein.«

»Sie war verheiratet mit …«

»Ich weiß, mit wem sie verheiratet war. Aber ich bin ihr nie begegnet.«

»Auch nicht bei der Messe?«

»Nein!«

Bentz interpretierte seine Antwort als »vielleicht«. »Was ist mit Teri Marie Gaines?«, bohrte er weiter.

»Mit wem?«

Erneut zog Bentz das Foto der toten Prostituierten aus der Tasche. »Ich meine diese Frau hier.«

Zavala warf einen Blick auf den Schnappschuss, dann machte er einen Schritt zurück und schüttelte den Kopf. »Nein. Nie gesehen.«

»Sie …«

»Wieso kapieren Sie's nicht? Ich kenne die Frau nicht, und ich will nicht mit Ihnen reden. Nicht ohne meinen Anwalt. Sie verfluchter Scheißkerl haben mich Jahre meines Lebens gekostet! Eine halbe Ewigkeit habe ich im Gefängnis gesessen wegen eines Verbrechens, das ich nicht begangen habe! Nur weil Sie zu faul waren, herauszufinden, was wirklich passiert ist. Und jetzt versuchen Sie wohl schon wieder, mir etwas anzuhängen. Habt ihr Cops eigentlich nichts Besseres zu tun, als euch einen x-beliebigen Verdächtigen zu suchen, dem ihr alles in die Schuhe schieben könnt, was ihr wollt? Was denkt ihr euch dabei, einem Menschen einfach so das Leben zu ruinieren?« Kopfschüttelnd betrachtete er die Engelsfigur im Springbrunnen. »Lassen Sie mich endlich in Ruhe.«

Bentz versuchte eine andere Strategie, indem er sich nach Zavalas Alibi in den Nächten erkundigte, als die zwei Frauen ermordet worden waren.

»Ich war bei meiner Ma.«

»An beiden Abenden?«, hakte Bentz nach.

»Jeden Abend.« Seine Lippen wurden schmal, kleine, gelbe Zähne kamen zum Vorschein.

»Sie sind nicht rausgegangen?«

»Fragen Sie sie.«

»Das mache ich. Und sollte ich herausfinden, dass Sie lügen …«

»Was dann?«, fragte Zavala und schloss fest die behandschuhte Hand um den Stiel seines Rechens. Die Falten in seinem Gesicht wurden zu Furchen, seine Augen schienen zu glühen, als hätte er Fieber.

Den Blick auf den Rechen geheftet, trat Bentz zur Seite.

Zavala sah aus, als würde er jeden Augenblick zuschlagen.

»Nur zu«, forderte Bentz ihn heraus und ging auf die Fersen, bereit zum Kampf. »Warten wir ab, was passiert, wenn Sie es wagen, einen Gesetzeshüter zu attackieren!« Sollte der Bastard ihn ruhig angreifen – Bentz war zwar nicht mehr der Jüngste, aber immer noch fit. Und schnell, dank seines Trainings an Sandsack und Boxbirne, fünf bis sechs Mal die Woche.

Zavala riss den Stiel in die Höhe, die Zähne des Rechens schwebten drohend über Bentz. Ein Muskel neben seinem rechten Auge fing nervös an zu zucken. Es war offensichtlich, dass es ihn große Mühe kostete, sich zu beherrschen. Bentz spürte, dass eine winzige Provokation reichen würde, um Zavala zum Ausrasten zu bringen.

»Was ist das zwischen Ihnen und Ihrer Mutter?«, fragte er. »Kann es sein, dass Sie unter einer Decke stecken?«

»Wie bitte?« Zorn sprühte aus Zavalas Augen.

»Ein Mutter-Sohn-Team?«

Der Rechen sauste nieder, doch Bentz fing den Stiel mit einer Hand ab, die rostigen Zähne nur Zentimeter von seinem Gesicht entfernt. »Vorsicht, Ned«, knurrte er drohend.

Er hatte einen Nerv getroffen.

»Ich durchschaue dein Scheißspiel, Bentz«, stieß Zavala zornig hervor. »Du hast mich schon einmal ohne ausreichende Beweise in den Knast gebracht, und ich werde nicht zulassen, dass das wieder passiert!« Bentz sah den Hass in seinen Augen blitzen.

»Warum kommen Sie nicht mit ins Department? Dort könnten wir uns in Ruhe unterhalten«, schlug er vor.

»Und warum verpisst du dich nicht einfach?« Zavala riss Bentz den Rechen aus der Hand, doch seine Worte klangen schon nicht mehr ganz so aufbrausend. »Ruf meinen Anwalt an. Seinen Namen kennst du ja.«

Bentz nickte. »Das mache ich.«

Ned spuckte ihm in hohem Bogen einen Schwall Tabaksaft vor die Füße, dann wandte er sich ab und rechte weiter die Blätter zusammen.

Bentz ging rückwärts zum Parkplatz. Er traute Zavala zu, dass er ihm hinterrücks den Rechen zwischen die Schultern rammte, doch der riesige Kerl würdigte ihn keines weiteren Blickes.

Als er seinen Jeep erreichte, sah er Opal Guidry in ihren Wagen steigen. Sie warf Bentz einen Blick zu und rutschte schnell hinters Lenkrad. Hastig ließ sie den Motor an und gab Gas. Als sie vom Parkplatz fuhr und sich in den Verkehr einreihte, wäre sie beinahe mit einem Camaro zusammengestoßen, so eilig hatte sie es offenbar, von Bentz wegzukommen.

Kopfschüttelnd stieg er ein. Im Jeep war es warm, die Luft stickig. Er schaltete die Klimaanlage ein. Bevor er zurücksetzte, warf er einen letzten Blick auf die Kirche. Vater Anthony stand am Fenster seines Büros.

Seltsam.

Hatte er nicht behauptet, er müsste dringend ins Krankenhaus zu einem kleinen Mädchen? Wieso war er noch einmal ins Büro zurückgekehrt? Bentz sah, dass Vater Anthony seine schwarze Soutane und den Priesterkragen trug.

Wer ist dieser Anthony Creswell?, fragte er sich.

Auf keinen Fall konnte dieser Geistliche der Rosenkranzmörder sein, denn der war um einiges älter als der junge Mann am Fenster. Bentz kannte Vater Johns wahre Identität, außerdem war dieser ganz spezielle Psychopath kein Priester.

War es wirklich möglich, dass sie es im Fall der ermordeten Prostituierten mit einem Trittbrettfahrer zu tun hatten, und war dieser potenzielle Trittbrettfahrer auch für das verantwortlich, was Kristi und Jay zugestoßen war? Mit wie vielen Tätern hatten sie es wirklich zu tun?

Vater Anthony war jung und kräftig. Körperlich mühelos in der Lage, ein nichts ahnendes Opfer zu überwältigen.

Aber Anthony Creswell war ein echter Priester. Er glaubte an Gott. Und deshalb war er gewiss kein Mörder.

Oder doch?

Als der Geistliche vom Fenster zurücktrat, musste Bentz an einen Satz denken, den sein Großvater oft gesagt hatte: »Man kann den Menschen das Böse nicht ansehen, denn es lauert in ihren Herzen.« Oder so ähnlich.

Bentz rieb sich den Nacken, dann legte er den Gang ein und gab Gas. Es frustrierte ihn, dass sich die einzelnen Teile des großen Puzzles einfach nicht zusammenfügen lassen wollten, ganz gleich, wie viel

Mühe er sich gab. Wer hatte die Prostituierten ermordet? Wer steckte hinter der Attacke auf Kristi und Jay? Wer hatte Kristi die Karten geschickt? Und wie passte der Rosenkranzmörder in das Ganze? Hatte er die Schusswunde, die Bentz ihm damals zweifelsohne zugefügt hatte, tatsächlich überlebt? Sein Magen fing an zu brennen, und er griff ins Handschuhfach und holte eine Rolle Säureblocker heraus, von denen er sich zwei Stück in den Mund warf. Dann reihte er sich in den Verkehr ein und nahm die Strecke am See entlang. Die glatte Wasseroberfläche glitzerte und spiegelte den Himmel wider.

Er fuhr an Samantha Leeds Haus vorbei, sah, dass die Tore geschlossen waren, und hatte das Gefühl, dass ihm irgendetwas entging. Etwas Wichtiges, das er einfach nicht zu fassen bekam.

Wenn Vater John tatsächlich überlebt hatte, warum nahm er dann nicht Dr. Sam ins Visier, sondern Kristi?

Wollte er sich an Bentz rächen, weil er ihn um ein Haar getötet hatte? Oder an Kristi, wegen der True-Crime-Story?

Er bog um eine Ecke, bremste ab, als ein Fußgänger bei Rot die Straße überquerte, dann schaltete er die Klimaanlage aus und öffnete das Fenster einen Spaltbreit, um die milde Herbstluft hereinströmen zu lassen.

Nichts ergab Sinn.

Hoffentlich hatte Montoya mehr Glück gehabt.

Kapitel zweiundzwanzig

Montoya zog ein letztes Mal an seiner Marlboro und drückte die Kippe in einem Standaschenbecher neben dem Eingang zum Kriminaltechnischen Labor aus. Einen Stiefel gegen die Außenwand gestemmt, den Rücken angelehnt, blies er den Rauch aus seinen Lungen in die klare Morgenluft, während er nachdenklich zum Horizont blickte. Er hatte gehofft, auf irgendwelche Ungereimtheiten bei McKnights Arbeit zu stoßen oder gar einen Kollegen ausfindig zu machen, der einen solchen Groll gegen Jay hegte, dass er als Täter infrage kam, doch er hatte nichts Ungewöhnliches entdeckt.

Die einzige Information, die womöglich interessant sein könnte, war die, dass sich die Blutspuren, die man an der Außenmauer der St. Louis Cathedral hatte sicherstellen können, weder Kristi Bentz noch Jay McKnight zuordnen ließen.

Sie wussten jetzt, dass der Mörder der Blutgruppe B negativ angehörte, eine seltene Blutgruppe, die keines der beiden Opfer hatte. Montoya hatte die medizinischen Unterlagen von Vater John angefordert und hoffte, dass darin seine Blutgruppe stand. Wenn der falsche Geistliche ebenfalls B negativ war, wussten sie zumindest, dass er der Mörder war, der am Ende der Pirate's Alley auf der Lauer gelegen hatte. Was voraussetzte, dass er Bentz' Kugel vor all den Jahren im *bayou* überlebt hatte.

Montoya stieß sich von der Mauer ab und ging zu seinem Wagen.

Als er im Mustang saß, überlegte er, sich eine weitere Zigarette anzustecken. Das Rauchen wirkte beruhigend auf ihn, und im Augenblick fühlte er sich ziemlich aufgewühlt.

Er griff gerade nach der Schachtel, als sein Handy klingelte. Die Nummer, die auf dem Display aufleuchtete, kannte er nicht. »Detective Reuben Montoya«, meldete er sich daher offiziell. Fast erwartete er, dass sein Bruder am anderen Ende der Leitung war, aber er täuschte sich.

»Hallo, hier spricht Vincent Laroche«, sagte eine tiefe Männerstimme. »Hugos Sohn. Ich weiß, dass wir in einer Stunde einen Termin bei der Polizei haben, aber … Ich würde gern unter vier Augen mit Ihnen sprechen. Über meine Stiefmutter.«

»Unter vier Augen?«, wiederholte Montoya.

»Ja. Ich denke, es wäre das Beste, wenn wir uns treffen, bevor ich mit meiner Familie ins Department komme.«

»Wo?«, fragte Montoya. »Bei Ihnen? Im Büro?«

»Nein … o Gott, nein. Können wir uns an einem weniger öffentlichen Ort treffen?«

Montoya ließ den Motor an, warf einen Blick in den Rückspiegel und wartete darauf, dass ein Van an ihm vorbeizog, bevor er Gas gab und auf die Straße rollte. »Was schwebt Ihnen vor?«

»Wie wäre es am Riverwalk, in der Nähe der Dampfer-Anlegestelle? Dort gibt es eine Bank mit Blick auf den Fluss.«

»Kein Problem. Ich komme dorthin.« Montoya legte auf und fuhr zum Fluss, wo er einen Parkplatz in der Nähe der alten JAX-Brauerei im French Quarter entdeckte. Das ehemalige Brauereigebäude war in einen Komplex mit Geschäften, Restaurants und Eigentumswohnungen umgewandelt worden. Die Gegend hier war alles andere als für ein Gespräch »unter vier Augen« geeignet, aber Montoya konnte es gleich sein. Sie würden sich unter die Menge mischen, und offenbar ging Vincent Laroche davon aus, dass ihn niemand erkannte. Montoya schlenderte um das Gebäude herum und sah die Bank, von der Hugos Sohn gesprochen hatte.

Niemand saß dort. Montoyas Handy klingelte erneut. Dieselbe Nummer blinkte auf dem Display auf.

»He«, meldete er sich. »Ich bin da.«

»Ich weiß. Ich kann Sie sehen.«

Wie bitte? Augenblicklich schaltete sich Montoyas Cop-Radar ein. Ein bisschen zu spät, wie er fand.

»Ich habe eine Wohnung in der alten Brauerei«, sagte Vincent und nannte ihm die Adresse. »Kommen Sie rauf.«

»Ich lasse mich nicht gern herumkommandieren«, entgegnete Montoya gereizt.

»Das ist nicht meine Absicht«, versicherte ihm Vincent. »Ganz sicher nicht. Ich bin nur vorsichtig.«

»Okay.« Trotzdem schickte Montoya Bentz die Adresse und bat ihn, Verstärkung zu schicken oder selbst herzukommen, sollte er binnen fünf Minuten nichts von ihm hören. Anschließend schaltete er die Aufnahmefunktion an seinem Handy ein. Nur für alle Fälle. Damit Bentz das Gespräch nachher abhören konnte, falls etwas schiefging.

Er betrat das Gebäude, nahm den Aufzug in den zweiten Stock und blieb vor der entsprechenden Apartmenttür stehen. Eine Hand auf die Waffe gelegt, klopfte er mit der anderen an.

Die Tür ging auf, und Montoya stand Vincent Laroche gegenüber, einem großen, eher schlaksigen Mann mit Baseballkappe, grau meliertem Dreitagebart, Shorts, T-Shirt und Flipflops.

»Detective Montoya. Danke, dass Sie gekommen sind. Ich bin Vincent. Vince.« Er hielt Montoya die Tür auf.

Montoya schaute an ihm vorbei und stellte fest, dass sie offenbar allein waren. Er bemerkte nichts Ungewöhnliches, nichts, was gefährlich wirkte, also nahm er die Hand von der Dienstwaffe und trat ein.

»Sorry wegen der Geheimnistuerei. Ich verstehe, wenn Sie das Gefühl haben sollten, in eine Mantel-und-Degen-Komödie geraten zu sein«, entschuldigte sich Vincent, und Montoya stellte fest, dass er roch wie eine Brauerei. Es war fast so, als würde er Bier aus allen Poren schwitzen.

»Ich dachte, Sie wollen nicht, dass ich zu Ihnen nach Hause komme«, sagte er.

Vincent Laroche nickte. »Das ist auch nicht mein Zuhause.«

»Sondern?«

»Lediglich eine Zweitwohnung.«

Wieder ließ Montoya den Blick schweifen. Wieder konnte er nichts Außergewöhnliches in dem modernen, wie geleckt wirkenden Apartment mit dem riesigen Fernseher und dem kleinen Esstisch entdecken. Die Tür zu einem Schlafzimmer war offen, in einer Ecke stand ein breites Bett. Eine Glasfront bot einen faszinierenden Ausblick auf den Fluss. Sonnenlicht glitzerte auf dem träge dahinfließenden Wasser. Auf der Anrichte in der Küchenzeile standen mehrere leere Flaschen.

»Wir haben nicht viel Zeit«, sagte Vincent, »ich muss gleich los, ins Department, wo ich mich mit meiner Familie und dem Anwalt treffe, also nehmen Sie bitte Platz.« Er deutete auf eine bequem aussehende Couch.

»Danke, ich bleibe lieber stehen«, lehnte Montoya ab. Er zog es vor, den ganzen Raum im Blick zu behalten. Nur für den Fall, dass ihn sein Instinkt trog und er doch in eine Falle gelockt worden war.

Vincent Laroche wirkte aufgewühlt, anscheinend lastete irgendetwas gewaltig auf seiner Seele. »Okay«, sagte er nach einem kurzen Augenblick und ließ sich aufs Sofa fallen. »Ich schlage Ihnen einen Deal vor. Ich hoffe, dieses Gespräch ist vertraulich und wird später nicht gegen mich verwendet.«

»Welches Gespräch?«, fragte Montoya und sah, wie Hugo Laroches Sohn sich ein wenig entspannte.

»Es geht um Helene«, stieß er nervös hervor und kratzte seinen Bart. »Meine Stiefmu…« Er brach ab. »Die Frau meines Vaters, meine ich. Sie und ich … wir kannten uns recht gut.«

»Und das bedeutet konkret?«

Vincent zog scharf die Luft ein. »Das bedeutet konkret, dass ich sie kannte, bevor sie mit Dad zusammenkam.«

»Wie kann ich mir Ihr Verhältnis vorstellen?«

»Wir haben ein paarmal etwas miteinander gehabt. Sie hat mich ausgetrickst. Anscheinend hat sie herausgefunden, wer mein Dad ist, und die Fühler dann lieber nach ihm ausgestreckt.« Er rieb sich die Schläfen. »Und er ist auf sie hereingefallen, hat sich mit ihr eingelassen, von Mom scheiden lassen und sie nach weniger als einem Jahr geheiratet.« Er schüttelte angewidert den Kopf.

»Und was haben Sie gemacht?«

»Nichts! Ich habe zugesehen, wie alles den Bach runterging! Und das nur wegen der geilen Fantasien eines alten Mannes. Eines Strohfeuers!« Er warf die Hände in die Luft. »*Kabumm!* – alles weg, was man bisher so kannte. Was für ein Fehler, ein riesiger Fehler.«

»Es hat also nicht funktioniert?«

»Nein, natürlich nicht. Helene hat Dad allein wegen seines Geldes und seiner Beziehungen geheiratet. Für sie war das ein gewaltiger Aufstieg – ein cooler Philanthrop, Stütze der Gesellschaft, großzügiger Wohltäter.« Er stand auf, ging in die Küchenecke, öffnete den Kühlschrank und nahm sich ein Bier. »Wollen Sie auch eins?«

»Nein, danke.« Montoya hob abwehrend die Hände.

Vince öffnete die Flasche und trank einen großen Schluck.

»Zurück zu Helene …«, erinnerte Montoya ihn.

Vince setzte die Flasche erneut an die Lippen. »Nun ja, sie und ich haben unsere Beziehung nie ganz beendet, wenn Sie verstehen, was ich meine.« Er warf Montoya einen Seitenblick zu. »Kurz vor der Hochzeit haben wir eine Pause eingelegt, aber als Dad und sie aus den ›Flitterwochen‹ zurück waren«, er zeichnete mit den Fingern Anführungszeichen in die Luft, »hat sie sich wieder an mich herangemacht, und eins führte zum anderen … noch heißer als zuvor. Ich nahm an, Sie werden es sowieso irgendwie herausfinden, und weil ich nicht möchte, dass Dad davon erfährt, habe ich beschlossen, es Ihnen zu erzählen. Sie müssen es ihm ja nicht unter die Nase reiben. Kann sein, dass er etwas ahnt, aber es ist eh schon alles schwierig genug.«

»Ich gehe davon aus, dass es ohnehin herauskommt«, gab Montoya zu bedenken. Der Tod von Helene Laroche alias Helen of Joy war immer noch Thema Nummer eins in den Boulevardmedien, auch die Gerüchteküche um Hugo Laroche, der seine Frau wegen einer Stripperin verlassen hatte, brodelte erneut.

»Ich weiß, aber es wäre mir lieber, wenn meine Familie es von mir erfährt als von irgendwelchen Social-Media-Plattformen oder Klatschreportern. Marianne wird ohnehin an die Decke gehen.«

»Hatte Helene Stammkunden?«

»Außer mir?« Seine Augenbrauen schossen in die Höhe. »Keine Ahnung.«

»Kannte sie eine gewisse Teri Marie Gaines?«

Er zuckte die Achseln. »Auch das weiß ich nicht. Wenn sie jemals eine Frau mit diesem Namen erwähnt hat, dann kann ich mich nicht daran erinnern.« Er seufzte. »Wir haben bei unseren Treffen auch nicht gerade viel geredet.«

Montoya nickte. »Wann haben Sie Helene das letzte Mal gesehen?«

»Vergangene Woche. In der Nacht vor ihrem Tod.« Vince deutete auf die offene Schlafzimmertür. »Dort.«

»Wirkte sie irgendwie verändert? Bedrückt? Hatte sie Probleme?«

»Sie hat nichts dergleichen erwähnt. Aber wie ich schon sagte: Wir haben nicht viel geredet.«

»Um wie viel Uhr ist sie gegangen?«

»Morgens um halb drei, Viertel vor drei.«

»War sie mit dem Auto da?«

»Ja. Mit ihrem Mercedes. Er stand unten auf dem Parkplatz.« Er rieb sich den Nacken. »Hören Sie, Detective, ich werde Dad reinen Wein einschenken. Heute noch. Aber könnten wir bitte meine Schwester außen vor lassen?« Er warf den Kopf zurück und kniff die Augen zusammen. Offenbar sah er lebhaft vor sich, wie Marianne Laroche-Petrocci explodierte. »Bitte überlassen Sie es mir, mit ihr zu reden.«

»Dann schlage ich vor, Sie machen Ihre Aussage separat.«

Vincent nickte. »Ich finde es ohnehin seltsam, dass die komplette Familie bei der Polizei erscheinen soll.«

»Das ist in der Tat unkonventionell«, räumte Montoya ein. »Allerdings ist das nicht auf unserem Mist gewachsen. Der Anwalt Ihres Vaters hat darauf bestanden.«

»Keine Ahnung, wieso, aber Hauptsache, ich kann mit Ihnen allein reden.«

»Okay«, willigte Montoya ein und wandte sich zum Gehen. »Ich sorge dafür, dass Sie Ihre Aussage im Anschluss an das ›Familientreffen‹ machen können.«

Draußen blieb er noch einen Augenblick stehen und schaute an der Fassade hinauf zu den großen Fenstern, doch Vincent Laroche war nicht zu sehen. Montoya kehrte zu seinem aufgeheizten Mustang zurück, ließ das Fahrerfenster runter und fuhr zurück zum Department. Sagte Vince Laroche wirklich die Wahrheit, oder versuchte er, die Ermittlungen in eine falsche Richtung zu lenken? Der Fall wurde immer seltsamer, die einzelnen Fäden immer verworrener. Nun, er würde sich nicht hinters Licht führen lassen.

Sein Handy klingelte. Er warf einen Blick aufs Display. Eine unbekannte Nummer blinkte auf. Montoya nahm das Gespräch trotzdem entgegen. Seit Cruz' Anruf nahm er alle Gespräche an. Wegen des Gürtels wusste er, dass sein Bruder sich in New Orleans aufhielt – zumindest war er hier gewesen –, und er war sich sicher, dass Cruz sich bald wieder melden würde.

»Detective Reuben Montoya«, meldete er sich und hielt vor einer roten Ampel an.

»Oh, gut.«

»Wer spricht da?«

»Das tut nichts zur Sache.«

»Dann ist das Gespräch beendet«, sagte Montoya, obwohl er ganz bestimmt nicht vorhatte, aufzulegen. Schon allein aus dem Grund, weil er wissen wollte, wie der Unbekannte am anderen Ende der Leitung an seine private Handynummer gekommen war.

»Nein! Warten Sie!« Die Stimme gehörte definitiv einem Mann, doch Montoya konnte nicht einschätzen, wie alt dieser sein mochte. »Mein Name ist Jazz.«

»Jazz?«, wiederholte Montoya. Was war das denn für ein Name? Vermutlich ein Pseudonym.

»Jazz wer?«

»Wie ich schon sagte: Das tut nichts zur Sache. Ich rufe wegen Cruz an. Er ist Ihr Bruder, richtig?«

»Was ist mit Cruz?«

»Ich bin ein Freund von ihm, und ich will nur sagen: Er war's nicht. Ich habe gesehen, wer's war, und Cruz war's nicht.«

»Er hat Lucia Costa nicht umgebracht?«

Eine Pause. Als wäre der Anrufer verblüfft, dass Montoya ihren Namen kannte, dass er von ihrem Tod wusste. Der Fahrer hinter Montoya drückte auf die Hupe. Montoya gab Gas. Er hatte gar nicht gemerkt, dass die Ampel auf Grün umgesprungen war. Genervt schaltete er den Lichtbalken hinter der Heckscheibe ein. Sollte der Blödmann ruhig wissen, dass er ein Cop war.

Der Fahrer des schwarzen Buick hörte auf zu drängeln.

»Sie sagen also, dass Cruz Lucia Costa nicht getötet hat, Jazz?«, wandte sich Montoya wieder an den unbekannten Anrufer.

»Ja, ja«, bestätigte Jazz, der sich anscheinend wieder gefasst hatte. »Jemand will Cruz etwas anhängen, und er ist in die Falle getappt.«

»In welche Falle?«, wollte Montoya wissen.

»He, Mann, mehr sage ich nicht.«

»Wo ist Cruz jetzt?«

»Keine Ahnung, und ich will's auch gar nicht wissen.«

»Kann ich Sie unter dieser Nummer zurückrufen?«, fragte Montoya.

Klick. Der Scheißkerl hatte aufgelegt. Montoya drückte auf Rückruf, aber – große Überraschung – niemand ging dran. *Verdammt!* Er würde versuchen, den Mann zu lokalisieren, aber er wusste schon jetzt, dass »Jazz« oder wie immer er heißen mochte, von einem Prepaid-Handy aus angerufen hatte, das in diesem Moment vermutlich auf den Grund des Trask-River in Oregon sank.

»Scheiße, scheiße, scheiße!« Sein Blick fiel auf die Schachtel Marlboro auf dem Armaturenbrett. Er griff danach, angelte eine Filterzigarette heraus, steckte sie zwischen die Lippen und ließ sein Feuerzeug aufflammen. Montoya inhalierte tief und blies langsam den Rauch aus. Es war immer dasselbe mit Cruz.

Ständig gab es Probleme, allerdings hatte man ihn bislang noch nie eines Mordes bezichtigt.

»Verdammte Scheiße!«, fluchte Montoya, drückte das Gaspedal durch und raste, so schnell er konnte, zum Department.

Kapitel dreiundzwanzig

Montoya betrat das Büro, zog seinen Stuhl hervor und ließ sich schwer darauf fallen.

Bentz stieg der Geruch nach Zigarettenrauch in die Nase. »Schlechte Nachrichten?«, erkundigte er sich.

»Sag bloß, du kannst dich noch daran erinnern, dass es auch mal gute Nachrichten gab«, murmelte Montoya sarkastisch, dann berichtete er seinem Partner von seinem Abstecher ins Kriminaltechnische Labor. »Sobald wir die Blutgruppe des Rosenkranzmörders haben, wissen wir, ob er Jay McKnight auf dem Gewissen hat oder nicht. Natürlich haben wir keine hundertprozentige Sicherheit, bis die DNA-Tests ausgewertet sind, aber die Blutgruppe ist zumindest ein starker Indikator. Am Tatort wurde B negativ sichergestellt. Kommt, soweit ich weiß, eher selten vor.«

»Okay.« Bentz nickte. »Sollte Vater John ebenfalls B negativ sein, ist er vielleicht tatsächlich unser Mann.« Er lehnte sich auf seinem Stuhl zurück und berichtete Montoya, was er von Opal Guidry und Vater Anthony, dem Gemeindepriester von Our Lady of the Grove, erfahren hatte.

»Womit wir wieder bei den Laroches wären«, stellte Montoya fest.

»Richtig.« Bentz warf einen Blick auf die Uhr. »Sie dürften übrigens jeden Moment eintreffen, zusammen mit ihrem Anwalt.« Er hatte den Satz kaum zu Ende gesprochen, als das Festnetztelefon auf seinem Schreibtisch klingelte und die Polizistin am Empfang ihm mitteilte, dass die Familie Laroche eingetroffen sei. Bentz legte auf und sah Montoya an. »Showtime.«

Montoya stand auf. Er lächelte nicht. Ja, er war genervt. Beunruhigt. Allerdings galt seine Sorge weniger dem, was er im Kriminaltechnischen Labor erfahren hatte, und auch nicht der Familie Laroche, sondern vielmehr seiner eigenen Familie, insbesondere seinem unberechenbaren, sturköpfigen, ewig quertreibenden Bruder Cruz.

Als könnte Bentz Gedanken lesen, sagte er: »Ich habe übrigens einen Anruf bekommen. Von einem Detective aus Oregon. Er wollte mit dir reden, aber du warst nicht da, deshalb musste er mit mir vorliebnehmen.«

Montoyas Muskeln spannten sich an, sein Gesichtsausdruck wurde hart wie Granit. »Was wollte er?«

»Dass du ihn zurückrufst.«

»Hast du ihm meine Handynummer gegeben?«

Bentz schüttelte den Kopf. »Warum sollte ich? Ich habe mir seine Handynummer geben lassen.« Er zog seinen Notizblock hervor, riss das oberste Blatt ab und reichte es seinem Partner.

Montoya warf einen Blick darauf, dann steckte er den Zettel in die Hosentasche. »Komm«, sagte er und ging Bentz voran zur Tür. »Bringen wir's hinter uns.«

Fünf Minuten später standen sie im größten Befragungsraum, den das NOPD zu bieten hatte und der trotzdem zu klein war.

Bentz und Montoya nahmen auf einer Seite des Tisches Platz.

Auf der anderen Seite saßen Hugo Laroche und sein Anwalt Alan Thayer, an den Enden rechts und links waren Hugos Kinder Marianne und Vincent platziert. Hugo Laroche hatte auf diesem Treffen bestanden, und jetzt wollte Bentz erfahren, was die Familie ihnen zu sagen hatte. Wenn er die Mitglieder einzeln befragen wollte, würde er sie ein andermal vorladen müssen.

Bentz stellte sich und Montoya vor und teilte der Familie mit, dass sie nicht zu den Verdächtigen im Mordfall Helene Laroche zählten, sondern lediglich wichtige Zeugen seien, die womöglich entscheidend zur Aufklärung der Tat beitragen konnten.

Marianne trat genauso entschieden auf wie bei ihrer letzten Begegnung, lautstark, fordernd und vorwurfsvoll.

Ihr Bruder Vincent dagegen, eine jüngere, durchtrainierte Version seines Vaters, gab sich eher zurückhaltend. Er war frisch rasiert und trug ein Anzughemd zu einer locker fallenden Baumwollhose. Ausdruckslos beantwortete er jede Frage, die Bentz ihm stellte, die Hände im Schoß verschränkt. Bentz stellte fest, dass seine Augen leicht gerötet waren, als hätte er zu viel getrunken, Drogen genommen – oder geweint.

Marianne beugte sich vor, die Arme vor der Brust verschränkt. »Und Sie wollen mir tatsächlich weismachen, dass es keinerlei neue Hinweise gibt?«

»Die Ermittlungen laufen«, sagte Montoya.

»Ich dachte, Sie wüssten, dass dieser … dieser irre Rosenkranzmörder der Täter ist. Wie heißt er noch gleich?«

»Vater John«, antwortete Vince emotionslos.

»Richtig.« Sie nickte ihrem Bruder zu, dann funkelte sie die Detectives an. »Sein Name wurde tausendfach von den Medien erwähnt. Man kann ja keine Zeitung mehr aufblättern, geschweige denn den Fernseher oder das Radio einschalten, ohne mit dem Thema ›Vater John und seine wundersame Wiederauferstehung aus dem Sumpf‹ bombardiert zu werden.« Sie runzelte unwirsch die Stirn. »Ich habe Fotos von den Opfern damals gesehen, und jetzt wollen Sie mir weismachen … Ja, was eigentlich? Dass Sie sich nicht sicher sind oder dass Sie ihn nicht finden können?«

»Wir wissen nicht, ob es sich um ein und denselben …«, setzte Montoya an, aber Marianne fiel ihm ins Wort.

»Ach, das kann doch alles gar nicht wahr sein.« Sie schob abrupt ihren Stuhl zurück und stand auf.

»Marianne«, sagte Alan Thayer mit einem tadelnden Unterton, »bitte setzen Sie sich wieder …«

»Was? Ich soll mich hinsetzen und die Klappe halten? Nein, vielen Dank, Alan. Ich will Antworten bekommen!« Sie stieß mit dem Finger auf die Tischplatte. Ihre Ringe glänzten im grellen Licht der Neonröhren, ihre Armreifen klimperten. »Diese Leute suchen Dad zu Hause auf und beschuldigen ihn, Vince und mich, etwas mit Helenes Tod zu tun zu haben.« Sie stieß gereizt die Luft aus, während der Anwalt beschwichtigend die Hand hob, und ließ sich wieder auf den Stuhl fallen. »*Wir* wollen Antworten bekommen.«

»Sie hat recht«, pflichtete Hugo seiner Tochter bei. »Die Medien haben das Haus förmlich belagert, und ich werde nicht nur von Freunden, sondern auch von den Vorständen zweier Wohltätigkeitsorganisationen kontaktiert, deren Schirmherr ich bin. Sie sind … nun, formulieren wir es so: Sie sind gar nicht glücklich darüber, dass der Name Laroche derart in den Schmutz gezogen wird.«

»Na, was für eine Überraschung!«, blaffte Marianne. »Du heiratest eine psychopathische Schlampe, eine Nymphomanin, und jetzt wunderst du dich? Was hattest du denn erwartet?«

»Ich bitte dich, Marianne«, schaltete sich Vince ein.

»Was? Ich finde, gerade du solltest den Mund halten!«

Vincent räusperte sich. Bentz sah, wie ihm die Röte den Nacken hinaufkroch. »Ich würde gern hören, was die Detectives zu sagen haben.« Er warf Montoya einen Blick zu.

Marianne verdrehte die Augen. »Ganz bestimmt nichts, was uns irgendwie weiterbringt.«

Bentz fragte sich, warum sie die Polizei für ihren Feind zu halten schien. Was hatten sie Hugo Laroches Tochter angetan, dass sie so reagierte?

»Es tut mir leid wegen Helene, Dad«, fuhr Marianne fort, »aber was passiert ist, ist passiert, damit musst du dich nun mal abfinden. Wie wir anderen auch. Also sorgen wir dafür, dass endlich die Leiche freigegeben wird, damit wir sie unter die Erde bringen und nach vorn blicken können.«

Hugo zuckte bei ihren Worten sichtbar zusammen, dann fragte er, nach Fassung ringend: »Haben Sie mit Helenes Mitbewohnerin gesprochen? Ich weiß, dass sie sich ein Apartment mit einer anderen Frau, einer Sherry Sowieso, geteilt hat.«

»Sherilynn Gordon«, ergänzte Marianne. »Jetzt tu doch nicht so, Dad, du weißt genau, wie sie heißt.«

»Ja, ja, wir sind uns einmal begegnet«, räumte Hugo zögernd ein.

»Ooo-kay«, ließ sich Alan Thayer vernehmen, stemmte die Hände auf die Knie und stand auf. »Haben Sie noch weitere Fragen an meine Mandanten? Wenn nicht, würden wir jetzt gern gehen. Ich hoffe, Sie kommen Mariannes Wunsch nach und geben den Leichnam baldmöglichst frei, damit die Bestattung veranlasst werden kann.« Er warf Hugo einen Blick zu. Dieser nickte.

»Es wird nicht mehr lange dauern«, versicherte Bentz. »Vielleicht sind die Kollegen aus der Gerichtsmedizin schon morgen fertig.«

»Wunderbar«, sagte Marianne, doch in ihrem Blick lag Skepsis.

»Geben Sie uns einfach Bescheid.« Thayer nahm seine Aktentasche. Das Treffen war vorbei. Marianne und Vincent schoben ihre Stühle zurück, aber Hugo blieb mit versteinertem Gesicht sitzen. »Kriegen Sie ihn«, sagte er mit ruhiger Stimme. »Wer immer Helene das angetan hat – schnappen Sie ihn und sorgen Sie dafür, dass er nie wieder jemandem Leid zufügen kann.«

»Ach, Dad«, fuhr Marianne ihm über den Mund. »Hör auf mit diesem Trauernder-Geliebter-Blödsinn. Wir sind hier nicht bei *Romeo und Julia.* Es geht um Helene. Helen of Joy, um genau zu sein.« Sie schüttelte den Kopf, murmelte gereizt: »Herrgott noch mal«, und rauschte aus dem Vernehmungsraum.

Montoya begleitete die Familie und Anwalt Thayer hinaus, während Bentz in ihr gemeinsames Büro zurückkehrte. Er hatte sich gerade an den Schreibtisch gesetzt, als Kristi an die offene Tür klopfte. »He«, sagte sie. »Hast du eine Sekunde?«

»Für dich?« Er stieß sich mit dem Stuhl von der Kante ab und zwinkerte. »Nie.«

Sie brachte tatsächlich ein Grinsen zustande. Er bedeutete ihr, auf einem der beiden Besucherstühle vor seinem Schreibtisch Platz zu nehmen. »Was führt dich zu mir?«

»Ich dachte, ich könnte dich zum Mittagessen einladen.«

Das war merkwürdig. Seine Augenbrauen schossen in die Höhe. Kristis Grinsen verschwand, plötzlich sah sie erschöpft aus.

»Klar«, sagte er. »Gehen wir.« Er stand auf und nahm seine Jacke. Im Gang begegnete er Montoya, teilte ihm mit, dass er für eine Weile nicht da sein würde, dann verließ er zusammen mit seiner Tochter das Gebäude und ging drei Blocks weit zu einem kleinen Bistro, wo auch um vierzehn Uhr noch warme Gerichte serviert wurden.

Sie nahmen an einem Tisch in einem Innenhof Platz. Palmen in großen Pflanztöpfen spendeten Schatten. Um die Stämme waren Lichterketten für die Abendgäste gewunden. Jetzt allerdings schien die Sonne so hell durch die Palmwedel, dass sie ihre Sonnenbrillen aufsetzen mussten, als sie einen Blick in die Speisekarte warfen. Bentz entschied sich für einen Hamburger mit Pommes frites, Kristi für frittierte Garnelen mit Salat, dazu nahm sie ebenfalls ein Körbchen Pommes. Nachdem sie bestellt hatten, servierte ihnen die Kellnerin süßen Eistee.

Als sie wieder weg war, schien Kristi sich zu entspannen. »Ich muss dir etwas sagen.«

Bentz spürte, wie sich sein Magen zusammenschnürte. Er rechnete fest damit, dass sie sich wieder einmal in Schwierigkeiten gebracht hatte oder dass sie es nicht aushielt, Witwe zu sein – sogar eine tödliche Krankheit schloss er nicht aus. Als Vater schien er immer mit dem Schlimmsten zu rechnen.

Kristi schob die Sonnenbrille in die Haare. In ihren Augen schimmerten Tränen. Lächelnd nahm sie seine Hand und fuhr fort: »Ich wollte allein mit dir sein, wenn ich dir die Nachricht überbringe.«

»Was für eine Nachricht?«, fragte er zutiefst besorgt.

»Du wirst Großvater!«

Für einen Augenblick war er sprachlos.

Dann stieß er unbeholfen hervor: »Aber du …«, und verstummte.

»Im Frühling. Ich bekomme ein Baby.« Jetzt strömten die Tränen über ihre Wangen. »Jay …«, stammelte sie. »Ich habe es ihm gesagt, als er … Ich bin mir nicht sicher, ob er es noch gehört hat.«

»Oh, Liebes.« Bentz sprang so hastig auf, dass er beinahe seinen Stuhl umwarf, bückte sich und zog sie in seine Arme. »Oh … oh, Kristi! Ein Baby?« Er spürte, wie seine Augen feucht wurden und zu brennen anfingen.

Sie nickte. »Ja. Jetzt ist es sicher. Ich werde eine Mommy.« Sie schniefte laut und lachte.

Er drückte sie fest und versuchte, das eben Gehörte zu verarbeiten. Ein Kind? Seine Tochter würde Mutter werden. Als Witwe. Nach einer ganzen Weile ließ er sie los und richtete sich wieder auf.

Kristi griff nach einer Serviette und tupfte sich die Augen ab.

»Ich weiß, es ist seltsam.« Sie schniefte erneut. »Aber was ist in letzter Zeit eigentlich nicht seltsam?«

»Ist alles in Ordnung mit dir und dem Kind? Bist du glücklich?«

»Ja.« Sie nickte heftig. »Und du?«

»Selbstverständlich.« Er grinste breit und setzte sich wieder auf seinen Stuhl, dann nahm er ebenfalls die Serviette und fuhr sich damit über die Augen. »Das kommt ziemlich unerwartet, ich glaube, ich stehe noch unter Schock. Aber ja, das sind großartige Neuigkeiten. Wow. Ein Baby.«

In diesem Augenblick erschien die Kellnerin und brachte ihre Bestellungen, was Bentz durchaus gelegen kam. Er wollte nicht zugeben, was er wirklich empfand, wollte sich nicht anmerken lassen, dass er außer Freude schreckliche Angst verspürte. Als Vater war er immer in Sorge um seine Tochter, doch da sie nun ein Kind in sich trug, hatte sich diese Sorge soeben verdoppelt. *Nun bist du erst recht verletzlich,* schoss es ihm durch den Kopf, aber er würde sich hüten, diesen Satz in ihrer Gegenwart auszusprechen. Sie wusste es ohnehin, das konnte er ihrem Gesicht ablesen. Kristi brauchte jetzt keine ängstlichen Ratschläge, Kristi brauchte nur eins: seine volle Unterstützung.

Also hob er sein Glas und prostete ihr mit dem Eistee zu. Sie stießen an. »Auf das Baby und die immer größer werdende Familie.«

»Auf das Baby«, sagte sie, und wieder sah Bentz seine Tochter lächeln. Zum ersten Mal seit Jays grausamem Tod schimmerte Hoffnung in ihren Augen auf. Sein Herz zog sich schmerzhaft zusammen, als er an das ungeborene Kind dachte. »Nur damit du's weißt«, fügte er hinzu, stellte das Glas ab und griff nach seinem Hamburger, »ich bin noch zu jung, um Großvater zu werden. Viel zu jung.«

Als er in der Spätnachmittagssonne zu seinem Mustang zurückkehrte, tippte Montoya die Nummer von Detective Wyatt Strange vom Department des Sheriffs von Tillamook County ein und wartete. Er hatte den Kollegen überprüft, festgestellt, dass er wirklich derjenige war, für den er sich bei Bentz ausgegeben hatte, und daraufhin beschlossen, dass ihm keine andere Wahl blieb, als den Anruf zu erwidern.

Strange nahm nach dem dritten Klingeln ab. »Detective Wyatt Strange.«

»Hier spricht Detective Reuben Montoya vom New Orleans Police Department. Sie hatten um Rückruf gebeten.«

»Oh, richtig … Detective Montoya.« Der Kerl hatte einen schleppenden Texas-Akzent, der so gar nicht nach Oregon passte. »Wir sind auf der Suche nach Cruz Montoya und darauf gestoßen, dass er mit Ihnen verwandt ist.«

»Das ist korrekt. Warum suchen Sie Cruz?«

»Wir würden ihm gern ein paar Fragen stellen. Es geht um die Ermittlungen in einem Mordfall. In den Bergen, in der Nähe des Trask River, wurde eine Leiche gefunden. Ziemlich einsame Gegend. Das

Opfer heißt Lucia Costa. Wir gehen davon aus, dass Mr Montoya uns helfen kann herauszufinden, was ihr zugestoßen ist.«

»Ist er ein Verdächtiger?«, wollte Montoya wissen.

»Im Moment noch nicht. Lediglich eine Person von besonderem polizeilichem Interesse. Es ist möglich, dass Cruz Montoya der Letzte war, der sie lebend gesehen hat. Vielleicht weiß er etwas, was uns bei den Ermittlungen weiterbringt. Wissen Sie, wo er sich aufhält? Wie ich ihn erreichen kann?«

Montoya konnte den Kollegen schlecht belügen, aber er hatte auch nicht vor, seinen Bruder ans Messer zu liefern. Zum Glück wusste er wirklich nicht, wo Cruz im Augenblick steckte. Er warf einen Blick auf den Gürtel seines Urgroßvaters, der zusammengerollt wie eine Schlange neben ihm auf dem Beifahrersitz lag, als wollte er die schmale Linie zwischen Wahrheit und Lüge verspotten. »Ich habe vor ein paar Tagen einen Anruf von ihm bekommen. Er sagte, er sei in der Mojave-Wüste in der Nähe von Las Vegas und stecke in irgendwelchen Schwierigkeiten – worum genau es ging, hat er mir nicht mitgeteilt. Er hatte vor, nach Osten zu fahren und vielleicht in New Orleans vorbeizukommen. Bislang ist er allerdings nicht aufgetaucht.«

»Er hat auch nicht noch mal angerufen?«

»Nein.«

»Haben Sie versucht, ihn zu erreichen?«

»Ja, allerdings ohne Erfolg. Ich habe es mehrfach versucht, und jetzt ist die Nummer nicht mehr vergeben.«

»Können Sie mir die Nummer nennen?«

»Selbstverständlich«, erwiderte Montoya, ohne zu zögern. Er würde ganz sicher nicht die Ermittlungen der Kollegen behindern, außerdem war er sich sicher, dass Cruz ein Prepaid-Handy benutzt hatte, das er längst nicht mehr bei sich trug. »Einen Augenblick, bitte … Da hab ich sie auch schon.« Er ratterte die Ziffern herunter und hoffte inständig, Cruz würde sich bald wieder bei ihm melden. Nur so konnte er ihm helfen, denn davon, dass sein Bruder Lucia nicht ermordet hatte, war er überzeugt.

»Vielen Dank«, sagte Wyatt Strange, dann fügte er hinzu: »Sollten Sie etwas von Ihrem Bruder hören, geben Sie mir bitte Bescheid. Die Sache ist dringend. Sie wissen ja, bei Mord zählt jede Minute.«

»Sie können sich auf mich verlassen«, versicherte Montoya ihm.

»Danke.« Damit beendete der Detective vom Department des Sheriffs von Tillamook County das Gespräch.

Was Montoya seltsam vorkam.

Er hatte gedacht, der Kollege aus Oregon würde ihm Fragen stellen über Cruz und Lucia Costa, die die Montoya-Brüder schon seit der Kindheit kannten, aber das hatte er nicht getan. Wahrscheinlich hatte Strange längst herausgefunden, dass sie mehr oder weniger zusammen aufgewachsen waren. Er wollte Cruz, so viel stand fest.

»Willkommen im Club«, murmelte Montoya und ließ den Motor an.

Kapitel vierundzwanzig

Wir gehen nachher raus«, versprach Kristi dem Hund und machte sich auf den Weg zur Garage. Sie war spät dran, und wenn sie rechtzeitig zum Gottesdienst für die »Neuankömmlinge« bei der New Faith and Glory Church of Praise in der Nähe von Kenner eintreffen wollte, musste sie sich beeilen. Dave folgte ihr zur Tür, und sie streichelte seinen breiten Kopf. »Tut mir leid, Kumpel. Pass schön auf, ich bin in ein paar Stunden zurück.«

Sie vergewisserte sich, dass die Alarmanlage eingeschaltet war, und schloss die Tür hinter sich ab. Als sie im Wagen saß, legte sie den Rückwärtsgang ein und gab Gas. Sie bog gerade auf die Straße ein, als ihr Handy klingelte. Bellas Name erschien auf dem kleinen Display.

»He«, meldete sie sich über Lautsprecher.

»Hi.« Bella klang betrübt, was völlig untypisch für sie war.

»Was ist los?«, fragte Kristi und bremste vor einer Ampel ab. Ein Radfahrer überquerte bei Rot die Kreuzung und wäre um ein Haar mit einem Prius zusammengestoßen. »Wow«, stieß Kristi erschrocken hervor. Ihr Herz raste.

»Wow? Wieso ›wow‹?«, wollte Bella wissen.

»Ach nichts. Ich sitze im Auto, und fast hätte es gerade einen bösen Unfall gegeben.« Die Ampel sprang auf Grün, und Kristi fuhr an.

»Mit dir?«, fragte Bella besorgt.

»Nein, nein«, versicherte Kristi.

»Oh … okay.« Bella klang zerstreut. Verwirrt.

»Ist alles in Ordnung, Bella?«

»Nein. Deshalb rufe ich ja an.«

Sofort dachte Kristi an Sean, Bellas Ehemann, der dazu neigte, anderen Frauen schöne Augen zu machen, vor allem, wenn er zu viel getrunken hatte. Ihre Finger schlossen sich fester ums Lenkrad, dann setzte sie den Blinker und fuhr auf den Freeway.

»Ich hoffe inständig, dass du in dieses Fernsehinterview einwilligst. So, jetzt ist es raus.«

»Was?«

»Ich hasse es, dich unter Druck zu setzen, Kristi, und ich kenne dich, aber das ist wirklich wichtig für mich. Der Produzent von *Bonjour, New Orleans!* bedrängt mich jeden Tag mehr. Er weiß, dass wir befreundet sind, und deine Story über den Rosenkranzmörder ist brandaktuell, und … nun ja, es läuft für mich gerade nicht gut bei der Arbeit.«

Kristi warf einen Blick in den Seitenspiegel und setzte zum Überholen an. »Wie meinst du das?«, fragte sie, während sie an einem weißen Buick vorbeizog, der zehn Meilen langsamer fuhr als erlaubt.

»Genau so, wie ich es sage. Du weißt, dass man überlegt, meine Stelle einzusparen, und dich an Land zu ziehen, würde helfen, dies zu verhindern.«

»Ich habe zwar keine Ahnung, was ein Interview mit mir mit dem Verkauf von Werbezeiten zu tun hat, aber sei's drum.«

»Ach, Kristi, das weißt du sehr wohl: spannende Gäste, mehr Interesse, mehr Zuschauer, mehr Werbeblöcke. Glaub mir, ich hasse es, dich darum bitten zu müssen, vor allem, weil ich weiß, dass auch andere Sender, andere Produzenten Druck auf dich ausüben, aber du würdest mir wirklich aus der Patsche helfen. Ich bin überzeugt davon, dass Renee-Claire ein gutes Wort für mich einlegen wird.«

Renee-Claire Morgan war die Moderatorin von *Bonjour, New Orleans!*

Kristi sah das Schild für ihre Ausfahrt und wechselte die Spur. »Okay, von mir aus. Mir ist jetzt schon klar, dass ich es bereuen werde, aber ich mach's.«

»Danke!«, keuchte Bella atemlos. »Du rettest mir das Leben!«

»Jetzt übertreib mal nicht. Also, wann soll das Interview denn stattfinden?«

»Morgen.«

»Wie bitte? Moment mal … Nein, ihr müsst mir doch etwas Vorlauf geben.«

»Bitte, Kristi. Du musst nur auftauchen. Die Produktionsassistentin hat sich bereits mit deinem Verleger in Verbindung gesetzt. Und die Presseabteilung hat Material geschickt.«

Das klang gar nicht gut. Für gewöhnlich kontaktierte man sie, *bevor* irgendwelche Termine festgezurrt wurden. »Wie ist das möglich?«

»Keine Ahnung. Ich glaube, deine Agentin hat eingewilligt.«

Zera.

Natürlich.

»Sie wollte sich mit dir in Verbindung setzen. Bitte, Kristi, wir haben alles vorbereitet.« Bellas Stimme klang jetzt beinahe flehentlich. »Komm einfach morgen um acht ins Studio …«

Kristi spürte, wie sie sauer wurde. Am liebsten hätte sie ihrer Freundin entgegengeschleudert, sie könnte sich das verfluchte Interview sonst wo hinstecken. Dann aber dachte sie an all die Male, bei denen Bella ihr selbstlos zur Seite gestanden hatte, für sie da gewesen war, vor allem nach Jays Tod, wie große Mühe sie sich gegeben hatte, Kristi zu trösten und sie aus dem Haus zu locken, während sie sie immer nur weggestoßen hatte.

»Ich komme, aber das machst du nie wieder mit mir, okay? Ich lasse mich nicht unter Druck setzen, auch nicht von dir.«

»Du hast ja recht, Kristi. Es kommt nicht wieder vor, das verspreche ich dir.«

»Okay. Dann bis morgen früh um acht.« Kristi legte auf und drückte die Kurzwahl für Zera, doch in New York war es schon spät, und ihre Agentin ging nicht dran. Kristi hinterließ eine ungehaltene Nachricht, dann unterbrach sie die Verbindung.

Die Sonne stand bereits tief am Himmel, die Dämmerung senkte sich herab, als sie die Kirche erreichte und in eine freie Parklücke unter einer Straßenlaterne zwei Blocks entfernt setzte.

»Du schaffst das«, sprach sie sich selbst Mut zu und schaltete die Aufnahmefunktion an ihrem Handy ein. Anschließend stieg sie aus, verriegelte den Wagen und ging zu einem weißen Ziegelbau mit einem lang gestreckten Vordach. Auf einer Seite erhob sich ein eckiger Kirchturm mit einem Kreuz darauf in den Himmel.

Kristi betrat den holzverschalten Eingangsbereich und entdeckte ein Schild mit der Aufschrift: *Willkommen bei der New Faith and Glory Church of Praise.* Eine ältere Frau mit dunkler, faltiger Haut, dicker Brille und grauen Locken drückte ihr einen Flyer in die Hand. »Sind Sie neu hier? Ich glaube nicht, dass ich Sie kenne.«

»Ich möchte mich nur informieren«, sagte Kristi lächelnd.

»Nun«, erwiderte sie, drehte sich um und nahm einen dicken Stapel Papiere von einem Tisch, »hier finden Sie Informationen über diese Kirche und unsere Gemeinde, außerdem ein Formular, das Sie bitte ausfüllen.« Sie erwiderte Kristis Lächeln, wobei sie einen Goldzahn entblößte. »Der Reverend möchte immer wissen, wer zu uns stößt.«

Ach was, dachte Kristi, *darauf wette ich.* Laut sagte sie: »Vielen Dank.«

»Sie können gern reingehen«, sagte die alte Dame. »Suchen Sie sich einen Platz aus. Der Gottesdienst hat gerade begonnen.« Sie wandte sich einem weiteren verspäteten Besucher zu.

Kristi schlüpfte durch eine Flügeltür und fand sich in einem großen Kirchenschiff wieder. Lautlos setzte sie sich in einer der hinteren Bänke an den Rand. Die Kirche war fast voll. Der Priester vorn vor dem Altar begrüßte soeben die Gemeinde. »Liebe Neuankömmlinge und liebe Mitglieder, die ihr von Anfang an bei uns seid ...«

In Kristis Augen erinnerte das Ganze eher an eine wohlinszenierte Show als an einen Gottesdienst.

Mandel Jarvis war voll und ganz in seinem Element. Er war noch immer groß und sah umwerfend aus, sein Lächeln war breit wie eh und je, kurzum: Er hatte sich seit seinen Tagen als Profi-Footballer nicht sonderlich verändert. Heute trug er einen hellgrauen Anzug, ein schwarzes Hemd und eine fliederfarbene Krawatte. Er forderte die Gemeinde auf zu beten und bat den Herrn, Neues und Altes gleichermaßen anzunehmen und »uns alle zu segnen«. Musik ertönte, dann fielen die Sänger und Sängerinnen des Chors, in goldenen Roben mit glitzernden Stolen, tanzend mit ein und füllten die Kirche mit ihrem mitreißenden Gesang.

Die Leute um Kristi herum sangen begeistert mit, und sie nahm ein Gesangbuch und suchte das angestimmte Lied heraus, auch wenn sie anschließend nur die Lippen bewegte. Statt sich auf den Text zu konzentrieren, beobachtete sie verstohlen die Gemeinde. Alt, jung, aus allen möglichen Schichten, himmelten die Gläubigen ihren Anführer an. Mandel Jarvis sprach, und sie hörten wie gebannt zu, sogar die Kinder. Wenn er sang, die Hände gen Himmel gereckt, übertönte seine Stimme den Chor, sein Lächeln wirkte aufrichtig entrückt.

Er hatte sie alle in der Hand, und er wusste das.

Kristi dagegen wusste von seinem Abstecher in die Model- und Schauspielbranche, kurz bevor er seine erste Frau ermordet hatte. Ihre Gedanken schweiften zu den Recherchen, die sie damals über ihn angestellt hatte. Plötzlich hatte sie das Gefühl, dass er in ihre Richtung schaute. Tatsächlich. Ihre Blicke verschränkten sich.

Ihre Kehle wurde trocken, doch sie wandte die Augen nicht ab, ließ sich nicht einschüchtern. Mandel nickte leicht, als wollte er ihr bedeuten, dass er sie erkannt hatte, dann wandte er sich wieder an die Gemeinde und forderte sie auf, Jesus in ihre Herzen zu lassen, sich Gott anzuschließen und die erste Sprosse der langen, wundervollen Himmelsleiter zu erklimmen.

Am Ende des Gottesdienstes holte er seine Frau zu sich, die er keine drei Monate nach Filipas Tod geheiratet hatte – noch bevor er verhaftet und vor Gericht gestellt worden war. Chandice, seine Ehefrau Nummer zwei, war ebenfalls ein Model gewesen. Ursprünglich aus Jamaika, war sie eine klassische Schönheit mit perfekter Haut, einem sinnlichen Lächeln und intelligenten Augen. In einem glänzenden grünen Kleid, begleitet von drei Kindern, die sich neben ihr aufreihten wie die Orgelpfeifen, trat sie lächelnd zu ihrem Mann, dann lobpriesen sie gemeinsam den Herrn. Die beiden Jungs trugen die gleichen Anzüge wie der Vater, dem Sechsjährigen fehlte ein Schneidezahn, der Achtjährige ließ den Kopf hängen. Als Mandel ihn an der Schulter berührte, hob er den Blick und nahm eine stramme Haltung an, als wäre er beim Militär. Das kleine Mädchen, das noch nicht geboren gewesen war, als Kristi das Buch über die »Amerikanische Ikone« geschrieben hatte, die zum »Amerikanischen Killer« geworden war, schätzte Kristi auf ungefähr zwei. Ihre lockigen Haare waren zu Zöpfchen mit rosa Schleifen gebunden, die farblich zu ihrem Kleid passten. Mandel nahm sie auf den Arm, bewegte sich rhythmisch im Takt der Musik und rief die Gemeinde erneut dazu auf, mit ihm den Herrn zu preisen.

War diese Hingabe echt?, fragte sich Kristi.

Oder war alles nur Show?

Wenn Mandel Jarvis alles hatte, was man sich nur wünschen konnte – eine beständig wachsende Gemeinde, genug Geld für einen luxuriösen Lebensstil, eine gesunde, liebevolle Familie –, warum sollte er es aus heiterem Himmel aufs Spiel setzen, indem er sie überfiel und Jay tötete?

Psychotisch bleibt psychotisch. Das kann man mit Vernunft nicht erklären. Lass dich von diesen Äußerlichkeiten nicht hinters Licht führen!

Kristi hatte genug mitbekommen, und als die Gemeinde verstummte, sah sie sich nach dem nächstgelegenen Ausgang um.

»Freunde!«, sagte Mandel wieder, lauter diesmal. Als Kristi nach vorn zu ihm blickte, stellte sie fest, dass der Prediger sie direkt anschaute. Ohne zu blinzeln. Er lächelte kalt, drückte seine Tochter an sich und sagte: »Lasst uns den Herrn um seinen Segen bitten, darum, dass er uns all unsere Sünden, alte und neue, vergibt. Lassen wir die Vergangenheit und mit ihr all die düsteren Versuchungen hinter uns.« Seine Augen schienen sich tief in Kristis Seele zu bohren, doch sie saß zu weit weg, um den Ausdruck darin zu erkennen. Was bezweckte er mit diesen Worten? Flehte er sie an, die Vergangenheit auf sich beruhen zu lassen, oder wollte er sie warnen? »Schreiten wir nach vorn in die Zukunft und das Licht. Lasst uns gemeinsam den gesegneten Weg Jesu Christi einschlagen!«

»Amen!«, hallte es von den Kirchenwänden wider, dann stimmte Mandel ein weiteres Gebet an, und die Kollekte ging durch die Reihen. Der Prediger selbst verschwand durch eine Tür hinter dem Altar und kehrte in einer schwarzen Chor-Robe zurück, um das letzte Lied anzustimmen, während seine Familie zu ihren Plätzen zurückkehrte. Nach dem Abschlussgebet war der Gottesdienst vorbei.

Kristi wartete nicht länger. Sie eilte durch die Flügeltür hinaus in den Vorraum. Jetzt war sie sich sicher: Trotz aller »Hallelujas«, »Amen«, »Geliebte Brüder und Schwestern« hatte sein Blick nichts Freundliches, die Feindseligkeit darin bohrte sich wie Dolche in ihren Rücken.

Draußen war es inzwischen dunkel. Die Straßenlaternen verbreiteten ihren gelblichen Schein, am Himmel blinkten die Scheinwerfer eines Fliegers, der von der Startbahn des nahe gelegenen Airports abgehoben hatte. Das Dröhnen der Maschinen war über den Verkehrslärm auf der Interstate hinweg zu hören.

Nervös blickte Kristi über ihre Schulter.

Reiß dich zusammen! Was soll dir hier draußen zwischen all den Gemeindemitgliedern schon passieren?

Sie atmete tief durch, redete sich ein, sich Mandels hasserfüllten Blick nur eingebildet zu haben, und setzte sich in Bewegung, um zu ihrem Wagen zurückzukehren.

Während sie über den rissigen Asphalt ging, schossen ihr jede Menge Fragen durch den Kopf. Hatte sie ihn wütend gemacht, weil sie es wagte, in sein Reich einzudringen? Oder ging sein Hass auf ihr Buch zurück? Hatte er, ein Familienvater und ergebener Diener Gottes, die Karten mit den Bibelversen geschickt, um sie zu terrorisieren? Hatte er in der dunklen Gasse bei der St. Louis Cathedral auf der Lauer gelegen, um sie zu attackieren? Rein körperlich wäre ein solcher Angriff für ihn ein Leichtes. Und dass er vor Mord nicht zurückschreckte, hatte er in ihren Augen bereits bewiesen.

Denk an Filipa!

»He!«, rief eine Männerstimme hinter ihr. Kristi wirbelte herum und sah Mandel Jarvis eiligen Schritts auf sie zulaufen. Sein zornverzerrtes Gesicht strafte den leichten Trab Lügen. »He! Warten Sie!« Das schwarze Chorgewand bauschte sich um seine Beine. Kristi spürte, wie ihre Knie weich wurden. Erinnerungen an jene fatale Nacht blitzten in ihr auf, sie sah die Gestalt im schwarzen Umhang vor sich, sah sich selbst, wie sie durch den strömenden Regen rannte.

Sah den Angreifer näher kommen.

Hörte Jays warnende Rufe.

Sah die Klinge des Messers aufblinken.

Spürte den Schmerz.

Hörte Jays erstickte Schreie.

Die Rosen … überall um sie herum lagen Rosen.

»Kristi Bentz?«, holte Jarvis' Stimme sie in die Gegenwart zurück. Er war noch nicht mal außer Atem. »Was machen Sie hier?« Seine dunklen Augen blitzten.

»Ich habe mich für den Gottesdienst für Neuankömmlinge interessiert.«

»Klar.« Er glaubte ihr nicht. Drehte sich um und warf einen Blick auf die Kirche. »Hören Sie, ich habe keine Ahnung, was Sie vorhaben, aber ich warne Sie: Hören Sie auf damit!«

»Ich dachte, jeder wäre willkommen!«

Er presste die Lippen zusammen.

»Noch einmal: Schluss mit diesem Spielchen. Verstanden?« Er knirschte mit den Zähnen, dann riss er sich zusammen und holte tief Luft. Ruhig sagte er: »Ich weiß, was Ihnen widerfahren ist. Die Medien haben ausführlich darüber berichtet. Mein … mein herzliches Beileid.«

Kristi war sprachlos. Nach einer ganzen Weile stieß sie hervor: »Ich habe mich gefragt, wo *Sie* in jener Nacht waren.«

»Wie bitte?«

»In der Nacht, in der ich überfallen wurde.«

»O nein, das darf doch wohl nicht wahr sein!« Er hob abwehrend die Hände und kämpfte sichtlich darum, seinen Zorn im Zaum zu halten. »Sie geben wohl nie auf! Genügt es nicht, dass Sie mich schon einmal verleumdet haben? Sie haben mein Leben ins Chaos gestürzt, und als ich am Boden war, haben Sie Ihr verfluchtes Buch veröffentlicht, ordentlich Profit daraus geschlagen – und mich erneut durch die Hölle geschickt. Und jetzt … jetzt ist alles wieder da. Dieser erbärmliche, verlogene TV-Film soll auch wieder ausgestrahlt werden.« Er warf theatralisch die Arme in die Luft, blickte zum Himmel und seufzte vernehmlich. Als wolle er auf diese Art und Weise die Fassung wiedererlangen, ballte er die Hände zu Fäusten, öffnete sie wieder, ballte und öffnete sie erneut. Schließlich richtete er den Blick auf Kristi. Anscheinend war es ihm nicht gelungen, sich zu beruhigen, denn seine Augen waren zu schmalen Schlitzen verengt und blitzten vor Zorn. »Wann wird das ein Ende haben? Wann?«, stieß er mit verkniffenen Lippen hervor. »Und vor allem: Wie können Sie es wagen, hierherzukommen, mich in meinem Gotteshaus aufzusuchen?« Der Reverend stieß zornig den Zeigefinger in Richtung Kristis Brust. »Lassen Sie mich in Ruhe, verstanden? Und halten Sie sich in Gottes Namen von meiner Familie fern, sonst …«

»Sonst was?«

»Das wollen Sie gar nicht wissen.«

»Drohen Sie mir etwa?«, fragte Kristi und spürte, wie sie nun selbst wütend wurde.

»Sie befinden sich auf meinem Grund und Boden«, warnte er sie mit gefährlich leiser Stimme.

»Ich dachte, das hier wäre *Gottes* Grund und Boden«, erinnerte sie ihn.

»Pass auf dich auf, Mädchen«, knurrte er und starrte sie hasserfüllt an. »Ich wünsche dir noch einen gesegneten Abend.«

»Ja, du mich auch …«, murmelte sie und kehrte zu ihrem Wagen zurück. Sie war fest entschlossen, sich nicht von ihm einschüchtern zu lassen.

Vor ihrem inneren Auge erschien erneut die Szene vor der Kathedrale. Die Gestalt in dem schwarzen Umhang. »Gott steh mir bei«, flüsterte sie und ließ schaudernd den Motor an. Als sie aus der Parklücke setzte und sich in den Verkehr einreihte, sah sie die Kirche im Rückspiegel, die große Flügeltür weit offen, die Menschen, die auf den Vorplatz herausströmten. Gute, brave Gläubige, die zum Parkplatz schlenderten, lachend und redend, alle erfüllt von der Liebe Jesu Christi.

Die Mandel Jarvis ihnen nahegebracht hatte.

Für eine Sekunde fühlte sie sich nicht nur dumm, sondern auch beschämt, weil sie ihn tatsächlich des Mordes an seiner ersten Ehefrau verdächtigt hatte und in Erwägung zog, dass er ihr vor der Kathedrale aufgelauert und Jay getötet hatte.

Die Tatortfotos von Filipa Jarvis zogen ebenfalls an ihrem inneren Auge vorbei. Ganze siebenundzwanzig Mal war mit aller Kraft auf sie eingestochen worden, was auf leidenschaftlichen Zorn hinwies. Und leidenschaftlicher Zorn war auch genau das, was die Gestalt im schwarzen Umhang ausgestrahlt hatte, als sie auf Kristi losgegangen war.

Mandel Jarvis mochte zwar ein Mann des Glaubens sein, ein Familienvater und ein Stützpfeiler der Gesellschaft, doch in Kristis Augen war er gleichzeitig ein eiskalter Killer.

»Ein Baby?«, fragte Olivia ungläubig. Ein feines Lächeln umspielte ihre vollen Lippen, als sie auf der Couch Platz nahm und ihre Füße auf Bentz' Beine legte. Er war zum Abendessen nach Hause gekommen, um Ginny zu sehen, die jetzt in ihrem Bettchen schlummerte. Der Duft nach gegrilltem Hähnchen hing noch in der Luft. »Kristi bekommt ein Baby. Wow. Dann wirst du …«

»Großvater, ich weiß.«

»Und Ginny wird …«

»So weit will ich gar nicht denken.« Er mochte sich gar nicht ausmalen, dass sein kleines Mädchen im Frühling Tante werden würde. Die Vorstellung war einfach verwirrend.

»Ich wollte sagen, dass sie dem Baby eine gute Freundin sein wird, eher eine Cousine als eine Tante.«

Olivia zwinkerte ihm zu, was er für gewöhnlich unwiderstehlich fand, aber nicht heute Abend. Nein, heute Abend war er voller Sorge um seine unkonventionelle Familie, in der fast nichts so war, wie es auf den ersten Blick schien. Kristi war nicht einmal seine leibliche Tochter, doch das interessierte ihn nicht. Er hatte sie großgezogen, als wäre sie sein eigen Fleisch und Blut. Und jetzt trug sie das Kind ihres verstorbenen Ehemanns unter dem Herzen.

»Warte …« Olivia sah ihn an, die Stirn gerunzelt. »Du freust dich nicht darüber?«

»Doch, selbstverständlich.«

»Aber?« Sie setzte sich aufrecht und zog die Knie an, und er umfasste ihre Wade und fing an, sie zu massieren.

»Was meinst du mit ›aber‹?«, wollte er wissen. »Ist doch klar, dass ich mir Gedanken mache: Kristi ist Witwe und wird das Kind allein großziehen müssen, noch dazu macht offenbar ein durchgeknallter Killer Jagd auf sie. Natürlich freue ich mich darüber, dass sie Mutter wird, aber ich wünschte … ach, ich würde ihr einfach eine Pause gönnen und dass sie ein ganz normales Leben führen kann.«

»Ein normales Leben?« Olivia lachte leise. »Gibt es so etwas überhaupt? Und was ist für dich ›normal‹, Rick? Ein Haus mit Garten, ein Ehemann, der die Familie ernährt, eine Mutter, die mit zwei Kindern und einem Hund, manchmal auch mit einer Katze, den Haushalt macht?«

»Du weißt genau, was ich meine«, knurrte er. Das war das Problem mit Olivia: Sie durchschaute ihn wie niemand sonst. Als er sie kennengelernt hatte, hatte er sie für verrückt gehalten, weil sie Dinge sehen konnte, die sonst niemand sah: ASW, Außersinnliche Wahrnehmung, wurde dieses Phänomen genannt. Es hatte sich herausgestellt, dass sie tatsächlich über diese Fähigkeit verfügte, und Bentz hatte sich Hals über Kopf in diese wunderschöne Frau mit den ungebändigten Locken verliebt. Ja, dachte er, als er sie nun ansah, seine Familie war außergewöhnlich, um nicht zu sagen, verrückt, aber es war nun einmal seine Familie, und er war dankbar dafür. Er wünschte sich nur, es würde nicht immer alles so verdammt hart sein.

»Was ist falsch daran, sich eine Gartenzaunidylle für seine Tochter zu wünschen?«, fragte er, und Olivia fing an zu lachen – was sein Herz erwärmte.

»Gar nichts. Die Realität ist jedoch …«

»Ich weiß, ich weiß. Ich wünschte nur, es wäre anders.«

Sie zog die Augenbrauen zusammen. »Verstehe, Grandpa«, neckte sie ihn und stupste mit dem Zeh gegen seinen Arm.

»Grandpa? Na warte, ich werde dir zeigen, was Grandpa so draufhat …« Er schnappte sich ihren Knöchel, hielt ihn fest und kitzelte ihre Fußsohle. Sie kicherte, dann umfasste sie seinen Oberarm und zog ihn zu sich.

Ihre Lippen begegneten sich.

»Nichts als leere Versprechungen«, flüsterte sie in seinen Mund und küsste ihn. Leidenschaftlich. Begierig. Willig.

Und während der nächsten Stunden vergaß er alles Böse auf der Welt und verlor sich in Olivia.

Er hörte Radio, konzentrierte sich auf die vertrauten Klänge eines alten Songs, die fast vom Zirpen der Grillen und dem Surren der Moskitos um ihn herum übertönt wurden: »Midnight Confessions«. Der Originalsong war über ein halbes Jahrhundert alt, und trotzdem spielte sie ihn, als Hommage an die Vergangenheit, nahm er an. Genau so hieß ihre Sendung, die exakt zur Geisterstunde begann.

Wie passend, dachte er und blickte in das stille dunkle Wasser unter dem Baumhaus.

Er lag in seiner Hängematte und lauschte der ruhigen, klangvollen Stimme von Dr. Sam, die jetzt ihre Zuhörerinnen und Zuhörer begrüßte. Bald würde die letzte Folge der Sendung laufen, wie sie auch heute Abend betonte. Anschließend würde sie Podcasts produzieren.

Bitterkeit stieg in ihm auf, sein Mund schmeckte nach Galle.

Dr. Sam, die berühmte Radiopsychologin, die ihr Publikum mit billigen Pseudo-Weisheiten abspeiste, Menschen, die sie verzweifelt um Rat ersuchten.

Er musste sie aufhalten.

Er warf einen Blick auf den Haken in der Holzwand seiner Hütte, an dem er seine Hängematte befestigt hatte. Die andere Seite hing an einer Sumpfeiche, die aus dem *bayou* ragte.

Heute Nacht würde er nichts unternehmen, obwohl er sich danach sehnte, in die Soutane zu schlüpfen und sich den Priesterkragen um den Hals zu legen. Aber es wäre zu riskant. Obwohl … War es nicht gerade das Risiko, das ihn auf nahezu magische Weise anzog? Er bebte vor Aufregung, konnte sich einfach nicht bremsen …

Also griff er nach dem Handy, das er gestohlen hatte, und kletterte aus der Hängematte. Er würde mit dem Boot durch den Sumpf fahren, zu der Stelle, an der er seinen Wagen versteckt hatte. Dann wollte er gut zwanzig Meilen zurücklegen, den Anruf tätigen und das Handy im Wasser versenken, bevor er sich auf den Weg in die Stadt machte.

Diese Gelegenheit durfte er sich nicht entgehen lassen.

Tu's nicht.

Es wäre dumm.

Sie werden dich schon erwarten.

Bentz wird dich erwarten.

Halte dich an den Plan.

Warte ab, verdammt noch mal, warte ab!

Doch trotz all der warnenden Stimmen, die durch seinen Kopf schallten, stieg er die Sprossen der alten Leiter hinunter und sprang geschmeidig in das fest vertäute Boot. Er löste das Seil, legte sich in die Ruder und glitt durch das unbewegte, schwarze Wasser des Sumpfes. Er spürte, wie er beobachtet wurde, die Geschöpfe der Dunkelheit lauerten am Ufer, die ganz bedrohlichen direkt unter der Wasseroberfläche. Im Mondlicht blitzten die Augen eines Alligators auf. Manche dieser Biester waren riesig, ihre Zähne lang und scharf und absolut tödlich, andere waren kleiner, aber genauso gefährlich. Ihre hungrigen Blicke folgten ihm, als er an ihnen vorbeiglitt.

Bei jedem Ruderschlag klimperten die Perlen seines Rosenkranzes und mischten sich mit dem tiefen, kehligen Quaken eines einsamen Frosches. Ein Schatten glitt an seinem Boot vorbei, stark, geschmeidig, tödlich.

Er ruderte weiter.

Nahezu geräuschlos.
Kein Geschöpf der Nacht würde ihn aufhalten können.
Kein Mensch ihn stoppen.
Nicht einmal Detective Rick Bentz.
Schon gar nicht dieser Scheißkerl.

Kapitel fünfundzwanzig

Dr. Sam verspürte mehr als nur einen Anflug von Nostalgie, als sie die letzten Anrufe für diese Nacht entgegennahm. Die meisten, die sie beim Sender kontaktierten, wünschten ihr alles Gute für die Zukunft und teilten ihr mit, wie sehr ihnen die Sendung geholfen habe. Ein Paar bedankte sich bei ihr für ihren Rat, der sie durch eine schwere Zeit geführt hatte, wieder andere sagten, wie sehr sie sie und *Midnight Confessions* nach all den Jahren vermissen würden.

Heute Abend hatte es neben all den guten Wünschen nur zwei ernste Anrufe gegeben. Sie hatte mit einer Teenagerin gesprochen, die sie um Rat bat, weil ihr Ex mit der Trennung nicht klarkam und angefangen hatte, sie zu stalken. »Sprich mit deinen Eltern. Sie sollen sich an die Polizei wenden, auch wenn dein Ex-Freund noch minderjährig ist. Vor allem aber solltest du nicht allein aus dem Haus gehen, bis er es kapiert hat und sich professionelle Hilfe sucht«, hatte sie gesagt und dem Mädchen viel Glück gewünscht.

Der andere Anrufer war ein Mann gewesen, der seinen Partner verloren hatte. Er trauerte, doch vor allem war er verlegen und verzweifelt, weil es ihm vor Garys Tod nicht gelungen war, sich zu seiner homosexuellen Liebe zu bekennen und vor seiner Familie zu outen. Sie empfahl ihm mehrere Selbsthilfegruppen und riet ihm, auf die Liebe seiner Familie zu vertrauen.

Der letzte Anruf kam herein. Jeder Anrufende wurde vorher überprüft, das Gespräch aufgezeichnet. Durch die Scheibe der schalldichten Kabine fing sie den Blick des Technikers auf. Jeff, ein rothaariger Achtundzwanzigjähriger, der immer eine zerknautschte Beanie trug, reckte den Daumen in die Höhe und stellte den Anruf durch. Informationen flackerten auf dem Bildschirm vor ihr auf: der Vorname der Anruferin – Stacy –, die Telefonnummer und eine Notiz, welches Anliegen besprochen werden sollte. In diesem Fall ging es sicher wieder um »Danke und viel Glück, Dr. Sam«.

Es blieb gerade noch genug Zeit für ein paar freundliche Worte, dann hätte sie die Sendung hinter sich gebracht. Die Schlussmusik spielte bereits leise im Hintergrund.

»Hallo, Stacy«, sagte sie ruhig. »Worüber möchten Sie heute Nacht sprechen?«

Aus ihrem Kopfhörer kam jedoch keine Frauenstimme, sondern die eines Mannes. Eine Stimme, die sie sofort erkannte und die dafür sorgte, dass sich ihre Nackenhärchen aufstellten.

»Hallo, Samantha«, sagte Vater John in einem eisigen Ton, der ihr das Blut in den Adern gefrieren ließ. »Erinnerst du dich an mich?«

»Was zur Hölle …?« Bentz starrte fassungslos auf sein Radio, aus dem glasklar Vater Johns tiefe Bassstimme drang. Er hätte sie überall erkannt, würde nie vergessen, wie er sich all die aufgezeichneten Anrufe angehört hatte, in denen der falsche Priester die Radiopsychologin bedroht hatte. Ruckartig setzte er die Kopfhörer ab und rollte sich aus dem Bett, wobei er Olivia aufweckte.

»Was ist los?«, fragte sie schlaftrunken.

»Arbeit.«

»Das dachte ich mir, aber geht es auch genauer?«

»Vater John hat bei WSLJ angerufen. In Dr. Sams Sendung.«

»Was? Du meinst …?« Schlagartig war auch sie hellwach.

Er schlüpfte bereits in Jeans und Pullover. »Genau wie ich es die letzten Monate über prophezeit habe. Er ist wieder da. Der Bastard ist zurück!« Bentz nahm seine Schlüssel und ging zum Schrank, wo er einen Code in den Wandsafe eintippte und seine Waffe herausnahm.

»Wohin fährst du?«

»Zum Sender.«

Olivia setzte sich im Bett auf. Das weite T-Shirt, das sie im Bett trug, umspielte ihre Brüste, doch Bentz bemerkte es kaum.

»Das war eine ihrer letzten Sendungen. Bald ist Schluss mit Dr. Sams *Midnight Confessions*.«

»O ja.« Sie lehnte sich gegen das Kopfteil. »Das hast du mir erzählt.«

Er stieg in seine Laufschuhe.

»Wann kommst du wieder? Ach, vergiss es. Woher sollst du das wissen?« Sie rutschte zurück unter die Decke und zog sich das Kissen über den Kopf.

»Richtig.«

»Halt mich auf dem Laufenden. Eine Textnachricht genügt«, tönte es dumpf unter den Federn hervor.

»Das mache ich.« Damit stürmte er zur Tür hinaus. Im Flur blieb er noch einmal stehen und rief über die Schulter, dass sie die Alarmanlage einschalten möge, dann betrat er die Garage und stieg in seinen Jeep.

Der kranke Hurensohn war am Leben. Nach all den Jahren trieb er wieder sein Unwesen. Bentz hatte es geahnt. Tief im Herzen hatte er gewusst, dass ihm Vater John entkommen war. Es hatte ihn bis heute nicht losgelassen, dass die Leiche des Rosenkranzmörders nie gefunden worden war, und er hatte nie an die gängige Theorie geglaubt, dass die Alligatoren den falschen Priester verspeist hatten. In der Sekunde, als er Teri Marie Gaines' Apartment betreten und ihre Leiche mit den verräterischen kleinen Schnitten an ihrem Hals gesehen hatte, war er überzeugt gewesen, dass Vater John erneut zugeschlagen hatte, egal, was Montoya und die anderen dachten.

Während das Garagentor hochfuhr, rief er Montoya an, doch noch bevor der Anruf durchging, klingelte sein Handy. Auf dem Display erschien der Name seines Partners. Bentz nahm das Gespräch über die Freisprechanlage entgegen und setzte den Jeep aus der Garage.

»Ich hab's gehört«, sagte Montoya.

»Du hast dir *Midnight Confessions* reingezogen?«

»Klar. Ich bin auf dem Weg zum Sender.«

»Wir treffen uns dort.«

Bentz raste durch die um diese Uhrzeit fast leeren Straßen und fragte sich, wo sich der Psycho verstecken mochte. *Irgendwo in der Nähe von Our Lady of the Grove,* dachte er. Nach seinem Gespräch mit Vater Anthony hatte Bentz die Gemeinde im Internet unter die Lupe genommen, hatte sich die Fotos der Geistlichen angesehen, die im Laufe der Jahre mit der Kirche in Kontakt gestanden hatten. Da keiner von ihnen auch nur annähernd so aussah wie der Rosenkranzmörder, war er so weit gegangen, die Aufnahmen mithilfe einer Alterungs-Software zu verändern, genau wie die Fotos, die sie von Vater John hatten, doch niemand der Priester hatte auch nur in etwa die Größe oder Statur des Rosenkranzmörders.

Sogar in den beliebten Touristengegenden war es heute Nacht ruhig, obwohl es doch hieß, in New Orleans sei rund um die Uhr etwas los, vor allem in den Musikbars des French Quarter. Das Partyvolk, das für gewöhnlich in den frühen Morgenstunden trinkend und lachend durch die Straßen zog und insbesondere die Bourbon Street unsicher machte, schien beschlossen zu haben, zu Hause zu bleiben oder anderswo zu feiern. Was Bentz nicht beruhigte, im Gegenteil: Die gespenstische Ruhe machte ihn nur noch nervöser.

Er setzte den Jeep in eine freie Parklücke in der Nähe des Lagerhauses, in dem der Radiosender untergebracht war. Ein Streifenwagen parkte mit blinkenden Lichtbalken neben dem Eingang. Kate Donahue saß darin. Sie war noch nicht lange beim NOPD, doch sie hatte das Gebäude bereits gesichert, obwohl sich Vater John erfahrungsgemäß nicht darin befand. »Sauber«, teilte sie Bentz mit, als er zu der Kabine stürmte, in der Samantha Leeds-Wheeler alias Dr. Sam an ihrem Pult saß.

»Sie hatten recht«, sagte sie mit aschfahlem Gesicht, die Augen vor Furcht weit aufgerissen. Nervös rieb sie die Fingerspitzen gegeneinander. »Er ist wieder da.« Sie nickte, als wollte sie ihre eigenen Worte bestätigen, und blickte auf einen Monitor, auf dem die Namen und Nummern der Anrufenden sowie der Grund für den jeweiligen Anruf zu sehen waren. »Ich würde diese Stimme jederzeit wiedererkennen«, flüsterte sie. »Er ist definitiv wieder da – und er hat nichts vergessen.« Sie hob den Blick und sah Bentz direkt in die Augen. »Und ich auch nicht.«

»Okay, erledigt«, sagte die Hure. Er spürte, dass sie nervös war. Überhaupt wirkte sie unsicher in ihren schwindelerregend hohen High Heels, dem kurzen Rock, dem tief ausgeschnittenen T-Shirt und dem auffälligen Schmuck, als würde sie ihren Job noch nicht lange machen. Sie trug jede Menge Klunker: Armreifen, riesige Creolen, ein extrabreites Perlenkropfband. Falsche Perlen.

Billig.

Wie sie.

»Kann ich sonst noch etwas für Sie tun, Vater?«, fragte sie zaghaft, offenbar besorgt wegen ihres Anrufs beim Radiosender. Sie hatte sich mit WSLJ verbinden lassen, dann hatte er ihr das Handy abgenommen und mit Dr. Sam gesprochen, hier, in dem alten Chevrolet Impala in der dunklen Gasse, bei laufendem Motor.

Er konnte nicht sagen, ob sie schlicht und einfach zu der ängstlichen Sorte Frau zählte, was bei ihrem Beruf nicht gerade von Vorteil war. Sie hatte misstrauisch seine Soutane und die dunkle Sonnenbrille beäugt, als er sie an der Absteige von Motel aufgegabelt hatte, in der sie ihrem Gewerbe nachging, unschlüssig, ob sie mit einem Mann der Kirche Sex haben sollte. Vielleicht hatte sie jedoch auch die Gerüchte mitbekommen, dass der Rosenkranzmörder wieder da war – die Medien waren voll mit reißerischen Berichten. Sie war zu jung, um damals von Vater Johns berühmt-berüchtigten Gräueltaten und seinem angeblichen Tod im Sumpf gehört zu haben. Außerdem schien sie noch recht neu im Geschäft zu sein, da sie längst nicht so abgebrüht wirkte wie erfahrene Prostituierte.

Gut.

Umso besser.

»Ja«, sagte er mit wohltönender Stimme. »Ich möchte definitiv noch etwas von dir, aber nicht hier.« Er legte den Gang ein und rollte aus der schmalen Gasse hinter der stillgelegten Fabrik, in der früher Garnelen verarbeitet worden waren und die nun schon seit Jahren mehr und mehr verfiel. Sie befanden sich ganz in der Nähe des Flusses, in einem Industriegebiet, das mit Sicherheit bald gentrifiziert werden würde. Doch noch waren die Straßen leer, und bis auf ein paar ehemalige Lagerhallen und die Betonträger eines neu entstehenden Gebäudes, erleuchtet von einigen wenigen Straßenlaternen, war die Gegend so gut wie verlassen. Nur vereinzelt parkten Autos auf dem rissigen Asphalt.

»Wo denn?«, fragte sie mit zittriger Stimme. »Wohin fahren wir?«

»Hast du kein Apartment oder Zimmer?«

»Nein.« Sie schüttelte den Kopf. »Nur das Motel. Aber meine Zimmergenossin …«

Er schwieg. Sah, dass ihre Finger nach dem Türgriff tasteten.

»Warum lassen wir es nicht einfach gut sein?«, fragte sie verängstigt.

»Der Anruf war natürlich umsonst. Sie können mich an der Ecke rauslassen.« Sie deutete auf die Kreuzung, auf die sie zufuhren.

»Noch nicht«, sagte er. In ihren Augen spiegelte sich blankes Entsetzen, als er das Gaspedal durchtrat, woraufhin der alte Impala einen Satz nach vorn machte und über die Kreuzung schoss.

»He! Was haben Sie vor?«

Er bog etwas zu scharf um die Kurve. Die abgefahrenen Reifen des Chevy gerieten ins Schlingern.

»Sie machen mir Angst!«, rief sie mit zitternder Stimme.

Das wusste er. Genau darum ging es ja. Ihr Angst einzujagen, die Furcht in ihren Augen zu sehen, war Teil des Kicks.

Nein, sie war nicht Samantha, dieses Vergnügen stand ihm noch bevor. Seit Wochen folgte er der Radiopsychologin nun schon, kannte ihren Arbeitsplan, ihre tägliche Routine. Er hatte verkleidet in einem Restaurant am Nebentisch gesessen und sie beobachtet. Sie hatte ihr Handy benutzt und ihre PIN eingegeben, als die Gesichtserkennung nicht funktionierte. Er hatte sich die PIN eingeprägt. Samantha hatte mit verschiedenen Freunden telefoniert, und er hatte sie belauscht – ein alter, bärtiger Herr mit einem Gehstock. Manchmal schlüpfte er in die Rolle einer älteren Frau mit dicker Brille und Schultertuch, falschen Brüsten, Zähnen und Wangenimplantaten. Samantha Leeds-Wheeler alias Dr. Sam hatte ihn nie bemerkt. Oh, er konnte es kaum erwarten, sie in seine Gewalt zu bringen, sie zu unterwerfen, seine ganz spezielle Perlenschlinge um ihren langen, schlanken Hals zu legen und zu hören, wie sie um Gnade flehte. Was für einen Ratschlag würde sie dann auf Lager haben?

Keinen.

Zumindest keinen, der ihn davon abhalten würde, sie für immer zum Schweigen zu bringen.

Nie wieder würde jemand unter den Unzulänglichkeiten, den falschen Diagnosen, der puren Unfähigkeit von Dr. Sam leiden.

Er erbebte bei dem Gedanken an ihr Flehen.

Doch fürs Erste musste diese spindeldürre naive Hure genügen.

Bis er sein ultimatives Ziel in Angriff nahm.

Die Brücke vor ihm öffnete sich, und er gab Vollgas, damit er gerade eben noch auf die andere Seite kam. Er fragte sich, ob die dämliche

Nutte neben ihm – Luna, oder so ähnlich – tatsächlich aus dem mit hoher Geschwindigkeit dahinrasenden Wagen springen und im schwarzen Wasser des Mississippi untergehen würde. Er musste aufpassen, dass sie ihm nicht ins Lenkrad griff, aber als er ihr einen Seitenblick zuwarf, stellte er fest, dass sie zu panisch war, um einen klaren Gedanken fassen zu können.

Leichte Beute.

Die ihm kurzfristig Erleichterung verschaffen würde.

Bis er die größtmögliche Befriedigung erlangte. Sein Herz fing an zu hämmern, seine Haut kribbelte vor Vorfreude, als er sich vorstellte, wie er Samanthas Leben ein Ende setzte. Sie würde sich wehren, würde kämpfen, Zeter und Mordio schreien, aber diesen Kampf würde sie verlieren. Und dann, sobald ihre Kraft nachließ, würde sie ihn um Gnade anflehen, würde anfangen, um ihr Leben zu feilschen. Würde weinend die Finger in seine Soutane krallen und schwören, dass sie alles – *absolut alles* – für ihn tun würde, wenn er sie nur verschonte …

»Wohin bringen Sie mich?«, riss ihn die Stimme der Hure, nicht mehr als ein dünnes Winseln, aus seinen Gedanken. Er kehrte in die Gegenwart zurück und warf einen Blick aufs Tachometer.

Um Himmels willen!

Er hatte die erlaubte Geschwindigkeit bei Weitem überschritten. Wenn er nicht aufpasste, würde er geblitzt werden oder die Aufmerksamkeit eines auf der Lauer liegenden Verkehrspolizisten erregen.

Nein, das durfte nicht passieren.

Er würde nicht alles ruinieren, schon gar nicht so kurz vor dem Ziel.

Gerade noch rechtzeitig erreichten sie das andere Ende der Brücke. Mit Schweißperlen auf der Stirn ging er vom Gas.

Mach langsam. Ruhig. Genieße den Augenblick.

»Verflucht noch mal, ich habe Sie gefragt, wohin Sie mich bringen!«, schrie die Hure mit einer Energie, die er ihr gar nicht zugetraut hatte. Sie sah ihn von der Seite an. Die Angst stand ihr weiterhin ins Gesicht geschrieben, aber da war noch etwas anderes. Trotz? Wut?

Sie war tougher, als er gedacht hatte.

Gut.

Er mochte es, wenn sie sich zur Wehr setzten, und bis jetzt war diese hier nahezu paralysiert gewesen, eine schwache, erbärmliche Kreatur.

Aber vielleicht hatte er sich in ihr getäuscht.

Vielleicht steckte Mumm in diesem zarten Körper.

Er spürte, wie das Adrenalin durch seine Blutbahn peitschte, und fing innerlich an zu beben vor Vorfreude auf das, was kommen würde. Er sah die Perlen seines selbst gefertigten Rosenkranzes vor sich, scharfkantiges Glas, aufgezogen auf Klavierdraht, stellte sich vor, wie sie sich in das weiche Fleisch ihres Halses gruben. Sein Schwanz zuckte in der Erwartung, den spirituellen Akt zu vollziehen, der doch nicht mehr als ein Vorspiel war.

Wahre Befriedigung würde er nur bei Samantha empfinden.

Er stöhnte leise bei der Vorstellung, dass er sich nicht mehr lange würde gedulden müssen.

Bald.

Bald würde es so weit sein.

»Sehr bald«, murmelte er und spürte, wie sein Schwanz, der angefangen hatte, sich aufzurichten, wieder schlaff wurde. Er hasste es, von seiner üblichen Vorgehensweise abweichen zu müssen. Es fühlte sich nicht richtig an, die Stadt zu verlassen, um zu tun, was getan werden musste – wie ein kratziger Pulli, den man anzog, auch wenn man sich darin nicht wohlfühlte.

»Was?«, stieß seine Geisel angespannt hervor. »Was wird ›sehr bald‹ sein?«

»Das wirst du schon sehen, mein Kind«, erwiderte er und redete sich ein, dass ihm diese Planänderung womöglich einen Vorteil verschaffte, da sie diejenigen, die ihm auf den Fersen waren, vor ein Rätsel stellen würde. Er musste nur einen klaren Kopf bewahren.

Sie hatten die Lichter der Stadt hinter sich gelassen und fuhren durch die stockfinstere Landschaft. Ein Wagen kam ihnen entgegen und raste mit hoher Geschwindigkeit in die andere Richtung, das Licht seiner Scheinwerfer überzog das Wageninnere hinter der insektenverklebten Windschutzscheibe mit einem merkwürdigen, übernatürlichen Schimmer. Aus dem Augenwinkel sah er, dass Lunas Kinn zitterte.

Er hatte sich in ihr getäuscht.

Sie war eben doch nur ein Schwächling. Er würde sie in die Sümpfe bringen und sie töten, dann würde er sie in dem dunklen Wasser des *bayou* entsorgen … Nein, das nicht. Er würde sie in die Hütte zu den anderen beiden Leichen schaffen, die dort verwesten. Daneben würde er die obligatorische Hundert-Dollar-Note legen, damit die Cops wussten, dass dies sein Werk war.

Ja, diese Option wäre schwieriger, da er sie, nachdem er sie umgebracht hatte, ins Boot schaffen und durch die verschlungenen, mäandernden Arme des *bayou* zur Hütte rudern musste, aber das war es ihm wert.

Entschlossen bog er von der Hauptstraße ab, schenkte ihr ein, wie er hoffte, glückstrahlendes Lächeln und rückte seine verspiegelte Sonnenbrille zurecht, die er trug, obwohl es stockfinster war.

Kapitel sechsundzwanzig

Bentz folgte Samantha Wheeler zu ihrem Haus. Sie hatte sich geweigert, ihren Ehemann anzurufen, hatte darauf bestanden, dass sie allein klarkam und ihn oder ihre Söhne auf keinen Fall wecken wollte, und Bentz hatte klein beigegeben. Jetzt fuhr er mit seinem Jeep dicht hinter ihrem Prius durch die nächtlichen Straßen der Stadt.

Ohne irgendeinen Zwischenfall passierte Samantha das Tor zu ihrem Anwesen am See, trotzdem blieb Bentz weiter dran.

Ty Wheeler war noch wach und hatte auf seine Frau gewartet. In einem verwaschenen Nirvana-Shirt und ebenso verwaschener Pyjamahose öffnete er die Hintertür, den großen schwarzen Schäferhund-Mix an seiner Seite.

»Was ist passiert?«, fragte er, als er Bentz aus dem Jeep steigen sah, und strich sich angespannt über den Bartschatten auf seinem Kinn. Dann gab er die Tür frei und bedeutete Bentz, einzutreten und am Küchentisch Platz zu nehmen.

Samantha ließ sich ebenfalls auf einen Stuhl fallen und erzählte ihm von dem letzten Anrufer bei *Midnight Confessions*. Bentz fügte hinzu, er habe schon befürchtet, dass Samanthas Stalker überlebt hatte und nach New Orleans zurückgekehrt war.

»Verdammt! Ich hatte echt gehofft, der Kerl wäre tot.« Zwischen Ty Wheelers Augenbrauen bildete sich eine steile Falte. »Sie haben ihn doch erschossen. Er ist im Sumpf gestorben.«

»Das dachten wir auch«, sagte Bentz, »aber nun sieht es ganz so aus, als hätten wir uns getäuscht.«

»Das darf ja wohl nicht wahr sein!« Wheelers Blick schweifte zwischen Bentz und seiner Frau hin und her.

Samantha nickte. Bentz stellte fest, dass etwas Farbe in ihre Wangen zurückgekehrt war. Sie zwang sich sogar zu einem Lächeln, als sie fragte: »Möchte jemand etwas trinken? Ich könnte ein Glas Wein gebrauchen.«

Wheeler verneinte, Bentz ebenfalls. Samantha stand auf, nahm eine Flasche Weißwein aus dem Kühlschrank und schenkte sich ein Glas ein. Sie stellte den Chardonnay zurück und lehnte sich mit der Hüfte gegen die Kücheninsel.

An Bentz gewandt, fragte Ty: »Was wollen Sie unternehmen, wegen dieses … wegen Vater John, Detective?«

Sie alle kannten die wahre Identität des falschen Priesters, doch niemand sprach seinen Namen aus. »Wir werden ihn festnehmen und vor Gericht bringen«, antwortete Bentz zuversichtlich.

»Vor Gericht bringen!« Wheeler schnaubte. »Einem solchen Psychopathen kann kein Gericht der Welt beikommen. Warum zur Hölle ist er nicht tot und auf dem Grund des Sumpfes begraben? Oder von den Alligatoren gefressen und verdaut?«

Das wünschten wir uns alle, fügte Bentz im Stillen hinzu und sah zu dem großen schwarzen Schäferhund-Mischling hinüber, der sich in seinem Hundebett neben der Hintertür zusammenrollte.

»Also, was ist passiert? Wo war der Kerl so lange? Wie hat er überleben können?« Wheeler feuerte eine Frage nach der anderen auf Bentz ab.

Der zuckte die Schultern. »Keine Ahnung. Genau das werden wir herausfinden müssen.«

»Das Ganze ist so lange her … Warum zur Hölle taucht er ausgerechnet jetzt aus der Versenkung auf, genau dann, wenn Samanthas Sendung ausläuft? Er wird doch wohl kaum aus einem jahrelangen Koma erwacht sein und sich *Zack!* daran erinnert haben, dass er sie umbringen wollte!«

Bentz schüttelte den Kopf. »Unwahrscheinlich.«

»Was sollen wir jetzt tun?«, ließ sich Samantha vernehmen.

»Es wäre gut, wenn Sie für eine Weile untertauchen könnten«, schlug Bentz vor. »Fahren Sie mit Ihrer Familie …«

»Nein«, fiel sie ihm ins Wort. »Das hier ist mein Zuhause. Ich werde nicht zulassen, dass irgendwer mich, Ty und die Jungs terrorisiert. Die beiden sollen ganz normal weiter zur Schule gehen. Wir wissen doch noch gar nicht, ob der Anrufer wirklich Vater John war. Ja, er klang genau wie er, aber vielleicht handelt es sich um eine Aufnahme oder einen Trittbrettfahrer …«

»… oder doch um Vater John höchstpersönlich«, rief Wheeler ihr vor Augen. Auf Bentz machte er den Eindruck, als würde er in seinen Reportermodus schalten. »Könnte die Rückkehr des falschen Priesters etwas mit dem Angriff auf Ihre Tochter zu tun haben, Detective? Mit dem Mord an Ihrem Schwiegersohn? Herrgott – das tut mir so leid.«

»Mir auch«, versicherte Bentz. »Mir auch.« Er räusperte sich, dann sagte er: »Sie meinen, ob all diese Ereignisse zusammenhängen? Vielleicht. Wir ziehen diese Möglichkeit ebenfalls in Betracht, doch es gibt auch andere Theorien.«

»Zum Beispiel?«

»Darüber darf ich im Augenblick keine Auskunft erteilen.«

»Verdammt noch mal!« Wheeler ließ die Faust auf den Küchentisch sausen. Rambo knurrte leise. »Meine Frau wurde heute Abend bedroht. Wir haben ein Recht zu erfahren, womit – mit wem – wir es zu tun haben!«

»Sobald wir Näheres wissen, geben wir Ihnen Bescheid«, versprach Bentz, der wusste, dass halb gare Theorien die Wheelers nicht weiterbringen würden. »Bislang nur so viel: Wir gehen davon aus, dass wir es tatsächlich mit dem Rosenkranzmörder zu tun haben, und dass er Sie, Dr. Sam, genau wie in der Vergangenheit kontaktiert hat. Deshalb noch einmal mein Vorschlag: Verreisen Sie mit Ihrer Familie für ein paar Tage, fahren Sie raus aus der Stadt. Nur bis wir den Kerl gefasst haben.«

»Einverstanden.« Ty sah seine Frau an. »Ich denke, das ist nicht diskutierbar. Wir fahren mit den Kindern nach Disney World, das haben wir ihnen schon seit Jahren versprochen.«

»Warte … wie bitte? Nein.« Sie schüttelte den Kopf. »So einfach geht das nicht! Ich muss die Sendung zu Ende bringen und meinen neuen Job antreten, und du kannst auch nicht mir nichts, dir nichts freinehmen, Ty. Du musst morgen in Washington sein – heute, meine ich, es ist ja schon weit nach Mitternacht. Dein Flieger geht heute Nachmittag.«

»Das sollte kein Hinderungsgrund sein.«

»Aber die Jungs haben Schule und Sport, und was sollen wir mit Rambo machen? So schnell finde ich keine Tierpension für ihn …«

»Wir klären das«, sagte Ty entschlossen. »Pläne kann man verschieben, nichts ist in Stein gemeißelt.«

»Manches schon.«

»Nichts kann so wichtig sein wie das eigene Leben und das der Familie.« Er schob das Kinn vor, stand auf und legte seiner Frau die Hände auf die Schulter. »Ich werde nicht zulassen, dass ich dich an diesen Psycho verliere, genauso wenig wie die Jungs.«

Sie nickte. »Okay, okay, du hast ja recht.« Sie trank ihr Weinglas mit einem einzigen großen Schluck leer. »Wir fahren.«

Wheeler drückte ihre Schultern. »Gut.« An Bentz gewandt, sagte er: »Halten Sie uns auf dem Laufenden.«

»Mach ich.« Bentz stand auf. »Wir kriegen ihn. Das verspreche ich Ihnen.«

»Sie sollen ihn nicht nur kriegen.« Wheelers Augen blickten stahlhart. »Wenn Sie ihn diesmal aufspüren, nehmen Sie ihn ins Visier und knallen ihn ab. Schießen Sie nicht daneben. Ich will, dass der Bastard stirbt.«

Gott steh mir bei.

Luna schickte ein stummes Gebet gen Himmel.

Gelähmt vor Angst, stolperte sie, vorwärtsgezwungen von dem »Priester«, der sie entführt hatte, durchs Dickicht des *bayou*. Sumpfzypressen ragten wie bleiche Gespenster in die Höhe, in der Luft lag der Geruch nach modriger Erde und fauliger Vegetation. Sie schauderte. Um sie herum war es stockdunkel, das einzige Licht kam von der kleinen Taschenlampe, mit der der Mann ihnen den Weg leuchtete. Scharfkantige Gräser und Dornengestrüpp peitschten ihre nackten Beine. »Ich will zurück«, jammerte sie zum wohl hundertsten Mal. »Ich will nicht …«

»Halt's Maul!«, fuhr er sie an, und ihre Haut fing an zu kribbeln, als würden sich tausend Schlangen darüber winden. »Ich bezahle, und du tust, was ich sage.«

»Nein … nein … ich …«

»Schluss jetzt, Luna!« Er packte sie bei der Schulter und drückte so fest zu, dass sie vor Schmerzen aufschrie. »Geh einfach weiter.«

Sie biss sich auf die Lippe und zwang sich, nachzudenken. Es war nicht das erste Mal, dass sie in der Patsche saß, doch sie war auf einer Ranch in Wyoming aufgewachsen, und wenn man sich irgendwo eine dicke Haut zulegte, dann dort. Aber das hier war anders, ganz anders, als mitten im Winter verirrte Rinder einzufangen, die Zäune zu reparieren, Feuerholz zu hacken oder betrunkene Ranch-Arbeiter abzuwehren.

Diesmal hatte sie es mit einem Menschen zu tun, der durch und durch schlecht war, das spürte sie.

Das pure Böse, im Gewand eines Priesters.

Er war kein Geistlicher, so viel stand fest, und sie hätte niemals zu ihm in den Wagen steigen dürfen. Das war ein Fehler gewesen. Ein großer Fehler. Allerdings war sie alles andere als wehrlos, im Gegenteil: Sie war fest entschlossen, sich zu verteidigen. Aus diesem Grund machte sie auf schwaches, hilfloses Mädchen, und sie hoffte inständig, dass er darauf reinfallen würde. Vielleicht wäre er einen klitzekleinen Moment lang unaufmerksam, und dann könnte sie ihm womöglich entkommen … Ihre High Heels blieben in dem nassen, morastigen Boden stecken, und sie hatte große Mühe, sie herauszuziehen und weiterzustolpern.

Der Irre würde ihr wehtun.

Und anschließend würde er sie umbringen.

Davon war sie überzeugt.

Endlich spürte sie kühles Wasser an ihren Knöcheln. Ein erleichterndes Gefühl, doch dann musste sie an all das Getier in den Sümpfen von Louisiana denken und merkte, wie eine weitere Woge der Panik über sie hinwegrollte. Doch Alligatoren, Schlangen, Spinnen, Giftfrösche und all die anderen tödlichen Geschöpfe waren längst nicht so gefährlich wie der Mann, der sie jetzt auf einen verwitterten Anleger stieß.

Ihr Absatz blieb in einer Ritze zwischen den Holzplanken stecken. Luna stürzte, schrammte sich ein Knie an einem rostigen, hervorstehenden Nagel auf und brach sich mehrere Fingernägel ab, als sie versuchte, sich abzufangen. Ein Schuh rutschte von ihrem Fuß und platschte ins Wasser.

»Steh auf!«, befahl er ihr und beugte sich über sie. Sein bleiches Gesicht war ausdruckslos. Ihr Blick fiel auf seine Hand. Etwas darin blitzte im Mondlicht auf. Glas? Schmuck?

Gott, nein.

Fast wäre ihr das Herz stehen geblieben, als sie die blutroten Perlen eines Rosenkranzes erkannte, die durch seine Finger glitten.

Herr im Himmel, steh mir bei.

»Ich habe es gewusst: Er ist wieder da«, sagte Bentz zu Montoya. Sie waren im Department. Inzwischen ging es auf drei Uhr morgens zu, nur in wenigen der umliegenden Büros brannte Licht. Alles war ruhig, eigentlich eine angenehme Zeit, um zu arbeiten. Keiner riss einen mit irgendwelchen Fragen oder Anliegen aus seinen Gedanken, weder Festnetz- noch Handytelefone schrillten, auf dem Gang waren keine Schritte zu hören, keine Stimmen von Kollegen oder Bauarbeitern, die sich ständig irgendwelche Anweisungen zuzurufen schienen, wenn sie nicht gerade mit der Kreissäge beschäftigt waren.

»Scheint so«, erwiderte Montoya.

»Scheint so? *Scheint so?*«, stieß Bentz hervor, kurz davor, in die Luft zu gehen. »Hast du etwa immer noch Zweifel?«

»Es passt einfach nicht.« Montoya stand auf und tigerte unruhig vom Fenster zur Tür und zurück, als hoffte er so auf eine Eingebung, mit deren Hilfe er die verschiedenen Teile des Puzzles sinnvoll zusammensetzen konnte. »Warum sollte er jetzt wieder auftauchen? Wo ist er so lange gewesen? Wieso hat er es auf Kristi abgesehen?« Er blieb vor dem Fenster stehen, blickte hinaus auf den von vereinzelten Lichtpfützen erhellten Parkplatz und rieb sich den Nacken.

»Ich habe keine Ahnung, was ihn getriggert hat«, räumte Bentz ein. »Vielleicht die Tatsache, dass Dr. Sams Sendung ausläuft, vielleicht auch nicht. Ich weiß auch nicht, wo er sich all die Jahre über aufgehalten haben könnte. Wäre er im Knast gewesen, hätten wir davon erfahren.« Bentz lehnte sich auf seinem Stuhl zurück. Seine Rückenwirbel knackten. »Ich denke, er hat es auf Kristi abgesehen, weil er ihr heimzahlen will, dass sie dieses Buch über ihn geschrieben hat. Möglicherweise will er eigentlich mich damit treffen, schließlich war ich derjenige, der ihn beinahe umgebracht hat.« Er stand auf. »Ach, verdammt, das alles ergibt doch keinen Sinn. Aber kann man einem Irren wie Vater John tatsächlich mit Vernunft beikommen?«

Bentz trat an die Magnettafel, wo sie Fotos der beiden aktuellen Opfer befestigt hatten: Teri Marie Gaines und Helene Laroche. Eine

Umgebungskarte hing ebenfalls dort, die Leichenfundorte waren rot umkringelt. Orte von besonderem polizeilichem Interesse – die Hütten von Cyrus Unger, »CU«, der Radiosender, das Haus von Hugo und Helene Laroche, Vincent Laroches Eigentumswohnung in der JAX-Brauerei, sogar die Kirche, zu deren Gemeinde Opal Guidry gehörte: Our Lady of the Grove.

Sie kamen der Sache näher, das spürte Bentz, aber noch fehlte ihnen das entscheidende Puzzleteil.

Er hoffte nur, dass sie den durchgeknallten Psychopathen festnageln konnten, bevor ihm eine weitere Frau zum Opfer fiel.

Zum Beispiel seine Tochter.

Ganz bestimmt nicht seine Tochter!

Seine schwangere Tochter, die gerade erst Witwe geworden war …

Ja, dachte er, insgeheim wünschte er sich genau das Gleiche wie Ty Wheeler: dass er den Bastard aufspürte, vor allem aber, dass er diesmal nicht danebenschoss.

»Steh auf, habe ich gesagt!«, blaffte der Mann. »Sofort!«

Stacy wischte sich die Haare aus dem Gesicht und sah zu ihm auf, doch der grelle Strahl seiner Taschenlampe blendete sie. Eilig wandte sie den Blick ab. Unter den rissigen Planken des Anlegers glitzerte Brackwasser. Sie hörte ein lautes Plätschern, als wäre ein größeres Tier ins Wasser geglitten. Ihr Entführer hörte es auch, denn für einen kurzen Moment war er abgelenkt, und sie nutzte diese Sekunden, um die Hand auszustrecken und die Finger um den spitzen Absatz ihres High Heels zu schließen, der unter dem Steg trieb. Dann richtete sie sich langsam auf, den Schuh hinter dem Rücken versteckt.

Er drehte sich zu ihr um, zufrieden, dass sie gehorchte, und hob die Arme, um ihr den tödlichen Rosenkranz um den Hals zu legen.

Im selben Moment warf sie sich nach vorn.

Riss den Arm hoch und rammte ihm den High Heel ins Gesicht, bemüht, sein Auge zu treffen.

»Aaahhh!«, heulte er auf, als der Absatz in die weiche Haut seiner Wange eindrang.

Blut spritzte auf den Schuh und ihre Finger.

Sie holte erneut aus, dann noch einmal, wieder und wieder.

»Du kleines Miststück«, stieß er hervor. Es gelang ihm, die todbringende Schlinge mit den scharfen Perlen über ihren Kopf zu streifen und zuzuziehen, doch das breite Kropfband verhinderte, dass der Rosenkranz in ihr Fleisch schnitt.

Als sie ihm den Absatz ein weiteres Mal ins Gesicht rammen wollte, bekam er ihn zu fassen und riss ihr den Schuh aus der vom Blut glitschigen Hand.

»Dafür wirst du bezahlen!«, schrie er und schleuderte den High Heel in den Sumpf. »Stirb!«, knurrte er, zerrte mit der freien Hand ihr Kropfband so weit hoch wie eben möglich, dann zog er die Rosenkranzschlinge mit aller Kraft zusammen.

Stacy bekam keine Luft mehr. Sie trat wie wild um sich, der zweite Schuh platschte ins Wasser, doch ihre Füße trafen ins Leere.

Ihre Lungen brannten.

Sie schnappte wie wild nach Atem – vergeblich.

Die tödliche Schlinge wurde immer enger.

Nein, nein, nein!

Ihre Augäpfel traten hervor, Tränen liefen über ihre Wangen, die Lungen drohten zu platzen.

Stacy spürte, wie er ihre Handgelenke umfasste und versuchte, sie weiter nach vorn zu zerren, vermutlich um sie vom Anleger zu schubsen.

Sie wusste, dass die Alligatoren nur darauf warteten, dass sie ins Wasser fiel.

Tu's einfach, dachte sie. *Wirf mich ihnen zum Fraß vor, dann habe ich es hinter mir.*

»Nein! Du musst kämpfen, Stacy!«, meldete sich eine energische Stimme in ihrem Kopf zu Wort. Vor ihrem inneren Auge sah sie ihre Großmutter, eine zähe Frau mit langen grauen Zöpfen, wettergegerbter Haut, die Stimme heiser von den vielen Zigaretten. *»Tritt ihm in die Eier, so fest du kannst!«*

Doch ihre Beine waren wie gelähmt.

»Dann kratz ihm eben die Augen aus!«

Es gelang ihr, sich loszureißen und mit zu Klauen gekrümmten Fingern auf seine Augen loszugehen, doch wieder erwischte sie nur seine Wange.

»Du verfluchte Nutte!«

»He!«, rief eine Männerstimme aus der Dunkelheit. »Was zum Teufel ist da los?«

Stacy sah ein grelles Licht durch die Bäume zucken – von einer Taschenlampe oder einer Laterne.

Ihr Angreifer erstarrte, dann gelang es ihm, von hinten die Hände um ihren Hals zu legen und zuzudrücken.

Ein ersticktes Gurgeln drang aus ihrer Kehle.

»He, ist dort jemand?«, rief die Stimme, lauter jetzt, dann, leiser: »Komm, Bobby-Dean, lass uns mal nachsehen. Ach, vergiss die Angeln!«

»Pst!«, zischte der Pseudo-Priester.

Ein Außenbordmotor erwachte dröhnend zum Leben.

Stacy warf sich mit aller Kraft zurück, gegen den Brustkorb des Mannes, der sie zu erwürgen drohte.

Er taumelte nach hinten und rutschte auf den glitschigen Brettern des Anlegers aus. »Du kleine Schl …«, fluchte er und versuchte, sich zu fangen. Sie wirbelte herum und trat ihm mit aller Kraft gegen das Schienbein.

»Auuu, verdammt!«

Seine Hände glitten von ihrem Hals, die Finger seiner Rechten krallten sich in ihren Oberarm, und gemeinsam stürzten sie auf den Steg.

Wumm!

Mit einem dumpfen Geräusch prallte ihr Kopf auf die Holzbretter.

Vor Stacys Augen tanzten Sternchen.

Jetzt verlier bloß nicht das Bewusstsein! Steh auf! Hau ab!

»He, alles okay?«, hörte sie wieder die tiefe Männerstimme. Das Dröhnen des Außenbordmotors kam näher.

Nein! Nichts ist okay. Hilfe! Bitte helft mir!

Doch die Worte drangen nicht über ihre Lippen. Erstickte Geräusche gurgelten in ihrer Kehle. Der falsche Priester neben ihr rappelte sich auf. Ächzend und fluchend ging er auf alle viere … und sie rollte sich zur Seite.

Rollte in ihrer Verzweiflung weiter und weiter, auf den Rand des Anlegers zu. Besser den Alligatoren zum Opfer fallen als ihm!

Sie sah, wie er die Hände nach ihr ausstreckte, versuchte, sie festzuhalten.

»NEIN!«, schrie er.

Sie war direkt an der Kante, als er sie mit einer Hand bei den Haaren zu fassen bekam.

Es gelang ihm, den Rosenkranz zu packen, der noch immer um ihren Hals baumelte. In diesem Moment rollte ihr Körper vom Anleger. Der Rosenkranz rutschte mit einem Ruck über das Kropfband, direkt unter ihr Kinn, die scharfen Glasperlen schnitten tief in ihre Haut, der Draht, auf den sie gefädelt waren, wurde zur tödlichen Schlinge.

Ihre Füße trafen mit einem lauten Platschen auf die Wasseroberfläche, während er auf dem Anleger kniete und sie, ohne ihre Haare loszulassen, mit dem Rosenkranz würgte.

Die Welt um Stacy herum fing an, sich zu drehen.

Sie bekam keine Luft mehr.

Das Motorengeräusch wurde immer lauter, aber es war zu spät.

Stacy blinzelte, doch sie sah nichts als Schwärze.

Sie spürte noch, wie mit einem Ruck ihr Kopf zurückgerissen wurde. Die Perlen ihres Kropfbands flogen in alle Richtungen und prasselten wie Regentropfen aufs Wasser.

Und dann spürte sie nichts mehr.

Kapitel siebenundzwanzig

»Du hast geraucht«, stellte Abby vorwurfsvoll fest, als Montoya das Schlafzimmer betrat. Sie drehte sich auf die Seite und richtete sich auf, dann lehnte sie die Schulter gegen das Kopfteil und musterte ihn verschlafen im Licht der Straßenlaterne, das von draußen hereinfiel.

Montoya schüttelte den Kopf. »Ich hab doch aufgehört.«

»Ich kann es riechen.«

Verdammt. »Bloß eine«, behauptete er, obwohl ihm klar war, dass sie seine Lüge durchschaute, und ließ sich auf die Bettkante fallen.

»Du weißt, wie ich darüber denke.« Eine sanfte Verwarnung.

»Jaja, das weiß ich. Ach, Scheiße, dieser verfluchte Fall macht mich fertig!«

Sie legte ihm die Hand auf die Schulter. »Wenn man möchte, findet man immer eine Ausrede.«

»Okay, du hast recht.« Er drehte sich zu ihr und sah ihr in die Augen. »Von jetzt an ist Schluss damit, das verspreche ich dir.«

»Hm.« Sie zog ihre Hand zurück.

»Ich schwöre es.«

»Du schwörst oft.«

»Ja, auch das weiß ich.« Er stand auf. »Ich sehe nach Ben, dann gehe ich unter die Dusche.«

»Gut.« Sie verzog die Lippen zu dem Lächeln, das er so sexy fand. »Tu das.«

»Du bist unmöglich.«

»Ich weiß. Aber nur bei dir, Montoya. Nur bei dir.«

Er spürte ihren Blick in seinem Rücken, als er das Zimmer verließ und nach seinem Sohn sah. Der Kleine schlief tief und fest, bewacht von dem Hund, der zusammengerollt in seinem Korb lag. Montoya stieß sich den Kopf an einem der Spielzeugflieger, die als Mobile über Benjamins Bettchen kreisten. Er sah, wie der Kleine im Schlaf am

Daumen nuckelte, und spürte förmlich, wie er dahinschmolz. Am liebsten hätte er ihn hochgehoben und an sich gedrückt, aber er würde sich gedulden, bis Ben aufgewacht war. Für einen Moment blieb er vor dem Kinderbett stehen und betrachtete das unschuldige, schlafende Wesen darin, eine reine Seele, die den Schmerz, den Hass, die Hässlichkeit der Welt, mit der Montoya Tag für Tag konfrontiert war, noch nicht kennengelernt hatte.

Vielleicht sollte er einfach alles hinschmeißen und mit seiner kleinen Familie nach Montana, Alaska oder New Mexico ziehen, ganz gleich, wohin, Hauptsache, weit weg von New Orleans.

Die Worte seiner Mutter kamen ihm in den Sinn. *»Es gibt überall Gutes. Es gibt überall Schlechtes. Du kannst das eine nicht ohne das andere haben. Entscheide dich für einen Weg und bleib dir treu. Es gibt mehr Gutes als Böses auf Gottes Erdboden.«* Montoya spürte, wie er sich entspannte. Ja, seine Mutter hatte recht, dachte er, während er seinen schlafenden Sohn betrachtete und einen Blick in Richtung Schlafzimmer warf, wo seine Frau im Bett saß und auf ihn wartete. Er würde nicht wegziehen müssen, auch hier gab es viel Gutes.

Endlich riss er sich los und ging ins Bad. In der Dusche ließ er das heiße Wasser über seine verspannten Muskeln rinnen, wusch sich gründlich das Gesicht und putzte sich die Zähne, eine Angewohnheit, die seine Frau verabscheute. Die ganze Zeit über versuchte er, sich auf das Gute zu konzentrieren, von dem seine Mutter gesprochen hatte.

Bentz täuschte sich, dachte Montoya.

Ja, es sah ganz danach aus, als wäre Vater John, der berühmt-berüchtigte Rosenkranzmörder, wieder da und würde die Stadt in Angst und Schrecken versetzen, aber es steckte mehr dahinter, etwas anderes, das spürte er genau.

Nein, dachte er, während er Nacken und Schultern einseifte, *das Puzzle ergibt ein anderes Bild, als wir denken.*

Serienmörder lernten für gewöhnlich aus ihren Fehlern, feilten an ihren Fertigkeiten, optimierten ihren Modus Operandi, und genau deshalb bezweifelte Montoya, dass Vater John genauso weitermachte wie damals. Ja, es war nicht ausgeschlossen, überlegte er und massierte Shampoo in seine dunklen Haare, aber ziemlich unwahrscheinlich.

Während er Seife und Shampoo abspülte, dachte er über die anderen Verdächtigen nach – all die, die seiner Meinung nach mit Kristi Bentz ein Hühnchen zu rupfen hatten, darunter Ned Zavala, Mandel Jarvis und Hamilton Cooke. Ja, diese drei Namen kamen ihm tatsächlich als Erstes in den Sinn. Und dann war da noch Drake Dennison, Kristis Einsiedler-Kollege, der seit Jahren kein Buch mehr veröffentlicht hatte. Auch ihn hatte Montoya auf dem Schirm.

Das Badezimmer war voller Dampf, als er endlich das Wasser abstellte, nach einem Duschtuch griff und anfing, sich abzutrocknen. Plötzlich fühlte er eine Hand auf seiner Hüfte.

»He!«

In dem beschlagenen Spiegel über dem Waschbecken tauchte verschwommen Abbys Gesicht auf. Ihre Augen waren nicht länger schlafverquollen, sondern hellwach.

»Was ist los?«, fragte er.

»Jemand hat mich geweckt«, hauchte sie, »und ausnahmsweise war es nicht der Kleine.« Ihre Mundwinkel zuckten verführerisch, als sie den Morgenmantel von den Schultern gleiten ließ und nackt vor ihm stand.

»Ach, tatsächlich? Und was hast du jetzt mit ihm vor?«

»Hm. Ich denke, ich werde ihn bestrafen.« Ihre Augen blitzten. »Ja, genau das werde ich tun: ihn bestrafen. Hart.«

»O-kay.« Er schlang die Arme um sie, hob sie hoch und trug sie zurück ins Schlafzimmer, während sie einen leisen Schrei ausstieß und ihren Kopf an seiner Schulter barg. »Ich werde dir zeigen, wer hier wen bestraft.«

Sie biss in sein Ohrläppchen und flüsterte: »Oh, Detective, ich hoffe, das sind keine leeren Versprechungen …«

Stacy schlug die Augen auf und sah etwas Weißes über sich aufblitzen. Panisch versuchte sie, sich aufzurichten, aber sie konnte sich nicht bewegen. Um sie herum war nichts als Wasser … Kühles Wasser schwappte über sie hinweg … aber wieso?

Sie hörte das laute Dröhnen eines Motors, die Wellen wurden heftiger, dann ließen sie wieder nach.

Blinzelnd versuchte sie, etwas zu erkennen, und tatsächlich: Das

Weiße über ihr war der Halbmond, der am sternenklaren Himmel hing, und ja, sie lag tatsächlich im Wasser, Wasser, das abgestanden und brackig roch …

Herr im Himmel! Lag sie etwa im *Sumpf*?

Wie zur Hölle war sie hierhergekommen? Und warum konnte sie sich nicht bewegen? Wieso um alles auf der Welt konnte sie sich an nichts erinnern? Vorsichtig versuchte sie erneut, sich aufzusetzen, aber es gelang ihr nicht. Ihre Haare hatten sich verfangen, vermutlich an einem der Holzpfosten des Anlegers, und hielten sie zurück. Als sie mit aller Kraft die Hand danach ausstreckte, um sich zu befreien, bekam sie etwas Scharfes zu fassen, scharfkantige Kugeln, aufgefädelt auf Draht oder eine Angelschnur …

Neben ihr quakten Ochsenfrösche, die Luft war erfüllt vom Sirren der Moskitos.

Und da war es wieder, das Dröhnen, wie von einem Bootsmotor.

»Da, Bobby-Dean, da drüben! Heilige Scheiße, siehst du das auch?«, rief die tiefe Männerstimme.

»Und ob ich das sehe!«, erwiderte eine höhere, leicht näselnde Stimme aufgeregt. »Allmächtiger, Clive, das ist ein Mädchen! O Mann, glaubst du, sie ist tot?«

»Hoffentlich nicht!«

»Was ist mit dem Typen? Da war doch vorhin ein Kerl bei ihr, oder?« Die höhere Stimme klang zunehmend nervös.

»Ja.«

Stacy sah den Strahl einer Taschenlampe über das Wasser zucken. Sie wollte sich so gern bemerkbar machen, aber sobald sie sich bewegte, drohte ihr der Draht die Luft abzuschnüren.

»He, du da drüben, bleib ganz ruhig, wir sind gleich bei dir!«, hörte sie wieder die tiefe Stimme. Ihr Herz raste. Konnte sie diesen Männern trauen?

»Wir müssen auf den Anleger, Clive«, hörte sie einen der beiden sagen. »Mit dem Boot ist es zu gefährlich, da kommen wir nicht dicht genug ran.«

Die beiden legten am Anleger an und kletterten aus dem Boot auf die brüchigen, rutschigen Holzbretter.

»Sei vorsichtig, Bobby-Dean«, sagte der Mann mit der dunklen

Stimme, ein großer, kräftiger Schwarzer. »Die Planken sehen total morsch aus.«

Sein Begleiter, drahtig, älter und leicht gebeugt, folgte ihm, behutsam einen Fuß vor den anderen setzend. »Okay, Clive.«

Konnte sie den beiden trauen?, fragte sie sich erneut. Nein, beschloss sie dann. Sie konnte niemandem trauen. Nicht bevor sie wusste, was mit ihr passiert war. Als Clive sich vom Steg aus über sie beugte, stieß sie einen erstickten Schrei aus und fing an, heftig um sich zu treten.

»He, he, ganz ruhig. O mein Gott, was hat sie denn da um den Hals?«

»Was meinst du?«

Nun beugte sich auch der ältere Mann über sie. »O Mann, o Mann, was ist das denn?«

Sie spürte, wie sich große Hände um ihre Kehle legten, und warf sich panisch hin und her.

»Bleib liegen, Mädchen, du machst es nur noch schlimmer! Wir wollen dir helfen, dich zum Arzt bringen. Bobby-Dean, hast du dein Handy bei dir?«

Der Ältere nickte.

»Ruf die Neun-eins-eins.«

»Kein Empfang«, sagte Bobby-Dean.

»O Scheiße, da ist ein Alligator!« Der große Mann wurde hektisch. »Hast du dein Gewehr bei dir?«

Ein Alligator?

Im Wasser?

Direkt neben ihr?

O. Mein. Gott.

Stacy erstarrte. Im Schein der Taschenlampe blitzten kleine, starre Augen auf.

»Im Boot. Ich hole es!« Der Ältere eilte davon.

Stacy fühlte etwas an ihrem Bein und fing an zu schreien. Im selben Moment kehrte Bobby-Dean zurück, ein Gewehr im Anschlag.

Der Lichtstrahl der Taschenlampe schwang in einem hellen Bogen über den Sumpf.

Neben Stacy bewegte sich etwas.

Bobby-Dean zielte.

Eine Schnauze tauchte aus dem Wasser auf.

»Ich hab ihn!«, rief Bobby-Dean.

»Nein!«, schrie sie, als sie in den Doppellauf des Gewehrs blickte. »Nein!«

Blamm!

Der Schuss zerriss die Stille, und Stacy sank dankbar zurück in die Bewusstlosigkeit.

Wie unendlich dumm von ihm!

Er saß im Schein der Laterne in seinem Baumhaus und versorgte seine Wunden, und nicht mal der *bayou* unter ihm konnte ihn beruhigen. Heute Nacht würde er nicht zur Ruhe kommen. Nicht zu seiner üblichen Gleichmut finden. Nicht die Befriedigung verspüren, wieder einmal die Hüter des Gesetzes ausgetrickst zu haben. Auch nicht die Befriedigung, die sich für gewöhnlich einstellte, wenn er sich ausmalte, was er mit dieser unfähigen Pseudo-Radiopsychologin anstellen würde, sobald der richtige Zeitpunkt dafür gekommen war.

Er hatte sich aufgeführt wie ein Idiot.

Hatte nicht abwarten können.

Hatte sich nicht an seinen Plan gehalten.

Hatte nicht darauf bestanden, zu der verfluchten Hure nach Hause zu fahren – oder sonst wohin, an irgendeinen sicheren Ort. Nein, er hatte sie in den Sumpf verschleppen müssen.

Was für ein fataler Fehler!

Er zog scharf die Luft ein, als er Alkohol auf die Wunden tupfte, was höllisch brannte. Nun, es geschah ihm recht. Er nahm es hin als eine Art Strafe und machte sich daran, die antiseptische Salbe aufzutragen, die nicht brannte. Im Gegenteil – sie fühlte sich an wie ein lindernder Balsam.

Er schloss die Augen.

Alles, was hatte schiefgehen können, *war* schiefgegangen.

Es grenzte an ein Wunder, dass er entwischen konnte. So schnell wie möglich war er durch den Sumpf zum Wagen gelaufen und weggefahren, wobei er fast ein Reh erwischt hatte, das aus dem Unterholz sprang.

Um ein Haar hätte er zunichtegemacht, dass er die Chance bekam, das zu erledigen, worauf er jahrelang gewartet hatte.

Hoffentlich war wenigstens diese Luna tot.

Hoffentlich hatten diese Schwachköpfe mit dem Boot – wahrscheinlich Wilderer – nur die Leiche von der kleinen Nutte gefunden, wenn überhaupt.

Er fragte sich, ob sie ihn gesehen hatten. Ihn womöglich identifizieren konnten.

Der Halbmond schien hell heute Nacht, und einmal war er in den Schein ihrer Taschenlampe geraten.

Doch es war zu spät, sich darüber Gedanken zu machen. Er musste einfach abwarten.

Wird schon gut gehen, dachte er.

Es *musste* einfach gut gehen.

Kapitel achtundzwanzig

»Es sieht so aus, als hätten wir Glück«, drang Bentz' Stimme aus dem Handy, so klar und deutlich, als würde er direkt neben ihm stehen. Seufzend warf Montoya einen Blick auf den Digitalwecker. Fünf Uhr dreizehn. Er hörte zu, wie sein Partner berichtete, dass eine Frau mit schweren Verletzungen, unter anderem im Hals-Nacken-Bereich, von zwei Männern ins St. Ada Hospital gebracht worden war. Die Männer behaupteten, sie hätten gesehen, wie die Frau im *bayou* von einem Priester attackiert wurde, doch der sei verschwunden, als sie sich den beiden mit ihrem Boot näherten. Man hatte die Frau im Krankenhaus sediert, aber Bentz war bereits vor Ort und wartete darauf, sie befragen zu können.

»Ich bin in fünfzehn Minuten da«, sagte Montoya und legte auf.

»Sag nichts«, murmelte Abby ins Kissen.

»Ich muss los.«

»Du hast doch kaum geschlafen …«

»Trotzdem.« Er küsste sie auf den Hinterkopf. »Das ist dir doch klar gewesen, als du Mr Super-Detective geheiratet hast.«

»Mr Super-Detective? Das hättest du wohl gern!«

Er gab ihr einen spielerischen Klaps auf den Hintern und rollte sich aus dem Bett. Es kostete ihn einige Überwindung, sich anzuziehen und in die Boots zu schlüpfen. Auf dem Weg zur Tür hinaus nahm er seine Jacke vom Haken, dann drückte er auf die Fernbedienung für den Mustang.

Die Straßen waren um diese frühe Morgenstunde leer, und es dauerte nicht lange, bis er auf den Parkplatz von St. Ada rollte.

Bentz erwartete ihn schon.

»Hast du sie gesehen?«, wollte Montoya wissen.

Bentz schüttelte den Kopf. »Der Rettungswagen hat sie direkt in die Notaufnahme gebracht. Die Ärztin sagt, wir können zu ihr, sobald sie sie untersucht und in ein Zimmer verlegt haben. Die gute Nachricht ist, dass ihre Verletzungen auf den ersten Blick nicht lebensbedrohlich wirken, allerdings scheint sie sich nicht daran erinnern zu können oder zu wollen, was passiert ist.«

»Woher weißt du das?«

»Ich habe mit einem der Sanitäter gesprochen, die sie hergefahren haben.«

»Und daraus schließt du also, dass sie von Vater John angegriffen wurde?«

»Zwei Männer haben sie im Sumpf gefunden und einen Priester bei ihr gesehen.«

»Das konnten sie in der Dunkelheit erkennen?«

»Der Mond scheint«, Bentz deutete auf den noch dunklen Himmel, an dem der silbrige Halbmond sein fahles Licht verbreitete, »außerdem hatten sie eine starke Taschenlampe bei sich. Sie haben einen Mann in einer schwarzen Soutane gesehen, aber sie sind ihm nicht gefolgt. Stattdessen haben sie sich um das Opfer gekümmert. Einer ist bei ihr geblieben, der andere ist mit dem Boot zu einer Stelle im *bayou* gefahren, wo er Empfang hatte und die Neun-eins-eins rufen konnte.«

»Du hast mit ihnen gesprochen?«

»Noch nicht. Ich habe das von dem Deputy, der die Umgebung gesichert hat.«

»Und deshalb gehst du davon aus, dass es sich um Vater John handelt?« Montoya sehnte sich nach einer Zigarette.

»Rund um ihren Hals findet sich das typische Muster: Schnitte von scharfen Rosenkranzperlen. In ihrem Haar hatten sich ein paar davon verfangen: blutrot. Er war es.«

»Hoffentlich können wir bald mit ihr reden.«

Bentz schaute an der Fassade des düster wirkenden Gebäudes empor und nickte. »Die Ärztin gibt mir Bescheid, sobald die Frau ansprechbar ist. Lass uns währenddessen mit den beiden Fischern reden, die sie gefunden haben. Sie warten im Department auf uns.«

»Gut. Ich fahre.«

Bentz stieg in den Mustang. Montoya drückte das Gaspedal durch.

Im Department war noch nicht viel los. Die Bauarbeiter waren auch noch nicht aufgetaucht.

Die beiden Männer, Robert »Bobby-Dean« Clements und Clive

Jones, saßen zusammen mit einem Deputy, der ihre Aussagen aufgenommen hatte, in einem der Vernehmungszimmer. »Wir machen weiter«, teilte Bentz dem Deputy mit, dann nahmen Montoya und er auf der anderen Seite des Tisches Platz. Während der Deputy ihnen die schriftlichen Aussagen zuschob, wandte sich Bentz an die beiden Fischer: »Ich bin Detective Bentz, und das ist Detective Montoya. Wenn es Ihnen nichts ausmacht, würden wir uns die Ereignisse gern noch einmal von Ihnen persönlich schildern lassen und Ihnen ein paar Fragen stellen.«

Beide Männer nickten, auch wenn sie dabei nicht besonders glücklich wirkten. Bobby-Dean, der Ältere, Hagere der beiden, wirkte ausgesprochen nervös und schien kaum in der Lage, still zu sitzen. Immer wieder rückte er die Baseballkappe mit dem Logo der Saints zurecht, die er auf seine aschblonden Haare gestülpt hatte, und warf seinem Kumpel angespannte Seitenblicke zu.

Jones war ein Bär von einem Mann. Seine Nase war mindestens einmal gebrochen, er hatte eine gespaltene Augenbraue und eine tiefe, volltönende Baritonstimme. Seine goldbraunen Augen wirkten intelligent, und er wich Bentz' Blick nicht aus, als er erklärte, sie seien unterwegs gewesen, um ihre Krebsreusen und Angeln zu kontrollieren, als sie Geräusche wie von einer Rangelei mitbekommen hätten. Dann hatten sie gesehen, dass ein Mann in einem schwarzen Gewand eine Frau attackierte.

»Er sah aus wie ein Priester«, fiel Bobby-Dean seinem Kumpel ins Wort, nahm die Kappe ab und drehte sie zwischen seinen knotigen Fingern.

Beide gaben an, den Angreifer nicht identifizieren zu können, beide waren sie der festen Überzeugung, dass er die Frau getötet hätte, wären sie nicht gekommen und hätten ihn in die Flucht geschlagen. »Vielleicht wäre es besser gewesen, ich hätte ihn abgeknallt«, stellte Bobby-Dean fest. »Ich hatte die alte Winchester von meinem Daddy bei mir.«

Jones nickte. »Immerhin haben wir es geschafft, die Frau zu retten.«

»Hat sie etwas zu Ihnen gesagt?«, hakte Montoya nach.

»Nicht viel.« Jones schüttelte den Kopf. »Zumindest nichts, was irgendeinen Sinn ergeben hätte.«

»Sie hatte Angst. Ist total ausgeflippt vor Panik«, fügte Bobby-Dean hinzu.

»Wissen Sie, ob irgendwer in der Gegend wohnt? In dem Teil des *bayou?*«

Jones zuckte die Achseln. »Da leben nicht viele Menschen. Dann und wann stößt man auf eine einzelne Hütte, aber die meisten davon werden schon lange nicht mehr benutzt.«

»Die rotten so vor sich hin«, ergänzte Bobby-Dean und drehte die Kappe in den Händen.

Bentz und Montoya stellten den beiden ein paar weitere Fragen, doch sie brachten nichts in Erfahrung, was ihnen hätte weiterhelfen können.

Nach einer Weile verließ Bentz den Vernehmungsraum und setzte sich mit dem Krankenhaus in Verbindung. Die unbekannte Frau hatte noch nicht identifiziert werden können, sie war noch nicht in ein Patientenzimmer verlegt worden, und die Ärztin erlaubte ihnen noch nicht, sie zu befragen.

»Für mich ist sie eine Patientin, kein Opfer oder gar eine Verdächtige«, wiederholte Dr. Williams die Worte, die sie Bentz schon gut anderthalb Stunden zuvor in der Notaufnahme mitgeteilt hatte. Sie war eine hochgewachsene, kompetent wirkende Schwarze, die entschlossen die Lippen schmal gezogen hatte, als sie Bentz mitteilte, dass er ihre Patientin so lange in Ruhe lassen würde, bis sie ihm das Okay gab, mit ihr zu reden. »Keine Sekunde früher«, hatte sie ihm gedroht. »Wenn Sie mich jetzt bitte entschuldigen würden – meine Patientin braucht mich.« Damit hatte sie ihn stehen lassen und war mit wehendem Kittel durch den Gang gerauscht.

Bentz kehrte ins Vernehmungszimmer zurück und bat Clements und Jones, ihnen den Ort zu zeigen, an dem sie den Übergriff beobachtet hatten. Die beiden Fischer willigten widerstrebend ein und fuhren Montoyas Mustang in ihrem zerbeulten Ford Ranger voraus, einem Pick-up, der ganz sicher schon viele Jahre auf dem Buckel hatte.

Unterwegs teilte Montoya Bentz seine Zweifel mit.

»Das passt einfach nicht«, beharrte er. »Der Rosenkranzmörder hinterlässt immer seine Visitenkarte.«

»Die Hundert-Dollar-Note mit Ben Franklin, dessen Augen geschwärzt sind«, sagte Bentz nachdenklich. »Ich weiß, aber die Rosenkranzperlen sagen etwas anderes, genau wie die Soutane.«

»Die könnte auch bloß ein schwarzer Mantel oder Umhang gewesen sein. Außerdem hat Vater John bislang so gut wie immer drinnen gemordet, in den Apartments seiner Opfer.«

»Vielleicht war das diesmal aus irgendeinem Grund nicht möglich.« Bentz fuhr sich mit der Hand durch die Haare, die immer grauer zu werden schienen. »Warten wir einfach mal ab, was wir gleich in Erfahrung bringen.«

Montoya warf ihm einen skeptischen Seitenblick zu und folgte den beiden Fischern über die breite Brücke stadtauswärts, unter der träge der Mississippi floss. Boote aller Größen waren darauf unterwegs. »Okay, nur fürs Protokoll: Ich denke, du redest dir da etwas ein.«

»Und ich denke, dass du das Offensichtliche ausblendest.«

»Möglich.« Montoya konzentrierte sich auf die Rücklichter des vor ihnen fahrenden Pick-ups und griff nach der Zigarettenpackung im Handschuhfach, doch sie war leer.

»Mist«, knurrte er.

»Rauchst du wieder?«, fragte Bentz.

»Nein. Ich habe aufgehört.« Montoya zerdrückte die Schachtel und warf sie hinter sich auf den Rücksitz.

»Na dann«, sagte Bentz und schaute aus dem Seitenfenster, um dem Blick seines Partners auszuweichen. Kein Zweifel: Bentz kämpfte mit seinen eigenen Dämonen.

Aber taten sie das nicht alle?

Montoya bog von der Hauptstraße ab, wo die Häuser mehr und mehr der Sumpflandschaft wichen. Der Pick-up vor ihnen fuhr durch ein Labyrinth von unbefestigten Straßen, dann hielt er auf einem Kiesbankett an. Die beiden Fischer stiegen aus und führten sie über einen versteckten, von hohem Gras und Gestrüpp überwucherten Trampelpfad immer tiefer in den *bayou.*

Die Luft war dick und roch nach Erde, Nebel stieg über dem unbewegten, brackigen Wasser auf. Sumpfzypressen ragten in die Höhe, Louisiana-Moos tanzte in den Ästen und Zweigen der Bäume und Sträucher, sobald ein leichter Wind hindurchstrich. Montoya schlug nach den allgegenwärtigen Moskitos, während sie über den morastigen Boden stapften, und spürte, wie immer wieder Rohrkolben um seine Waden strichen. Eine Libelle schwirrte über das Wasser. Vögel tschilpten, ein großer Blaureiher schnappte sich einen kleinen Fisch aus dem Wasser, verschlang ihn und flog mit schimmernden Federn davon.

Ein morsch aussehender Anleger mit einem Steg führte ins Wasser, einige der moosbewachsenen Planken fehlten, andere waren verzogen und zersplittert. Der Steg war mit gelbem Polizeiband abgesperrt.

»Ist das der Ort, an dem Sie die Frau gefunden haben?«, fragte Bentz die beiden Männer.

»Ja.« Bobby-Dean nickte und kratzte seinen dünnen Bart. »Wir haben sie genau hier entdeckt.« Er deutete mit seinem knotigen Finger zum Rand des Stegs. »Dahinten hat sie gelegen. Er hat sie ins Wasser gestoßen, vielleicht war das aber auch ein Versehen, viel haben wir nicht sehen können. Nur dass sie gekämpft haben.«

Warum ausgerechnet dort?, fragte sich Bentz. Montoya hatte recht: Das passte nicht zur üblichen Vorgehensweise des Rosenkranzmörders.

»Sie sagen, in der Gegend wohnt niemand«, wandte sich Montoya an Clements und Jones.

»Zumindest nicht, dass wir wüssten«, bestätigte Jones.

»Haben Sie ein Boot gesehen?«, fragte Montoya weiter. Wie sonst hatte der Angreifer den Ort seines Verbrechens verlassen sollen? War es möglich, dass er den gleichen Weg genommen hatte, über den sie gerade eben gekommen waren?

»Nein«, bestätigte Jones seinen Verdacht.

»Hm«, schaltete sich Bobby-Dean ein. »Gestern Abend haben wir ein Ruderboot entdeckt, etwa eine Viertelmeile sumpfeinwärts. Das war sonst nicht da.«

Sein Kumpel kniff die Augen zusammen. »Glaubst du echt, das hat was damit zu tun?«

»Das werden wir herausfinden«, stellte Bentz fest. »Wie kommen wir dahin?«

»Ich kann mein Boot holen«, bot Jones an. »Das ist am einfachsten.«

»Tun Sie das«, bat Bentz, dann wandte er sich an Bobby-Dean.

»Wenn das Ruderboot tatsächlich dem Täter gehört, muss er die Strecke von dort bis hierher zu Fuß zurückgelegt haben. Es wäre nett, wenn Sie uns den Weg zeigen.«

»Ähm …« Bobby-Dean wirkte nicht besonders glücklich, aber er setzte sich in Bewegung und ging ihnen voran.

Montoya war genauso wenig begeistert von Bentz' Vorschlag wie der Fischer, vor allem dann nicht, als er von einer Hornisse belagert wurde, die ihm schon die ganze Zeit über folgte. Im Gehen suchten sie nach Spuren, die der Beinahe-Mörder in der schwarzen Soutane hinterlassen haben mochte. Bentz deutete auf einige platt gedrückte Rohrkolben.

»Könnte auch ein Wildschwein gewesen sein«, gab Bobby-Dean zu bedenken. »Vielleicht sogar ein Bär. Ein Alligator eher nicht.«

»Wie beruhigend«, murmelte Montoya sarkastisch, als sie endlich eine Uferkrümmung umrundeten und das Ruderboot, eher ein schmales Kanu, hinter einer Gruppe von Sumpfzypressen entdeckten, das an einem tief hängenden Ast vertäut war. »Und das haben Sie zuvor noch nie gesehen?«

Bobby-Dean nickte und rückte schon wieder seine Kappe zurecht. Die ersten Strahlen der Morgensonne fielen auf den Nebel, der auf dem Wasser lag, und lösten die dampfigen Schwaden mehr und mehr auf. »Das ist korrekt.«

»Fischen Sie hier regelmäßig?«, wollte Bentz wissen.

Bobby-Dean nickte. »Clive und ich, ja, Sir. Wir angeln hier, und wir haben mehrere Krebsreusen.«

Und jagen tut ihr auch, dachte Montoya, da Bobby-Dean zugegeben hatte, mit dem Gewehr seines Vaters einen Alligator erschossen zu haben, der der Frau gefährlich nahe gekommen war.

»Hast du Handschuhe dabei?«, fragte Bentz seinen Partner.

»Immer.« Montoya griff in seine Hosentasche.

Bentz tat das Gleiche. »Dann lass uns das Ganze doch mal von Näherem betrachten.«

Ein einzelnes Ruder lag im Boot. »Wir schicken es ins Labor und lassen es auf Fingerabdrücke untersuchen«, sagte Bentz. Ein zufriedenes Lächeln trat auf seine Lippen.

Wie hoch standen die Chancen, dass das Ruderboot wirklich Vater

John gehörte?, fragte sich Montoya, der Bentz' Begeisterung nicht teilen wollte. So viel Glück konnten sie nicht haben, nicht, nachdem Vater John schon so oft davongekommen war.

Und dann entdeckte er etwas. Die sprichwörtliche Nadel im Heuhaufen in Form eines zerknüllten Geldscheins, steckte in einer Spalte der hölzernen Sitzbank. Er zog den Schein hervor, strich ihn glatt und blickte in die geschwärzten Augen von Benjamin Franklin.

Kapitel neunundzwanzig

Das ist ein Fehler.

Um sieben Uhr fünfundvierzig bog Kristi auf den kleinen Parkplatz vor dem Fernsehsender ein und wünschte sich inständig, sie hätte dem Interview niemals zugestimmt. Sie war nicht bereit dazu. War nicht vorbereitet. Nicht nachdem sie um fünf Uhr morgens aufgestanden und mit Dave eine Runde gedreht hatte. Anschließend war sie unter die Dusche gegangen, hatte in Windeseile einen Joghurt, Beeren und einen Bananen-Smoothie verschlungen und sich auf der Fahrt zum Sender einen Kaffee besorgt. Koffeinfrei. Was sie also auch nicht wacher machte. »Dafür bist du verantwortlich«, sagte sie zu ihrem Bauch, denn Dr. Vale hatte ihr geraten, dem ungeborenen Kind zuliebe auf Koffein zu verzichten.

Sie warf einen Blick in den Rückspiegel, sah die Unentschlossenheit in ihren Augen und ärgerte sich darüber. Sie war immer ein Mensch gewesen, der wusste, was er wollte. Wenn sie eines war, dann mutig, impulsiv, risikobereit – und ganz gewiss nicht unentschlossen. »Reiß dich zusammen«, ermahnte sie sich selbst, nahm ihre Handtasche und stieg aus dem Wagen.

Kristi war der zweite Gast, der an der Tür des Studios klingelte. Sie wurde eingelassen und gebeten, ein Anmeldeformular auszufüllen, dann reichte man ihr ein Namensschild, das es ihr gestattete, sich im Sender aufzuhalten. Eine gestresste Produktionsassistentin, die sich ihr als »Jen« vorstellte, führte sie durch ein Labyrinth von Gängen. Sie hatte die blassrosa gefärbten Haare zu einem zerzausten Bed-Head frisiert, vielleicht hatte sie aber auch einfach nur keine Zeit gehabt, sich zu kämmen. Jen sah nicht so aus, als könnte man ihr leicht etwas vormachen. »Das Studio ist gleich da drüben«, sagte sie und deutete auf eine geschlossene Tür, vor der ein Schild mit den Worten »On Air« aufleuchtete. »Sie warten dort hinten im Aufenthaltsraum, zusammen mit den anderen Gästen. Ich hole Sie ab, wenn Sie an der Reihe sind.

Momentan sind Sie die Zweite, aber das hängt davon ab, ob unser erster Gast rechtzeitig eintrifft – er steckt wohl noch im Stau fest.« Sie schürzte genervt die Lippen, als hätte sie diese Ausrede schon viel zu oft gehört, um sie noch irgendwem abzukaufen. »Also – es kommt darauf an, ob unser Jazz-Star aufkreuzt oder nicht. Im Augenblick sehe ich da ein riesiges Fragezeichen.« Sie öffnete die Tür am Ende des Gangs und bedeutete Kristi, einzutreten.

An einer der Wände in dem fensterlosen Aufenthaltsraum hing ein großer Fernseher, in dem die aktuellen Nachrichten liefen, an der Wand gegenüber befand sich eine lange Anrichte mit einer Kaffeemaschine, Wasserflaschen und einer Auswahl von Snacks. Mehrere Sessel, ein paar Tische und eine voluminöse Kunstledercouch standen im Raum verstreut.

»Bedienen Sie sich«, sagte Jen mit einem Nicken in Richtung Anrichte. »Ich bin gleich wieder da.« Sie drückte ihr Handy ans Ohr und zog sich in den Gang zurück. »Ach? Gut. Und was ist mit Bigelow?«, hörte Kristi sie sagen. »Habt ihr schon was von ihm gehört? Nicht? Okay, dann wechseln wir eben zu Plan B, aber wer weiß, vielleicht überrascht er uns ja doch noch.« Ihre Stimme verklang, dann fiel die Tür hinter ihr zu.

Kristi nahm auf einem der Sessel neben der Couch Platz, auf der eine affektiert wirkende Frau saß, eine ebenso affektierte Langhaarkatze auf einem flauschigen Kissen an ihrer Seite. »Anscheinend gibt es Probleme«, sagte die Frau an Kristi gewandt und zog die Augenbrauen in die Höhe. Ihr feines aschblondes Haar umgab ein ernstes Gesicht mit Rehaugen. Sie trug einen Hosenanzug, eine Goldrandbrille und dezente Stiefeletten. »Ich bin übrigens Dana«, sagte sie beiläufig, als ginge sie davon aus, dass Kristi sie kannte.

Kristi kannte sie nicht.

Als die Frau dies bemerkte, fügte sie hinzu: »Dana Metcalf?« Ihre Stimme schnellte am Ende des Namens in die Höhe, als hätte sie eine Frage gestellt.

Wieder machte es nicht klick.

»Die Vorsitzende von KKANOL.«

»Aha«, sagte Kristi verständnislos.

Dana seufzte, als wäre Kristi schwer von Begriff. »Klassekatzen aus

New Orleans, Louisiana«, erklärte sie dann. »Klassekatzen statt Rassekatzen.« Sie zwinkerte. »Ein kleines Wortspiel. Selbstverständlich akzeptieren wir in unserem Verein aber nur Katzen mit einwandfreien Papieren.«

»Hm.«

»Ich würde Ihnen meine Karte geben, aber ich möchte Mr Precious nicht stören.« Sie streichelte liebevoll den Kater auf dem Kissen. »Das würde ihn nur aufregen. Nicht wahr, MP?«, flüsterte sie dem großen grauen Stubentiger zu, der Kristi ungerührt mit seinen grünen Augen anstarrte.

Er war definitiv *nicht* aufgeregt.

Die Tür schwang auf. Diesmal führte Jen zwei Personen in den Aufenthaltsraum.

Kristi erstarrte.

Reggie Cookes herrischer Blick traf sie mit voller Wucht. »Was zum Teufel soll das?«, fragte die Anwältin und drehte sich zu ihrem Ehemann um.

»Ach du lieber Himmel«, stieß Hamilton Cooke hervor, dem bei Kristis Anblick das Lächeln aus dem Gesicht rutschte.

Jen drängte sich an den beiden vorbei. »Wenn Sie bitte hier Platz nehmen, bis ich Sie …«

»Nein!« Reggie wirbelte herum. »Auf keinen Fall! Ich weiß, wie dieses Geschäft läuft, aber das ist ein Skandal.« Makellos geschminkt, in einem schwarzen Kleid und smaragdgrünem Blazer, das rote Haar locker auf die Schulter fallend, schüttelte sie entrüstet den Kopf. »Ein Skandal!«

»Bitte«, beschwor Jen sie mit eindringlicher Stimme, »nehmen Sie Platz. Ich werde Sie umgehend …«

»Erst klären Sie mich darüber auf, was das hier soll.« Reggie stockte, wandte sich Kristi zu und beäugte sie misstrauisch. »Oder ist das Ganze etwa auf Ihrem Mist gewachsen? Erst das Buch und jetzt das!«

»Wie bitte? Nein! Sicher nicht«, verwahrte sich Kristi vor der Anschuldigung. Sie würde sich von Hamiltons Juristengattin bestimmt nicht einschüchtern lassen. Entschlossen stand sie auf und reckte das Kinn vor, um dem eisigen Blick der Anwältin zu begegnen. »Ich hatte keine Ahnung.« *Du vielleicht nicht,* meldete sich ihre innere Stimme zu Wort, *aber Bella.* Daran zweifelte sie keine Sekunde. Am liebsten hätte sie ihrer Freundin den Hals umgedreht, dafür, dass diese sie so offensichtlich in die Falle gelockt hatte. »Ich wurde erst in letzter Minute angefragt und wusste bis jetzt nicht, worum es offenbar geht …«

»Natürlich nicht.« Reggies Worte trieften vor Sarkasmus.

Kristi wollte hinzufügen, dass eine Freundin, die beim Sender arbeitete, sie um diesen Gefallen gebeten hatte, doch sie hielt sich zurück. Sie war diesem eiskalten Miststück keine Erklärung schuldig.

»Hamilton und ich wurden während der vergangenen Woche wiederholt angekündigt«, blaffte Reggie. Bevor Kristi erwidern konnte, sie habe Besseres zu tun, als jeden Morgen *Bonjour, New Orleans!* einzuschalten, wandte sich Reggie der Produktionsassistentin zu. »Ich bin raus. *Wir* sind raus.«

»Nein, bitte, Mrs Cooke, Mr, ähm, Dr. Cooke, jetzt beruhigen Sie sich doch«, versuchte Jen zu beschwichtigen, doch es war zu spät: Reggie stürmte mit klackernden Absätzen zur Tür hinaus. Hamilton dagegen zögerte und presste die Lippen zu einer rasiermesserdünnen Linie zusammen, dann deutete er anklagend auf Kristi. »Das ist wirklich das Letzte«, stieß er mit blitzenden Augen hervor. »Aber was ist von einem geldgierigen Schreiberling wie Ihnen schon anderes zu erwarten? Vom Unglück anderer Menschen zu profitieren … Ich frage mich, wie Sie nachts ruhig schlafen können.«

»Und ich frage mich dasselbe bei Ihnen«, gab Kristi zurück, die beinahe erwartete, er würde sich auf sie stürzen. In seinen Augen loderte blanker Hass.

»Hamilton!«, rief Reggie vom Gang aus.

»Seien Sie vorsichtig«, warnte er Kristi, dann machte er auf dem Absatz kehrt und folgte seiner Frau aus dem Aufenthaltsraum.

»Genau das, was ich brauche«, murmelte Jen kaum hörbar, dann eilte sie den beiden nach und redete mit Engelszungen auf sie ein, es sich noch einmal zu überlegen. »Bitte, Mrs Cooke, wir haben alles für Sie und Dr. Cooke vorbereitet, die Zuschauerinnen und Zuschauer würden Sie liebend gern …«

Die Tür fiel abermals hinter der Produktionsassistentin zu.

»Autsch.« Dana zog scharf die Luft ein und sah Kristi an. »Ganz offensichtlich gibt es sogar große Probleme. Die beiden scheinen Sie ja nicht besonders zu mögen.«

»Was Sie nicht sagen.«

»Warum eigentlich nicht?«, hakte die Vorsitzende des Klassekatzen-Vereins nach.

»Das ist eine lange Geschichte.« Die sie der blasierten Katzenmami ganz bestimmt nicht auf die Nase binden würde.

»Wie konnte das passieren? Warum hat der Sender Sie alle zusammen eingeladen?«, ließ Dana nicht locker.

»Keine Ahnung«, log Kristi. Sie wusste ganz genau, warum sie mit Dr. Cooke und seiner Gattin zu *Bonjour, New Orleans!* eingeladen worden war. Es hing mit den sinkenden Zuschauerquoten der Morgenshow zusammen und dem wachsenden Druck, den die Produktion daher auf Renee-Claire und ihr Team ausübte – Druck, der natürlich auch auf Bella abfärbte, die ebenfalls Angst um ihren Job hatte. Und genau jetzt tauchte plötzlich der Rosenkranzmörder wieder auf – ein Thema, das die Einschaltquoten in die Höhe trieb und gleichzeitig das Interesse des Publikums an anderen lokalen Kriminalfällen befeuerte. Die Cookes und Kristi zusammenzuspannen, die Bücher sowohl über Hamilton also auch über Vater John veröffentlicht hatte, war da natürlich ein ganz besonderer Clou.

Doch unter welchem Vorwand auch immer man die Cookes und sie hergelockt hatte – das Konzept war der Produktion am Ende um die Ohren geflogen.

»Vielleicht bin ich deshalb hier«, riss Dana Metcalf sie aus ihren Gedanken.

Kristi sah sie verständnislos an.

»Weil sie damit gerechnet haben, dass alle ihre Krallen ausfahren.«

War die Frau völlig durchgeknallt? Sie waren doch keine Katzen! Obwohl … An ihren Worten konnte durchaus etwas dran sein.

»Die Dame im schwarzen Kleid habe ich schon einmal gesehen.« Dana starrte auf die Tür. »Der Mann ist Arzt … Oh, warten Sie!« Offenbar ging ihr ein Licht auf. »Ich erinnere mich. Er hat vor Jahren seine Frau umgebracht. Musste ins Gefängnis deswegen. Und die Frau eben war seine Anwältin. Sie hat seinetwegen ihren Mann verlassen, stimmt's? Moment …« Sie legte die Stirn in Falten. »Ja, jetzt fällt es mir wieder ein … Die Leute nannten ihn den Austern-König. Allen Sowieso.«

»Aldo Lucerno«, korrigierte Kristi automatisch.

»Ja, genau! Mein Gott, war der sauer! Wollte sich nicht scheiden lassen. Hat er nicht sogar geschworen, den Doktor umzubringen?« Ihre braunen Rehaugen wurden noch größer.

Aldo hatte jede Menge Drohungen ausgestoßen, laut und in aller Öffentlichkeit. »Hat er.« Während der Recherchen zu ihrem Buch hatte Kristi mit Aldo in seinem Büro in der Fabrik gesprochen. Er hatte aufgewühlt gewirkt, aber er schien seinen Zorn unter Kontrolle zu haben, nur eine leichte Röte und seine blitzenden dunklen Augen deuteten darauf hin, dass es noch immer in ihm brodelte. Zu dem Zeitpunkt hatte Reggie bereits damit gedroht, ihn wegen einer ganzen Reihe von Straftaten, von Steuerbetrug bis hin zu häuslicher Gewalt, zu verklagen, und Aldo hatte seine Verbalattacken eingestellt.

»Ich habe mich immer gefragt, was mit ihr wohl nicht stimmt. Einen erfolgreichen Geschäftsmann für einen überführten Straftäter zu verlassen, für einen Mann, der seine Ehefrau ermordet hat … Was hat sie sich bloß dabei gedacht?«

»Vielleicht, dass er unschuldig ist?«, fragte Kristi zynisch.

»Nein, das kann nicht alles sein. Dahinter steckt mehr.« Dana streichelte nachdenklich den grauen Kater. »Ich glaube, ihr gefiel der Medienrummel – wahrscheinlich liebt sie es, im Fokus der Aufmerksamkeit zu stehen. Können Sie sich das vorstellen?«

Kristi nickte. Leider konnte sie das. Vor Gericht hatte sie gesehen, wie Reggie sämtliche dramatischen Register zog, hatte gesehen, wie sie mit den Kameras spielte, wenn sie ein Pressestatement abgab. Kristi hatte auch gesehen, wie kalt und entschlossen Hamilton wirkte: Stoisch saß er im Gerichtssaal, zuckte nicht mit der Wimper, als den Geschworenen Fotos von seiner toten, blutüberströmten Frau gezeigt wurden. Während die gemeinsame Tochter Lindsay aus dem Saal begleitet wurde, damit ihr dieser Anblick erspart blieb, hatte Hamilton die Aufnahmen mit dem sachlich-nüchternen Interesse eines Mediziners betrachtet, der Tag für Tag mit dem Tod konfrontiert wurde – obwohl es sich bei dieser Toten um seine eigene Frau, die Mutter seines Kindes, handelte.

Es fiel Kristi nicht schwer, sich vorzustellen, wie er Bethany mit derselben Entschlossenheit getötet hatte, mit der er bei seinen Patienten das Skalpell ansetzte.

»Ich frage mich, wer für die beiden einspringt«, überlegte Dana.

»Wie bitte?«

»Nun ja, wenn das Ehepaar Cooke ›raus‹ ist, muss doch ein neuer Gast her …«

Als Kristi nichts erwiderte, fuhr Dana fort: »In der Sendung wird immer irgendwer interviewt. Sie werden Renee-Claire wohl kaum allein dort sitzen lassen, das wäre ein absolutes Desaster.« Ihr Gesicht war eine Maske der Unschuld, als sie vorschlug: »Ich könnte einspringen, vorausgesetzt, Sie möchten das nicht übernehmen. Mir fällt immer irgendwas ein, worüber ich reden kann. Mr Precious ist schließlich nicht die einzige Klassekatze in New Orleans.« Sie strich dem grauen Kater zärtlich über das Köpfchen. »Prinzessin Penelope, Ebenholz und Champagner sitzen bei meinem Mann im Auto. Ich könnte sie hereinholen. Die Leute lieben es, über die Besonderheiten der einzelnen Rassen informiert zu werden – Sie können sich gar nicht vorstellen, mit welch unterschiedlichen Charakteren wir es zu tun haben! Es gibt eine putzige Geschichte über Ebenholz …«

Kristi blendete ihr Geplapper aus. Der Beitrag über Katzen würde ganz sicher keine weitere Sendezeit erhalten, doch warum hatte man die Cookes und sie am selben Tag eingeladen? Das war hundertprozentig kein Versehen gewesen, sondern eindeutig geplant.

Während Dana weiterschwadronierte, ging plötzlich die Tür auf, und die Produktionsassistentin betrat den Aufenthaltsraum. Mit gerötetem Gesicht entschuldigte sie sich: »Ich weiß, dass dies in höchstem Maße ungewöhnlich ist«, sie warf einen Blick durch die offene Tür in den dahinterliegenden Gang, »aber Mrs Cooke weigert sich, im Aufenthaltsraum zu warten, wenngleich sie der Teilnahme an der Sendung schlussendlich zugestimmt hat. Aus diesem Grund mussten wir umdisponieren und werden nun zuerst Dr. und Mrs Cooke interviewen.« Sie schaute auf ihr Clipboard und sah dann Kristi an. »Anschließend sind wie geplant Sie an der Reihe, dann folgt – falls Mr Bigelow nicht auftaucht – ein vorproduzierter Beitrag über Renovierungsarbeiten bei einer der größten Touristenattraktionen von New Orleans, den

Mississippi-Dampfern, und zum Schluss kommen Sie.« Sie nickte Dana Metcalf zu. Sie sah von Dana zu Kristi. »Renee-Claire und der Produzent haben den Umstellungen bereits zugestimmt. Wir sind dann so weit. Ist das okay für Sie?«

»Selbstverständlich.« Katzenmami nickte. »Sollten Sie weitere Sendezeit füllen müssen – bei meinem Mann im Auto warten drei wunderschöne, preisgekrönte Klassekatzen.«

»Eine genügt«, sagte die Assistentin und warf einen Blick auf die große Wanduhr über der Anrichte. »Herrgott«, fluchte sie leise, »wo zum Teufel bleibt Tom Bigelow?« Sie tippte ungeduldig eine Textnachricht in ihr Handy und verschwand aus dem Raum.

Kristi wandte sich ebenfalls ihrem Smartphone zu. Kurze Zeit später brachte Jen Tom Bigelow, den angeblich im Stau stecken gebliebenen Jazz-Musiker, in den Aufenthaltsraum. Er sah aus, als wäre er gerade aus dem Bett gefallen oder käme direkt von einem Auftritt. Einen schwarzen Instrumentenkoffer in den Händen, ließ er sich auf das andere Ende des Sofas fallen, auf dem Dana Metcalf saß, öffnete den Koffer und holte ein glänzendes Saxofon heraus.

Dana beäugte ihn misstrauisch, rückte ein Stück von ihm ab und legte beschützend den Arm um Mr Precious' Kissen.

Die ganze Szene wirkte mehr als absurd, und Kristi wollte das Ganze nur noch hinter sich bringen.

Und zwar so schnell wie möglich.

Es passte einfach nicht, dachte Montoya, als er durch die Stadt fuhr. Ganz gleich, wie sehr Bentz von der Rückkehr des Rosenkranzmörders überzeugt war – Montoya glaubte nicht daran. Ja, die Prostituierten waren mit einem Rosenkranz erwürgt worden, aber der Mord an Jay McKnight, der Übergriff auf Kristi und die Einschüchterungsversuche über die ominösen Karten mit Bibelversen entsprachen definitiv nicht Vater Johns üblicher Vorgehensweise.

Er nahm eine Abkürzung durchs French Quarter und parkte am Jackson Square in zweiter Reihe, dann eilte er im Laufschritt durch die schmiedeeisernen Tore des im frühen achtzehnten Jahrhundert angelegten, von historischen Gebäuden gesäumten Parks, vorbei an der Statue von Andrew Jackson auf seinem sich aufbäumenden Pferd. Die

Luft war frisch, nur einige wenige Leute waren unterwegs. Die Sonne ging gerade über der Stadt auf, als er stehen blieb, um die St. Louis Cathedral zu betrachten. Die Wände leuchteten strahlend weiß, die drei schwarzen Turmspitzen ragten steil in den wolkenlosen Morgenhimmel.

Montoya verließ den Park auf der anderen Seite, verlangsamte seinen Schritt, dann betrat er die schmale Gasse, in der Kristi und Jay attackiert worden waren. Dies war ein Punkt, der ihn nachdenklich machte. Warum sollte Vater John hier auf Kristi warten und sie mit einem Messer angreifen? Dass Jay an jenem Abend da sein würde, hatte er nicht vorhersehen können.

Nichts deutete mehr auf die brutale Tat hin.

Montoya hatte bereits mit den Betreibern der umliegenden Geschäfte gesprochen, genau wie mit den Kirchen- und Gemeindevertretern, und der Officer für Öffentlichkeitsarbeit hatte die Bevölkerung um Hinweise gebeten.

Bislang war nichts Nennenswertes dabei herausgekommen.

Auch jetzt wollte sich die Erleuchtung, die sich Montoya von diesem Abstecher insgeheim erhofft hatte, nicht einstellen, also kehrte er zu seinem Mustang zurück und fuhr ins Department, wo er Bentz in ihrem gemeinsamen Büro antraf. Sein Partner hatte einen Pappbecher Kaffee vor sich stehen und wischte sich mit einer Serviette Puderzucker von den Fingern. Im Papierkorb entdeckte Montoya die Reste eines Beignets.

Bentz nickte ihm zu. »Wir kriegen ihn«, versicherte er Montoya. »Diesmal kommt dieser Bastard nicht davon. Sieh dir das hier mal an.« Er deutete auf die geografischen Karten, die er an das Whiteboard gehängt hatte. Eine davon zeigte das Zentrum von New Orleans. Die Fundorte von Helene Laroche und Teri Marie Gaines waren rot markiert. Der Fundort der unbekannten Frau, die jetzt im St. Ada Hospital lag, befand sich außerhalb der Stadtgrenze.

»Die gelben Markierungen sind die Fundorte der früheren Opfer, richtig?«, vergewisserte sich Montoya.

Bentz nickte. »Richtig. Das einzige Opfer außerhalb von New Orleans ist unsere Unbekannte. Hier.« Er deutete auf die Karte von der näheren Umgebung.

Montoya verstand, was sein Partner ihm mitteilen wollte. Er sah Orte, die er niemals vergessen würde, einschließlich Vater Johns ehemaliger Hütte, die es schon lange nicht mehr gab.

»Hier hat er sich damals aufgehalten«, sagte Bentz und tippte mit einem Stift auf die entsprechende Stelle. »Hier drüben«, er zog eine Linie zu einer anderen Stelle, »ist Cyrus Ungers Hütte. Dort sind die Aufnahmen von dem Chevy Impala entstanden, in den er gestiegen ist, nachdem er bei CU einen neuen Unterschlupf anmieten wollte.«

Montoya nickte.

Bentz zog eine weitere Linie, die tief in den *bayou* hineinführte. »Hier haben Bobby-Dean Clements und Clive Jones die Unbekannte vor dem Anleger gefunden, und das hier«, noch ein Strich auf der Karte, »ist die Richtung, in die der Kerl im Priestergewand geflüchtet ist, nachdem sie ihn aufgeschreckt haben. Aller Wahrscheinlichkeit nach ist er zu dieser unbefestigten Straße gerannt.« Er tippte auf eine schmale Piste, die von einer größeren Straße abging.

»Dann gehst du also davon aus, dass sich Vater John irgendwo in diesem Dreieck versteckt hält«, schlussfolgerte Montoya.

»Dort kennt er sich aus.«

Montoya musterte die Karte. »Ziemlich großes Gebiet.«

Bentz nickte, griff nach dem Pappbecher und nippte an seinem Kaffee. »Ja«, räumte er ein, »aber wir werden uns auf diese Gegend konzentrieren.« Er tippte auf den Anleger, wo Clive und Bobby-Dean den Angriff auf die unbekannte junge Frau beobachtet hatten. »Wir fangen dort an und dehnen die Suche dann immer weiter aus. Ich habe bereits ein Team losgeschickt.«

»In die Sümpfe?«

Wieder nickte Bentz. »Ja. Es ist Zeit, den perversen Hurensohn auszuschalten, und zwar ein für alle Mal.«

»Fährst du auch raus?«

Bentz stellte den Becher auf den Schreibtisch und griff nach seiner Jacke. »Ja, und zwar mit dir zusammen. Aber zuerst schauen wir im Krankenhaus vorbei und sprechen mit dem jüngsten Opfer. Die Frau ist bei Bewusstsein und hat wie durch ein Wunder keine schweren Verletzungen davongetragen. Bis auf eine leichte Gehirnerschütterung und die Quetschungen und Schnitte am Hals ist sie okay und kann bald entlassen werden.« Er nahm Handy und Schlüssel und ging zur Tür.

Montoya folgte ihm.

»Ich bin gespannt, was uns die Unbekannte zu erzählen hat.«

Kapitel dreißig

Kristis Magen verknotete sich, als sie sich im Aufenthaltsraum des Senders den ersten Beitrag von *Bonjour, New Orleans!* anschaute und sich dabei alle Mühe gab, Dana Metcalfs Geplapper über Katzen auszublenden. Tom Bigelow hatte sich eine Tasse Kaffee genommen, sie in einem Zug geleert und sich erneut eingeschenkt. Jetzt lümmelte er auf dem Sofa, die langen Beine auf den Couchtisch gelegt, die Tasse in den Händen. Immer wieder nickte er kurz ein und schreckte wieder hoch, nur um erneut einzudämmern.

Dana gab Kristi ein Zeichen, deutete auf die Tasse, die sich bedenklich in seinen Fingern zur Seite neigte, und flüsterte: »Er wird den Kaffee verschütten«, als könnte sie wegen Mr Precious nicht aufstehen und wollte, dass Kristi dem Musiker die Tasse aus den Händen nahm.

Kristi ignorierte sie und las interessiert die Untertitel des laufenden Programms. Wie erwartet, beantwortete Reggie die meisten Fragen, die sich um den Grund der Teilnahme des Paars an der Morgenshow drehten. Reggie und ihr Ex-Mann Aldo Lucerno gehörten auch nach der Scheidung beide dem Vorstand des St. Ada Hospitals an. Passend zur Jahreszeit stand eine Benefizveranstaltung mit einem Halloween-Motto an, bei dem Spenden gesammelt werden sollten. Reggie forderte die Zuschauerinnen und Zuschauer begeistert dazu auf, Karten zu kaufen und an der Veranstaltung teilzunehmen, außerdem bat sie alle, ihre Kreditkarten und Scheckbücher mitzubringen.

Selbstverständlich kam auch Hamilton Cooke zu Wort, der sich zu seinem Bestreben äußerte, seine Approbation wiederzuerlangen. Obwohl Hamilton seinen stoischen Gesichtsausdruck beibehielt und mit nahezu emotionsloser Stimme sprach, hellte sich Reggies Gesicht auf bei der Aussicht, dass ihr Gatte in Zukunft womöglich seinen Beruf wieder ausüben konnte. Die Hände im Schoß verschränkt, beugte sie sich vor und lächelte Renee-Claire an.

»Es ist nur eine Frage der Zeit«, behauptete sie. »Hamilton ist ein exzellenter Chirurg, und er wurde, Bethanys unglückseligen Tod betreffend, vollständig entlastet.« Ihre Stimme war jetzt nüchtern-sachlich. »Die Tragödie hat der Familie einiges abverlangt, nicht nur Hamilton, sondern auch seiner – jetzt unserer – Tochter Lindsay, die übrigens das College besucht und selbst eine medizinische Laufbahn einschlagen möchte.« Sie strahlte.

Hamilton nicht. Als sie den Namen seiner Tochter erwähnte, warf er ihr einen warnenden Blick zu, den Reggie geflissentlich ignorierte.

»Dann war Beths Tod also ein Unfall«, hakte Renee-Claire sofort nach – offenbar war sie begeistert über diese Steilvorlage, durch die sie das sehr viel spannendere Thema noch einmal in ihrer Sendung aufgreifen konnte.

»Selbstverständlich. Sie ist auf den Marmorfliesen in der Dusche ausgerutscht.« Reggies Lächeln wurde angespannt.

Renee-Claire sah Hamilton an. »Ihre Tochter Lindsay hatte ihre Mutter gefunden, ist das richtig?«

»Ja«, antwortete Reggie an seiner Stelle, um die Situation unter Kontrolle zu behalten, doch wieder wandte sich die Moderatorin an Hamilton. Die Kamera zoomte ihn heran.

»Was haben Sie zu dem Zeitpunkt gemacht? Sie waren draußen?«

Hamilton nickte. »Als ich Lindsay schreien hörte, bin ich ins Haus gerannt und habe versucht, Beth zu helfen. Lindsay hat in der Zeit den Notruf gewählt.« Seine Stimme blieb emotionslos. Die Kamera fuhr zurück, und Kristi sah, wie Reggie die Hand auf ein Knie ihres Ehemanns legte und unauffällig zudrückte. Eine stumme Warnung?

»Sie wurden wegen Mordes verurteilt und haben deshalb Ihre Approbation verloren«, fuhr Renee-Claire fort.

»Das Urteil wurde aufgehoben«, blaffte Reggie, deren Lächeln mehr und mehr zur Grimasse geriet. »Außerdem sind wir hergekommen, um über die Benefizveranstaltung von St. Ada zu sprechen«, erinnerte sie die Moderatorin.

»Sie setzen sich nach Ihrer Scheidung nach wie vor gemeinsam mit Ihrem Ex-Ehemann für die Interessen von St. Ada ein. Wir hatten ihn heute ebenfalls in die Sendung eingeladen, aber er hat abgelehnt.«

»Sie haben *was?*« Reggies Lächeln verrutschte endgültig. Damit hatte sie nicht gerechnet.

»Sie waren noch mit Aldo Lucerno verheiratet, als Sie Dr. Cooke vor Gericht vertreten haben?«

»Das hat nichts mit der Benefiz…« Sie verstummte und straffte die Schultern, dann warf sie Renee-Claire einen eisigen Blick zu. »Was soll das? Wir möchten Werbung für einen guten Zweck machen, Wohltätigkeitsarbeit leisten, und nun sollen wir mit Ihnen über unser Privatleben und Hamiltons Karriere plaudern?«

»Sie haben recht, selbstverständlich«, ruderte die Moderatorin zurück. »Es ist bloß so, dass die Bürger New Orleans' fasziniert sind von Ihrer Geschichte. Sie und Aldo waren schon in der Highschool ein Paar?«

»Im College, aber das ist Schnee von gestern«, erwiderte Reggie schroff. »Wir waren jung. Dumm. Und dann bin ich Dr. Cooke begegnet.« Sie sah ihren zweiten Ehemann an.

»Kristi Bentz, New Orleans' Spezialistin für True Crime und unser nächster Gast, hat die Details eingehend in ihrem Buch *Gottkomplex und Mord* geschildert …«, sagte Renee-Claire in die Kamera.

»Entschuldigung?«

»… und außerdem die Todesumstände von Bethany Cooke gründlich recherchiert, genau wie die Gerichtsverhandlung im Mordfall Cooke und die berufliche Beziehung zwischen dem Angeklagten und seiner Anwältin, die sich in eine persönliche Herzensangelegenheit verwandelte.«

Die Kamera fuhr auf Reggie und Hamilton.

»Es gab keinen Mord«, wies Reggie Renee-Claires Worte mit blitzenden Augen zurück.

»Auch keinen Gottkomplex«, ergänzte Hamilton.

»Darüber sprechen wir in unserem nächsten Beitrag.«

Reggies Kinnlade sackte herab, dann schwenkte die Kamera auf Renee-Claire, die weitersprach: »Wie angekündigt, ist unser nächster Gast die True-Crime-Autorin von *Gottkomplex und Mord,* bekannt geworden mit ihrem Buch über den Rosenkranzmörder – ein lange Zeit für tot gehaltener Psychopath, der unsere Stadt seit einigen Monaten erneut heimsucht. Meine Damen und Herren, bei uns im Studio ist die Schriftstellerin Kristi Bentz, Tochter von Detective Bentz vom New Orleans Police Department. Erst kürzlich wurde Kristi Bentz

Opfer eines brutalen Übergriffs, bei dem ihr Mann Jay McKnight auf tragische Weise ums Leben kam. Sie spricht bei uns über die Attacke, die erneute Ausstrahlung mehrerer auf ihren Büchern basierender Fernsehfilme und natürlich über *Der Rosenkranzmörder*, ihren Bestseller, von dem es womöglich bald einen zweiten Teil geben wird. Das alles nach einer kurzen Unterbrechung, also bleiben Sie dran!«

Auf dem Bildschirm erschienen Kristis Bücher, gefolgt von Werbung.

O. Mein. Gott.

Der Knoten in Kristis Magen zog sich fester zusammen, als nun die Tür aufschwang und Jen, die Produktionsassistentin, hereinkam. Sie deutete auf Kristi. »Sie sind an der Reihe. Gehen wir.« An Tom Bigelow gewandt, fügte sie hinzu: »Sie ebenfalls. An der Seite des Studios stehen mehrere Stühle bereit. Dort warten Sie, bis ich Ihnen ein Zeichen gebe.«

»Okay.« Die Tasse Kaffee schwappte über, als er aufstand, einige Tropfen spritzten in seinen Schritt. Er schien es nicht zu merken, denn er stellte die Tasse ungerührt auf dem Couchtisch ab und griff nach seinem Saxofon.

»Und was ist mit uns?«, erkundigte sich Dana und streichelte die Katze.

»Sie warten hier, bis ich Sie abhole.«

Jen hielt Kristi und dem Musiker die Tür auf, dann ging sie ihnen voran zum Studio mit der offenen Decke, an der Kameraschienen, Lichter und anderes Filmequipment befestigt waren. Das Nachrichtenpult war nicht besetzt. Die Produktionsassistentin führte sie daran vorbei an ein Set, das eingerichtet war wie ein typisches Wohnzimmer in New Orleans. Sie ließ Kristi in einem modernen Sessel Platz nehmen, dann deutete sie auf mehrere Klappstühle an der Wand des Studios. »Sie setzen sich bitte dorthin«, sagte sie zu Bigelow.

Reggie und Hamilton Cooke waren nirgendwo zu sehen, dafür aber Renee-Claire, die stirnrunzelnd neben einem der Ausgänge stand. Sie entdeckte Kristi, setzte ein Lächeln auf und eilte auf sie zu. »Hi, ich bin Renee-Claire«, stellte sie sich vor und schüttelte Kristi die Hand. »Dr. und Mrs Cooke waren bedauerlicherweise anderweitig verpflichtet.«

»Anderweitig verpflichtet …«, wiederholte Kristi skeptisch.

Das Lächeln der Moderatorin wurde aufrichtig. »Sie haben nicht sonderlich viel füreinander übrig?«, fragte sie.

Kristi schüttelte den Kopf. Sie wollte das Ganze einfach nur noch hinter sich bringen.

»Ist es richtig, wenn ich Sie mit Ihrem Mädchennamen anspreche?«, wollte Renee-Claire wissen.

»Ja, ich schreibe unter dem Namen Bentz.«

»Notiert.«

»Zwanzig Sekunden!«, rief eine Stimme hinter den Kameras.

»Okay.« Renee-Claire setzte sich kerzengerade auf den Sessel Kristi gegenüber.

Der Beitrag wurde angezählt, und Renee-Claire lächelte in die Kamera. »Unser nächster Gast ist eine berühmte True-Crime-Spezialistin, die selbst schon einige Erfahrung mit Serienkillern sammeln konnte. Sie ist die Autorin von *Der Rosenkranzmörder* und *Gottkomplex und Mord*. Herzlich willkommen, Kristi Bentz!«

Die Kamera schwenkte auf Kristi.

»Du schaffst das«, hörte sie Jays Stimme so laut und deutlich sagen, dass sie sich beinahe umgedreht hätte, da sie meinte, er würde direkt hinter ihr stehen.

»Wo immer in New Orleans und Umgebung Verbrechen stattfinden – Sie sind in der Nähe«, begann die Moderatorin. »Ihr Vater ist Detective beim NOPD. Hat seine Arbeit Ihr Interesse am Schreiben von True Crime geweckt?«

»Ja«, antwortete Kristi und beantwortete anschließend mehrere simple Fragen zu New Orleans und ihrer Tätigkeit als Autorin. Langsam fühlte sie sich wohler am Set. Doch dann nahm das Interview eine düstere Wendung.

»Vor Kurzem wurden Sie Opfer eines schrecklichen Übergriffs. Sie mussten im Krankenhaus versorgt werden, für Ihren Ehemann kam jede Hilfe zu spät. Ist es Ihnen möglich, unseren Zuschauerinnen und Zuschauern davon zu erzählen? Manch einer behauptet, bei dem brutalen Mörder würde es sich um einen wiederauferstandenen Serienkiller handeln, der seine Opfer im Priestergewand ermordet. Können Sie das bestätigen?«

Kristi wich der Frage aus. »Die Polizei ermittelt in dem Fall. Mehr kann ich dazu im Augenblick nicht sagen.«

»Aber Sie waren dabei! Der Mörder hat versucht, Sie zu töten!«

»Ja.«

»Soweit ich weiß, hat Ihr Ehemann Ihnen das Leben gerettet.«

»Das ist richtig«, sagte Kristi, bemüht, die grauenhaften Bilder auszublenden, die vor ihrem inneren Auge aufzogen, genau wie die Erinnerung an den schlimmsten Streit, den sie je ausgefochten hatten. Sie war zur Tür gegangen, hatte sich umgedreht und Jay entgegengeschleudert: »Ich weiß nicht, warum ich dich überhaupt geheiratet habe!«, dann war sie hinaus zu ihrem Wagen gestürmt.

»Mrs McKnight?«, hörte sie die Moderatorin fragen und zwang sich, in die Gegenwart zurückzukehren.

»Ich habe Sie gefragt, ob Sie eine Fortsetzung von *Der Rosenkranzmörder* in Erwägung ziehen.«

»Da bin ich mir noch nicht sicher«, antwortete Kristi. »Ich bespreche das mit meiner Agentin.«

»Ich bin überzeugt, dass Sie damit einen weiteren Bestseller landen würden. Genau wie mit dem ersten Buch und *Gottkomplex und Mord*, der Story über Dr. Hamilton Cooke, unseren vorherigen Gast. Die Bücher wurden verfilmt und werden aktuell bei uns ausgestrahlt, was Sie, liebe Zuschauerinnen und Zuschauer, auf keinen Fall verpassen sollten. Sie finden die Filme auch in unserem Streaming-Angebot.« Buchtitel und Programmzeiten wurden eingeblendet. »Vielen Dank, Kristi Bentz«, fuhr die Moderation fort, als die Kamera wieder auf sie gerichtet wurde. »Bitte bleiben Sie dran, nach einer kurzen Unterbrechung stelle ich Ihnen Tom Bigelow vor, einen der größten Saxofonisten von ganz New Orleans, und zum Schluss unterhalte ich mich mit meinem letzten Gast für heute: Dana Metcalf, der Vorsitzenden von KKANOL, einem Zuchtverein für Rassekatzen. Mit dabei: Danas preisgekrönter Perser Mr Precious! Die beiden werden uns über die Katzenshow informieren, die an diesem Wochenende stattfindet – ein spannendes Ereignis für die ganze Familie!«

Es folgte Werbung. Jen nahm Kristi das Mikrofon ab und winkte Bigelow ans Set.

Keine fünf Minuten später verließ Kristi den Sender und überquerte den Parkplatz. Auf dem Weg zu ihrem Subaru bemerkte sie einen schwarzen BMW, der im Leerlauf die Ausfahrt blockierte. Hamilton Cooke saß am Steuer. Er warf Kristi einen hasserfüllten Blick zu. Als sie stehen blieb und ihn ebenfalls anstarrte, hob er die Hand, formte mit den Fingern eine Pistole und tat so, als würde er direkt auf sie feuern. Dann trat er aufs Gaspedal und fuhr mit seiner protzigen Karre davon.

Kristi stellte fest, dass seine Frau nicht neben ihm auf dem Beifahrersitz saß. Als sie sich wieder in Bewegung setzte und auf ihren Outback zustrebte, öffnete sich zwei Stellplätze weiter die Tür eines eleganten, roten Mercedes, und Reggie Cooke stieg aus.

Ihr Gesichtsausdruck sagte alles: Sie war stinksauer. »Wir müssen reden!«, rief sie Kristi entgegen.

»Kein Problem.«

»Es gefällt mir gar nicht, was gerade dort drinnen passiert ist.« Sie deutete auf das Gebäude.

»Mir auch nicht.«

»Das ist doch auf Ihrem Mist gewachsen!«

»Nein.« Kristi sah, dass Reggie ihr nicht glaubte, aber das war ihr gleich.

»Wollen Sie mir etwa weismachen, das alles wäre Zufall gewesen?«

Kristi ging an ihr vorbei zu ihrem Subaru und öffnete die Tür. »Nein, das bezweifle ich. Ich will nur klarstellen, dass ich nichts damit zu tun hatte.« Sie rutschte hinters Lenkrad. »Aber jetzt ist es ohnehin zu spät.« Damit schloss sie die Tür und ließ den Motor an. Sie war wütend auf Bella, weil sie sie derart unter Druck gesetzt hatte, sie war wütend auf Zera, die ihr so dreist in den Rücken fiel, und sie war wütend auf die Produzenten, die die Gäste manipulierten. Doch jetzt war es vorbei. Kristi konnte es nur recht sein, wenn dieser Auftritt Hamilton Cookes Wiedereingliederung in die Gesellschaft und vor allem in seinen alten Beruf verzögert hatte, denn nach wie vor war sie davon überzeugt, dass Hamilton Cooke ein eiskalter Killer war.

Bentz saß fluchend auf dem Beifahrersitz. »Die Medien. Jetzt schon. Verdammte Scheiße!« Er deutete auf den Nachrichten-Van auf dem Parkplatz vor dem St. Ada Hospital, während Montoya in eine freie Lücke setzte.

»Es wird nur noch schlimmer werden«, prophezeite sein Partner und stellte den Motor ab. »Vielleicht solltest du anders an die Sache herangehen: Die Medien können uns unterstützen. Wenn wir eine Beschreibung von dem Typen haben, der die junge Frau angegriffen hat, werden wir sie bitten, diese über Presse, Fernsehen und Social Media zu verbreiten. Vielleicht bringt uns das einen Schritt weiter.«

»Ich lasse mich nicht gern unter Druck setzen«, knurrte Bentz, stieg aus dem Mustang und überquerte mit großen Schritten den Parkplatz. Montoya steckte die Wagenschlüssel ein und eilte ihm nach. Noch bevor er zu seinem Partner aufgeschlossen hatte, summte sein Handy. Er zog es aus der Hosentasche und sah eine Festnetznummer vom Department.

»Montoya«, meldete er sich und folgte Bentz durch die breite Schiebeglastür.

»Hier spricht Brinkman«, hörte er seinen Kollegen sagen und spürte, wie sich ihm die Nackenhaare sträubten. Brinkman und er waren noch nie gut miteinander klargekommen.

»Was gibt's?«

»Ich habe gerade einen Anruf von einer Nutte bekommen«, teilte der Kollege ihm mit. Montoya wappnete sich gegen einen schlechten Witz.

»Und?«

»Ihre Zimmergenossin ist gestern Nacht nicht aufgekreuzt. Vermutlich ist das keine große Sache, aber sie sagt, die vermisste Frau sei jung, gerade mal zwanzig, blond und neu im Geschäft.«

»Hat diese Frau auch einen Namen?«

»Bei den Freiern nennt sie sich ›Luna‹.« Er kicherte. Als Montoya nicht reagierte, fügte er hinzu: »Ihr richtiger Name ist Stacy Parker. Sie ist auf einer Ranch in Wyoming aufgewachsen, irgendwo im Nirgendwo in der Nähe von Casper. Sie ist erst seit einem knappen Jahr in New Orleans, und die Zimmergenossin sagt, sie würde sonst nie über Nacht wegbleiben, wäre immer spätestens so um drei, halb vier zu Hause.«

»Wo wohnt sie?«

»In einem Motel, dem All-Niter. Ich buchstabiere: N-I-T-E-R. Eine Absteige, ein paar Blocks vom French Quarter entfernt. Man kann die

Zimmer dort tage-, wochen- und monatsweise mieten, wahrscheinlich sogar nur für eine Stunde. Die Zimmergenossin von Stacy Parker heißt Louisa Abernathy, bei ihren Kunden nennt sie sich ›Red‹. Ich habe bereits ein paar Streifenpolizisten vorbeigeschickt.« Er ratterte die Adresse und Louisa Abernathys Handynummer herunter.

Montoya tippte beides in sein Handy ein und beendete das Gespräch. Anschließend betrat er die Eingangshalle des Krankenhauses und ging auf dem Weg zu den Aufzügen an einem Wartebereich mit durchhängenden Sofas und Sesseln, Topfpflanzen und langen Tischen, auf denen Zeitschriften lagen, vorbei. Sein Blick fiel auf eine Bronzeskulptur in einer Wandnische. Auf einem kleinen Schild neben dem Kopf stand: CARLO LUCERNO, GRÜNDER.

Lucerno.

Ein Vorfahre von Aldo Lucerno, dem Austernkönig?

Reggie Lucerno-Cookes Ex-Mann?

Bentz wartete vor dem Aufzug auf ihn. Auf der Fahrt in den dritten Stock berichtete Montoya ihm von Brinkmans Anruf. Die Tür der Kabine öffnete sich, die beiden Detectives traten hinaus in den Gang und sahen einen großen, kahlköpfigen Mann im Arztkittel aus einem der Zimmer kommen.

Als Montoya und Bentz auf ihn zueilten, blieb er stehen. Auf seinem Namensschild stand »Dr. med. Douglas Baines«.

Die beiden Detectives stellten sich vor und zeigten ihm ihre Dienstausweise, dann teilte Bentz ihm mit, dass sie hier seien, um mit der Patientin in Zimmer 326 zu sprechen.

»Das ist gleich hier«, sagte er und deutete auf die Tür hinter sich. »Viel Glück«, wünschte er ihnen dann. »Wir bekommen nicht viel aus ihr heraus, nicht einmal ihren Namen. Die Verwaltung dreht schier durch. Vielleicht können Sie sie zur Vernunft bringen.«

»Wir werden es versuchen«, versicherte Bentz dem Arzt und betrat, Montoya im Schlepptau, das Zimmer.

Die Patientin, eine zierliche Blondine mit einem Verband um den Hals und blauen Flecken im Gesicht, lag im Bett und starrte ihnen mit großen, verängstigten Augen entgegen.

Als sie sich vorstellten, wandte sie den Blick ab. »Ich habe nichts zu sagen«, krächzte sie mit heiserer Stimme.

»Wie heißen Sie?«, fragte Bentz.

Keine Antwort. Ihre Finger schlossen sich um den Rand der Bettdecke.

»Sind Sie Stacy Parker?«, hakte Montoya nach.

Sie schloss für eine Sekunde die Augen. »O Gott.«

»Wir versuchen, den Mann aufzuspüren, der Ihnen das angetan hat«, sagte Bentz.

»Ich möchte nicht mit Ihnen reden.« Sie schlug die Augen wieder auf, doch sie wich Bentz' Blick aus und schaute stattdessen aus dem Fenster.

»Es ist wichtig, dass wir den Täter finden«, beharrte Bentz ruhig. »Wir glauben, dass er zwei Frauen ermordet hat, womöglich sogar noch mehr, deshalb brauchen wir Ihre Hilfe. Damit er nicht noch jemanden verletzt. Oder Schlimmeres.«

Sie tat so, als hätte sie ihn nicht gehört, aber Montoya bemerkte, dass sie auf ihrer Unterlippe kaute. Heftig. »Wurden Sie von einem Priester attackiert?«

Sie schluckte und verzog schmerzerfüllt das Gesicht, dann räusperte sie sich angestrengt. »Ich möchte nicht, dass meine Familie davon erfährt«, sagte sie leise. »Meine Eltern in Wyoming. Sie müssen nichts davon wissen.«

»Wir werden sie nicht informieren«, versprach Bentz. »Für die Medien kann ich allerdings nicht die Hand ins Feuer legen.«

»O Gott.« Wieder biss sie sich auf die Unterlippe und knetete beinahe krampfhaft die Bettdecke in ihren Händen. »Der Mann war tatsächlich gekleidet wie ein Geistlicher«, räumte sie schließlich ein. »Ich bin nicht katholisch, aber er war kein Mann Gottes, da bin ich mir ganz sicher. Die Soutane war ein Kostüm, ein Fetisch oder was auch immer.«

»Hat er Sie gebeten, bei der Radiosendung *Midnight Confessions* anzurufen und mit Dr. Sam zu sprechen?«, wollte Bentz wissen.

»Ich habe nur mit irgendwem vom Sender geredet«, antwortete sie. »Sobald ich durchgestellt wurde, musste ich ihm das Handy geben, und er hat den Rest erledigt.« Sie schluckte erneut und sah aus, als würde sie jeden Augenblick in Tränen ausbrechen. »Es tut mir leid«, wisperte sie kaum hörbar.

»Erzählen Sie uns, was passiert ist«, schlug Montoya vor, und nachdem sie zunächst noch einen Moment zögerte, brach der Damm, und alles platzte förmlich aus ihr heraus. Sie berichtete ihnen, wie er sie angerufen und ein Treffen mit ihr vereinbart hatte. Sie hatten sich getroffen, und sie war zu ihm in den Wagen gestiegen. Auf die Frage, wie er wohl an ihre Nummer gekommen war, wusste sie keine Antwort, aber sie nahm an, dass er sie aus dem Internet hatte.

»Da kommt jeder dran«, sagte sie achselzuckend und erzählte, wie er sie in der Nähe ihrer Unterkunft beim French Quarter abgeholt und anschließend in einer kleinen Seitengasse der Bourbon Street geparkt hatte. Sie hatte beim Sender angerufen, dann war er mit ihr zu einer entlegenen Stelle im *bayou* gefahren und hatte sie auf den Anleger gezwungen. Dort hatte er ihr eine Schlinge in Form eines Rosenkranzes um den Hals gelegt und versucht, sie zu erwürgen. »Ich habe mich gewehrt, und ich habe ihn mit dem Absatz meines High Heels an der Wange erwischt. Unterm Auge.« Bei dem Gedanken hellte sich ihr Gesicht ein wenig auf. »Ich hab alles gegeben, hab geschlagen, gekratzt und getreten, aber wären diese beiden Fischer nicht gekommen … ich glaube, dann wäre ich nicht hier. Sie haben mir das Leben gerettet.«

»Ist das der Mann?«, fragte Bentz und reichte ihr ein bearbeitetes Bild des falschen Priesters, der sich den Namen »Vater John« gegeben hatte.

Sie betrachtete das Foto aufmerksam. »Ich weiß es nicht. Es war dunkel, und er trug eine Sonnenbrille. Aber ja, möglich ist es.«

Sie stellten ihr noch einige weitere Fragen. Es wurde klar, dass sie keins der anderen Opfer gekannt hatte, weder Helene Laroche noch Teri Marie Gaines. Zum ersten Mal, seit sie das Krankenzimmer betreten hatten, sah Stacy Bentz direkt in die Augen. »Schnappen Sie ihn«, sagte sie beinahe flehentlich. »Schnappen Sie den Scheißkerl, der Frauen wie mir so etwas antut.«

»Das werden wir tun«, versicherte Bentz ihr.

»Gut. Denn der Mann ist böse. Durch und durch böse.«

Kapitel einunddreißig

Das war eine ausgezeichnete Gelegenheit«, entgegnete Zera, als Kristi sie endlich am späten Nachmittag erreichte und zur Rede stellte. »Ich weiß, ich hätte dich zuerst kontaktieren sollen …«

»Da hast du verdammt noch mal recht.« Kristi griff in den Kühlschrank und nahm eine Flasche Vitaminwasser heraus.

»Ich hab's versucht.«

»Tatsächlich?«

»Ja!« Zera klang genervt. »Hör deinen Anrufbeantworter ab. In letzter Zeit ist es nicht unbedingt einfach, dich zu erreichen. Außerdem hatte ich schon mal mit dem Produzenten zusammengearbeitet, und es ist nichts Schlechtes, sich ab und an wieder ins Gespräch zu bringen, vor allem dann nicht, wenn man vorhat, ein neues Buch zu veröffentlichen.«

»Ein neues Buch? Über den Einundzwanziger-Killer?«, fragte Kristi geistesabwesend und öffnete die Flasche. »Ach nein, über den Rosenkranzmörder«, korrigierte sie sich eilig.

»Richtig. Du wolltest mir ein Exposé schicken. Hast du schon etwas vorbereitet?«

»Ich bin noch nicht dazu gekommen.« Kristi beäugte das Durcheinander in ihrem Arbeitszimmer, die aufgeschlagenen Notizbücher, den hochgefahrenen Computer und all die Bücher, die sie aus dem Regal genommen und auf ihrem Schreibtisch verteilt hatte.

»Nun, um ehrlich zu sein, solltest du dir nicht mehr allzu lange damit Zeit lassen. Wir müssen das Eisen schmieden, solange es heiß ist.«

»Darum geht es gerade aber nicht.«

»Okay, Kristi, ich hab's kapiert. Keine weiteren Interviews ohne deine vorherige Zustimmung.«

»Ganz genau. Ich dachte, das wäre klar. So haben wir es bislang immer gehandhabt.«

»Ich weiß.«

»Und setz vor allem nie wieder meine Freundin auf mich an.«

»He, Moment! Das war andersherum! Sie ist an mich herangetreten.«

Das glaubte Kristi ihr gern. »Okay. Aber bitte frag mich in Zukunft.«

»Versprochen. Und du schickst mir einen ersten groben Entwurf.«

»Mach ich. Später.« Kristi drückte das Gespräch weg und entschied, dass Zera recht hatte: Sie brauchte tatsächlich ein neues Projekt. Und hatte es nicht oberste Priorität, über den Mord an Jay zu berichten, das Rätsel um seinen Mörder zu lösen, anstatt weiter über den verrückten Killer zu recherchieren, der es auf Zwillingspaare kurz vor ihrem einundzwanzigsten Geburtstag abgesehen hatte? Es war wichtig, den Verbrecher vor Gericht zu bringen. Anstatt auf Bella und Zera sauer zu sein, sollte sie sich bei ihnen bedanken, weil sie ihr den so dringend benötigten sprichwörtlichen Tritt in den Hintern verpasst hatten.

Sie würde ein zweites Buch über den Rosenkranzmörder verfassen, und sie würde dafür sorgen, dass er für das bezahlte, was er Jay und ihr angetan hatte.

Sie nahm das Buch über Vater John zur Hand und blätterte durch die Seiten. Konnte es wirklich sein, dass er der Mörder war, dass er seiner Schussverletzung nicht erlegen war, dass er lediglich auf den richtigen Zeitpunkt gewartet hatte, um erneut zuzuschlagen?

Kristi lehnte sich in ihrem Schreibtischstuhl zurück. Lenore sprang auf ihren Schoß. »Hallo, Kleine«, sagte sie. Das Kätzchen kletterte auf ihre Schulter und schnurrte an Kristis Ohr. »Ich hab dich auch lieb«, flüsterte sie und streichelte über das weiche Köpfchen, bevor sie das Buch in der Mitte aufschlug und die Schwarz-Weiß-Aufnahme des Mannes betrachtete, der vorgab, ein Priester zu sein. Größe und Statur stimmten mit der des Angreifers überein, trotzdem blieb sie skeptisch. Wo war er so lange gewesen, und warum schlug er jetzt erneut zu? Vor allem aber: Warum hatte er es auf sie abgesehen? Wegen des Buches? Nein, dachte sie, wenn das der Grund war, hätte er es schon sehr viel früher tun müssen. Zwischen der Erstveröffentlichung und der Verfilmung lagen Jahre.

Der Film läuft immer wieder. Im Kabelfernsehen, im Internet, bei verschiedenen Streaming-Anbietern.

Wollte er sich dafür rächen, dass sie seine Sünden unvergesslich gemacht hatte? Oder dafür, dass Bentz ihn gestellt und im *bayou* auf ihn geschossen hatte? Doch warum versuchte er dann nicht, ihren Dad umzubringen?

Wäre es sein größter Triumph, ihren Vater emotional fertigzumachen? Eine größere Wunde, als seine Tochter zu töten, konnte er ihm wohl kaum zufügen.

Nachdenklich streichelte sie das Kätzchen.

Noch etwas stimmte nicht. Der Angreifer hatte in dem nassen, schwarzen Umhang nicht ausgesehen wie ein Priester.

Wer um alles auf der Welt könnte er dann gewesen sein?

Mandel Jarvis?

Ned Zavala? »Das wirst du bereuen!«, hatte er Bentz zugerufen, als man ihn nach der Urteilsverkündung in Ketten aus dem Gerichtssaal führte. »Dafür werde ich sorgen, und wenn es das Letzte ist, was ich tue!« Nach der Veröffentlichung von Kristis Buch hatte er Drohbriefe geschickt, alle auf liniertem Papier, alle mit Bleistift geschrieben. Fünf insgesamt. Den letzten hatte sie zwei Jahre vor seiner Entlassung erhalten.

Sie nahm die Briefe aus einem Ordner und betrachtete sie. Seine Schrift wirkte steif, ungelenk, wie die eines Grundschülers. Es gab ein paar Bezüge zu Gott und Jesus, aber keine Bibelverse.

Kopfschüttelnd heftete sie die Briefe wieder ab.

»Hamilton Cooke«, sagte sie laut und griff nach dem Buch.

Wenn Blicke töten könnten …

Ja, wenn Blicke töten könnten, wäre sie längst tot.

Sie streckte die Arme über dem Kopf und dachte an die ominösen Bibelverse. Sie sollten dazu dienen, sie einzuschüchtern, aber war das wirklich Hamiltons Stil? Oder Reggies?

Irgendetwas nagte an ihr, wenn sie an Hamilton dachte. War es möglich, dass sie etwas übersah? Beim Schreiben ihres Buches übersehen hatte?

Kristi griff nach dem Ordner mit den Recherchen zu *Gottkomplex und Mord* und ging ihre Notizen durch auf der Suche nach … was? Sie wusste es nicht. Hatte es etwas mit seiner Frau zu tun? Mit seiner ersten Frau, Bethany, die angeblich in der Dusche gestürzt war? Sie hatte sich eine schwere Kopfverletzung zugezogen und war verblutet. Im Obduktionsbericht hatte gestanden, dass sie einen Blutverdünner eingenommen hatte, verschrieben von einem anderen Arzt als ihrem Ehemann. Kristi hatte sich immer gefragt, ob Hamilton ihre Dosis womöglich unbemerkt erhöht und sie gestoßen oder mit einem stumpfen Gegenstand verletzt hatte, nur um anschließend zuzuschauen, wie sie verblutete. Alles deutete auf einen Unfall hin, und so hatte er sich wieder seiner »Gartenarbeit« gewidmet und darauf gewartet, dass die gemeinsame Tochter ihre Mutter entdeckte.

Wie eiskalt musste man sein, um eine solche Tat zu begehen?

Aber warum sollte er jetzt Kristis Leben bedrohen? Nach so langer Zeit?

Weil er seine Approbation zurückerhalten wollte, wobei ihm die neuerliche Ausstrahlung der Buchverfilmung Steine in den Weg legte?

Sie betrachtete das Cover. Hamiltons harte Augen in seinem Schwarz-Weiß-Gesicht starrten zurück.

Was war mit den religiösen Botschaften auf den Karten? Sie wusste, dass die Familie regelmäßig zur Kirche gegangen war und er der St. Ada Church großzügige Beträge gespendet hatte, aber das taten viele.

Oder hatte das nagende Gefühl gar nichts mit dem erwachsenen Hamilton zu tun, sondern mit seinem familiären Hintergrund? Mit seiner Kindheit? Sie blätterte zurück, bis sie auf die Seiten stieß, die dem jungen Hamilton Cooke gewidmet waren.

Auf den ersten Blick hatte er alles: Er sah gut aus, war intelligent und ein exzellenter Sportler. Ein Basketball-Star, der ein Stipendium für ein katholisches Privatcollege erhalten hatte. Von dort aus war er an die medizinische Fakultät gewechselt, nachdem er eine Zeit lang erwogen hatte, sich für das Priesterseminar zu entscheiden.

»Da haben wir's ja«, murmelte Kristi und biss sich auf die Lippe, während sie versuchte, sich Hamilton Cooke als Priester vorzustellen. »Ach du lieber Gott.« Dort, auf dem katholischen College, hatte er Aldo Lucerno kennengelernt, dessen Familie das Institut mit großzügigen Spenden unterstützte.

Ehemalige Rivalen?

Die nacheinander dieselbe Frau heirateten?

Dave tappte die Stufen herauf und sah sie erwartungsvoll an.

Sie tätschelte seinen Kopf.

Er winselte und schaute zur Tür.

Kristi warf einen Blick auf die Uhr. »Ich habe dir einen Spaziergang versprochen, stimmt's, Kumpel?« Der Hund drehte ein paar begeisterte Kreise um sich selbst, dann stürmte er die Treppe hinunter zur Hintertür.

Zehn Minuten später war Kristi draußen und joggte, Dave an ihrer Seite, durch die Nachbarschaft. Sie genoss die kühle Abendluft und spürte, wie ihr Kopf langsam klar wurde. Im Laufen tastete sie ihre Hosentaschen nach Taschenlampe und Pfefferspray ab, ohne die sie so gut wie nie aus dem Haus ging.

Nur für alle Fälle.

Sie lief zum Fluss, überholte Fußgänger, wich Pfützen aus und fing an zu schwitzen. Ihre Muskeln entspannten sich. Sie beschloss, dass sie heute Abend eine weitere Strecke zurücklegen würde als üblich, bis zum French Quarter. Anschließend wollte sie langsam zurückgehen.

Wieder wanderten ihre Gedanken zu Hamilton Cooke.

Was übersah sie?

Er konnte nicht der Rosenkranzmörder sein, selbst wenn der Bezug zur katholischen Kirche bestand – sie kannten Vater Johns Identität.

Mit hämmerndem Herzen kam sie am Jackson Square an. Schwer atmend blieb sie stehen, die Hände auf die Knie gestützt, den Blick in die untergehende Sonne gerichtet. Dann schweiften ihre Augen zu der prächtigen Kathedrale mit den drei imposanten Türmen. Der Turm in der Mitte war am höchsten, eine riesige Uhr prangte oberhalb des Portals unter den Bogenfenstern, das glänzende Kreuz auf der schwarzen Spitze schien direkt in die hauchfeine Wolkenschicht zu ragen.

Warum hier?, fragte sie sich, als sie, ohne den Blick von dem schneeweißen Gotteshaus zu wenden, den Park durchquerte. Hatte er lediglich ihre tägliche Routine ausspioniert, oder besaß diese Kathedrale für ihn eine tiefere Bedeutung? Bruchstücke der ominösen Drohnachrichten kamen ihr in den Sinn.

Denn der Tod ist der Sünde Sold.

Denn ich hatte einen Tag der Rache mir vorgenommen.

Rächet euch an ihr.

Obwohl sie das nicht geplant hatte, ging sie auf den Eingang der Kathedrale zu und band Dave an einem Fahrradständer an. »Ich bin gleich wieder da«, sagte sie zu dem Hund, dann schlüpfte sie durch die massiven Doppeltüren und blickte in die Apsis, die riesig war und wunderschön mit ihrer gewölbten, bemalten Decke, den im Licht der Abendsonne leuchtenden Buntglasfenstern, den Reihen von kunstvoll gearbeiteten Holzkirchenbänken und dem goldenen Altar. Wie immer war sie überwältigt von dem Anblick dieses Innenraums, und wie immer hatte sie den Eindruck, dass der Herr dieses Gotteshaus wahrhaftig gesegnet hatte. Ihre Kehle schnürte sich zusammen, als sie zu dem Ständer mit Votivkerzen trat und eine davon für Jay anzündete. »Ruhe in Frieden, mein Liebster«, flüsterte sie. »Geh mit Gott. Wir lieben dich.« Sie berührte ihren Bauch, dachte an ihr ungeborenes Kind und bekreuzigte sich, dann kniete sie vor dem Altar nieder und wischte sich die Tränen von den Wangen.

Anschließend verließ sie die Kirche und kehrte zu Dave zurück, der sie schwanzwedelnd erwartete. »Lass uns nach Hause gehen«, sagte sie zu dem braven Mischling und räusperte sich. Die Dämmerung senkte sich mit zunehmender Geschwindigkeit herab, sodass sie wohl erst im Dunkeln ankommen würden.

Wer immer sie attackiert hatte, hatte ihr die Ehrfurcht vor der Kathedrale nicht nehmen können, und obwohl Kristi nicht sonderlich religiös war, fand sie doch Trost im Gebet.

Sie überquerte mit zügigen Schritten die Straße. Der Angreifer hatte Jay das Leben genommen, aber sie würde nicht zulassen, dass er auch noch ihres zerstörte. Niemals.

Je weiter sie sich von der St. Louis Cathedral entfernte, desto deutlicher wurde ihr Gefühl, dass der Übergriff ihr gegolten hatte. Dass der Mörder nicht eher ruhen würde, bis er auch sie getötet hatte. Im Augenblick spielte er mit ihr, hoffte, sie in Todesangst zu versetzen. Genoss ihren Schmerz.

Was hatte Mandel Jarvis gesagt?

»Pass auf dich auf, Mädchen.«

Darauf kann er sich verlassen, dachte Kristi und umfasste fest Daves

Leine. Sie würde auf sich aufpassen, aber sie würde sich nicht einschüchtern lassen.

»So kenne ich meine tapfere Kris«, hörte sie ihren Ehemann über das leise Rauschen des Mississippi hinweg sagen, doch als sie sich umdrehte, war er nicht da.

Kapitel zweiunddreißig

»Ich arbeite nicht gern mit den Cops zusammen«, sagte Bobby-Dean, während sie durch einen engen Seitenarm des *bayou* glitten. Hier war er noch nie gewesen. Clive saß am Steuerruder und beäugte aufmerksam die dichte Vegetation.

»Es ist besser, wenn sie auf unserer Seite sind.«

»Und? Sind sie das?« Ein Moskito surrte um seinen Kopf. Schnell wie eine vorschnellende Klapperschlange erlegte er das kleine Mistvieh, dann schnipste er das Insekt von seiner Handfläche und betrachtete den verschmierten Blutstropfen, den es darin hinterließ. Wahrscheinlich sein eigenes Blut.

Die Sonne sank tiefer, am Himmel zogen Wolken auf. Die Luft war schwül, klebrig und definitiv wärmer, als sie um diese Jahreszeit sein sollte. Bobby-Dean spähte zwischen die tief hängenden Äste und das Gestrüpp entlang des morastigen Ufers. Sie waren bereits an mehreren Hütten vorbeigekommen – fast alle baufällig. Hier wohnten keine Menschen mehr, sondern nur noch Waschbären, Stinktiere, Wespen und Schlangen. Er hätte nur ungern einen Blick in eine davon hineingeworfen, da er fest davon ausging, dass ihm die neuen Bewohner wenig freundlich gesinnt wären.

Nein, danke.

Nicht, wenn es nicht sein musste.

Clive konnte behaupten, was er wollte: Bobby-Dean würde seine Meinung über die verdammte Polizei nicht ändern. Er wusste aus Erfahrung, dass man diesen Scheißkerlen nicht über den Weg trauen konnte.

Er kniff die Augen gegen die niedrig stehende Sonne zusammen. Libellen schwirrten über dem dunklen Wasser des *bayou,* Fische durchbrachen hin und wieder die Oberfläche und schnappten nach Beute. Bobby-Dean spürte, wie ihm ein Schauder über den Rücken lief – eine Art Warnsignal, das sich immer dann bemerkbar machte, wenn Gefahr drohte. Kurz bevor er diesen perversen Priester entdeckt hatte, der versuchte, die blonde Frau zu töten, hatte er ebenfalls gefröstelt, und genauso war es jetzt: ein kalter Hauch, als würde ihm ein Geist in den Nacken blasen.

Er hob die Hand und sagte: »Warte.«

»Wieso?«, fragte Clive.

»Halt mal kurz an.« Irgendetwas stimmte nicht, das spürte er, doch was genau, konnte er nicht sagen. Es war nur so ein Gefühl.

Clive stellte den Motor ab und ließ das Boot treiben. Vor dem Bug teilten sich Schönhäutchen und Wasserlinsen, während die Männer tiefer in den Uferschatten glitten.

Bildete er sich das nur ein, oder war um ihn herum plötzlich alles still geworden? Totenstill? Kein Fisch sprang mehr aus dem Wasser, die Frösche hatten aufgehört zu quaken, nicht mal die Insekten summten. Bobby-Dean hörte nichts anderes als das leise Plätschern des Bootes und den unruhigen Schlag seines Herzens. Seine Kehle wurde trocken.

»Was ist los?«, flüsterte Clive.

»Pst!« Bobby-Dean spitzte die Ohren. Er war in den Sumpfgebieten Louisianas aufgewachsen und mit den Geräuschen und Gerüchen genauso vertraut wie mit dem Anblick der Landschaft, mit der schwülen, dumpfigen Luft ... Aber heute? Heute war irgendetwas anders.

Vielleicht sollten sie den Motor wieder anlassen und schleunigst das Weite suchen.

Sollten die Cops ihren Scheiß doch allein machen. Wonach suchten sie überhaupt?

»Alles, was Ihnen ungewöhnlich erscheint, alles, was nicht so ist wie sonst.« Genau das hatte der zuständige Deputy, ein großer, knochiger Mann mit Pilotenbrille, dem Suchtrupp mitgeteilt. Manche durchkämmten die Gegend in Booten, andere zu Fuß, einige hatten Hunde bei sich. Genaueres hatten sie nicht erfahren. Ob sie nach weiteren Opfern Ausschau halten sollten?, fragte sich Bobby-Dean. Frauen, die die Attacke des falschen Priesters womöglich nicht überlebt hatten? Oder ging die Polizei davon aus, dass er sich hier versteckt hielt?

»Siehst du etwas?«, durchbrach Clives Stimme die Stille.

Verdammt! Warum musste sein Kumpel, der sonst kaum ein Wort

sagte, ausgerechnet dann plappern, wenn er ihn bat, den Mund zu halten?

»Nein.«

Vielleicht täuschte er sich ja.

Aber warum waren sogar die Vögel verstummt?

Nicht einmal der Schrei einer Krähe war zu hören.

Das Boot trieb lautlos durch den Schatten. Bobby-Dean betrachtete aufmerksam die Rohrkolben und das Unterholz, dann bedeutete er Clive, einigen verrotteten Brettern direkt unterhalb der Wasseroberfläche auszuweichen, den Überresten eines Anlegers oder Stegs. Im selben Moment ging ein Ruck durch das Boot. Anscheinend waren sie mit dem Bug gegen einen Pfahl geprallt.

»Was zur Hölle …«, setzte Clive an, doch er wurde von Bobby-Dean unterbrochen, der einen spitzen Schrei ausstieß. Etwas Weißes tauchte unter der grützigen Wasseroberfläche auf. O. Mein. Gott. Ein Schädel, das Gesicht nach oben, teilte den grünen Schleier der Wasserlinsen.

»Scheiße!« Er schreckte so heftig zurück, dass das Boot ins Wanken geriet, doch er war zu entsetzt, um den Blick von dem abzuwenden, was er da sah. Der blanke Schädel eines Menschen mit großen, schwarzen Augen- und Nasenhöhlen grinste ihm entgegen, einige Zähne fehlten.

»Jesus, Maria und Josef!«, wisperte Clive und bekreuzigte sich. »Lass uns abhauen!«

»Nein … Nein, ruf diesen Deputy an. Nun mach schon!« Bobby-Dean hätte sich vor Schreck fast in die Hose gemacht, aber er wusste, dass sie hierbleiben mussten, bei ihrem grausigen Fund, denn nur so würden die Cops und alle Leute aus der Gegend sie für wahre Helden halten.

Und das dürfte sich bezahlt machen.

Cruz war bei dem Motel eingetroffen, aber dann entdeckte er mehrere Polizeiwagen vor dem hintersten Zimmer und beschloss, auf seiner Harley sitzen zu bleiben und vorbeizufahren. Er wusste zwar nicht, was vor sich ging, aber eins wusste er: Es gefiel ihm gar nicht. Obwohl er sein Zimmer für eine Woche im Voraus bezahlt hatte, hatte er seine

Habseligkeiten nicht dort gelassen. Aus Gewohnheit reiste er stets mit leichtem Gepäck, und es war nicht schwer, zwei Jeans, ein paar T-Shirts, Unterwäsche und sein Rasierzeug in den Satteltaschen zu verstauen.

Er rückte seine Sonnenbrille zurecht und fragte sich, was er als Nächstes tun sollte.

Früher oder später würde er sich der Polizei stellen müssen, und er nahm an, es wäre das Beste, dies bei seinem Bruder, dem Detective, zu tun. Er hatte schließlich kein Unrecht begangen, abgesehen davon, dass er von einem Tatort geflohen war und zu viele Staatsgrenzen überquert hatte, als dass er sie noch hätte zählen können, und jetzt als Flüchtiger, wenn nicht gar als Verdächtiger in einem Mordfall galt.

Nun, er war eben lieber abgehauen, als sich den Konsequenzen seines Handelns in Oregon zu stellen. Ein Freund von ihm war damit befasst, herauszufinden, was wirklich passiert war, und womöglich hatte er Glück, und alles wendete sich für ihn zum Guten.

Er konnte schließlich nicht ewig davonlaufen.

Aber vielleicht würde er genau das noch eine Weile tun müssen.

Bentz starrte auf das Skelett, das, umgeben von grünem Grützwasser, an der Oberfläche trieb.

Ihm drehte sich der Magen um, und es kostete ihn große Mühe, sich nicht an Ort und Stelle zu übergeben.

Wegen der Größe und des etwas breiteren Beckens nahm er an, dass es sich um ein weibliches Skelett handelte, doch Gewissheit würde erst die Laboranalyse bringen.

»Gruselig«, sagte Montoya, dessen Augen auf den weißen Schädel mit den klaffenden schwarzen Höhlen geheftet waren. »Der ganze Ort hier jagt mir eine Scheißangst ein. Die perfekte Kulisse für einen Horrorfilm.«

Sie saßen in einem von drei Booten, die man nach dem Anruf von Bobby-Dean Clements – einem der beiden Fischer, die Vater Johns Attacke auf Stacy Parker beobachtet hatten – zum Fundort des Skeletts geschickt hatte.

Zusammen mit seinem Kumpel Clive Jones hockte Bobby-Dean in einem kleinen Motorboot in der Nähe des Ufers und beobachtete die Taucher, die immer wieder in das sumpfige Wasser stiegen und alles an

Land brachten, was sie am Grund finden konnten. Das Wasser war nicht tief, doch sie fischten buchstäblich im Trüben.

Bentz zog eine kleine Rolle Säureblocker aus seiner Tasche, warf sich drei davon in den Mund und blickte konzentriert in den dichten Uferbewuchs. Überall wucherten Dornengestrüpp und Schlingpflanzen. Eine besonders dicht bewachsene Stelle fiel ihm ins Auge. »Bringen Sie uns dorthin«, wies er den Officer am Steuerruder an.

»Okay.« Der Officer lenkte das Boot zu der Stelle.

»Was ist das?«, fragte Bentz und deutete auf eine Gruppe Sumpfzypressen, von deren Ästen Louisiana-Moos baumelte.

Montoya schob die Sonnenbrille auf die Stirn und blickte mit schmal gezogenen Augen ins Dickicht. »Herrgott – ist das etwa ein Schornstein?«

»Sieht ganz danach aus«, pflichtete Bentz ihm bei. »Zumindest war es mal einer.« Der Officer fuhr noch näher heran. Aus dem schwarzen, brackigen Wasser erhob sich eine Insel aus morastiger Erde, zugewuchert mit Bäumen und Sträuchern.

»Das sollten wir uns ansehen«, schlug Bentz vor.

»Geben Sie auf Alligatorennester acht«, warnte der Officer und suchte nach einer passenden Stelle zum Anlegen.

Endlich hatte er eine gefunden.

Montoya sprang aus dem Boot. Seine Boots versanken bis über die Knöchel im Matsch, Wasser schwappte hinein. Montoya fluchte leise.

Bentz gesellte sich zu ihm, und gemeinsam bahnten sie sich einen Weg durch Rohrkolben und Schilf in Richtung des Schornsteins. Bald wurde der Boden zum Glück trockener.

»Höllisch dunkel hier«, bemerkte Montoya und zog eine Taschenlampe hervor. »Oh, da sind wir ja.« Der Lichtstrahl fiel zwischen den Bäumen und Ranken hindurch auf eine Holzwand, dann erfasste er einen gesplitterten Fensterrahmen. Die Scheibe darin war zerbrochen. Sie standen vor den Überresten einer verfallenden Hütte, die nach und nach von der Vegetation verschlungen wurde. »Glaubst du, diejenige oder derjenige …«– er deutete mit dem Daumen über die Schulter zum Wasser – »… hat hier gewohnt?«

»Keine Ahnung.« Bentz' Gedanken erwogen eine weitaus düsterere Möglichkeit. Was, wenn der falsche Priester …

Sein Blick fiel auf ein Wespennest im Fensterrahmen. Die aggressiven gelb-schwarzen Insekten flogen zwischen Fenster und einem Stapel Brennholz auf der verrotteten, durchhängenden Veranda vor dem Eingang hin und her und …

O Gott, was war das? Bentz schaute genauer hin. Eine Hand? Ragte da tatsächlich eine menschliche Hand aus dem Brennholzstapel? »Ich glaube, da ist noch ein Skelett«, sagte er und bedeutete Montoya, die Taschenlampe auf die entsprechende Stelle zu richten. Graue Knochen, schmutzverkrustet, wurden sichtbar. Mehrere Fingerknöchel fehlten, aber es handelte sich definitiv um eine menschliche Hand.

Bentz spürte, wie er eine Gänsehaut bekam. »Was zur Hölle ist hier passiert?« Er wurde abgelenkt von einem Raubvogel, der in den Sumpf stieß und sich anschließend mit seiner Beute auf dem tief hängenden Ast einer Zypresse niederließ.

»Das bedeutet nichts Gutes«, sagte Montoya, als der Lichtstrahl auf eine Kette mit blutroten Perlen und einem Kreuz fiel, die zwischen den Fingerknochen baumelte.

Bentz' Blut gefror zu Eis, als er den Rosenkranz betrachtete.

»Er war hier«, sagte er zu Montoya. »Vater John. Er muss hier gewesen sein.«

Montoya nickte. »Möglich. Aber die zwei hier sind schon lange tot.«

»Egal. Es handelt sich definitiv um einen Tatort. Wir müssen die Insel und die nähere Umgebung absperren.«

»Wir sind hier in einem gottverdammten Sumpfgebiet, Bentz«, erinnerte ihn Montoya. »Ich glaube kaum, dass sich viele Leute hierher verirren.«

»Das ist mir scheißegal, der Typ war hier.« Er kehrte ans Ufer zurück, doch anstatt in das wartende Boot zu steigen, winkte er Bobby-Dean und Clive zu. »He!«, rief er. »Kommen Sie doch bitte mal hier herüber!«

Bobby-Dean deutete fragend auf sich und seinen Kumpel. Als Bentz nickte, ließ Clive den Motor an und fuhr langsam auf das Boot des Officers zu.

Bentz teilte dem Kollegen mit, er möge dafür sorgen, dass die Gegend abgesperrt wurde, und die Spurensicherung anfordern, die sich die morastige Insel und die verfallene Hütte genauer ansehen sollte. »Keine Ahnung, was wir noch dort finden«, sagte er. Das unheimliche Gefühl, das ihn die ganze Zeit über verfolgt hatte, war verschwunden, verdrängt von der Aufregung darüber, endlich auf etwas gestoßen zu sein, was sie womöglich weiterbringen würde.

Clive Jones fuhr ans Ufer und schaltete den Motor aus. »Was gibt's?«, fragte Bobby-Dean misstrauisch.

»Wir haben eine weitere Leiche gefunden«, sagte Bentz geradeheraus.

»Ach du Scheiße!« Der Fischer strich sich mit einer Hand über seinen dünnen Bart. »Ich wusste es.«

»Woher?«, hakte Montoya nach, der ebenfalls ans Ufer getreten war.

»Als wir das Skelett entdeckt haben, hatte ich Schiss, es könnte Maizie sein.«

»Wer ist Maizie?«, fragte Montoya.

Bentz neben ihm trat ungeduldig von einem Fuß auf den anderen.

Bobby-Dean warf Clive einen fragenden Blick zu. Der große Mann nickte, dann schaute er zu Seite, schlug nach einem Insekt, das ihn umschwirrte, und wischte sich den Schweiß von der Stirn.

»Maizie Ledoux«, antwortete Bobby-Dean. »Die Frau von Willard.« Er schaute in Richtung der Hütte. »Die beiden haben hier gelebt. Sind nie lange an einem Ort geblieben. Sie haben Alligatoren verkauft und Wildfleisch, und Maizie hat sich als Heilerin versucht.«

»Als Heilerin?«

»Na ja, nicht so ganz.« Bobby-Dean räusperte sich. »Ich denke, man könnte es auch als Hexerei bezeichnen.«

»Hexerei.«

»Voodoo«, schaltete sich Clive ein. »Es ist aber bloß ein Gerücht, mit Sicherheit weiß das niemand.«

»Wann haben Sie die beiden das letzte Mal gesehen?«, fragte Bentz, der nicht ausschloss, dass es sich bei der Hand, die aus dem Feuerholzstapel auf der Veranda ragte, um die von besagtem Willard Ledoux handelte.

Bobby-Dean zuckte die Achseln. »Keine Ahnung. Das ist es ja gerade: Die zwei hat keiner regelmäßig zu Gesicht bekommen. Sie waren ständig unterwegs, sind von einer Hütte zur anderen gezogen. Niemand wusste, wo sie sich gerade aufhielten.«

»Hat jemand bei ihnen gelebt?«

»Sie meinen, ob sie ein Kind hatten?«, fragte Bobby-Dean und schüttelte den Kopf, genau wie Clive.

»Nicht unbedingt. Irgendwer«, stellte Montoya klar.

Bobby-Dean rieb sich den Nacken. »Nein. Die beiden waren echte Einzelgänger.«

»Das stimmt nicht«, widersprach Clive mit ernster Stimme. »Niemand wollte etwas mit ihnen zu tun haben, daran lag's.«

»Hatten sie irgendwelche Verwandte?«

»Hören Sie, wir kannten sie nicht. Wirklich nicht. Nur vom Hörensagen. Wir haben sie vielleicht … Wie oft haben wir sie gesehen, Clive?«, wandte er sich an seinen Kumpel.

»Vier oder fünf Mal«, antwortete dieser.

»In wie langer Zeit?«, wollte Bentz wissen.

»Ach herrje, keine Ahnung. Ich weiß nur, dass jedes Mal Ewigkeiten dazwischenlagen, Monate, wenn nicht gar Jahre.«

»Versuchen Sie, sich an das letzte Mal zu erinnern.«

Bobby-Dean rückte die Baseballkappe auf seinem Kopf zurecht und sah Clive fragend an. »Hm. Das muss ungefähr drei Jahre her sein.«

»Ähm, ja.« Der große Mann nickte. »Es war um die Weihnachtszeit. Aber wir haben sie nicht beide gesehen, nur Maizie, wenn ich mich richtig erinnere.« Er runzelte nachdenklich die Stirn. »Sie hat versucht, CU Köder zu verkaufen. Er vermietet Hütten im *bayou.* Cyrus Unger.«

»Wir kennen ihn.«

»Clive hat recht«, sagte Bobby-Dean. »Ich erinnere mich jetzt auch daran, weil CU diese riesige, blinkende Santa-Claus-Figur vor dem Büro stehen hatte, die er jedes Jahr um die Weihnachtszeit aufstellt.«

In der Ferne waren die Motorengeräusche weiterer Boote zu vernehmen. Das mussten die Kollegen von der Spurensicherung sein.

Bentz bat die Fischer, sich zu ihrer Verfügung zu halten, dann stiegen die beiden Detectives zu dem wartenden Officer ins Boot und ließen sich von ihm zu der Stelle zurückbringen, von der aus sie zu Fuß zu Bentz' Jeep gelangten. Sie streiften ihre Boots ab, verstauten sie im Kofferraum und zogen trockene Schuhe an, dann stiegen sie ein und machten sich auf den Rückweg nach New Orleans.

»Wir kriegen ihn«, sagte Bentz, als sie sich der Stadt näherten. »Das spüre ich.«

»Hm«, machte Montoya.

»Ganz sicher.« Ein weiteres Mal würde ihm der Scheißkerl nicht entkommen.

Es war nur eine Frage der Zeit, bis er ihn endlich schnappen konnte.

Er musste weg von hier.

Sofort!

Die verdammten Cops rückten immer näher. Aber das war okay. Er war bereit. Hatte so lange auf diesen Moment hingearbeitet. Es würde sie eine Riesenüberraschung erwarten.

Er glitt in seinem schmalen Ruderboot durchs Wasser. Nur der Mond wies ihm den Weg.

Er war nervös, aber er wusste, dass alles vorbereitet war. Endlich würde das jahrelange Planen Früchte tragen.

Er konnte es kaum erwarten.

Abendliche Kühle senkte sich über das Sumpfland, eine sanfte Brise brachte die Blätter der Bäume zum Rascheln und ließ das Louisiana-Moos über seinem Kopf gespenstisch tanzen. Der Schrei einer Eule hallte über das Wasser.

Er ruderte weiter.

Durch das Labyrinth von Seitenarmen, um Bäume und Inseln herum, vorbei an ein paar vereinzelten Hütten, hinter deren Fenstern Licht brannte.

Langsam geriet er ins Schwitzen, und die Verletzungen, die die verfluchte Hure ihm zugefügt hatte, schmerzten. Die Wunden in seinem Gesicht heilten, doch sie waren deutlich zu sehen. Er würde sie abdecken müssen, bevor er den nächsten Schritt machte.

Wäre sie doch bloß gestorben, so wie es seinem Plan entsprochen hätte! Stattdessen hatte sie überlebt. Die zwei bescheuerten Typen hatten sie ins Krankenhaus gebracht, wo sie den Cops mit Sicherheit alles erzählt hatte, was sie wusste.

Verdammt.

Zum Glück wusste sie nicht allzu viel.

Er war davongekommen. Wieder einmal. Was ihn in seiner Überzeugung bestätigte, dass Gott bei seiner Mission hinter ihm stand.

Das Louisiana-Moos streckte seine zarten, weichen Finger nach ihm aus und strich sanft über seinen Kopf, als er unter einigen tief hängenden Ästen hindurchruderte. Er hatte fast seine gesamten kostbaren Besitztümer bei sich: die Perlen und den Klavierdraht, das Wetzmesser und die Verkleidungen – Kleidungsstücke und Make-up, Zubehör –, alles ordentlich in seine Reisetasche geschichtet.

Sein Ziel war Teil seines Plans. Er hatte nur nicht vorgehabt, das neue Versteck schon so früh aufzusuchen. Doch es war bereit, und vielleicht, ganz vielleicht, waren diese Planabweichungen ja vorherbestimmt, von Gott, als eine Art Test. Den er mit Bravour bestehen würde. Vielleicht sollte er lieber dankbar sein statt genervt.

Er war Dr. Sam gefolgt, hatte sie beobachtet und gesehen, dass die Cops häufiger an ihrem Haus vorbeifuhren als sonst, außerdem hatten nach Ende der Sendung mehr Streifenwagen als üblich auf dem Parkplatz gestanden. Seinetwegen.

Die Cops, allen voran Rick Bentz, waren auf der Hut, also musste er besonders vorsichtig sein und durfte sich nie ohne seine Verkleidungen blicken lassen. Er hatte erneut die Nummernschilder an seinem Impala ausgetauscht. Das war einfach: Er musste nur über einen vollen Parkplatz vor einem der Kaufhäuser schlendern und die Schilder abschrauben, um sie später an seinem Chevy zu befestigen. Die einzige Herausforderung war es, den Kameras auszuweichen, die es heutzutage fast überall gab.

Er dachte an seinen Plan und Rick Bentz, der noch immer Jagd auf ihn machte, und beschloss, dass es an der Zeit war, den Spieß umzudrehen. Bentz musste für seine Sünden bezahlen, genau wie diese unfähige Radio-Seelenklempnerin. Schade, dass Bentz' Tochter den Angriff vor der Kathedrale überlebt hatte. Dass ihr Ehemann sterben musste, war ihm nur ein schwacher Trost.

Vielleicht sollte er das ändern.

Dafür sorgen, dass sie bald das Zeitliche segnete, sehr bald.

Ja, dachte er, während er weiterruderte und die Nacht sich wie ein schützender Mantel um seine Schultern legte.

Bentz' Achillesferse war immer schon seine Familie gewesen. Sie war ihm sogar noch wichtiger als sein einwandfreier Ruf als Cop.

Also warum sollte er nicht zwei Fliegen mit einer Klappe schlagen?

Ja, genau das würde er tun, beschloss er und spürte, wie sich seine Laune besserte.

Heute Nacht würde er einen weiteren Teil seines Plans in die Tat umsetzen. Für Ruhe und Erholung blieb da keine Zeit. Er hatte noch viel zu tun, durfte sich nicht ablenken lassen.

Gerade die Zeit war von entscheidender Bedeutung.

Er ruderte um eine letzte Kurve, erspähte sein Ziel und spürte, wie sein Herz schneller schlug beim Anblick des kleinen, in Vergessenheit geratenen Klosters. In Wahrheit war das Gebäude nie ganz fertiggestellt worden, und das, was man errichtet hatte, längst eine verfallene Ruine, umgeben von Wasser. Aber das hatte ihn nie gestört. Nur eine schmale Holzbrücke führte von einer schon ewig nicht mehr benutzten unbefestigten Straße – nicht mehr als eine Piste – auf die morastige Erhebung mitten im Sumpf.

Die Zeit hatte das Kloster nicht ganz zerstört, einige Steinwände standen noch, nebst Dach. Er hatte gerettet, was gerettet werden konnte, hatte das Herz der Ruinen erhalten. Dort würde er nun das vollenden, was er vor so vielen Jahren begonnen hatte.

Er lächelte und schickte ein Gebet zum Himmel, in dem er Gott um Führung anflehte.

Bald, sehr bald, würde er seine lang ersehnte Rache bekommen.

Kapitel dreiunddreißig

Schon gut, schon gut, ich verzeihe dir«, sagte Kristi ins Telefon, während sie auf dem Rückweg zu ihrem Haus die Straßenbahnschienen überquerte. Ihr Puls hatte sich beinahe normalisiert. Dave trottete munter neben ihr her.

Bella seufzte skeptisch. »Ich komme mir vor wie eine Verräterin.«

»Hm. Du wirst es überleben.«

»Dann bist du nicht sauer?«

»Nein. Bin ich nicht. Nicht mehr. Wie ich schon sagte: Ich war stinksauer, weil ihr mich unter falschen Voraussetzungen in den Sender gelockt habt, aber ich glaube dir, dass du nichts von dem ganzen Mist wusstest, und ich habe mich wieder abgeregt.«

»Wirklich? Das war echt nicht fair. Vor allem nicht die Sache mit Dr. Cooke.«

»Hauptsache, es kommt nicht noch mal vor.«

»Das wird es nicht, versprochen.«

Kristi bog um die Ecke zu ihrem Haus und betrachtete die gruseligen Kürbisse und Laternen in der Nachbarschaft. Die meisten Fenster waren hell erleuchtet, ein paar Autos fuhren durch die ruhige Straße.

Alles wirkte völlig normal.

Sicher.

Trotzdem spannten sich ihre Nerven an.

Sie warf einen Blick auf den Hund, der heute Abend nicht nervös wirkte und auch an der Gasse zum Nachbargrundstück nicht stehen blieb.

Gut.

»Danke, Kristi«, sagte Bella, die nun schon etwas weniger zerknirscht klang. »Die nächsten Drinks gehen auf mich – als Entschuldigung. Lass uns am Wochenende ausgehen, es ist schließlich Halloween!«

»Das geht nicht, da feiert Ginny Geburtstag.«

»Richtig. Ich hatte deine kleine Schwester ganz vergessen, dabei ist sie so ein süßes Mädchen!«

Für einen Augenblick überlegte Kristi, ob sie jetzt erzählen sollte, dass sie selbst ein Kind erwartete, aber sie hielt sich zurück. Es wäre besser, Bella die frohe Botschaft persönlich zu überbringen. »Olivia wird bestimmt eine unvergessliche Party ausrichten. Aber wie wäre es nächste Woche?«

»Sehr gern. Ich brauche ein bisschen Freundinnen-Zeit. Um ehrlich zu sein, läuft es mit Sean momentan nicht so gut. Ich möchte dir damit nicht auf die Nerven gehen, erst recht nicht, da du Jay verloren hast, aber manchmal ...« Ihre Stimme verklang, dann räusperte sie sich. »Jetzt weißt du, warum ich auf keinen Fall meinen Job verlieren darf. Am ersten Novemberwochenende, meinst du?«, wechselte sie abrupt das Thema. »Ist notiert, das halte ich mir frei. Ich rufe Sarah und Jess an, wenn das für dich okay ist.«

»Klar.« Dann könnte sie ihr Geheimnis gleich vor der ganzen Clique lüften.

»Bis dann!« Bella unterbrach die Verbindung, als Kristi bei ihrem Haus ankam. Sie sperrte die Tür auf, schloss hinter sich ab und schaltete die Alarmanlage in den Anwesenheitsmodus. Anschließend schenkte sie sich ein großes Glas Wasser ein, während Dave geräuschvoll aus seinem Napf neben der Hintertür schlabberte. Nach dem Duschen zog Kristi ihren Schlafanzug an und kümmerte sich um Lenore, dann machte sie sich ein Mikrowellengericht warm, das nach Pappe schmeckte, trank eine Flasche Saft und wünschte sich, es wäre Wein. Aber damit war es für die nächsten Monate vorbei.

Sie warf die Reste der Mahlzeit in den Mülleimer unter der Spüle und zuckte zurück, als sie den Deckel öffnete. »Puh!« Wann hatte sie ihn zuletzt geleert? Kopfschüttelnd zerrte sie den Plastiksack aus dem Eimer und verknotete ihn. Anschließend zog sie sich ihre Sweatshirt-Jacke über, die stets griffbereit am Haken neben der Hintertür hing, nahm den Sack und trug ihn durch die Garage, hinaus zu den Mülltonnen. Dave tappte hinter ihr her.

Plötzlich fing der Hund an zu bellen.

Kristi fuhr zusammen.

»Was ist los?«

Daves Blick war auf die Mülltonne geheftet. Er bellte immer lauter, dann knurrte er warnend und fletschte die Zähne.

»Aus!« Kristi schaute sich um.

Niemand zu sehen.

Sie kehrte zur Garagentür zurück und machte das Licht an.

Nichts.

»Hör auf mit dem Unsinn«, sagte sie zu dem Hund, als sie wieder bei der Tonne ankam, löste den Spanngurt, den sie zusätzlich angebracht hatte, um zu verhindern, dass wilde Tiere wie zudringliche Waschbären den Deckel öffneten, und klappte die Tonne auf.

Im selben Augenblick hörte sie ein scharfes Zischen. Zusammengerollt auf dem Abfall lag eine riesige Schlange mit einem dreieckigen Kopf. Kalte Reptilienaugen starrten ihr entgegen, die Kiefer mit den spitzen Fangzähnen drohend aufgeklappt.

Nein!

Blitzschnell schoss die Wassermokassinotter in die Höhe.

Direkt auf sie zu!

Reflexhaft ließ Kristi den Deckel los. Er fiel der aufgeschreckten Giftschlange direkt auf den Kopf.

Der Müllsack landete auf dem Boden.

Wumm!

Der Deckel bewegte sich, als die Otter erneut nach oben schnellte.

Ach du heilige Scheiße!

Wumm! Wumm!

Jedes Mal zuckte Kristi zurück, überzeugt davon, es würde der Schlange gelingen, den Deckel zu öffnen.

Du musst sie einsperren! Bring den Spanngurt wieder an!

Dave sprang wütend gegen die Tonne. Ihr Herz hämmerte.

»Was ist da los?«, hörte sie eine laute Männerstimme rufen.

Sie wirbelte herum – und sah sich demselben Mann gegenüber, der Dave im Park gefunden hatte: Cruz. Er trug Jeans und eine Lederjacke, sein rabenschwarzes Haar war zerzaust.

»Was machst du hier … Cruz Montoya?«, stieß Kristi außer Atem hervor.

Er warf einen Blick auf den hüpfenden Deckel. »Ich würde sagen, dir zur Rettung eilen … Kristi Bentz.«

»Herrgott noch mal, jetzt ist echt nicht der richtige Augenblick für Scherze!«

Er starrte auf die Mülltonne.

»Was ist da drin?«

»Das weißt du nicht?«

»Woher soll ich es wissen?«

»Keine Ahnung, vielleicht hast du das Viech dort hineingelegt.«

»Was soll ich in die Tonne gelegt haben?«

»Eine Wassermokassinotter, und zwar eine verdammt große!«, rief Kristi aufgeregt, während Dave sich zu Cruz umdrehte und ihn schwanzwedelnd beschnupperte.

»Warum um alles in der Welt sollte ich eine Schlange in deiner Mülltonne deponieren? Und vor allem: Wo sollte ich sie herkriegen?« Cruz sah sie aufrichtig entgeistert an.

»Wo findet man wohl Wasserschlangen?«, blaffte Kristi. »Richtig, im *bayou!*« Sie versuchte, sich zu beruhigen. »Die ist da bestimmt nicht selbst reingekrochen!«

Cruz schüttelte den Kopf. »Ich kapiere immer noch nicht, was ich damit zu tun haben soll.«

»Irgendwer versucht, mir Angst einzujagen«, sagte sie, jetzt etwas freundlicher. Immerhin stand sie Reuben Montoyas Bruder gegenüber, und auch wenn der Kerl sich ständig in Schwierigkeiten brachte, war er kein schlechter Mensch, das wusste Kristi.

Jetzt trat Cruz vor die Tonne und öffnete den Deckel. »Scheiße!«

Wumm!

»Ich hab's dir doch gesagt! Das Viech ist riesig!«

»Kein Problem, ich kümmere mich darum.«

»Und wie?«, wollte Kristi wissen.

»Das lass mal meine Sorge sein.« Ein Lächeln zuckte um seine Mundwinkel. »Ich bin schon mit Schlimmerem fertiggeworden.« Als die Otter erneut in die Höhe schoss, drückte er von oben auf den Deckel und befestigte eilig den Spanngurt. »Siehst du, so einfach ist das.«

Großartig. Einfach nur großartig.

»Warum bist du hier?«, fragte sie noch einmal. Obwohl ihr Herz nach wie vor wahre Trommelwirbel schlug, spürte sie, wie die Panik nachließ.

»Ich wollte zu dir.«

»Zu mir?«

»Ich will meinen Gürtel abholen«, behauptete er und beugte sich zu Dave, um ihn zu streicheln.

Der Hund ließ sich begeistert hinter den Ohren kraulen.

Verräter, dachte Kristi.

»Na klar«, gab sie zurück. »Erzähl mir keinen Bullshit. Was willst du wirklich? Und vor allem: Woher weißt du, wo ich wohne?«

»Telefonbuch?«

Er senkte den Kopf. Als er wieder aufschaute, war sein Blick ernst.

»Okay, die Wahrheit ist: Ich könnte deine Hilfe gebrauchen.«

»Meine *Hilfe?«* Sie beäugte ihn skeptisch.

»Ich hatte gehofft, ich könnte … Also, ich dachte, bevor ich Kontakt zu meinem Bruder aufnehme – und das werde ich tun, ganz bestimmt –, könnte ich … Ich brauche einen Ort, an dem ich mich für ein, zwei Stunden aufs Ohr hauen kann.«

»Hier?« Sie starrte ihn entgeistert an. »Du willst hier übernachten?«

»Na ja, ich will ja nicht gleich einziehen. Es wäre einfach schön, wenn ich mich kurz ausruhen und überlegen könnte, was ich als Nächstes tue.«

Sie musterte ihn durchdringend. »Schon kapiert, du steckst in Schwierigkeiten, und soweit ich weiß, nicht zum ersten Mal. Was hast du diesmal angestellt?«

»Es könnte eine Story für dich rausspringen«, sagte er, ohne auf ihre Frage einzugehen.

»Ich schreibe True Crime.«

»Ich weiß. Denk drüber nach. Ein Mordfall, der einiges Aufsehen erregen wird.«

»Exklusiv?«

»Klar.« Er zuckte die Achseln. »Deal?«

»Du bist also in einen Mordfall verwickelt?«, vergewisserte sie sich.

»Nein«, sagte er. »Zumindest nicht direkt. Ich war's nicht, aber ich werde herausfinden, wer der Mörder ist. Wie gesagt: Denk drüber nach.« Er zögerte kurz, bemerkte ihren skeptischen Blick und fügte hinzu: »Okay. Vielleicht solltest du besser die Polizei rufen, wegen Mr Giftzahn, meine ich.«

»Und was ist mit dir?«

»Ich komme schon klar. Fürs Erste zumindest.« Er deutete auf die Mülltonne. »Kann ich dich damit allein lassen?«

»Ich komme schon klar«, erwiderte Kristi. »Fürs Erste zumindest.«

Cruz grinste und wandte sich zum Gehen. »Wir seh'n uns.«

Als er in der Dunkelheit verschwunden war, zog Kristi ihr Handy aus der Tasche, um ihren Vater anzurufen. Ein Mord ... und Cruz wollte herausfinden, wer ihn begangen hatte. Er hatte ihr nicht die ganze Wahrheit gesagt, das spürte sie. Warum war er wirklich hier aufgekreuzt?

Sie pfiff nach Dave, der Cruz zum Gartentor gefolgt war, und kehrte ins Haus zurück, wobei sie sorgfältig sämtliche Türen hinter sich abschloss.

Ob Montoyas Bruder die Schlange in ihre Mülltonne gelegt hatte?

Nein, das ergab keinen Sinn.

Aber was ergab in letzter Zeit überhaupt noch Sinn?

»Gar nichts«, murmelte sie, ging in die Küche und tippte die Handynummer ihres Dads ein.

Bentz war total aufgekratzt.

Er spürte, wie das Adrenalin durch seine Adern peitschte. Er stand kurz davor, den Scheißkerl zu schnappen. Auf keinen Fall würde er ihn noch einmal davonkommen lassen. Auf der Rückfahrt vom *bayou* zum Department versuchte er, die einzelnen Puzzleteile zusammenzusetzen. Manche ließen sich mühelos ineinanderfügen, andere musste er mit Gewalt ins Bild drücken, dennoch wusste er, dass er auf der richtigen Spur war. Bald würden sie Vater John, den falschen Priester, festnageln. Und dann konnte einem der berühmt-berüchtigtsten Serienmörder der gesamten Vereinigten Staaten endlich der Prozess gemacht werden.

Er parkte seinen Jeep vor dem NOPD und betrat zusammen mit seinem Partner das Gebäude. Es lag eine lange Nacht vor ihnen, so viel stand fest, aber Bentz war das gleich.

Schon als sie die Metalldetektoren passierten, umfing sie die typische abendliche Geschäftigkeit: Die Kollegen, viele davon in Uniform, machten Feierabend, andere trafen ein, besprachen kurz die Übergabe, grüßten und verabschiedeten sich in den Gängen des Departments oder verschwanden in ihren Büros.

Bentz und Montoya eilten an dem mit Plastikvorhängen abgeteilten Baustellenbereich vorbei. Einige Arbeiter waren noch vor Ort, drückten Deckel auf Farbeimer, klappten Leitern ein oder räumten ihr Werkzeug zusammen.

»Ich sage dir noch einmal, Partner: Wir haben es mit ein und demselben Psycho zu tun«, wandte sich Bentz an Montoya, als sie ihr Büro betraten, und beäugte die Karte mit dem eingegrenzten Sumpfgebiet. Er nahm einen Marker vom Schreibtisch, zog mit den Zähnen die Kappe ab und malte zwei Kringel um die Leichenfundorte. Obwohl die Knochenfunde noch offiziell untersucht, die toten Personen identifiziert werden mussten, war Bentz der festen Überzeugung, dass es sich um die Überreste von Maizie und Willard Ledoux handelte, so, wie es die beiden Fischer vermuteten.

»Möglich«, räumte Montoya zögernd ein.

»Was braucht es noch, um dich zu überzeugen?«, fragte Bentz und tippte mit dem Zeigefinger auf die Karte. »Das geht eindeutig auf Vater Johns Kappe. Ich wette meinen Hintern darauf, dass er die beiden umgebracht hat. Keine Ahnung, wie oder warum oder woher er sie kannte, aber er war es. Ich werde versuchen, den Kriminaltechnikern Feuer unter dem Allerwertesten zu machen, damit wir erfahren, wie lange sie schon tot sind.« Er schüttelte den Kopf. »Eine grauenhafte Vorstellung, dass er all die Jahre über da draußen war und sich auch jetzt noch irgendwo in den Sümpfen versteckt hält. Ich bin gespannt, ob er aus der Deckung kommt, jetzt, da wir ihm immer näher auf die Pelle rücken.« Er ließ sich schwer auf den Schreibtischstuhl fallen, der unter seinem Gewicht ächzte. »Wenn du mich fragst, wird er sich ganz in der Nähe einen neuen Unterschlupf suchen, schließlich hat er es weiterhin auf Dr. Sam abgesehen.«

Montoya fuhr seinen Computer hoch.

»Er macht nach wie vor Jagd auf sie, sonst hätte er diese Stacy Parker wohl kaum in ihrer Sendung anrufen lassen, bevor er sie in den Sumpf verschleppt hat.«

»Oh-oh.« Montoya starrte auf den Monitor.

»Was ist?«

»Wir haben die Blutgruppe von Vater John aus den Akten von damals«, sagte er und begegnete Bentz' besorgtem Blick. »0 positiv. Das Blut am Tatort vor der St. Louis Cathedral war B negativ. Wir haben es mit zwei Mördern zu tun, genau wie ich es von Anfang an gesagt habe. Einer bringt Prostituierte um, der andere hat Jay McKnight getötet.«

»Jesus, Maria und Josef!«, fluchte Bentz. In dem Moment klingelte sein Handy. Er warf einen Blick aufs Display, erkannte Kristis Nummer und ging dran.

Noch bevor er etwas sagen konnte, stieß seine Tochter hervor: »Du solltest vorbeikommen, Dad! Und bring jemanden mit, der sich mit Wildtieren auskennt – jemand hat mir ein hübsches Geschenk vorbeigebracht: eine Wassermokassinotter.«

»Wie bitte?« Bentz sprang auf und griff nach seiner Jacke. »Wir sind schon unterwegs. Und Kristi …«

»Ja, Dad?«

»Du kümmerst dich nicht selbst darum, hast du mich verstanden?«

»Keine Sorge, Dad.«

Bentz legte auf und ging mit großen Schritten zur Tür. »Komm mit«, forderte er Montoya auf.

»Was ist los?«, fragte sein Partner.

»Keine Ahnung. Aber ruf jemanden von der Gefahrenabwehr an – wir haben es mit einer Giftschlange zu tun. Schick sie zu Kristis Adresse, sie sollen sich beeilen!«

»Mit einer Giftschlange?«, fragte Montoya überrascht, doch er tippte bereits auf sein Handy ein.

»Ich erkläre es dir unterwegs!«, rief Bentz über die Schulter. »Und jetzt komm endlich!«

Die beiden Detectives sprangen in den Jeep, Bentz schaltete die Lichtbalken ein, dann rasten sie auf schnellstem Wege zum Garden District und bogen kurz darauf in Kristis Zufahrt ein.

Kristi wartete neben der Garage auf sie. Sie deutete auf die Mülltonne. »Macht bloß nicht den Deckel auf, die ist echt groß!«

»Wie zum Teufel ist die da reingekommen?«, fragte Montoya.

»Keine Ahnung«, sagte Kristi, »aber ganz bestimmt nicht von allein. Ich habe noch nie von einer Schlange gehört, der es gelungen wäre, erst den Spanngurt zu öffnen und danach auch noch den Deckel aufzuklappen. Ich wollte den Müll rausbringen«, sie deutete auf den Sack auf dem Boden, »und dabei hab ich sie entdeckt. Sie hat sich anscheinend genauso erschrocken wie ich, denn sie wollte sofort auf mich los. Zum Glück hat sie mich nicht erwischt.«

»Ach du lieber Himmel«, flüsterte Montoya.

»Alles okay?«, fragte ihr Vater.

»Nein«, antwortete Kristi. »Aber ich bin nicht verletzt, wenn du das meinst.«

Montoyas Handy pingte. Er warf einen Blick aufs Display. »Jemand von der Gefahrenabwehr ist unterwegs«, teilte er ihnen mit. »Er trifft in ungefähr zehn Minuten ein.«

»Gut. Dann lasst uns solange ins Haus gehen«, schlug Bentz vor.

Kristi bot ihnen gerade ein Wasser oder einen Kaffee an, als auch schon der Wagen von der Tier-Gefahrenabwehr in ihre Zufahrt einbog.

»Das ging ja schnell«, sagte Bentz und kehrte, gefolgt von Montoya und seiner Tochter, zur Mülltonne zurück.

Der Officer, laut Namensschild ein gewisser Alex Johnson, war ein kräftiger Schwarzer mit einem freundlichen Lächeln und genauso freundlichen dunklen Augen.

»Jemand hat wegen einer Schlange angerufen?«, fragte er, nachdem sie sich vorgestellt hatten.

»Wegen einer Wassermokassinotter«, bejahte Kristi und deutete auf die Mülltonne. »Sie ist da drin.«

»Wie groß?«

»Keine Ahnung. Ziemlich groß, würde ich sagen.«

»Darf ich die Tonne mitnehmen? Die Schlange ist darin sicher.«

»Das ist in Ordnung.« Kristi nickte.

»Sie bekommen die Mülltonne zurück, sobald wir die Schlange in ihr eigentliches Habitat zurückgebracht haben«, versprach Johnson. »Lassen Sie mich nur schnell einen Blick hineinwerfen. Wenn Sie bitte alle einen Schritt zurücktreten …«

Kristi, Bentz und Montoya nahmen einen großzügigen Sicherheitsabstand ein, und der bullige Mann löste den Gurt, hob den Deckel und stieß einen leisen Pfiff aus. »Ja, das ist eine Wassermokassinotter, und in der Tat ein richtig großes Exemplar. Aber da ist noch etwas, gleich unter dem Deckel.«

»Was denn?«, fragte Bentz und trat einen kleinen Schritt näher.

»Du benimmst dich«, sagte Johnson zu der Schlange, dann streckte er blitzschnell die freie Hand aus und löste mit einem Ruck etwas Weißes von der Deckelinnenseite, das er Bentz reichte. Anschließend klappte er die Mülltonne wieder zu und befestigte den Spanngurt. »So, das hätten wir.«

Bentz betrachtete den weißen Umschlag in seinen Händen. »Ich denke, Sie sollten die Schlange herausnehmen und in einem anderen Behälter transportieren«, sagte er nachdenklich. »Wir müssen die Tonne auf Fingerabdrücke untersuchen lassen – Beweismittel.«

»Okay.« Johnson ging zu dem Pick-up der Tier-Gefahrenabwehr und kehrte mit einer Transporttasche und einer langen Stange zurück, die am unteren Ende zu einer Art Haken gebogen war. Er öffnete den Deckel erneut, fing die Otter mit der Stange ein und ließ das sich windende Tier in die Tasche gleiten, die er fest verschloss. »Erledigt«, teilte er ihnen grinsend mit. Die Transporttasche in seinen Händen beulte sich aus und schlingerte heftig hin und her. »Oder haben Sie noch eine entdeckt?«, fragte er, als er Kristis besorgten Blick bemerkte.

Sie hörte, wie in der Ferne ein Motorrad angelassen wurde und laut dröhnend in der Nacht verschwand.

»Nein, nur die eine«, beeilte sie sich zu versichern.

»Okay, dann wollen wir mal«, sagte Johnson, verstaute die Tasche mit der Schlange in einem festen Behälter auf der Ladefläche des Pick-ups und hob grüßend die Hand. Dann stieg er in die Fahrerkabine und fuhr davon.

Als er fort war, sagte Kristi zu ihrem Vater: »Der Umschlag ist mir gar nicht aufgefallen. Ich habe nur die Schlange gesehen.«

Montoya nickte. »Das kann ich mir gut vorstellen.«

Bentz zog ein Paar Einweghandschuhe aus der Tasche, streifte sie über und öffnete den Umschlag.

Die Karte, die zum Vorschein kam, sah genauso aus wie die anderen: Büttenpapier, eine einzelne schwarze Rose, mit schwarzer Tinte gezeichnet, ein weiterer Bibelvers:

Der Gerechte wird sich freuen, wenn er solche Rache sieht, und wird seine Füße baden in des Gottlosen Blut.

Psalm 58,11

Kapitel vierunddreißig

Du willst mir tatsächlich weismachen, dass das hier nicht Vater Johns Werk ist?«, fragte Bentz, als sie wieder in Kristis Küche saßen. Er war außer sich. Seine Tochter hatte gerade erst eine brutale Attacke überlebt, und sie stand definitiv im Visier eines religiös motivierten Spinners und skrupellosen Killers – und das nicht zum ersten Mal.

»Für mich keinen Kaffee«, sagte Montoya, als Kristi sich der Kaffeemaschine zuwandte. »Hast du eine Cola light da?«

»Klar.« Sie öffnete die Kühlschranktür, nahm eine Flasche heraus und reichte sie Montoya zusammen mit einem Glas.

»Ich brauche nichts«, sagte Bentz und hob ablehnend die Hand, aber das war gelogen. Er brauchte sehr wohl etwas, und zwar Erfolg. Er musste seine Tochter unbedingt beschützen, und das würde ihm nur gelingen, wenn er dem Killer das Handwerk legte. Hatten seine Tochter und Montoya recht, und sie hatten es mit Vater John *und* einem weiteren Mörder zu tun? Erschöpft rieb er sich den Nacken. Diese Vorstellung gefiel ihm noch weniger als die, dass sämtliche Taten auf die Kappe des durchgeknallten Pseudo-Priesters gingen.

»Du hast doch deine Alarmanlage auf Vordermann bringen lassen«, wandte er sich an seine Tochter. »Vielleicht haben die Kameras etwas aufgezeichnet …«

Kristi nickte. »Möglich.«

Bentz fand, dass sie nicht sonderlich überzeugt klang.

»Sieh doch mal nach«, forderte er sie auf.

»Okay.« Sie zog das Smartphone aus der Tasche ihrer Sweatshirt-Jacke, rief die App auf und suchte die entsprechende Kamera. Anschließend scrollte sie zögernd durch das Bildmaterial. »Mal sehen … nichts … nichts … keiner zu sehen … Oh, Moment mal! O … o … o Gott!« Sie reichte Bentz das Handy. »Die Aufnahmen stammen von neulich Abend, als ich joggen war. Auf dem Heimweg meinte ich, ich hätte jemanden in der Gasse zum Nachbargrundstück gesehen, neben der Garage, bei den Mülltonnen. Ich hatte den Hund bei mir, der lautstark bellte, als ich jedoch genauer hinsah, war niemand mehr da. Aber schaut euch mal das Datum und die Uhrzeit an – die Aufnahmen wurden etwa zehn Minuten vor meiner Rückkehr gemacht.«

Wie gebannt starrten Bentz und Montoya auf den kleinen Bildschirm. Eine Gestalt – mit ziemlicher, wenngleich nicht mit absoluter Sicherheit ein Mann – stand gebückt vor dem Schloss des Gartentors, das plötzlich aufsprang. Die Gestalt, die einen großen Behälter bei sich trug, huschte aufs Grundstück, öffnete erst die Mülltonne, dann den Behälter, den sie über die offene Tonne hielt. Für den Bruchteil einer Sekunde war zu sehen, wie etwas Langes, sich Windendes in die Mülltonne rutschte, dann klappte der Eindringling den Deckel zu, sicherte ihn mit dem Spanngurt, nahm den Behälter und verließ eilig den Garten. Er trug eine schwarze Hose, einen schwarzen Regenumhang und einen Hut, den er tief ins Gesicht gezogen hatte, und er schien ausgesprochen geübt darin, der Kameralinse auszuweichen. Bentz spulte vor und zurück, aber er entdeckte nichts weiter als eine der Nachbarkatzen und ein durch den nächtlichen Garten tapsendes Opossum.

»Die Aufzeichnungen enden heute Nachmittag«, stellte Bentz fest.

»Warte – nein …« Kristi trat hinter ihn, nahm ihm das Handy ab und wischte über den Bildschirm. »Da ist es … Seht mal, hier öffne ich den Deckel und entdecke die Schlange.« Wieder reichte sie ihrem Dad das Telefon. »Und jetzt«, sie deutete aufs Display, »springe ich zurück. Ich muss irgendetwas umgeschaltet haben, denn von nun an ist das Bild ziemlich verschwommen.«

»Wir brauchen eine Kopie davon«, sagte Bentz. »Vielleicht geschieht ein Wunder und das Labor kann eine Aufnahme einfrieren, wo man das Gesicht des Kerls erkennen kann.«

Montoya sah ihn skeptisch an, und auch Kristi wirkte nicht überzeugt.

»Wir sprechen mit den Nachbarn, gut möglich, dass sie ebenfalls Kameras installiert haben«, fügte Bentz daher eilig hinzu. »Außerdem besteht die Möglichkeit, dass die Kriminaltechniker Fingerabdrücke auf der Mülltonne oder dem Umschlag finden.«

»Zeigst du mir, wo genau du ihn in der Gasse gesehen hast?«, fragte Montoya und stand auf.

»Klar. Ich kann natürlich nicht sagen, ob es sich um denjenigen handelt, der mir die Schlange und den Umschlag in die Mülltonne gelegt hat, aber irgendwer hat sich dort definitiv herumgetrieben.«

Montoya verließ mit Kristi die Küche durch die Hintertür, gefolgt von Dave, während Bentz mit den Kollegen von der Spurensicherung telefonierte. Sie waren kaum draußen, als er auch schon nach seinen Zigaretten tastete, dann fiel ihm ein, dass die Schachtel leer war. Seufzend folgte er Kristi in die Gasse und sah sich um. Er trat hinter eine große Kiefer und stellte fest, dass man von hier aus einen ausgezeichneten Blick auf Kristis vordere Veranda mit der Eingangstür hatte, ohne Gefahr zu laufen, entdeckt zu werden. Kristis Haus gehörte zu den wenigen, die nicht für Halloween geschmückt waren. Er drehte sich langsam um sich selbst und nahm die Umgebung in sich auf. Ja, die Gasse eignete sich perfekt dafür, zu beobachten, wie Kristi das Haus verließ, sowohl durch die Haustür als auch durch den Garten. Das Gartentor, durch das der Kerl sich Zutritt auf das Grundstück verschafft hatte, befand sich keine fünf Schritte entfernt.

Doch wer war der schwarz gekleidete Unbekannte?

Vater John schloss er aus – so etwas war einfach nicht sein Stil.

Es musste einen Grund dafür geben, dass derjenige, der Kristi einschüchtern wollte, ausgerechnet diesen Zeitpunkt wählte, und die Person gehörte ganz sicher nicht zu Kristis und Jays Verwandtschaft oder Freundeskreis. Wieder einmal kam ihm Dennison Drake in den Sinn, der Autor, der längst nicht so erfolgreich war wie Kristi, aber Drake hatte ein Alibi für den Abend des Übergriffs an der St. Louis Cathedral – er war mit seiner Agentin in New York gewesen, das hatten sie überprüft.

Nein, dachte Montoya, die naheliegendste Möglichkeit war nach wie vor, dass einer der Protagonisten aus Kristis True-Crime-Büchern Rache üben wollte – allen voran Mandel Jarvis, Ned Zavala und Dr. Hamilton Cooke. Das Problem war nur, dass auch sie über ein wasserdichtes Alibi verfügten, und zwar alle drei.

Kristi, die Montoya allein in der Gasse zurückgelassen hatte und ins Haus zurückgekehrt war, streckte ihrem Dad abwehrend die Handflächen entgegen. »Mir ist klar, in was für einer Gefahr ich schwebe, aber ich werde mein Haus *nicht* verlassen. Genau das will er doch erreichen! Er will mich einschüchtern, aber damit kommt er nicht durch.« Sie starrte ihren Vater mit zornblitzenden Augen an, entschlossen, ihm zu widersprechen, sollte er weitere Argumente für einen vorübergehenden Umzug zu ihm und Olivia anbringen wollen.

Bentz starrte zurück. Genauso sturköpfig wie seine Tochter. Frustriert.

Sie wusste, was er dachte, denn das hatte er ihr oft genug gesagt: Sie konnte genauso störrisch sein wie ihre Mutter, doch er, selbst wenn er nicht ihr biologischer Vater war, stand dem in nichts nach. Sein Blick schweifte zu ihrem Bauch, und wieder war ihr absolut klar, was er sich zu sagen verkniff: dass es jetzt nicht mehr nur um ihr Leben ging, sondern auch um das ihres ungeborenen Kindes. Dabei war sie sich dessen voll und ganz bewusst. Unwillkürlich legte sie eine schützende Hand auf ihren Unterleib. Ihr Dad hatte ja recht. Sie musste vorsichtig sein. Aber der verfluchte Bastard hatte ihr Jay genommen, und es war Zeit, ihm den Schmerz, den er ihr damit zugefügt hatte, heimzuzahlen.

»Ich möchte doch nur, dass du so lange bei Liv und Ginny und mir einziehst, bis wir den Fall gelöst haben.«

»Dann hat er gewonnen, Dad, warum kapierst du das nicht? Dann hat dieser mordende Bastard gleich doppelt gesiegt!«

»Denk an das Baby!«, sprach er seine Sorge nun doch aus.

Kristi öffnete den Mund, um etwas zu entgegnen, doch in diesem Moment klingelte Bentz' Handy.

Er warf einen Blick darauf. »Entschuldige, da muss ich drangehen.«

Gott sei Dank. Der Anruf bewahrte sie davor, dass der Streit eskalierte. Sie ging zum Kühlschrank, goss sich ein kaltes Mineralwasser ein und trank einen großen Schluck, während sie ihrem Dad beim Telefonieren zuhörte. Ihr Blick fiel durch die offene Küchentür auf Lenore, die im Wohnzimmer im Bücherregal saß und sie mit ihren leuchtend grünen Augen fragend ansah.

Lächelnd ging sie zu ihrem Kätzchen und nahm es auf den Arm. »Was machst du da, Süße? Spielst du Verstecken? Komm mit in die

Küche.« Aber die Katze wollte davon nichts wissen, entwand sich ihren Armen und sprang auf den Fußboden, dann verschwand sie unter Jays Lieblingssessel. »Verstehe«, sagte Kristi schmunzelnd, »auch du hast deinen eigenen Kopf.«

Sie kehrte in die Küche zurück, goss sich Wasser nach und beobachtete ihren Vater, der, das Handy ans Ohr gedrückt, aus der Küche hinaus durchs Wohnzimmer und zurück tigerte. Sein Blick war finster, mit zusammengezogenen Augenbrauen und vorgerecktem Kinn schaute er seine Tochter an und sagte zu dem Anrufer am anderen Ende der drahtlosen Verbindung: »Seid ihr sicher? Alle? … Okay, macht euch auf die Suche nach denjenigen, die ausgecheckt haben, und befragt sie – vielleicht haben sie etwas gesehen … Ja, ich kenne die Absteige … All-Niter ... Ja, das All-Day-All-Night-Inn vermietet Zimmer auch stundenweise, und sie verlangen keinen Ausweis. Cash. Im Voraus … Hm, glaube ich nicht. Die wenigsten Gäste tragen sich mit ihrem richtigen Namen ein.« Er drehte sich um, kehrte ins Wohnzimmer zurück und starrte aus dem Fenster. »Was sagt die Mitbewohnerin, die die Vermisstenanzeige aufgegeben hat? … Nichts? … Sie hat nichts gesehen? Großartig.« Er verdrehte die Augen. »Was ist mit den anderen Gästen? Ist ihnen etwas aufgefallen?« Er lauschte konzentriert, und Kristi sah, wie er die Stirn in Falten legte. »Das Personal? Ach … Und der Typ ist nicht mehr erschienen, obwohl er für mehrere Tage im Voraus bezahlt hatte?« Ihr Vater blieb stehen. »Habt ihr einen Namen? … Verdammt, das ist mit Sicherheit nicht sein richtiger, trotzdem: Überprüft das. … Eine Harley? Die er *im Zimmer* geparkt hat? Wer parkt sein Motorrad in einem Motelzimmer? Da hatte wohl jemand etwas zu verbergen … Ja, genau. Konzentriert die Suche auf den Typen. Wer weiß? Vielleicht ist er unser Mann.«

Kristi wäre beinahe das Herz stehen geblieben. Ihre Gedanken wirbelten wild durcheinander, als vor ihrem inneren Auge Cruz Montoya auftauchte, der aussah, als wäre er gerade eben von einem Motorrad gestiegen. Außerdem hatte sie einen Motor aufheulen hören, kurz nachdem ihr Vater und Reuben eingetroffen waren.

Cruz war zu ihr gekommen, weil er einen Unterschlupf suchte. Weil er sich nicht länger in der Absteige verstecken konnte.

Warum sagte sie ihrem Dad nicht einfach, dass er hier gewesen war?

Dass er aller Wahrscheinlichkeit nach der Mann war, den die Polizei suchte?

Weil er ihr Dave gebracht hatte. Weil er sie vor der Wassermokassinotter in ihrer Mülltonne beschützt hatte.

Und weil er ihr einen interessanten Deal vorgeschlagen hatte: exklusive Informationen in einem Mordfall für ein neues True-Crime-Buch.

Sie war sich ziemlich sicher, dass er die Wahrheit gesagt hatte, als er behauptete, er selbst habe mit dem Mord nichts zu tun.

Betonung auf »ziemlich«.

Trotzdem würde sie ihn nicht verraten.

Noch nicht.

Montoya klopfte an die Schiebetür. Dave bellte kurz auf. Kristi fuhr erschrocken zusammen. Wieder einmal fiel ihr die Ähnlichkeit zwischen den beiden Brüdern auf. Dasselbe rabenschwarze Haar, dasselbe markante Kinn, dieselbe überhebliche Ausstrahlung.

Kristi öffnete die Tür und ließ ihn herein.

»Alles okay?«, fragte er. »Du siehst aus, als hättest du einen Geist gesehen.«

»Ich bin immer noch ziemlich durch den Wind wegen der Schlange«, log sie.

»Das war ganz schön heftig, und du warst echt tapfer«, pflichtete Montoya ihr bei.

Kristi atmete tief durch und versuchte, cool zu bleiben. »Es geht schon wieder.«

»Hast du etwas entdeckt?«, fragte Bentz, der das Telefonat beendet hatte und das Handy in die Hosentasche steckte.

»Nein.«

»Ich habe gerade einen Anruf von dem Motel bekommen, in dem Stacy Parker untergekommen war. Dort hat niemand etwas bemerkt, aber die Klientel ist ja auch nicht gerade für ihre Kooperationsbereitschaft mit der Polizei bekannt. Dem Personal ist aber ein Mann aufgefallen. Er ist noch am Tag seiner Ankunft wieder abgereist, obwohl er das Zimmer für mehrere Tage im Voraus bezahlt hatte. Cash, versteht sich. Und jetzt kommt's: Er war mit einer Harley da, die er mit ins Zimmer genommen hat.«

»Hm«, machte Montoya, und Kristi ahnte, dass er sich fragte, ob es sich bei diesem Mann womöglich um seinen verschwundenen Bruder handelte.

»Ich habe das Labor informiert. Sie schicken jemanden, der die Mülltonne und das hier abholt.« Er deutete auf den Umschlag mit der Karte, die in einem durchsichtigen Plastikbeutel auf dem Küchentisch lag. »Vielleicht haben wir Glück. Vielleicht können die Techniker einen Fingerabdruck sicherstellen.«

»Konnten sie bislang auch nicht«, gab Montoya zu bedenken.

»Nun, vielleicht war er dieses Mal weniger vorsichtig«, sagte Bentz, und Kristi hörte die Hoffnung in seiner Stimme, auch wenn sie wusste, dass er selbst nicht daran glaubte.

Genauso wenig wie sie.

Kapitel fünfunddreißig

Montoya war zu überdreht, um jetzt schon Feierabend zu machen, und ausnahmsweise einmal musste er nicht schnell nach Hause zu seiner kleinen Familie fahren. Abby und Ben hatten den Tag bei einer anderen Mutter mit Kind verbracht, und beide waren erschöpft. Abby hatte angerufen und ihm mitgeteilt, dass Ben schon schlief, und auch sie wollte sich früh hinlegen und sich im Bett noch einen Film anschauen. »Du müsstest dich selbst um dein Abendessen kümmern«, hatte sie gesagt. »Und bitte weck mich nicht, wenn du erst spät nach Hause kommst, ich bin total kaputt. Ben auch. Er war ziemlich unleidig heute Abend. Der Kleine braucht seinen Schlaf.«

Was Montoya ganz gut in den Kram passte. Nach der Sache mit der Giftschlange musste er erst einmal runterkommen. Wer hatte Zugriff auf eine so große Schlange? Aus dem Zoo war sie bestimmt nicht, das hätten die Verantwortlichen gemeldet. Wer von seinen drei Hauptverdächtigen käme mit einer Wassermokassinotter klar?, überlegte er. Die Antwort lag auf der Hand: Ned Zavala, der *Schlachter aus dem Bayou.*

Alibi hin oder her.

Zavala lebte in der Nähe des *bayou,* war den Umgang mit Reptilien gewohnt, machte Jagd auf alle möglichen Sumpfbewohner, und er hatte eine Mordswut auf Kristi. Das Problem war nur, dass die Person auf den Bildern der Überwachungskamera, die die Schlange in die Mülltonne gleiten ließ, um einiges schlanker war als Zavala – ein Bär von einem Mann.

Trotzdem, wenn irgendwer eine Wassermokassinotter fangen und transportieren konnte, ohne sich selbst einen Biss einzufangen, dann war es der gute alte Ned.

Montoya beschloss, dem *Bayou-Schlachter* einen Besuch abzustatten.

Samantha Wheeler saß in einem ihrer Lieblingscafés im French Quarter und warf einen Blick auf ihre Armbanduhr. Es war schon spät, weil ihr Dinner mit Caroline länger gedauert hatte als geplant, aber das war nicht ungewöhnlich. Caroline und sie verplauderten sich ständig – nie schienen ihnen die Gesprächsthemen auszugehen. Sie kannten sich seit dem College, und Caroline zählte zu den wenigen Freundinnen, die Sam nach der Scheidung von ihrem ersten Ehemann, dem ehrenwerten Prof. Dr. Jeremy von der Tulane University, nicht den Rücken gekehrt hatten. Sie waren in Kontakt geblieben und trafen sich normalerweise an jedem letzten Dienstag des Monats zum Abendessen und auf ein paar Drinks, um sich gegenseitig auf dem Laufenden zu halten.

So auch heute Abend.

»Jetzt muss ich aber wirklich los«, sagte Sam, trank ihren Wein aus und stöberte in ihrer Handtasche nach dem Handy, um ihrem Mann mitzuteilen, dass sie sich auf den Heimweg machte. »Ty ist bei den Jungs, und er will morgen früh einen Flieger erwischen, deshalb muss ich dringend nach Hause und übernehmen, damit er wenigstens ein paar Stunden Schlaf bekommt. Er stößt in ein paar Tagen in Disney zu uns.«

»Macht ihr Urlaub?«, fragte Caroline.

»Ja.« Was gelogen war. Sie hatten versucht, früher wegzukommen, aber ihre Arbeitspläne und die verfügbaren Flüge hielten sie länger in New Orleans fest als gedacht. »Nur eine kleine Auszeit. Wir hatten gehofft, längst wegbleiben zu können, aber die Arbeit hat uns einen Strich durch die Rechnung gemacht.«

Caroline nickte. Ihr gesträhntes Haar schimmerte im gedämpften Licht. »Oh, ich könnte ebenfalls ein paar Tage Ruhe gebrauchen.« Auch sie warf einen Blick auf die Uhr. »Ich muss los. Ich habe morgen früh ein Meeting, und Lars wird nervös, wenn ich auch nur zwei Minuten zu spät komme.« Sie verdrehte ihre ausdrucksvollen Augen – groß und blau, die Lider mit einem rauchigen Grau zu Smokey Eyes geschminkt.

Lars war Carolines aktueller Begleiter in einer langen Reihe von Freunden, die eine Eigenschaft teilten: Sie waren für Samanthas Geschmack allesamt viel zu besitzergreifend. Caroline war zehn Jahre lang verheiratet gewesen und hatte sich von ihrem Ehemann scheiden lassen, als aufflog, dass er sie betrog. Anschließend hatten sich ihre Partner förmlich die Klinke in die Hand gegeben, denn Caroline hatte sie jedes Mal ziemlich schnell abgeschoben, wenn sie sich nicht als der neue »Mr Right« entpuppten, meist nicht mal als der neue »Mr Okay«. In Sams Augen waren manche sogar noch schlimmer als Carolines Ex-Mann.

Das Handy der Freundin vibrierte. Sie warf einen Blick aufs Display. »Herrgott! Rate mal, wer sich fragt, wo ich bleibe? Jetzt schon!« Sie lächelte, als würde ihr Lars' Kontrollsucht tatsächlich gefallen. Sam wusste, dass sie ihr bald zu viel werden würde, doch sie hatten schon einmal deswegen gestritten, deshalb hielt sie den Mund.

Caroline öffnete ihr Portemonnaie und nahm die Kreditkarte heraus, als ihr Handy ein weiteres Mal vibrierte. »Ups.« Sie schob die Karte zurück in das dafür vorgesehene Fach und legte mehrere Scheine auf den Tisch. »Macht es dir etwas aus, für mich mit zu bezahlen?«, fragte sie, stand auf und zog ihre Jacke an, bevor sie Sam umarmte und ihr einen flüchtigen Kuss auf die Wange drückte.

»Kein Problem.«

»Du bist die Beste! *Ciao,* Sam!«

Samantha zog ihre Geldbörse aus der Handtasche, während sich Caroline, in High Heels und kurzem Rock, zwischen den Tischen hindurchschlängelte und geschickt den Kellnern und anderen Gästen auswich.

Im selben Moment prallte jemand gegen die Lehne von Sams Stuhl, hielt sich an der Tischkante fest und riss die Decke herunter. Teller mit Brotresten zerschmetterten auf dem Boden, Gläser folgten. Eiswürfel schlitterten über die Fliesen, das Wasser aus der zerbrochenen Flasche bildete eine große Pfütze, in die klappernd und spritzend das Besteck fiel.

Die Gespräche an den umstehenden Tischen verstummten abrupt.

»Es tut mir sehr leid«, entschuldigte sich ein alter Herr mit Bart und Gehstock mit heiserer Stimme. Er trug eine Kappe und eine Hornbrille und machte einen leicht verwirrten Eindruck. »Ich wollte nicht …«

»Ach du liebe Güte!«, murmelte eine Dame um die siebzig am Nebentisch.

»Das ist nicht schlimm«, beruhigte Samantha den bärtigen Mann, dem es irgendwie gelungen war, sich auf den Beinen zu halten.

Er rückte seine Kappe zurecht und schlurfte, auf seinen Gehstock gestützt, in den vorderen Bereich des Cafés. Ein Kellner hielt ihm die Tür auf, während ein junger Hilfskellner zu ihrem Tisch eilte und anfing, die Sauerei zu beseitigen. Eine Bedienung mit einem langen, straff geflochtenen Zopf folgte ihm mit einem Lappen. »Hol den Aufnehmer«, wies sie ihn an. »Nicht, dass noch jemand ausrutscht.« Sie wischte bereits die Tischplatte ab.

»Bitte sehr«, sagte die alte Dame vom Nachbartisch und reichte der Kellnerin einen Löffel, der unter ihren Stuhl geschlittert war, während der junge Mann den Fußboden trocken putzte.

Für etwa fünf Minuten herrschte absolutes Chaos.

»Ich bin spät dran«, sagte Sam zu der Bedienung mit dem Zopf und reichte ihr die Kreditkarte. »Würde es Ihnen etwas ausmachen …?«

»O nein, sicher doch … Kein Problem.« Sie nahm die Karte und ging damit in den hinteren Bereich des Cafés, um sie durch das Lesegerät zu ziehen, dann kehrte sie zurück und reichte Sam Karte und Beleg. »Ist das …«, sie deutete auf die nassen Scheine auf dem Tisch, »… ist das das Trinkgeld?«

Samantha zögerte, doch dann nickte sie. Es war um einiges höher als üblich, aber sie wollte einfach nur noch raus aus dem Café, außerdem hatten die Angestellten das Geld nach der Aufregung verdient.

»Wirklich?« Die Bedienung strahlte.

»Ja. Vielen Dank.«

»Ich danke Ihnen!«

»Gern.« Sam nahm Jacke und Handtasche und ging zur Tür.

Draußen war es kühl und dunkel. Die Straßenlaternen verbreiteten ein gelbliches Licht, das sich mit der Beleuchtung der anderen Restaurants und umliegenden Geschäfte vermischte. Sie hatte ihren Wagen auf einem Parkplatz zwei Blocks entfernt abgestellt und griff nach ihrem Handy, um Ty Bescheid zu geben, dass sie sich auf dem Nachhauseweg befand.

Es steckte nicht in dem Außenfach ihrer Tasche, in dem sie es für gewöhnlich aufbewahrte, deshalb kramte sie in dem großen Innenfach danach. Lippenstift, Brieftasche, Schlüssel. Kein Handy. »Was zum Teufel …?«, murmelte sie und blieb stehen. Hatte sie das Telefon auf dem Tisch liegen lassen? Hatte es auf der Tischdecke gelegen und war zusammen mit den Tellern, Flaschen und Gläsern über den Fußboden geschlittert? Sie erinnerte sich, Ty eine Textnachricht geschickt zu haben, aber sie wusste nicht mehr, ob sie es anschließend eingesteckt hatte oder nicht.

Verdammt!

Um sicherzugehen, dass es nicht doch in ihrer Handtasche lag, drückte sie einen Knopf an ihrer Uhr, die mit dem Handy verbunden war, und hörte ein leises Piepsen.

Nicht aus ihrer Handtasche, sondern von irgendwo ganz in der Nähe. War es aus der Tasche gerutscht, als sie danach gekramt hatte? Genervt suchte sie den Asphalt ab.

Tatsächlich.

Da lag es.

Direkt vor einer schmalen, dunklen Gasse zwischen zwei Gebäuden.

Merkwürdig.

Sie bückte sich, um es aufzuheben, und nahm im selben Moment eine Bewegung aus dem Augenwinkel wahr.

Aus der schmalen Gasse sprang eine dunkel gekleidete Gestalt und stürzte sich auf sie. Sie fing an zu schreien, doch ein starker Arm umfing sie, eine große, behandschuhte Hand legte sich auf ihren Mund.

Jetzt spürte sie, wie ihr etwas Kaltes, Hartes in den Nacken gedrückt wurde. Voller Panik versuchte sie erneut zu schreien, sich zu wehren, doch da jagten auch schon fünfzigtausend Volt durch ihren Körper. Ihre Glieder zappelten und zuckten, sie verlor die Kontrolle über sich, sodass der Angreifer leichtes Spiel mit ihr hatte. Er verschloss ihren Mund mit einem breiten Klebeband und fesselte ihre Hand- und Fußgelenke mit Kabelbindern.

Nein, nein, nein!

Innerlich schrie und tobte sie, doch es drangen nur erstickte Laute aus ihrer Kehle, als er sie über den unbefestigten Weg zwischen den beiden Gebäuden zu einem schlaglochübersäten Parkplatz schleifte. Sie verlor einen Schuh und schrammte sich die Ferse auf.

Kämpfe, Sam! Wehr dich! Lass nicht zu, dass er dir etwas antut! Er wird dich töten, also kämpf, verdammt noch mal!

Aber es ging nicht. Ihr Körper verweigerte ihr komplett den Dienst. Er blieb stehen, öffnete eine Autotür und schob sie nahezu mühelos auf den Rücksitz.

»He!«, hörte sie jemanden rufen. *Ein Mann,* dachte sie. Schritte kamen näher. Schnelle Schritte!

O bitte, lieber Gott, mach, dass er mir zu Hilfe kommt!

Zu spät.

Ihr Angreifer knallte die Autotür zu, sprang hinters Lenkrad und ließ den Motor an, dann gab er Vollgas, noch bevor er die Fahrertür geschlossen hatte.

Nein! Bitte, lieber Gott, mach, dass das nicht wahr ist. Irgendwer muss mir doch helfen!

Ihr Körper zuckte, ihr Herz raste, ihre Gedanken wirbelten wild durcheinander, aber eines wusste sie mit tödlicher Gewissheit: Sie steckte in Schwierigkeiten. Und zwar ganz gewaltig.

Vater John, der Psychopath, der sie vor Jahren beinahe getötet hatte, würde seinen Job wohl endlich zu Ende bringen.

Kapitel sechsunddreißig

Kristi spulte die Aufnahmen der Überwachungskamera zum fünften Mal zurück. Sie wollte unbedingt herausfinden, wer der Scheißkerl war, der die Schlange in ihrer Mülltonne deponiert hatte.

»Arschloch«, murmelte sie und tätschelte abwesend Daves Kopf, der in ihr Arbeitszimmer gekommen war und nun seine Schnauze auf ihr Knie legte.

Sie würde dem ganzen Spuk ein Ende bereiten, würde sich nicht länger einschüchtern lassen, ganz gleich, wer hinter dem Terror steckte, und sie würde keine Ruhe geben, bis sie nicht herausgefunden hatte, wer der Bastard war.

Mach keinen Unsinn.

Du darfst dich nicht selbst in Gefahr bringen.

Denk an das Baby.

Ja, sie würde vorsichtig sein. Selbstverständlich. Außerdem war sie kein hilfloses Frauchen, sie wusste sehr gut, wie sie sich verteidigen konnte. Seit über zwanzig Jahren machte sie nun schon Taekwondo, obwohl ihre Kampfkünste in letzter Zeit zugegebenermaßen ein wenig eingerostet waren.

Sie schloss die Überwachungs-App, rief die Fotos auf, die sie von den Drohkarten gemacht hatte, und betrachtete sie noch einmal.

So ordentlich.

So präzise.

So bedrohlich.

Wohl kaum Ned Zavalas Stil: Der *Schlachter aus dem Bayou* war ein grober, brutaler Kerl und nicht unbedingt der Hellste.

Vater John? Sie hatte keine Ahnung, wo der falsche Priester sich versteckt hielt, aber er war stets sehr viel subtiler vorgegangen als Zavala. Dennoch … Sie passte nicht wirklich in sein Beuteschema. All seine Opfer, mit Ausnahme von Dr. Sam, waren Prostituierte gewesen.

Kristi glaubte nicht, dass er trotz seiner nicht zu leugnenden Affinität zur katholischen Kirche der Absender der Drohkarten war. Ja, es war möglich, aber unwahrscheinlich.

Auch Mandel Jarvis war kein Mann, der mit schwarzer Tinte fein säuberlich Rosen zeichnete. Bei ihrer Begegnung vor der New Faith and Glory Church of Praise war er ausgerastet, aber nur, weil sie eine Grenze überschritten und sein Terrain betreten hatte. Sie konnte den prominenten Prediger nicht völlig ausschließen, aber sie würde ihn erst einmal hintanstellen.

Blieb Hamilton Cooke.

Kristi schob ihren Schreibtischstuhl zurück und ging nach unten in Jays kleines Büro, das noch genauso aussah wie an dem Tag, als er zum letzten Mal auf seinem Drehstuhl mit dem quietschenden Rädchen gesessen hatte. Die Polizei hatte seinen Laptop und ein paar andere Dinge mitgenommen, von denen sie sich Aufschluss für ihre Ermittlungen erhoffte. Die Fotos und Auszeichnungen hatten sie dagelassen, die Bücher standen ordentlich aufgereiht im Regal, seine Krawatte hing noch immer an der Stuhllehne. Kristi hatte sie nicht wegnehmen können, und jetzt blieb sie stehen und fuhr mit den Fingerspitzen über die Seide. Ihre Kehle schnürte sich zusammen. Sie blinzelte. Wieder hallten ihr die furchtbaren Worte, die sie ihm entgegengeschleudert hatte, durch den Kopf: »Ich weiß nicht, warum ich dich überhaupt geheiratet habe.«

Sie sah ihn vor sich, wie er vornübergebeugt am Schreibtisch saß, aufgeschlagene Bücher um sich herum verteilt, die Lesebrille auf der Nase, in deren Gläsern sich der flackernde Computermonitor spiegelte. »Doch, ich weiß es«, flüsterte sie jetzt, gegen die Tränen ankämpfend, »weil ich dich geliebt habe, Jay. Und ich liebe dich noch immer.«

»Ich weiß.«

Hier, in diesem Raum, seinem Arbeitszimmer, klang seine Stimme noch viel klarer, lebendiger als draußen, und wenn sie die Augen schloss, roch sie sein Aftershave und hörte ihn lachen.

»Ach, Liebster«, wisperte sie schniefend und spürte den Schmerz über seinen Verlust mit neuerlicher Wucht in sich aufsteigen. Sie musste sich zusammenreißen. Vielleicht hatte Bella recht gehabt, als sie ihr vorschlug, eine Trauerbegleitung in Erwägung zu ziehen. Vielleicht …

Doch dann besann sie sich wieder auf das, was sie zu tun hatte.

Sie musste nach vorn blicken.

Und das bedeutete, dass sie dem Terror ein Ende machen musste, der mehr und mehr ihren Alltag bestimmte. Jays Mörder würde bezahlen. Jetzt.

Mit neuer Entschlossenheit ging sie zum Schrank, nahm die SIG Sauer aus dem Tresor und wog sie in der Hand, dann holte sie die dazugehörige Munition aus der untersten Schreibtischschublade. Währenddessen plante sie ihren nächsten Schritt.

Als Erstes würde sie sich Hamilton Cooke vorknöpfen.

Von allen Personen, die für den Mord an Jay und die Drohungen infrage kamen, war der erfahrene Chirurg die naheliegendste.

Cooke verfügte über hervorragende feinmotorische Fähigkeiten.

Er arbeitete präzise.

Er liebte Psychospielchen.

Und er hasste Kristi.

Aber konnte er auch mit einer Giftschlange umgehen? Und wo zum Teufel sollte er sich eine Wassermokassinotter besorgt haben? Hatte er einen Komplizen? Wie wahrscheinlich war es, dass er mit jemandem zusammenarbeitete?

Kristis Gedanken schweiften zu Cookes Frau. War sie involviert? Hatte womöglich *Reggie* sie attackiert und Jay getötet? Ein Schauder lief über ihren Rücken, wenn sie an das Blitzen in den Augen der Anwältin dachte, als sie Kristi vor dem Sender zur Rede gestellt hatte. Und Hamilton hatte mit den Fingern auf sie gedeutet und so getan, als würde er sie mit einer Pistole abknallen.

Könnten sie gemeinsam in die Sache verwickelt sein?

Der Hass der beiden war so groß, dass ihr das als durchaus denkbare Möglichkeit erschien.

Doch momentan war alles denkbar.

Und Kristi brauchte Antworten.

Ty Wheelers Stimme klang panisch. »Es geht um Sam!«, stieß er hervor. »Sie ist nicht nach Hause gekommen.«

Bentz hatte gerade Montoya am Department abgesetzt und befand sich auf dem Heimweg, als der Anruf einging. »Wie lange ist sie schon weg?«, wollte er wissen. Er fuhr durchs Stadtzentrum, der Verkehr war dicht, es wimmelte nur so von Einheimischen und Touristen, die Straßenlaternen und Lichter machten die Nacht zum Tag.

»Ich weiß es nicht genau«, erwiderte Wheeler aufgelöst. »Vielleicht drei Stunden? Sie ist mit einer Freundin zum Essen gegangen, wie sie es jeden letzten Dienstag im Monat tut, und sie hat mir eine Textnachricht geschickt, dass sie sich auf den Heimweg macht. Sie ist aber nicht zu Hause angekommen. Ich habe versucht, sie anzurufen, ihr geschrieben – nichts.« Seine Stimme wurde schrill vor Sorge. »Caroline, so heißt ihre Freundin, hat gesagt, sie selbst habe das Café als Erste verlassen, um nicht zu spät zu ihrer Verabredung mit ihrem neuen Freund zu kommen. Sam wollte noch bezahlen und dann ebenfalls aufbrechen. Ich weiß, dass sie noch nicht lange überfällig ist, aber das passt einfach nicht zu ihr! Außerdem muss sie heute Abend arbeiten. Sie würde sich niemals verspäten. Es war ausgemacht, dass sie noch nach Hause kommt, bevor sie zu WSLJ fährt.« Er schnappte nach Luft. Bentz konnte seine Sorge gut verstehen. »Ich habe im Restaurant angerufen. Die Kellnerin erinnerte sich an sie, weil es ein kleines Missgeschick gegeben hat, gerade als sie aufbrechen wollte. Jemand ist gestolpert und hat dabei die Decke von Sams Tisch gezogen – es gab wohl eine Riesensauerei. Sam hat das Lokal vor anderthalb Stunden verlassen – die Bedienung hat extra auf ihrem Kreditkartenbeleg nachgesehen.« Ty hielt kurz inne, und Bentz hörte, wie er tief durchatmete. Dann fuhr er fort: »Am meisten beunruhigt mich, dass ich sie per Handy getrackt habe. Wir waren übereingekommen, eine entsprechende App zu installieren. Ihr Smartphone befindet sich keineswegs in der Nähe des Restaurants oder auf irgendeiner Strecke, die zu uns nach Hause führt. Es ist im *bayou.*«

»Herrgott«, flüsterte Bentz entsetzt. Laut sagte er: »Dann können wir sie über das Handy orten?«

»Ja. Ich bin schon unterwegs.«

»Einen Moment! Das hier ist eine Polizeiangelegenheit«, versuchte Bentz, Dr. Sams Ehemann zurückzuhalten. Der Killer ging mit äußerster Brutalität vor und würde vor Ty Wheeler nicht haltmachen.

»Dessen bin ich mir bewusst. Aber es geht hier um meine Frau! Außerdem weiß ich, wie ›Polizeiangelegenheiten‹ laufen. Hat einer von Ihnen eine Apple Watch oder ein iPhone?«

»Ja«, bestätigte Bentz. »Dieselbe Nummer.«

»Ich werde Sie verlinken. Sie müssen nur akzeptieren.«

»Okay.«

Eine Sekunde später erhielt er einen Link und tippte auf Bestätigen.

»Alles klar, ich fahre jetzt los.«

Bentz stellte die Lichtbalken an und trat aufs Gas. Ty Wheelers Sorge war ansteckend. »Versuchen Sie weiterhin, sie zu erreichen!«

Er unterbrach die Verbindung und richtete die Augen auf den Bildschirm mit der Karte der Tracking-App. »Verdammt«, murmelte er. Ein blinkender roter Punkt zeigte die Stelle, an der sich Samantha Wheelers Handy befand – tief im Sumpf, ganz in der Nähe von Cyrus Ungers Hütte. Etwa eine halbe Meile von dem Seitenarm entfernt, wo sie die sterblichen Überreste von zwei Personen entdeckt hatten, bei denen es sich aller Wahrscheinlichkeit nach um Maizie und Willard Ledoux handelte. Die offizielle Bestätigung der Identitäten stand nach wie vor aus.

Vater Johns Werk.

Davon war Bentz überzeugt.

Und jetzt hatte der Irre Samantha Wheeler in seine Gewalt gebracht.

Über Funk forderte Bentz Verstärkung an. »Wir brauchen ein Boot«, teilte er dem zuständigen Officer mit.

»Verstanden«, erwiderte dieser.

»Ach ja, Kollege«, fügte Bentz hinzu, »beeilt euch.«

Durch die Autoscheiben sah Sam, wie die Lichter von New Orleans mit der Dunkelheit verschmolzen. Der Chevrolet, ein alter Impala, erhöhte die Geschwindigkeit, die Reifen sirrten, während sie schneller und schneller über den Asphalt rollten.

Sie wollte sich lieber nicht vorstellen, wohin sie fuhren oder was er mit ihr anstellen würde, wenn sie am Zielort angekommen waren.

Irgendwie musste sie sich in Sicherheit bringen. Ihre Glieder zuckten nicht mehr, auch das Zittern hatte nachgelassen, aber es fiel ihr noch immer schwer, ihre Muskeln zu zwingen, das zu tun, was sie wollte. Sie war panisch, ihr Atem ging in kleinen, abgehackten Stößen, ihr Herz hämmerte.

Reiß dich zusammen, Sam. Versuche, deinen Körper unter Kontrolle zu bringen!

Konzentriert presste sie die Kiefer zusammen und bewegte ihre Finger, wobei sie die Augen fest auf den Hinterkopf des Kerls geheftet hielt.

Los, Sam, mach schon!

Mit zusammengebissenen Zähnen krümmte sie einen Finger nach dem anderen und streckte ihn wieder.

Genau. So ist es richtig!

Sie fing an zu schwitzen, Schweißperlen bildeten sich auf ihrer Stirn. Alle Finger der rechten Hand ließen sich bewegen. Koordinieren.

Während der Wagen weiter über den Asphalt flog, versuchte sie, einen Körperteil nach dem anderen zu lockern.

Sie spürte, wie er bremste, dann bog er von der Asphaltstraße ab. Reifen knirschten über Schotter, der Chevy holperte durch Schlaglöcher.

Er ließ das Fenster herunter, und sie hörte die Geräusche des *bayou,* roch die feuchte Erde und das brackige Wasser.

Erneut breitete sich Panik in ihr aus.

Es war vorbei.

Ihr Blick fiel auf den Rosenkranz, den er in die Tasche seines Umhangs gesteckt hatte. Einige Perlen und das Kreuz schauten heraus und baumelten sanft hin und her.

Wenn sie ihm die tödliche Perlenschnur doch nur abnehmen, um den Hals legen und zuziehen, ihn mit seiner eigenen Waffe umbringen könnte!

Noch während sie überlegte, wie sie das anstellen sollte, hielt er an und öffnete die Tür. Die Innenbeleuchtung flammte auf.

Sie verdrehte die Augen und fing an zu zucken, um ihm weiszumachen, dass sie noch immer unter dem Einfluss des Elektroschockers stand. Hoffentlich merkte er nichts!

Er zögerte, dann nahm er zu ihrem Entsetzen den Taser vom Beifahrersitz und drückte ihn ihr in den Nacken. Erneut schoss die volle Ladung von fünfzigtausend Volt durch ihren Körper und erstickte das schwache »Nein!«, das sich ihrer Kehle entringen wollte.

Ihr Körper zuckte wie wild.

Ihr Peiniger stieg aus, knallte die Tür zu, sperrte ab und verschwand zu Fuß in der Dunkelheit.

Unkontrolliert zitternd, nicht in der Lage, auch nur einen einzigen klaren Gedanken zu fassen, versuchte Sam, sich zu beruhigen.

Was hatte er vor? Warum ließ er sie hier im Wagen? Allein?

Weil er sich damit, dich zu töten, Zeit lassen will. Er will seine perverse, sadistische Strafe genießen. Das darfst du nicht zulassen, Sam!

Er würde zurückkommen, und zwar bald. Und dann wäre es aus mit ihr.

Du musst dich befreien. Fliehen. Denk an Ty, Sam, denk an die Jungs!

Ihr Herz zog sich schmerzhaft zusammen bei dem Gedanken an ihre Söhne. Sie konnte sich nicht vorstellen, dass sie ihnen nie wieder durch die Haare streichen, sie nie wieder necken oder an sich drücken würde, sie trösten, wenn sie sich wehgetan hatten. Und Ty … o Gott, sie durfte sich nicht ausmalen, wie es wäre, ihn nie wiederzusehen, ihn nie wieder zu küssen oder zu berühren. Tränen traten in ihre Augen, aber sie würde nicht zusammenbrechen. Das durfte sie nicht. Sie musste einen Weg finden, sich zu befreien. Und genau deshalb musste sie ihre Angst überwinden.

Sekunden verstrichen. Minuten.

Wie lange war der Scheißkerl schon weg?

Fünf Minuten? Zehn? Zwanzig?

Sie hatte kein Zeitempfinden mehr, aber sie spürte, wie sie ihren Körper langsam wieder unter Kontrolle bekam. Abermals fing sie an, erst die Finger zu beugen und zu strecken, dann, nach und nach, die anderen Körperteile.

Am schwersten fiel es ihr bei den Beinen, die noch immer zuckten. Trotzdem gelang es ihr, sie so zu bewegen, wie sie es wollte.

Genau wie ihre Arme.

Plötzlich piepste der Wagen, die Innenbeleuchtung ging an, so grell, dass sie die Augen zusammenkneifen musste.

Sie fuhr zusammen und schlug leicht mit den Armen und Beinen aus, tat so, als würde sie immer noch unter Zuckungen leiden.

Die Fahrertür öffnete sich, er stieg ein und warf einen Blick nach hinten, dann ließ er den Motor an und gab Gas. Nach wenigen Sekunden bremste er scharf, fuhr erneut an, bremste wieder.

Sam wurde vor und zurückgeschleudert.

Als er das nächste Mal abrupt abbremste, prallte sie hart gegen die Rückenlehne des Fahrersitzes. Ihre ausgestreckten Hände bekamen das baumelnde Kreuz zu fassen.

Wie eine Schlange glitt der Rosenkranz aus Vater Johns Tasche in Sams sehnsüchtig wartende Finger.

Kapitel siebenunddreißig

Ich bleibe in Bewegung.

Gehe auf und ab, hin und her. Der Fernseher, über dessen Bildschirm die beliebte Morgenshow *Bonjour, New Orleans!* flackert, scheint mich zu verspotten. Ich spüre, wie sich in mir die altbekannte Angst aufbaut und von Moment zu Moment stärker wird. Ich war geduldig, aber mittlerweile ist mein Geduldsfaden dünn. Kurz davor, zu zerreißen. Ich weiß, dass es riskant ist, aber ich kann nicht länger warten.

Ich stelle den Fernseher ab. Den aufgezeichneten Beitrag mit Kristi Bentz habe ich mir wieder und wieder angesehen. Ich kann die persönlichen, provokanten Fragen von Renee-Claire, diesem dämlichen Miststück, beinahe schon mitsprechen. In dem gesamten Beitrag geht es einzig und allein darum, mich zu brüskieren. Wieder einmal. Und es ist tatsächlich gelungen. Selbst jetzt noch fängt mein Blut an zu kochen, unter einem Auge macht sich ein Tic bemerkbar. Ich berühre mein Gesicht, um das Zucken zu unterbinden, und fühle den Schorf unter den Fingerspitzen. Von der Wunde, die Kristi Bentz mir mit ihrem Regenschirm zugefügt hat. Sie hätte mir beinahe das Auge ausgestochen!

Schlampe!

Ich spule die Sendung erneut zurück. Da sitzt sie, spricht über *ihr* Buch, *ihre* Story, als wäre es nicht *mein* Leben, das sie in die Öffentlichkeit gezerrt hat, damit alle Welt meine Fehler sieht.

Der Tic wird stärker.

Peinlich, das ist es!

Demütigend.

Nichtsdestotrotz fasziniert mich die Sendung, und ich kann nicht aufhören, sie immer wieder abzuspielen, hier, in meinen privaten Räumlichkeiten, so furchtbar das, was ich da sehe, auch ist. Ich habe mir sogar den Beitrag mit dem halb tot wirkenden Saxofonisten angeschaut, ganz zu schweigen von dem mit der irren Katzenmami mit ihrem komatösen Stubentiger auf dem fluffigen Kissen.

Aber das waren nur die Lückenfüller, die eigentliche Show war das Drama um Hamilton Cooke, Reggie und Kristi Bentz, dieses Miststück.

Deshalb haben die Zuschauer eingeschaltet.

Was ekelhaft ist. Abscheulich.

Ich spule noch einmal zurück und sehe, wie die Bilder ruckartig, abgehackt, rückwärtslaufen. Der Ton ist nicht mehr als sinnentleertes Gebrabbel. Beim Interview halte ich an und starre wie gebannt auf den Fernseher, während eine lächelnde Renee-Claire Fragen stellt, eine persönlicher als die andere. Die Moderatorin genießt ihren Job sichtlich, das sehe ich in ihren Augen. Sie liebt es, der Öffentlichkeit die dunklen, skandalösen Geheimnisse ihrer Gäste zu enthüllen.

Aber damit ist jetzt Schluss.

Ich beiße die Zähne zusammen.

Heute Abend ist es vorbei.

Kein weiterer Schmerz.

Kein weiteres Leid.

Es ist Zeit für Vergeltung.

Ich lecke mir voller Erwartung über die Lippen.

Ich habe so lange gewartet.

Mit neuerlicher Kraft gehe ich zu dem kleinen Schrank, nehme Umhang, Skimaske und Sonnenbrille heraus. Als ich mich verkleidet habe, stelle ich fest, dass der Fernseher noch immer läuft, dieselbe abscheuliche Sendung. Ich greife nach der Fernbedienung und drücke die Pause-Taste.

Das Bild friert genau in dem Moment ein, als die Kamera auf Kristi Bentz' Kopf zoomt. Sie sieht konzentriert aus, fokussiert, ihre Augen sind weit geöffnet, ihr kastanienbraunes Haar glänzt im Licht der Studiobeleuchtung.

Schön.

Intelligent.

Und bald tot, denke ich und ziehe meine Handschuhe an.

Cruz wusste, dass er nicht zu Kristis Haus zurückkehren durfte. Das Risiko war einfach zu groß. Wenn man ihn jetzt dort erwischte, saß er richtig in der Scheiße.

Er raste mit seiner Harley durch die Straßen von New Orleans, schaltete einen Gang hoch und hörte, wie die Maschine aufheulte, als er auf die Spur schwenkte, die zur Interstate führte, raus aus der Stadt.

Für ihn gab es keinen Grund, in New Orleans zu bleiben. Keinen *vernünftigen* Grund.

Einen anderen Grund, den er selbst nicht verstand, dagegen schon.

»Verdammt.«

Er bremste, wendete sein Motorrad und kehrte zurück ins Herz von New Orleans, angezogen von den Lichtern der Stadt wie vom Gesang einer Sirene.

Wieder dachte er an Kristi. *Dreh um, Cruz,* riet ihm die Stimme der Vernunft. *Was erwartest du von ihr? Was willst du von ihr?* Er presste die Kiefer zusammen. Ja, er traf gerade mit Sicherheit die dümmste Entscheidung seines Lebens, aber an wen sollte er sich sonst wenden?

An seine Familie?

Seine Geschwister führten alle ihr eigenes Leben.

Was war mit seinem Cop-Bruder?

Nein. Den Gedanken schlug er sich besser aus dem Kopf. Reuben hatte eine Verpflichtung seiner Familie gegenüber, genau wie er seinem Beruf als Gesetzeshüter verpflichtet war. Er hätte ihn nie kontaktieren dürfen. Das war ein Fehler gewesen. Ein großer Fehler. Ein Fehler, dessen war Cruz sich sicher, der ihn noch lange verfolgen würde.

Er dachte an seine Freunde. Die wenigen, die ihm noch geblieben waren, wollte er nicht in diesen Schlamassel hineinziehen. Es war zu gefährlich, und ein paar von ihnen, die noch in Oregon lebten, wussten ohnehin schon mehr, als gut für sie war.

Blieb also nur noch Kristi Bentz. Vielleicht würde sie auf seinen Deal mit der Exklusivstory eingehen.

Im Grunde eine Win-win-Situation: Sie half ihm, und er lieferte ihr die Story für ihr nächstes Buch, das garantiert ein Bestseller werden würde.

Vorausgesetzt, er überlebte.

Er fuhr durchs French Quarter und dachte an den winzigen USB-

Stick, den er ganz unten in seiner Satteltasche versteckt hatte. Sein Ticket aus der Bredouille, sollten sich die Dinge so entwickeln, wie er es sich erhoffte. Er würde ihr den Stick geben, und wenn sie ihn an ihren Computer anschloss, könnte sie eine körnige Aufnahme dessen sehen, was in jener Nacht in Oregon am Trask River schiefgelaufen war.

Sein Inneres gefror noch immer zu Eis, wenn er nur daran dachte.

An den Anblick von Lucia im Wasser.

Mein Gott, wie sehr er sie vermisste!

Vor einer Kreuzung bremste er ab und entdeckte den Motorradhandel, daneben befand sich eine Bar. Beide Läden waren kameraüberwacht, wenngleich er vermutete, dass die unter dem Vordach der Bar ein Fake war. Davor befand sich ein Parkplatz, durch eine Hecke von der Straße abgeschirmt.

Nicht gerade optimal, aber es musste genügen.

Cruz bog auf den Parkplatz ein, stellte den Motor ab und öffnete eine der Satteltaschen. Endlich fand er das, wonach er suchte, zog den USB-Stick heraus und steckte ihn in die vordere Jeanstasche. Plötzlich musste er an die giftige Schlange in Kristis Mülltonne denken. Eilig kramte er seine Colt Mustang Pocketlite hervor und verstaute die Pistole in der Innentasche seiner Lederjacke.

Nur für alle Fälle.

»Ich hab's Ihnen doch gesagt. Mein Junge hat nichts damit zu tun!« Eileen Hebert deutete mit ihrem langen, knochigen Zeigefinger auf Montoya, der unter dem durchhängenden Vordach ihres Trailers stand – er auf der einen Seite der verrosteten Fliegengittertür, sie auf der anderen.

Der schon lange nicht mehr fahrtüchtige Wohnwagen der Heberts stand auf Betonklötzen auf einem kleinen Grundstück, das an den *bayou* angrenzte, umgeben von grob zusammengezimmerten Schuppen, Unterständen und einem etwas größeren, baufälligen Gebäude, in dem einst die Gefriertruhen mit den Leichenteilen der Opfer von Ned Zavala, dem *Bayou-Schlachter*, untergebracht gewesen waren. Als Montoya an die Tür geklopft hatte, hatten zwei riesige Köter unbestimmter Rasse angeschlagen. Jetzt standen sie rechts und links neben

Eileen und starrten ihn zähnefletschend an. Das Gesicht von Zavalas Mutter war ausgemergelt und kreidebleich, ihr Körper eingefallen und hager, unter ihrer Strickmütze schauten ein paar schüttere graue Haarsträhnen hervor. Sie trug einen Kittel über ihrer Jeans und blickte den Detective finster an.

Montoya ließ sich nicht abwimmeln. »Ich würde gern mit Ned reden. Ist er da?«

»Haben Sie einen Durchsuchungsbeschluss oder so? Sonst kommen Sie nämlich nicht rein.«

»Mrs Hebert …«

»Herrgott noch mal, lass ihn rein, Ma!«, rief eine tiefe Männerstimme aus dem Trailer.

»Nein.«

»Jetzt tu's einfach und hör auf mit dem Theater!«, fügte die Stimme, die aller Wahrscheinlichkeit nach Ned gehörte, hinzu.

»Verdammt«, schnaubte Eileen. »Das gefällt mir nicht. Und zwar ganz und gar nicht.« Dennoch öffnete sie die Fliegengittertür und trat zur Seite. »Platz«, befahl sie ihren Bluthunden, die gehorchten und sich ebenfalls zurückzogen.

Als Montoya eintrat, schlug ihm der Geruch nach kalten Zigaretten und Bratfett entgegen. Der Teppich war abgewetzt und roch unangenehm nach nassem Hund.

Ned saß in einem schmutzigen Sessel vor einem riesigen Flachbildschirm, der das Wohnzimmer von der Kochzeile abtrennte. Daneben stand ein zweiter Sessel, dazwischen ein schmaler Beistelltisch, auf dem sich eine Schachtel Zigaretten, mehrere zerknüllte Taschentücher und zwei Pappteller mit orangefarbenen Fettflecken befanden. Am meisten jedoch stach Montoya Neds rechter Fuß auf der Fußstütze seines Sessels ins Auge, an dem ein orthopädischer Schuh befestigt war.

»Was ist passiert?«, wollte Montoya wissen.

»Ich hab mir den verdammten Fuß gebrochen, das ist passiert«, knurrte Ned.

»Seitdem hat er ganz schlechte Laune.« Eileen schloss die Fliegengittertür hinter Montoya.

»Muss vielleicht operiert werden.« Ned griff nach seinen Camels, schüttelte eine Zigarette aus der Schachtel und steckte sie sich zwischen die Lippen.

»Wann war das?«, wollte Montoya wissen.

»Gestern.«

»Du sollst hier drinnen doch nicht rauchen«, ermahnte ihn seine Mutter.

Zavala warf ihr einen finsteren Blick zu und schnappte sich das Feuerzeug vom Beistelltisch, dann hob er vorsichtig den Fuß von der Stütze und humpelte zu der schmutzverschmierten Schiebetür.

Wenn Ned nur so tat, als hätte er Schmerzen und könnte nicht richtig laufen, dann war er ein überzeugender Schauspieler. Er schob die Glastür zur Seite, und beide Hunde schossen aus ihren Hundebetten und rannten laut bellend an ihm vorbei nach draußen, wo sie über eine bedenklich morsch aussehende Veranda und an den verfallenden Schuppen vorbei in das dichte Gestrüpp rannten, welches das Grundstück umgab. Aus einem der mit Maschendraht umzäunten Unterstände schallte wütendes Gackern zu ihnen herüber.

»Diese idiotischen Hunde«, sagte Zavala, »scheuchen immer wieder die Hühner auf. Das ist Mas Schuld. Sie verhätschelt sie, lässt ihnen alles durchgehen, dabei waren die beiden früher mal gut erzogene Jagdhunde.« Er zündete die Zigarette an, inhalierte tief und stieß dann den Rauch aus. Sein Gesicht nahm einen gehetzten Ausdruck an, als würde es ihm zu schaffen machen, an jene Zeit zurückzudenken. Er lehnte sich mit der Hüfte gegen das Verandageländer, das nicht so aussah, als würde es sein Gewicht halten, doch es gab nicht nach.

»Also, raus damit: Was zur Hölle wollen Sie von mir?«, fragte er, nachdem er eine Weile geschwiegen hatte. »Ich habe diesem Scheiß-Bentz schon alles erzählt, als er mir an der Kirche aufgelauert hat. Ich habe nichts zu verbergen. Absolut gar nichts.«

»Er hat Ihnen nicht aufgelauert«, stellte Montoya klar. »Er wollte nur auf Nummer sicher gehen.« Die beiden Hunde kamen aus dem Gestrüpp und rannten laut kläffend über das Grundstück. »Ich bin hier, weil ich wissen möchte, wo Sie sich in den letzten vierundzwanzig Stunden aufgehalten haben.«

»Ich habe gearbeitet, in der Kirche und im Park, und abends war ich auf ein, zwei Bier bei Corky's. Kennen Sie die Bar? Sie können den

Barkeeper fragen, Corky höchstpersönlich. Er stand gestern Abend hinter der Theke.« Ned zog an seiner Zigarette. »Danach bin ich nach Hause gefahren. Es war schon dunkel, deshalb hab ich nach dem Aussteigen das Loch nicht gesehen, in das ich getreten bin – von einem der Hunde oder weiß Gott was für einem Viech. Ich bin gestolpert, hab mir das Bein verdreht, und dann hat's geknackt. *Shit happens.*« Er schaute in den dunklen Himmel, an dem einige Sterne blinkten. »Hören Sie, Sie müssen mir glauben. Ich habe keine Ahnung, wer diese Morde begangen hat – ich war's jedenfalls nicht. Sie sind auf dem falschen Dampfer, genau wie dieser Bentz damals. Lassen Sie mich einfach vom Haken.«

»Nur noch ein paar weitere Fragen.«

»Jaja, Fragen über Fragen …«

Montoya ignorierte sein Gejammer und kam auf Kristi Bentz zu sprechen.

»Ganz schön harter Brocken.« Rauch strömte aus Zavalas Nasenlöchern. »Der Apfel fällt eben nicht weit vom Stamm. Neugieriges kleines Miststück. Die Story, die sie in ihrem Buch verbreitet, ist von vorne bis hinten falsch, aber sie ist damit durchgekommen. Ich habe niemanden umgebracht.« Er zog ein letztes Mal an seiner Camel, dann ließ er die Kippe auf die Veranda fallen und trat sie mit dem Absatz seines gesunden Fußes aus.

»Scheiße!« Er zog scharf die Luft ein und verlagerte augenblicklich das Gewicht. »Ein gebrochener Fuß – das hat mir gerade noch gefehlt!«

Die Hunde standen bellend vor dem Hühnerstall.

»Fred! Wilma! Hierher!«, rief Zavala den beiden zu, die sofort mit klackernden Krallen über die Veranda zurück in den Trailer stürmten. Als Montoya sich umdrehte, sah er, dass Eileen Hebert hinter der offenen Glasschiebetür stand und das Gespräch offenbar belauschte.

»Wollen Sie sonst noch etwas wissen?«, fragte Zavala und humpelte auf die Tür zu. Seine Mutter verschwand eilig im Innern des Trailers. »Falls ja, rufen Sie meinen Anwalt an.«

»Eine allerletzte Sache«, sagte Montoya. »Im Internet sind wir auf eine Anzeige gestoßen, in der Sie damit werben, dass Sie junge Alligatoren verkaufen.«

Zavala hielt sich am Türrahmen fest. »Das ist richtig.«

»Mit welchen Tieren handeln Sie sonst noch?«

»Mit allem, was ich kriegen kann: Frösche, Schildkröten …«

»Schlangen?«, fragte Montoya.

»Klar.« Zavala zuckte mit den mächtigen Schultern. »Wenn es mir gelingt, eine zu fangen …«

Aus dem Augenwinkel sah Montoya, wie Eileen aus einem Zimmer kam, das vermutlich als Schlafzimmer diente. Ihr Kittel hing an einer Seite herab, eine der Taschen war ausgebeult. Anscheinend befand sich etwas Schweres darin.

Eine Pistole?

Montoyas Muskeln spannten sich an.

»Ich denke, wir sind hier fertig«, sagte Eileen mit schmalen Lippen. Sie nickte ihrem Sohn zu. »Ned muss sich ausruhen und ich ebenfalls. Mir geht es in letzter Zeit gesundheitlich nicht besonders. Ich habe Krebs, müssen Sie wissen, und Ned kümmert sich gut um mich. Wir passen aufeinander auf, und wir brauchen niemanden, der hier rauskommt, die Hunde aufscheucht und uns mit allen möglichen Fragen nervös macht, die wir gar nicht beantworten müssten.«

Die Beule in der Kitteltasche wurde größer.

Bewegte sich.

Was immer Eileen Hebert darin untergebracht hatte, lebte.

Montoya dachte an die gefährlichen, weißen Fangzähne der Wassermokassinotter in Kristis Mülltonne.

»Was ist in der Tasche, Eileen?« Seine Waffe steckte in seinem Schulterholster. Wenn nötig, konnte er sie im Bruchteil einer Sekunde ziehen.

Würde das zu spät sein?

Die Beule bewegte sich erneut.

»Ich habe mitbekommen, dass Sie nach jungen Alligatoren gefragt haben.« Sie lächelte kalt und griff in die Tasche.

»Stopp!«, rief Montoya und zog die Pistole aus dem Holster. »Hände hoch! So, dass ich sie sehen kann!«

»Ich will Ihnen doch nur ein klitzekleines Baby zeigen …«

Als sie ihre Hand aus der Tasche zog, richtete Montoya die Waffe direkt auf ihr Herz.

»Aufhören!«, schrie Ned. »Legen Sie die Scheiß-Waffe weg, Mann! Herrgott noch mal, das ist meine Mom, auf die Sie da zielen!«

Eileens graue Augenbrauen schossen in die Höhe. »Keine Panik«, sagte sie mit eisiger Ruhe und zog einen frisch geschlüpften Alligator hervor, der Montoya mit seinen starren Reptilienaugen ansah.

»Herrgott noch mal, Mom. Warum tust du das?«, stammelte Ned, der aussah, als würde er jeden Moment einen Herzinfarkt bekommen. Aus seinem Gesicht war sämtliche Farbe gewichen.

Eileen streichelte das kleine Köpfchen mit der Fingerspitze und spottete: »Sie wollen mir doch nicht erzählen, dass dieser Winzling Ihnen Angst einjagt, Detective.«

Die Frau war völlig verrückt, und sie genoss die Show, die sie abzog.

Montoya ließ die Waffe sinken.

Ned schnaufte hörbar und griff nach seinen Camels.

»Vielleicht möchten Sie das niedliche Schätzchen Ihrer Frau mitbringen, Detective?« Eileen streckte Montoya den jungen Alligator entgegen, ihre Augen blitzten kalt. An ihren Sohn gewandt, sagte sie: »Geschieht ihm recht. Was platzt er auch hier herein, mischt alles auf und belästigt uns mit seinen dämlichen Fragen?«

»Er ist nicht hereingeplatzt, Ma. Wir haben ihn reingelassen.«

»*Du* wolltest, dass er reinkommt.«

»Heilige Scheiße!« Ned ließ sich in seinen Sessel fallen, stöhnte und fuhr sich mit der Hand durch die Haare. »Du bist doch völlig verrückt.« Er sah Montoya an. »Bitte gehen Sie.«

»Eine Minute noch.« Montoya spürte, dass er ganz dicht davorstand, etwas Entscheidendes zu erfahren. Diese Eileen war nicht so durchgeknallt, wie sie tat, das spürte er, auch wenn sie zweifelsohne über einen ziemlich makabren Sinn für Humor verfügte. Sie wusste etwas, und er würde nicht eher den Rückzug antreten, bis er herausgefunden hatte, was. »Ich würde gern wissen, an wen Sie in letzter Zeit Schlangen verkauft haben«, sagte er daher, die Augen fest auf Eileen geheftet. »Es ist wichtig.«

»In letzter Zeit hat nur ein Kunde nach einer Schlange gefragt«, sagte Ned, steckte sich eine weitere Zigarette zwischen die Lippen und hielt das Feuerzeug daran. Eileen fing an zu keifen und wollte ihn auf die Veranda schicken, aber er ignorierte sie, blies den Rauch zur Decke und fügte hinzu: »Ich hab eine erwischt, erst letzte Woche, und sie ihm zu einem ordentlichen Preis überlassen.«

»Vorsicht, Junge«, flüsterte Eileen warnend.

»Was für eine Schlange war das?«, fragte Montoya, der spürte, wie sein Herz erneut anfing zu hämmern.

Ned richtete sich in seinem Sessel auf und sah ihn voller Stolz an. »Eine Wassermokassinotter. Ein echtes Prachtexemplar.«

Kapitel achtunddreißig

Quietsch.

Quietsch.

Quiiieeetsch!

»Was zum Teufel ist das?«, fragte Reggie und klappte ihr Buch zu. Sie saß am Fenster und las *The Stand – Das letzte Gefecht* von Stephen King, einen ihrer Lieblingsromane. Das Fenster war einen Spaltbreit geöffnet, denn sie mochte es, den Wind zu hören, der durch die Magnolie im Garten strich, das leise Zirpen der Zikaden. Doch nun war ein unangenehmes Geräusch dazugekommen, ein Quietschen oder vielmehr ein Kratzen, das sie von der Lektüre ablenkte und ihre Nerven malträtierte. Sie hatte das Geräusch schon einmal gehört, aber sie konnte sich nicht erinnern, wann und wo.

Zum Glück hörte es jetzt auf, und sie fragte sich, ob ihr Ehemann es womöglich verursacht hatte. Hamilton war in letzter Zeit furchtbar nervös, beinahe schon paranoid. Das Interview im Fernsehen hatte ihm den Rest gegeben. Dabei hatte Reggie so sehr gehofft, es würde ihn endlich rehabilitieren, er würde danach seine Approbation zurückbekommen und könnte wieder als Chirurg arbeiten und wie früher nicht nur eine medizinische Koryphäe, sondern ein wichtiges Mitglied der gehobenen Gesellschaft von New Orleans sein.

Möglich war es durchaus.

Hamilton sah gut aus und war charmant, zumindest konnte er es sein, wenn er wollte. Im Fernsehen war er allerdings alles andere als charmant rübergekommen.

Diese manipulative Moderatorin – Renee-Claire – hatte sie hinters Licht geführt mit ihren falschen Versprechungen. In Wahrheit war es ihr nur darum gegangen, einen Skandal zu provozieren, um die Einschaltquoten zu erhöhen, und genau aus dem Grund hatte sie auch Kristi Bentz in die Show eingeladen. Ausgerechnet diese miese kleine True-Crime-Autorin, die sich mit dem Leid anderer Menschen eine goldene Nase verdiente. Das musste man sich mal vorstellen! Als hätte Reggie jemals zugestimmt, zusammen mit diesem Miststück in einer Sendung aufzutreten!

Das Interview war ein Desaster gewesen. Allein bei der Erinnerung daran kochte die Wut in ihr hoch. Sie griff nach ihrem Weinglas, trank den letzten Schluck und rief in Richtung Küche: »Hamilton, Liebling, wärst du so freundlich, mir nachzuschenken?«

Keine Antwort.

»Hamilton?«

Als sie sich vor etwa einer Stunde mit ihrem Buch zurückgezogen hatte, war er damit beschäftigt gewesen, ein spätes Abendessen zuzubereiten, obwohl keiner von ihnen wirklich Hunger hatte. Seit ihrer Jugend kämpfte Reggie eisern um ihre Figur, lief jeden Morgen sechs Meilen und absolvierte zusätzlich drei Mal pro Woche ein maßgeschneidertes Work-out, damit sie weiterhin so schlank und durchtrainiert blieb wie mit zwanzig. Auch wenn sie es nicht erwähnte, so entging ihr doch nicht, dass Hamilton, der stets sportlich und muskulös gewesen war, ein kleines Bäuchlein bekam. Noch war es nicht zu spät, etwas dagegen zu tun, aber sein neuestes Hobby – ein Meister der Französischen Küche zu werden – war dabei nicht gerade hilfreich. Sie würde sich etwas einfallen lassen müssen, ihn vom Herd wegzulocken und zu täglicher sportlicher Betätigung anzuhalten – Work-out plus schwimmen, Rad fahren, außerdem Basketball und Golf. Ihrer Meinung nach sollte er sich lieber auf sein Äußeres konzentrieren, anstatt sich Gedanken darüber zu machen, wie er das perfekte Bœuf bourguignon oder, schlimmer noch, eine Crème brûlée zubereitete. Herrgott, wie viele Kalorien mochten in dem teuflischen Dessert stecken, das so himmlisch schmeckte? Bestimmt sieben Millionen oder mehr …

»Ham?«, rief sie noch einmal, aber anscheinend konnte er sie wegen der schrecklich lauten Industrie-Dunstabzugshaube, die er kürzlich hatte installieren lassen, nicht hören. Sie hing über dem achtflammigen, ebenfalls neuen Gasherd, an der Wand daneben hatte der Klempner eine Extraleitung für einen Kaltwasserhahn an einem schwenkbaren Gelenkarm verlegt, damit der frischgebackene Meisterkoch seine Töpfe füllen konnte wie ein Profi. Dies wiederum hatte dazu geführt, dass die Küche neu gefliest werden musste, selbstverständlich mit exklusiven, aus dem Ausland importierten Fliesen.

Reggie schüttelte den Kopf. Zugegeben: Hamilton und seine neuen Interessen fingen an, ihr auf die Nerven zu gehen.

Nein, so durfte sie nicht denken. Solche Gedanken waren der Anfang vom Ende einer Ehe. Hamilton machte eine schwere Phase durch, und sobald er wieder auf Kurs war – je früher, desto besser –, wäre alles wieder gut.

Abgesehen davon, dass er anderen Frauen nachschaute. Es war ihr nicht entgangen, auch wenn er dachte, sie würde es nicht bemerken. Sie sorgte sich deswegen, aber heute Abend wollte sie nicht darüber nachdenken. Sie wollte den Abend genießen.

Hamilton und sie waren auf dem richtigen Weg. Das wusste sie. Sobald er wieder als Chirurg arbeiten durfte, würde er sich in den charmanten, weltmännischen, souveränen, sportlichen Mann zurückverwandeln, den sie geheiratet hatte. In einen Chirurgen mit eigenem Podcast, vielleicht sogar mit einer eigenen Fernsehsendung, dessen Klientel überwiegend aus lokaler, nein aus nationaler Prominenz bestand. Warum nicht?

Wer Erfolg haben wollte, musste nach den Sternen greifen, das war immer schon ihr Motto gewesen, und sie sah keinen Grund, warum sich das ändern sollte.

Sie legte den Roman aufgeschlagen auf den Beistelltisch, nahm ihr leeres Weinglas und stand auf. Nachdem sie sich ausgiebig gestreckt hatte, schlenderte sie durchs Esszimmer in die Küche. Die Dunstabzugshaube dröhnte, der Duft einer würzigen Bouillabaisse stieg ihr in die Nase. Ihr Magen knurrte verräterisch. Sie beachtete ihn nicht. Diese Dekadenz musste ein Ende haben, sonst würde sie noch härter um ihre Figur kämpfen müssen, und darauf hatte sie wenig Lust.

»Hamilton?«, fragte sie und sah sich in der leeren Küche um, die nur vom Licht der Dunstabzugshaube erhellt wurde.

Seltsam.

Die Speisekammertür war offen.

Warum? Hamilton machte sie doch sonst immer zu.

Die Flasche Merlot stand geöffnet auf der Kücheninsel, auf der Marmoroberfläche war ein roter Weinfleck zu sehen.

Reggie runzelte die Stirn.

Das passte nicht zu Hamilton. In der Küche war er genauso pingelig und pedantisch wie im OP-Saal.

Was hatte das zu bedeuten, und vor allem: Wo steckte er?

Ihr Blick fiel auf eine Karte aus altmodischem, weißem Büttenpapier mit einer schwarzen Rose darauf. Was war das? Die Einladung zu einer Vampirhochzeit? Oder wollte er jetzt nicht nur als die nächste Julia Child ganz groß herauskommen, sondern versuchte sich auch noch in Kalligrafie?

Sie klappte die Karte auf und las:

Du sollst nicht ehebrechen.

Exodus 20,14

Wie bitte?

Seit wann brachte Hamilton Bibelverse zu Papier, noch dazu über Ehebruch?

Sie wusste, dass er gern den Gottesdienst in der St. Ada Church besuchte, aber das hier? Das Alte Testament zitieren und eines der Zehn Gebote auf eine Art Trauerkarte schreiben?

War er jetzt vollends durchgedreht?

Sein eigenes Glas Wein stand unberührt neben dem Herd. Die Soße auf der Gasflamme kochte, und um das Ganze noch zu toppen, entdeckte Reggie feine Kratzer auf der Anrichte, die nahelegten, dass er sie beschädigt hatte. Gestern waren die Kratzer noch nicht da gewesen. Sie strich mit den Fingern darüber und spürte die feinen Vertiefungen. War das der Grund für das merkwürdige Geräusch, das sie vorhin beim Lesen gestört hatte? Hatte er womöglich ein Messer auf der Anrichte geschärft und war dabei abgerutscht? Herrgott, was hatte er sich nur dabei gedacht? Die Marmoranrichte hatte ein Vermögen gekostet! Was war nur los mit ihm?

»Ham?«, fragte sie noch einmal und spürte, dass sie nervös wurde.

Wo steckte er?

Was war das für ein grässliches Geräusch gewesen?

Angespannt stellte sie den Herd aus und schaltete die dröhnende Dunstabzugshaube ab. Schlagartig wurde es totenstill in der Küche.

Reggie konnte ihren Herzschlag hören, der zu einem schnellen Galopp ansetzte.

»Ham? Das ist nicht lustig!«

Vorsichtig machte sie ein paar Schritte auf die offene Speisekammertür zu. Als sie an dem großen Messerblock vorbeikam, blieb sie stehen und zog das lange Filetiermesser heraus. *Was soll das, Reggie? Dein Verhalten ist wirklich lächerlich.* Sie verharrte kurz, atmete tief durch und versuchte, sich zu beruhigen. Sie war zu Hause, mit ihrem Ehemann, in Sicherheit. Obwohl … O Gott, hatte sie etwa wieder vergessen, die Hintertür abzusperren? Eilig durchquerte sie die Küche und drehte den Knauf. Sie war offen. Ob Hamilton draußen im Garten war?

Um eine Zigarre zu rauchen? Eine weitere schlechte Angewohnheit, die sie ihm unbedingt abgewöhnen wollte.

Hm. Reggie überlegte. Vielleicht war er in die Garage gegangen, um etwas aus dem Auto zu holen …

Sie blickte durchs Küchenfenster auf den beleuchteten Weg zwischen Hintereingang und der ehemaligen Remise, die ihnen als Garage diente. Stand die Seitentür der Garage etwa ebenfalls offen?

Warum?

Ihre Nackenhärchen stellten sich auf, ihre Kehle war plötzlich staubtrocken. Sie umklammerte das Messer.

»Liebling?«, rief sie ängstlich und wirbelte herum, als sie hinter sich einen Schritt auf dem Fliesenboden hörte. Er war die ganze Zeit über in der Speisekammer gewesen!

»Was denkst du dir eigentlich dabei, mich so sehr zu ersch…« Das Wort erstickte in ihrer Kehle, als sie die dicke Klinge eines kurzen, breiten Messers erblickte, die direkt auf ihr Herz gerichtet war.

»Was …?«, wisperte sie fassungslos, die Augen auf das Messer gerichtet, mit dem für gewöhnlich Austern geöffnet wurden.

Sie schnappte nach Luft, dann hob sie den Blick. »NEIN!«

Die rasiermesserscharfe Klinge kam auf ihren Hals zu und schlitzte ihr die Kehle auf. »O doch, ›Liebling‹«, zischte er höhnisch.

Reggie holte aus und stieß mit dem Filetiermesser nach ihm. Die lange, schmale Klinge glitt durch die Kleidung in sein Fleisch. Sie versuchte, sie hochzuziehen, aber sie war zu schwach.

Sie blinzelte. Blut schoss aus ihrer Kehle, Schwindel übermannte sie, ihre Sicht verschwamm.

Keine Sekunde später gaben ihre Knie nach.

Noch während sie nach hinten zu Boden stürzte, sah sie, wie sich ein roter Fleck auf seinem Hemd ausbreitete, der schnell größer wurde.

Bamm! Ihr Kopf schlug mit voller Wucht auf den kühlen italienischen Marmorfliesen auf. Sie hörte ihren Schädel knacken.

Mit großer Anstrengung blickte sie in die ihr vertrauten Augen, sah ihn lächeln, hörte, wie er sagte: »Ja, Liebes, was darf ich dir bringen? Noch ein Glas Wein? Ich fürchte, dafür ist es zu spät.«

Und dann sah und hörte sie nichts mehr.

Sie drangen immer tiefer in das Sumpfland vor.

Bentz und Ty Wheeler saßen zusammen mit mehreren Deputies in einem Boot, ein zögerlicher Bobby-Dean und ein stummer Clive in einem anderen. Die beiden Fischer kannten die Sümpfe wie ihre Westentasche, kaum ein versteckter Seitenarm war ihnen bei ihren unzähligen Touren verborgen geblieben.

Bentz war dagegen gewesen, dass Sams Ehemann mit an Bord kam, doch Ty hatte darauf bestanden, und ihnen fehlte schlichtweg die Zeit für eine Auseinandersetzung. Also hatte Bentz gegen das Protokoll verstoßen – wieder einmal.

Die Boote glitten langsam durch den *bayou.* Das schwarze Wasser war überzogen mit Wasserlinsen, Schönhäutchen und Schwimmfarnen, immer wieder ragten Sumpfzypressen wie bleiche Totempfähle in den sternenübersäten Himmel. Louisiana-Moos tanzte bei jedem Windhauch gespenstisch in den Zweigen der entlang des Ufers stehenden Bäume, Rattenschlangen baumelten von den Ästen, und obwohl sie nicht wirklich gefährlich waren, hoffte Bentz inständig, dass ihm keine davon auf den Kopf fiel.

Er war auch so schon angespannt genug.

Hoffentlich kamen sie nicht zu spät, und Samantha Wheeler war noch am Leben.

Bentz tastete nach seiner Waffe, die er im Schulterholster unter der dünnen Jacke trug, dann kniff er die Augen zusammen, um in der

Dunkelheit besser sehen zu können. Die Taschenlampen waren neben dem fahlen Mond die einzigen Lichtquellen. Sie hatten die Bootsmotoren ausgeschaltet und näherten sich ihrem Ziel nun mithilfe von Rudern, die sie möglichst lautlos ins Wasser tauchten. Zum Glück wies ihnen Samantha Wheelers Uhr nach wie vor den Weg – die App, die es Ty ermöglichte, seine Frau zu tracken, funktionierte tadellos.

Jetzt, da sie dem Rosenkranzmörder immer näher rückten, fragte sich Bentz, wie dem Killer ein derartiger Fehler unterlaufen konnte. Noch einer. Erst war ihm diese Stacy Parker entwischt, dann waren sie auf einmal in der Lage, ihn über eine simple App aufzuspüren. Womöglich hatte Vater John all die Jahre über derart zurückgezogen gelebt – aller Wahrscheinlichkeit nach fernab der Zivilisation, in den abgeschiedenen Hütten von Maizie und Willard Ledoux –, dass der gewaltige technische Fortschritt der letzten Dekade an ihm vorbeigezogen war.

Wie auch immer, sie waren dem falschen Priester auf der Spur. Ty, der konzentriert auf sein iPhone blickte, hob plötzlich die Hand und deutete Richtung Bug. Knapp fünfzig Meter vor ihnen stand ein riesiger, mondbeschienener Baum am Ufer, dicke Äste unter einem dichten Blätterdach ragten über das Wasser. Darin versteckt war eine Hütte mit einer großen, auf den *bayou* hinausgehenden Veranda, die an ein Baumhaus erinnerte.

Bentz nickte. Das musste Vater Johns geheimer Rückzugsort sein.

Der eilig entworfene Plan war simpel: Taucher in besonders dicker Schutzkleidung würden ins Wasser gleiten, zum Versteck schwimmen und versuchen, auf die Veranda zu gelangen, während Bentz vom Ufer aus zur Hütte gehen und sich zu erkennen geben wollte. Im selben Moment würden die Kollegen starke Flutlichter anschalten und alles in gleißend helles Licht tauchen.

Es war riskant.

Bentz hatte keine Ahnung, ob Samantha Wheeler noch lebte oder schon tot war, aber er hoffte inständig, dass sie nicht zu spät kamen. Auch wenn er darauf brannte, den mörderischen Priester höchstpersönlich festzunehmen, und am liebsten mit gezogener Waffe in Vater Johns Versteck gestürmt wäre, würde er sich an den Plan halten: So war es am sichersten für die entführte Radiopsychologin.

Er gab den Tauchern ein Zeichen, die lautlos in das schwarze Wasser glitten.

Die Sekunden wurden zu Minuten, die quälend langsam verstrichen.

Bald würde alles vorbei sein. Spätestens in einer Viertelstunde.

Der längsten Viertelstunde in Bentz' Leben.

»Hallo?« Kristi klopfte an die Eingangstür des riesigen, zweigeschossigen Hauses von Reggie und Hamilton Cooke. Ihre Joggingrunde hatte sie an dem wenige Blocks entfernten Anwesen vorbeigeführt, und sie hatte gesehen, dass drinnen noch Licht brannte. Das Tor stand sperrangelweit offen. Zögernd war sie über die beeindruckende Zufahrt zum Haus gegangen und die Stufen zur Eingangsveranda hinaufgestiegen. Dort standen große Kübel mit bunten Blumen, außerdem mehrere Topfpalmen, deren Blätter im leichten Wind raschelten. Anders als fast alle anderen Häuser in der Nachbarschaft war das Anwesen der Cookes nicht mit Kürbissen für Halloween geschmückt, nirgendwo waren Plastikgrabsteine aufgestellt, nirgendwo baumelten Skelette oder tanzten aufblasbare Zombies über den sauber getrimmten Rasen.

Kristi klopfte erneut, dann drückte sie auf die Klingel. Drinnen ertönte ein dezentes Glockenspiel.

Immer noch keine Antwort.

Vielleicht hatten sie gesehen, wer da an ihre Tür klopfte, und beschlossen, sie zu ignorieren, obwohl das nicht wirklich zu Reggie passte. Kristi blickte durch die kleinen Glasfenster neben der Tür und sah ein prächtiges Foyer. Von der Decke hing ein beeindruckender Kristalllüster. An einer Seite war ein breiter Türbogen zu erkennen, hinter dem sich ein Wohnbereich mit teuer aussehenden Möbeln befand. Vor einem Marmorkamin standen eine weiße Couch und Polstersessel mit Blumenmuster.

Sie wartete, klingelte ein weiteres Mal. Als wieder niemand öffnete, folgte sie einem beleuchteten Weg, der um das Haus herumzuführen schien. An der Rückseite befand sich ein gepflegter Garten mit einem langen Pool, der über eine Terrasse zu erreichen war. Kristi klopfte an die große Schiebeglastür, dann versuchte sie, die Tür zu öffnen. Sie ließ sich nicht bewegen. Abgesperrt.

Der Weg führte weiter zu einer Art Durchgang, der das Haus mit einem Nebengebäude verband. Früher waren darin wahrscheinlich Pferdekutschen untergebracht gewesen, jetzt, so vermutete Kristi, diente es wohl als Garage.

Die Seitentür stand offen.

Kristi spähte hinein.

Tatsächlich: Zwei Wagen parkten darin, Hamilton Cookes schwarzer BMW und der elegante Mercedes seiner Frau.

Dann war das glückliche Paar also doch zu Hause.

Kristi zögerte nicht. Sie folgte dem Durchgang zur Hintertür und klopfte laut an. Die Tür schwang auf.

Merkwürdig. Warum hatte das Tor zum Anwesen offen gestanden, genau wie die Tür zur Garage? Und jetzt war auch noch die Hintertür unverschlossen?

Da stimmte etwas nicht.

Oder reagierte sie über? Nicht alle Menschen waren so vorsichtig, um nicht zu sagen, misstrauisch wie sie, die Tochter eines Cops.

Ihr Herz fing an zu hämmern, als wollte es sie warnen, aber sie achtete nicht darauf.

»Sei vorsichtig, Kris«, hörte sie Jays Stimme, die zuletzt eine ganze Weile geschwiegen hatte.

Sie zog seine Pistole aus der Tasche.

»Hallo?«, rief sie in die Küche hinein. »Jemand zu Hause?« Ihre Nerven waren gespannt wie Klavierdraht, als sie das Haus betrat. Das Licht an der Dunstabzugshaube über dem Herd brannte, in der Luft hing der köstliche Duft nach frischen Kräutern und Fisch. Ein Eintopf stand auf dem abgestellten Gasherd, eine Flasche Wein geöffnet auf der Kücheninsel, ein volles Glas Rotwein direkt neben dem Herd.

Irgendetwas stimmte nicht.

Das spürte sie ganz deutlich.

Sie wollte gerade ihr Handy hervorziehen, als sie etwas Dickflüssiges, Rotes auf dem Marmorfußboden entdeckte. Blut.

Kristi erstarrte.

»Hau ab! Sieh zu, dass du rauskommst!«, hallte Jays Stimme in ihrem Kopf wider. *»Ruf die Polizei, Kris, und zwar schnell!«*

Aber was, wenn jemand verletzt war? Die riesige rote Lache ließ Schlimmes vermuten.

»Hamilton Cooke ist Arzt! Soll er sich darum kümmern. Ruf die Cops, Kristi, und bring dich in Gottes Namen in Sicherheit! Sofort!«

Sie drehte sich gerade zur Tür um, als sie ein Stöhnen hörte. Tief. Unheimlich. Unwirklich.

Es kam aus der Speisekammer.

Ach du lieber Himmel!

Kristi wagte kaum zu atmen. Mit gezogener Waffe stieg sie über die Blutpfütze und schlich zur offenen Speisekammertür.

»O Gott«, flüsterte sie, als sie einen Blick hineinwarf. Im dämmrigen Licht, das die Dunstabzugslampe herübersandte, sah sie Regale voller ordentlich sortierter Lebensmittel – Zerealien, Reis, Hafermehl, Tomatenmark, Cola light – und zwei reglose, blutverschmierte Körper auf dem Fußboden.

Kristi drehte sich der Magen um, als sie Reggie Cooke erkannte, die Augen weit aufgerissen und starr. Ein Gurgeln drang über ihre blutigen Lippen, ihre linke Hand zuckte.

Sie war noch am Leben!

Aber nicht mehr lange.

Kristi sah, wie die Farbe aus Reggies Gesicht wich, bis es grau war – ein Fluch, mit dem Kristi leben musste. Sie konnte »sehen«, wenn ein Mensch kurz davorstand, sein Leben auszuhauchen.

»Nein«, sagte sie mit fester Stimme. »Bleiben Sie bei mir!«

Ihr Blick schweifte weiter zu der zweiten Person. Galle stieg in ihre Kehle, sie würgte. Hamilton Cooke lag neben seiner Frau. Er war bereits tot, sein weißes Poloshirt blutgetränkt, genau wie die braune Baumwollhose. An seinem Torso und in der Leistengegend waren tiefe Wunden zu erkennen. Seine Augen stierten blicklos ins Leere, der Mund war aufgerissen, das Gesicht eine Maske des Grauens.

»O Gott, o Gott, o Gott«, keuchte Kristi.

Die Pistole in einer Hand, zog sie ihr Handy aus der Tasche und rief die Neun-eins-eins an, dann kniete sie sich neben Reggie. »Ich hole Hilfe«, flüsterte sie, obwohl sie wusste, dass für die Anwältin jede Hilfe zu spät kam. »Bleiben Sie bei mir. Bleiben Sie einfach nur bei mir!«

In diesem Moment fiel ein Schatten in die Speisekammer.

Der Notrufkoordinator meldete sich. »Hier spricht die Neun-eins-eins. Was für einen Notfall möchten Sie melden?«

Der Schatten wurde größer.

»Zu spät«, knurrte eine tiefe Stimme. Die Stimme eines Mannes.

Kristi fuhr herum, doch bevor sie die SIG Sauer auf den Mann richten konnte, trat Aldo Lucerno ihr die Waffe aus der Hand.

Knack!

Ein stechender Schmerz schoss durch Kristis Arm bis hinauf zur Schulter.

Die Pistole flog in hohem Bogen durch die Luft, prallte gegen die großen Behälter mit Mehl, Salz und Zucker und fiel klappernd zu Boden, direkt hinter Hamilton Cookes Leichnam.

»Ich habe mich schon gefragt, ob du hier aufkreuzen würdest«, sagte Aldo.

Kristi sah das Messer in seiner Hand. Ein Austernmesser mit dicker Klinge. Kurz. Scharf. Tödlich. Blutverschmiert.

»Wunderbar, das spart mir die Mühe, dich aufspüren zu müssen!«

Kristi ging in Kampfposition, bereit, zur Seite zu springen, ihm auszuweichen oder sich auf ihn zu stürzen – je nachdem. Ihre Hand pochte.

»Hier ist die Neun-eins-eins«, drang die Stimme des Notrufkoordinators aus dem Handy, das sie noch immer in der Hand hielt. »Welchen Notfall möchten Sie melden? Hallo? Können Sie mich hören?«

Er trat erneut zu, blitzschnell. Das Handy fiel aus ihrer Hand und zerschmetterte auf den Fliesen.

»Jetzt habe ich deine volle Aufmerksamkeit«, stellte er mit einem selbstzufriedenen Grinsen fest.

»Wir müssen Hilfe holen!«, stieß Kristi hervor.

»Zu spät.«

»Aber …« Sie wollte ihm sagen, dass Reggie noch lebte, dass eine winzige Chance bestand, sie zu retten, doch sie wusste, dass sie auf taube Ohren stoßen würde. Aldo Lucerno ging es darum, seinen Job zu Ende zu bringen, und das würde er tun. Gnadenlos.

»*Sie* haben mir die Karten geschickt«, stellte sie fest. »Und die Schlange.«

»Geschenke.«

»Das waren keine Geschenke, das waren Warnungen.« Ihre Augen schweiften durch die Küche zur Hintertür, auf der Suche nach einer Möglichkeit zu fliehen, aber er stand noch immer auf der Schwelle zur Speisekammer, und sie wusste nicht, wie sie an ihm vorbeikommen sollte. Vielleicht war es möglich, an ihre Pistole zu gelangen … Die SIG Sauer war halb unter Hamiltons Leiche geschlittert, sie würde ein paar Schritte zurück machen und sich umdrehen müssen, um sie aufzuheben, aber sie wagte nicht, den Blick von Aldo zu wenden.

Denk nach, Kristi, denk nach.

Du hast schon so oft in der Klemme gesessen! Du musst eine Möglichkeit finden, dich zu retten. Du musst das Baby retten! Denk an das unschuldige Wesen, das in dir heranwächst!

»Ich verstehe es nicht«, sagte sie in der Hoffnung, ihn zum Reden zu bringen.

»O doch, du verstehst sehr wohl. Verkauf mich nicht für dumm. Du weißt, warum das alles hier passiert. Du hast von meinem Schmerz profitiert«, erwiderte er voller Verachtung. »Du hast mit deinem verdammten Buch den Namen meiner Familie in den Schmutz gezogen, hast Geld gemacht mit der Schande, mit der ich leben muss, unter der ich leiden muss. Als wäre es nicht genug, dass sie«, er nickte in Richtung seiner sterbenden Ex-Frau, »mit ihrer Affäre hausieren ging und überall damit prahlte, sogar im Fernsehen, dass sie mich für einen verurteilten Mörder verlassen hat, nein – du musstest ja auch noch kommen. Ein Buch darüber schreiben, die Filmrechte verkaufen, Geld scheffeln, indem du den Ruf meiner Familie ruinierst!«

Kristi konnte es nicht fassen.

Und deswegen ermordete er eiskalt mehrere Menschen? Sein Groll hatte sich zu Besessenheit ausgewachsen, die offenbar nach Rache schrie. Rache biblischen Ausmaßes.

Jetzt bemerkte sie auch den Schorf in seinem Gesicht, auf der Wange knapp unterhalb des Auges, und sie dachte an die Regenschirmspitze, die sie dem unbekannten Angreifer vor der St. Louis Cathedral ins Gesicht gestoßen hatte.

»Warum jetzt?«, krächzte sie heiser.

»Weil jetzt wieder alles losgeht! Dieser billige Streifen – *Gottkomplex und Mord* – läuft im Fernsehen rauf und runter, und er schadet meinem Ruf! Ich bin ein stolzer, aufrechter Bürger. Ich besitze ein Unternehmen, bin im Vorstand verschiedener Wohltätigkeitsvereine, eine wichtige Säule dieser Gesellschaft, und ihr drei« – er deutete mit dem Messer auf seine sterbende Ex-Frau, ihren toten Ehemann und Kristi –»werdet für das bezahlen, was ihr mir angetan habt.«

»Dann haben Sie die beiden getötet …«

»Die Ehebrecherin und ihren Liebhaber? Selbstverständlich!«, sagte er abfällig, als wäre Kristi schwer von Begriff. »Wir haben unser Ehegelübde vor Gott abgelegt, und sie hat es gebrochen, mit einem kaltblütigen Mörder! Und du, Kristi Bentz, hast meine Privatsphäre und mein Leben zerstört!« Sein Gesicht war wutverzerrt. »Genau aus dem Grund musst auch du für deinen Sünden bezahlen.«

Kapitel neununddreißig

Bentz' Haut kribbelte. Er blickte auf das, was offenbar einmal Vater Johns Unterschlupf gewesen war, aber das kleine Baumhaus war leer. Ein Schlafsack lag auf einem an der Wand angebrachten Bett, ein kleiner Tisch und ein Stuhl standen in der Mitte der kargen Behausung.

Auf dem Tisch lag ein Telefon.

Dr. Samantha Wheelers Handy.

Er hatte es absichtlich hier deponiert, um sie hinters Licht zu führen, um Detective Rick Bentz zu verstehen zu geben, dass er versagt hatte. Wieder einmal.

Bentz fühlte sich elend.

Vater John hatte gewonnen.

Und jetzt würde er Samantha töten.

Wenn er es nicht längst getan hatte.

»Sperren Sie die Hütte mit Polizeiband ab und sichern Sie alles, was Sie finden können«, wies er die Deputies an, die mit ihnen im Boot gesessen hatten. Die Taucher waren eine wackelige Leiter hinaufgeklettert, die aus dem Wasser auf die Veranda führte, und sahen sich ebenfalls in Vater Johns ehemaligem Versteck um.

»Wie soll das gehen?«, fragte einer der Deputies ratlos und warf einen Blick über den dunklen Sumpf.

»Keine Ahnung. Lassen Sie sich etwas einfallen. Und bestellen Sie die Spurensicherung her!« Bentz war wütend und frustriert. Ein Nachtvogel keckerte laut, es klang so, als würde er ihn auslachen.

Er presste seine Kiefer so fest zusammen, dass sie schmerzten, dann drehte er sich mit einem Ruck um und kletterte in das wartende Boot.

»Hier ist sie nicht«, bestätigte er Ty Wheeler, der ihn voller Hoffnung ansah, obwohl er von den Deputies schon erfahren hatte, dass sie seine Frau nicht gefunden hatten.

»Wenn sie hier nicht ist, wo dann?«

»Ich denke, sie ist ganz in der Nähe, irgendwo im *bayou,* das spüre ich«, entgegnete Bentz mit zusammengebissenen Zähnen.

»Dann beordern Sie weitere Cops her!«, rief Wheeler drängend. »Stellen Sie, wenn's sein muss, den ganzen Sumpf auf den Kopf, aber finden Sie sie!«

»Das tun wir«, versprach Bentz, auch wenn er sich insgeheim fragte, ob er dieses Versprechen wirklich halten konnte.

Mit blinkenden Lichtbalken raste Montoya über zwei gelbe Ampeln zu Kristi Bentz' Haus, während er über die Freisprechanlage Anweisungen erteilte. »Ja, korrekt. Ich will eine Großfahndung nach Aldo Lucernos Wagen. Ein Bentley, ja.« Er ratterte das Kennzeichen herunter.

»Ist raus«, gab der zuständige Officer zurück.

Montoya bog so scharf um eine Kurve, dass er ins Schleudern geriet, aber er ging nicht vom Gas. »Und versuch, Bentz zu erreichen, Kollege. Unbedingt!«

»Roger.«

Montoya unterbrach die Verbindung und fluchte. Er wusste, dass sein Partner irgendwo im *bayou* seinem ganz persönlichen weißen Wal nachjagte – Vater John –, aber verdammt noch mal, Bentz musste unbedingt wissen, dass nicht der falsche Priester, sondern Aldo Lucerno Jay McKnight getötet hatte und Kristi nach dem Leben trachtete.

Montoya hatte den Beweis dafür: Ned Zavala hatte nicht nur zugegeben, dass er Aldo letzte Woche eine Wassermokassinotter verkauft hatte, er hatte ihm auch mitgeteilt, wohin er die Giftschlange geliefert hatte. Ohne sich um das Protokoll zu scheren, war Montoya zu besagter Adresse gefahren und in Aldos Allerheiligstes eingebrochen – ein kleines, umgebautes Nebengebäude, das versteckt auf dem riesigen Lucerno-Anwesen lag, nicht weit von Aldos prächtigem, zartrosa gestrichenem Plantagenhaus entfernt, umgeben von gepflegten Außenanlagen mit Palmen, Magnolienbäumen und Springbrunnen. Das kleine Haus, das an ein Gästehaus erinnerte, war ebenfalls zartrosa gestrichen. Aldo war nicht da gewesen, aber es brannten Kerzen, und auf einem antiken Schreibtisch hatte Montoya Kalligrafie-Utensilien, schwarze Tinte und einen Stoß Büttenpapier entdeckt, das genauso aussah wie das mit den drohenden Bibelversen, gerichtet an Bentz' Tochter.

Montoya hatte keine Ahnung, welches Motiv Aldo Lucerno hatte, biblische Rache an Kristi zu üben; er wusste nur, dass er sie warnen musste.

Bevor es zu spät war.

Jetzt riss er am Lenkrad seines Mustangs, bog von der Hauptstraße in Kristis ruhige Seitenstraße ein und hielt vor ihrem Haus an. Noch während er ausstieg, versuchte er erneut, sie telefonisch zu erreichen, doch wieder wurde er direkt an die Mailbox weitergeleitet.

»Komm schon, geh dran«, murmelte er und rannte auf das Haus zu. »Kristi! Ich bin's, Reuben Montoya«, rief er und hämmerte an die Tür.

Drinnen fing der Hund aus voller Kehle an zu bellen.

»Kristi! Mach auf, es ist dringend!« Er wartete. Ging unruhig vor der Tür auf und ab. Warf einen Blick auf die Uhr, dann blickte er zur Kamera hoch, die unter dem Vordach montiert war. »Ich bin's, Reuben!«

Er schrieb ihr eine Textnachricht.

Keine Antwort.

Zunehmend beunruhigt, versuchte er es noch einmal bei seinem Partner. »Geh dran, Bentz, es ist echt wichtig!«

Nichts.

»Verfluchte Scheiße!«

Frustriert stieß er die Faust in die Luft, drehte sich um und bemerkte aus dem Augenwinkel eine Bewegung. In der Gasse zwischen Kristis Garten und dem Nachbargrundstück. Genau an der Stelle in der Nähe ihrer Mülltonnen, wo Kristi eine dunkle Gestalt gesehen hatte.

»He!«, brüllte Montoya. Die Gestalt fing an zu rennen.

Montoya überlegte nicht zweimal und stürmte ihr nach.

Der Wagen wurde langsamer.

Auf dem Rücksitz des Chevy Impala hörte Sam, wie ihr Entführer die Gänge runterschaltete.

Sie versuchte, ihre Angst zurückzudrängen. Sie musste das jetzt durchziehen, es war ihre einzige Chance. Kaum merklich spannte sie die Muskeln an und lockerte sie wieder. Die Wirkung des Tasers hatte definitiv nachgelassen.

Gut.

Sie betastete die Perlen des Rosenkranzes. Es handelte sich keineswegs um ein gängiges Modell: Die Perlen waren messerscharf und auf Klavierdraht oder eine Angelschnur gefädelt, unzerreißbar, ganz gleich, wie sehr das Opfer sich wehrte.

Du wirst nicht sein nächstes Opfer sein, schwor sie sich.

Der Wagen bog ab, wieder knirschten die Reifen über Kies, und sie holperten über eine offenbar wenig benutzte Piste.

Wohin um alles in der Welt brachte er sie?

Der Sumpfgeruch wurde, wenn überhaupt möglich, noch intensiver. Er würde sie töten, so viel stand fest.

Es sei denn …

Es sei denn, sie kam ihm zuvor und tötete *ihn*.

Sie musste handeln, und zwar sofort.

Bevor es zu spät war.

Sam holte tief Luft, betete, dass ihr Körper ihr gehorchen würde, und machte sich bereit.

Der Wagen hielt an.

Eins, zwei, drei!

Sie schnellte hoch, schwang die Arme über die Nackenlehne und streifte ihm den Rosenkranz über den Kopf, dann zog sie mit aller Kraft.

»He …«, rief er. Sein Fuß rutschte vom Gas. »Nein … Scheiße …« Seine Stimme klang erstickt.

Sie zerrte die Schnur mit den scharfen Perlen noch weiter zurück.

Er ließ das Lenkrad los.

Fand das Gaspedal wieder und drückte es durch.

Der Wagen schoss nach vorn, holperte über Steine, durch Schlaglöcher, Gestrüpp und tief hängende Zweige.

Sie sah sein Gesicht im Rückspiegel. Panikgeweitete Augen starrten ihr entgegen. Voller Überraschung. Voller Entsetzen.

»Stirb, Bastard!«, zischte sie. »Stirb!«

Seine Augen traten aus den Höhlen.

Er schlug und trat wild um sich, versuchte, die Finger unter den dünnen, tödlichen Draht zu schieben, der ihm die Luft abschnürte.

Sams Arme fingen an zu schmerzen, aber sie lockerte ihren Griff nicht.

Lass nicht los! Lass nicht los!

Die scharfen Perlen schnitten in Sams Finger. Sie ignorierte den Schmerz. Biss die Zähne zusammen.

Stirb endlich, du verfluchter Mistkerl!

Sie hörte, wie er röchelte, und verspürte für einen Moment tiefe Befriedigung.

Endlich bekam er die gerechte Strafe für all das Leid, das er unschuldigen Menschen zugefügt hatte. Wie viele Leben hatte er ausgelöscht, nur um an sein eigentliches Ziel – sie – zu gelangen?

Sie wusste, dass es ihm immer um sie gegangen war. Das hatte er ihr klipp und klar mitgeteilt, als er ihr vor Jahren die Schuld am Tod seiner Schwester gegeben hatte. Die junge Frau, eine gepeinigte, zutiefst zerrüttete Seele, hatte Dr. Sam in ihrer Sendung *Midnight Confessions* angerufen und sie um Rat gebeten. Und dann war sie plötzlich tot gewesen, und dieser Mann, dieser falsche, gottlose Pseudo-Priester, hatte Dr. Sam die Schuld an ihrem Tod gegeben.

Doch das war eine Ausrede. Der Tod seiner Schwester hatte ihm lediglich als Vorwand gedient, seinen Trieben zu folgen, seinen Drang, Macht auszuüben, indem er andere quälte und tötete, zu befriedigen.

Doch damit war jetzt Schluss.

Oder doch nicht?

Voller Entsetzen sah sie, wie es ihm gelang, die Hand hinter den Kopf zu legen und einen Finger zwischen Nackenstütze und Rosenkranz zu schieben. Im selben Moment machte der Impala einen Satz nach vorn. Hatte der Scheißkerl absichtlich aufs Gas getreten? Der Wagen nahm Geschwindigkeit auf und raste durchs Gestrüpp.

»Nein!«, schrie sie. »O Gott, nein!«

Bamm!

Der Chevy prallte gegen einen Baum und schleuderte mit durchdrehenden Reifen zur Seite.

Der Rosenkranz entglitt ihren Fingern. Sie schnappte danach, die scharfen Perlen schnitten tief in ihr Fleisch. Samantha zog scharf die Luft ein. Zu spät.

Blitzschnell streifte er die tödliche Schlinge ab, stieß die Autotür auf und sprang aus dem Wagen. Sam sah, wie er knietief im brackigen Uferschlamm versank, umgeben von Rohrkolben und Gräsern. Samantha versuchte, die hintere Tür aufzustoßen, doch im selben Moment lehnte er sich durchs Fahrerfenster ins Wageninnere, griff nach dem Elektroschocker, der in den Fußraum gerutscht war, und presste ihn seitlich gegen ihren Hals.

Ihr Körper zuckte und zitterte, doch sie hörte seine Worte klar und deutlich: »Zeit zum Sterben, *Doktor* Sam.«

Aldo sprang nach vorn, holte mit seinem scharfen Austernmesser aus und ließ es auf Kristi niedersausen.

In letzter Sekunde ließ sie sich fallen und rollte zur Seite, dann streckte sie die Beine aus und trat ihm die Füße weg.

Aldo rutschte auf den blutverschmierten Fliesen aus und stürzte auf seinen toten Rivalen.

Befeuert von Adrenalin, sprang Kristi auf die Füße, glitt aber ebenfalls aus und hielt sich an einem Regalboden fest. Sie fing sich, griff nach einem großen Vorratsbehälter aus Glas und schleuderte ihn auf Aldo, der gerade aufzustehen versuchte.

Er duckte sich. Das Glas flog an ihm vorbei und zerschellte an der Wand.

Kristi warf ein zweites nach ihm, doch es verfehlte ebenfalls sein Ziel und zersprang klirrend auf den Fliesen.

Die Pistole.

Sie musste an ihre Pistole kommen, die halb hinter, halb unter Hamiltons Leiche lag.

Es gelang Aldo, sich aufzurichten. Er taumelte einen Schritt auf Kristi zu, das Austernmesser hoch erhoben, bereit, es erneut auf sie herabsausen zu lassen.

Kristi schleuderte eine große Dose Tomatensuppe auf ihn. Die Dose traf Aldo auf der Brust, auf der ein roter Fleck prangte. Keine Tomatensuppe. Blut? Das Hemd über dem Fleck war ausgebeult, als würde sich etwas darunter befinden, vielleicht ein Handtuch. Eine Bandage. War Aldo Lucerno verletzt?

Er schnappte fluchend nach Luft. »Verdammtes Miststück!«, schrie er, dann stieß er zu.

»Du entkommst mir nicht …«

Kristi hechtete zur Seite.

Die dicke Klinge schlitzte ihren Jackenärmel auf.

Blitzschnell wirbelte sie herum und versuchte, ihm ins Gesicht zu treten, doch er bekam ihren Knöchel zu fassen. Kristi ging zu Boden. Diesmal landete sie auf Reggie. Ein leiser Schrei drang an ihr Ohr.

War die Frau etwa noch am Leben?

Die Pistole. Jays Pistole. Kristi streckte die Hand aus und tastete panisch den Fußboden hinter Hamilton ab.

»Du entkommst mir nicht«, hörte sie Aldos drohende Stimme über sich. Sie sah zu ihm auf. Seine Augen funkelten diabolisch – eine Mischung aus purem Bösem und genussvoller Befriedigung –, dann hob er die tödliche Waffe erneut, bereit, ihr den Todesstoß zu versetzen.

Er genießt das. Der kranke Scheißkerl genießt seinen Auftritt.

Kristi wollte sich gerade aufrichten, als etwas ihre Hand berührte. Ein Finger? Reggies Finger? Sie spürte einen warmen Hauch neben ihrem Ohr. Etwas wurde ihr in die Hand gedrückt. Nicht Reggies Finger, sondern etwas Kaltes, Langes, Scharfes. Kristi zuckte zusammen, als es leicht in ihre Handfläche schnitt. O Gott, war das etwa ein Messer? Tatsächlich.

»Töte ihn«, wisperte Reggie. Im selben Moment beugte sich Aldo vor und ließ das Austernmesser niedersausen.

Kristi rollte zur Seite, weg von Reggie, und stieß mit aller Kraft das lange Filetiermesser in seinen Brustkorb. Die scharfe Klinge glitt mühelos zwischen seine Rippen.

Er sackte zusammen.

Stürzte nach vorn.

Gleichzeitig spürte Kristi, wie das Austernmesser durch ihre Haare seitlich an ihrem Hals vorbeischrammte.

»Aaah!« Aldos Schrei klang wie der eines verwundeten Tieres. Er brach auf seiner Ex-Frau zusammen, doch er gab nicht auf, versuchte mit letzter Kraft, sich am Regal hochzuziehen und sein blutiges Werk zu vollenden. »Kristi Bentz, du wirst sterben – heute Nacht!«

»Nein!«, donnerte eine Männerstimme durch Küche und Speisekammer, dann fiel ein Schuss. Aldo zuckte. Das Austernmesser glitt ihm aus der Hand, Blut spritzte aus seinem Mund.

Kristi rollte sich abermals zur Seite und drehte den Kopf zur Tür.

Dort stand Cruz Montoya, eine Pistole in der Hand, und zielte auf Aldo, der sich nicht mehr rührte. Überall war Blut. Kristi würgte.

»Bist du okay?«, fragte Cruz, ließ die Waffe sinken, half ihr auf und führte sie in die Küche, wo sie auf einen Stuhl sank.

»Nein«, erwiderte sie und gab sich alle Mühe, sich nicht zu übergeben. »Nein.«

»Alles wird gut.«

»Gar nichts wird gut! Nie mehr!«, stieß sie mit einer Stimme hervor, die sie selbst nicht kannte.

»Kristi«, sagte er leise, und für einen Moment dachte sie, er würde sie in seine Arme ziehen.

»Keine Bewegung!«, befahl eine scharfe Stimme. »Waffen fallen lassen und Hände hoch!«

Cruz zögerte nicht. Seine Pistole landete mit einem metallischen Klackern auf den Fliesen. Mit erhobenen Händen drehte er sich um. Kristi blickte an ihm vorbei und sah Reuben Montoya in der Hintertür stehen, die Waffe auf seinen Bruder gerichtet.

»Alles okay bei dir?«, fragte er Kristi, ohne seinen Bruder aus den Augen zu lassen.

»Nein … ja … keine Ahnung.«

»Wir brauchen einen Rettungswagen!«, sagte Cruz.

»So, wie es aussieht, sogar mehr als einen«, gab Montoya trocken zurück. Sein Gesicht drückte Entschlossenheit aus, seine Augen blickten nüchtern und sachlich, doch in seiner Stimme schwang Bedauern mit, als er, die Waffe noch immer auf das Herz seines Bruders gerichtet, verkündete: »Cruz Montoya, du bist verhaftet.«

Kapitel vierzig

Ich möchte, dass Sie sich die Aufnahmen ansehen«, sagte Bentz zu Bobby-Dean und Clive, als sie an seinem Jeep ankamen, der am Ende der Schotterpiste parkte. Ty Wheeler hatte den *bayou* widerstrebend und voller Zorn verlassen, begleitet von einem Deputy. Bentz war mit den beiden Fischern vor Ort geblieben. Jetzt holte er sein iPad aus dem Wagen, legte es auf die Motorhaube und spielte die Aufnahmen erneut ab.

Eine Drohne hatte sie bei Tageslicht gemacht, und nun hoffte Bentz, dass einer der beiden Fischer irgendetwas Außergewöhnliches darauf entdeckte, etwas, was ihm entgangen war.

Und zwar möglichst bald.

Rechtzeitig.

Solange es den Hauch einer Chance gab, dass Samantha Wheeler noch am Leben war.

Die Minuten dehnten sich. Bentz trommelte mit den Fingern auf die Motorhaube. Irgendwann fragte er: »Und? Fällt Ihnen etwas auf?«

Er spielte das Video erneut ab. Bilder des Sumpfgebietes von oben erschienen auf dem Display: dunkles Wasser und dichte Vegetation, hier und da eine vereinzelte Hütte oder einige Pelikane im seichten Uferwasser, auf der Jagd nach Fisch. Alligatoren und Reiher, ein Reh verschwand im Unterholz, als die Drohne vorbeiflog. Anleger, Stege, dann und wann ein Boot, aber hauptsächlich Büsche, Sträucher, Schlingpflanzen und immer wieder die hohen, gespenstisch wirkenden Sumpfzypressen.

»Wie oft haben wir uns das jetzt angesehen?«, beschwerte sich Clive nach einer Weile. »Fünf Mal?«

»Bitte schauen Sie noch einmal ganz genau hin.« Bentz versuchte, aufmunternd zu klingen, doch in Wirklichkeit wurde er immer frustrierter. »Hier parkt der Jeep, hier ist unser Ausgangspunkt.« Er tippte mit dem Zeigefinger aufs Display.

»Schon klar.« Bobby-Dean nickte, dann rückte er seine Baseballkappe zurecht. »Das hier«, er deutete ebenfalls auf das iPad, »ist die Hütte vom alten Ross. Ich erkenne sein Boot.«

Clive nickte. »Genau. Und da drüben«, er wartete, bis die Drohne die richtige Stelle filmte, »lebt Dot Miller, ungefähr eine halbe Meile von der Junebug Lane entfernt.«

»Und was ist das?«, fragte Bentz, der spürte, wie sein Körper Adrenalin ausschüttete. »Ist das etwa Cyrus Ungers Laden mit den Ködern?«

Clive kniff die Augen zusammen, beugte sich vor und kratzte sich nachdenklich die Wange. »Ja, ich denke schon.«

»Hm.« Bobby-Dean nickte. »Ja.«

»Und das?« Bentz deutete auf eine Baumgruppe, die sich aus dem Wasser erhob. Anscheinend befand sich dort eine kleine Insel. Dahinter war etwas zu erkennen, was aussah wie ein grüner Hügel.

»Den Ort kenne ich nicht«, sagte Bobby-Dean und schlug nach einer Mücke, die sein Gesicht umschwirrte. »Du etwa?« Er sah seinen Kumpel fragend an.

»Hm.« Clive zog die Mundwinkel nach unten. »Ich habe keinen blassen Schimmer. Hier draußen gibt es keine Hügel. Könnte eine eingestürzte Hütte sein, die die Natur zurückerobert hat.«

»Muss aber eine ziemlich große Hütte gewesen sein«, entgegnete Bobby-Dean skeptisch. »Sieht auch eigentlich nicht aus wie eine Hütte.« Er strich sich über den dünnen Bart. »Können wir die Aufnahme vergrößern?«

Bentz zoomte heran und konzentrierte sich auf den zugewucherten Hügel. Seltsam, dass sie ihn nicht schon früher bemerkt hatten. Die dicht belaubten Bäume hatten ihn fast völlig verborgen.

»Ach, ich weiß«, sagte Bobby-Dean plötzlich und schnipste mit den Fingern. »Von oben hab ich's nicht erkannt, aber ich könnte mir vorstellen, dass es sich um die Ruinen des alten Klosters handelt. Was denkst du, Clive?«

»Was?«, fragte der bullige Schwarze verständnislos. »Wovon redest du?«

»Ein Kloster?«, wiederholte Bentz. Das Kribbeln durch das Adrenalin wurde stärker. »Dort befindet sich ein Kloster?«

»Ja.« Bobby sah seinen Freund an. »Erinnerst du dich nicht mehr? Okay, ist lange her, damals waren wir noch Kinder, aber es gab jede Menge Gerüchte. Die Alten lachten darüber, dass irgendein reicher Kerl der Kirche Land vermachen wollte – aber nur, wenn diese darauf ein Kloster errichten würde.«

Clive legte die Stirn in Falten, dann nickte er. »Du hast recht, ich erinnere mich.« Er beugte sich dichter über das iPad. »Soweit ich weiß, war das irgendein reicher alter Knacker, dessen Sohn ein katholischer Geistlicher war, ein Priester, glaube ich.«

»Genau«, pflichtete Bobby-Dean ihm bei. »Die Kirche erhielt das Land, doch das mit dem Kloster wurde nichts – der Boden war einfach zu morastig. Ganz gleich, was sie versuchten – die Mauern stürzten schneller ein, als man sie aufbauen konnte. Irgendwann wurde der Plan fallen gelassen und die Gebäude, die bereits standen, dem Verfall anheimgegeben.«

»Ja.« Clive nickte. »Was für eine Geldverschwendung!«

Ein verfallenes Kloster.

Katholisch.

»Das muss es sein«, sagte Bentz aufgeregt. »Kennen Sie den Weg?«

Die beiden Männer wechselten einen Blick.

»Können Sie mich hinbringen?«, drängte er, da er einen Anflug von Hoffnung verspürte, Samantha doch noch lebend zu finden.

»Ja, ich denke schon«, sagte Clive zögernd.

»Wo ist das Problem?«

»Komm schon, Clive«, sagte Bobby-Dean und starrte den vierschrötigen Kerl an. »Erzähl mir nicht, dass du an diesen Voodoo-Quatsch glaubst!«

»Was für einen Voodoo-Quatsch?«, hakte Bentz nach.

Clive furchte die Brauen. »Nein, natürlich nicht«, erwiderte er, doch Bentz entging nicht, dass er sich rasch bekreuzigte.

»Angeblich spukt es dort, weil der Ort verflucht ist oder was auch immer. Anders als Clive glaube ich aber nicht an diesen Hokuspokus.«

»Meine Mama hat daran geglaubt«, hielt Clive dagegen und bekreuzigte sich erneut.

»Das ist mir egal«, sagte Bentz ungeduldig. »Bis gerade eben konnten Sie sich nicht einmal an das Kloster erinnern, und jetzt haben Sie

Angst davor? Los geht's! Wie kommen wir schneller dorthin – mit dem Boot oder mit dem Wagen?«

»Das tut sich nichts«, behauptete Bobby-Dean.

Clive schüttelte den Kopf. »Doch. Mit dem Auto geht es schneller.«

»Gut.« Bentz nahm sein iPad und öffnete die Fahrertür. Die beiden Männer blieben wie angewurzelt stehen. Bentz setzte sich hinters Lenkrad, machte den Motor an und ließ die Scheibe herunter. »Worauf warten Sie noch? Steigen Sie ein!«

»Du darfst ihn nicht festnehmen!«, widersprach Kristi und stellte sich neben Cruz vor die Tür der Speisekammer. Sie konnte nicht glauben, was gerade passierte. Zum dritten Mal versicherte sie dem Partner ihres Dads: »Cruz hat mir das Leben gerettet!«

Die Situation war mehr als bizarr: Hinter ihr in der Speisekammer lagen drei blutüberströmte Leichen – vorausgesetzt, dass für Reggie tatsächlich jede Hilfe zu spät kam –, der Duft des auf dem Herd abkühlenden Eintopfs erfüllte die Luft, der Marmorboden war voller roter Schlieren.

Es sah aus wie am Set eines Horrorfilms.

Kristi war fix und fertig, ihr Herz hämmerte, als wollte es ihren Brustkorb sprengen. Was für ein Albtraum!

Doch Montoya ließ sich nicht beirren.

Er legte seinem Bruder Handschellen an, klopfte seine Taschen ab, stellte ein Taschenmesser sicher, dann bat er Cruz und Kristi, zur Seite zu treten, bückte sich und prüfte Aldo Lucernos Puls, bevor er auch bei Reggie und Hamilton Cooke nach Lebenszeichen suchte. Anschließend richtete er sich auf, rief Verstärkung und einen Rettungswagen, dann informierte er Cruz über seine Rechte.

In der Ferne heulten Sirenen.

Die Sanitäter kommen zu spät, dachte Kristi. Reggie würde sterben, wenn sie nicht schon tot war. Ihre Eingebung hatte sie noch nie getäuscht. Auch Aldo war vor ihren Augen grau geworden, und zwar unmittelbar bevor Cruz auf ihn gefeuert hatte.

Cruz hatte Aldo nicht getötet. Dank des Filetiermessers seiner Ex-Frau und Kristis Kampfgeist war seine Seele bereits dabei gewesen, seinen Körper zu verlassen. Der Stich war tödlich. Auch ohne die Kugel aus Cruz' Pistole wäre Aldo innerhalb der nächsten Minuten gestorben.

Aber wer weiß, was er in dieser Zeit noch angestellt hätte, dachte Kristi schaudernd und legte unwillkürlich eine schützende Hand auf ihren Unterleib.

»Bitte, Reuben, Cruz hat mir das Leben gerettet. Er hat Aldo nicht getötet. Ich war das, mit dem Messer.«

»Ich weiß, was du getan hast.« Das Heulen der Sirenen wurde lauter.

»Warum nimmst du ihn dann fest? Ohne ihn wäre ich jetzt tot und mein ungeborenes Kind auch!«

»Was?«

»Ich bin schwanger!«, rief sie verzweifelt und spürte, wie ihr die Tränen in die Augen schossen. Sie hatte zu viel riskiert, wieder einmal, hatte das Leben ihres Babys aufs Spiel gesetzt. Des Babys, das Jay gezeugt hatte. Sein Kind …

»Du bist … schwanger?«, vergewisserte sich Reuben.

»Ja.« Die Montoya-Brüder starrten sie überrascht an.

»Du bist *schwanger* und kommst *hierher?*«, fragte Cruz fassungslos.

»Ich hatte eine Pistole bei mir. Jays Pistole. Sie liegt da drinnen.« Sie deutete mit dem Kinn in Richtung Speisekammer.

An Reubens Kinn zuckte ein Muskel. »Gesetz ist Gesetz«, sagte er.

Diesmal entgegnete Kristi nichts. Sie wusste aus den Erzählungen ihres Vaters und aus eigener Erfahrung, dass Reuben Montoya sich nicht immer an die Regeln hielt und eine eigene Art hatte, das Gesetz zu interpretieren.

»Cruz hat auf Aldo Lucerno geschossen«, fügte er hinzu, »und er wird in einem anderen Bundesstaat gesucht. In Oregon.«

Cruz nickte und sah Kristi durchdringend an. »Es ist okay.«

Sie schüttelte heftig den Kopf. »Nein, ist es nicht. Ganz und gar nicht.«

»Doch. Es wird sich alles aufklären.« Sein Blick hielt ihren fest. »Ich komme klar. Streichle deinen Hund von mir.«

»Wie bitte? Meinen Hund?«

»Dave.«

»Ich weiß, wie mein Hund heißt, aber was hat der damit zu tun?«

Wovon redete Cruz? Das Sirenengeheul wurde ohrenbetäubend laut. Kristi blickte zum Fenster. Rote, blaue und weiße Lichter zuckten auf.

»Ich bin bei dir zu Hause vorbeigefahren, und er hat mich verbellt. War total außer sich.« Wieder dieser Blick. Diesmal beinahe flehentlich. »Also streichle ihn von mir und sag ihm, dass alles okay ist. Bitte, Kristi, tu mir den Gefallen.«

Sie nickte, auch wenn sie nicht verstand, was er von ihr wollte.

Draußen donnerten Schritte wie von einer Herde Wildpferde.

»Die Kavallerie«, sagte Montoya, und zum ersten Mal, seit er im Haus der Cookes aufgetaucht war, spiegelte sich so etwas wie Erleichterung auf seinem markanten Gesicht.

Eine Sekunde später stürmten zwei Cops, einer männlich, einer weiblich, durch die Hintertür in die Küche. »Polizei!«

»Sauber!«, rief Montoya. »Nehmt die Waffen runter. Wo sind die Sanitäter?«

»Direkt hinter uns«, antwortete die Polizistin und schob ihre Waffe ins Holster.

»Bringt sie rein!«, wies Montoya die beiden an. »Sie sollen sich beeilen!«

Sam bebte, sie zuckte unkontrolliert. Zum dritten Mal hatte Vater John eine Fünfzigtausend-Volt-Ladung durch ihren Körper gejagt, dann hatte er sie in eine Plane gewickelt und sie an diesen gottverlassenen Ort geschleppt – ein Gewölbe, eine Art Bunker –, mitten im Sumpf.

Wasser tropfte von den fauligen Stützbalken der Decke, ein kleines Rinnsal lief über die Steinplatten am Boden. Der dunkle Raum wurde von Dutzenden Votivkerzen erhellt. Die winzigen Flammen flackerten und warfen tanzende Schatten auf die bröckelnden Steinwände. Die Luft roch abgestanden und nach nasser Erde.

Er hatte sie an einen schlichten Stuhl mit gerader Rückenlehne gefesselt, das einzige Möbelstück im Raum. Weil sie noch immer heftig gezittert hatte, saßen die Fesseln an Händen und Füßen nicht so stramm, wie er es vermutlich beabsichtigt hatte. Trotzdem konnte sie im Augenblick nichts anderes bewegen als ihren Kopf.

Das groteske, bösartige Monster, das die Dreistigkeit besaß, sich »Vater John« zu nennen und die Soutane eines Priesters zu tragen, umkreiste sie. An ihm war nichts Heiliges, nichts Ehrenwertes, nein, er war das personifizierte Böse.

»W-W-Warum?«, brachte sie angestrengt hervor.

»Warum ich dich hierhergebracht habe? Warum ich dich all die Jahre über verfolgt habe?«, fragte er zurück. »Du weißt genau, warum. Dein jämmerlicher Rat hat meine kleine Schwester umgebracht.«

»N-N-Nein – nein, das stimmt nicht.«

Er warf ihr einen vernichtenden Blick zu. Der Saum seiner Soutane war vollgesogen mit Wasser, der schwere Stoff klatschte bei jedem Schritt gegen seine Beine, an seinem Hals trocknete das Blut aus den Wunden, die die scharfen Perlen des Rosenkranzes in seine Haut geschnitten hatten – ein rotes Muster auf blasser Haut. Er keuchte leise, offenbar hatte ihn der Kampf mit ihr mehr angestrengt, als sie dachte.

»U-U-Und warum die anderen?«

»Die anderen?«, schnauzte er.

»Die Frauen, die du umgebracht hast.«

»Die waren nur zur Übung.«

»Unsinn.« Sie spie ihre Worte förmlich aus. »Du hast dich daran aufgegeilt.«

Er blieb vor ihr stehen und sah ihr direkt ins Gesicht. Zornig. »Sie waren Huren«, knurrte er voller Verachtung.

»Sie waren unschuldige Menschen. Du bist ein Mörder.«

»Von Gott gesandt.«

»Aber sicher doch«, fauchte sie und spürte, wie die Wut Oberhand über die Furcht gewann, genau wie ihr Körper die Kontrolle über ihre Zuckungen. Vorsichtig, damit er nichts bemerkte, begann sie, die Hand- und Fußgelenke zu drehen, um ihre Fesseln zu lockern. »Du schiebst Gottes Willen vor, aber das ist bloß eine faule Ausrede.«

»Sein Wille ist mir Befehl.«

»Und er will, dass du dich verkleidest, Priester spielst und Menschen tötest? Was für ein Bullshit ist das denn?« Sie spürte, wie die Fesseln an ihren Handgelenken nachgaben. Aber nicht genug. »Warum jetzt?«, fragte sie noch einmal.

»Weil es an der Zeit ist. Du hörst mit der Sendung auf, mit *Midnight Confessions.*«

»Darauf hast du all die Jahre gewartet?«

Er schüttelte den Kopf. »Nein, nicht darauf. Auf Gottes Zeichen. Und das hat er mir nun gegeben.«

»Das glaubst du doch selbst nicht!«

»Was weißt du denn schon?« Er baute sich drohend vor ihr auf. Seine Unterlippe zitterte, seine Finger schlossen sich fester um die tödliche Schnur in seiner Hand. Er starrte sie an, dann begann er wieder, seine Kreise zu ziehen.

Um sie herum.

Enger und enger.

»Verflucht!« Bentz trat auf die Bremse.

Der Jeep brach zur Seite aus, als er das Lenkrad herumriss, um nicht in den Wagen zu rasen, der direkt hinter einer unübersichtlichen Kurve am Rand der Schotterpiste stand, der linke Vorderreifen bis zur Achse im Wasser.

»He!«, rief Bobby-Dean vom Rücksitz. »Passen Sie auf, verdammt noch mal!«

»Herr im Himmel, steh uns bei …«, flüsterte Clive.

Der Jeep verfehlte den alten Chevy nur um wenige Zentimeter. Im Licht der Autoscheinwerfer sah Bentz, dass es sich um Vater Johns Impala handelte.

Fast wäre ihm das Herz stehen geblieben. »Sie bleiben hier«, wies er die beiden Fischer an, zog seine Waffe aus dem Holster und stieg aus. Die Geräusche des nächtlichen *bayou* – zirpende Grillen, quakende Frösche, das Plätschern der kleinen Wellen, wenn ein Alligator ins Wasser glitt – umfingen ihn. Er griff ins Auto, nahm seine Taschenlampe aus dem Handschuhfach und ließ den bläulich weißen Strahl über die Umgebung schweifen.

Neben dem Impala war das Gras platt gedrückt – ein Hinweis darauf, dass etwas – oder jemand – über die zugewucherte Fahrspur, die einst eine schmale Straße gewesen sein musste, geschleift worden war.

Bentz' Herz setzte zu einem unregelmäßigen Galopp an.

Hier waren sie richtig.

Das war der Ort, an dem Vater John auf der Lauer lag, mit Samantha Wheeler als Geisel. Er konnte den Bastard förmlich spüren.

Mit der freien Hand zog er sein Handy hervor und tippte die Kurzwahl fürs Department ein, dann stieß er einen unterdrückten Fluch aus. Kein Empfang.

Er stieg wieder ein und sah Clive an. »Gehen, nein, *laufen* Sie zurück, so schnell Sie können, bis Sie irgendwo Empfang haben, dann wählen Sie die Neun-eins-eins. Sagen Sie dem Officer, dass Detective Bentz Verstärkung braucht, und zwar dringend, und sorgen Sie dafür, dass die Kollegen den Weg finden.«

»Wie soll das gehen? Hier gibt es doch nicht mal eine richtige Straße, und ich glaube kaum, dass das Kloster auf irgendwelchen Landkarten verzeichnet ist ...«

»Dann erklären Sie es ihnen! Lassen Sie sich etwas einfallen. Beeilen Sie sich!«

Bobby-Dean war bereits ausgestiegen und rannte im Schein seiner Handytaschenlampe über die grasüberwucherte Fahrspur.

Bentz zögerte nicht. Er war sich sicher, dass der Rosenkranzmörder Samantha Wheeler folterte, vorausgesetzt, er hatte sie noch nicht getötet. Die Taschenlampe in der Hand, setzte er sich in Bewegung, kämpfte sich durch hohe Farne und Schlingpflanzen, die den Weg versperrten. Im Laufschritt folgte er der Piste und hoffte inständig, dass er nicht zu spät kam.

Dann sah er es: Vor ihm in der Dunkelheit ragte ein teilweise eingestürztes Gebäude auf, ein von Pflanzen überwuchertes Ungetüm, umgeben von Wasser, dicht umstanden von Tupelobäumen und Sumpfzypressen. Im fahlen Mondlicht bot es einen wahrhaft gespenstischen Anblick.

Ganz in der Nähe schrie eine Eule, Fledermäuse flatterten über ihn hinweg, an den Ästen tanzte das allgegenwärtige Louisiana-Moos im leichten Wind.

Die Fahrspur führte zu einer wenig vertrauenerweckenden schmalen Holzbrücke. Bentz versuchte, die Vorstellung von darunter lauernden Alligatoren und Wasserschlangen zu verdrängen, und setzte vorsichtig einen Fuß vor den anderen. Geschafft.

Im Schein seiner Taschenlampe folgte er den Schleifspuren zu einem Trümmerhaufen und entdeckte eine Öffnung, die einmal eine Tür gewesen sein musste. Übrig geblieben war nicht mehr als ein dunkles Loch.

Er dachte an Samantha, die sich in der Gewalt des Psychopathen befand, atmete tief durch, zog den Kopf ein und betrat die Überreste des ehemaligen Klosters mitten im Sumpf.

Absolute Schwärze umhüllte ihn. Er hörte das permanente Tropfen von Wasser auf den Steinboden und das flinke Scharren kleiner Krallen. Ratten, vermutete er.

Das Dach war zum Teil eingestürzt, sodass er nicht aufrecht stehen konnte. Er schaltete seine Taschenlampe nur kurz ein, um sich zu orientieren, da er sich nicht mit dem hellen Schein verraten wollte. Er schob die Lampe in den Hosenbund, dann streckte er die Hände aus und tastete sich vorwärts, auf ein unheimliches, flackerndes Licht zu.

Schritt für Schritt ging er darauf zu, bis er sehen konnte, dass es eine weitere Türöffnung beleuchtete.

Bentz zog die Waffe aus dem Holster, schickte ein Stoßgebet zum Himmel, gerichtet an einen Gott, an den er schon seit Jahren nicht mehr glaubte.

Herr im Himmel, bitte lass mich nicht zu spät kommen.

Vater John stand direkt hinter ihr.

Sams Haut fing an zu kribbeln.

Sie versuchte, den Kopf zu drehen, wollte ihn sehen, doch das war unmöglich.

Ihr Herz hämmerte.

Ihre Nerven lagen blank.

Plötzlich meinte sie, über das Tropfen des Wassers und das Donnern ihres Herzens hinweg ein Geräusch zu vernehmen. Sie lauschte angestrengt. Nichts. Sie musste sich geirrt haben.

Wahrscheinlich war es nur das Monster, das sich hinter ihr bewegte.

Eine Woge der Panik rollte über sie hinweg.

Nein! Nein! Nein!

Noch einmal versuchte sie, den Kopf zu drehen, schaukelte wie verrückt mit dem Stuhl hin und her, aber er blieb hinter ihr.

»Wo bist du, du verfluchter …«

Im selben Moment verspürte sie einen Luftzug, dann schloss sich die enge Schlinge des tödlichen Rosenkranzes um ihren Hals.

Nein!

O Gott, bitte nicht!

Die scharfen Perlen schnitten tief in ihren weichen Hals.

Sie bekam keine Luft mehr.

Ihre Lungen brannten.

Verzweifelt versuchte sie, sich mit dem Stuhl zur Seite zu werfen.

»Halt still!«, zischte er.

Niemals!

Sie musste an ihre Kinder denken, an Ty. Sie wusste, dass sie nicht aufgeben durfte.

Kämpf, Samantha, kämpf!

Sie fühlte, wie heißes Blut ihren Hals hinabrann.

Die Schnur wurde noch enger gezogen.

Und dann spürte sie seinen Atem dicht neben ihrem Ohr. »Leb wohl, Dr. Sam«, hauchte er. »Es ist Zeit für dich, zu sterben.«

Bentz verharrte gebückt in dem maroden Durchgang zu einem großen, höhlenartigen Gewölbe, das von flackernden Votivkerzen erhellt wurde. Vater John stand direkt hinter Sam, die an einen Stuhl gefesselt war. Er hatte ihr den Rosenkranz um den Hals gelegt und zog die Schlinge zusammen. Bentz sah die Panik in Samanthas Augen, die aus ihren Höhlen zu treten schienen.

Er richtete die Waffe auf den Kopf des Psychopathen, hoffte auf eine freie Schussbahn und brüllte: »Polizei! Hände hoch!« Und dann rief er den Bastard bei seinem Namen. Seinem richtigen Namen, den er schon so lange kannte.

Vater John erstarrte.

Schaute auf.

In seinem Gesicht spiegelte sich Verwirrung.

»Hände über den Kopf!«, befahl Bentz.

Samantha warf sich mit dem Stuhl zurück, prallte gegen ihren Angreifer.

Vater John gab einen wütenden Schrei von sich, danach verlor er auf dem nassen Steinboden den Halt, rutschte aus und stürzte zu Boden, ohne den Rosenkranz loszulassen.

Sam fiel mitsamt Stuhl nach hinten.

Bentz zögerte keine Sekunde.

Die Schussbahn war frei.

Er stürmte in den großen Raum, zielte auf Vater Johns Kopf und feuerte.

Blamm!

Der Schuss hallte von den Steinwänden wider.

Der Kopf des Rosenkranzmörders explodierte, die Sonnenbrille flog von seiner Nase. Sein Körper zuckte einmal, dann wurde er schlaff.

Bentz rannte zu Samantha und löste den Draht mit den blutroten Perlen von ihrem Hals.

Sie schnappte angestrengt nach Luft.

In der Ferne hörte Bentz das Heulen von Sirenen.

»Alles wird gut«, flüsterte er der röchelnden Frau zu, auch wenn er es selbst kaum glaubte. »Alles wird gut.«

Er richtete sie mitsamt dem Stuhl auf, schnitt ihre Fesseln mit seinem Taschenmesser durch und half ihr hoch.

»Ty …«, krächzte sie.

»Er ist bei den Jungs. Es geht ihnen gut.« Bentz warf einen letzten Blick auf den toten Mann, als müsste er sich vergewissern, dass der Rosenkranzmörder, den er so viele Jahre gejagt hatte, wirklich tot war, anschließend legte er den Arm um die Radiopsychologin und schickte ein Dankgebet zum Himmel.

Das Kapitel »Rosenkranzmörder« war endgültig abgeschlossen.

Kapitel einundvierzig

Am nächsten Nachmittag saß Bentz an seinem Schreibtisch im Department und blickte in die Sonne, die durch die schmutzigen Scheiben fiel. Er hielt seine Dienstmarke in einer Hand und strich mit den Fingerspitzen der anderen darüber, während er an all die Jahre dachte, die er bei der Polizei verbracht hatte, dieses Stück Metall immer bei sich tragend. Es hatte ihn beschützt, hatte ihn zu dem Mann gemacht, der er war.

Jetzt war es an der Zeit, die Marke zurückzugeben.

Er lehnte sich ein letztes Mal in seinem Schreibtischstuhl zurück, hörte, wie die Maler die Plastikbahnen entfernten. Die Handwerker waren fertig.

Die Renovierungsarbeiten abgeschlossen.

Nach über zwei Monaten würde Montoya wieder ein eigenes Büro bekommen.

Und einen neuen Partner.

Hoffentlich einen jüngeren.

Es sei denn, er, Bentz, machte einen Rückzieher.

Bisher jedoch war er fest entschlossen, sich aus dem Polizeidienst zu verabschieden. Er hatte es Olivia versprochen, hatte ihr versichert, er freue sich darauf, das Leben zu genießen und mehr Zeit mit der Familie zu verbringen. »Wenn du wirklich nicht loslassen kannst«, hatte sie zu ihm gesagt, »dann mach dich als Privatdetektiv selbstständig.«

»Ich soll Privatermittler werden?« Bentz war fassungslos gewesen. »Niemals!« Jetzt gingen ihm Olivias Worte wieder durch den Kopf, und auf einmal kam ihm ihr Vorschlag gar nicht mehr so abwegig vor. Er hätte etwas zu tun, etwas, was weniger gefährlich war als sein Job beim NOPD. Er konnte sich einfach nicht vorstellen, seine Freizeit mit Angeln zu verbringen oder damit, Ginny Tag für Tag zum Kindergarten zu fahren, aber was sollte er sonst tun? Gärtnern? Bogenschießen?

»Hör bloß auf«, murmelte er.

Montoya betrat das Büro, genauso grimmig wie gestern, als er seinen Bruder verhaftet und nach Oregon geschickt hatte.

»Geht es dir gut?«, fragte Bentz, als Montoya sich auf seinen Stuhl sacken ließ.

»Sehe ich aus, als würde es mir gut gehen?«, knurrte sein Partner. Bentz bemerkte einige Falten um Mund und Nase, die vor ein paar Tagen noch nicht da gewesen waren. Montoya schien seit Ewigkeiten nicht mehr geschlafen zu haben.

»Du siehst echt scheiße aus.«

»So fühle ich mich auch.« Montoya starrte mit finsterem Blick aus dem Fenster.

»Du glaubst nicht, dass er getan hat, was man ihm vorwirft«, stellte Bentz fest.

»Wer? Cruz?« Montoya legte die Hand in den Nacken. »Ich denke, Cruz ist zu vielem fähig, und er baut sicher viel Sch… Mist, wollte ich sagen. Aber Mord?« Er schüttelte den Kopf. »Nein. Niemals.«

»Was hast du vor?«

»Was kann ich schon tun?« Montoya nahm den Gürtel, der zusammengerollt wie eine Schlange auf seinem Schreibtisch lag.

»Sag du's mir.«

»Ich hab noch keine Entscheidung getroffen.« Er dehnte den kunstvoll gefertigten Ledergurt. »Sieh mal«, sagte er und deutete auf eine Stelle, wo die Naht aufgegangen war. Die Oberseite löste sich von der Unterseite, wodurch eine winzige Tasche entstand.

»Na und? Altes Leder löst sich nun mal.«

»Wenn du das sagst.« Montoya rieb mit dem Finger über die Naht. »Der Rest ist bombenfest.« Er beäugte die Öffnung. »Ich denke, die Naht wurde mit Absicht aufgetrennt.«

»Warum?«

»Keine Ahnung.«

»Aber du meinst, das ist wichtig?«

Montoya straffte den Gürtel, dann rollte er ihn sorgfältig zusammen. »Vielleicht. Auf alle Fälle sollte ich meinen Bruder danach fragen.«

»Du hast vor, mit ihm zu reden.«

»Ja. Unbedingt.« Montoya lehnte sich in seinem Schreibtischstuhl zurück und schloss erschöpft die Augen. »Aber zuerst soll er sich mit den Kollegen in Oregon auseinandersetzen. Mal sehen, was die herausfinden.« Er öffnete die Augen wieder und starrte schweigend an die Decke.

Bentz hörte, wie die Handwerker ihre Ausrüstung durch den Gang schleppten. Bald würde wieder Ruhe im Department einkehren, aber dann wäre er nicht mehr da. Unwillkürlich tastete er wieder nach seiner Dienstmarke. Er hatte eine lange Nacht hinter sich, und auch die Tage und Wochen davor waren mehr als aufreibend gewesen. Aber es war vorbei, auch wenn es ihm schwerfiel zu begreifen, dass er vor wenigen Stunden den Mann erschossen hatte, der seine Stadt über so viele Jahre hinweg terrorisiert hatte. Der mörderische Pseudo-Priester, ein hochgefährlicher Psychopath, war tot und würde nie wieder sein Unwesen treiben können. Bentz' Job war erledigt, jetzt würde sich Vater John vor seinem Schöpfer verantworten müssen.

Dr. Sam, deren Leben Bentz in letzter Sekunde hatte retten können, war ins St. Ada Hospital gebracht worden, wo sie sich von ihrem Schrecken und den körperlichen Verletzungen erholte. Allerdings hatte sie darauf bestanden, trotz ihrer stark beeinträchtigten Stimme so schnell wie möglich entlassen zu werden, um wieder arbeiten zu können – sie wollte *Midnight Confessions* wie geplant mit einer fulminanten letzten Sendung abschließen und sich dann ihrem Podcast widmen, die Kontrolle über ihr Leben zurückgewinnen.

Was Helene Laroche betraf, ging das Gerücht, dass die Familie plante, im Gedenken an Helene einen kleinen Park anlegen zu lassen. Hugo, ihr hinterbliebener Ehemann, war noch immer in tiefer Trauer, während die Presse seine Tochter Marianne mit »Gut, dass wir die los sind« zitierte. Hugos Sohn Vincent dagegen betonte, dass Helene ein »äußerst sensibler Mensch« gewesen sei, den er »sehr vermisse«.

Stacy Parker alias Luna, die nur durch Zufall Vater Johns Fängen entkommen war, war fest entschlossen – zumindest hatte sie das Bentz am Telefon mehrfach beteuert –, ihr Leben als Straßenprostituierte in New Orleans aufzugeben und nach Wyoming zurückzukehren, wo sie sich am College einschreiben wollte. Oder an einer Wirtschaftsschule. Vielleicht wollte sie auch einfach nur auf einer Ranch arbeiten.

Er war froh, dass sie diesen Schritt wagte, und er war sich sicher, dass sie ihr Leben auf die Reihe bringen würde.

Er dehnte seinen Nacken und hörte, wie die Wirbel knackten. Nachdem er Dr. Sam ins Krankenhaus begleitet hatte, war er zu Kristi gefahren und die restliche Nacht und den Großteil des Vormittags über bei ihr geblieben. Montoya hatte ihn auf dem Weg ins St. Ada Hospital erreicht und ihm berichtet, was vorgefallen war. Bentz wäre beinahe das Herz stehen geblieben, als er erfuhr, dass er um ein Haar seine Tochter und sein ungeborenes Enkelkind verloren hatte – getötet von Aldo Lucerno, dem Austernkönig von New Orleans.

Er wusste, dass Kristi eine Kämpferin war, und er war nicht überrascht, wie tough sie auf ihn wirkte, nach allem, was sie durchgemacht hatte. »Ein Schritt nach dem anderen, und irgendwann wird es besser«, hatte sie ihm mit einem traurigen Lächeln versichert.

Wieder einmal hatte er ihr angeboten, zu ihm, Olivia und Ginny zu ziehen, wieder hatte sie abgelehnt. Sie käme allein klar, und außerdem wäre sie ja gar nicht allein. Ihre Lippen verzogen sich zu einem feinen Lächeln, als sie die Hand auf ihren Bauch legte.

Aldo Lucerno, der Mann, der Kristi so viel Leid zugefügt hatte, war tot, er würde ihr nichts mehr anhaben können.

Bentz wusste, dass er sich entspannen konnte, aber es wollte ihm nicht recht gelingen. Wahrscheinlich, so dachte er nun, war es normal, dass er sich immer um seine kleine Familie, die ihm das Kostbarste auf der Welt war, sorgen würde. Und das war gut so.

Sorgen bereitete ihm im Augenblick auch Montoya, der gedankenverloren an seinem Schreibtisch saß und ins Leere stierte.

»Alles klar, Partner?«, fragte er daher.

Montoya stieß sich vom Schreibtisch ab und rollte mit seinem Stuhl zurück. »Aber sicher.« Seine Stimme triefte vor Sarkasmus.

»Wir haben immerhin zwei Fälle abgeschlossen«, rief Bentz ihm vor Augen.

»Und einen neuen, um den ich mich kümmern muss.« Montoya seufzte, dann fing er endlich an zu reden und erzählte Bentz von seinem Bruder und vom Tod von Lucia Costa. Cruz steckte definitiv bis über beide Ohren in Schwierigkeiten.

»Das fällt nicht in unseren Zuständigkeitsbereich.«

»Ich weiß. Aber er ist mein Bruder.«

»Ich weiß«, wiederholte Bentz Montoyas Worte.

Als Montoya von Ned Zavala erfahren hatte, wer letzte Woche die Wassermokassinotter gekauft hatte, hatte er versucht, Aldo aufzuspüren, aber er war weder zu Hause noch in seinem Refugium auf dem weitläufigen Grundstück gewesen. Dort jedoch hatte Montoya die Karten und die schwarze Tinte entdeckt, womit klar gewesen war, wer Kristi die ominösen Bibelverse geschickt hatte. Montoya war in seinen Mustang gesprungen und zu Kristis Haus gerast, um sie zu warnen, doch er hatte sie nicht angetroffen. Dafür hatte er eine dunkle Gestalt bemerkt, die sich in der schmalen Gasse zwischen Kristis und dem Nachbargarten herumtrieb, und die Verfolgung aufgenommen. Doch die Gestalt hatte sich nicht als Aldo Lucerno, sondern als Cruz entpuppt. Sein Bruder hatte ihn zu den Cookes geführt, wo Montoya Zeuge geworden war, wie Cruz seine Pistole auf Aldo abfeuerte, um Kristi das Leben zu retten.

Und jetzt war Cruz auf dem Weg nach Oregon, um sich dem zu stellen, was immer ihn erwartete.

»Ich muss los.« Bentz stand auf. »Es ist Halloween, und wir feiern Ginnys Geburtstag.«

Montoya rang sich ein Lächeln ab. »Das darfst du nicht verpassen, Partner. Um nichts auf der Welt.«

»Nicht, wenn ich ein verheirateter Mann bleiben möchte.« Bentz nahm seine Jacke und fügte hinzu: »Und das möchte ich definitiv.« Er zögerte kurz, dann sagte er: »Vielleicht solltest du auch Feierabend machen.«

»Ja. Ich bleibe nicht mehr lange.«

Bentz warf ihm einen prüfenden Blick zu, dann nickte er und verließ das Büro.

Montoya war ein großer Junge. Er würde einen Weg finden, seinen Bruder zu unterstützen, und wenn nötig, würde Bentz ihm dabei helfen.

Bentz stieg in seinen Jeep, fuhr auf schnellstem Weg zu einem Spielwarengeschäft und parkte in zweiter Reihe. Er würde nicht mit leeren Händen nach Hause kommen – nicht am Geburtstag seiner Kleinen. Seine Augen schweiften über die Regale mit Plüschtieren. Da Halloween war, entschied er sich für eine riesige schwarze Katze, obwohl Olivia sicher nicht begeistert wäre. Bentz bezahlte und lief im Eilschritt zu seinem Wagen zurück, dann reihte er sich in den dichten Verkehr ein.

Seine Frau und seine kleine, blond gelockte Tochter warteten vor der Haustür auf ihn.

Er rannte die Stufen der Eingangsveranda hinauf. »Herzlichen Glückwunsch zum Geburtstag, Ginny«, sagte er und hielt ihr das riesige Plüschtier mit den kugelrunden grünen Augen hin.

Die Kleine streckte glücklich die Ärmchen danach aus und brabbelte etwas Unverständliches.

Bentz ignorierte Olivias tadelnden Blick und erfreute sich an Ginnys breitem Grinsen, bei dem sie ihre winzigen Schneidezähnchen entblößte.

»Ganz genau, mein Schatz, das ist eine Katze.« Er streichelte liebevoll ihr Köpfchen.

»Du denkst, das hat sie gesagt?«, fragte Olivia verblüfft.

»Definitiv.« Bentz küsste seine Frau, nahm ihr die Kleine ab und trug sie zusammen mit der riesigen Katze ins Wohnzimmer. »Dir gefällt das Geschenk, nicht wahr, Ginny?«

Olivia, die ihnen folgte, schmunzelte. »Das glaube ich gern. Wir müssen nur noch einen Platz dafür finden.«

Es klingelte.

»Süßes oder Saures?«, fragte Bentz und warf einen Blick aus dem Fenster. Die Sonne war noch nicht untergegangen, für Halloween-Streiche war es also eigentlich noch zu früh.

»Nein, ich denke nicht.« Olivia ging zur Haustür und öffnete. Es war Kristi. Sie trat ein, eine rosa Schachtel mit weißer Schleife in der Hand, und drückte ihrer kleinen Schwester einen Kuss auf die Wange.

»Happy Birthday, Gin-Gin«, sagte sie. Die Augen des Mädchens strahlten.

»Ich dachte nicht, dass du kommst«, sagte Bentz. »Immerhin hast du eine harte Nacht hinter dir.«

»Du glaubst doch nicht, dass ich mir den Geburtstag meiner Schwester entgehen lasse!«, rief Kristi empört, nahm ihm Ginny ab und setzte sich mit ihr auf den Boden.

Bentz ging das Herz auf – Herrgott, er wurde tatsächlich alt und sentimental! –, aber wenn er ehrlich war, genoss er das warme Gefühl, das ihn durchströmte: Seine Familie war versammelt, an diesem ganz besonderen Tag, und alle waren in Sicherheit.

Kristi stellte die rosa Schachtel vor Ginny, die eifrig nach der Schleife griff. Kristi half ihr, und gemeinsam packten sie eine kleine Latzhose mit dazu passendem T-Shirt, ein Bilderbuch und eine kleine Hexenhandpuppe aus. Die Hexe hatte eine dicke Warze auf der Nase. »Schließlich hat nicht jeder an Halloween Geburtstag«, sagte sie, steckte die Hand in die Puppe und ließ die Hexe Ginnys Näschen kitzeln. Die Kleine quietschte laut auf vor Freude.

Im selben Moment klingelte es erneut.

»Und los geht's«, murmelte Bentz.

Er sollte recht behalten. Als Olivia diesmal die Tür öffnete, schallten aufgeregte »Süßes oder Saures!«-Rufe durchs Haus. So war das also. Der ganz normale Alltag.

Bentz würde sich daran gewöhnen müssen.

Kristi blieb eine Stunde bei ihrem Dad, Olivia und Ginny, dann fuhr sie nach Hause.

Sie redete sich ein, dass sie erleichtert war, weil sie sich jetzt, da ihr Leben nicht länger in Gefahr war, endlich entspannen konnte, aber sie machte sich dennoch Gedanken – auch wenn sie ihrem Vater das Gegenteil versichert hatte.

Sie war ihre Notizen und Recherchen zu *Gottkomplex und Mord* noch einmal durchgegangen und hatte sich gefragt, warum um alles in der Welt ihr entgangen war, wie tief Reggies Affäre Aldo verletzt hatte. Kristis Buch musste ihn bis ins Mark erschüttert und gedemütigt haben. Wie hatte sie das übersehen können?

Sie schüttelte den Kopf. Jetzt war es zu spät.

Aldo war tot.

Genau wie alle anderen, die in dieser grauenhaften Geschichte eine Rolle gespielt hatten.

Natürlich hatte sie schon einen Anruf von ihrer Agentin bekommen. Zera drängte auf mindestens drei weitere Bücher. »Komm schon, Kristi. *Der Rosenkranzmörder – Teil zwei* ist doch schon so gut wie in trockenen Tüchern, über den Einundzwanziger-Killer hast du auch schon recherchiert, aber was hältst du von einem Buch über den Austernkönig? Ich meine, wer hat mehr Einblick in die wahre Story als du?«

»Tja, wer wohl?«, murmelte Kristi, als sie in die Garage fuhr. Dann ging sie ins Haus, wo sie von Dave und Lenore begrüßt wurde. Sie bückte sich, und Dave gab ihr einen feuchten Kuss auf die Wange, während Lenore schnurrend Achten um Kristis Beine zog. »He«, sagte Kristi und kraulte den Hund hinter den Ohren. »Morgen früh gehen wir laufen, aber jetzt muss ich mich ein bisschen ausruhen.« Sie ließ ihn in den Garten und sah zu, wie er glücklich seine Kreise zog, dann nahm sie das Kätzchen auf den Arm und drückte es zärtlich an sich.

Nachdem Dave sich ausgepowert hatte, machte sie es sich mit einem Glas Wasser gemütlich, nahm sich drei Süßigkeiten von dem Teller, den sie für die Halloween-Kinder bereitgestellt hatte, und verbrachte die nächsten zwei Stunden damit, immer wieder die Haustür zu öffnen und die gruseligen, lustigen und absurden Kostüme zu bestaunen. Ernie und Bert tauchten auf, gefolgt von Hexen, Gespenstern, Garfield, Spongebob und mehreren Disney-Prinzessinnen. Am meisten musste sie über ein Kleinkind lachen, das gerade erst laufen konnte und als Hummel verkleidet war.

Als sie endlich im Bett lag und das Licht ausmachte, legte sie, immer noch lächelnd, die Hand auf ihren Bauch. Noch nicht im nächsten Jahr, aber ganz bestimmt im übernächsten, würde Baby McKnight an Halloween die Nachbarschaft unsicher machen.

Kristi schloss die Augen und stellte sich gerade den kleinen Süßigkeitensammler vor, als ihr Handy vibrierte.

Bleibt es bei unserer Verabredung? Kaffee, Drinks … Geht auf mich.

Den vielen Kuss-Emojis nach zu urteilen, die Bella daruntergesetzt hatte, wurde sie immer noch von einem schlechten Gewissen geplagt, weil sie Kristi zu dem Interview bei *Bonjour, New Orleans!* im Studio überredet hatte, wo es zu der unseligen Begegnung mit Hamilton und Reggie Cooke gekommen war. Aber das Leben ging weiter, und Bella war ihr stets eine gute Freundin gewesen.

Klar. Wie wär's am Samstag um 10:00 im Magnolia? Hast du Sarah und Jess erreicht?

Es würde ihr guttun, etwas mit ihren Freundinnen zu unternehmen, dachte Kristi und beschloss, die drei tatsächlich in ihr kleines Geheimnis einzuweihen. Sie spürte, dass der richtige Zeitpunkt gekommen war. Sie war bereit, und bald würde sie Mutter sein.

Sie hörte, wie Dave ins Schlafzimmer getappt kam und leise winselnd vorm Bett stehen blieb.

»Ja, du darfst rein. Ausnahmsweise. Aber lass mich vorher dein Halsband abnehmen«, sagte sie zu dem großen Staffordshire-Mischling. Sie tastete nach der Schnalle und spürte eine Erhebung in dem breiten Lederriemen. »Sag mir nicht, dass das Ding schon hinüber ist«, murmelte sie und schaltete das Licht wieder an. Während Dave zu ihr ins Bett hüpfte, hielt sie sein Halsband in den Lichtkegel der Nachttischlampe. Eine Naht war offen, zwischen der Ober- und Unterseite des Gurts klaffte eine kleine Lücke, wie eine Tasche. Als Kristi genauer hinsah, bemerkte sie, dass ein winziges Metallstück darin steckte.

»Was ist das denn?«, fragte sie und versuchte, es mit dem Finger herauszupulen, doch sie musste ihre Nagelfeile zu Hilfe nehmen, so fest steckte es zwischen den beiden Lederteilen. Ein USB-Stick kam zum Vorschein. Sofort fielen ihr Cruz' Worte ein, die er nach seiner Verhaftung so eindringlich an sie gerichtet hatte: »Streichle deinen Hund von mir.« Sie hatte nicht verstanden, was er damit meinte, doch jetzt war es ihr klar.

Sie warf die Bettdecke zurück und lief barfuß die Treppe hinauf. Dave seufzte enttäuscht, doch dann folgte er ihr.

In ihrem Arbeitszimmer schaltete sie die Deckenlampe an und fuhr den Laptop hoch. »Na, dann wollen wir doch mal schauen …«, sagte sie und steckte den USB-Stick ein.

Für eine Sekunde begriff sie nicht, was sie da sah, doch dann wurde ihr klar, dass es sich um eine nächtliche Landschaft handelte, an einem Fluss. Eine Frau rannte am Ufer entlang, gefolgt von einem großen Mann. Der Mann stürzte sich auf sie und zerrte sie ins Wasser. Die Frau wehrte sich, trat um sich und ruderte wild mit den Armen, aber der Mann drückte ihren Kopf unter Wasser – so lange, bis sie sich nicht mehr bewegte. Anschließend ließ er sie los. Die Strömung erfasste ihren reglosen Körper und trieb ihn flussabwärts, bis er in den schäumenden Wogen einiger Stromschnellen verschwand.

»Ach du lieber Gott«, flüsterte Kristi entsetzt.

Was zum Teufel war das? Allem Anschein nach hatte jemand den Mord an der Frau gefilmt.

Sie spulte zurück und sah sich die Aufnahmen erneut an, die Cruz ihr ganz offensichtlich nicht ohne Grund anvertraut hatte.

Sicher wollte er, dass sie ihm – anders als sein Bruder – glaubte, dass er nichts mit dem zu tun hatte, was man ihm unterstellte.

Offenbar war es an ihr, seine Unschuld zu beweisen.

Sie biss sich auf die Unterlippe und schaute zum Fenster hinaus in die dunkle Nacht. Ihr Spiegelbild starrte ihr wie ein bleicher Geist aus der Scheibe entgegen. Kristi riss sich los, wandte sich wieder dem Computer zu und ließ das Video erneut ablaufen.

»Hilf ihm, Kris«, hörte sie Jay so klar und deutlich sagen, als stünde er direkt neben ihr.

Sie blickte erneut zum Fenster und erwartete beinahe, ihren toten Ehemann in der Scheibe sehen zu können.

Aber natürlich war er nicht da.

Sie war allein.

Ganz und gar allein.

Quellenverzeichnis der Bibelzitate

Kapitel 5 und 31
Römer 6,23

Kapitel 7 und 31
Jesaja 63,4

Kapitel 13 und 31
Jeremias 50,15

Kapitel 33
Psalm 58,11

Kapitel 38
Exodus 20,14

Die Zitate sind der Lutherbibel von 1912 entnommen.

Lisa Jacksons Romane bei Knaur

MONTANA-»TO TO«-REIHE

Detective Regan Pescoli und Detective Selena Alvarez

1. Der Skorpion (Left to Die)
Winter in Montana. Ein Psychopath fesselt seine weiblichen Opfer an einen Baum, um sie bei eisiger Kälte erfrieren zu lassen. Seine Nachricht an die Polizei: die Initialen der Toten und ein Stern. Es fehlen noch Buchstaben, um die Botschaft zu entschlüsseln. Dann verschwindet Detective Regan Pescoli ...

2. Der Zorn des Skorpions (Chosen to Die)
Der »Unglücksstern-Mörder« hält die Polizei in Atem. Ein psychopathischer Killer, der seine Opfer bei eisiger Kälte an einen Baum fesselt und erfrieren lässt. Seine kryptische Nachricht an die Polizei: »Meidet des Skorpions Zorn.« Doch wer ist der Skorpion? Ausgerechnet Detective Regan Pescoli scheint in seine Fänge geraten zu sein. Es herrschen arktische Temperaturen. Eine fieberhafte Spurensuche in der Wildnis nimmt ihren Lauf ...

3. Zwillingsbrut (Born to Die)
Dasselbe hübsche Gesicht, dieselben blaugrünen Augen, dasselbe rote Haar. Ärztin Kacey Lambert ist schockiert. Die Frau, die gerade mit einem schweren Schädeltrauma und komplizierten Knochenbrüchen in die Klinik eingeliefert worden ist, ist ihr wie aus dem Gesicht geschnitten. Sie stirbt. Wenige Tage später gibt es zwei weitere Tote, die Kacey verblüffend ähneln. Was geht hier vor sich?

Ein Fall für Detective Regan Pescoli und Selena Alvarez. Doch auch die Ärztin stellt auf eigene Faust Nachforschungen an. Gibt es eine Verbindung zwischen ihr und ihren Doppelgängerinnen? Bald wird klar, dass sie selbst in großer Gefahr schwebt und es nur mehr eine Frage der Zeit ist, bis Kacey Opfer eines Wahnsinnigen wird …

4. Vipernbrut (Afraid to Die)
Weihnachtszeit in der amerikanischen Kleinstadt Grizzly Falls. Ein perverser Killer zelebriert den Advent auf abstoßende Art und Weise. Er verwandelt seine Mordopfer in Eisskulpturen. Mit grauenhafter Perfektion integriert er seine »Kunstwerke« dann in weihnachtliche Dekorationen. Der »Eismumien-Mörder« sorgt für Schlagzeilen. Als erneut eine gefrorene Frauenleiche auftaucht, macht die Polizei eine schauerliche Entdeckung: Die Tote trägt ein Schmuckstück von Detective Selena Alvarez.

5. Schneewolf (Ready to Die)
Sheriff Dan Grayson wird vor seinem Haus in den Bergen von Montana aus einem Hinterhalt niedergeschossen. Während er in Lebensgefahr schwebt, ermitteln die Detectives Regan Pescoli und Selena Alvarez unter Hochdruck, doch der Kreis der Verdächtigen ist groß – Spuren dagegen gibt es keine. Da taucht die Leiche einer Richterin auf, mit einer einzigen, treffsicher platzierten Kugel im Kopf. Besteht ein Zusammenhang? Als die Detectives die Warnung »Wer ist der Nächste?« erreicht, müssen sie erkennen, dass hier ein Killer kaltblütig seine Abschussliste abarbeitet. Und auf der steht auch Regan Pescoli …

6. Raubtiere (Deserves to Die)
Eine Frau auf der Flucht: Von einem Psychopathen gejagt, taucht sie in Grizzly Falls, Montana, unter.
Wenig später werden dort zwei verstümmelte Frauenleichen gefunden. Beiden wurde der Ringfinger samt Verlobungsring abgetrennt. Jessica, wie sich die flüchtige Frau inzwischen nennt, fürchtet, dass es sich um tödliche Botschaften für sie handelt, doch kann sie sich wegen ihrer eigenen dunklen Vergangenheit nicht an die Polizei

wenden. Während den Detectives Selena Alvarez und Regan Pescoli noch jede heiße Spur fehlt, kommt der Mörder Jessica immer näher.

7. Dunkle Bestie (Expecting to Die)

Bei einer heimlichen Party im nächtlichen Wald wird Detective Pescolis Tochter Bianca von einer dunklen Bestie angefallen. Hals über Kopf ergreift sie die Flucht – und stolpert über die Leiche ihrer seit Tagen vermissten Mitschülerin Destiny. Als ein Kriminaltechniker einen riesigen Fußabdruck neben der Toten entdeckt, gibt es in Grizzly Falls, Montana, kein Halten mehr. Eine Jagd auf die Bestie bricht aus, die sogar ein Reality-TV-Team in die Stadt lockt. Sehr zum Unmut der Detectives Regan Pescoli und Selena Alvarez, deren Arbeit durch den Rummel erschwert wird. Dann verschwindet ein weiteres Mädchen …

8. Opfertier (Willing to Die)

Zunächst sieht alles nach Raubmord aus, als Brindel Latham, die Schwester von Detective Regan Pescoli, mit einer Schusswunde im Kopf in ihrem Haus in San Francisco gefunden wird. Doch Brindels siebzehnjährige Tochter Ivy wird vermisst – und taucht wenig später mit einer haarsträubenden Geschichte bei Pescoli in Grizzly Falls in Montana auf. Obwohl Pescoli sich offiziell noch in Elternzeit befindet, nimmt sie mit ihrer Partnerin Selena Alvarez die Ermittlungen auf. Denn mittlerweile gibt es auch in Grizzly Falls zwei Tote. Spätestens als Pescolis sechs Monate alter Sohn spurlos verschwindet, ist klar: Jemand, der buchstäblich über Leichen geht, will sie und ihre Familie leiden sehen …

NEW-ORLEANS-REIHE

Detective Rick Bentz und Detective Reuben Montoya

1. Pain. Bitter sollst du büßen (Hot Blooded)
Leise spricht die Stimme auf dem Anrufbeantworter ihre Nachricht – doch umso bedrohlicher ist ihre Botschaft. Radio-Psychologin Samantha Leeds hat einen gefährlichen Verehrer. Schon bald wird klar, dass eine Verbindung besteht zwischen den Drohungen, die die Psychologin erhält, und der unheimlichen Mordserie, die New Orleans erschüttert. Kann Samantha dem finsteren Racheengel entkommen, der ihre dunkelsten Geheimnisse zu kennen scheint? Schutz bietet ihr ein ebenso attraktiver wie mysteriöser Nachbar. Doch darf sie ihm trauen?

2. Danger (Cold Blooded)
Ein grausamer Serienkiller versetzt ganz New Orleans in Angst und Schrecken. Er verbrennt, enthauptet oder vergräbt seine Opfer bei lebendigem Leibe. Detective Rick Bentz ermittelt unter Hochdruck. Als die nächste barbarisch entstellte Leiche gefunden wird, ein Heiligenmedaillon in der Hand, kommt dem Detective ein schrecklicher Verdacht: Könnte der katholische Heiligenkalender dem Mörder als Vorbild für diese Ritualverbrechen dienen? Die schöne Olivia, zu der sich der Detective unwiderstehlich hingezogen fühlt, will die Morde in ihren Träumen vorausgesehen haben. Nur wenig später ist sie spurlos verschwunden …

3. Shiver (Shiver)
Der Todesschrei ihrer Mutter Faith klingt Abby noch immer in den Ohren, auch wenn es schon zwanzig Jahre her ist, seit diese aus dem Fenster ihres Zimmers in den Tod sprang. Ihre düsteren Erinnerungen erhalten neue Nahrung, als eine unheimliche Mordserie New Orleans erschüttert. Denn alle Morde stehen in einer seltsamen Verbindung zu jener Nervenheilanstalt, in der Abbys Mutter ihrem Leben ein Ende setzte. Dort, versteckt in den Kellergewölben, hat der Killer sich sein Reich geschaffen. Er will die Sünden

der Vergangenheit rächen – und Abby wird zur Zielscheibe seines Wahns …

4. Cry (Absolute Fear)

Heimlich zweifelt Eve Renner an der Unschuld ihres Adoptivvaters. Der berühmte Arzt steht im Verdacht, seine ärztliche Pflicht verletzt und somit den Tod einer Patientin verschuldet zu haben. Als sich Eves alter Freund Roy mit ihr mitten in der Nacht in einer abgelegenen Fischerhütte treffen will, um angeblich Beweise zu liefern, sagt sie sofort zu. Dort angekommen, findet sie seine grausam entstellte Leiche. Auf Roys Stirn hat der Mörder eine Zahl tätowiert und die Wände mit Blut beschmiert. Völlig schockiert ruft Eve um Hilfe und bemerkt im nächsten Moment ihren Liebhaber, den Staranwalt Cole Dennis, der eine Waffe auf sie richtet und abfeuert …

5. Angels (Lost Souls)

Er fühlte sich leer. Hungrig. Voller Verlangen nach dem Kick des Tötens. Es gab keine Umkehr. Er wusste, welche er wollte. Sie hatte es verdient zu sterben. Als Kristi an ihr College in New Orleans zurückkehrt, ist ihr Vater, Detective Rick Bentz, beunruhigt. Vier Studentinnen sind dort spurlos verschwunden. Kristi, die unbedingt Kriminalschriftstellerin werden will, entdeckt eine Sekte, die sich einem mysteriösen Vampir-Kult verschrieben hat. Sie ermittelt auf eigene Faust. Doch bevor sie sich einen Eindruck von dieser dubiosen Gruppe verschaffen kann, ist sie auch schon in den tödlichen Fängen des Killers …

6. Mercy (Malice)

Keiner wird dich retten. Keiner wird deine Schreie hören. Jetzt ist der richtige Zeitpunkt. Jetzt wirst du endlich begreifen, was echte Seelenqual ist … Rick Bentz, Detective vom New Orleans Police Department, zweifelt an seinem Verstand: Gerade hat er seine Ex-Frau Jennifer gesehen – doch die ist seit zwölf Jahren tot! Bald wird klar, dass dies alles zum Plan eines Psychopathen gehört, der Bentz durch einen raffiniert ausgeklügelten Rachefeldzug zu einer Reise in die Vergangenheit zwingen will. Als Bentz' schwangere Frau Olivia spurlos verschwindet, beginnt eine nervenzerreißende Suche, die Bentz um das Liebste in seinem Leben fürchten lässt …

7. Desire (Devious)

Der Anblick des Tatorts ist verstörend – selbst für erfahrene Detectives wie Rick Bentz und Reuben Montoya. In der Kirche St. Marguerite ist eine Nonne, bekleidet mit einem vergilbten Brautkleid, erdrosselt worden. Die Tatwaffe: ein Rosenkranz. Die Obduktion ergibt, dass Schwester Camille schwanger war. Schon wenige Tage später stirbt eine weitere Nonne. Auch sie hütete ein Geheimnis. Eine Mordserie, die Detective Bentz an den Rosenkranzmörder erinnert, den er vor zehn Jahren erschossen hatte …

8. Guilty (Never Die Alone)

In New Orleans verschwindet ein Zwillingspärchen kurz vor seinem 21. Geburtstag. Der Fall weckt Erinnerungen an einen Serienmörder, den man den »Einundzwanziger-Killer« nannte, weil er seine Opfer in einer grausigen Zeremonie an deren 21. Geburtstag tötete. Aber dieser Psychopath ist seit Jahren hinter Gittern. Oder doch nicht? Detective Rick Bentz setzt alles daran, das Leben der Zwillinge zu retten. Doch die Zeit rennt ihm davon …

9. Pray – Meine Rache findet euch (The Last Sinner)

Eines Nachts wird Kristi Bentz auf dem Nachhauseweg angegriffen. Sie überlebt die Attacke – ihr Ehemann, der ihr zu Hilfe kommt, nicht. Kristi schreibt als True-Crime-Autorin regelmäßig über verurteilte Verbrecher, auch über den berüchtigten Rosenkranzmörder, der ihrem Vater Detective Rick Bentz das Ermittlerleben vor Jahren zur Hölle machte. Als nach und nach Todesopfer in New Orleans auftauchen, die die typische Handschrift des Killers tragen, befürchtet Rick Bentz das Schlimmste. Könnte es sein, dass er den Rosenkranzmörder damals in den Sümpfen Montanas nicht ausgeschaltet hat? Immerhin wurde die Leiche des falschen Priesters »Vater John« nie gefunden. Hat er es nun auf Bentz und seine Familie abgesehen? Gemeinsam mit Detective Reuben Montoya und Kristi jagt Bentz seinen größten Albtraum …

SAN-FRANCISCO-THRILLER

Familie Cahill

Dark Silence (If She Only Knew)
Brutaler Mordanschlag auf einem Highway in San Francisco: Schwer verletzt überlebt Marla Cahill, doch sie kann sich an nichts mehr erinnern. Nicht an ihr Baby, nicht an ihre Beifahrerin, die den Unfall nicht überlebt hat. Und nicht an ihren Ehemann, der sie im Krankenhaus vehement von der Außenwelt abschottet – nur zu ihrem Besten, wie er behauptet. Doch ist Marla wirklich Marla? Und wem kann die Frau ohne Gedächtnis noch vertrauen, wenn ein wahnsinniger Serienkiller ihr nach dem Leben trachtet?
Als Marlas Erinnerungen langsam und in Bruchstücken zurückkehren, ist es beinahe schon zu spät …

Deadline (Almost Dead)
In Kalifornien ist eine Serienkillerin am Werk. Die kaltblütige Mörderin ist eine Verwandlungskünstlerin und nennt sich selbst nur Elyse. Ihr erstes Opfer, eine äußerst wohlhabende ältere Dame, stürzt sie über ein Treppengeländer in den Tod. Ihr zweites Opfer, einen jungen Mann, der in einem Pflegeheim sein Dasein fristet, ermordet sie, indem sie eine tödliche Lebensmittelallergie auslöst. Ihr drittes Opfer, eine junge Frau, erschießt sie kaltblütig. Wer sind diese Menschen? Was haben sie getan? Und was verbindet sie?

Liar – Tödlicher Verrat (You Betrayed Me)
Als James Cahill, Millionenerbe und notorischer Bad Boy, schwer verletzt im Krankenhaus in Riggs Crossing, Washington, zu sich kommt, kann er sich an nichts erinnern. Die Polizei vermutet eine körperliche Auseinandersetzung mit seiner Freundin Megan. Von ihr fehlt seither jede Spur. Was ist in jener Nacht geschehen?
Die beiden Detectives Brett Rivers und Wynonna Mendoza glauben nicht an Cahills Amnesie und beginnen zu ermitteln. Sie stoßen auf ein tödliches Netz aus Lügen, Gier und tiefem Hass – und

auf eine abgelegene Hütte in den Bergen, die ein grausames Geheimnis birgt …

WEST-COAST-THRILLER

Sanft will ich dich töten (Deep Freeze)

Er wählt seine Opfer mit Bedacht und tötet sie langsam. Doch eigentlich übt er nur – denn das wahre Ziel seiner Obsession ist die berühmte Schauspielerin Jenna Hughes. Bis zu dem Tag, an dem er sie in seiner Gewalt hat, will er seine Kunst perfektioniert haben. Als Jenna sich vor dem Trubel Hollywoods in einen abgelegenen Ort in den Bergen Oregons zurückzieht, sieht der Killer seine Stunde gekommen. Unablässig beobachtet er sein Opfer, verfolgt jede ihrer Bewegungen – und muss mit wachsendem Zorn erkennen, dass sie eine neue Liebe und damit einen Beschützer gefunden hat …

Deathkiss (Fatal Burn)

Als Shannon Flannery erklärt, sie habe das Gefühl, verfolgt zu werden, nimmt die Polizei sie nicht ernst. Nur von Special Agent Travis Settler erhält sie Unterstützung. Doch dieser ist ihr alles andere als wohlgesinnt, da er in ihrer dunklen Vergangenheit den Grund für die Entführung seiner Adoptivtochter Dani vermutet – deren leibliche Mutter Shannon ist. Erst nach und nach erkennt Travis, dass auch Shannon Opfer ist – und in akuter Lebensgefahr schwebt …

Showdown – Ich bin dein Tod (After She's Gone)

Am Set des Hollywood-Blockbusters *Dead Heat* wird die finale Szene gedreht: Die Jagd auf die flüchtende Heldin endet laut Drehbuch mit einem tödlichen Schuss. Der Schuss fällt, die Heldin stürzt zu Boden – doch sie steht nicht mehr auf. Das Double, das in letzter Sekunde einspringen musste, scheint tot, und die berühmte Hollywood-Schauspielerin Allie Kramer spurlos verschwunden. Weil ihr das von ihrer älteren Schwester Cassie umgeschriebene Ende nicht gefiel, oder weil sie ahnte, dass sie in eine Falle tappen würde? Cassie, die seit dem Übergriff eines Fans psychisch angeschlagen ist, setzt alles daran, Allie zu finden. Doch als bizarre Morde an weiteren Set-Mitarbeitern verübt werden, gerät sie selbst unter Tatverdacht …

STAND ALONE

Ewig sollst du schlafen (The Morning After)
Um sie herum herrscht tiefe Dunkelheit. Ein süßlicher, unangenehmer Geruch nimmt ihr fast den Atem, als die junge Frau aus tiefer Bewusstlosigkeit erwacht. Gedämpft hört sie das Prasseln von Erde und ein grausames Lachen – und erkennt in plötzlicher Panik, dass sie lebendig begraben wird. Sie wird nicht das letzte Opfer des sadistischen Killers bleiben.
Dessen verstörende Taten sind für die Journalistin Nikki Gillette zunächst nichts weiter als neuer Stoff für die Titelseiten. Sie ahnt noch nicht, dass der Mörder einen kranken Plan verfolgt, in dem sie selbst eine Schlüsselrolle spielt …

S – Spur der Angst (Without Mercy)
An der auf Härtefälle spezialisierten Internatsschule Blue Rock Academy gehen grauenvolle Dinge vor sich. Eine Schülerin ist spurlos verschwunden. Und wenig später wird ein Liebespaar mit äußerster Brutalität ermordet. Detective Cooper Trent ermittelt undercover – nicht ahnend, dass er an der Internatsschule seine ehemalige große Liebe Jules wiedertreffen wird, die dort als Lehrerin unterrichtet. Schlagartig sind ihre Gefühle füreinander wieder erwacht, aber auch Misstrauen und Angst vor erneuter Verletzung. Als Jules' aufsässige siebzehnjährige Schwester Shay plötzlich vermisst wird und das Gerücht über einen ominösen Geheimbund den Schulbetrieb in Aufruhr versetzt, müssen die beiden als Team agieren. Dann schneidet ein Blizzard die Schule von der Außenwelt ab. Scharfer Wind und Neuschnee verwandeln die abweisende Bergwelt in ein unüberwindbares Hindernis. Auf sich allein gestellt, machen sich der Detective und Jules auf die Jagd nach einem eiskalten Killer.

Eine Jagd, die Jules' Leben in seinen Grundfesten erschüttern wird …

T – Tödliche Spur (You Don't Want to Know)

Die Geister der Vergangenheit lassen Ava Garrison nicht los. Angeblich ist ihr zweijähriger Sohn Noah vom Bootsanleger gefallen und im Meer ertrunken. Doch auch zwei Jahre nach dem vermeintlichen Unfall und Avas Aufenthalt in der Psychiatrie meint sie, ihren Sohn immer noch sehen und hören zu können. Als sie in das prächtige Herrenhaus auf Church Island zurückkehrt, haben ihre Familie und sämtliche Hausbewohner sie längst als »lästige Irre« abgestempelt. Ihre »Erscheinungen« werden als Kapriolen ihres Geistes abgetan. Nur Austin Dern, ein Farmarbeiter, nimmt sie ernst und hilft ihr, die Vergangenheit zu rekonstruieren. Denn Ava ist fest entschlossen herauszufinden, was an jenem Weihnachtsabend wirklich geschah, als Noah verschwand. Ein Entschluss, der dramatische und hochgefährliche Folgen für sie hat.

Z – Zeichen der Rache (Close to Home)

Sarahs Rückkehr in das geschichtsträchtige Anwesen ihrer Familie bringt nicht den Neuanfang, den sie sich erhofft hatte. Ihre Tochter Gracie ist überzeugt davon, dass es in der alten Villa spukt – und auch Sarah meint, den Geist eines ihrer Vorfahren zu sehen. Als mehrere Teenager aus der Umgebung spurlos verschwinden, findet sich Sarah in einem Albtraum aus verdrängten Erinnerungen wieder, in dem Vergangenheit und Gegenwart auf beängstigende Weise verschmelzen. Dann wird ihre ältere Tochter Jade entführt! Während die Polizeiermittlungen auf Hochtouren laufen, weiß Sarah, dass nur sie allein ihr Kind retten kann …

You will pay – Tödliche Botschaft (You Will Pay)

Auf dem Gelände eines ehemaligen Jugendcamps in Oregon werden menschliche Überreste entdeckt. Detective Lucas Dalton, der vor zwanzig Jahren als Betreuer in dem unglückseligen Ferienlager arbeitete, schwant Böses: Handelt es sich um die Knochen der zwei Mädchen, die während jenes Sommers spurlos verschwanden?

Lucas rollt den nie geklärten Fall neu auf, doch zunächst will keiner der damals Beteiligten aussagen.
Bis einer nach dem anderen die Drohung »Strafe muss sein« erhält – und der erste Mord passiert …

Paranoid (Paranoid)
Es sollte nur Spaß sein: ein harmloses Ballerspiel mit Platzpatronen. Doch als die siebzehnjährige Rachel auf ihren Halbbruder Luke schießt, wird dieser von einer tödlichen Kugel getroffen. Zwar berichten zwei Mädchen später von einem Schuss, der nicht aus Rachels Pistole gekommen sei, doch der Fall kann nie ganz aufgeklärt werden.
Zwanzig Jahre später fühlt sich Rachel noch immer schuldig, und letztlich ist an diesem Trauma auch die Ehe mit ihrer großen Liebe, Detective Cade Ryder, zerbrochen. Doch dann werden Rachels damalige Entlastungszeuginnen kurz nacheinander brutal ermordet, sie selbst erhält ominöse Drohbotschaften. Als auch noch Rachels Tochter entführt wird, ist klar: Jemand hat beschlossen, für Lukes Tod blutige Rache zu nehmen. Doch weshalb erst jetzt – und was ist damals wirklich geschehen?

Never Safe – Wann wirst du sicher sein? (The Girl Who Survived)
Es war ein Tag, der ihr Leben in einen Albtraum verwandelte: An Heiligabend entkam die damals 7-jährige Kara einem Mörder, der ihre halbe Familie umbrachte. Jetzt, knapp zwanzig Jahre später, kommt ihr Halbbruder Jonas, der damals für die Morde verurteilt wurde, überraschend frei. Gleichzeitig erhält Kara plötzlich kryptische Nachrichten, und sie kann das Gefühl nicht abschütteln, dass sie etwas mit ihrer älteren Schwester zu tun haben. Marlie, die sie an jenem schrecklichen Heiligabend zwang, sich zu verstecken, und von der seither jede Spur fehlt. Während Kara noch versucht, die neuesten Entwicklungen zu verarbeiten, kommt es zu einem Mord in ihrem näheren Umfeld. Bald schon fürchtet Kara erneut um ihr Leben …

Revenge – Du bist niemals sicher

Als Kinder erleben Lucy und ihre Geschwister, wie ihre Mutter beinahe ermordet wird. Lucys Aussage bringt den damaligen Geliebten der Mutter, Ray, hinter Gitter – doch er beschuldigt Lucy, die wahre Mörderin zu sein. Jahre später kommt Ray frei. Lucy weiß, dass er hinter ihr her ist, und sucht Zuflucht in einer Blockhütte in den verschneiten Bergen Oregons. Aber sie ahnt, dass sie nicht länger davonlaufen kann. Nicht vor ihm – und nicht vor den grausamen Ereignissen jener Nacht, an die sie sich erst jetzt nach und nach erinnern kann …

Gemeinschaftswerke mit Nancy Bush
und Rosalind Noonan

Greed – Tödliche Gier (Sinister)

Vor zwanzig Jahren vernichtete ein Feuer das Anwesen der Dillinger-Familie, kostete Judd Dillinger das Leben und ließ seine Freundin verkrüppelt zurück. Man beschuldigte einen Serienbrandstifter, der zu jener Zeit sein Unwesen trieb. Doch heute geschehen erneut verdächtige Dinge in Prairie Creek.

Ira Dillinger, Patriarch der Familie, hat seine Kinder zu seiner bevorstehenden Hochzeit nach Hause beordert. Die meisten Familienmitglieder sind keine großen Fans der Braut, die es in ihren Augen nur auf das Familienvermögen abgesehen hat. Doch sie scheinen nicht die Einzigen zu sein, denen diese Ehe ein Dorn im Auge ist. Erst wird die rituell gehäutete Leiche eines Kojoten auf der Dillinger-Ranch gefunden, dann brennt die Kirche ab, in der die Hochzeit stattfinden soll. Aus der Asche geborgen wird ein bizarr entstellter Leichnam …

Diabolic – Fatales Vergehen (Ominous)

Ein kleines nächtliches Abenteuer wird für die Teenager Shiloh, Kat und Ruth aus Prairie Creek in Wyoming zum Albtraum: Die wilde

Shiloh, deren Stiefvater sie misshandelt, Kat, deren Mutter im Sterben liegt, und die scheue Pfarrerstochter Ruth wollen einfach nur mal etwas anderes erleben, als sie sich nachts aus dem Haus schleichen, um nackt baden zu gehen. Einen zusätzlichen Kick erhält ihr Vorhaben durch die Tatsache, dass in Prairie Creek vor Kurzem drei Mädchen verschwunden sind.

Doch was die drei Freundinnen am Ufer des abgelegenen Sees erwartet, ist ein Albtraum, über den sie auf Ruths Bitte hin jahrelang Stillschweigen bewahren.

Fünfzehn Jahre später wird in Prairie Creek erneut ein Mädchen als vermisst gemeldet. Ruth, die mittlerweile eine psychologische Praxis eröffnet hat, ringt sich endlich dazu durch, die Ereignisse von damals offenzulegen. Am nächsten Tag finden Shiloh, Kat und Ruth ein Foto in der Post, das sie in jener furchtbaren Nacht vor fünfzehn Jahren beim Baden zeigt. Wer auch immer damals dort am See war, ist zurück – und sinnt auf Rache …

Emma Haughton

Tödliche Oase

Thriller

Zoey kann sich nicht an letzte Nacht erinnern. Sie weiß nur, dass etwas gewaltig schiefgelaufen ist. Denn als sie aufwacht, ist sie nicht mehr in New York, sondern irgendwo in einer glühend heißen Wüste: in einem Haus, das ihr fremd ist, mit Menschen, die sie nicht kennt. Zoey wurde in der Oase aufgenommen, einem luxuriösen und total isolierten Rehazentrum mitten im unerträglich heißen Nirgendwo. Dort findet man Zuflucht vor dem Alltag – oder vor dem Gefängnis. Zoey hat zwar ihre Geheimnisse und das ein oder andere Problem, trotzdem ist sie davon überzeugt, alles unter Kontrolle zu haben. Bis mit jedem Tag und jedem Gespräch neue Erinnerungen hochkommen. Schließlich muss Zoey erkennen, dass jemand in der Oase ihr schaden und sie offenbar sogar töten will …

KNAUR